北京市社会科学理论著作出版基金资助

真实的空间

——英国近现代主要诗人所看到的精神境域

丁宏为 著

图书在版编目(CIP)数据

真实的空间:英国近现代主要诗人所看到的精神境域/丁宏为著. —北京:北京大学出版社,2013.9
(文学论丛·北大欧美文学研究丛书)
ISBN 978-7-301-23177-7

Ⅰ.①真… Ⅱ.①丁… Ⅲ.①诗歌研究—英国—18世纪 Ⅳ.①I561.072

中国版本图书馆 CIP 数据核字(2013)第 212156 号

书　　　名:	真实的空间——英国近现代主要诗人所看到的精神境域
著作责任者:	丁宏为　著
责 任 编 辑:	张　冰
标 准 书 号:	ISBN 978-7-301-23177-7/I·2673
出 版 发 行:	北京大学出版社
地　　　址:	北京市海淀区成府路205号　100871
网　　　址:	http://www.pup.cn　新浪官方微博:@北京大学出版社
电 子 信 箱:	zbing@pup.pku.edu.cn
电　　　话:	邮购部 62752015　发行部 62750672　编辑部 62754149
	出版部 62754962
印　刷　者:	三河市博文印刷厂
经　销　者:	新华书店
	650毫米×980毫米　16开本　29印张　489千字
	2013年9月第1版　2013年9月第1次印刷
定　　　价:	58.00元

未经许可,不得以任何方式复制或抄袭本书之部分或全部内容。
版权所有,侵权必究
举报电话:010-62752024　电子信箱:fd@pup.pku.edu.cn

"北大欧美文学研究丛书"编委会名单

主编：申 丹

委员：(以姓氏笔画为序)

区 鉷　王守仁　王 建　任光宣　许 钧
刘文飞　刘象愚　刘意青　陈众议　郭宏安
陆建德　罗 芃　张中载　胡家峦　赵振江
秦海鹰　盛 宁　章国锋　程朝翔

献给丁荻

总　序

　　北京大学的欧美文学研究经历了不同的历史发展时期,具有十分优秀的传统和鲜明的特色,尤其是经过1952年的全国院系调整,教学和科研力量得到了空前的充实与加强,汇集了冯至、朱光潜、曹靖华、杨业治、罗大冈、田德望、吴达元、杨周翰、李赋宁、赵萝蕤等一大批著名学者,素以基础深厚、学风严谨、敬业求实著称。改革开放以来,北大的欧美文学研究得到了长足的发展,各语种均有成绩卓著的学术带头人,并已形成梯队,具有可持续发展的基础。已陆续出版了一批水平高、影响广泛的专著,其中不少获得了省部级以上的科研奖或教材奖。目前北京大学的欧美文学研究人员承担着国际合作和国内省部级以上的多项科研课题,积极参与学术交流,经常与国际国内同行直接对话,是我国欧美文学研究的一支重要力量。2000年春,北京大学组建了欧美文学研究中心,欧美文学研究的实力得到进一步加强。

　　世纪之交,为了弘扬北大欧美文学研究的优秀传统,促进欧美文学研究的深入发展,我们组织撰写了这套"北大欧美文学研究丛书"。该丛书主要涉及三个领域:(1)欧美经典作家作品研究;(2)欧美文学与宗教;(3)欧美文论研究。这是一套开放性的丛书,重积累、求创新、促发展。我们希望通过这套丛书来系统展示在多元文化的背景下北京大学欧美文学研究的优秀成果和独特视角,加强与国际国内同行的交流,为拓展和深化当代欧美文学研究作出自己的贡献。通过这套丛书,我们希望广大文学研究者和爱好者对北大欧美文学研究的方向、方法和热点有所了解。同时,北大的学者们也能通过这项工作,对自己的研究进行总结、回顾、审视、反思,在历史和现实的坐标中研究自己的位置。此外,研究与教学是相互促进、互为补充的,我们也希望通过这套丛书来促进教学和人才的培养。

　　这套丛书的出版得到了北京大学外国语学院的鼎力相助和北京大学出版社的大力支持。若没有他们的支持和帮助,这套丛书是难以面世的。

北大欧美文学研究者的工作,只是国际国内欧美文学研究工作的一部分,相信它能激起感奋人心的浪花,在世界文学研究的大海中,促成一道亮丽的风景线。

北京大学欧美文学研究中心

目 录

绪论:坚硬的时代 ……………………………………………… 1
第一章 岩石即洞穴:布莱克的魔鬼作坊 …………………… 30
第二章 闪烁的空间:华兹华斯的光源 ……………………… 47
第三章 海螺的启示:华兹华斯的浪漫的忧虑 ……………… 88
第四章 云雾的境界 …………………………………………… 105
第五章 思考柯尔律治:神圣的教条 ………………………… 135
第六章 思考柯尔律治:小憩的乐魂 ………………………… 163
第七章 失(诗)语的权力:拜伦的雷电 ……………………… 188
第八章 济慈看到了什么? …………………………………… 208
第九章 丁尼生:落下 ………………………………………… 228
第十章 丁尼生:仰望辉光,或"更高的泛神论" …………… 294
第十一章 音乐与海洋:勃朗宁与艺术家的"交谈" ………… 343
第十二章 音乐与海洋:勃朗宁与艾维森的"交谈" ………… 405
第十三章 叶芝:"责任始于梦中" …………………………… 426
人名索引 ……………………………………………………… 448

绪论：坚硬的时代

本书覆盖18世纪末到20世纪初的这段时间，探讨其间英国一些重要诗人有关其所洞见到的各类精神空间的诗性表述。本书副书名中所谓"近现代"概念，并不准确，主要是沿用了国内史家对我们自己历史时期的常用界定方式。在一些欧美学者的概念中，英国"现代"文学始于浪漫主义文学时期，因此若把本书题目中的"近"字去掉，也未尝不可。但对于时下的读者，若仍将一两百年前的某些诗人称作"现代诗人"，可能令人略感异样，因此本书以某些学术尺度为代价，权且选择了一个较模糊的概念。把 W. B. 叶芝（William Butler Yeats，1865—1939）列入本书，也需要做一点说明。叶芝是爱尔兰诗人，但相对于英国文坛，爱尔兰作家的位置与加拿大或澳大利亚等国同样用英语写作的作家不大一样，他们中有一些人亦在英国文坛占有一席之位，各种英国文学选集中也自然而然地录入，尽管另一些爱尔兰作家大概只能算作爱尔兰作家。此中原因不谈，本书仅按一般做法，将叶芝与其他英国诗人放在同一个可能的大框架中一起探讨。另外，"主要诗人"或"重要诗人"概念并不是排他的，显然还有其他的名字，亦不失重要，只是本人能力有限，不过将"主要的"当成"最明显的"罢了。仅就篇幅而言，在入选的诗人中，威廉·华兹华斯（William Wordsworth，1770—1850）、阿尔弗雷德·丁尼生（Alfred Lord Tennyson，1809—1892）和罗伯特·勃朗宁（Robert Browning，1812—1889）所占有的页面相对较多一些。没有专辟一章谈论国内读者所熟悉的雪莱，应是一大遗憾，毕竟他是英国文学史上以捍卫诗歌艺术而闻名的最重要作家之一。现有的章节内将尽量谈及雪莱的诗作或论述，以及这个时段内其他重要诗人的思想和表述，盼略微缓解所引起的憾意。

所覆盖的这百余年的时间里，英国的工业、经济和科技等方面都达到一个高峰，英国的文学也迎来文艺复兴之后的又一个黄金时代。当时的英国作家本身已享有得天独厚的文学遗产，又相对于其他欧美国家而处在现代化进程的较有利位置,能够较早地与新出现的社会议题互动,与其他领域的现代思想家对话。因此,这一阶段英国作家的声音值得倾听。尤其一些诗人,他们给后人留下很好的诗性思维,多具有启示性。有些思维涉及人们在日常生活中所不大意识到的精神空间或感情空间。本书书名所谓"真实的空间",将"空"与"实"放在一起,不意中构成矛盾修饰法,或有悖论意味。此处的真实,主要是借用了形而上学有关"真"的概念,指那种超越一般经验但却被认为比一般经验更实在、更绝对的生命因素。诗人们用烈度极高、思想内涵极其丰富、意象独特而生动的诗语将这些空间揭示出来,与人们所熟悉的日常生活领域形成反差,引起关乎轻、重、虚、实的思考。诗人们虽手法有别,侧重点也各不相同,但从大面上看,各类诗文间有一定的变奏、互动和呼应,或构成一笔宝贵的文化遗产,亦可以为其他的民族来分享。我国读者对于有关的内容并非一无所知,但我们对于其烈度、深度以及与现时代相关性的认识尚有待调整。本书意图所在,借用维多利亚时代主要诗人罗伯特·勃朗宁等人曾使用过的意象讲,就像是在一片海域内下网打捞,为的是不让一些珍贵的海产"闲置"或丧失掉,为了那些富有意味的诗性思维对我们重新产生意义。

我们可以先借助一段诗文,在眼前确立一幅曾经的英国社会图景,看一看一些诗人印象中的现实生存环境。英国浪漫诗人塞缪尔·泰勒·柯尔律治(Samuel Taylor Coleridge,1772—1834)写过一首名为《静思中的忧虑》(Fears in Solitude,1798)的诗,对即将步入19世纪的英国社会做了全景式的审视,里面一些诗行引人注目,汉译如下:

> 同时,在我们国内,
> 所有个体的尊严和权力全都被淹没在
> 众多的法庭、委员会、机构、协会和学会中,
> 这一切俨然就是一个装腔作势、振振有词的
> 大行会(Guild),一个人们相互阿谀的
> 利益俱乐部,而此间的我们,虽貌似矜持,
> 如在餐前祷告,实际上却早已捧着
> 盈满而溢的财富之杯,将里面的浊物全喝光;
> 我们蔑视所有体面的规矩,却像在
> 市场上一样,以自由、以穷人的生命
> 换得金子!就这样,那些本该体现

基督徒诺言的美好词语,那些只要得到
明智的传讲就仍然可在今天这境况下
防止毁灭的词语,却被人含混带过,其语气
表明他们对其所言是多么地无感和倦怠:
公然不敬者有之,但大多数人却是事不关己,
全然不在意这些词语的真假或对错。
啊!对神明的亵渎!《得救者名册》(the Book of Life)竟被
迷信地当作可利用的手段,我们面对它
咕哝地念出各种誓言,却注定不去践诺;
因为所有人都要发誓——所有人,在所有地方,
不管在校舍还是码头、政务会还是法庭,
所有人,所有人都要发誓,不管行贿的
还是受贿的、商人还是律师、议员还是牧师、
穷的、富的、年老的、年轻的,
所有人,所有人都共同布设了一个伪誓的诡局(one scheme of perjury),
动摇了信仰的根基;上帝本身的名字
也成了杂耍者的魔语;而那只名叫无神论的
猫头鹰,因兴奋而变得大胆,从他那
黑暗而偏僻的藏身处飞出(不详的景象!),
凭一双污秽翅膀,划破午间的空气,
他竟垂下缘毛发蓝的眼皮,执意将其紧闭,
一边向着天上那辉煌的太阳呼叫,
却喊出"它在哪里?"①

综览社会现实图景的文学表述并不少见,这一段所涉及的问题比较浓缩;这是诗文,又体现诗人的创作语境,让我们从不同角度体会他的视野和情绪,也感触到此类诗语的现代相关性。其所诟病的乱象具体涉及现今社会的商业化、行会化、贪腐、不公正以及公众的贪欲、苟且、无信、无耻、不敬等问题。在一定意义上,这些问题印证了一个黯淡而闭塞的精神空间,或者说一个无

---

① David Perkins, ed. *English Romantic Writers*. Orlando, Florida: Harcourt Brace Jovanovich College Publishers, 1967, p. 426, ll. 53—86. 根据基督教的说法,《得救者名册》为上帝所有,他把可以上天堂的人的名字记在上面。

精神的空间。不过，抛开最后几行所涉及的无神论不谈，这些问题尚不算最严重。最严重的是后续诗文将提到的现代意识形态领域与无神论有一定关联的极端理念，主要是随法国革命而达到极端状态的唯理性主义、一味向前看而不择手段的所谓乐观精神，以及极端的自由主义等。这些问题凑在一起，构成诗人忧虑的对象，形成了诗歌创作的工作面。此后的历史时期内，英国诗人不断看到相近的社会画面，也不断以各自的方式与之互动。诗人们亦有他们自己的问题意识。

就本书所涉及的议题而言，我们还要给柯尔律治所看到的全景中再加上一个维度，而这也是他本人在其他场合所强烈鞭挞的侧面。这就是现代社会的机械量化倾向，是唯理性思维的变种，也是功利主义一脉。补足这个侧面后，我们还可以借助一部非诗歌类作品，将所谓的工作面进一步展开。Hard Times（1854）是 19 世纪英国小说家狄更斯（Charles Dickens，1812—1870）的一部名著，它以《艰难时世》的汉译名为我国许多读者所熟知。小说的英文原名具有双关含义，但字面意思最为重要，主要是借一常用词组直指世情之"坚硬"，这也是小说中许多章节的明显含义。商业理念和机械因素侵害了软性的人文环境，功利思维和量化的做法大行其道，文化生活中一时间多了许多"毋庸置疑"的道理，本来可以制衡空洞说教的 hard facts，其本身慢慢也变成教条，竟导致 hard times 的诞生，于是，所谓"时世"，在作家眼中也就产生了特有的质感，让他看到了"坚硬的时代"。本书谈论的是诗人，具体涉及英国近代诗人如何着眼于开放的精神空间，但这位伟大的小说家也能够帮我们做个开场白，而且更加简单易懂。

《艰难时世》一开始，一位名叫汤玛士·葛擂硬（Thomas Gradgrind）的退休五金批发商（曾成批地贩卖 hardware!）前来视察他那所模范小学。他以商人的口气称自己是个"专讲实际的人"（a man of realities）：

> 一个讲究事实而胸中有打算的人（a man of facts and calculations）。我这个人为人处世都从这条原则出发：二加二等于四，不等于更多，而且任凭怎么来说服我，我也不相信等于更多。先生，我叫汤玛士·葛擂硬——毫不含糊，汤玛士·葛擂硬——汤玛士·葛擂硬。我口袋里，先生，经常装着尺子、天平和乘法表，随时准备称一称、量一量人性的任何部分，而且可以告诉你那准确的分量和数量。这只

是一个数字问题(a question of figures),一个简单的算术问题。①

所谓"胸中有打算",也可以译成"只认加减乘除"。他就是以这样的基本态度对学校的老师说:

> 我告诉你吧,我要求的就是事实。除掉事实之外,不要教给这些男孩子和女孩子其他的东西。只有事实才是生活中最需要的。除此之外,什么都不要培植,一切都该连根拔掉。要锻炼有理性的动物的智力就得用事实:任何别的东西对他们都全无用处。这就是我教养我自己的孩子们的时候所遵守的原则,也就是我用来教养这些孩子的原则。要抓紧事实不放,老师!②

这些话体现现代商界成功人士的自信。在他面前听讲的小学生们就像是等待灌输的"小罐子",只见葛擂硬和另两位成年人"略微向后退了一步,用他们的目光扫射着当时在那儿有秩序地排列在斜坡形地板上的一些小罐子,准备把无数法定加仑的事实灌进去,直到灌满得要溢出来为止"③。

不只是灌输,这位如今的国会议员

> 活像一尊被事实塞满到口边的大炮,一炮就要把这些孩子轰出了少年时代。他又像是一架通电的器具,装配了一种可怕的、机械地调和而成的料剂,等那些嫩弱的、年青的幻想(imaginations)衰走了以后,它就准备拿这种料剂作它们的代替品。④

用一些机械地拼兑出来的知识挤掉幻想,即可以将孩子们挤出少年时代。而幻想之所以不好,是因为不符合人类的实践经验。比如陪同葛擂硬来访的"那位绅士"就指出,不可以"用有花的地毡来铺你的房间",因为"事实上你们是不能在花儿上面走来走去的,因此也不能允许你们在有花儿的地毡上走来走去"。在花儿上走,一定是放纵了某种幻想,"但是你不可以幻想……对!你绝对不可以幻想(You are never to fancy)":

> 在任何事情上……你们必须受事实的限制和支配。我们希望不久便会有一个由事实委员们组成的事实委员会,他们会强迫人们变成遵

---

① 狄更斯:《艰难时世》,全增嘏、胡文淑译,上海:上海译文出版社,1978年,第4页。
② 同上书,第3页。汉译中加着重点的词代表英文原文中大写的 Facts。
③ 同上书,第4页。
④ 同上书,第5页。

守事实,而不管其他的人。你们必须完全抛弃"幻想"这个词儿,和它割断一切联系。

居然要成立"事实委员会"。这样的训诫,让喜欢花儿的女孩西丝产生恐怖感:"她是太年轻了,听说这个世界将要变成一个只有事实存在的世界,她简直给吓呆了。"①世界将来变成什么样子先不管,她更要面对眼前的令人"窒息"的事实:孩子们所要接受的教育必须以客观事实构成的硬知识为内容,需要大量的背诵,像他们的老师麦却孔掐孩(M'Choakumchild)那样,要无所不知:

> ……他知道全世界上所有的流域(不管它们是在哪儿)的详情,所有民族的全部历史,所有的河流与山脉的名字,所有国家的一切出产和风土人情,及其疆界和在罗盘三十二方位上的位置。唉呀,未免过多了吧,麦却孔掐孩。如果他学得稍微少一点的话,那么,他就更可能教得好得多!②

以上对这位老师的评价出现在小说的第二章,在狄更斯后来发表的小说《我们共同的朋友》(1865)中有一位老师叫海德斯通,他身上也有这位同行的影子。《艰难时世》第二章的题目叫做"扼杀天真"(Murdering the Innocents),即便只从效果上看,这样的题目以及书中有关将孩子们"轰出少年时代"的内容也像是在呼应英国浪漫主义诗人华兹华斯于四年前发表的长诗《序曲》(The Prelude,1850年文本)中的类似表述。《序曲》第五卷以较长的篇幅谈到现代教育的理论与实践对儿童的摧残。理论家们过分依赖18世纪欧洲启蒙运动中某些极端的唯理性主张,他们狭隘地以为,只要抓住人类是理性动物这一点不放,培养科学分析的习惯,设计好知识积累的工程,现代教育家们即可做到无所不能。华兹华斯把这些人称作"我们时代……万能的工匠"。③为了举例说明现代教育的功效,诗人向我们介绍了一位少年学生版的麦却孔掐孩,即那位著名的天才儿童:

---

① 狄更斯:《艰难时世》,全增嘏、胡文淑译,上海:上海译文出版社,1978年,这部分见第9—10页。
② 同上书,第11页。
③ 华兹华斯:《序曲》(1850年文本),丁宏为译,北京:中国对外翻译出版公司,1999年,第五卷,第347行。第五卷中有许多相关内容,直接涉及此处话题的部分见第223—425行。本书所用《序曲》中的引语除具体说明外,都取自1850年文本的这个汉译本。

在科学知识上，更显其神童
本色：能在浩瀚的大海上为舰只
导航，还能说出船舰的所有
知识与技巧；他能写出星辰的
名称，也熟悉地质构造；他还
懂得外国的政策，能将全世界的
区域与城镇一一说出，像蛛丝上
穿起的露珠。他眼能筛滤，心有
磅秤，对一切事物提出疑问；
活在世上，必须每天增加
一分聪明，看见每一滴智慧的
雨水落入心灵的水桶，否则，
何必出生。①

什么都知道，世界好像是扩大了，但在诗人看来，这样的知识越多，天地就变得越局促，因为无数的数据硬碰硬地叠加在一起，也不见得抵得过小小孩童本应天然拥有的一个混沌而宏阔的空间。华兹华斯也有他自己认为的正面例子：

有这样一位少年，你们认识他——
温德米尔的危崖与翠岛，多少个
黄昏，当星光刚刚开始沿山脊
缓行，有的升起，有的落去，
他会孤独地站在树下，或伴着
波光朦胧的湖水，将双手举向
嘴边：手指交叉，手掌紧合，
那形态宛若擎起一件乐器，
向着那些默默无语的山鹗
奏出乱真的呼鸣，等待它们
呼应的啼叫。而从湖的彼岸，
很快会传来它们的叫声，不断的

---

① 华兹华斯：《序曲》（1850 年文本），丁宏为译，北京：中国对外翻译出版公司，1999 年，第 316—328 行。

>叫声,回答着他的召唤,时而
>长呼,时而尖鸣,一波波震颤的
>声涛;四方的回声也愈加激越,
>一时间这欢乐的喧嚣在谷中奏出
>惊心动魄的高潮。有时,回应的
>只有那幽深的寂静,似嘲笑他的
>技巧,而当他在迟疑中聆听,那湍泄的
>山溪常引起轻轻的惶悚,将水声
>遥遥地载入他内心的幽坳;眼前的
>景色也在不觉中移入他的
>心灵,带着所有庄严的形象——
>山岩、森林,还有在湖水恬适的
>怀抱中不断变幻天姿的云霄。①

这个乡间的孩子所擅长的是一种超越人类语言的原始交流方式,也因此拥有了自然的和声,又能贴近那些"庄严"而"不断变幻的"湖光山色,这些都是他的天然财富,并非不能算作人类的造诣。然而,华兹华斯认为,现代理论家就是要扼杀这样的孩子的天真,就是要填平他面前的湖水,让它的上面出现泾渭分明的路径。或者,诗人更犀利地指出,他们是要

>用一条平坦的大道架在少年
>世界的混沌之上,将那些不羁的
>儿童变成驯服的羔羊。②

"混沌"的世界也是我们所着眼的能够超越机械因素的开阔空间之一种。

与狄更斯一样,华兹华斯认为制约这种倾向的手段之一,就是要诉诸文学或诗歌的力量。狄更斯在《艰难时世》的第三章中讲道,葛擂硬的家有个生硬的名字:石屋(Stone Lodge),石屋内为孩子们摆放着一个个储藏科学标本的柜子,而童谣、童话等与幻想有关的"无聊的东西"是不能享有存在空间

---

① 华兹华斯:《序曲》(1850年文本),丁宏为译,北京:中国对外翻译出版公司,1999年,第五卷,第364—388行。
② 同上书,第348—350行。"温德米尔"指 Lake Windermere(也称 Winander),华兹华斯家乡的湖。评论界一般认为温德米尔湖少年(The Boy of Winander)身上有童年华兹华斯的影子。

的。这也是为什么当葛擂硬发现模范学校的"小流氓们"居然争先恐后地偷看马戏团表演,去放纵无聊的幻想时,他"惊讶地说不出话来了",尤其是"小流氓"中间竟然有自家的儿女:"科学的大门是为你们打开着的……(你们)会自甘堕落到这个地步!"女儿露意莎的回答是:"我感到厌倦,父亲。很久以来,我就感到厌倦了。"① 1853年,狄更斯在一篇反对今人从狭隘道德角度改编童话故事的文章中说道:

> 尤其在今天这样一个功利主义时代,童话故事要特别受到尊重,这件事关系重大。我们英格兰官僚文牍口袋的官僚气派太大,根本不会用来装这种琐碎的小事,但是,任何关注此事的人都十分清楚,一个国家若没有幻想,没有浪漫传奇,那么,无论它的过去、今天还是未来,都不可能立足于世界民族之林。②

在《序曲》第五卷中,华兹华斯在维护荷马、莎士比亚和弥尔顿等伟大诗人的文化地位的同时,也呼吁将那些曾经广为流传的童话故事"还给"儿童。他认为,"生命中无言的渴求、隐秘的欲望,/它们必须有自己的食粮"。而童话、《圣经》故事和浪漫传奇等文学作品能够满足这样的饥渴,"引出人们向善的良知"。因此,人们应该感谢那些编造童话故事的

> 骗子、呆子、
> 昏言的老伯;你们联合了何等
> 伟大的神力,使我们的心愿成为力量。③

与狄更斯一样,华兹华斯也相信童话和传奇文学可以平衡过分唯物的倾向以及因此而产生的世情硬化的过程,比如它可以具体地帮助儿童抵御事实的伤害。他回忆自己小时候曾目睹人们打捞一位溺水者的过程:

> 最后,在一片
> 优美的湖光山色中,一具僵直的
> 死尸终于挺出水面,他脸上
> 已无一丝血色,像是恐怖的

---

① 以上见《艰难时世》,第12—18页。
② Norman Page, ed. *Dickens*: *Hard Times*, *Great Expectations and Our Mutual Friend-A Selection of Critical Essays*. London and Basingstoke: The Macmillan Press Ltd, 1979, p. 27.
③ 这些内容见《序曲》(1850)第五卷,第341—346、492—509、523—533行。

> 化身从鬼蜮突临人间。然而，
> 我虽幼小，未满九岁的孩子，
> 但并未丧胆丢魄，因为我内在的
> 眼睛曾目睹如此情景—那是在
> 传奇的林中，在仙国的溪畔。童话
> 帮我以理想的优雅装扮出这悲惨
> 景象的尊严……①

像死尸这样的"僵直的"事实充斥于人世间，参差而嶙峋，我们大概很难做到一就是一、二就是二地直接面对它们，否则，事实的暴力对我们的伤害就太大了。或者，久而久之，我们自己也钝化为暴力的间接施予者，以所谓客观务实的态度一起促成一个冷酷的、肆行无忌的世界。文学和艺术本身并不能必然充当和平的使者，但作为日常生活中的一种文化元素，它们可以以其所体现的精神或情感空间而化作有意的介质，存在于我们与所谓的事实之间，或成为生命的资源。这种介质在我们长大成人的过程中到底有过大作用，葛擂硬一类善于量化的人士反倒是算不清楚的。

狄更斯与19世纪其他思想家之间也存在着明显的关联，大家一起编织着一个审视商业文化和机械因素的思想脉络，童话或传奇等概念不过是为了引出更多地思考。例如，著名思想家和艺术家约翰·罗斯金（John Ruskin, 1819—1900）高度评价《艰难时世》，认为狄更斯虽使用了漫画的造像法，却具有社会批评家（the critic of society）所具备的道德严肃性。②罗斯金也反对工业文明对美的因素的侵蚀，认为现代英国人只崇尚"精确"（accuracy, precision），只认"成功"和"实用"，于是都变得拘谨和委琐，而竟不知"不完美"（imperfection）和"粗犷"（rudeness, savageness）也代表重要的价值，竟不知现代的生产过程也完全可以体现自由的个性表达。③罗斯金对狄更斯的认同也提醒我们，读者不必总致力于挖掘狄更斯的所谓对整个社会制度的憎恨，而更应看到他这样的文人如何瞄准社会文化运作中具体的需要改进的目标，包括教育、艺术创作、工业设计和如今我们所说的环境保

---

① 这些内容见《序曲》(1850)第五卷，第447—457行。
② See Norman Page, ed. *Dickens: Hard Times, Great Expectations and Our Mutual Friend*, p. 34.
③ 罗斯金的此类观点在他的 *The Stones of Venice* 一书中（尤其在有关中世纪哥特式教堂建筑的章节里）得到很好的体现。

护等等。将 M'Choakumchild 译成"麦却孔掐孩",可以说体现了作者本意,但孩子们被掐死,未必总是政治压迫所为,也可以是很具体的教育方略所致。一些在现代人看来很正常的教育手段,一些文化和经济层面流行的价值理念,也可以导致人们的窒息。狄更斯在解释自己如何构思《艰难时世》时曾笼统地讲到,"我的讽刺目标不是别的,而是那些只认数字和平均值(figures and averages)的人——那些代表了这个时代最邪恶的、最巨大的弊端的人"[①]。

《艰难时世》全文出版时,狄更斯将它献给了托马斯·卡莱尔(Thomas Carlyle,1795—1881)。卡莱尔是来自苏格兰的思想家和史学家,在浪漫主义和维多利亚两个时代之间发挥了承上启下的作用,狄更斯将他选作题献的对象,也是向这位致力于调和有机的浪漫因素和机械文明之间关系的文化名人表达敬意。他甚至认为,《艰难时世》"所包含的一切都是(卡莱尔)和我所共同拥有的见解,因为没有任何人比我更了解你的著作"[②]。卡莱尔心潮频涌,思绪繁多,他的精神世界有时包含相互矛盾的侧面,但是,卡莱尔立足机械时代,却警告人们不要成为机器的奴隶,这才是狄更斯最想认同的一点,而且卡莱尔的此类思想的确也影响了后来的许多社会批评论家和作家。卡莱尔的名作《旧衣新裁》(*Sartor Resartus*,1833—1834)含有精神自传的成分,是一本不乏虚构的非小说。该书一上来就对当代社会文化给与概括性的评价,说"科学的火炬"现在"或许比以往任何时候都更加剧烈地燃烧",而且,"由它点燃的无数的蜡烛和火柴也都在四面八方闪烁,于是,无论在自然界还是人文领域,哪怕最小的石缝或狗洞都不能躲过它们的照耀"[③]。接下来:

> 何必列举我们有关社会契约、审美品味的标准或有关鲱鱼回游的专题学术研究呢?难道我们不是已经拥有了租赁学说、价值理论,以及各种各样涉及语言、历史、制陶业、灵异现象和烈酒的理论体系了吗?人类的全部生活和环境都被剥落得一览无余,陈示得清清楚楚,人类之

[①] Gilbert A. Pierce, comp. *The Dickens Dictionary*. Reprint of the 1878 ed. New York: Haskell House Publishers Ltd, 1972, p. 385.

[②] Charles Dickens, *Hard Times*. A Norton Critical Edition. New York: W. W. Norton & Company, Inc., 1966, p. 277.

[③] Thomas Carlyle, *Sartor Resartus*. Boston and London: Ginn & Company, Publishers, 1897, p. 1.

灵魂、肉体和财产的几乎任何一个碎屑或一丝纤维都会被取样、切分、蒸馏、烘干,然后进行科学解析,甚至我们的精神功能,无论有多少种形态,都有了相应地负责它们的斯图亚特们、库桑们和霍耶-柯拉尔们。①

这样的表述与狄更斯所要表达的意思已十分相似,亦呼应柯尔律治式的忧虑。但是除了思想内容之外,卡莱尔在《旧衣新裁》和《过去和现在》(Past and Present, 1843)等著作中所采用的那种站在制高点上指点时代弊端的手法也同样具有感染力。《艰难时世》首章的题目是"唯一需要的东西"(The One Thing Needful),这说明狄更斯也捕捉到一个有形无形的时代议题,笔法虽不乏讥讽,作者却攀至与流行的社会价值观念对话的高度,对象包括功利主义者、唯理性主义者、唯技术论者以及其他一些像葛擂硬那样的以为看清楚现时代所"唯一需要的东西"的自信满满的成功人士。

小说中这个与时代对话的题目也让我们想到后来另一位思想家马修·阿诺德(Matthew Arnold, 1822—1888)对流行理念的批判。阿诺德在其重要著作《文化与无政府状态》(Culture and Anarchy, 1869)中说,他给该书的第五章"开了一个大题目",叫做"Porro Unum Est Necessarium"(拉丁文:但是不可少的只有一件)。题目之所以大,是因为现实社会中自以为悟到"不可少"的生存法宝的人太多了,尤其是那些过分务实的清教徒:

> 清教徒面临的最大危险,在于自以为掌握了那知会他 unum necessarium——不可少的一件事(one thing needful)——的标准。至于这条标准究竟是什么,知会他的又是什么事,他的脑子里只有很粗糙的线条,但他已十分满足了,觉得自己什么都懂了,从今往后只需干起来就行了。②

文化的无序状态,并非由于整个社会出现了随心所欲的乱象,反倒是这种

---

① Thomas Carlyle, *Sartor Resartus*. Boston and London: Ginn & Company, Publishers, 1897, p. 2. 尾句中的三组人分别由三位思想家代表。根据《大英百科全书》的信息,杜格尔·斯图亚特(Dugald Stewart, 1753—1828)为苏格兰"常识(common sense)派"理论的代言人,他相信在数学原理和人类思维法则之间有可比性;维克多·库桑(Victor Cousin, 1792—1867),法国思想家,一度受到英国经验主义思想和斯图亚特式的常识理论的影响,以其对思想活动类型进行简单分割的做法著称;霍耶-柯拉尔(Pierre-Paul Royer-Collard, 1763—1845),法国政治家和哲学家,与苏格兰实证传统有思想关联,提倡"现实主义的'感知哲学'(philosophy of perception)"。

② 马修·阿诺德:《文化与无政府状态》,韩敏中译,北京:生活·读书·新知三联书店,2002年,第133—134页。这个译本已经再版。

"只需干起来就行了"的狭隘认识和实践所导致的,这是一种讽刺。至少,清教徒的实干精神很容易成为"庸俗、丑陋、无知、暴力"等市侩行为的护身符,这一关联我们有时想不到。

在《文化与无政府状态》的第六章,阿诺德引用了《泰晤士报》上的一段话:

> 生命有限,学海无涯。大多情况下我们都是先解决问题,理解的事以后再说。理论还是越少越好,现在需要的不是苦思冥想的启示。假如什么问题都不能解决,对理论也不能充分理解,那么我们就处于悲哀的混乱之中了。①

这是英国唯理性时代之后典型的对"苦思冥想"的忧虑,算是一种合理的反应。不过,不涉足大海,竟仅仅因为"学海无涯",这无疑也是怪诞的逻辑,是对人性向善潜能的抑制。阿诺德认为这种观点反映了"不善思考的"希伯来精神、自由党的自由贸易主义中的量化倾向,以及英国非力士人(philistines)的市侩哲学,其共同特点是崇尚看得见的经济成果,"相信房子和制造业多了,或人口增长了,其本身就是大好的事情,应当紧追不舍,应将其当偶像似的顶礼膜拜"②。但阿诺德以为,"解决实际问题"之说尚不能成为万能的、神圣借口,因为它与"文化"、与"对完美的追寻"并无必然关联。阿诺德顽强地让人文和经济这两个截然不同层面的话语之间发生关联,认为若远离文化,不求完美,就永无可能化解具体的社会问题,先富起来的个人也不可能享有真正的福祉:

> 完美本身是绝对的好事,但实业、人口之类的事情却不是,尽管我们常常将它们当作绝对的好事。我们一定不能让任何对实业、人口之类的盲目崇拜或工具迷信大行其道,制造出大批悲惨、沉沦、无知的人群,乃至其人数之众完全超出我们的负载。③

阿诺德所关心的是英国人是否能够换一个角度看待社会的发展,"倘若不去看建了多少城市、制造了多少产品,而是用别的标准衡量人类的福祉……社会进步的状况会好得多;"

---

① 马修·阿诺德:《文化与无政府状态》,韩敏中译,北京:生活·读书·新知三联书店,2002年,第174页。
② 同上书,第178页,另见182页。
③ 同上书,第178—179页。

> 当前的主要任务不是按我们脑海中已有的规划方案,去拼命地进行某些粗糙的改革,而是在文化的指引下,在我们一开始就赞扬、推荐的文化的帮助下,去创造一种思想氛围,只有在这种氛围中,真正有效的改革规划才能会随着时间的推移而出现并成熟起来。①

"思想氛围",当然不是所谓实干精神的氛围。具体讲,相对于那些务实的人们,他们

> 所亟需的是更为开阔的人性观念,这种观念会向他指出,除了他所了解和关心的问题外,还有其他的方面,人必须在这些方面也达到最优秀的境界。不存在所谓的 unum necessarium,不存在能使人性摆脱责任、不去力争在所有方面做到最优秀的"不可少的一件事"(one thing needful)。我们真正的 unum necessarium,是必须在一切方面都臻至最优秀。

如果执意要确定"眼下这个特殊时刻"的英国人必不可少的"一件事",那么,它就是能够"给予我们意识以自由活动的空间、能扩展意识的范围"的希腊精神(Hellenism)。②

阿诺德的这些论述让我们得以从"开阔"、"空间"和"扩展"等概念角度反观狄更斯笔下的"坚硬的时代",也让我们意识到,所谓"事实",也可以有多种不同的类型,量化的做法并不能涵盖一切。本书的目的,当然不是要谈论狄更斯等人的小说或散文类作品,也无意系统地探讨其他社会批评家的理论观点。狄更斯等人帮我们做了一个开场白,以近乎漫画笔法补充了柯尔律治笔下的凝重诗文,为我们展现了他们眼中的社会质感,铺开一个充满问题的场面,大家一起证明了一些时代议题的存在。我们以这样的方式开篇,在所展现的社会思想网络中,进而引出诗歌领域所特有的一些幽深而浓郁的思想画卷,如以上华兹华斯的"温德米尔湖少年"片断所示。在"坚硬的时代"里,诗歌艺术有其存在的理由和特点,这是本书希望探讨的一个方面;此外,本书也试图梳理诗语表述与时代议题之间的动态对话关系,看看诗人们如何呈示和诠释人类经历和思维中可能存在的开放空间,也借用西方玄

---

① 马修·阿诺德:《文化与无政府状态》,韩敏中译,北京:生活·读书·新知三联书店,2002年,第 173、185 页。
② 同上书,第 134—135 页。

学概念来说明,这样的不易感知和难以量化的空间反而是"真实的",拥有其实在性和绝对性,并对其他的生活空间施加着影响。

当然,诗歌的画卷不可能只有一个图案,真实的境域也不只有单一的景象。本书会频繁通过艺术意象来解读诗意内涵,因为诗人们多靠具体而生动的意象来表达思想,而我们所谈论的诗人,从布莱克、华兹华斯到叶芝等,所展示的意象种类不一,色调多变,都打上个人的印记,有关精神空间的思想也因此而各不相同。仅把我们目录中所列的诗人们粗略地比较一下:在布莱克的艺术世界里,真实的境域具有开放性,成为因思维方式的根本改变而豁然展现的无限天地,是任何具体的经历或事实所限制不住的;柯尔律治同样热衷于启示性的思维,着眼于超越一般的零碎知识之上的精神漫游和终极信念;华兹华斯则不断探索一个模糊而深邃的境界,模糊性于是有了十足的正面含义;雪莱和拜伦等人的开阔境界产生于他们俯瞰具体世俗景象的过程,他们因而对自然界中简单而实在的宏观大象产生亲和感;济慈可以很具体地仰视文学思维中所包含的富饶而高远的疆域,另外他也和丁尼生一样,勾勒一种因厌倦日常的有限空间而产生的对漾动的浪漫经历的憧憬;勃朗宁等人也显示出对于某种潜伏的海洋般境域的兴趣,更把海洋与情感和灵魂等相类比;叶芝则呼应济慈等19世纪英国文人对希腊精神的向往,认为散漫而自由的精神空间亦可以体现责任感,反而更能让人贴近人间生活和人类历史所具有的本来状态。有鉴于这些差异,我们不能将所有诗人都归入同一个简单的"真实"概念之内。

不过,诗意构思和诗语表述方式之间虽有所不同,所针对的目标也不一而足,但诗人们所展示的真实空间无论用"开阔"、"宏大"、"恒久"来形容,还是用"模糊"、"高远"、"幽邃"来表达,无一不是基于对封闭式思维方式的质疑;或者说,这些境域都具有开放性或纵深性,诗人们都着眼于能够在现实生活经历之外继续延伸的精神家园或诗性空间,而反对任何人在具体的社会生活中为人类的灵魂世界打上界桩,或将人们引向"如是而已"的事实的硬壁。

丁尼生在独白诗《洛克斯利宅》(Locksley Hall, 1837—1838)中,通过一位失恋者之口,高度概括了现代人在一个貌似广大、实则局促的生存空间里的不安和缺失感:

> 知识的确到来,但智慧却迟迟未现,我也在海岸上迟疑;
> 人类个体都在萎缩,而世间的俗务却越来越浩繁。(141—142行)

这两句著名诗行的原文是：Knowledge comes, but wisdom lingers, and I linger on the shore, / And the individual withers, and the world is more and more. "知识"与"智慧"发生对立，主要因为信息并不等于智慧。或者，所谓"知识"，多与新近揭示的各类事实有关。如此知识日渐繁复，好像世界也日益变得宽阔，能将个人淹没。然而，以上我们提到，知识和信息的积累虽有益于文明的发展，但是与思想空间的扩大并不完全是一回事；即便有多元或多维的渠道出现，并不证明每一元、每一维都能将人类引向开放的境界，有时倒好似众多死胡同，一条条凑在一起，与真正宽阔的智慧海域尚无必然关联。个人如果变小，世界也不可能变大；海岸之大，并不等于海洋。这些都是丁尼生所要传递的意思，在一定程度上也能代表其他诗人的见地。

再顺便提一下，这位失恋者之所以失恋，是因为一位比他更成熟、更富有的成功人士让他的女友埃米（Amy）移情别恋。文学史家一般认为，这位独白者身上有丁尼生的哥哥弗雷德里克（Frederick）的影子，也反映丁尼生本人年轻时以同样原因失去恋人的感情经历。若如此，则这首诗难免体现诗人自己对事物的感觉，他在对一种失恋现象的勾画中或将自己对某些时代风气的评价也放了进去。如再联系狄更斯笔下的葛擂硬一族人士，我们大致可以看到，受到追捧和赢得爱慕的时代英雄往往具备相似的特点：清醒、务实、有钱、成功。葛擂硬实际上被定型为流行价值观念的化身和集合体，比如他是中产阶级的代表，有实业，有一定的政治话语权，谙熟时代的所需和个人成功的秘诀；他不在意务实和功利之间有什么区别，也不大区分唯科技的量化思维与科学精神的不同，最终竟能使市侩心态和唯理性主义信仰之间发生某种吻合。

于是，我们在丁尼生和狄更斯等人所展现的、由葛擂硬等人所代表的社会景象中，就看到了另一个使诗人们相互关联的共同点：他们的创作基本上都与这种以中产阶级为主导的文化形态形成张力。当然，诗人们还不至于都狭隘到仅仅瞄准某种具体的市侩现象，不至于仅仅针对那些热衷于数字和事实的人们；本书所论也会说明，诗语内涵都相当丰富，甚至有些诗人会频频触及复杂的哲思层面。然而，浪漫时代及其所波及的后来一百年的特点，决定了诗人们尚未"堕落"到自说自话的程度，尤其我们所谈论的从布莱克到叶芝的这些作家，他们虽具有强烈的个人意识，但多是以个人世界为立足点和出发点，进而放纵对社会评判的冲动，有时表现出相当的严肃性和道德责任感。因此，狄更斯等人所描绘的人物的确可以代表诗人们需要与之对话的文化大背景,这个背景有时可以解释为什么不同的诗人会以不同的方式将我们的注意力引向大致相似的开放性因素。

德国右翼思想家卡尔·施米特(Carl Schmitt,1888—1985)曾在他的《政治的浪漫派》(*Politische Romantik*,1919,再版 1925)一书中,对 19 世纪的欧洲浪漫派现象进行了高度概括性的批判:

> 这些乍看上去得到极大拔高的东西,依然停留在不负责任的私人感情领域,浪漫派最精美的成就存在于私密的感情之中。自从有了浪漫派,艺术哪里还有社会性? 其结局要么是"为艺术而艺术",要么是极尽附庸风雅和波西米亚风之能事,要么变成了为私人兴趣的艺术消费者服务的私人艺术生产者。从社会学角度看,这个审美化的普遍过程,仅仅是以审美手段把精神生活的其他领域也私人化。①

施米特从政治义务和公共利益等层面审视浪漫派,所采用的是政治的视角。视角相异,就比较容易发现批判对象的弱点。还需注意,施米特视野宽阔,涵盖 19 世纪大部分时光,与我们所涉及的时段大致重叠,一定程度上也证明了总体谈论 19 世纪西方作家的可能性,尽管他所把握的涌动百年的思想脉络与我们所解读的英国浪漫诗人和后来继承者的概念并不完全吻合。另一方面,视野虽宽,焦距却有时失之狭隘,偶尔还带有一些因凭高纵论而产生的印象成分。"为艺术的艺术"和"审美"等概念的反复使用,说明作者比较在意后期浪漫派或一些较为极端的作家类型,尼采和某些颓废派的影子彰显出来。施米特本人在谈到作为"浪漫派和浪漫现象的终极根源"的"私人教士制"时,指出一些浪漫派都渴望暴露"疯狂"的一面,欲"成为自己的教士":

> 我们必须看看以其怪异的面孔刺穿色彩斑斓的幕布的三个人:拜伦、波德莱尔和尼采。他们是这种私人教士制中的三位大祭司,也是其三个牺牲品。②

这就是他在众多作家中所圈定的三大代表人物,显然符合西方人反观浪漫思潮时曾经持有的印象之一,其主要特点就是认为浪漫派艺术一味放纵"私人感情",无"社会性","不负责任"。若加上其他论家对卢梭等人精神遗产

---

① 卡尔·施米特,《政治的浪漫派》,冯克利、刘锋译,上海:上海人民出版社,2004 年,第 14 页。
② 同上书,第 18 页。

的清理,我们就不难发现一度存在于西方评论界的,也见证了白璧德(Irving Babbitt,1865—1933)、哈尔姆(T. E. Hulme,1883—1917)和艾略特(T. S. Eliot,1888—1965)等人思想观点的一种评价套式,这种套式犀利而有力,尤其能穿透所谓社会关注中可能的反"社会性"实质。然而,尽管不同诗人之间的确存在着可以被涵盖的关联和相似性,但在使用该套式联系具体文本或具体社会背景时,也会出现问题。比如,以白璧德等人为代表的新人文主义者需要考虑,为什么一方面我们可以反思19世纪有些欧洲作家将情感视为至高无上的原则这一做法的弊端,而另一方面也要意识到,狄更斯和勃朗宁等人对情感缺席的现代生活所进行批判有其必然性;为什么华兹华斯和狄更斯等人的affection概念与19世纪以前长期流行于法国文化界的sensibilité概念虽有一定关联,但分量已不尽相同。另比如,若仅就本书所谈论的这些英国诗人的创作实践而言,那么,这种套式也会与歌德以后的德国人有关英国作家最善于关注社会问题、最有道德责任感的另一种直觉性的评价发生悖逆。

至此,我们可以稍作归总。若以逆向方式定义"真实的空间",那么,与之相对者,一般包括作为启蒙运动副产品的极端唯理性思维、流行的功利主义认识、机械唯物论倾向、唯科技倾向、崇尚量化的文化行为、中产阶级市侩哲学,以及在社会中时而出现的沿单线条奔突的极端政治思维。现代社会的这些倾向往往体现在一些具体的处事态度中,比如避虚就实,舍远求近,及表不及里,重末不重本;或者,重自然科学而轻人文修养,重史实研究而轻文学想象,重精确度而轻模糊性,等等。

仍需说明的是,本书所论,并非一种简单的开放概念。即便摆正实与虚、近与远的关系,做到由表及里或由末求本,也并不意味着一个人的思维就自然而然进入到某种简单的开阔空间。文学想象同样可以将人引向某个"终端"。人文学者常说"终极关怀",无非也是暗指最终价值尺度的存在。济慈以后的诗人对主观世界的复杂性有较多心得,但柯尔律治和华兹华斯则对某种先验的主导原则有相当的认同,甚至柯尔律治可以将想象的能力视为道德的力量,认为想象的目光可以让人在大千世界中洞见上帝的最终旨意。在《伊俄勒斯之琴》(The Eolian Harp,初作于1795)这首诗中,柯尔律治认为风奏琴的乐声犹如某种在空气中颤动的元素,代表了"内在和外在于我们生命的同一的精魂(the one Life),/与一切运动合拍,成为一切的魂灵"。①在这里,诗人有关风与声音的视点具有泛神论的性质,尽管他表达这一观点的方式不期然与西方新柏拉图主义有关"多"(或译"繁复")与"一"(或译"太一")的话语概念相吻合。柯尔律治当然并不满足于这种吻合,他在该诗结尾会变相责备自己不该纵容思想的漫游,而应更谦卑地信仰至高的上帝。

华兹华斯更是在著名的《〈抒情歌谣集〉序言》(Preface to *Lyrical Ballads*,1802)中屡次提到"我们人性的原始法则"(the primary laws of our nature)、"普遍的原则"(general principles)、"基本的情感"(elementary feelings)以及"自然的恒久的形态"(permanent forms of nature)等终极概念,视之为诗人认知和揭示的最终对象,似乎不管海中的鱼群还是天上的游云,都受一种原始力量的支配,更不用说人头攒动的社会之海。社会改革家或社会风潮中的人士都要学会尊重这些基本的法则,而不要动辄试图颠覆它们。可是,倘若总盯着一种黑沉沉的基本因素,如何做到兼顾空间概念?

以上提到施米特,他的书中有另一个部分也给我们提供了思考的头绪。他提到,德国浪漫派思想家施莱格尔兄弟和早期浪漫派诗人诺瓦利斯对《法国革命思考录》(*Reflections on the Revolution in France*,1790)的作者埃德蒙·伯克(Edmund Burke,1729—1797)产生了强烈的兴趣,诺瓦利斯更称"伯克写了一本反革命的革命性著作":

> 那时"革命者"和"浪漫派"仍然是同义词。但是反革命也能成为浪漫派。换言之,从法国大革命和伯克的巨大痛苦和强烈情绪中,都可以找到审美与效仿的刺激。伯克所关心的事情、他的敏锐的历史感、他的民族共同体意识、他对强行"制造"的厌恶——在他看来有着历史和政治意义的一切,都被转移到另一个领域并被浪漫化了。

于是,居然"伯克也可以站在法国大革命、费希特和歌德一边"。② 也就是说,在浪漫派眼中,只要你能够俯瞰人间,通览历史,滔滔雄辩中还表现出"巨大痛苦",那么,即便你关心的是历史传统和国家秩序,你也已经具备了浪漫的

---

① 见该诗 26—27 行。伊俄勒斯之琴以风神伊俄勒斯(Eolus)的名字命名,是当时流行于欧洲上流社会的玩物。本书第六章对此有专门论述。
② 卡尔·施米特:《政治的浪漫派》,冯克利、刘锋译,上海:上海人民出版社,2004 年,第 122 页。

气质;你的"强烈情绪"和法国大革命的激情最终都可以成为人家"审美的机缘"。反过来讲,浪漫派未尝不能是保守派,他们也可以盯住所谓黑沉沉的终极原则,也可以在政治理念和道德观念方面不那么开放。形式比内容来得重要。

当然,尽管伯克的保守原则并不妨碍他对任何神秘而未知的宏观大象产生兴趣,但施米特所记录的诺瓦利斯等人的思想逻辑仍嫌古怪,也有一点离题,我们暂不需要如此浪漫派式的辩护,还要看伯克以及他所影响过的华兹华斯等人盯住了什么样的原则,另需分析"开放性"、"开阔"和"真实"概念的复杂内涵。本书将主要在第五、第六章谈论柯尔律治时就这类问题做一些探讨。柯尔律治所谓"同一的精魂",虽体现超然的因素,却不是封闭的概念;封闭的思维方式反而看不到它。它不可量化,是实在而非实体,是法则而非条款,就像一个富有活力的意象,虽形态模糊,却在那里影响着我们,体现了高一级的真理。它会反过来要求人们启动非同一般的开放性思维,从一般的联想激变为深刻的洞见,洞见到平时社会生活中我们浑然不觉的另一个天地。

有关艺术想象可以让人们触及不凡的精神层面的话题,欧洲思想界的经典论述并不少见,远一点的像黑格尔、尼采和海德格尔等,都能在不同侧面依次成为可用的例子。但具体涉及开放性思维可以引向无限的意象这一具体问题,一位现代文学界内部人士的观点可供我们参考,他就是意大利作家和文学理论家翁尔贝托·埃科(Umberto Eco, 1932—)。埃科的立场还有助于我们联系时代背景,探讨文学文本作为小世界与外部大世界之间可能存在着的并行关系和映照关系。

埃科的理论著作《开放性著作》(*Opera aperta*, 1962)①从美学角度谈论所谓小世界的开放性。他首先提出其多角度解读理论:"其实,艺术作品之形式是否能够产生美学上的有效性,仅仅在于它是否能从众多的不同角度被审视,被理解。"②当然,艺术作品本身须是一个完型的"整体",然后才可能显示其并非坚硬实体的内部空间;"关闭"与"开放"之间存在着辩证关系:

> 因此,一件艺术作品,由于具有平衡的有机整体性而变得独一无二,于是其形式是完型的和关闭的(complete and *closed*);但同时,它又

---

① 本书使用的是英译本 Umberto Eco, *The Open Work*. Trans. Anna Cancogni. Cambridge, Mass.: Harvard UP, 1989。

② 同上书,第3页。

由于能够被人从无数的角度做不同解释而成为开放的产品。当然，这些不同的解释并不能侵害它的不可杂交的特殊性(unadulterable specificity)。①

埃科所言，并非简单地针对艺术作品。如果他只说了这些话，他的书至多只能被视为强调卡夫卡和乔伊斯等现代作家作品之多变含义的著述，比如能让现代读者联想到"接受理论"(reception-theory)等一些后来的评论观点。埃科的美学理论比这要复杂，尤其提供了第三维的思想路径。他认为艺术品内涵的无限可能性与世界的丰富性并行，或者说，不断被发现的生活空间会让一些作家产生强烈的体认，而艺术形式的建构一定会反映这一点。他说：

> 在每一个世纪，艺术形式构建的方式反映了科学或当代文化认识现实的方式。中世纪艺术作品的构思之所以是封闭的和单一的，是因为在艺术家的概念中，宇宙万物都以不变的和预先注定的方式按上下主次排列成序。作为说教的工具，作为重心单一、不可缺少的仪器（因为其内部的格律和韵脚都依从僵硬的模式），如此作品不过是反映了三段推理法(the syllogistic system)，即那种涉及必然性的逻辑，那种宏观演绎的心态。按照这种逻辑，现实可以被一步步剥蚀得一览无余，整个过程不会有任何可被事先预见的障碍，且沿单一方向推进，起始点就是那些基本的科学原理，而在艺术家眼中，这些基本原理(first principles)与现实的基本原理别无二致。②

而在与中世纪艺术相对的另一个极端，"我们在象征派运动的颓废分支中所看到的那种'开放性'则反映了一种力图展现崭新远景的社会文化"③。埃科并不把19世纪的各个阶段划分得很清楚，甚至认为浪漫主义的特点延续百多年，有关认识在世纪末的象征派诗歌那里达到一定高度。这一点需要我们留意。④

具讽刺意味的是，现代科学与现代艺术曾经并不矛盾。埃科告诉我们，

---

① Umberto Eco, *The Open Work*, 第4页。带着重点的字代表原文中的斜体字。
② 同上书, 第13页。
③ 同上书, 第14页。
④ 同上书, 参见第8页。

现代科学的发展促使人们更加尊重多样化的个人经历,于是包含相对因素的现代经验主义思想应运而生。我们甚至可以补充一句,葛擂硬的那些同样强调事实的经验主义先父们曾经在文学艺术界发挥了相当积极的作用,他们只是不能预见到后来的人竟会变得如此教条和琐碎,一些理论在社会生活和经济领域的运用竟会变得如此极端。埃科举例说:

> 实际上,巴洛克艺术的开放性和动感标志着一种全新的科学意识:实心的触体(the *tactile*)被视觉的画面(the *visual*)所取代,这意味着主观因素开始占上风;于是,人们的注意力也开始从建筑与绘画产品的实质(essence)转移到它们的外观。这一情况反映了人们对一种涉及印象和兴奋感的心理学日益产生浓厚的兴趣——简言之,一种经验主义理论将亚里士多德式的有关真实本质(real substance)的概念转化为观者的一系列主观感受。另一方面,由于不再固守作品的基本焦点(the essential focus),不再将某个视角强加给观者,美学方面的革新实际上持续地反映着哥白尼式的宇宙观。这种宇宙观最终淘汰了地心说概念以及与其联姻的各种玄学建构。纵览现代科学的宇宙,就像建筑艺术和巴洛克的绘画产品所体现的那样,各种各样局部的组成部分都被赋予了相同的价值和尊严,最终的整体建构扩展为一个接近无限的总和。①

一旦可以摆脱坚硬的实体或单一的实质,能够开拓的空间就太多了,而且开拓过程并非止步于松散的相对状态,并非一加一等于二的量化累积,而是促成扩大了的"总和",像是九九归一,达到无限。埃科眼中的经验主义最终不是崇拜个体事实,而是尊重可能的丰富性和无限性,科学的世界观只是增加了我们对这种可能性的认识。虽然概念不完全相同,但在一定程度上,埃科的这一思想可以协助我们理解伯克和华兹华斯在开拓精神和感情空间的过程中所洞见到的最终"法则"。或许他们的终极价值也是一种深度空间的"视觉的画面",或称"深深的意象",而非单"实心的触体"或可量化的僵硬概念;其象征性大于其实用性,其可洞见性大于其可限定性;它是自由个人之"主观感受"能力和开放意识的最终见证,也是对这一意识的奖酬。

回过头来看文学作品,我们也会发现并行的特点,新时代的重要诗性文

---

① Umberto Eco, *The Open Work*, pp.13—14.

本也会凸显丰富的内部空间以及总和起来接近无限的含义,作家的创造力也不会再被封顶。埃科追溯了英国浪漫时代之前的欧洲文坛上所发生的一些变化:

> "纯诗歌(pure poetry)"概念渐趋流行,正是因为那些笼统的概念和抽象的清规戒律已经过时了,而英国的经验主义传统则给诗人的"自由"以越来越强的支持,并为此后涉及创造力的各种理论搭起舞台。从伯克有关文字之感情力量的宣示,咫尺之间就发展到诺瓦利斯关于诗歌的认识。诺瓦利斯认为,作为一种感觉朦胧和轮廓模糊的艺术,诗歌以感染力(evocative power)作为其单一的能力。倘若某个思绪能够"为各种概念、世界观和态度提供更大的互动和相互汇入的空间……",那么,诺瓦利斯就会认为它更具原创性,更令人兴奋。①

在此,诺瓦利斯显然也不排斥包含概念因素的"思绪"(idea),甚至也拥抱了观念和"态度",但是这些概念不仅能够在互动中"相互汇入"对方,其整体更汇入那个"轮廓模糊"的艺术空间中,最终被艺术作品所体现的,是一种动态的总体意念,而非具体的操作守则。埃科补充道:"重要的是,要防止某个单一的观念从接受过程的一开始就占据主导地位,"要接受其他的思考空间,甚至"诗歌文本"的排印方式和字词间隔等因素,都会"创造一种不确定性的光晕,让文本饱含无限可能的暗示性(suggestiveness)"②。

埃科在法国存在主义思想家梅洛-庞蒂(Maurice Merleau-Ponty,1908—1961)那里找到共鸣。梅洛-庞蒂认为,"对物的和对外界的重视只能是表达了对完整合成(complete synthesis)的假设"。但这种量化的理念并无现实的印证,因为事物的实质是不可量化累加的"模糊性"(ambiguousness),

> 而无论我们指的是存在的性质,还是意识的性质,这种模糊性都不代表它们的不完美,反倒成为它们的最终定义……人们通常以为,人类意识是一片得到极致启蒙的明亮区域,其实正相反,遍布该领域的唯有不确定性(indetermination)。

因此,梅洛-庞蒂指出:"一件物体,或者外部世界,都须要向我们展示其'开

---

① Umberto Eco, *The Open Work*, p. 8.
② 同上书,第8—9页。

放性'……并能永远预示未来的解读,这一点至关重要。"[①]无论作家的创造性,还是我们对世界应有的认识,都在此得到理论的后援。

我们援引埃科,也是要把另一个含有一点讽刺意味的思想内容先行咀嚼一下。埃科说得对,无论是文本,还是世界,都含有陌生的空间,尚未确定,不能动辄量化。然而,在埃科对于早期经验主义的认识中,缺少了布莱克等人看问题的视角,即:为什么强调个体意识和相对论概念的经验主义理论有可能导致对人格和创造力的压迫,为什么思想解放运动最终也可能产生制约或禁锢思想的效果。众所周知,在欧洲浪漫主义时期之前的一百多年的时间里,的确发生了可以被称作思想解放运动的启蒙运动,它所针对的是一成不变的教条理念、抽象的玄学冥想和宗教方面的迷信,所崇尚的则是理性、科学,以及对个人的尊重。笛卡儿的强调个人智性活动的"我思"(cogito)、牛顿所发现的科学定律,以及约翰·洛克(John Locke,1632—1704)的经验主义思想等等,都对启蒙时代产生积极的理论影响,也为"现代性"概念的形成、甚至为后来的欧美主流文化的形成,奠定了基础。

在社会经济层面,具体就18世纪的英国社会而言,中产阶级不断壮大,自由贸易因素持续增加,社会和个人的财富得到积累。虽然贫富之间和城乡之间等诸种差别也在加剧,但整个社会所激发出来的活力的确显而易见。经济与文化之间有相辅相成的关系,至少经济的成功增强了务实的信念,也维系着人们对多样化世界的兴奋感。反过来则是对封闭式教条思维的反感、对任何思想禁锢的忧虑,以及对那种可能超拔于客观事实之上的事实的怀疑。"事实"和"常识"等概念成为时代的旗帜,顺理成章。在一定意义上,葛擂硬有关"事实"的言论也是这种启蒙时代的习惯性怀疑行为的自然延续,继续反映着对玄思、幻想等"无用的"主观心理活动的忧虑。狄更斯把这种忧虑漫画化,也有一点欠公允,比如当时就有评论家指出,蒸汽机等所代表的机械因素其本身并非什么大恶,"即便杜绝了事实与数字,(《艰难时世》中所描写的)焦煤镇的痼疾也不见得就能被治愈。"[②]另有现代评论家说到,狄更斯对英国功利主义思想奠基人边沁(Jeremy Bentham,1748—1832)式"量化法"(the Benthamite calculus)的处理有些简单,无视其"复杂性和完整

---

① Umberto Eco, *The Open Work*,第8—9页,梅洛-庞蒂的上述一系列引语见第17页,埃科在这一页上大段引用他的原话。
② Norman Page, ed. *Dickens: Hard Times, Great Expectations and Our Mutual Friend*. London and Basingstoke: The Macmillan Press Ltd, 1979, p. 32.

内涵"。①

简言之,启蒙运动的初衷不是要限制思想,而是要解放个人的认知力,将尊严还给个人,进而释放整个社会的创造力。但是,主流思想中也会有支流或逆流,一些对启蒙式思维进行反省的观点也渐露端倪,随布莱克等人的文学表述而达到相当的烈度。站在现代思想旅程起始点的笛卡儿对不同理论流向的出现负有责任,因为无论唯物论者或唯心论者,都可以从自己的角度理解和挖掘他的哲思内涵。大家都可以在其中看到对个体的重视,只是有人在"我思,故我在"这个充满活力的命题中看到脚踏实地的常识性,看到对个人智性的倚赖;另有人则发现个人的精神空间,发现强大的先验原则。两类人都可以谈论人类经验的丰富性,但在后者的眼中,前者所代表的经验不甚充分,不够洞达,因为热衷于确定性概念和事实的思想惯性阻碍了他们进一步的发现。

一旦经验主义和理性概念蜕变为极端而机械的唯理性思维,一旦启蒙思想演化为对软性模糊因素的恐慌和对一点点个人智性判断力的过分自信,所谓思想的解放就会变成对思想的压迫,"事实"就会成为新的教条,最终像文学(尤其是诗歌)这样依赖未知空间的文化活动是否有必要存在,都会受到怀疑,这是埃科未充分探及的讽刺。19世纪英国主要诗人着眼于进一步的精神和感情空间,视想象力为精神的力量,也是对这一讽刺的反应。启蒙思想的某些极端成分竟然与法国革命中暴力和混乱状态的出现有一定关联,这也让文人们找到反思的理由,让他们意识到,仅仅依赖僵直的理念判断和浅近的逻辑推理,不仅不能必然促成理性的自治,反而可能反映真正的疯狂,无论在政治还是文化、经济领域,都可能印证这种无秩序的存在。"开阔的空间"代表了更宏大的视野和更洞彻的思维,其认知对象是更大、更高的原则和秩序,这无论对社会还是个人,都具正面意义。可以说,在一定程度上,我们所谈论的是对思想解放的解放,是对理性时代之忧虑的忧虑。

我们从很大的文化背景回到诗歌的疆土,这是本书具体的任务。近现代英国诗坛存在着一个思想和意象的宝库,我国许多读者都知道那些诗人的名字,但对一些关键作品和重要的诗意构思,我们尚需要增加熟悉程度,或许可以在我们的文化语境中,探知一点许多年前发生在另一个文化语境

---

① Monroe Engel 的观点,见 Charles Dickens, *Hard Times*. A Norton Critical Edition. New York: W. W. Norton & Company, Inc., 1966, 第 359 页。边沁的确提出了"福祉运算法"(felicific calculus)概念,用以量化人类幸福的程度,为他的朋友和反对者所熟知。

中的各种思想形态。不过,从另一个角度讲,尽管我们兜了一个大圈子,审视了不少涉及文化和思潮的背景画面,但当我们回到诗语的内部空间时,我们似应服从于另一套不尽一致的话语的制约。打开窗子向外看,是一种看法,或许有助于认识屋内的摆设,但是,"向外看"这个重要手段尚不等于绝对必然的途径。尤其相对于诗歌作品而言,内部空间亦十分巨大,其丰富的画面并不能被窗外的景色所完全涵盖。我们谈论的是真实而开阔的空间,倒是要防止频繁移身窗外,反过来用一个生硬的窗框套取内部的景色,这一层意思前面已略有表达。或许美国当代批评家斯坦利·费什(Stanley Fish,1938—)若干年前在牛津大学系列讲座中说的一些话值得我们当作额外的参考。

　　费什和米勒(J. Hillis Miller,1928—)等当代较有影响的美国学者不断在后现代理论旋流中调整自己的立场,既有一定的附和,又有相当的保留,表现了当代学人典型的困惑。他们发展出"职业正确(professional correctness)"的说法,算是对"政治正确"概念的反制。具体讲,费什一方面反对过于保守的治学手法,对当代"文化研究"(cultural studies)的理念与实践有相当的认同。比如,他反对在文本与历史语境、文学与其他学科之间划出生硬的界线,认为有些经济学教授说得对,所谓"学科",实际上受制于偶然的历史和社会因素,因此处在不断演化为"他者"(other)的过程中,其疆界自我解构,其自身逐渐瓦解。但是,费什最终采取了的中间的立场,既重视文化张力,也强调内部挖掘。于是,在对文化研究的观点做过正面评价之后,费什问道:"So what?"

　　　　姑且说,(学科的)那个自我推销的自立整体(unity)其实只是个摸彩的大口袋,里面都是些<u>互相之间扯不上关系联的物件</u>,而它们之所以跑到一起,只是因为有些概念如鸡笼一般把它们围了起来,或由于政治与经济之间的结盟关系不断变化,或者,有人想控制知识的生产(production)和传播过程。不过,揭穿这个事实,并不能使那个自立的整体消失;我们只解释了这个整体是如何做成的,并不能证明它不是个整体。……

　　　　即使学科之间的区别都是社会的建构,而且,因为是建构,所以它们在理论上可以被无限地重新分类,但无论如何,这些区别毕竟具有<u>实际的效力</u>,而只要它们仍有效力,那么,一个简单的道理就会永远摆在那里,即:试图搞清楚一首诗到底是什么意思的活动大大有别于试图弄明白一首诗的哪一种读法会对战争进展或对推翻家长政治有所贡献的活动。①

费什在一系列讲座中试图归纳出一个结论：

> 倘若文学——按照大多数后浪漫主义的理解——占据了（或有权享有）"想象"的领域，那是因为其他业界（法律、社会学、化学和工程学科在此可以成为有意思的不同选项）都是通过对想象领域的拒斥（此乃成事的，而非败事的姿态）而达到它们的自知（和他们的方法论）。它们各自都会推开"属于"他处的责任和业务，认为与己无关，并以此获得自己的特许权。②

尽管这一相互排斥的关系恰好证明，学科的确立都是看别人的脸色行事的结果（于是大家实际上都相互依赖），然而：

> 即使学科的可辨认性受制于其疆界之外的或逸于其外的东西，或它所不能容纳的东西，但是，若因此以为可通过超越它、向远处瞭望的方式来更牢地抓住这种可辨认性，那就错了。③

费什列举的"犯错者"中包括英国学者伊格尔顿（Terry Eagleton, 1943—　）等一系列拥有社会学和历史学思维方式的当代评论家，认为他们虽然为我们贡献了另一种重要的文本，但另一种文本并不能必然成为更高的、能取代其他文本的文本。"聚焦于更大的文化"（focusing on the larger culture）并不等于对具体作品的最终聚焦方式。④本书也"聚焦于更大的文化"，但笔者也会提醒自己以开放的心态任内部的景色自然展开，毕竟我们谈论的是开阔的空间，而不仅仅是一个概念。

联系费什的观点，我们不妨再援引另外一位当代学者的感受。2004年，美国哈佛大学文学教授海伦·范德勒（Helen Vendler, 1933—　）发表《诗人也思考》（*Poets Thinking*）一书，其中第一章谈论英国18世纪诗人亚历山大·蒲柏（Alexander Pope, 1688—1744），以范德勒本人一次参会的经历开

---

① Stanley Fish, *Professional Correctness: Literary Studies and Political Change*. Cambridge, Mass.; London: Harvard UP, 1995. pp.74—75. 带着重点的字代表原文的斜体字。
② 同上书，第75页。带着重点的字代表原文的斜体字。
③ 同上书，第76页。
④ 同上书，第78—79页。

篇。她说,1983年时,"跨学科的做法开始风行",当时哈佛的文学研究会内有些负责人认为,何不专门拿出一部文学作品,请其他学科的"从业者"来谈一谈,看人家怎么说,这应该是一件"有意思的事"。决定做出后,文本也随即选定:蒲柏的名诗《论人类》(Essay on Man, 1733—1934)。而跨学科请来的发言人有三位,两位来自哈佛本校,分别是哲学系和政治科学系的教授,另一位来自校外,是知名人类学家。范德勒坐在听众席,说她听到这三位学者依次否认了这部作品与现时代的任何相关性。哲学教授说,如今哪还会有什么人相信诗中的"Whatever is, is right"(直译:只要是存在的,就是合理的)这类表现启蒙运动乐观主义的话?政治科学学者说,现今的政治哲学不大可能再去支持蒲柏的社会等级观等思想成分。人类学学者则认为诗中有关"生命的巨链"(the Great Chain of Being)的说法"不科学",甚至是"断然的谬误,因为各种进化的序列中不知有多少的断裂"。范德勒说,这三位发言人最后都以"某种自以为是的神情"总结道:"今人比蒲柏聪明";而有些诗作,"不管其作者多么著名,"该被"打发到"博物馆去了。

范德勒说这件事是一个"丑闻",说她感到"愤慨","替蒲柏痛心"。尽管她在该章结尾处期待不同的跨学科学者对《论人类》有更恰当的理解,但她并不认同任何与文学思维截然异质的解读方式。简单讲,她习惯性地捍卫诗歌本身所特有的思想疆域和意象空间,认为不能那样读诗,不能仅凭平面的文化概念或政治观念就判定一部作品的优劣或是否已经过时:"'思想观念'(ideas)一旦具体体现在伟大的诗歌中,会经历独特的被作用过程";诗人在"摆弄思想观念时"也指望"唤起""闪光的才思"(intellectual brilliance)。① 或许范德勒的告诫不仅适用于跨进来的学者,也值得诗歌研究领域内"心不在焉"的所谓从业者们参考。跨学科本身没什么问题,尤其在拥有了业内所需的足够能力之后。只是所期待的异曲同工往往蜕化为同工(跨)异曲,不同思想领域的有机互动蜕化为异类专业话语的客串,或者话语的增多往往被当作思想空间的扩大。其实这都不是一回事。自恃聪明的态度中可能体现了不当的思维方式,最终妨碍我们与那些聪明得多的巨人对话。

本书大致汇集本人近十年来的心得,有些内容曾出现在此前发表过的文章中,成书过程做了修改,有的局部保留了原样,总体上则有较大扩展。第二、四、五、九、十、十一章中的局部内容曾在《国外文学》期刊发表;第一、

---

① Helen Vendler, *Poets Thinking: Pope, Whitman, Dickinson, Yeats*. Harvard UP, 2004. 这一段所引用的内容见该书第10—12页。

八、十三章的主要部分曾发表于《外国文学评论》期刊；第七章局部内容发表于《四川外语学院学报》。谨向这些学刊和有关编审人员表达诚挚的谢意，尤其感谢盛宁先生和刘锋教授长期以来对本人的帮助。第三、四两章所及内容的写作过程曾有幸获得教育部留学回国人员科研启动基金的资助。此外，本书亦得到北大欧美文学研究中心的资金支持，特在此感谢申丹教授。2009年北京大学社科部对基础性课题研究的资助也让本人获益。

这些年，本人与北大英语系系内同事和同学们的交流让我源源不断得到启迪，给我信心。换一个环境，或许这段经历中就会少了一点方位感。感谢这些良师益友。

在本书的出版过程中，北大出版社外语部张冰主任付出大量心血，感谢她对本书的认可和对本人的帮助。

除专门标明外，本书所用引文的汉语译文均为本人所译。

2012年冬北京海淀西二旗

第一章 岩石即洞穴:布莱克的魔鬼作坊

在英国文学史上,兼有艺术家和诗人两种身份的威廉·布莱克(William Blake,1757—1827)以其文思和哲思的深奥难解为读者所知。他的表意方式独特,诗性思维浓烈,思想内容方面则具有复杂而个性化的体系,甚至表现出神秘主义倾向。他在世时,其文学作品和思想并未广为瞩目,多年后渐被回眸,后经过美国诗人沃尔特·惠特曼(Walt Whitman,1819—1892)和爱尔兰诗人叶芝等现代巨擘对其思想的传承,终被视为现代文坛先驱和预言家之一,欧美许多现当代文人的作品中暗含着布莱克式的思想基因。可以说,在倡导开放性思维方面,其所达到的思想烈度和高度难以被超越。

本章从他的一段随笔性文字谈起,然后聚焦于其著名的魔鬼作坊意象。1810年,布莱克欲办个人画展,展示一幅其若干有关最后审判日主题的作品之一,是壁画,较容易让人联想到米开朗基罗在西斯廷教堂(Sistine Chapel)所绘制的那幅同主题的著名画作。画展没办成,一些文字说明却以零散片断的形式留存下来,后被学者们编辑成文,题作《最后审判日一景》(A Vision of The Last Judgment)。该文以其对"灵视"(vision)和"喻比"(allegory)这两种思维或表意方式的区分为研究者所熟知,但其内容可能比我们想象的还要复杂一些。比如,即使从字面意思看,所谓"最后的审判",是指在两个层面发生的事情:第一是画面中的景象;第二指观者观看画面的过程,似乎观众的灵魂也要依照其对艺术品的反应力和解读能力而接受审判。以下是布莱克的一段原话译文:

> 倘若观者能够乘着思考的烈火战车接近这些形象,并凭借想象力进入他们的躯体;倘若他能够进入挪亚的彩虹或进入他的胸怀,或能够使这些奇异的人物之一成为自己的朋友或伙伴;倘若他能够不再忽视他们的恳求,而依嘱弃别凡俗的事物,那么,他就能飞离自己的坟茔,就能在空中谒见圣主,就能幸福。笼统的知识(General Knowledge)是遥远的知识,在具体的细节中才存在着智慧和幸福。无论就艺术还是生活而言,千人一面的大块处理方式并不可取,若称此为艺术,无异于称

硬纸板的人形为人类。每个人都有眼睛、鼻子和嘴巴,这一点连白痴也知道,但只有那个能够进入画中、能够最细致入微地对各种风格、意图和各种类型的人物进行鉴辨的人才是智者,才算是智理通明的人,而一切艺术都以这种鉴辨力(discrimination)为基础。所以我也恳求,观者应该留意各种手部、脚部,以及各种相貌特征,它们都揭示性格,而所画的每一条线都不可能不含意图,这一点最能说明问题,也最具体。〈就像诗歌不会允许任何一个无意义的字进入其中一样,绘画中的哪怕一粒沙子或一片草叶也不会〈没有意义〉,更不用说某一处貌似无足轻重污点或斑痕。〉①

艺术家绘制出最后审判日的画面,肯定要依赖灵视的才能,否则就看不到那个景象;而观者凭借想象力,也可以进入画中,进而接受耶稣的赐福。因此,能否启动灵视的想象力,无论对于画家或观者来说,都是一种审判,想象力不够者,不能升入开放的空间("空中")。此外,想象力并不妨碍观者对细节的关注,反倒是"笼统的知识"阻止他升离俗界的禁锢状态("坟茔")。由局部看到整体画面中的意义,看到细节在整体构思中的有机关联,最终悟见到总和中的无限,这样的丰富性只有在超越了"千人一面的大块处理方式(General Masses)"之后才能获得。"笼统的知识"代表了简括式的思维方式,它与艺术性的思维不一样,所依赖的是概念,而非意象;是机械的分析,而非内在的反响。

在布莱克眼中,代表凡俗世界的"坟茔"同时也是一个倚赖所谓客观分析和"经验之谈"的世界,体现较低水平的思维方式,比如他所鄙视的唯理性主义,就处在这个较低的平面上。布莱克进一步谈到灵视中的开阔空间:

> 在这里,他们不再一味谈论什么是善,什么是恶,或者什么是对,什么是错;不再一味迷陷在撒旦的迷宫中而不能自拔,而是与那种存在于人类想象中的永恒的实在(Eternal Realities)进行交流。我们生存在受生与死制约的世界,我们若想成为画家,若想成为拉菲尔、米开朗基罗和古代的雕塑家那样的人,就必须丢弃(cast off)这个世界。如果我们不能丢弃这个世界,我们最多也只能成为那些最终被别人从艺术领域

---

① William Blake, *The Complete Poetry & Prose of William Blake*. Ed. David V. Erdman. An Anchor Book, New York, Doubleday, 1988, p. 560. 原文很少用标点符号,此外有些符号依照了原文的用法。另外,原文一些关键名词均是大写。

丢弃和遗忘的威尼斯画家。①

即便我们不想成为画家,但是根据布莱克的逻辑,那种不甘心机械地受物质现实制约的艺术型思维方式并非与我们无关,否则,时间的链条就过于沉重,我们生命中所看到的"画面"也就过于简陋和零散。最终布莱克认为,由艺术家和观者在不同曾面创造的最后审判日景象是一个"压倒劣等艺术和科学的过程",而劣等的思维方式被压倒,是因为它所倚重的"物质基础"并不牢靠,且具有自我颠覆性:

> 唯独只有精神的事物才是真实的,被人称作"物质"者(Corporeal),谁知道它住在什么地方。它身处荒谬,其存在是个骗局。离开心灵或思想,哪有什么"存在"？若不是在平常人(a Fool)的心灵中,哪有什么"存在"？②

1. 挪亚的彩虹

需要说明的是,布莱克所谓"挪亚的彩虹"(Noah's Rainbow)是一个很有意义的概念。观者能否在开阔的空间见到耶稣,先决条件之一就是能否凭想象力进入或享有这道彩虹,或能否使"奇异的人物"成为自己的朋友。那么,"挪亚的彩虹"和"奇异的朋友"是指什么呢？读者对《圣经》中挪亚方舟的故事不会陌生,具体反映在画面上,依照布莱克本人的文与画所示,挪亚的艺术形象在最后审判的场面中占有较明显的位置。他与另外两个人一起,形成一个奇异形象的组团,代表了与大洪水有关的"那些状况":"一道彩虹如天蓬,罩在他们头上,而挪亚位居中央,左手边是闪(Shem),右边是雅弗(Japhet),这三个人代表诗歌、绘画和音乐,这些是人类所具有的与天堂交流的能力,未被大洪水摧毁。"③闪和雅弗分别是挪亚的长子和幼子,在他们三

---

① William Blake, *The Complete Poetry & Prose of William Blake*. Ed. David V. Erdman. An Anchor Book. New York: Doubleday, 1988, 562 页。"威尼斯画家"大概指由贝里尼(Jacopo Bellini, 约 1400—1470)首创于意大利文艺复兴时期的"威尼斯画派"名下的画家,布莱克大概凭个人认识,以为这个画派相对于佛罗伦萨等地的艺术风格来说,在想象和表意的烈度方面有所欠缺。
② 同上书,第 565 页。
③ 同上书,第 559 页。Japhet 一般拼写为 Japheth。

人的上下左右,是一些代表了信仰、纯真和欢悦的形象,比如一些女性和幼童。①

根据《圣经》中为人熟知的叙述,挪亚的彩虹象征上帝不再用洪水惩罚人类的承诺,但布莱克显然做了发挥。由于进入彩虹和进入挪亚的胸怀大致是一回事,因此,彩虹之辉煌也可以代表诗歌等艺术之辉煌,或者是对后者不可摧毁之特点的标示,至少代表了使它们不受进一步侵害的保护。②人类保存了诗性思维的能力,即可以与上天交流,上天也就可以与人类达成某种和解,亦可督促他们爱护这种能力。考虑到挪亚和他的儿子们代表了后洪水时代人类新生的始祖,其与诗歌的原始关联就更增添一层意思,而若视广义的诗歌概念为绘画和音乐的父亲,也生出另一番意趣。依照布莱克的字面意思,我们可以直接地说,如今的我们若想升离死的世界而成为享有彩虹的"幸福的"人,那就必须让诗歌等"奇异的"艺术成为自己的"朋友或伙伴",否则就像是忘了本一样,忘记人类从根本上是怎么来的。说得再复杂一点,看事物的视角发生变化,才能造成世间景象的变化,而作为一种看问题的方式,诗性洞思的能力可能代表了一种关键视角的产生或一种真正生命的起始。

学者们往往把《所有宗教如出一辙》(All Religions are One)这个作品放在布莱克各种文集的首位,它以格言或断言的方式声称,Poetic Genius 是万教之"源"(source),更是各种哲学思想之根本,耶稣就等于 Poetic Genius,而所有外在的事物与形状也都有 Genius 为其本源,也最终由于 Poetic Genius 的存在而"万变不离其宗"(with...infinite variety...all are alike)。此外,Poetic Genius 也是使人类不断获得新知、洞察真理的必要条件,而循规蹈矩、唯理性分析以及二元论思维等等,全都无济于事。③ Poetic Genius 较难定义。可以将其直译为"诗才"或"诗灵"等,也可以理解为"诗性想象力"、"天赋诗魂"或"诗性才思"等。与这种能力相对的,是各种机械的思维方式。

---

① 《布莱克词典》将《最后审判日一景》这幅壁画的图案收录在书尾的"图解"部分。从画面看,挪亚父子三人处于左侧中部,自成一体,较为显著。见 Damon, S. Foster. *A Blake Dictionary: The Ideas and Symbols of William Blake*. New York: E. p. Dutton & Co., Inc., 1971, "Illustrations by Blake & Maps" 部分的 I 页及前面两页.

② 华兹华斯也曾在《序曲》第五卷中谈到洪水与诗歌的关系,角度有所不同,既相信诗歌精神之不朽,也担心现代文明和社会风潮对诗书的摧毁。本书第三章将涉及这一内容。

③ William Blake, "All Religions are One." *The Complete Poetry & Prose of William Blake*, p. 1.

在《天堂与地狱的婚姻》(The Marriage of Heaven and Hell，1790—1793)等作品中，布莱克更直接把 Poetic Genius 称作"第一原理"(the first principle，或译"本原")，称其他一切道理"不过是衍生而来"。我们所谓人类不可忘本之说，的确也是对他的字面意思的恰切理解。联系到华兹华斯在《〈抒情歌谣集〉序言》(1802)中、柯尔律治在《文学生涯》(*Biographia Literaria*，1817)中以及雪莱在《诗辩》(*A Defence of Poetry*，1821)中所强调的诗性思维的重要性，我们可以看到英国浪漫主义文人对西方此类理论的一个贡献。①

思维方式的变化是布莱克思想的核心概念，并非客观世界本身的什么变化。因此，布莱克如果代表了某种革命性，也并非首先是社会意义上的革命性。他的文字作品中涉及主观世界激变的格言或警句数不胜数，但读者们可能会首先想到诗作《纯真的征兆》(Auguries of Innocence)中"在一粒沙子中看见一个世界，/在一朵野花中看到一个天宇"这样的名句。《思想旅者》(The Mental Traveller)中的"改变的目光使一切改变"(the Eye altering alters all)这一句也十分精辟。这样的说法对于今天的我们来说，应该具有启发性，无论我们作为生活的读者，还是文本的读者。在《最后审判日一景》中，布莱克还说到：

> 这个想象的世界是永恒的世界，它是我们所有人在那个植物状生长的肉体(Vegetated body)死去后都将进入的神圣胸怀。这个〈想象的〉世界是无限的和永恒的，而生育的或植物状的世界是有限的和[短暂的]瞬逝的。在那个永恒的世界中，存在着每一件事物的恒久的"实在状态"(Realities)，而自然界这面植物状而无生气的镜子能反映它们的存在。②

这也是在有限中看到永恒的观点，也可以解释为什么布莱克说其事业"具有灵视的或想象的性质，这是一种力图复原〈古人所谓〉黄金时代的努力"③。

"黄金时代"当然不仅仅指文艺本身的黄金时代，也指崇尚想象和艺术性创造的时代。布莱克甚至在一首未完成的小诗中，借一天使的嘴直截了

---

① 例如华兹华斯在《〈抒情歌谣集〉序言》(1802)中也直接提到，"诗歌是所有知识中最初始的(the first)也是最终的知识"。See Wordsworth and Coleridge, *Lyrical Ballads*. Eds. R. L. Brett & A. R. Jones. New York: Barnes & Noble Inc., 1963, pp. 252—254.
② *The Complete Poetry & Prose of William Blake*, p. 555.
③ Ibid.

当地说,若想让法国人停止战争并拜倒在英国面前,就必须在不列颠的疆土上"恢复各种艺术",而"如果你们国家的民众拒绝这些艺术,/ 如果他们蔑视不朽的缪斯,"他们就只能等着法国人重新使用战争手段来解救他们。① "各种艺术"(Arts),当然也包括文学。在《天堂与地狱的婚姻》中,布莱克在瑞典科学家和哲学家斯维登堡(Emanuel Swedenborg, 1688—1772)的理论中发现了他的论敌,以为斯威登堡的问题是仅仅"与那些虔诚的天使交流,而不与那些憎恨宗教的魔鬼交流,"②因此其思想体系残缺不全,少了那种能够使人悟见一个统一体的灵视因素。布莱克紧接着声称,任何有一些"机械才能"的人都可以从其他较有想象力的思想家那里得到更多的好处,所写出来的东西一点也不会比斯维登堡差,更不用说从但丁或莎士比亚的作品中获得启发,尽管有"机械才能"者,"不过是在(但丁或莎士比亚的)阳光照耀中点燃一支蜡烛"。伟大文学家被赋予至高无上的地位,这是一例。布莱克又潜入魔鬼的角度说道:"所谓崇拜上帝,是指根据每个人所拥有的不同才华而依次对上帝的不同恩赐表达敬意,并能够对最伟大的人表达最强烈的敬爱……"③《布莱克诗与文全集》后面专门有美国学者哈罗德·布鲁姆(Harold Bloom, 1930—   )的评论:"'最伟大的人'显然指伟大的艺术家,而不可能指任何类型的政治家。"④布鲁姆另在其所著《天才》(*Genius*, 2002)一书中,以近乎突兀的手法对以西方文学家和思想家为主的一百位"天才"进行分类和排位,称莎士比亚和但丁是文学界两位"最大的"天才。⑤或可说,Genius 一词是对布莱克式概念的呼应,是布鲁姆对于他有生以来第一个喜欢上的诗人所表达的敬意。

根据布莱克本人区分才华等级的做法,若观察艺术世界之内的情况,则可以说非黄金时代就是那种劣等的艺术思维方式流行的时代。这里,我们需要提及《最后审判日一景》中最著名的段落之一,即布莱克对喻比(Allegory)和灵视(Vision)的区分。他说:

> 最后的审判既非寓言(Fable),也非喻比,而是灵视景象。寓言或喻

---

① *The Complete Poetry & Prose of William Blake*, "Now Art has lost its mental Charms", p. 479.
② 同上书,第 43 页。
③ 同上书。
④ 同上书,第 899 页。
⑤ Harold Bloom, *Genius: A Mosaic of One Hundred Exemplary Creative Minds*, New York: Warner Books, Inc., 2002. 见该书序言(Introduction)。

比是一种完全不同的和次等的诗语类型。灵视或想象则是对那种永恒存在之物的形象表现（Representation），那种真实的和不变的存在之物。寓言或喻比是由记忆的女儿们（Daughters of Memory）形成的，想象则被围绕在灵感的女儿们中间，她们在整体上被称作耶路撒冷。〈寓言即喻比，但释经家们所称的大寓言那本书（The Fable）则恰恰就是灵视。〉希伯来《圣经》和耶稣的《福音书》并不是喻比，而是对一切实在之事物的永恒的灵视或想象。①

技术层面上有关寓言和喻比等概念的界定，以及记忆和灵感等词背后的哲学传统等等，要涉及许多复杂材料，我们不必在此面面俱到。布莱克主要在说，灵视是一种引人入胜的高级才能，而喻比手法则由于要依赖概念与事物（或德行）的对应关系，所打开的思想空间很有限，也不具有实在性。为说明这一层道理，他给出了一个富有诗意的例子：

> 我自己断言，我看不到外在的造物，对我来说它只是障碍，而非意志所为（not Action）。它就像我脚面上的灰尘，并非我的一部分。"你说什么？当太阳升起时，你难道看不见一个有点像一枚金币的燃烧的圆盘吗？""噢，不，不，我看到天使军团中无数的仙灵呼喊着'神圣啊，最最神圣，全能之神！'"我怀疑我的肉眼或如植物般被动的目光，恰恰就像我怀疑一面窗户相对于外面景色的作用：我穿过窗户观看，而不是用窗户看（I look thro it & not with it）。②

将太阳比作燃烧的圆盘，不能说毫无诗意，但只体现一般的才华。联想到钱币，思维水平就更低了一点。所谓记忆和联想，正是这种发现（或惊叹）一个物体很像另一个熟悉物体的能力，似乎大多数人的思维活动经常要在这个层面上进行，即：一般性的联想、联系、找到确定的意义。但是外在的，不见得就是实在的。顺便说一句，我们今天的文学读者和研究者在文字中发现意义的行为时常也具有这样的特点。有时，我们好像是纷纷行动起来，积极寻找意义，但往往热衷于指认确定的和片面的意义。甚至当代批评者的惯用方法之一就是用各种"主义"的窗框"套取"诗意的物性、历史性和政治性，尽管对于文学研究而言，只要我们写评论，就很难避免这些。

另一方面，天使的欢呼则象征着一个人可以进入另一个境域，它空间巨

---

① *The Complete Poetry & Prose of William Blake*, p. 554.
② 同上书，第 565—566 页。

大,甚至大得令人恐慌:这算是怎样的空间?这算是怎么一回事?肉眼根本看不到它,如此超拔,如此遥远,如此不确定。一旦在自然的视觉画面中听见欢唱,似乎就是进入了辉煌而又不确定的境界。但反过来讲,既然有人能看见辉煌的景象,圆盘或钱币所代表的确定性思维方式也就要受到一点颠覆,毕竟有的人因其看事物方式的不同而得到了更多得好处。因此,是否敢于进入不确定性,这是对观者、读者甚至一般生者之灵魂的某种检验。所谓"好处",在布莱克看来当然不只是享受到"辉煌",而是可以在朝霞和天使之间不可能的关系中发现可能存在的内在关联。"天使"似"扯"得远了些,但与朝霞联系时,其可比性并非比圆盘差,甚至可能更加必然,更具内在的说服力,而且,想象的目光所发现的内在的、实在的、精神的秩序也强大而有序得多。简单说,想象的目光可以使人发现更大的秩序,那个日出的图画竟然可以成为让灵魂得以安歇的、体现了终极秩序的厚垫。再换一种布莱克本人亦能接受的方式讲,一点所谓的"疯狂"可以让人获得精神的欣喜和平静。相对而言,钱币等所代表的繁杂而猥琐思维内容同样也难免为我们的生活造成令人恐慌的混乱,我们在追求精确的喻比关系的过程中,最终却造成了人类精神生活的不确定性。这是讽刺。

仅就秩序和混乱等概念而言,布莱克的有关思想与华兹华斯的一些心得大同小异。布莱克在长篇预言诗《弥尔顿》(Milton,1800—1804)中以直白的诗语表达了他的典型立场。比如,他让觉醒了的弥尔顿对作为其分射体(emanation)的少女奥萝伦(Ololon,代表弥尔顿生命中曾丢失了的一面)说,要像脱掉旧衣服那样将裹在阿尔比安(Albion,指英格兰)身上的实证类的思维方式脱去:

> 要脱去理性的实证(Rational Demonstration),靠的是相信救世主,
> 要依赖灵感,脱去记忆的褴褛的破布,
> 要从阿尔比安的身上脱掉培根、牛顿和洛克,
> 脱掉他的污浊的外衣,给他穿上想象的服装,
> 要从诗歌中脱除掉所有与灵感无关的东西,
> 让它们不敢再嘲讽诗歌,用"疯狂"的罪名
> 去中伤获得灵感的人们,而中伤者只是一些谨小慎微的精加工者,
> 精心地处理着零零散散的委琐的墨斑,或委琐的韵脚,或委琐的语调,
> 这些人钻进国家的政府,像毛虫一般专事毁灭;

> 要脱去白痴的质疑者,他只会不断提问,
> 而从来不能解答,只会悄声蜷伏,带着狡黠的
> 冷笑,盘算着何时提问,就像洞中的盗贼,
> 他所发表的是疑问,却称之为知识,他的科学是绝望,
> 他所声称的知识是嫉妒,他的全部科学不过是要
> 摧毁古老的智慧,去喂饱他那乌鸦般贪婪的嫉妒心,
> 它日夜不停地围着他狂乱地盘旋,如恶狼般不得安宁……①

布莱克的表述方式有时难以让学者们很严肃地对待其局部诗文所体现的连贯思考,但他的各种思想支点和意象之间都编织着较缜密的脉络。这里面的思想要点存在于两种类型的"疯狂"之间,一种可谓"狂放而不迷失",另一种则"细密而不安宁"。理性时代怀疑的目光以科学的名义使人最终变得拘谨,拘谨中的精密又连接着无序,然后是布莱克所说的绝望和毁灭,也就是唯理性的思维具有社会层面的破坏力。在这一点,布莱克的认识与华兹华斯的想法相似。"疯狂"的灵感则能将人引向开放的空间,在大的天地中发现最终的智慧和秩序。这是布莱克式悖论中所含有的道理。

华兹华斯对拘谨的辨异式思维方式以及与之相对的所谓"疯狂"也有生动的诗语表述,他受柯尔律治的启发,对"谨小慎微的精加工者"和那些只会提问的"质疑者"也表达了类似的不满。在《序曲》的第三卷中,作为剑桥本科生的华兹华斯对自己有别于众学子的看世界的方式有所意识,他担心有人会将他的"敏感"称作"疯狂",但他也像布莱克一样,认为人类的祖先就善于启用想象的目光,因此,

> 倘若预言也算疯狂,倘若
> 在今天这抑制情感的年月,只能
> 以异常的目光才可重见古代
> 诗人——或者地球的初民于更早时——
> 所看到的景象……(那)又有何妨?

最终他认为,

> 这并非

---

① *The Complete Poetry & Prose of William Blake*,142 页,*Milton*: *Book the Second*,41: 3—18. 培根和洛克分别是崇尚科学性和常识性思维的英国哲人 Francis Bacon(1561—1626)和英国经验主义思想家 John Locke(1632—1704)。

疯狂,因为,虽经我奋力驱策,
正常人的肉眼只会无知无休地
搜寻外界景物中藏匿的界线
与区别,无论它是遥远的物体,
或就在近旁,微小或磅礴;从树木、
卵石或是一片凋零的枯叶,
乃至浩渺的大海和缀满灿烂
星辰的蓝天碧宇,双眼找不到
任何可使其安歇的外观或表象,
只会将所见到的僵直不变的逻辑
向灵魂呈示,似用冷酷无情的
链条将我的七情六欲捆绑。①

  布莱克在《最后审判日一景》中所看到的也是喻比中的逻辑链条所捆绑不住的景象。而至于他所听到的对立面的声音,显然布莱克有具体所指,很容易令人想到他屡次对培根和洛克等重要思想家的批评。两种声音截然相对,也体现出布莱克所喜爱的刻意的争议性,所含的意识形态层面的意义跃然纸上,其批评语言若有一些偏激,也应在读者的意料之内。不过,即便在艺术创作之外,布莱克的思想也并非缓和下来,而是同样可以表现出如诗语般的烈度。在一封写给一位医生的信件中,他为自己的观点辩解,也曾使用了钱币和太阳的意象:

    我觉得一个人可以在这个世界里变得幸福,而且我知道这个世界是一个想象和灵视的世界。在这个世界中我所画的一切我都能看到,但每个人所看到的并非都一样。在一个守财奴的眼中,一枚钱币比太阳更美丽,一个盛钱的旧口袋比一株长满果实的葡萄树更具有美妙的形状。同样一棵树,能使某些人喜极而泣,而在另一些人看来,不过是一个碍事的绿色东西。有些人面对自然只看到荒诞和残缺,我不会依照他们的尺度来调整我的比例;还有人几乎看不到自然。而具有想象力的人另有所见,在他的眼中,自然就是想象本身。人之不同,看法亦不同(As a man is, So he sees.)。目光所及,取决于其形成的方式。当

---

① 华兹华斯:《序曲》(1850年文本),丁宏为译,北京,中国对外翻译出版公司,1999年,第三卷,第135—169行。

你说幻觉的画面不可能在这个世界中存在时,你显然犯了个错误。对我来说,这个世界完全是一个幻觉或想象的画面,连续而完整,而若有人将这个告知于我,我会感到得意。是什么使荷马、维吉尔(Virgil)和弥尔顿在艺坛上稳居如此高位呢?为什么《圣经》比其他任何书籍都更富有意趣和教益?难道不正是因为他们都诉诸作为精神感觉(Spiritual Sensation)的想象,而只是间接地依赖智知力(Understanding)和理性吗?①

排位的概念(rank)又将想象和唯理性认知方式这两种看事物的能力分出了高低等级,伟大的文学实践也又一次成为作者的思想支撑。

2. 魔鬼的作坊

"目光所及,取决于其形成的方式。"这句话提醒我们,布莱克本人的目光形成过程也可以成为我们探讨的对象。或者说,他本人的经历中有哪样的环节,能够让他确信,有思想的人可以不受喻比关系的禁锢,可以在无限的空间里找到精神的秩序。被评论家称作布莱克的"预言书"(prophecies)之一的《天堂和地狱的婚姻》是一个文体的混杂体,但评论界一般认为,里面标出了通向布莱克复杂思想世界的基本路径。在这个作品中,作者一上来就用地狱和魔鬼来代表完整生命中的被压制的一面,借此颠覆天使所代表的信条,包括区分灵魂与肉体的二元论思维、正统的教会训诫、唯理性思维和经验论。在第一个散文体的"难忘的幻景"(A Memorable Fancy)中,语者说曾经有一次他走在地狱的烈焰中,顺便收集了一些能够揭示"阴间智慧"的"地狱的箴言"(Proverbs of Hell)。②然后他说,他还见到了魔鬼:"当我回家后,就在五种感官的深渊上面,在一处平滑的峭壁紧蹙其额而俯瞰现世的地方,我看见一个巨大的魔鬼盘卷于黑云中,在岩崖的各侧游动。"这个魔鬼用酸蚀的手法写下了以下这句话:

> 你被五种感官封闭起来,怎么会知道,每一个

---

① "To Dr. Trusler," 23 August 1799. William Blake, *The Letters of William Blake*. Ed. Geoffrey Keynes. Cambridge, Mass.: Harvard UP, 1970, p. 30. 维吉尔是古罗马诗人(Virgil, 70—19BC)。

② Proverbs 也可以译成"谚语"或"格言",译成"箴言",是为突出布莱克对《圣经》旧约中《箴言》部分的戏仿。当然,此中所讽刺的并非《圣经》,而是教会的传统训诫。《箴言》也被称作"智慧书"之一。

纵翼长空的飞鸟都是一个广大无垠的欢乐世界？①

五官的深渊、平面的陡壁、酸蚀的手法和游动的魔鬼等词组给我们带来疑惑，但在第二个"难忘的幻景"之后，布莱克陈述了自己的立场，让我们开始明白这些貌似无关的事物大致指什么。他说，为了让造物之物性消失，为了让眼前这个"有限的和腐败的"世界变得"无限和圣洁"，那个守护"生命之树"的天使就必须离开他的岗位，以便让人类"通过增进肉体享乐（sensual enjoyment）的方式"来达到精神的目的。"但首先，以为人类的肉体可以截然分立于灵魂之外的概念应该被删除，"也就是说，要先有一个理论的认识，否则，所谓"肉体享乐"的说法就很难体现其辩证的积极意义。如何删除呢？

> 我将做到这一点，靠的是一种阴间的刻印手法，使用各种酸蚀剂，那些地狱中的有益健康的良药，将外在的表面熔化掉，展现出里面藏着的无限。②

现在我们知道，所谓魔鬼以及平滑的陡壁等等，都与作者在画室中的工作有关，所涉及的创作手法则是铜版艺术中的蚀刻法（etching），即使用酸液，按照艺术家事先设计好的图案，蚀镂铜材的平滑表面，做成版模，印制版画。③评论家们一般认为，那个绕着峭壁游动的魔鬼就是布莱克本人，大概他在铜版的表面上经常看到自己的影子，像一个忙于创作的幽灵。

至于"地狱的烈焰"，则不仅指酸液的熔化能力。作为布莱克研究专家的现代学者大卫·厄尔德曼（David V. Erdman）以敏锐的视角指出，布莱克的意识中渐渐出现了对于那些在幽暗的室内作坊中工作的人们的联想和同情，对于"如地牢般烟熏火燎的劳动场所"和"各种作坊的噪声和艰辛"有了感触，于是觉得自己也是一位敲敲打打的手艺人：

> 他将自己视作挥动着"厄索纳之锤（the hammer of Urthona）"的铁匠，以这种富有象征意义的英雄形象，恰当地表达了他本人在手艺人中的位置，毕竟就技术事实而言，一位版画雕刻工正是一位铜铁匠。

---

① 以上见 *The Complete Poetry & Prose of William Blake*，第 35 页。
② 同上书，第 39 页。
③ 布莱克的版画作品中，以那种诗画并茂的饰字彩印（illuminated printing）最为著名，我国读者所知晓的《天真之歌》和《经验之歌》组诗等作品就是用这种方法印制的。有关布莱克饰字彩印过程的书籍不一而足，较细致而全面者如 Joseph Viscomi. *Blake and the Idea of the Book*. Princeton, New Jersey: Princeton UP, 1993, 其中有大量涉及布莱克工作过程的技术解释。

在对这句话的注释中,厄尔德曼说,铜版刻印艺术的确涉及大量铜铁匠的劳作,比如要先将铜块熔化,然后制成铜板,再切割、锻造等等,最后变成我们所说的那个魔鬼面前的平滑岩壁。① 厄尔德曼认为,布莱克的象征比喻也体现了他对整个工人阶级的"感情认同",即他会将那些"具有能量的实际行动者"视为"有能力建造未来的阶级"。②

布莱克的魔鬼作坊当然不只是个寄托了政治同情的意象,因为作坊中的每一道工序都体现着涉及艺术创造和看事物方式的哲思。在《天堂与地狱的婚姻》的第三个"难忘的幻景"中,布莱克具体为我们描述了"地狱的印制所"(a Printing house in Hell)内的情形:

> 一个龙人(Dragon-Man)管着第一间屋子,他将一个山洞口处的垃圾清理走;屋子里面有几条龙正在清空着山洞。
>
> 在第二间屋子里有一条毒蛇盘绕在山岩与山洞(the rock & the cave)的周围,其他人用金、银和一些宝石在它上面摆出图案。
>
> 在第三间屋子里有一只羽翅轻灵的鹰,是他使山洞的内部变得无限广大;屋内还有一些鹰模样的人,他们在巨大的悬崖间建造了宫殿。
>
> 在第四间屋子里有一些狮形烈焰,在四下里怒燃,将金属熔化成流动的液体。③

以下还有两间屋子和两道工序,最后完成从金属到书册的过程。这里面有几个要点。首先,龙人清理洞口垃圾的形象其实代表了很平常而具体的技术步骤,但它也可以指创作前的精神准备,涉及到看事物方式的激变,激变后才能看到物体中存在着内部空间,才能使内部空间扩大。布莱克在前面说道:"一旦感知的门扉被清洗干净,那么每一件事物都会向人类展示其本

---

① Erdman, David V. *Blake: Prophet against Empire*. New York: Dover Publications, Inc., 1977, pp. 330—331. 厄尔德曼所提到的"厄索纳之锤"涉及布莱克的重要预言诗《四巨象》(*The Four Zoas*, 1804 之前)中的厄索纳(Urthona,与英文的 earth owner 谐音)形象。希腊字 zoa 在《圣经》的《启示录》被赋予巨兽的形象,四个 zoas 也代表四种兽形天使,见《圣经》《以西结书》(*The Book of Ezekiel*)1:5 以后。此处的厄索纳是东西南北四种生命形态("象")中的北方形态,代表个人的想象力和创造力,与南方的理性相对。在《四巨象》中,他专事创造,是一位挥动锤头的铁匠。在预言诗《弥尔顿》中,他还掌握着诗歌艺术的关键。布莱克曾在讽刺性作品《月球上的岛屿》(*An Island in the Moon*, 1784—1788)中称英国经验主义思想家洛克等人为"南方博士"(Doctor South),见 *The Complete Poetry & Prose of William Blake*,第 460—461 页。

② 同上书,第 331 页。

③ *The Complete Poetry & Prose of William Blake*, p. 40.

来面目:无极限。"①这种清洗过程就是激变的过程。前面我们提到"主观世界激变"和"改变的目光"概念,在这里之所以再用"激变"这个词,主要因为龙的形象在布莱克的作品中经常与战争联系在一起,它能够表达布莱克有关革命性思想变化的力度。他在一些小诗中屡次使用 mental 这个词,与它搭配的有 Mental Joy & [...] Mental Wealth(思想的愉悦和……思想的财富,出自"I rose up at the dawn of day")、Mental storm(思想风暴,出自"A fairy skipd upon my knee")和 Mental Fight(思想战,出自《弥尔顿》开篇的题诗)等,②这些都指向激烈的思想受洗礼过程,龙一般的清洁工形象正与之相配。

其次,先行将铜块直称为山洞,也正反映了蚀刻艺术家司空见惯的一种经历。他不能只将硬物看作硬物,而必须习惯性地看见里面有空间,会发生无限的内部变化。所谓在它上面摆图案,就是用防腐蚀的材料摆出导引酸液的图形,以便将表面蚀掉,刻出画面,这是创造者使用的技术手段。布莱克用单数代词"它"(it)同时表示山岩与山洞,使这两件截然不同的事物变成一件事,可谓有所用心。这里的字面意思同时成为深刻的意思:岩即洞(山即洞),洞即岩,岩石(铜块)的坚硬外表就是洞口,里面还有开阔的空间,一切都并非不可能,魔鬼的作坊中所发生的情况就是证明。而且,岩石之真,恰好强化着内部精神境域之真。第三点,至于"山洞"中的具体景象将被如何很好地展现出来,那也要看山鹰的本事。在具体工序上,鹰的意象不过是代表了用禽类羽毛清除酸液中气泡的过程,但布莱克也常用鹰的形象比喻想象力,它也是一种精神的力量。鹰的轻灵正体现诗性意念的轻灵,"无限广大"的内部空间和奇异宫殿的确立正与这种灵性有关。

再问一句:为"肉体"正名,与蚀刻工序有什么关系?我国英语读者多熟悉布莱克的著名小诗《虎》(Tyger),它也涉及一个作坊,但这里面的匠人成了上帝,因为任何别人的锤子都很难敲打出具有如此能量的动物。而由于上帝同时也是创造了羔羊的艺匠,老虎凭借与他们的这点血缘关系就不可能仅仅代表物、欲望或肉体。肉体与灵魂、激情与美德、能量与生命等因素之间都可以存在着有机关联,最后在"魔鬼"匠人"敲打出的"似羊似虎的饰

---

① *The Complete Poetry & Prose of William Blake*, p. 39.
② 同上书,分别见第 481、482、95 页。

字彩印中体现出来。① 此外,我们还可以稍换一套词语来重复以上有关岩与洞的解读。魔鬼作坊中的艺术手段可以证明肉体和灵魂的有机关系,因为长年累月的工作使匠人认识到,铜材不可能只是"板",也是变化无限的"版",而且,每一个"版"都会由于连贯的创造过程和自身内部的艺术张力而产生无限性。这个道理推展而去,可以让我们意识到蚀刻过程与世间万物的对应关系。一切事物都可以是无限的。就像面对铜块时大家有不同的看法,面对初升的太阳也可以有不同的看法;就像面对铜块可以看到山河一样,面对太阳时也可以看到天使。那么,人的肉体也就不仅仅是"肉"体,世间万物也就不仅仅是万"物",物的内部都可以藏匿着经验的目光所看不到的空间,所有石头般坚硬的东西都可以变成山洞,都可以有进口。从学人角度看,这个道理也可以用在文学文本上,因为好的文本也内含了丰富的意义,可以允许我们以较有机的、富有想象力的方式进行解读。铜材只是启发了布莱克,它变成无数的或无限的世界的过程说明喻比式的或简括的思维方式不充分,不够用。或者说,日复一日地将铜块变成画面和诗语的经历会影响一个人的思维习惯,让他觉得,以穿透式的或超越生硬概念的方式看事物是可行的。

《天堂与地狱的婚姻》试图以虚构的例子来证明这些道理,其中描述一位天使与语者对话的第四个"难忘的幻景"较为生动。一开始,他们二人谈到人的归宿,语者希望天使带着他去看一看注定属于自己的"恒定的命运"(eternal lot),再比较一下他们谁比谁的命运更好。这里的天使仍然代表唯理性主义等机械思维方式,他领着语者,取道一条条象征着各种机械思维的路线,来到一个"无垠的空谷"。于是,他们开始从天使的角度观看眼前的景象。而语者所见,无不令其震骇,尤其看到一些"庞大的蜘蛛在辗转爬行,追赶着它们的猎物"。

> 于是我问我的伙伴,我的恒定的归宿在哪?他说,在黑色和白色的蜘蛛之间。

但黑白蜘蛛之间的情况更加恶劣,"云雾和火焰从它们中间喷出,滚过深渊,使下面的一切都变得阴暗"。蜘蛛的意象不见得是布莱克本人特有的发明,比如培根虽为布莱克所否定,他其实也在类似的语境内使用过蜘蛛和蛛网

---

① 像布莱克的许多诗作一样,《虎》这首诗也是以饰字彩印(illuminated printing)的形式出现的,诗页上有老虎的形象。

的比喻。在他所写的《宗教与凡俗两类学识的进步与提升》(*Of the Proficience and Advancement of Learning, Divine and Human*, 1605)一书的首卷中,培根就把中世纪一些经院哲人比作蜘蛛,说他们只知道编织出蛛网一般有经纬而无实质的学问。布莱克在这里添加了黑白两种颜色,突出了唯理性思维的机械因素。

天使离去,语者自己留了下来。然而当天使不在身边,语者发现原先的景象都变了:

> 我发现在月色笼罩中,自己坐在河边一处悦目的缓坡上,听见一位竖琴师和着琴声歌唱,唱的是,固执己见者犹如一潭死水,只能滋生思想的毒虫(reptiles of the mind)。

于是,语者又找到那位天使,告诉他,自己摆脱后者的理念后,可以看到截然不同的秩序场景。他进而强迫后者反过来按照自己的视角去观看所谓天使的归宿。所见景象,当然也都如地狱一般,更有各种丑陋的动物相互吞噬,一些肌体已体无完肤。这一轮经历过后,语者对天使说:"我们都是强人所难,你专事逻辑分析,我跟你交流白费时间。"①

这大概也符合今天的学者们所善谈的"不同话语"概念,话语之间有时自说自话,据守单一的知识层面,的确难以交流。不过,改变一下看问题的方式,眼前的景象就会有所不同。至少我们可以尝试着容忍异类话语的存在,尤其培养对别处空间的宽容,而若站在布莱克的立场,这就意味着要对实证分析或机械类比式思维活动有所抑制,以便让灵视的空间来平衡一下仅仅能在数量上有所增加的、但也可能因此导致无序状态的多元线性思维,毕竟布莱克认为只有心灵的解放才能让人看到"赏心悦目"的终极景色。而提到学者们,布莱克竟然也没有忘记他们。在他的最长篇著作、混合文体的预言书《耶路撒冷》(*Jerusalem*,作于1820年前)中,其视野中出现过这样一幅景象:

> 我将目光转向欧洲的各种学校和大学,在那里
> 发现了洛克的织机(Loom),其织物被牛顿的水车
> 洗过,此刻在惨烈地狂抖:一匹黑布,扭成阴沉的黑花,
> 堆叠在每个国家的上面:我看见那个由许多轮子

---

① *The Complete Poetry & Prose of William Blake*,这一部分见该书第41—42页。

组成的严酷的机构,轮子依次排开,靠霸道的齿轮
以强迫的方式相互驱动,不像伊甸园中的那些,
轮中有轮,在和谐和平静中自由转动。①

可以自由转动的轮中轮概念让我们想到《圣经》预言家以西结(Ezekiel)所见到的那些轮子,它们与天庭守护天使们的精神同在,具有万向行进的能力。②或许布莱克所说的学者们在非黑即白的蜘蛛们之间生活已久,习惯了依次排列的转轮,已经不去管是否还存在着万向转轮或灵动的想象力,任量化的黑布罩住所有的科目。但是,布莱克对他们的不满又一次给我们提示,让我们想到他的一句话:"用单一的法则同时用在狮子和牛身上,就是压迫。"③ 即便我们不使用政治的或社会的观点,而只挖掘这句话相对于不同思维方式的文化意义,它仍然很重要,甚至更具相关性,因为人类文化环境中仍然可能存在着"狮子",它们会受到压迫。

---

① *The Complete Poetry & Prose of William Blake*, p. 159.
② 见《以西结书》(*The Book of Ezekiel*)1:15 及以后。那些天使们也代表灵动的智慧和能量。
③ *The Complete Poetry & Prose of William Blake*, p. 44. 在布莱克的话语中,牛和马等食草动物代表机械而驯服的生命形态,而老虎和狮子等则象征生命活力和精神能量等因素。

第二章 闪烁的空间:华兹华斯的光源

上一章提到,布莱克在挪亚头顶的那道彩虹中发现丰富的象征意义。英国浪漫主义诗歌中有关彩虹意象的诗语表述并不鲜见,如雪莱的诗作《阿波罗之歌》(Hymn of Apollo,1820),是一个可以立即与布莱克的文字并提的例子。该诗以近乎直白的语言,对彩虹等美好事物做出解释,而且上升到理念层面。诗中的语者是阿波罗本人,他唱道:"我用圣洁的光彩哺育着云霞、霓虹 / 和美丽的花朵。"①这当然不是说他拥有花匠或画匠所擅长的手段,而是他可以影响人们看待这些事物的方式。阿波罗是太阳神,在他所司职的领域里,诗歌占据显著位置,因此,阿波罗所代表的诗性思维角度成了使万物富有生机的万光之源,它具有西方新柏拉图主义意义上的唯一性和至高无上的特点,②所有的事物都通过分享这个光源而产生较高的意义。该诗的尾节也正表达了这个意思:"我是一只巨眼,全宇宙都凭借着我 / 看见他们自己,认识自己的神圣。"不靠他的目光,彩虹等等不过是自然现象。

另如,出自华兹华斯和济慈笔下的两个例子也具有较明显的思想轮廓,其各自诗文中所体现的观点也有一定的相似性。济慈的例子出现在其以神话故事为题材的诗作《拉米娅》(*Lamia*, 1819)中,本书第八章将从济慈的彩虹入手,谈论其诗歌中经常出现的对某种云霞般境域的仰视意象。本章则取道华兹华斯有关彩虹的几句诗文,以期自然而然地转入涉及其辉光概念的正题,并引出下一章他的有关海洋和海螺的文学思维。

1. 华诗中的辉光

在今天的欧美评论界,威廉·华兹华斯(William Wordsworth,1770—1850)被多数学者视为最重要的浪漫主义诗人,大致认为他启动了新的文风

---

① "Hymn of Apollo"第四节。David Perkins ed. *English Romantic Writers*. Orlando, Florida: Harcourt Brace Jovanovich College Publishers, 1967, p.1036. 此处使用的是江枫先生的中译文,见《雪莱抒情诗全集》,江枫译,湖南文艺出版社,1996年,第280页。

② 见第四、第五节中的"one power"和"the peak of Heaven"等概念。

和敏感性。迄今与他有关的评论著作难以尽数,国内读者也多知道他的一些抒情短诗,有时其一首诗作会有多个汉译本。我们在此又一次谈起他,若求找到较新的切入点,是很难的。姑且从最小处做起,像陌生人一样,先品读他的一首再流行不过的小诗。其作于 1802 年的"My heart leaps up"这首诗仅有九行,的确短小而流行,作为题目的首行含有"心情振奋"意思。彩虹意象就是这首小诗的主要诗意支撑。作品讲的是诗人作为成年人,仍然能够在看到"天上的彩虹"时产生孩子般的兴奋感,于是希望自己能够永远维系这种早年的冲动,否则还不如死去。说得多一点,由于孩童能够以简单而自发的态度面对一些自然的景象,他就具有了相对于成人而言的某种认知优势,他会直接成为华兹华斯眼中的"最佳的哲人"(best Philosopher)和"预言家"(Prophet, Seer),①其思想具有自然的成熟和自然的深刻。因此,他的所知、他的精神财富并非很少,而是很多;他的经历和思维方式也会影响人的一生。成年人的思想往往只是变得复杂,并不见得能企及孩童的直觉所能达到的高度和质量。小诗中这些可能的思想内涵大概可以解释为什么诗人在这首小诗中直言:"孩子是成人的父亲"(The Child is father of the Man)。而且,既然有这样的"父子关系",他希望自己未来的岁月都能被一种"天然的孝敬(natural piety)紧紧地串连在一起"。英语语言中,natural 一词亦定义亲人间的血缘关系;因血亲而天然,体现不容颠覆的伦理状态。上一章我们说到,挪亚头顶上的彩虹代表了上帝与他的圣约,他要维系人类的想象力,以表示其对上帝的虔敬。华兹华斯的彩虹意象也不可能摆脱这种神圣的内涵,只是他也强调了"天然的"一面,其中也包含着对孩子的虔敬态度。或可说,对孩子的"孝敬"也同时是对彩虹的虔敬,不能违背一种自然而神圣的约定。不管怎样,在英国文学史上,作为逆说的(paradoxical)诗句,这个有关孩子和父亲的四音步的诗行以它的既直白又复杂的特点为人们所熟知。

后来,诗人将小诗中包括"孩子是成人的父亲"这一句和"天然的孝敬"概念在内的最后三行用作其重要诗作《颂歌:不朽性之启示》(Ode: Intimations of Immortality from Recollections of Early Childhood, 1802—

---

① 出自以下所要引用的《颂歌:不朽性之启示》(Ode: Intimations of Immortality from Recollections of Early Childhood)的第八节。关于《颂歌》,本书使用诺顿英国文学选集中的版本,见 M. H. Abrams, General Ed., *The Norton Anthology of English Literature*, 6th edition, Vol. 2. New York: W. W. Norton & Co., 1993, pp. 187—193。

1804)的题句。不过,这首颂歌虽试图展开小诗的内涵,其侧重点却有所调整,主要谈到那种"兴奋感"的丧失及其后果,亦试图把成年人世俗化的经历中所涉及的一些问题说清楚,比如,为什么早年一些"如梦幻般辉煌和清新"的景象不再显现,为什么"我再也不能看到我曾经看到过的事物。"①诗中再次使用了彩虹的形象,但这一次它不过是一种客观的自然现象,"时有时无,"与其他美景一样,虽悦目,却不赏心,因为诗人说他自己很清楚,"一种辉光已经从大地上消失"②。于是他在第四节结尾处问道:"它消失在何方,那闪现的灵光(the visionary gleam)? / 如今它在哪里,那辉光与梦想?"

欧美学界一般认为这首颂歌比较难读,原因之一就是可以有不同角度解读它。近些年所流行的视角多与政治和历史层面有关,比如,由于诗中出现了田野上一棵树的形象,并说它"讲述着所失去的东西",另由于接下来第五节中出现了监狱的概念,就有学者认为诗里面的政治含义相当明显:对于一首创作于法国革命动荡年代之后的诗作来说,出席(present)于文本之内的"辉光"、"树"和"监狱"这三样东西一定是与缺席(absent)于本文的"法国革命精神"、"自由之树"和"巴士底监狱"这三种事物"相对应",因为诗内的形象一定具有"极端的具体性",涉及辉光消失、梦想何在一类的感叹一定可以被还原为现实层面的缺失,而至于这首诗是否在"解构启蒙运动的'灿烂的想象'"等等,那只是读者可以附带获得的收益。③

然而,"还原"也会变成"简括"。如果我们不做过多的政治理论漫游,而具体地检视一下诗意的构筑过程,我们就可以凭常识指出,该诗第五节对于个人精神生活旅程的系统追溯是不可能被边缘化的中心内容;或者说,它标示着该诗的明显含义,也是在精神和情感上能够引起世界上较多其他读者共鸣的意义。也就是说,无论与法国革命的相关性是否存在,这一诗节中的思想都具有持久性和普遍性。原诗文格律鲜明而独特,有押韵格式,均较难用中文体现,我们可以以移译内涵为主要目的(下同),将第五节翻译过来:

> 我们的出生只不过是入眠或忘却,因为
> 灵魂——我们生命的星球——虽伴随我们升起,

---

① 出自以下所要引用的《颂歌:不朽性之启示》(Ode: Intimations of Immortality from Recollections of Early Childhood),第一节。
② 同上,第二节。
③ Marjorie Levinson, *Wordsworth's great period poems*: Four essays, Cambridge, Cambridge University Press, 1986, pp. 94—95.

却曾经在别处落去，
此时只是从远方前来。
不过我们并非记忆全无，
也非绝对地赤身露体，
而是拖着辉煌云霞的长衣，从我们的原籍
上帝那边，来到这里：
仍然有天堂陪伴着我们的婴儿期！
随着孩子的成长，牢房的阴影开始
逼近他的生活，
但是他
仍能看见那辉光，能在他的喜悦中
看见那光线流出的源头；
青年则每天每日必然一步步远离东方，
却仍不失为大自然的教士(Nature's Priest)，
在他的旅途中也仍然有
灿烂景象成为伴侣；
最终，成年人看见那辉光消失，
看它在日常生活的天光中渐渐隐去。

我们看不见彩虹的光彩，正是因为从婴儿到童年、从青年再到成年的人生四阶段旅途中，我们虽然一天天成熟，灵魂却"一步步远离东方"，内在光线变得一时不如一时，而如果内在的"喜悦"①全失，外部的彩虹也就变得平淡无奇。显然，历史语境虽可以激发诗人的思考，但这样的诗文是否有意义，并不完全倚赖它是否与某个具体的政治事件发生什么直接的关系，它并不适合学者们对其进行如此历史主义的简括，它所表达内容最多有可能是与其他某种涉及生命历程的相对思想角度进行对话，而且这种对话具有超越文化语境的持久意义。

"光"(light)的意象是全诗的支撑，文本框架内与它相关联的诗性成分比比皆是。具体就早晨的"辉光"而言，在华兹华斯的概念里，它接近生命旅程的源头，有别于荡然而无云霞的天光(light of common day)，亦具有精神

---

① 华兹华斯和柯尔律治(S. T. Coleridge, 1772—1834)经常把"喜悦(joy)"的情绪和内在的创造活力联系起来，或视其为后者的标示。也可译为"欢乐"。

的意义,或体现观者的精神创造力。光芒和源头等概念证明华兹华斯是在对广义上柏拉图主义的基本历史观进行诗性诠释。根据柏拉图主义的一般概念,精神的存在先于物的存在,物的现实要依赖形而上的实在,因此,任何落入时间链环的事物,无论道德的历史、物质的历史还是其他层面的历史发展,距离绝对的实在越远,就越不真实。从先于时空的"先在"(pre-existence),到物质形态,再到历史的演化,我们所看到的只能是衰败或堕落的过程,只能是回过头来,尽量记清楚那个本真的源头。这就是为什么华兹华斯说

> 我们的出生只不过是入眠或忘却,因为
> 灵魂——我们生命的星球——虽伴随我们升起,
> 却已曾在别处落去,
> 此时只是从远方前来。

我们出生前,灵魂就已经存在,甚至是以最警醒而活跃的方式存在,此刻只是启动了一段俗界的旅程,因此,肉体之诞生,也表示精神"入眠"之开始,上方的精神,竟被肉体拖入昏睡的状态,像是在忘却先前的形态;而随年岁的增长,精神更日渐萎靡,最后难有辉光残留,或变得微乎其微,尽管成年人都会觉得自己见多识广,好像生活的空间扩大了。这些与"先在"、光芒和精神历程等有关的柏拉图主义思想,都是评论家们在解读这首诗时经常谈起的内容。

若联系此前欧洲历史上很长一段时间内所发生的思想争论来看,华兹华斯如此对柏拉图历史画面的重温或诠释显然具有讽刺意味。以"光"为核心的比喻手法肯定是在试图校正另一个同样倚赖它的思想传统。欧洲启蒙运动(The Enlightenment)不管如何难以定义,但它基本上是以光的概念为核心,其思潮约从17世纪末开始涌动,此后的百年曾被哲人和史家称为"光的百年"(法文 siècle de lumière)。To enlighten,字面意思就是要用光来启蒙,或给人们的主观世界带来光明。而启蒙运动的光芒——以及与其相关的唯理性主义意义上的光芒——则代表了客观的、科学的和独立的智性思维能力,代表了冷静的辨析态度和怀疑精神。缺少这些能力和态度,导致人们长久处于所谓的"黑暗"之中,与自然和事实等客观因素隔开距离,做着盲信、迷信和愚昧的奴隶而浑然不觉。后来,德国哲学家康德(Immanuel Kant,1724—1804)等人言简意赅地概括了启蒙运动的文化使命,认为它就是要将人们从迷信和愚昧中解放出来。此类史料亦为一般学者所熟悉。

然而,如笔者在本书绪论中曾经提到的,尽管这场以理性和务实精神为主旨的文化运动具有极其伟大的意义,但是从浪漫主义视角看,一百年的时间也足以让启蒙运动的一些信条变成教条,常识会蜕化为新的"正统"。甚至其所声称的"解放"概念若被其鼓吹者推至极致,也会成为新的压迫。思想的"解放"若与"务实"关系太紧密,终会引起另一些思想家的疑虑:人类的文化空间到底是变大了还是变小了? 是否有必要开始考虑对于"解放"的解放? 如果我们收拢视野,仅考虑华兹华斯在写这首颂歌时所认同的一个具体思想角度,那么我们可以看到,在逻辑上,启蒙思潮必然更重视人类后天的研习,而不是孩提时代的直觉。这个启蒙式的认识在其尚未成为新的教条之前,显然具有相当的常识性。人们通过逐渐的知识积累,不断完善自我,从而做到知书达理,摆脱盲信等的较原始水平的心智活动,最终获得认知的光线,将事情想清楚、看明白。这也是为什么不少启蒙思想家都强调学识和见识,也认为各种层面的文化秩序多是慢慢建立于后日,且需悉心维护,以防非理性因素的颠覆。

反观华诗中那个见彩虹而欣喜的成年人,难免觉得他有些可笑,再看孩童们本身的行为,怎可能体现父亲的真知,难道不成熟竟成为范式? 我们或许会觉得,华兹华斯及其所影响的 19 世纪许多文人的认识至多只代表一种信念,甚至一种虚幻的哲思,而非实事求是的道理。这样的质疑就是诗人所要面对的挑战。现在我们回过头来看,两种道理都不难理解,尤其经过 20 世纪欧美一些文学家的努力,所谓"成熟"即"死亡"一类的言论也不再是耸人听闻的妄语。从华兹华斯的视角看,所谓知书达理的思想光线,或许体现另一种虚幻的哲思,未必就是实际行为层面必然能发生的事实。知识的积累无可非议,华兹华斯甚至承认,有的孩子竟可以做到每天每日一滴不漏地让"智慧的 / 雨水落入心灵的水桶,"而此处的"智慧"指的就是涉及天文地理等领域的"科学知识"。① 但所谓成熟和自我完善,尤其精神和道德意义上的完善,就不见得是随科学知识的积累而来的必然结果。

在华兹华斯的视野中,常常会出现许多不甚完善的现代人的自我。这也让我们想到,华诗中埋伏着一个思想成分,很像布莱克的认识,或称布莱克式的忧虑,即:一种唯理性的文化为什么会导致人类的道德残缺,甚至与暴力发生关联? 为什么一些着意完善自我的人类个体竟能演变为社会狂

---

① 华兹华斯:《序曲》(1850 年文本),丁宏为译,北京:中国对外翻译出版公司,1999 年,第五卷,见 316—328 行。

徒？这类疑问之所以含有讽刺意味，主要因为人们最初的动机与暴力和疯狂并无关联。毕竟法国作家伏尔泰（François-Marie Arouet de Voltaire，1694—1778）等启蒙思想家持相反的观点，即无理性与盲信等因素才导致暴力。华兹华斯在《序曲》中谈起自己曾经有过的一种愿望：

> 我渴望人类能挣脱
> 泥土中那毛虫般的整存状态，尽展
> 自由的彩翼，做自己的主人，在无忧中
> 享受欢乐——多么高尚的抱负！①

"泥土"代表了庸俗、愚昧和七情六欲，而毛虫变成蝴蝶的过程就是要克服弱点，让自我最好的一面破茧而出，于是个人可以质变为具有独立意识的自由主体，从土中到空中。这不仅仅是诗人独有的渴望，法国革命时期的一段时间里，许多青年对无理性的政治乱象感到无望，也都在寻求一种纯净而有序的精神空间，于是不少人转向英国唯理性思想家威廉·葛德汶（William Godwin，1756—1836）的理念。简言之，葛德汶扬弃玄思和狂热，而认为个人理性与智识之光足以能成为一时一地具体行动的指南。青年们受此思想影响，一时间都相信人类的个体具有可自我判断和自我完善的特性；"理性"变成了个人化的"唯理性"。法国革命虽渐趋疯狂，但它的一些理念常被史家视为某些启蒙思想成分的变相延续，而在实质上，葛德汶的自主个体概念也与启蒙运动有血缘关联；一种极端的理念被用来制衡另一种极端的理念，两者之间或许也有扯不清的关系。华兹华斯对这种新的理性也有相应的评价，他认为那些青年都和他本人一样，都"热衷于极端"：

> 也包括以我们赤裸的理性为极点的
> 狂热追求。多么愉快！多么
> 光荣！凭着自知和自制，看清
> 世间的一切弱点，以坚定的手段，
> 治愈自然、时代与现实的病症，
> 将社会的自由建筑在个人自由之上，
> 而这种自由较通常的法律高出
> 一等，并无它们那盲目的禁锢，

---

① 华兹华斯.《序曲》(1850年文本)，丁宏为译，北京：中国对外翻译出版公司，1999年，第十一卷，第251—254行。

>　　让个人以主人的气派选定唯一的
>　　向导,那就是具体境况的光线,照亮
>　　独立的智力——瞬间的领会。①

这里的含义显而易见:个人自由了,社会才能自由,后者依赖前者,但个人的自由是一种理性的自由,其本身需依赖"独立的智力",不盲从,不迷信,不陷入玄思默想,仅凭借理性的判断,以自由的态度,对具体情况做出具体的分析,让临时的光线成为行动的向导,最终能满足我们的物质福利和精神福祉,整个社会也因此而获益。

华兹华斯慢慢觉得,这种立场虽显得富有常识,但可能已经走得太远了,是对更大的常识的极端而疯狂的背弃,是以"具体"、"独立"和正确选择等名义,牺牲掉宏大的视野、虔敬的情怀和更加有机的秩序观,精神世界会因此而变得支离破碎,人们很可能会变得无所不为,无所敬畏,最终以琐碎的局部是非观取代柔性的社会和谐以及个人的精神安康。他曾反思自己的思想经历,认为自己本来拥有对人间的"温厚的信心",不乏"同情与怜悯",

>　　我曾拥有这种力量,可谓
>　　我的福分,后来心灵不能
>　　承受时世及其灾难的过度
>　　重压,失去天然的优雅与温慈。②

"时世及其灾难"指的是极端的法国革命风潮和风行一时的极端理念,"天然的优雅与温慈"则是被它们牺牲掉的东西,也是《序曲》这首长诗所着意恢复的本体境界,是一种很简单的禀赋,却需要经过长途跋涉,才能慢慢找回来。由于这种天然的质素,诗人本来以为自己也能加入到一个人类"大家庭"中,与过去的"贤人、勇士、爱国者、英雄"为伍,但只因为追奉"理性那慧眼",原本的企求变成一厢情愿,甚至在时代风潮中,所有个人和社会肌体都暴露出"缺陷和虚假",到处都是需要医治的"病症"。③

联系到大的、政治层面的唯理性行为,我们看到诗人曾经着眼于新型的人类,新的肯定比旧的好。他的此类认识与法国革命中一些极端分子放眼

---

① 华兹华斯:《序曲》(1850年文本),丁宏为译,北京:中国对外翻译出版公司,1999年,第十一卷,第234—244行。着重点为本人所加。
② 同上书,第十二卷,第47—52行。
③ 同上书,见第十二卷,第61—68行。

未来的行为形成相互呼应的关系。在诗人的视野中出现过这样的历史画面：

> 有的将人类理性奉为至尊，
> 视其为自己的神灵；有些人着眼于
> 未来，甘愿以短暂的痛苦换来
> 万世的极乐……①

具有强烈讽刺意味的是，接下去的诗行就告诉我们这是什么样的"痛苦"，即始于1793年9月初"整整一年"的法国革命恐怖时期的开始。此处的"理性"，原文是 Understanding，当时在哲学和文思的层面有清楚的意义疆界，与"想象"和"灵视"（vision）等概念发生直接的对立，主要指客观分析、清醒判断或对智识的依赖等一类的心理活动。所谓将理性"奉为至尊"，是指1793年发生在法国的破旧立新的行为，当时一些激进分子认为天主教排斥理性，禁锢思想，于是着手以非宗教性质的信仰取代天主教，不过，其所确立的至高无上的理性其实也成为崇拜和盲信的对象。他们逼迫神职人员放弃信仰，甚至最终将巴黎圣母院也改称为"理性之殿"。需要说明的是，造成更大"痛苦"（恐怖时期）的并非这些人，而是对他们施以暴力的雅各宾派领袖罗伯斯庇尔（Maximilien Robespierre，1758—1794）。罗氏本人虽固守有神论，但他的信仰是启蒙思想家卢梭式的自然神论的延续，而这种论点最终的立足点也是个人的智性，认为个人的生命中固有宗教性质的知识，个人的思想活动即可以将其体现出来，或者，可以通过个人的智识才能，自然而然地获取这种知识，无需依赖外在的启示或对超自然神灵的认可。追随这种理路，罗氏走火入魔，终创建对所谓"无上本体"的崇拜，变相将个人意志神圣化，与无神论者所为大同小异。②

几年后，华兹华斯对这些力图医治社会病症的人们有了不同的认识，也认清了那种将"个人"概念简单化、抽象化的做法。他说：

> 就这样，我渐能澄清什么会持久，
> 什么将消逝；对那些以世界统治者
> 自居、将意志强加给良民百姓的

---

① 华兹华斯：《序曲》（1850年文本），丁宏为译，北京：中国对外翻译出版公司，1999年，第十卷，第811—814行。
② 以上历史信息常见于一般史书和诸如《不列颠百科》等书籍中。

> 人们，我看出他们的傲慢、
> 愚蠢、疯狂，不再感到奇怪；
> 即使他们有意于公共福利，
> 其计划都未经思考，或建筑在模糊
> 或靠不住的理论上；我也让现代
> 政治理论家的著作接受其应有的
> 检验——生活的检验：人间的生活……①

"傲慢"、"疯狂"等字眼大概可以算作对那些本想有所作为的激进分子的经典的评价。这段诗文虽然将"世界统治者"和"现代政治理论家"近距离地放在一起，但总算指称明确，略分先后。在《序曲》最后四卷的一些段落中，华兹华斯对于其所批评对象，往往并不很仔细地去区分他们的具体类型或身份。若不借助学者的注释，读者有时不能立即辨认出其所诟病的激进分子到底该归类于社会行为领域还是思想界。这两类人并不完全一样，比如罗伯斯庇尔和葛德汶，他们在学者眼里就不是一类人，因为我们并不能理所当然地将思想领域的唯理性倾向与革命的暴力行为并置在一起，史家或论家比较在意他们之间的区别。但作为诗人的华兹华斯撒开一张直觉的大网，将他们一并包拢进来，似乎在更深的意义上，这些人物并无最终的、实质的不同；无论法国革命的领袖人物，还是一般政治理论家，还是进步青年，大家共同进行了一场他所谓的"希望与欢乐的演练（exercise）"，②既发生在理念层面，也体现在实际行为层面，甚至理念一步步转化为行为，最终都殃及更加恒久和更加实质的生活秩序，所谓"暴力"，也就随之成为不同领域的副产品，这正是发生在"理性"崇拜和社会暴力之间令人意想不到且具有讽刺意味的因果关联。

后革命时期的华兹华斯游走于基层地区，接触到一些完全不同类型的人们，或是在山野间耕耘的劳动者，或是一些情感丰富却又不善言谈的乡间民众，而对于这些人，现代理论家和政治家在确立其观点与政策时，都不大顾及他们的存在，也不了解这些民众所体现的基本人性，却将人类的需求与利益简单地概念化和量化，于是着手社会改革。在与乡下人的交流中，华兹华斯醒悟到，那些崇尚自我个体完善和社会革新的人们所依赖的理念都缺

---

① 《序曲》(1850)，第十三卷，第64—73行。
② 同上书，第十一卷，第105行。

乏立体的空间,甚至"以娇弱的气度／将真理等同于某些笼统而凡庸的／概念"①。他们或转向机械的理念,或盲信那些"将我们蒙骗"的"书籍",虽推崇自主判断的个体,名义上将世界变大,实则导致生命空间的变小。回到上面谈到的光的意象,诗人认为"照亮他们视野的只是／人造的光线"②。无论是机械的乐观理念的盛行,还是它们的破灭,最终诗人所看到的是一片缺少了生机、情感和终极秩序的现代"荒原(waste)"景象,③这大概也是现代文学中在激进抽象理论与精神荒原之间确立因果关联的较早的例子。

　　知识有不同的类型。与唯理性思想家的假设不同,华兹华斯不认为成年人的成熟智识或后天的经验积累必然就可以成为人间秩序的前提,也不相信单纯的智性活动与自由的必然关联,至少在理论上他不认同这些信条。而从他的角度看,对孩童心理活动的信任,最终是对大自然这本书的重视,是对有机整体知识的默认,其所着眼的是宽广的精神境域和更高的理性。在谈到一些盛行的现代教育理论时,他说他要将自己的长诗作为赞词,献给一位完全不同的教师:"本诗献给／大自然,也敬奉像她那样教导／我们的事物或书本。"④这里所说的"教导",涉及生命早期的知识构筑,也涉及知识的性质。诗人认为,早期的想象力最为活跃,因此最适合与大自然那样的"事物和书本"的互动。他甚至声称:

> 我们的
> 童年——我们单纯的童年——高坐
> 强大的王位,强于自然万力。
> 我不想因此而推测先前的存在,
> 也不去论及这些如何预示
> 生命的来世,但事情的确如此;
> 在那模糊时分,人生的拂晓,
> 当我们初见清晨的大地,开始
> 识别,期待;在此后漫长的见习期
> 或尝试阶段,当我们尚未学会
> 接受生命的局限,去忍受单调

---

① 《序曲》(1850),第十三卷,第 212—214 行。
② 同上书,见第十三卷,第 206—216 行。
③ 同上书,第二卷,第 433 行。
④ 同上书,第五卷,第 230—232 行。

> 乏味的附庸地位,飘忽不定的
> 灵魂尚不愿断念,忏悔,服从——
> 成为习俗的伙伴;仍不减锐气,
> 激情澎湃,如未驯之驹,——啊!
> 在如此年华,我们能感到、能深知
> 友人于何方存在。①

所谓高坐"王位"之上,是指儿童的想象力尚未屈服于任何程式化的思维套路,尚能如王者一般,随意"调动"各种自然现象与事物,让其服务于自己的主观世界。这段诗文由于提到"先前的存在"与"生命的来世"等概念,很容易让人联想到《颂歌:不朽性之启示》中的涉及灵魂历程的类似思想,尤其以上援引的该诗第五节,而且此处也的确在说,孩童时代最接近绝对的、柏拉图主义意义上的"先在"。类似性质的思路也让诗人在此处进一步说到,随着我们的成长,我们终将悲剧性地"接受生命的局限",步入小的世界,慢慢习惯于"附庸地位",与习俗为伍;在弃绝各种欲念的过程中,最终被抑制的是那个相对自由的"飘忽不定的灵魂"。需要指出的是,早年的认知形态与这段诗文所提到的"模糊时分(twilight)"有一定的比照关系,所涉及的知识也不同于今人概念中的科技知识或经济学知识。这段话的结尾两行告诉我们,孩童的较宏大和自由的认知方式恰恰能使他们对某一类人产生亲和感。什么人呢?就是那些同样富有想象力的文学家。华兹华斯接下去说到,这些人就是那些被现代唯理性主义"哲学家"和教育家骂作"骗子"、"呆子"或"无教养"的人,是一些"敢编感造的梦想者"。是他们,倚赖文学想象或诗性视角,"联合了何等伟大的神力",使童年的主观思维领域"成为功绩、财富、帝国"。"帝国"概念为上面的"王位"之说做了附加的解释,甚至确立了竖向的知识等级概念,因为童年的王权可以凌驾于"所有(其他的)的才能与学识"之上。② 童年、高一级的知识、文学想象、宏大空间等概念又一次相互产生关联,让我们想到上一章布莱克把文学想象当做重要认知方式的类似文思,也再一次勾勒出浪漫诗人对机械理论反思的执著性和系统性。

文学的"书本"竟可以像大自然那样"教导"我们,这与今人所熟悉的教育方式迥异。在华兹华斯的概念中,大自然和文学书籍这两位导师之所以

---

① 《序曲》(1850),第五卷,第507—523行。
② 同上书,这一部分内容见第五卷,第523—533行。

相似,是因为为大自然代言的风雨雷电等现象很像文学中承载着想象和情感那些因素,这两种生动的势力对儿童的心灵施加着类似的影响,教导过程都是启迪多于培训,所传递的知识信息也都难以量化。当然,现代人有理由怀疑这样的知识形态,似乎它过于"模糊",甚至可能掺杂着反科学的成分。的确,华兹华斯在对童年世界的推崇中,时常流露出对于过于知识被过分细化或信息化这种倾向的忧虑,对于智识的拘谨和琐碎时刻保持着警惕。这种忧虑的背后,是对于所谓毋庸置疑的客观知识的不满足和不信任。从另一个侧面看,在对智识精细化的质疑中,华兹华斯甚至会反思自己作为成年作家的所为。长诗《序曲》本身讲述的是个人心灵成长的过程,不只涉及童年,也必然要讲到后天的收获。因此,在追溯个人心灵之河的过程中,诗人既要尽力回顾所有关键河段,又偶尔对自己的追溯行为产生不安的自我意识,怕自己陷入机械的概括之中,这是《序曲》所暗含的一点讽刺。比如,诗人会停下来责问自己的记述行为:

> 不过,有谁会用几何的
> 规则划分他的心智,像用
> 各种图形划定省份?谁能
> 说清习惯何时养成,种子
> 何时萌发?谁能挥着手杖,
> 指出"我心灵之长河的这一段源自
> 那方的泉水?"①

当然,对个人旅程的回顾与客观分析行为并非同属于一类的心理活动,这段话除了具有自我告诫的作用,更多的是暗示:的确有人用划定省份或河段的方式来分析主观世界的构成,或将各种知识分列出琐细的类型,其所依赖的理论背后有一条显而易见的现代思想脉络。这条脉络的一个重要环节是英国思想家约翰·洛克(John Locke,1632—1704)的经验主义理论,思想史中的这个内容对很多人并不陌生。洛克着眼于人类个体,对个人情感和思想的复杂性有相当正面的认识,但是,在他的知识理论中,个人主观世界的任何积累都可以追溯到实际层面的经历。个人可以有自己的主观认识,可以内省,也可以强调情感的独特性并获得有关自身和世界的认知,但洛克并非因此而认同任何玄学意义上的、内在而固有的知识,也不可能接受柏拉

---

① 《序曲》(1850),第二卷,第 204—210 行。

图主义概念中的"先在"说,因为它与处在其经验论核心位置的"白板"概念发生抵触。①

洛克式的经验主义学说延伸到 18 世纪,直接在另一位英国思想的认识框架中体现出来。我们指的是大卫·哈特雷(David Hartley,1705—1757),他以对人类心理活动的关注而著称。哈特雷同样排斥超验的知识,而强调社会实践经历与个人心理活动的互动关系。他所开创的联想心理学(associationism)旨在对人类主观思想过程的起始点做出交代,认为所有思绪不仅相互间串联在一起,而且最终都与实际经历相关联,形成从经验到思想的连续因果关系。从他的角度看,对于凭空想象的认可多半只代表一种信念,而所谓主观的创造,也是神话,说是在进行想象的创作,实际上不过是在联想,使用的都是已有的材料,一切都能归结到人类神经系统对感性经验的处理或重组,因此,无论心理活动多么复杂,都可以被分析,被拆解,无迹可寻的精神空间并不存在。

哈特雷所言,能让我们从相反的一面更好地理解华兹华斯以上自我告诫之诗文的起因。无论洛克或哈特雷等人的观点在各自上下文中有何道理,诗人从其个人体会出发,不甘心承认主观情怀终有被分析清楚的那一刻,不情愿否定创造力的存在,最终也不能接受人类知识如是而已的任何判断;总有一些精神空间逸于分析判断之外,是现代心理科学所不能分解、不能穷尽的。这段诗文的后面,诗人寻求从自己的友人柯尔律治那里得到理论支持,将自己的和后者的观点混在一起,以后者的角度说道:

> 我的朋友!你自己的
> 思想有我所不及的深刻,在你
> 看来,学识从里到外不过是
> 对人类弱点的修补,是一种替代的
> 治标药剂,实际上并不是绝对的
> 荣耀值得我们赞美。你绝不会
> 殷勤地侍奉这次要的才能,任其
> 冒充高贵,她只能繁育出差别,

---

① "白板",Tabula rasa,西方认识论领域的古老概念,大致指人在出生时犹如一块未经书写的白板,并未携带着先在的精神负担,也未受到其他的什么影响,方便他日后自由地形成个人的经验。

> 让人以为事物间细微的界标
> 都是感知的结果,而不是创造力
> 所为。①

学识成了次要的才能,不像人们想象的那么重要,也不应成为一些文化人傲视他人的资本。这是一些浪漫文人的共识。不过,这里的"学识"概念拥有较为具体的含义。首先,它与另一种知识形成对立关系,有时"冒充"后者,让人误以为它就是后者,但实际上不是一回事。华兹华斯在此暗示,相对于人类弱点而言,还存在着另一种药剂,它能治本,体现着"绝对的"能力。另外,具体到"替代品"的定义,诗人认为它主要是一种机械的学识,专事解析、量化、在各种事物之间确立"细微的界标"。"繁育"一词的原文 multiply 也有"使成倍增加"的数学含义,指向很细致的分析能力和大量的客观信息的积累。

在《序曲》接下来的诗行中,华兹华斯更加自信地定义两种"学识"之间的差别,几乎从哲学层面分离出两种看世界的方式,并进一步表达自己对于另一种超越一般分析行为并体现精神创造力的认知能力的信念:

> 你不被这些表面的学问所迷惑,
> 早已洞见万物一体;你会
> 和我一样,不信这些把戏,
> 因为不善于像众人那样将心智的
> 能力分门别类,择取各种
> 感觉在不同的橱窗中展示,再以
> 华丽的辞藻讲述各自的历史
> 与根源,似乎它们互无关联。
> 即使最浅显、最具体的思想也无处
> 寻源,此说不是故弄玄虚,
> 二是经过深入的理性思维,
> 因此,若想分析心灵,艰苦的
> 差事,徒劳的追求。②

更高的"理性"才能让人看到更深的道理,世界的画面也因此而不同。

---

① 《序曲》(1850),第二卷,第210—220行。
② 同上书,第二卷,第220—232行。

前面提到,有的人对于华兹华斯思想中是否存在反科学倾向存有困惑,但在欧美评论界,这个问题早有答案。仅就此处的引语而言,诗人所指责的对象已经得到较清晰的界定。华兹华斯的一系列表述中并不含反科学倾向,反之,他甚至对传统意义上的科学追求抱有一贯的敬意。在《序曲》第五卷中,他认为数理科学体现最纯净的精神活动,所要解答的是人类与星辰日月的本质关系,因此和诗歌艺术一样,是需要我们保护的文化宝物。① 在《〈抒情歌谣集〉序言》(1802)中,他更是系统地将诗歌与科学相提并论,既谈到它们的微妙差别,也强调其基本共同点。他所涉及的科学学科主要有化学、数学、医学、植物学和矿物学等领域。他认为,科学追求与诗歌艺术一样,在探索过程中都能使人收获快感(pleasure),都体现情感的注入,只不过

> 科学人(The Man of Science)所寻求的真理像是一种遥远的和陌生的恩赐;他在自己的寂寞中珍惜它,热爱它。而诗人歌唱时,有全人类和他一起合唱,他欣悦于真理就在近旁,像是视线内的友人,或形影不离的伙伴。

他还在科学与诗歌之间确立了脸庞与表情的不可分割的关系,说道:"诗歌是所有知识的气脉和精魂:它是一切科学的面容上的热烈的表情。"他还补充说,倘若科学家能够对于我们所熟悉的生活环境带来革命性的"物质巨变",诗人也会从睡眠中醒来,"时刻准备追随科学人的脚步,""为科学的对象注入感人的灵性"。即便"最遥远的(科学)发现"也可以成为被诗歌艺术"自然拥有的题材"。② 这篇序言和《序曲》第五卷只是另外两个有代表性的例子,华氏诗歌中尚有其他例子可用。我们还可以想到本章开篇提到的雪莱《阿波罗之歌》中的太阳神,他同时代表着诗歌与科学,也富有意味。总之,华兹华斯所针对的主要包括现代教育理论、心理学、政治学和诸类含有唯理性成分的文化思维,即便涉及科学,也是指唯科学的倾向或过分的实用主义理念。

对诸类唯理性思维的忧虑使华兹华斯不断回到他自己所固守的"光"的概念,从《颂歌:不朽性之启示》的立场看,亦可以解释为什么他也频频回眸童年的认知形态。有时候,由于世间文化思潮的演进和个人年龄的增长,他

---

① 《序曲》(1850),见第五卷"梦见阿拉伯骑士片断",第 55—140 行。
② 这部分内容见 William Wordsworth and Samuel Taylor Coleridge, *Lyrical Ballads*. Eds. R. L. Brett and A. R. Jones. New York: Barnes & Noble Inc., 1963, 第 252—254 页。

感到光源日渐远去,悲哀之情油然而生。在《序曲》第十二卷中,诗人一边想到那种使生命产生伟大意义的神秘因素,感叹其难解的"奥秘",一边给出一种解释,说他"只看见稚纯的童年如基底,/将你的伟大托起"。同时,他再次强调本体的创造性思维,说生命的荣耀"源自你本身:你必须给出,/否则永不能收获"。无论着眼于童年,还是想象力,诗人都将收获生命意义的重任放在个人的认知行为上,似乎并无其他因素能够主动帮我们维系着精神的空间。在社会环境中,这种个人的努力也难免显示出其艰难的一面:

> 往日重返,
> 似能再现生命的曙光;储藏
> 生命能量的秘处重又开启,
> 我想接近它们,但它们又关闭。
> 如今我只见其隐约地显现,年老时,
> 可能再不会看见。①

光芒越来越弱,似乎早年的能量储备不能无限地兑现。

在《序曲》第二卷中,诗人指出,早年的财富就是一种诗的灵性(poetic spirit),但大多数成熟的人们主动压抑了它。他说,童年的心灵能够

> 与感知的世界相互
> 协同,不只是感受,也在创造——
> 这就是我们人类生命之初的
> 诗的灵性,但是,多数人经过
> 后天始终不渝的遏制,将它
> 削弱或熄灭;②

就这样,"多数人"慢慢扑灭了创造性的想象之光,名义上获得了让我们明白事理的光线,实则步入无光的生活。诗人相信,包括他这样的诗人在内,只有少数人竭尽全力,不让最初的灵性熄灭。再看《颂歌:不朽性之启示》题句中诗人渴望自己每一天都愿接受"天然的孝敬"约束的表述,即含有类似的努力成分。

有意思的是,雪莱凭他自己对华兹华斯式少数人的理解,在其诗作《阿

---

① 《序曲》(1850),第十一卷,第272—283行。
② 同上书,见第二卷,第252—265行。

拉斯特;或孤独的灵魂》(Alastor; or, The Spirit of Solitude, 1816)中描述了这样一位执著求索的青年诗人形象。这首诗中穿插着对华兹华斯一系列著名诗语的呼应,更数次直接搬用《颂歌:不朽性之启示》中的诗行,比如,语者一上来就借用"天然的孝敬"概念,说既然大自然母亲给他的灵魂"注满"这种感情,让他感受到她得爱,并期待有所"回报",那么自然界中的大地、海洋、空气等"这些亲爱的兄弟"也应该在他着手写诗时帮他一把,给与他灵感。紧跟着在第二段,他在连续使用华兹华斯式的表述语言将自己呈示给读者后,又于结尾处做了一个阶段性表白,所依赖的也主要是华兹华斯的思想和意象:

> 我等待着你的吹拂,伟大的母亲,
> 以期我的音律也能婉转变化,协奏于
> 空气的低吟、森林和大海的气韵、
> 万类生灵的歌喉、夜晚与白昼织出的
> 赞歌,还有深深的人的内心。①

诗文中有关自然界的风可以让一些事物发出乐声的说法涉及到西方文学中的风奏琴(aeolian lyre 或 aeolian harp)意象,这是浪漫主义文学最关键的诗性支撑之一,为多位浪漫诗人所热衷。② 但结尾一句一下子沉入典型的华兹华斯式文思质感层面,揭示出一种连接着自然界和人类内心的气脉与精神,很容易让人联想到国内许多读者所熟悉的华兹华斯名诗《丁登寺》(Lines: Composed a Few Miles Above Tintern Abbey, 1798)中的类似诗句。③ 雪莱夫人玛丽·雪莱(Mary Shelley, 1797—1851)等认为,《阿拉斯特》一诗的主人公更像雪莱本人,这当然是敏锐的判断,但我们在此更需体会到在多大程度上雪莱延续了华兹华斯的思维,并用其个人的方式注释它。

在该诗不长的散文体序言部分,雪莱的视野中出现了诗人们英年早逝的景象,并对此表达了自己的复杂情感,言语中充满无奈、悲哀、苦涩,甚至突然间变得辛辣或刻薄,因为他实际上洞见到,世界无非只是由两类人组成的,一类早死,一类长寿,仅此而已。无论早死,还是长寿,都与一种"力量(Power)"有关,前者被其"唤醒",于是"过于敏锐地感受到其影响力",也因

---

① Percy Bysshe Shelley, *Alastor; or, The Spirit of Solitude*. David Perkins ed. *English Romantic Writers*, 第 959 页始,见 1—49 行。
② 本书将在第五章谈论这个意象。
③ 见该诗第 93—102 行。

此让"突然的黑暗"吞没生命;后者是一些"胆敢拒斥其管辖权的平庸而小气的灵魂(meaner spirits),"于是注定要经历"一种缓慢的、毒素侵身的老朽过程"。根据该诗内容和评论界的一般认识,这种能将人群区分开的因素可以被视为富有想象力的同情心、爱心,或近似于华兹华斯意义上的"精神的爱"。需注意的是,雪莱在为这两类人定义时,同样倚赖了光的意象。受累于这种力量的人们虽然被黑暗吞没,但他们被称作"发光体(luminaries)",转义为"杰出的人们";而那些小气的或狭隘的"灵魂"虽"长命",但他们那种"充满毒素的""懒怠的生命"是"不光彩的(inglorious)",或与辉光无关。

雪莱式的光芒意象让我们意识到,其所言不仅关乎道德问题,也同时涉及两种不同的精神状态,或者两种认知方式,道德与精神层面相互关联,不可分割。他将焦距移向构成多数的第二类人,更加直白而苦涩地说道:

> 他们这些人不屑于犯错误,唯恐被其误导;不愿意让任何神圣的渴望将自己唤起,去追求那些不确切的知识;不想被任何辉光闪烁的迷信世界所愚弄;他不爱这个地球上的任何事物,也不对任何遥远的世界抱有什么希冀,竟能毫无同情心地超然远离他们的同类,既不为人间的乐事而欢愉,也不因人类的苦难而悲伤;人之如此,将遭受应得的诅咒。

雪莱干脆断言道,这些对更大的世界无动于衷的人们就是一些"道德上已死"的人,"他们既非友人,也非恋人,也非慈父,也非世界的公民,也无益于他们国家的福祉。"相对于这些"自私的、不见光明的、迟钝的""芸芸众生(multitudes)",那些早逝的人们可被简称为"好人"。① 称富有想象力的人为道德上的好人,这是典型的雪莱式认识,也是华兹华斯的概念。

涉及雪莱的道德情操概念,我们还需多说几句。尽管雪莱对光芒的定义与华兹华斯所指并非完全吻合——毕竟启蒙思想对雪莱有较大的影响,然而,将认知层面的辉光意象与精神或道德层面的爱心融在一起,使他在启蒙式思维和华兹华斯之间这个大致相互对立的关系中,向后者移动了一步。也就是说,一种并非常识性的或并非符合所谓理性的求索过程是使人达到更高道德和精神境界的必由之路;启蒙的个性之光被添加了一些永不满足的精神之光。具体讲,能否成为"好人",须至少满足两个前提:首先,是否接受一种恶与善的逆说或佯谬;其次,是否以高一级的真理为追求目标。所谓"恶",并非通常意义上的邪恶,而是有悖常理的执著状态。该诗的英文题目

---

① 序言中的这些引语见 David Perkins ed. *English Romantic Writers*,第959—960页。

中赫然出现 Alastor 这个较生僻的名词,它原本是希腊神话中宙斯作为复仇者时的名字,作"复仇神"讲。雪莱的友人向他提议以这个词作这首诗的名称,并把它定义为 an evil genius,指某种使一个人变得很执着的附体的恶魔或不良的影响。诗中那位年轻诗人犹如着魔一般,行为有别于常人,语者描述他时所用的语言很有特色,包括"在未被发现的土地上寻找陌生的真理"、"他就像大自然的影子,/追随着她的最隐秘的脚步","在凄寂山谷中长久流连,/以荒野为家",以及

> 但在夜晚,激情涌来,
> 犹如不安梦魇中的凶猛的魔鬼,
> 将他从安眠中震醒,带着他走向
> 黑暗

等等。① "阿拉斯特"这个题目与该诗的内容并不完全契合,"复仇神"的原意更会引起疑问。在雪莱的概念中,年轻旅人所体现的气质主要相当于一种精神的渴望,也包含难以遏制的主观想象力。在其著名论说文《诗辩》中,雪莱字里行间表了这一个意思:没有至烈的精神渴望,没有超凡的想象力,一个人怎么可能拥有大善?沿《阿拉斯特》的思路讲,没有神灵附体,怎可能避免冷漠、自私而成为一位"温柔"而"慷慨的"好人?

另一个前提是,求索者所认知的目标须具有难以量化的终极意义,它不可轻易触及,不能具体拥有,最终它甚至并不存在于外部世界。《阿拉斯特》中的一个重要脉络就是年轻诗人不满足于一位阿拉伯少女真实爱情,而试图逾越现实与梦幻的界限,去到无垠的世界中追求那位梦中的面纱少女(a veiled maid),后者代表了音乐、美貌、"溪水与轻风交融的声音"、"知识、真理和美德",政治上的"神圣的自由",以及"最珍贵的诗歌之魂",甚至代表他自己灵魂的语声,集自然与文化中所有杰出因素为一身。这个有些柏拉图主义意味的终极理想也让年轻诗人不断处在一种矛盾状态,一方面他发现大自然自主、自足的特点,她不需要求索,其本身就体现着理想,或富含着"美妙的谜团"。② 旅者发现河畔上"一些黄色的花朵"都心无旁顾,却是"永久地凝视着他们自己的低垂的眼睛,/看它们在晶莹的静波中映照出来"③。有

---

① David Perkins ed. *English Romantic Writers*,分别见该诗第 77、81—82、98—99 和 224—227 行。
② 同上书,第 454 行。
③ 同上书,第 406—408 行。

时他感觉到大自然的"魂灵"就站在他身旁,由可见的一切体现出来,于是觉得能与"起伏的林木、静默的井泉、奔突的溪水和傍晚的雾霭"交流,已经足够了,"似乎他与它 / 就是一切"。①

另一方面,花朵等事物以河水或井泉为镜子的自我"观察",也让年轻旅人学会将目光转向自己的内心,于是意识到还有大自然所不能完全囊括的精神境域,如上天的星辰一般"召唤着他",让他"服从于自己灵魂内部 / 闪烁出的光芒。"②灵魂的光芒这个意象很容易让我们联想到唯理性概念中的个人的智性之光,不过,尽管我们不能断然割裂雪莱的诗语与某些启蒙思想成分的关联,但雪莱所言具有更高的思想烈度。若抛开面纱少女的比喻不谈,从自然到超自然的辩证过程——或者说大自然教会旅者如何越出她自己的疆界而另有所求的过程——正是《序曲》中反复出现的一个重要思路,也连结着柯尔律治的富有唯心哲学意味的光芒概念。美国老一辈浪漫主义文学研究专家杰弗里·哈特曼(Geoffrey Hartman,1929—)和 M. H. 艾布拉姆斯(Abrams,1912—)在他们的不少著述中都谈论到这个思路,为学者们熟知。《序曲》和《阿拉斯特》等诗作中所出现的这一与光芒有关的启迪过程有助于我们理解浪漫诗人对某种辉光的追求,也理解"天然的孝敬"与世俗生活之间的张力关系。雪莱的年轻诗人从梦中醒来后,意犹未尽,悲叹不止:"它们消失在何方,/ 那天上的色调,昨晚还遮覆着他那葱郁的 / 睡房?"③这种表述方式与本章较早时引用的《颂歌:不朽性之启示》中涉及"辉光与梦想"的两个提问句基本相同。

回到《颂歌:不朽性之启示》,我们看到雪莱对华兹华斯的具有其个人特色的呼应使后者一些思想得到强化,尤其是雪莱对《颂歌》中"执著的质疑"一语的借用,④更突出华诗与流行思潮的对话关系,使一种对怀疑的怀疑浮上表面,即一种对于以所谓毋庸置疑的客观事实为准绳的理性怀疑主义的不信任。无论华兹华斯还是雪莱,都不愿意失去更大的空间或更超然的辉光。尽管华诗中不大出现雪莱和济慈等年轻诗人爱用的以死相拼、博取自由的诗意套路,但他的忧虑或许更加沉重。《颂歌》第八节中又一次出现了

---

① David Perkins ed. *English Romantic Writers*,第 479—488 行。
② 同上书,见第 488—493 行。
③ 同上书,第 196—198 行。
④ 分别见《颂歌》的第 142—143 行和《阿拉斯特;或孤独的灵魂》的第 26 行。《颂歌》中的有关诗行见本章以下第 2 部分中的译文。

"辉煌"与"黑暗"的对比,出现了从"灵魂的宏阔(Soul's immensity)"向"禁锢"状态转化的"不可避免的"生命旅程,再一次表现了这种沉重。这种通过柏拉图式历史观解释人类之世俗蜕变的做法可能显得过于直白,哲理意味也过强,但它与当时诸种机械思维形成反差,其思想意义和价值也因此而显现出来。

2. 两位主要评论家有关《颂歌》的观点异同

欧美学界有关《颂歌》的评论难以尽数,除前面提到的政治性评论观点之外,还可以提及一例单向的对话,发生在新老两位评论家之间,分量较重,且内容具代表性。笔者择取这个例子,并非就事论事,主要是想在本章的语境内探讨其所引出的一些不能绕过的问题,并借此尽可能确定我们自己的方位。1978年,我们在绪论中提到的美国学者海伦·范德勒发表论文《莱昂奈尔·特里林与华兹华斯的〈不朽性之颂歌〉》,对美国老一辈评论家莱昂奈尔·特里林(Lionel Trilling,1905—1975)的一篇文章进行了反驳,立场迥然不同,言辞多不留情面。① 特里林的文章名为《不朽性之颂歌》,发表于1942年,其本身因其对先前"错误"认识的系统反驳而为学界熟知,后被艾布拉姆斯收录在他所编的论丛《英国浪漫诗人》一书中,成为经典文章。②

特里林的文章言词简练,举重若轻,常能三言两语勾勒出复杂思想脉络,权威气度跃然纸上。他主要认为,先前的论家拘泥于表面印象,看到《颂歌》的悲叹,就以为是一首诗人哀念其所失才情的"挽歌"。特里林认为如此的评价过于"简单和机械",因为诗人所依赖的"诗艺才能(poetic faculty)"固然重要,但能否写出好诗,并不维系在某种特定的才思、特定的事件或特定的个人身上,似乎只要某个因素一旦丧失,诗就写不出来了;正相反,做诗的行为需要"整个心灵、整个人"的作用。"告别往日"的确是《颂歌》的一个特点,但也明显存在着另一个特点,两个特点——"告别"加上"新的投入"——共同构成这首诗的复杂的整体。③ 因此,特里林概括道:

> 这是一首关于成长的诗;有人说这是一首关于成长而变老的诗,但

---

① Helen Vendler, "Lionel Trilling and Wordsworth's Immortality Ode." *The Music of What Happens.* Harvard University Press, 1988, pp. 93—114.
② Lionel Trilling, "The Immortality Ode." *English Romantic poets—Modern Essays in Criticism*, 2nd ed. Ed. M. H. Abrams. Oxford University Press, 1977, pp. 149—169.
③ 同上书,这些观点见第 149—150 页。

我确信它所写的是长大。也可以说这首诗与光学（optics）有关，也因此必然与认识论有关；它关乎看事物的方式，然后也关乎认知的方式。最终它关乎行动的方式，因为华兹华斯经常认为，知识意味着自由和力量。只是在有限的意义上，这首颂歌才与不朽性有关。①

"长大"的收获就是以"敏感性和反应性"为特征的"新的诗艺能力"的形成，也体现在对"新的诗歌题材的投入"上。② 特里林的这个观点影响了许多人，帮助我们形成有关新才能与力量的基本判断。有意思的是，范德勒在她的反驳中大致绕过这些关键的概括。

绕过它们，大概主要是凸显她本人对诗歌艺术本身的重视。范德勒的目的是维护诗歌艺术之特性，不容许任何人将做人与做诗分割开，不认为相对于诗人而言，后者之外还另有人生的意义；不容许以人生或道德的名义颠覆诗歌的个性，让它变得与英美19世纪文人阿诺德和爱默生（Ralph Waldo Emerson, 1803—1882）的论说文没有区别。因此，尽管特里林文章实际上有自圆其说和自我平衡的特点，但范德勒还是倾向于将他的文字中涉及生活和道德的内容稍加放大，以确立两人之间的分野。在阐述过程中，范德勒展示了令学人羡慕的精湛解读能力，对文本细节的观察极其敏锐，所用支撑点都有强烈说服力，一步步指出特里林的疏忽，并为读者揭示了意想不到的诗意内涵。她归纳道：

> 特里林的论文并未提到华兹华斯在《颂歌》中如何解决了那些大的美学问题，比如涉及比例、焦距、视角、结构、高潮和收尾，而对于那些小的手段，其论文也无意给与任何赏识，比如措辞的语域（registers）、暗指、诗内的细节互见（cross-referencing）和事件的顺序安排，而正是这些才使局部意趣产生意义。由于一味谈论这首诗的含义而忽略其实在（being），特里林使我们丧失任何理由去相信该诗的那些断言。③

可见，范德勒的立足点与美学因素有关，推论过程紧扣诗语本身的表意机制。虽然两位评论家都认同新生能力之概念，但若硬性辨析，则特里林的归宿是生活，而范德勒落在诗艺上，尽管特里林在其文章结尾处也明确提到诗艺能力的演化过程。

---

① Lionel Trilling，第151页。
② 同上书，第167—168页。
③ Helen Vendler, pp. 95—96.

《颂歌》中涉及所谓新能力的诗行以第十节的一个段落最为著名,译文如下:

> 尽管我的视野中会永远失去那曾经如此
> 灿烂的光辉,尽管无物能帮我们复原往日
> 那草叶闪现风采、那花朵放射辉煌的时光,
> 但是,即便失去,又有何妨;
> 我们不会悲哀,而是在余下来的事物中
> 寻获力量——从基本的同情心中,
> 那种只要曾经存在,
> 就会永不丧失的情怀;
> 从那些源自于人类苦难
> 却安抚心田的绪念;
> 从那种能够看破死亡的信仰,
> 那些让我们收获富于哲思的心灵的余年。①

范德勒与特里林一样,都认为应该尽可能尊重这段话的字面意思。如果诗人在此说有收获,就是有收获,如果他说新的收获比原先拥有的辉光更宝贵,那它就是更宝贵,不能说这些都是言不由衷的谎言。但范德勒对于"富于哲思的心灵(philosophic mind)及其各种能力"做出了不同的解释:

> 我不相信那种有关富于哲思的心灵能够"提升感觉能力"的说法。相反,富于哲思的心灵使诗歌创作成为可能,这是个很不相同的问题。那个能看见灵光闪现的孩子并不是诗人,甚至还不是一位作家。他只是看到,只是活着,只是以单纯领悟和单纯感觉的方式存在于当时。所谓"有关凡生无常的认识……取代了'辉光',成为关键手段,使事物变得有意义和宝贵",我不相信有这个道理。相反,那种将自然的事物转化为人生之比喻(metaphors)的能力——亚里士多德所说的诗人的才华——赋予了那些自然的事物一种辉光,取代所失去的那种超凡的辉光。孩子所不能为者,诗人可为——即,他有能力在每一种自然现象中看到一种对于人类自我之道德行为的呼应或映射……②

---

① 该诗第 176—187 行。
② Helen Vendler, p. 96.

第二章　闪烁的空间：华兹华斯的光源

尽管范德勒的话并不能穷尽"富于哲思的心灵"的复杂内涵,尽管我们尚不能判定是否富于哲思就等于富于诗才,尽管我们也不能确定她偏重比喻能力的观点到底有多大价值、到底与特里林的想法有多大区别,但是,她的见解有明显意义。用我们平俗的话讲,她在《颂歌》中看到一个人如何学会用诗人的——而不是任何其他人的——视角感悟生活;《颂歌》是诗性思维的胜利。的确,"胜利"一词正是她在文章结尾处高调提出的概念。她认为,《颂歌》最终的意义在于,它在"儿童的感性语言及其镜映的成人内省语言"之间,"贸然发明了一种打乱时空秩序的语言(language of disorientation)",成功地"克服了"两种语言发生关联的过程中所出现的"困难"。① 任何强调一般性人生精神收获的判断都可能不得要领,甚至会伤害诗性视角的独特性。

有关"赋予……辉光"和诗性比喻的概念也使范德勒在《颂歌》中发现了她所认为的三个阶段,有别于他人的发现。她甚至暗示一个从低到高的发展过程存在于诗内,最后阶段最能考验一个诗人的"说服力"。她说:"华兹华斯在《颂歌》中的美学问题是要找到独属于该诗所描述的三个阶段中每一阶段的恰当语言——'辉光'和'执著的质疑'的阶段、缺失的阶段、比喻的阶段。"② 倘若在第三阶段失败,或不能用比喻给"中性无色的世界赋予色彩",③那么,也提不上人生的"补偿"或诗人的"长大"。虽然范德勒的论述角度有其个人特点,但埋伏在她的这些说法中的是一种诗性视角或诗艺世界有可能大于道德空间的思想;诗性视角可以将任何其他的成长或修炼包纳其内;诗人甚至高于"作家",更不用说与其他的什么专业人员相比。这样的认识与布莱克、华兹华斯和柯尔律治等人有关象征和比喻的言论发生关联,也与笔者本章有关精神空间和精神秩序的解读有一些并行关系。这种竖向的思维使范德勒对任何人有意无意将《颂歌》变成说教文的做法产生警惕,也可以解释她为何以特里林的文章为标靶,反复强调不能以为诗歌的实质就是"推论性质的陈述",不能在阐述中将诗歌当作"一篇论文或一次布道"那样的对象,以至于使《颂歌》这首诗的"情绪"与其赖以生存的"语言媒介"相分离。④

---

① Helen Vendler, p. 114.
② 同上书,第 98 页。
③ 同上。
④ 同上书,第 94 页。

范德勒的论述对于读者,尤其对于研究者,有极大的意义,其娴熟的解读手段更是身教重于言教,可以提醒我们不要动辄使用各种过于外在的推论话语,在面对复杂文本而茫然无措时,过早地将文学变成文化学或政治学,从而像范德勒所指责的那样,堂而皇之地颠覆了诗歌文学的特性。然而,她的文章中也可能隐藏了一点问题,主要是她有可能忽略了即便诗性比喻也并不代表最大的空间这样一个议题。既然使用比喻,就说明诗语之外存在着另一个比诗语表述更真实的境域,它可能才有终极空间的意味,由具体的比喻揭示或体现出来;"辉光"也好,"色彩"也罢,各类诗语意象都代表了尽可能触及那个境域的努力,而且相对于任何其他领域的努力,很可能最接近它,只是并不等于它,就像诗语并不等于诗意一样:既成功,又失败。这也是我们在本书第十二章结合勃朗宁有关艺术表现力的思想所要谈到的问题。这个富有英雄气质的失败反映了伟大诗人对自己做诗行为的可能的反思。也就是说,我们有必要考虑到,伟大的诗人可能有其自己的思想体系,而反思的成分也可能是这个体系的一部分。在这个意义上,特里林启用异类话语的行为并非完全错了,至少一定的辅助性哲思和宗教视角不会使诗意空间变小,而反过来讲,范德勒式的三阶段论也不见得能必然提升这个空间。

特里林文章中有一段话比较重要:

> 的确,他(华兹华斯)经常写到光芒的闪烁。"闪烁(gleam)"这个词是他乐于使用的词……只要他享有瞬间的真知或喜悦,华兹华斯就会使用描述光的语言谈及其经历。他的伟大的诗篇都涉及被光芒启迪的时刻,在这些诗作中,文字的比喻意义和字面意义合二为一——他所使用的"辉光(glory)"一词具有抽象的现代含义,但同时他也能意识到某种肉眼可见的云辉(nimbus)所拥有的那种古老而具体的圣像光环般的意义。然而,这种瞬间的和特殊的光芒是其诗歌的题材,而非做诗的能力。这些瞬间是醒悟的瞬间,但华兹华斯并未说它们可以使写诗过程变得容易些。[①]

拥有了光,不见得就是拥有了手段,做诗时使用比喻的能力也不见得就等于赋予光或色彩的能力;光芒仍然是被富于哲思的心灵所发现和思索的"题材","题材"仍然大于手段。这是特里林不同于范德勒之处,其所揭示的诗

---

① Lionel Trilling, p. 155.

人的谦卑程度似乎也较后者所说的要高一些。而至于字面意义与比喻意义的合一性，这是一位重要评论家为我们找到的开启复杂诗意的钥匙，范德勒对此也不会有异议，因为她正是立足于字面意义的专家。不过，如果我们沿特里林的思路逆向思考一下，我们似可看到稍不利于范德勒的因素。诗语比喻可以将色彩赋予事物，但在此之前，字面意义上的色彩应该已经存在了；"辉光"应该已经存在了，比如儿童或成人所见到的"云辉"，它是"肉眼可见的"客体，此后才衍生出圣像的寓意以及再后来的现代抽象意义。虽然这个不能量化的衍生的过程十分重要，正像诗歌产生过程之重要，但字面意义与比喻意义之间的关系异常复杂，很难说后者重于前者，很难说成年诗人高于儿童观者，也很难说相对于成年人而更多接触字面意义的儿童"只是看到，只是活着"；即使我们可以分离出"辉光"在诗语层面的"抽象的现代含义"，也很难分割"光环"的比喻意义和"云辉"的字面意义，而这后一种不易分割的关联可能已经出现在儿童的视觉中。范德勒爱用"赋予"（confer）这个词，有可能忽略了玄学或宗教意义上的对自然物体的直接纪录和挖掘，也就是日后维多利亚诗人勃朗宁所感味到的那个过程。尽管这后一类过程也会是某种变相的"赋予"方式，但在华兹华斯的所谓哲思体系中，这两种过程（赋予和感知）所涉及的概念层面并不完全一致。

可见，包括评论家在内，有时我们难以做到真正严肃对待诗歌中存在的字面意思以及它已经内含的精神意义。以上提到，范德勒在其文章结尾处谈及《颂歌》中由儿童和成年人所代表的两种状态，既涉及不同的意识，也涉及分属于不同年岁的两类语言。它们之间的区别是否那样明显，是否能被那样区分，我们保留一点疑问。比如，语言上的差别是否就是意识上的差别？若谈语言差别，则儿童不如成年人；若谈精神状态之别，则"长大"、三阶段等概念则产生疑问。也就是说，"长大"等概念虽自圆其说，但有可能忽略了《颂歌》的一种由"孩子是成人的父亲"这句话所代表的简单明了的字面意义，或将其复杂化。儿童当然尚不是作家，"孩子所不能为者，"诗人当然可以做到，但是，在华兹华斯本人看来，若说儿童不是诗人，既对也不对。对的理由显而易见，毕竟儿童难以品味出那么多思想与情感的意味，而若做到言以达意，更是漫长旅程；不对是因为这个认识与华兹华斯的基本思维发生一定抵触。让我们直面该诗第八节大部分原文译文，具体看一看他如何定义世俗化之前的儿童阶段。其所用比喻都异乎寻常，但其所言毫不含糊，甚至显得武断。诗人凝视着一位弱小的幼儿，说：

> 的确，你的外表不能体现你的
> 　　灵魂的空阔；
> 你是最佳的哲人，尚拥有你所得到的
> 遗产，你是盲人群中的目光，而目光
> 虽不善听说，却读懂永恒的深海，
> 永恒的心灵永在那深处游还——
> 　　强大的预言家！神佑的先知！
> 　　那些真理都满足于以你为依托，
> 可我们却花掉一生的时间苦苦寻找，
> 终在黑暗中迷失，坟墓的黑暗；
> 你的不朽性注视着你，就如
> 太阳一般，是奴隶头上的主人，
> 是幽灵般的存在，回避不开；
> 你这个幼小的孩童，生命巅峰期的
> 天赋自由给你力量，让你尚能一身荣耀……①

把话说到这种程度，自然要引起争议，也是对解读者的挑战。小孩子哪有"灵魂的空阔"？还能读懂深奥的东西，是"最佳的哲人"和"神佑的先知"，拥有最大的自由，等等。对于一系列有关儿童的说法，我们当然可以强调其比喻意义，但似乎不应该忽略其字面意义的诚实性和严肃性，不能把"宏阔"(immensity)之说一带而过，而应更多地审视华兹华斯所看到的空间；如果他自己说这个空间比其他空间大，我们暂不必急于论证为什么这个说法以虚充实，为什么其他空间才更真实、更有质量。另一个字面意义是：无论成年人多么能写诗，多么能哀叹或"反思"，或"与人间的事情类比"，②他并不是"最佳的哲人"。华氏经常将诗性思维与尚不懂诗艺的儿童相联系，似乎诗艺只是对诗意的解析。诗人希望自己忠于早年的存在方式，而小诗"My heart leaps up"的字面意思正是表达了渴望未来生活的每一天都被一种简单情怀串联起来而让自己永不蜕变的思想。国内曾有的译者将小诗中的"natural piety"这个概念转译成"赤子之心"，并非没有道理。

我们已经两次提到所谓诗语对终极诗意的解析关系，在《颂歌》的那个

---

① 第八节第109—123行。着重点字代表原文的大写单词。
② Helen Vendler, p. 97.

体现了柏拉图主义或新柏拉图主义色彩的基本思想框架中,的确存在着终极意义上的精神境界或思想空间。有关广义的柏拉图主义思维角度对华兹华斯和其他浪漫诗人的影响,艾布拉姆斯等评论家在其著作中都有相当的关注,此处不谈。仅从柏拉图主义的概念看,一些后天练就的技艺只是力求体现儿童的可能的精神能力。以上提到失败的可能,是因为同样依照柏拉图主义的原理,诗艺不可能与诗意完美吻合,这是玄学意义上无奈。范德勒不断提到儿童能力的单纯性和欠缺,但她可能忽略了成功的诗歌亦可能是失败的物证这样一个符合《颂歌》思想框架的、悲剧性的事实,甚至越成功、越伟大,其所引起的柏拉图主义概念上的不足感就可能越强烈。她援引阿诺德有关华诗"疗伤的能力(healing power)"的说法,指出《颂歌》内含着"自我医疗"的过程,还达到不容否认的"医疗的成功";她也提到"我们不会悲哀"这句话的重要性,[①]这些在她的推论话语中都无可非议,甚至是精辟的见解。但从我们的角度看,"疗伤"、"成功"和"不会悲哀"等等已经揭示出不少哀意,尤其诗歌成功的一刻更证明了某种绝对存在之在,因为好的诗歌要体现它。华兹华斯与英美现代主义作家有所不同,尚立足于较传统的人文传统和哲思体系中,因此他不可能认为诗歌语言比所谓宇宙间的终极诗意更重要,诗歌只是用词语的手段尽可能接近、解析和体现后者。出于同样的道理,范德勒将"创造性的灵魂"与"灵魂的人性化"两个概念紧密联系在一起的做法也引起一点疑问,或者说她忽略了《颂歌》所揭示的成年诗人不得已而为之的意味,将量等同于质,将伟大等同于绝对,将色彩等同于云辉。

  2008年,剑桥大学出版社著名的文学"指南"系列增加了一个新的题目《剑桥英国浪漫诗歌指南》(*The Cambridge Companion to British Romantic Poetry*),其中专有一章谈论华兹华斯的《颂歌》。作为主编之一的詹姆斯·钱德勒(James Chandler)教授说他同意这样的安排,认为若拿出一整章仅探讨浪漫文坛一首单一的诗作,即可选择这首诗,而且可由他本人执笔。在一定意义上,钱德勒的思路与范德勒的观点略有些相近,他也着眼于艺术创作的后天成熟过程,其所依赖的是当时曾经流行的"进步"(progress)观。而所谓"进步",是指事物从初级到高级、从粗鄙到完善、从天真到成熟的过程。社会、人生和诗歌创作这三个领域都可以见证"进步"的过程,甚至三个领域并行不悖,相互作用,比如人生的成熟可决定诗艺的成熟,进而促进雪莱概

---

① Helen Vendler, pp. 106—107.

念中的社会改良。钱德勒指出,这种"进步"观的背后是大卫·休谟(David Hume,1711—1776)、亚当·斯密(Adam Smith,1723—1790)、葛德汶和雪莱等人所串联起的有关"情感发展"(sentimental progress)的英国思想传统,其主要特点之一是认同和弘扬休谟和斯密等人所提出的人类同情心概念。而涉及"同情"(sympathy),就必须着眼于幼稚期过后的人生阶段。钱德勒另指出,当时与这条思想脉络相对立的是英国浪漫主义评论家威廉·哈兹利特(William Hazlitt,1778—1830)有关"为什么艺术不是进步性的"这一观点,即哈兹利特认为机械的和可论证的东西才提得上进步或改进的可能,而才华和情感等因素与其说得到发展,不如说有可能退化。我们将在本书第五章就柯尔律治的思想谈及哈兹利特的相关认识,甚至还会提到其本人有关 sympathy 的概念。钱德勒把华兹华斯放在"进步"观一侧,认为《颂歌》所要说的正是同情心的演化及其所促成的诗艺之成熟。他总结道:

> 于是,我们可以在《不朽性颂歌》中……发现两个关键的结构:一个涉及诗歌的进步(the progress of poetry),另一个关乎从天真(the naïve)到情感(the sentimental,或译"情操")的转移。

钱德勒认为,既然《序曲》讲的就是"心灵的成长",那么《颂歌》也可被视为小幅的成长"自画像"。[①] 将华兹华斯与"成熟"或"成长"联系起来,肯定是贴切的;成长使一个人更有同情心,这更是人们在阅读华兹华斯诗歌时所经常产生的印象。钱德勒的研究帮助我们了解到当时文化界涉及"进步"概念的争议,有利于我们看到一个时代的不同侧面。然而我们也需注意到,所谓只有成熟才能认识到"孩子是成人的父亲"这个道理的道理与这句话本身的明显含义并非一回事;成熟的诗艺所依赖的人生"成熟"概念也可能较英国 18 世纪的"进步"观更为复杂一些。或者说,我们在把华兹华斯放入斯密等人的思想传统中时,亦需兼顾他与更大的欧洲唯心哲学传统的关联,进而更好地品味华氏诗性思维的质感,毕竟"灵魂的宏阔"概念与"同情心"之说很不一样,尽管都涉及人类内心,貌似相近。而且,华氏在《序曲》较后面的一些诗卷中告诉我们,他正是在抛弃了亚当·斯密和葛德汶的一些观点之后,才"成熟"起来。

[①] James Chandler, "Wordsworth's great Ode: Romanticism and the progress of poetry." James Chandler and Maureen N. McLane, eds. *The Cambridge Companion to British Romantic Poetry*. Cambridge Collections Online. Cambridge UP, 2008. 钱德勒的有关观点分散在其整篇文章中,此处用到的引文和概念见 142、147 和 144 页。

第二章 闪烁的空间:华兹华斯的光源

在此,为更好地理解华兹华斯的视角,尤其是与《颂歌》一诗有关的哲思立场,我们不妨借助雪莱笔下的一段文字。雪莱常常是情绪化诗评的受害者,人们有时会将有悖于其思想内涵的评说套路用在他身上,以凸显其对诗歌创作的重视。说"重视",肯定没有错,毕竟有《诗辩》这样的鸿文为证。不过,也正是在《诗辩》中,雪莱参照西方古典哲学概念和古代神话意象,说过这样一些话:

> 一个人不能说:"我要创作诗歌。"即便最伟大的诗人,也不能这样说,这是因为,处在创作过程的心灵有如一块渐渐熄灭的煤炭,某种无形的影响力就像无常的阵风一般将它唤起,仅使它再现片刻的亮度。

一个人不能那样讲,是因为他不能凭借理智而事先规划这种难以捉摸的内在"影响力"(influence)。而

> 倘若这种影响因素能够保持其最初的纯度和力度不变,那么其成果之伟大将难以预测。可实际上,一旦创作过程启动,灵感就已经开始衰减,甚至仅就那些古往今来有幸得以面世的最辉煌的诗歌而言,它们很可能只是诗人最初构思的微弱残痕而已。

也就是说,写出来的诗文比原本的灵感要小;写诗的过程就是炭火逐渐熄灭的过程;"最辉煌"一词已经有了讽刺意味。甚至还有比诗人的内在灵感更大的东西:

> 说起美德、爱情、爱国情怀、友谊等等,说起我们所居住的这个美丽世界的景色,说起我们在坟墓的这一侧所得到的慰藉和在那一侧不死的企望——若不是诗歌从上方那个永恒的境域将光与火给我们拿到下面,这一切都算什么?那是一片猫头鹰般的盘算能力(faculty of calculation)从不敢启翼飞及的境域。①

这些文字中所暗含的太阳的辉煌、柏拉图式永恒理想和盗取天火者普罗米修斯等意象体现了雪莱式诗人对自己所谓"创作"行为的一种定义和定位,而那片"永恒的境域"既早已存在,诗人之具体诗语的形成过程也就成为捕捉空中早已存在的更大诗意的过程。把"拿到下面"说成是"创作",也不过是因为其他量化类思维方式连企及那片境域的条件都没有。雪莱的这些话

---

① David Perkins ed. *English Romantic Writers*, p. 1084.

对于评论家们有什么暗示呢？至少他让我们感到,雪莱、哈兹利特和华兹华斯等浪漫文人有他们超越文字和修辞的终极关注;虽然钱德勒也提到雪莱,但这些文人的视角若与钱德勒等学者所说的"进步"和"成长"等概念相比较,两者会显示出很不相同的思想侧面。诗人们会展现对于绝对空间的仰视或回眸的姿态,因此,读者或评论家在对其诗歌创作行为表达敬意的同时,也需考虑到诗人们一方对于大自然、天理、生命之早期和绝对境域等因素所表达的敬意,以及其借用渐熄的煤炭和"微弱残痕"(a feeble shadow)等意象所表达的相对于一个自己难以完全拥有的真正辉煌状态的谦卑。现代学者都喜欢直接沿用西方老一代学人有关模仿美学和表达美学的划分,前者以"镜"为代表,后者以"灯"为代表;大家也多认为华兹华斯和雪莱等人的创作实践较好地体现了现代诗歌与古典模仿论(mimesis)的分野。这样的观点当然有其依据,也把握住关键思想内容。但考虑到我们此处的上下文,我们也可以说,伟大诗文往往既不只是镜子般的折射,也不只是灯一般的投射,都不是那么简单。即便是投射,可那是怎样耐人寻味的投射。也就是说,若要把《颂歌》中的"先在"概念和普罗米修斯的盗火行为都镶入"模仿"的框架中,还需有更恰当的表述方式。因此,我们再把灯的意象用在华兹华斯和雪莱等人身上时,似应多加一分小心,以防在强调个人主观作用时,在效果上反倒使诗人的自我变小,使他失去宏大的依托,使英国浪漫主义诗歌或变成封闭的文字演化过程,或变成波希米亚式的私有情绪之放纵。

特里林一方的观点中也存在一些可以供我们思考的问题。特里林的确着眼于人生,而主要不是诗歌,而由于重点在人生,就必然要讲到诗艺之外的、人间的收获,诗作只是证明这种收获。于是,按照这个思路推导下去,最后就会得出即便丧失辉光也可成为成熟诗人的结论,虽言之成理,却也带出来一些概念上的冲突。他说:

> 我们不可避免地抗拒变化,以强烈的怀旧之情回眸我们逐日远离的阶段。不过,我们实现自我的方式靠的是选择那种痛苦的、艰难的和必然的因素,我们在接近死亡的过程中得到发展。简言之,有机的发展过程是一个无情的俳谬(a hard paradox),这也正是华兹华斯在《颂歌》第二部分那些互不衔接的回答中所阐述的内容。一些评论家断言《颂歌》指向华兹华斯的某个具体而独特的经历,以为这首诗只关乎诗艺才能,而在我看来,这些评论家忘记了他们自己的人生,其结果只能是使《颂歌》成为轻于该诗实际分量的东西,因为它所涉及的并非诗歌,而是

生活。①

范德勒正是在这样的阐述中看到有关生活重于诗歌的暗示。换一个角度看，这段话里或许也埋藏着更"无情的佯谬"：一个人只有失去某些阶段，才能成为具有人生感悟的诗人；而由于所要失去的一个重要阶段与"超凡的光芒（celestial light）"有关，因此，我们也可以按逻辑把这个佯谬说成：只有失去那种辉光，才能成为懂得生活的更大的道理的诗人。佯谬大致上变成了悖论。特里林不会完全接受这最后一步的推导，但其有关"必然"和"发展"的说法不能完全摆脱其自身的惯性。

此外，所失去的光芒也不等于诗意，毕竟特里林认为它更多地作用于感官，而日后的诗歌才含有更真实的诗意。这已经与他的另一些概念发生矛盾。他说："超凡的光芒很可能指那种不同于普通的、世俗的或科学的光芒的光芒；它是心灵之光，即便在黑暗中也能闪烁……"②另一方面，他又认为看到这种光的能力对诗人来说并非至关重要：

> 他告诉我们他拥有力量，他拥有喜悦，但这并不意味着他也同时拥有辉光。总之，当他在第四节结尾处提出那个问题时，我们没有理由假设他的意思是'我的创作能力消失在何方？'华兹华斯告诉了我们诗歌是如何创作的；他说他做诗靠的是那种经过其沉思的心智作用了的感性经历，而他没有在任何地方告诉我们他做诗靠的是闪现的灵光，靠的是辉光，或靠的是梦想。③

为说明自己的道理，特里林以柯尔律治的例子为反证，指出为什么两位诗人对辉光与诗艺的关系有不同的认识。英国浪漫主义诗歌的研究者都知道一个简单的历史事实，即柯尔律治看过华兹华斯的《颂歌》几天之后，写出了他自己的那首伟大的颂歌《沮丧：一首颂歌》（Dejection: An Ode, 1802）。特里林认为，尽管后一首颂歌的语言风格与前者"很接近"，但它却明确地说到"做诗的能力已经消失或正在消失"。因此，虽然柯尔律治及时呼应前者，但他的颂歌"并不是（前者的）主题再现（recapitulation）。正相反，柯尔律治恰恰在他的处境与华兹华斯的处境之间确立反差"④。特里林援引了德赛郎库

---

① Lionel Trilling, p. 164.
② 同上书，第 152 页。
③ 同上书，第 154—155 页。
④ 同上书，第 154 页。

(de Selincourt)教授对此事的研究,并进一步指出,两个人不同的生活境况也是导致不同文本内容的原因。华兹华斯正享受着顺风满帆的快意,而柯尔律治则经历着感情生活等方面的"绝望"。

生活处境与作品情绪的关系是一个旁而又旁的证据,我们不做深究。仅看有关反其意而写之的判断,虽可能符合事实,但或许忽略了伟大诗人之间对话的复杂性。友人之间的"反其意"也是常见的文学套式,是一种变相地确立与前一部作品关联的方式,更何况也可能证实前者的启发性并对其表示敬意。比如,柯尔律治也可能是自信而率直地按照自己的思想信念帮助华兹华斯挖掘或放大了一个较隐晦的内涵,而除了柯以外的任何人都可能未想清楚这个内涵。至少他的那些所谓相反的观点帮我们确立了辉光与"创造美的力量"之间的——或"大自然在我出生时所给与我的想象力之塑造性"①与诗人创作能力之间的——关联。他提到那些可以促成诗人感性经历的外部景物,问道:一旦内在的创造力不再起作用,"这些又有什么用……"也提到人世间的境况,最终都是要支撑一个直白的断言:"我不要指望依赖外在的景物来赢得热情和生命,/ 因为它们的源泉都内在于心灵。"②即使这种认识与华兹华斯所言有所不同,但它能够证明,闪烁于早年或闪烁于内部的辉光是可以与特里林所说的"做诗"发生关联的;柯尔律治作为《颂歌》的第一位重要读者,正是以他的理解帮我们确立了这个关联,或者说以写诗的方式来说明诗人如何也会丧失"诗意"。而特里林有关做诗过程需依赖外部成长经历和辅助性哲思等因素的判断不见得符合浪漫主义文学的一个更加基本的,至少理论层面的信念。顺便说一下,现代英国著名小说家拜厄特(A. S. Byatt, 1936—)有关这两首诗的一点意见值得我们参考。在其论说性著作《放荡的岁月》一书中,她凭借作家的判断,确信两诗之间存在着内在的关联,不能把它们对立起来;它们都表达了相同的"遗憾",说的都是那种有机的"统合内外世界的视力的丧失"。③

特里林的问题与范德勒类似,都是以各自不同的方式将《颂歌》的意义略加复杂化,较多地重视其所体现的成功,而非其所涉及的失败;他们都不经意地把诗歌等同为诗意,以语言(范德勒)和人生感悟(特里林)涵盖其他

---

① 见该诗第六节。
② 同上,第三节。
③ A. S. Byatt, *Unruly Times: Wordsworth and Coleridge in their Time*. London: The Hogarth Press, 1898, pp. 281—282.

可能的内在意义,对柯尔律治在《颂歌》中所发现的悲哀性有所低估,似未能更加直接而充分地对待诗意之丧失这个概念的字面意义,对辉光等所代表的那个极其简单而宏大的精神空间的注意力略有放松。这并非说特里林所批评的那些只听到"挽歌"的评论家更加正确,而是这两位如此杰出的评论家在谈过"所有"问题之后仍有可能或有必要回到简单,因为哲思层面的悲哀如何估计也不会过高:失去了就是失去了。

其实,这两位重要评价家都在其论述过程中提到《颂歌》第九节的一个关键段落,说明他们也注意到诗文中一些明显存在却又难以尽解的因素。以上我们已提及雪莱使用了这个段落的关键词组,更多的诗行译文如下:

> 我唱起感恩和赞美的歌,
> 不是为了这些(童年时的欢乐和自由等),
> 而是为了那一次次对于
> 感官和外在事物的执著的质疑,
> 那些从我们生命中退去的、消失的因素,
> 那些由一位游还于尚未现实化的空间中的人
> 所感觉到的强烈而莫名的不安之情,
> 那些惊愕我们凡俗的人性、曾让它像罪人一般
> 在其面前颤抖的最细锐的直觉功能;
> 是为了那些最初的慕恋,
> 那些模糊的忆念,
> 不管它们到底是什么,
> 今天仍是我们全部光线的源头,
> 今天仍是我们全部视觉的主光;
> 那些一旦醒来
> 就永不消逝的真知之光,
> 来扶植我们,抚爱我们,以你们的力量让我们嘈杂的岁月
> 去分享那永恒的无声,像是其生命中的瞬间光景;
> 无论倦怠,还是疯狂的奋争,
> 无论成人,还是少年,
> 还是与欢乐为敌的所有事件,

都不能将你们完全废除或摧撼。①

用我们的话讲,诗人感谢其早年一些很顽固的主观心理活动,那些在"尚未现实化的空间(worlds not realised)"中所体会到内在精神因素,包括最初的疑问、直觉、追慕和模糊的记忆等;这些在后来的人生经历中渐趋弱化,但毕竟是光源,影响日后看问题的方式;而若没有这些内在的敏感性,则无法分享更大的精神空间。

华兹华斯本人曾对友人谈起过《颂歌》的这些内容,说他在童年时经常感觉到其自己的主观世界内有一种"不可征服的精神活动",并说:

> ……我经常无法认同外部事物有其自身的外部实体;当我与所看到的一切神交时,我并不认为它们可以与我自己的非物质世界脱离干系,而是视其为这个内在世界的固有之物。在我上学的路上,曾有许多次,我得抓住一块墙石或一棵树,为把我自己从唯心的深渊(this abyss of idealism)中唤回到现实中来。

外部的事物竟像是内在的东西,而非客观存在,以至于必须得抓住点什么才觉得踏实。他说他曾"害怕这些过程的出现",但在长大后倒怕自己不再怕这些过程,反而"乐于回忆起"那些"执著的质疑",那些"退去的"和"消失的"心理功能。他继续说:"我相信,每一个人,只要他回眸以往,都可以证明童年视野中的事物所拥有的那种梦幻般的生动和光彩……"不过,他说自己并不想"灌输"有关"一种先前存在状态"的柏拉图主义"信仰",因为"这个概念太过模糊,难以让人确信"。尽管如此,他仍执意指出:

> 但是让我们记住,虽然这个意念不甚明了,却也无法反驳它,而且人类失乐园的意象倒可以成为支撑它的类比。因此,一种有关先在状态(a pre-existent state)的概念已为许多国家所普遍接受,而对于所有熟悉古典文献的人来说,这正是柏拉图主义哲学内含的成分。阿基米德说,如果他拥有一个支点,支撑他的机械,他就能移动地球。涉及人类自己心灵的球体,谁又没体会到同样的抱负呢?②

特里林建议我们不要把华兹华斯所说的"先在"看得太实,要注意其模

---

① 《颂歌:不朽性之启示》第九节第 139—160 行。着重点字代表原文的大写。
② M. H. Abrams, General Ed., *The Norton Anthology of English Literature*, 6th edition, Vol.2. 这些引语见第 187—188 页。

糊性以及它相对于诗歌创作的作用。另一方面,特里林认为可以从科学道理角度解释有关"消失"的经历。他直接把"质疑"和"退去"等词汇与辉光相联系,认为诗人的意思是,"至少就部分而言,"光芒和辉光是由质疑精神以及退去和消失的心理因素"构成"的。不过,这种辉光并非由诗人独有。他援引弗洛伊德等精神分析学家有关"'海洋般的'感觉"和"与宇宙为一体"的理论,以证实华兹华斯有关"每一个人"都具有与他一样的秉性说法,认为诗人"所说的那个阶段普遍存在于每个人的成长过程",因此"我们不能把那个阶段的灵视看作他所独有的诗性才能"。① 特里林的一系列提示都很重要,只是把诗性才能和此前阶段之间的连贯性稍微看淡了一些,似乎也稍微加重了后来的那个已经"现实化的"世界的分量。

范德勒的论述使以上所引《颂歌》第九节那个诗段的意义更加凸现,像是评论界的一个重要发现。她比特里林更清醒地意识到诗人生命不同阶段之间的衔接问题,认为发现了这个诗段的意义,就是发现了关键的中间环节:"倘若《颂歌》不包含这个有关'细锐的直觉'被唤醒的段落,我们在童年和成年之间就无法发现连续性……"② 她认为在华兹华斯的所有作品中,再没有哪些文字能像这个段落一样,以如此"怪异和晦涩的方式描述人类情感",比如在语言上,他临时自造了一些特殊的表示法,"完全放弃了"在描述超凡的光芒等事物时所使用的那种"如画的和富有意象的语言风格",一些词语显得很"抽象、不常用",或者"很纠结"(obsessive)。她看到评论家们如何在这个诗段面前变得束手无策;如果说他们能针对其他段落找到自己的方向感或立足点的话,此段的含义却"让所有的派别不知其然,而这一段却是该诗的心脏"。她甚至断言,有关此段的解读"可能会永远失败",尽管她本人仍想"冒险提出几点看法"。

范德勒观点的关键在于"连续性",但在推论过程中她反而必须强调阶段性,似乎只有谈清楚《颂歌》所含有的两个部分或所涉及的"两种回忆",才有可能谈论生命过程进第三步的发展。具体讲,她把《颂歌》所涉及的早年生活分为"感性经历"和"非感性直觉"两种形态,将辉光等因素放置于前者之内,将唯心的因素与后者相联系,并认为这类直觉代表了"最有价值的童年经历"。她说:"第一种回忆所涉及的纯粹是辉煌、梦幻、新奇感、光芒和辉

---

① 特里林的这些观点见 Trilling,第 160—161 页。
② Helen Vendler, p. 111. 以下有关范德勒对这个诗段的论述均引自其义章的第 109—111 页,不另外标注。加着重点字代表原文的粗体字。

光——对感官的强烈吸引。"而"华兹华斯把第二种回忆说成是一个'唯心的深渊'"。她立即援引诗人自己在写给另一位友人的信中的解释:

> 这首诗完全依托于对于童年的两种回忆,一种回忆涉及感官所见之物所具有的光彩,而它已经消逝,另一种所涉及的则是那种不屈服于本诗特指的那种死亡法则的秉性。

这种两分法让范德勒看到特里林有关说法的弱点。特里林认为辉光是由"质疑"精神等因素"构成"的,她批评说这是"错误地将两种回忆合并成一种",而实际上"华兹华斯从没有说过这样的话"。

需要立即说明的是,华兹华斯本人也并未把辉光仅仅放在感性经历一边,比如他在谈论所谓"第二种回忆"时所用的语言其实也并不是特别"抽象"或没有"意象"。范德勒很敏锐地看到一些词汇的"晦涩",我们还可以和诗人一样,再加上"模糊"这个词,因为 fallings 和 vanishings("退去的、消失的东西")等等这些词一旦变成复数形式,其含义的确变得很模糊了,只是它们并不因此而变得更加抽象,反而产生了"意象",甚至是"辉光"的意象,与模糊而微弱的辉光状态相符,毕竟这两个词在华兹华斯的意念中本来就与光芒的变化有关。几行之后,诗人很快就说那些光影般的"模糊的忆念"(those shadowy recollections)是"光线的源头",是"主光"。也就是说,范德勒所引用的华氏有关两种回忆的解释似乎并不能直接支持她的论断,或者,她的分法与诗人自己的分法并不吻合。华兹华斯并没有说第一种回忆"纯粹"涉及"感性经历",而是涉及"感官所见之物所具有的光彩(splendour)",而"光彩"大概不能只是肉眼所见,尤其"它已经消逝"。当他在第八节使用儿童"灵魂的宏阔"这个概念时,他大概并未对幼年经历做过范德勒式的过细划分。此外,涉及所谓"第二种回忆",如果把他所说的不愿意向死神屈服的"秉性"与"唯心的深渊"划等号,也有些古怪,让人不易弄明白。总之,范德勒对特里林的批评稍嫌绝对化。多年后,当华兹华斯又一次提起《颂歌》时,他说了这样一段话:

> 在我有关"童年时期不朽性之启示"的那首颂歌中,我无意对童年时期的情感倾向和道德秉性做出刻板的字面陈述。我只是把当时的所感记录下来——姑且说说记录下我的绝对的精神性、我的"里外都是灵魂的状态"(my absolute spirituality, my "all-soulness")。在那段时间,我无法相信自己能老老实实地躺在坟墓里,无法相信我的肉体会腐烂,变

成泥土。①

"里外都是灵魂的状态"等概念引起过许多评论家的注意。

的确,尽管我们并不能大谈其精神意义,但是,把第一阶段的经历仅仅看作感性经历的做法也会有一些疑问。比如,沿着这个思路,范德勒的确要有所"冒险",把第二种"唯心"的经历视为对感官的"背叛"。这当然是一种非常富有意味的解读,而且她极其敏感地抓住段落中的一个关键意象,即有关负罪和"颤抖"的内容。她说:

> 在一定意义上讲,我们对于高远之物的直觉是对我们最初的感性经历的背叛。儿童初始的基本信条一直属于感官所有,而他对于感官的'执著的'质疑则是某种异教徒或叛逆者的行为。当外在的事物退去时,儿童觉得简直就像被抢走了他的肉体的实在性。的确,"从我们生命中退去的、消失的东西"所表达的自我之丧失(the loss of self)令人焦虑不安。

简单讲,退去的是外在的事物,同时带走了实在的自我,取而代之的是唯心的思想状态,诗人曾对这两个阶段的变化感到不安,像是犯了不忠之罪,如亚当一般失去乐园,尽管失去的过程有必然性。

原诗文可能的确含有此意,不过,这种果断的解读是否会排斥其他可能呢?比如,特里林为何会断然"犯错"呢?他是说出了华兹华斯"从没有说过"的话吗?还是特里林在这段诗文中读出了不同的意思?如果特里林把质疑精神等看作是代表着某种辉光,那么,他一定是在语法上把由"那些"所表达的复数形式的名词或动名词都看成相互间并列的词,而不是将"退去的、失去的东西"看作"感官和外在的事物"的同位语,尤其是"退去的"也含退化的意思,与内在天性不无关联。我们也可以按照该诗段的明显含义,将它简单分为两个部分:第一部分("不管它们到底是什么"之前)讲有些东西失去了;第二部分(一直到引语结束)讲这些东西永不会完全消逝。字面意思说,要歌唱就歌唱这些东西。若如此,则第一部分有七个复数形式的名词或动名词并列在一起,成为被歌唱的对象:那些"质疑"、那些"退去的"和"消失的(东西)"、那些"不安的"情绪、那些直觉所能做到的事情、那些"最初的慕恋、那些模模糊糊留存在记忆中东西。诗人要怀念由这七种因素组合在

---

① Christopher Wordsworth, *Memoirs of William Wordsworth*, Vol. 2. London. Edward Moxon, 1851, p. 476.

一起的心理状态,而不是别的什么东西,比如,不像是在怀念被"叛逆者"所推翻了的感官经历形态,不像有那样的诗意。

这些并列词里面唯一有问题的是"不安之情"(misgivings)这个被歌唱的对象。它如何与"质疑"并列？它如何成为一种唯心状态所闪出的辉光？大概主要是这个概念让范德勒得出叛逆者犯了错误的结论:在"尚未现实化的空间中"任性"游还",应该会对现实的世界产生愧疚感。但是,紧跟着的下面两行才直接使用了负罪意象:是我们的"凡俗的人性(our mortal nature)"像罪犯,与"最细锐的直觉所能"形成反差;是我们后来的社会生活背叛了早年的天性,而不是早年的天性背叛了"此前的"感性经历。因此,"不安"的情绪大概不是涉及对于所谓现实存在之物的背叛,而主要是表达一种在巨大无垠的精神空间中不踏实、不辨方向、不知后果如何的儿童心理,是一种对"永恒的无声"的既迷恋又恐惧的复杂心理和对这种有别他人的心理的自我意识。不管这种心理中含有何种自责成分,失去它也是可惜的。

综合这些考虑,我们可以说特里林的那个一带而过的观点并不见得完全错了,只是它需要补充。一切的关键是:到底是什么东西退去了,是物质主导的感性认知,还是具有质疑天性的精神漫游？到底歌唱什么？什么才是最可贵的？尽管华兹华斯并不轻视婴幼儿时期,但我们在此主要谈论的是他所说的"儿童(child)"或"孩子(boy)"阶段,而对于这个阶段,诗人虽经常谈论起它的不同特点和心理状态,但并未硬性地把"唯心的深渊"看作第二步的形态。此诗段接下去所说的"那些最初的慕恋(those first affections)"大概就在字面意义上把一些精神的追求也放在了所谓的初始阶段,而且诗人还强调了它们的"模糊"性。我们后来的生活只是"嘈杂",并不"模糊",多亏早年精神空间的辉光,我们日后的"全部视觉"才不至于经纬全无,我们社会生活的"瞬间"才可能在新柏拉图主义的意义上"分享一点"一个巨大终极空间的精神养分,既证实后者的绝对存在,又因它而得到维系。

不管怎样,范德勒有关失去感官乐园的解读并不影响她对后乐园阶段本身的重视,随着推论的进程,她甚至直接断言,质疑的情绪"没有消失"(华兹华斯大致说已经消失,但没有"完全"消逝)。而且,她慢慢调整重心,以反驳特里林的方式阐明与后者相差不大的一个认识:

> 华兹华斯并没有(如特里林所说的那样)说"童年时代如此强烈的那道光成为'我们全部光线的源头'",而是说那种不安的情绪和对于感

官与外在事物的质疑才是光的源头。这些之所以能成为源头,恰恰由于它们是一些基础,让我们得以在其之上构筑我们后天对于内在感情和精神现实的笃信,'这是我们赖以生存的现实'。

这种后乐园的信念或精神习惯让我们得以在人间生存下去,同时维系着我们与更宏大更真实的精神境域的关联;也提醒我们不要忘记从何处而来。这是范德勒这段话中一系列可能的内涵,也让她的整体论述产生重要意义。说到底,她和特里林都重视处在"源头"的某种辉光,让我们注意到《颂歌》第九节这个片段的特殊地位。

第三章　海螺的启示：
华兹华斯的浪漫的忧虑

涉及人类从何而来的概念，《颂歌：不朽性之启示》的第九节尚有关键诗行，其精彩诗意并未止步于上一章后部引到的那个重要片段。说到后天生活与早年精神状态的关系，华兹华斯及时使用海洋的意象，用一个"因此"（Hence）一下子转入宏大的空间，从歌颂那些消失的心理因素，到歌颂大海，手法略显不期，意向可谓急切。紧接着前面引文中"都不能将你们完全废除或摧撼"那一行，他写道：

> 因此，尽管地上的我们会与它隔开纵深的路程，
> 但是，在天气平和的季节里，
> 我们的灵魂会产生重见那不朽大海的视力，
> 是它将我们带到这个世界中，
> 我们的灵魂可在某一刻重启那向海的回程，
> 去观看那些孩子们在海滩上游玩，
> 去倾听那洪涛巨浪滚动着永远不息的波澜。①

这是一个不容忽视的局部诗语高潮，内陆与大海、生命的季节与重见大海的可能、海洋与生命的本源、孩童与波涛的近距离关系——这些浓重的诗意都埋伏在这个段落里。特里林援引弗洛伊德时，提到后者所谈起的人类"'与宇宙和为一体'的渴望中所含有的'海洋般的'感觉"，这个参照点使这些有关海洋的诗行得到理论概念上的支撑。

无论评论家如何着眼于生命后来的收获，还是转向日臻成熟的诗艺，无论他们如何不甘于浅薄而去探讨复杂的哲思或诗论，这个段落仍让我们直接想到《颂歌：不朽性之启示》这个题目所昭示的简单而具体的含义。英文原题目是"Ode：Intimations of Immortality from Recollections of Early Childhood"，大致可直译为《颂歌：不朽性之启示，来自于对幼年时代的回

---

① 《颂歌》第九节第161—167行。

忆》。评论家们一般会提到,这个题目是后来加上去的。不过,有关不朽性和童年的诗意成分并非后来才出现,比如以上这个片段就将大海与"不朽"和"永远不息"这两个概念联系在一起;它告诉我们,海洋也是承载不朽性的一种因素。因此,我们若认为对不朽性的歌颂就是对海洋所代表的状态的歌颂,也并不过分,题目中这个可能的意思是不怕夸张的,尤其是海洋还与儿童的活动关联在一起。如果我们更果断一些,可以依据诗文本身的各个侧面,对于读者们一般都不大去定义的"不朽性"(immortality)概念做一个尽可能严谨而全面的交待。在诗人本人的思路中,"不朽性"到底指什么?什么才是不朽的,无论它是被启示,还是去启示?华氏自己日后的解释再简单不过:《颂歌》说的就是"灵魂的不朽"(Immortality of the Soul)。[1] 仅此而已。然而,揭示这种不朽性的意象和表述方式并非同样简单,灵魂本身也有其不同的形态或表征。我们大致可以说,在《颂歌》文本的框架内,至少有四个相互关联而体现不朽性的因素:柏拉图主义概念中与光芒有关的先在;基督教观念中作为精神原籍的上帝;与先在距离最近的儿童期及其所代表的生命形态;涌动不息而作为感性图解的海洋。儿童在海边玩耍的意象将后两个因素结合在一起,而"先在"和"原籍"这两个概念亦可用来描述海洋。在华兹华斯的视野中,海洋是个先于社会生活的境域,它具有真实性和绝对性,后来我们离它越来越远,深入到内陆居住。这四个因素也相互强化,帮助诗人从多重角度、用形象的和理念的方式维系着"灵魂的不朽"概念。

单看海洋方面,它还有更多的意义吗?那个隐多现少的、在远处实实在在地存在着的并且会被我们醒悟到的境域会反过来给我们的生命带来什么样的启示呢?如果聚焦于诗性意象,那么根据诗人本人的一些习惯性思路,至少我们可以说它代表开阔的空间,代表了浑厚的和极端自然的能量,与生命后来的一切形成反差,映照出后者的问题。近些年人们对原始生态的关注也帮助我们挖掘出这些诗行中一些实在的含义。人类的成长以及人类文明的发展很像是向陆地纵深移动的过程,也就是刚才所说的离海洋所代表的原始自然状态越来越远,而重见海洋则有些像灵魂的逆向旅程,回到生命起源的早期状态。水(mighty waters)与土(inland)之间发生了有趣也有意义的反差。此外,根据华兹华斯的比喻手法,回到大海也是回到社会"嘈杂"之前的"永恒的无声",或是回到诗语之前的诗意,甚至是一种超越了诗语的

---

[1] M. H. Abrams, General Ed. , *The Norton Anthology of English Literature*, 6th edition, Vol. 2, p. 188.

终极诗意。海洋"说话"的方式是"滚动"(rolling),"倾听"这种"语言",什么也听不到,但在一些浪漫诗人的概念中,听者或会有实在的收获,正所谓诗意与诗语之不同,尽管后者最有可能接近前者,帮助我们听懂它。

本书后面会谈到英国19世纪文人丁尼生、阿诺德和勃朗宁等人有关海洋意象的具体而富有哲理的表述。华兹华斯本人也屡次直接使用灵魂向海洋回移的意象作为诗性构思的重要成分,海洋或被用作真实的存在,或成为遥远的提示,在历史进程的另一端反衬人类文明较高级的活动形式,如社交礼俗或政治行为。有的例子发生在他对儿童的社会行为的记述中,比如在《序曲》第一卷中,他使用影射人间政治冲突的词汇叙述儿童们在石舍中玩的扑克游戏,讲道"飞黄腾达"的"平民"和"皇后"与"君主"等人的霉运,然后很快将这场富有政治性的游戏与外界自然势力并置在一起,以表达社会活动中的人类对于后者的意识。在孩子们玩牌的过程中,外面结冰的湖面发生断裂,一再发出的"尖嚎"声,于是让语者联想到更遥远的野性:"就像波士尼亚╱海边的野狼,成群结队地嗥叫。"与海有关的因素至少作为原始而宏大的势力存在着。①

另如,华兹华斯在《序曲》第四卷中,从一个不同的角度说明,片面地远离人群去追求自然的行为,难免暴露其浅薄的一面。他记述了一次暑假回乡的经历,提到自己曾因过多的社交应酬而产生自责,希望能尽快回到静思和研读中。但一次夏夜晚会让他意识到,人类的因素也可以让大自然显得更加壮丽。当时的他刚刚度过了一个"欢闹"的通宵,朴实的乡下人都纵舞欢歌,少男少女在烛光间频频表达"爱意",到处是"漫无边际的谈笑",让他体验到人类之间最纯粹的热情盛致,"欲要回家时,╱已听见鸡鸣,"太阳也要升起来了。让他没有想到的是,大自然并没有因为他一夜的社交消遣而变得暗淡,而是居然让他收获了"晨光万里"的奇景,他像是从未体验到如此的惬意和开阔感,但见自然界

> 在皇皇盛仪中展舒壮丽的
> 美景,丝毫不失往日的光荣;
> 向前望去,大海在远处欢歌;
> 近旁,雄浑的群山沐浴着九天的
> 华光,都扬起绯红的脸颊,如彩云般

---

① 见《序曲》(1850)第一卷第513—543行。

辉煌;①

远处大海的"欢歌"与近旁人类的欢歌形成对照和呼应,似乎给较小规模的人类行为提供了某种终极的理由,也因此而显出自己的宽阔和壮丽,观者的胸怀中也漾起一些暖意,增加了对人类的同情。华诗中经常出现此类难以言表却又富有意义的并置,体现直觉的把握,且并不因为难以言表而失去说服力。

负面的人类社会行为也同样会让诗人直接意识到海洋所代表的不朽性,更恰切地揭示他所谓灵魂的回游。《序曲》第十卷的一个片段记述了法国革命激进领袖罗伯斯庇尔的死讯如何于1794年传到英国,以及华兹华斯对此事的反应。有意义的是,当时他正好身处一条河的入海口,独自缓慢走过沙滩,尚未听到消息,思绪中先出现了儿时的一些经历。《序曲》中确有一些诗文以海潮比拟政治风潮,但此时的大海似回归自然状态,脱除了表面化的政治性比喻。海景在"光辉"中发生演化:"如此一幅明丽、/ 欢乐的图画,"而就在这时,迎面有人喊道"'罗伯斯庇尔死了!'"这个讯息让他"欣喜若狂"。一时间,其思绪活跃起来,从眼前的政治事件竟同时联想到童年和海洋这两种貌似无关的事情。他意识到,眼下自己散步的海滩正是他小时候骑马"疾驰"的海边:

> 当时一帮
> 兴致勃勃的学童纵马奔出
> 龙葵峪,离开圣玛丽修道院那日渐
> 朽迈的殿宇和那住持的石像,
> 又绕道兜圈,大家尽情纵意,
> 然后沿着月光闪烁的大海,
> 快马返回我们远方的家中,
> 在平坦的海滩上击响雷鸣般的马蹄。②

这是一种快速的意识转移,从一个空间跃入另一个截然不同的空间,主观世界似发生了豁然的思想解放,并且,在极端政治事件与海边游玩这两类事物之间的巨大反差中,后一种人类活动所体现的更加正面、原始、健康、浑厚与恒久的精神能源得到确认,反衬出前者的局促、混乱、荒唐、病态和过眼云烟

---

① 《序曲》(1850)第四卷第 306—332 行。
② 整个段落见《序曲》(1850)第十卷第 511—603 行。

的性质。

海洋意象也多次出现在华兹华斯创作于 1802 至 1803 年间的一些著名的十四行诗中,其中以"The World Is Too Much with Us; Late and Soon"这首诗较为显著。此前,他先在"Written in London, September, 1802"这首十四行诗中表达了对现代社会的看法:

> 世间最有钱的人居然成了最杰出的人,
> 如今无论自然界还是书中的辉煌
> 都不再让我们兴奋。

人们崇拜的是物,而即便涉及本应超越物质的宗教信仰,当时的宗教气氛也都变得拘谨而黯淡,结果是"朴素的生活与高尚的思考都不复存在"(Plain living and high thinking are no more)。这是在说以伦敦为代表的英国社会,而华氏同期另一些十四行诗中也多次批评尚未远离革命风波的法国,比如在"Great Men Have Been among Us; Hands That Penned"中,他说"很奇怪",法国历史上很少有英国那类富有智慧和道德感的作家,而眼下的法国社会则是

> 永无休止的空虚!没完没了的变化!
> 没有一本书是重中之重,没有规范,
> 没有主导的精神,没有确定的路线,
> 既缺少书籍,又缺少人才!

仅就英国的问题而言,华兹华斯希望弥尔顿再现。在十四行诗"London, 1802"中,他说今天的英格兰如一潭"死水",人们都变得"自私",而弥尔顿的灵魂如高悬的"星辰",声音则"如大海",英格兰的"一潭泥沼"需要这样胸怀宽阔而高尚的伟人。"The World Is Too Much with Us"这首诗继续了这种批判态度,认为人们近来只知道"赚钱与花钱,把我们的才能都糟蹋掉了";俗界变得太大,自然界变得太小,海与风等自然因素与我们已不再有什么关系,我们的生活与它们的气息已"不能合拍"。于是,诗人又提到海洋,但这次是宁愿独自回到基督教之前的希腊,那样就可以享有不同的海洋景象,给他自己带来宽慰:"看到普罗秋斯从大海中起身,/ 或听见老友特

里顿吹响他那弯旋的号角。"①因不满狭隘的精神空间而转向与海洋有关的神话场景——这样的意象和文思与19世纪后来英国文人召唤希腊精神的努力,特别是与阿诺德和丁尼生等人对于功利文化气氛与保守宗教观念的诟病,不过是一步之遥。还需提及,特里顿的"弯旋的号角"(wreathed horn)就是海螺,诗人要听的就是这种海螺的声音,这与我们下面的内容有关。

华诗中,儿童与海洋之间微妙而紧密的关联不只限于上面提到过的例子,而且其他例子也体现了富有内涵的刻意安排。在他的长诗《漫游》(*The Excursion*,1814)中,华兹华斯通过游荡者(The Wanderer)之口讲道:

> 我曾见过
> 一个有趣的孩子,他住在内陆的
> 一个地方,却将一个边唇平滑的
> 大海螺放在他的耳旁。在寂静中,
> 他聚精会神地倾听着,用上全部的
> 心灵。很快,他的脸庞露出
> 欢快的表情,因为他从中听到
> 喃喃语声,那是这枚提示物
> 在表达着它与生身之海的神秘的亲缘。
> 对于信者的耳朵,如此海贝正是
> 宇宙本身,而且我并不怀疑,
> 有时候它能向你传递眼睛不见之物的
> 真实而可靠的音讯;传递大海的
> 潮涨潮落,和它恒久不息的力量;
> 传递着长存于那搏动不息的心房中的
> 中央的平静。②

这些诗行为我们引出海螺的话题。在具体探讨这个片段的含义之前,我们有必要把它放回到上下文思想脉络内,看此处的语者如何通过对机械量化行为的理论思考,最终将焦距对准一个孩子倾听海螺这个感性意象上。

---

① 在荷马的《奥德赛》中,普罗秋斯(Proteus)和特里顿(Triton)都是海神,前者可以变换外形,后者下半身具有鱼的形状。

② 《漫游》第四卷第 1132—1147 行。David Perkins ed. *English Romantic Writers*, Orlando, Florida: Harcourt Brace Jovanovich College Publishers, 1967, p.317。"有趣的(curious)孩子"也可译成"好奇的孩子";"提示物"(monitor)也有"监听物"的意思。

聆听游荡者这些话的人是独居者(The Solitary),后者受唯理性怀疑论等因素的影响,正经受着信念的摇摆和精神的苦闷。在《漫游》第四卷的这一部分,游荡者首先对他讲到宇宙间相对真理与绝对事物之间的不同,告诉他,人类对后一种因素的信念才可能给我们带来"平静和希望"。然后他对后者讲到宗教信仰与诗性想象的天然关联,与这些相对的因素则包括那种无想象力、无信仰的理论纷争:

> 那些争吵不休的学派,
> 每时每刻在它们之间挑动起贸然的怀疑和否定,
> 而俯瞰着这些的是那个高悬的神灵,好一个
> 美丽的天域!

而大自然的一些壮丽的形态像是在证实着那个超凡而美丽的区域的存在。①

接着,游荡者更具体地问道:虽然我们的前人不善冷静辩思,还可能被错误的知识"误导",但是,

> 我们自己时代的伟大的发现者们,
> 或许他们在感官和理性上的收获
> 还比不上前人所得?

或许这些所谓的发现者(Discoverers)最终反而"都像盲人那样郁闷?"游荡者听到"上天对(伟大的发现者们)所作所为的嘲笑",他激昂地回答说:

> 该去请教古老的智慧,去吧,去问一问
> 伟大的自然,是否有什么本来的安排,让我们
> 总是四方窥测,却永远脱离不了低俗;
> 是否我们就该悉心探究,一边探究一边萎缩,
> 在事物之间划定生硬和僵死的界线,
> 乐此不疲地观察它们单个的状态;
> 无止无休地区分,区分起来无止无休,
> 借以摧毁所有的宏大与辉煌,却仍不能
> 尽兴于变态的企图,于是小气只变得

---

① 《漫游》第四卷第 1132—1147 行。David Perkins ed. *English Romantic Writers*, Orlando, Florida: Harcourt Brace Jovanovich College Publishers, 1967,这部分见 314—315 页 66—122 和 718—762 行。加着重点代表原文的大写字 SPIRIT。

愈加小气；就这样掀起一场不恭的
战争，而敌人竟成了我们自己的
魂灵！

这里面的立场已经很接近布莱克对纯智识活动的批判，是两位诗人一些不谋而合的地方之一。游荡者接着说，"理论家们"(philosophers)的问题是，把个人的智性看得过大，把灵魂的内涵看得过于简单，而把"超验的宇宙"(transcendent universe)看得过小，但实际上个人的智性"不过是个可怜的、有限的东西，在无限本体之／渊谷中，坐卧不宁地眨着眼睛！"继续从这个侧面看，不管我们如何眨眼睛，天地万物存在之目的，本非由着我们无所他顾，只被我们"审视，估量，搜索，／探查，被骚扰，被批判"。①

说过这些之后，游荡者告诉独居者不要沮丧：

尚有通向真理的途径
为你保留，富有想象力的意志（Will）
在那些智慧的大本营高擎着这些
真理，而那次等的才能却不能
接近它们，因为它只会凭借细密的、
纯粹思辨的苦工去模塑一些看法，
却不管它们从无持久性。②

想象力和纯理论思辨(speculative pains)之间被分出高低，后者被认为是"次等的才能"。此外，想象力通向真理，辨析力只收获"看法"，且无常性。这样的观点以及前面一系列论述当然都有所指，对唯理性机械思维的不满都显而易见。在这样的思想背景中，游荡者具体给出了一个如何接近真理的例子，即海螺片段。

片段中的几处明显含义需要立即清点出来。首先，通过海螺可以获得有关大海的提示，两者之间有一种"神秘的亲缘"；其次，如果"宇宙本身"需要一个具体的东西作为它的转喻，那么，海螺"正是"这个东西，它就是宇宙；此外，海螺无论作为媒介，还是作为"宇宙本身"，听者在其中所听到的因素

---

① 《漫游》第四卷第 1132—1147 行。David Perkins ed. *English Romantic Writers*, Orlando, Florida: Harcourt Brace Jovanovich College Publishers, 1967，这部分见第 316 页第 957—994 行。
② 同上书，第 317 页第 1126—1132 行。

是眼睛所不能看到的,也就是超越了视觉和触觉等感官,不能细化和量化,但对于"信者"来说,那种模糊的"喃喃语声"(murmurings)也是一种语言,在表意方面反而更加"真实而可靠"(authentic);最后,除了不朽的能量之外,可被听到的"音讯"还涉及某种"平静"(peace),它处在一个激昂澎湃的中心的中心,是听者最终的收益。这些就是海螺片段本身可被归纳出来的含义。这些内涵都被寄放在一个孩子身上,需要独居者来消化。

关于海螺或海贝意象的相关意义,英美学界前辈已经为我们做了梳理,较为系统和执著者当属曾在耶鲁大学等地任教的美国诗人约翰·霍兰德(John Hollander, 1929—)所为。1968 年,霍兰德在剑桥大学做题为"语声之形象:浪漫主义诗歌中的音乐与声音"的学术讲演,具体审视了"壳体"(shell)形象的演化过程。他告诉听众,文人借此形象表达意思的做法,在浪漫主义时期之前就早已形成传统或俗套,比如英国作家德莱顿(John Dryden, 1631—1700)等人就在一定程度上继承了古代遗产,把乐器称作"有弦的空壳"(the corded shell),而这里的壳体指的是传说中用来制作乐器的海龟壳。①

霍兰德也提到弥尔顿有别于他人的比喻手法,认为有可能导致另一类因素,使壳体的意象"复杂化",比如弥尔顿曾用"空灵的壳体"(airy shell)这个概念比喻整个天宇,似乎苍穹就是一件巨大的乐器,而 airy 这个形容词也不能脱除 air 这个字原有的一种意思:曲调。② 可惜的是,霍兰德当时点到为止,并没有追究弥尔顿所用比喻的充分意味,也没有引用以上华兹华斯《漫游》中有关孩子倾听海螺等重要段落,于是,寓于弥尔顿的天宇如乐器巨壳和华兹华斯的"如此海贝正是宇宙本身"这两种比喻之间一种可能的思想脉络并未受到关注。因此,尽管霍兰德在其后来发表的《华兹华斯与声音的乐律》一文中对壳体意象的演化历史稍做模糊化处理,但在 1968 年的这个讲座中,他认定浪漫主义文学之前的若干世纪内,基本上只有龟壳与乐器之间的直接比喻关系。

霍兰德说,壳体意象的"最终转变"发生在华兹华斯、布莱克、雪莱和济慈等浪漫诗人的作品中,此后,这个比喻继续经历"无限的蜕变"。③ 他认为,

---

① John Hollander, *Images of Voice*: *Music and Sound in Romantic Poetry*. Cambridge, England: W. Heffer & Sons Ltd., 1970, p. 14.
② 同上书,第 14—15 页。
③ 同上书,分别见第 16 和 24 页。

"最终转变"的"最重要的"例子就是华兹华斯在《序曲》第五卷中将诗歌文学比作海贝的做法。这个例子为学界熟知,被俗称为"梦见阿拉伯骑士片段"(the Arab dream),上世纪80年代起更受到包括英美解构派学者在内的许多评论家的解读。这个片段说的是什么呢?何以广受关注?根据《序曲》1850年文本所述,诗人说他曾于一个夏日的中午时分独自坐在海边,阅读塞万提斯的《堂吉诃德》,睡意慢慢袭来,将他带入梦境。他梦见一片沙漠,有一位骑独峰驼的阿拉伯人从远处来到他身边,像是要充当荒野中的向导。这位阿拉伯骑士携带着两件宝物,一件是石块,另一件是海贝。他先指着石头告诉梦者,说它是欧几里德的几何原理,而

"这个,"他说,
"则有更高的价值。"边说边托出
那枚海贝:如此美妙的形状,
如此夺目的色彩!我按他的
要求将海贝托向耳边,立即
听见清晰的声音,一种巨大的、
预言性的和声,是完全陌生的语言,
却不知为何我听懂了它的内涵;

虽然是石头和海贝,阿拉伯人却直接称它们是两本书,而且它们将要被毁于一场大灾难。他还说,海贝这本"书"

像个天神,
不,是众多天神,具有浩繁的
语声,超越所有的风的呼唤,
能振奋我们的精神,能在所有
艰难困苦中抚慰人类的心田。

听到这些,梦者渴望"分享他的使命","分担那位狂人的 / 忧虑与痴情",随他一同完成保护石头和海贝这两本"书"的重任。①

霍兰德认为,含有"陌生的语言"和巨大和声等概念的这个梦幻片段很重要,人们此前较为熟悉的龟壳一举被另一个壳体所取代,而后者是"浪漫

---

① 见《序曲》(1850)第五卷,第50—165行。

神话中其意义得到充分展现的海贝"。① 根据华兹华斯的诗文,也凭借其个人的理解,霍兰德赋予这枚海贝如下意义:

> 从幽深的海底,它被冲到豁亮的岸上,却仍然携带着来自于原居处的某种启示。作为内在生命分泌过程的硬化体,它像是表露出的言辞(utterance)。曾几何时,它成了充当维纳斯诞生之托盘的双壳贝,因而具有了情色的暗示,或使这种暗示具象化,犹如塑出阴部的形状,似具体体现林奈式的分类法;②或者,它成为某个对数般(logarithmic)螺旋体的变种,像是个螺号,令人联想到海神特里顿(Triton)的喇叭或响螺。不管怎样,随时代变迁,海贝被赋予各种象征意义,代表了完美、珠光般的辉泽、高贵的价值和瑰美。它是个小型的迷宫,一个洞穴。若联系儿时的游戏和迷信中所常有的那种最平常的幻觉,海贝还会说话。③

霍兰德紧跟着指出,在海贝中倾听海潮的意象并非有什么久远的传承,而实际上属近时的发明。并且,由于后来更有他人将听海声转释为倾听自我血液循环的声音,霍兰德因此认为浪漫主义神话中也埋伏下了象征派的思想成分。用我们的话讲,现代文学的一个重要灵感源泉或许就与海螺意象有关。在《华兹华斯与声音的乐律》一文中,霍兰德在谈到华兹华斯的听觉时,将视角进一步内移,说既然"水仙花的余影(afterimage)可以'闪现给'内视的(inward,或译"内在的")目光",那么,某些回荡的声音也可以被"内向的听觉(inward ear)捕获"。他继续说,"培养这种'内向的听觉'……是我们表述主观意识的准备过程的重要因素,"而且,尽管听觉具有"开放性"(openness),但这种开放性恰好使我们比较容易区分视觉与听觉之不同:"有一个简单事实关乎感官之间的秩序,即我们不能像闭上眼睛那样闭上我们的耳朵,与听觉相比,视觉的方向性要强得多,"因为听觉"就像情感",具有"扩散"的特点。④ 霍兰德的这些见解对于我们解读华诗中的开放性空间具有关键的导向作用。

再看海贝的意义,霍兰德有关维纳斯(双壳贝)和特里顿(螺号)的联想

---

① John Hollander, p. 17.
② 林奈(Carolus Linnaeus, 1707—1778),瑞典博物学家。
③ John Hollander, p. 17.
④ Ibid., "Wordsworth and the Music of Sound." Geoffrey Hartman, ed. *New Perspectives on Coleridge and Wordsworth: Selected Papers from the English Institute*. New York, 1972, pp. 46—47.

意义不大,与华兹华斯文思的距离稍远。他的有关深海的启示、"表露出的言辞"和迷宫与洞穴等评价则体现洞察力。实际上,涉及海贝与海洋的联系,与华兹华斯同时代的英国诗人兰德(Walter Savage Landor,1775—1864)早就用他的方式给了我们提示。他的长诗《贾比尔》(Gebir,1798)中有一个片段讲到一个海女对她的恋人夸耀她所拥有的海贝,其中有以下诗行:

> 你拿起一个摇一摇,它会醒来;然后
> 将它那平滑的螺唇贴向你的耳际,聆听它,
> 它会回忆起它那堂皇的原居,并开始
> 喃喃低语,就像海洋在那边喃喃低语。
> 我还有别样的,都是海中的仙女所与,
> 它们的声音比你的笛子还要甜美。

海女说她的这些财富是一些"旋曲的贝壳","壳内都是珍珠般的色调"(sinuous shells of pearly hue within)。① 评论家们一般会提到,兰德自己认为这些诗行是上述华兹华斯《漫游》第四卷海螺片段的灵感来源,像是在提醒读者华兹华斯对某些意象的敏感度。除此之外,我们还必须把"梦见阿拉伯骑士片段"和霍兰德没有引用的海螺片段连起来看,以便设想出更加充实的意义。首先,我们可以根据华兹华斯的概念,更果断地将海贝认定为海螺类型的那种较大贝壳,而不是别的种类。再从大的方面看,将海螺既比作"整个宇宙"又比作诗书的做法难以避免地预埋下一系列关联,显得遥远而则很牢固,让那个含有旋进空间和"浩繁的语声"的硬壳既代表宇宙,也同时代表了自然、世界、城市、屋宇、自我、文本。同为诗人的丁尼生就在他的中长篇诗作《莫德》(Maud,1855)中把海贝同时称作 shell 和 cell(后者兼有"小空间"、"密室"、"细胞"和"元件"等意思),在 shell 和 cell 之间做了快速的转化,让前者的含义更平常一些。②总之,海螺可以成为我们所列举的这些事物中任何一方的造像或转喻(trope),可以让我们以擎拿海螺的姿态把握其中的某个空间,从而产生一点新奇的感觉或认识。它们都可以成为阔敞的、纵深的空体,有形状,又有不易量化的内涵;都可以相互并行,与较小的或较大

---

① 见该诗第一卷第 170—179 行。
② 见 Alfred Lord Tennyson, *Maud*, Part 2, 第 49—63 行。

的世界发生映照关系,也都因此而具有了无限性和文本性。①

海螺的一些显而易见的特征支撑着这些大的意义,也辅助说明为什么它可以被异乎寻常地比作文学书籍。它来自海洋,而如果按照柏拉图等人将生活比做海洋的一般性做法,我们姑且说它像是生活的提炼和结晶,虽印证死去的生命,却也具有一定的不朽性;它有精美的形状,像是做出来的,将自然的能量和自然的"匠艺"具体化,类似于诗歌产生的过程,毕竟海螺也好,文字也罢,总要有具体的符号将飘忽的诗意捕捉下来;它与石头那本"书"不同,不直接等于海水,也不直接等于土、风等元素,而是以浓缩的方式折射元素的声音,像是诗歌文本对于自我和世界等因素的折射;海螺的内部空间似有"曲径通幽"的声路,有一点神秘性,或让诗人想到"众多天神"的语声,因此它的声音不能被简单地解析,但又像音乐的"和声",能够被具有孩童般想象力的人听懂;最后,倘若海螺不过是拢住了听者自己血液脉动的声音,那它又使内外世界两种基本能量之间的界线发生混淆,也像诗歌文本那样,折射的过程也会含有自我表达的成分。

倘若海螺意象可以被这样接受,我们就不得不进一步将文本解读的某种方式与倾听行为相联系,这是整个问题的另一个侧面。这里的文本不仅指诗歌文本,也可以是世界的文本,或者反过来讲,生活的各种因素可以浓缩在文学文本中。在有关海螺的梦幻结束之后,华兹华斯很快以同样的"捧在手上"的姿态,点破他的真实意思,说他愿像那位阿拉伯骑士一样保护海螺,因为它代表了诗歌类书籍,而最有资格占据"书"内空间的就是莎士比亚和弥尔顿:

> 多少次,每当书卷捧在手上,
> 将我征服的正是这痴迷的力量:
> 可怜的书本,凡人的宝匣,里面
> 藏着不朽的诗章——莎士比亚
> 或是弥尔顿,神授诗魂的工匠!②

这样的诗行至少使三种倾听行为发生并行关系:倾听海螺、倾听自然/世界/自我、倾听诗歌。倾听可以成为阅读其中任何一种文本的姿态,是对解析、分类、量化和简括等解读过程的必要补充。而倘若看书可以变成"听书",倘

---

① 相关的议论可参见本人所著《理念与悲曲》第六章,北京大学出版社,2002年。
② 《序曲》(1850)第五卷,第161—165行。

若游荡者所说的更高的真理只能靠倾听行为来获取,倘若一种重要的倾听行为就是倾听莎士比亚等人所代表的诗歌文学,那么,我们就必须设想华兹华斯式的阅读方式与接近更高真理的可能关联;我们可能又多了一种认识世界的较为宏大的方式,满足我们认知的意愿。

换一个与华兹华斯的思路不完全相同的角度讲,为什么文本可以被倾听?很简单,无论生活文本或诗歌文本,其内部都含有以上霍兰德所说的扩散性意义和能量,承载着它们的某些软性价值和开放性空间,因此,我们与文本的关系可以超越简单的直线性或单向性解读,甚者超越多元多向但却不扩散的解读;不仅凭靠理论分析,也可以启动想象力,也可以允许自己的思维和情感有所"扩散",以一种较有机的方式贴近文本内部的扩散空间,而倾听行为就代表了对直线性分析的超越和补充,其最终的收益可能是游荡者所说的、靠"次等的才能"所无法获取的"真理",比如更真实的内涵。

有两个相关的问题需要我们予以解释。一是现代评论家对视觉和听觉的高低排序。本书第49页注释③中提到美国新历史主义学者列文森有关华兹华斯诗歌的评论,她在同一本书中说道,华氏偏爱听觉,是因为它可以"自由地体现内在的现实",而视觉则只能"被动地记录外部的、无常的现象"。这样的观点引起其他学者的怀疑。2003年,一位名叫艾伦·斯图亚特的学者在英国《浪漫主义》学刊发表文章,认为列文森的见解中含有对华氏诗歌的政治性评判,比如他觉得她实际上是在说,对听觉的依赖体现保守主义思想,因为自由的听觉可以使人摆脱政治和社会现实的束缚。斯图亚特认为这是在抬高视觉的地位,但"这种对视觉的过分强调导致对华兹华斯认识的扭曲,而只有意识到听觉在其诗歌中的重要性,才能揭示一位向他者(otherness)开放的作家"①。他还列举了我们在上一章所提到的哈特曼教授的相对观点,尤其哈特曼有关听觉可以化解视觉的固执性的说法。但斯图亚特本人选择了中间路线,认为视觉与听觉之间有一种"辩证的"和"相对的"互动关系,这是因为华诗中有内在的"矛盾性","用耳朵批判眼睛,但却同样拒绝赋予耳朵正面的价值,"耳朵的"美学自治"更多的是一种政治姿态。②斯图亚特的认识有助于校正列文森观点中的偏差,但是他本人谈问题的方式与列文森不乏相似之处,使用的理论概念较大,有时欠"兼容性"。其

---

① Allen Stuart, "Wordsworth's Ear and the Politics of Aesthetic Autonomy." *Romanticism*. 2003, Vol. 9, No. 1, pp. 37—54,37.
② Ibid., pp. 37—38.

实，一些现当代学者尚需给出更多的文本例证，对诗人文学思维给予更全面的考虑，以超越耳朵与眼睛之政治作用的简单概念。

二是维多利亚时代早期思想家托马斯·卡莱尔对内向思维的质疑。由于卡莱尔所针对的主要是"拜伦那样的人"，本书将在第七章专门谈论卡莱尔的有关思想，在此仅试图解释他看问题的角度。卡莱尔在《特征》(Characteristics，1831)这部论说性著作中，特别提到他所谓的一种时代病，即一些诗人过分地"倾听自我"的行为。诗人们都竭力放纵自我意识，一味内省、内视，面对自然，竟频频"回眸自我"(reviewing)，以一己之委琐去亵渎宏观大象。① 卡莱尔想到的是拜伦和雪莱，应该说尚未挑战华兹华斯的倾听行为。不过，姑且认为第二代浪漫诗人确有卡莱尔所说的"回眸"癖，他们大概也不能被认作唯一的嫌犯；认识自我（相对于认识世界）是西方自古希腊以来就有的哲学命题或人生信条，笛卡尔之后的各种思潮也或多或少打上"自知"的印迹，因此，卡莱尔矛头所指也会连带上他人，比如让我们意识到许许多多个人主义层面的倾听行为的也都会有其消极的一面。不过，从另一个角度看，卡莱尔并未质疑浪漫唯心哲思本身，反倒是不满于那种由于过分唯我而无力触及宏大精神的不够"浪漫"的现象。在一定意义上，他的立场很像一年后柯尔律治在一首小诗中表达的情绪："人类，你内心到底有什么东西值得被认知吗？"芸芸众生，意乱情迷，无非都是醉生梦死的过客，因此，还是"抛开你自己，尽量去认识你的上帝！"②

今天的学者隔开历史的时空，已经能够更多地把卡莱尔本人也放在浪漫主义时代内，视其为与柯尔律治和托马斯·德昆西(Thomas De Quincey，1785—1859)一样直接受到德国浪漫主义哲学影响的人，③因此，卡莱尔也会认为，华兹华斯式的倾听概念与他所诟病者不属于同类问题，或者说华兹华斯等人的认识中所含有的德国浪漫唯心因素与拜伦等人思维中大致属于法国启蒙式的个人主义成分并不吻合。在华兹华斯有关倾听的表述中，最令人惊异者莫过于《序曲》第十四卷的攀登斯诺顿峰(Mount Snowdon)片段。本书下一章对这个片段有较多关注，在此仅介绍诗人在山上忽见明月、云海

---

① Thomas Carlyle, *Characteristics*. *The Emergence of Victorian Consciousness*: *The Spirit of the Age*. Ed. George Levine. New York: The Free Press, pp. 1967, 56—58.
② 见柯尔律治1832年写的短诗"Self-knowledge"。
③ Peter Thorslev, "German Romantic Idealism." *The Cambridge Companion to British Romanticism*. Ed. Stuart Curran. Cambridge University Press, 1993, p. 81.

和云缝时的反应。更确切地讲,是他事后的感想:

> 我在那儿看见心灵的表征,表现那
> 吞食无极的心灵,她孵拥着幽暗的
> 渊洞,专心致志,为倾听底下的
> 喧声升起,形成一股连续的
> 声流,触及上方的静辉;她认识到
> 有超验的能力,为超凡的灵魂所独有,
> 能将感官引向理想之形,而有此
> 认识又使她本身的存在获得支撑。①

"孵拥着""渊洞"(broods over the dark abyss)、"倾听"(intent to hear)、"喧声"与"理想"、"幽暗"与"静辉",以及"引向"、"超凡"、"超验"等一连串概念所涉及的哲学思维与卡莱尔的口味不悖,"吞食无极"(feeds upon infinity)的极端概念也是可以接受的,卡莱尔只是也同时关心浪漫能量如何在实际生活中的转化罢了。

华兹华斯的倾听不只是将他本人引向无极,也让他具体地意识到大自然和人间基本法理的存在,而其他的方式不足以让人有如此穿透性认知。他在《丁登寺》一诗中谈到自己经过生活和思想的历练后,终能倾听到"平静而永在的人性悲曲"(the still, sad music of humanity),②讲的即是放弃抽象极端理念、触及世间本质因素的过程。由于倾听对象的重要性,倾听行为本身和倾听所依赖的媒介物也都具有了宝贵的价值,前者需要人类珍惜,后者需要人类保护。梦见阿拉伯骑士片段中隐含着巨大的忧虑,讲得直接一点,就是因为诗人担心极端的文化思潮会毁掉文学,或毁掉诗歌,或以似是而非的文学取代文学。一种以非量化的方式记载和浓缩生活与情感的文学行为有可能成为政治理念、功利思维和科技文化的牺牲品,而随之而来的可能就是一种重要的认知方式和较自由的心灵空间的消失。

的确,梦见阿拉伯骑士片段中充满忧虑。在字面上,它写到"大洪水将淹没地球的孩子","将淹没世界",是"即至的灾难",③梦者将追随阿拉伯骑士,在洪水到来前把海贝和石头这两本"书"存放到安全的地方。《序曲》

---

① 见《序曲》(1850)第十四卷 53—77 行。
② 该诗 91 行。
③ 《序曲》(1850)第五卷,第 96—98、137—138 行。

1805 年文本将这种灾难表述为一种"推翻行为"(overthrow)。在当时来说，实际的文化洪灾大致由三种势力构成：法国革命中所发生的极端思想与行为、英国葛德汶式的唯理性信条以及与之相关的启蒙思想中的某些成分，本书第二章第一部分已经对这些做了介绍。英国浪漫主义诗人，从早期的布莱克到雪莱、济慈等人，都至少把这三种势力中的某一种看作会"推翻"诗歌或人类想象力的因素，各自也都在不同程度上从事了保护诗歌和想象力的工作。华兹华斯只是在这个片段中以更生动的方式把他的工作史诗化，像是实践骑士般的使命；他的海螺意象则凸显出他所感悟到的倾听行为和他所确认的宏大精神境域，也因此涉及对一种认知方式的保护。以上诸种思想内涵构成了海螺的启示。

第四章 云雾的境界

英国浪漫主义诗歌中所常见的主要诗性意象中,云雾意象有一席之地。云雾的境界近似于模糊的境界,涉及浪漫诗人所认同的人类精神活动方式和认知方式,其有关的诗语表述常以云雾等自然现象为关键支撑。具体就华兹华斯、柯尔律治和雪莱等人而言,云雾意象可折射较宽广的精神空间和较自由的心灵状态,甚至代表创造性的想象力。这个宏大的势力因而代表了文化中较活跃的中层空间,比如文学和艺术。或者说,云雾与风雨雷电等一同构成自然的中层元素,对应着文化的中层因素,其所指向的既不是宗教的上帝或哲学的绝对真理,也不是多与人间客观现实发生关联的经济思维、政治理念、科技知识和某些物质主义观念。较落后的文化形态往往较多依托于上层空间或下层空间,安于相对固定或确定的概念,而对这个模糊而生动的中层因素不知道如何把握,更忽略层面之间的有机关联。本章即谈论以云雾为主的中层意象。不过,在进入正文之前,我们姑且绕道而行,先在看起来不大相关的区域略作漫游,或先行想象一幅与文学无直接关系的现实画面。

现代城市中,楼房盖多了人们就希望开辟一些公园绿地,此中的道理并不复杂。只简单对比一下:公园内虽也有路径和格局,但与成条分块的街道和楼房相比,以林木花草为主的公园环境显得较为铺展而散漫,与外面钢筋水泥的世界形成平衡关系。人们去公园漫步,呼吸新鲜空气,或略微重温一下与原始自然的一点点关联,算是生活的调节。地价越昂贵的城市,公园也越宝贵,如纽约和伦敦的公园。出于环保原因,人们把园林地带称作城市的肺,北京的一些大型公园绿地都成了需要保护的肺,而拉萨城边的一片湿地也一度成为拯救对象。本章所及,当然与城市环境不相及,仅试图说明,发生在物质世界的这些情况有时可以喻比现代思想领域存在的一种张力关系。主观世界也可分区,代表不同的思维和认知方式,心灵亦可偶尔摆脱习惯的束缚,去到不同的区域漫步或远游;这是可能的,甚至有其必要性,漫游所及之处也不必都是泾渭分明的逻辑条块,反倒可能以方向不清为特点,而这种较为"模糊"的心灵地带或许也需要我们的保护;空气中的湿度需要保护。研究欧洲浪漫主义精神遗产的学者多熟悉 appropriation of the mind 这一英文概念,大致可译成对心灵的"占用"、"挪用"或"盗用",而"占用"者涉及诸多因素,比如前面几章所提到的现代工业化进程、某些机械的科技思维、政治经济式话语和唯理性思潮等。在有些思想家看来,这些因素就像是在自然环境中填平湿地,筑路盖楼,有相似的负面效果。英国以及欧洲大陆的一些浪漫文学家所担心和抵御的正是这种对心灵绿地的侵略,他们所要开辟和保护的则是一种较为开放而模糊的心理境域,关乎心灵生态。

　　一方面是机械理念与心灵的关系,一方面是现代街区与绿色环境的关系。但是这两者之间的类比关系并非我们所独创,华兹华斯和柯尔律治的诗文和散文中散落着许多相近的比喻成分,只是没有说得这样明白。我们举另外一个前人的例子,其思想所及比我们的观察更加深刻,表述方式更加高超而生动,尽管所涉及的问题不尽相同。19世纪中叶之前的一些年,英格兰教会内部发生了一场旨在维护传统教义和礼仪的运动,史称"牛津运动"(The Oxford Movement,1833—1845),也称"书册派运动"(The Tractarian Movement),因为当时以宗教思想家约翰·亨利·纽曼主教(John Henry Cardinal Newman,1801—1890)为代表的牛津运动领袖人物发表了许多"书册"(tracts),类似论说性檄文,作为他们表达立场的主要媒介。本书下一章将结合柯尔律治的文思着重讨论涉及纽曼等人的思想史内容。纽曼所写的书册中,发表于1836年的《第73篇书册》被视为比较著名的篇目之一。这篇书册的主旨是反对现代人将唯理性因素引入宗教信仰领域的做法,而纽曼认为这种现象的背后是18世纪苏格兰思想家大卫·休谟等人的经验主义理论。在这个上下文中,该书册也必然触及不同的精神领域和认知方式,其中有一个片段亦借助了形象的比喻,值得我们参考。纽曼首先提问:为什么"启示"(Revelation)会被等同于"神秘"(Mystery)?"启示"具有真相大白的意思,因此,把"启示"称作"神秘",难道不是很矛盾吗?然而,"难道圣约翰的《启示录》从头到尾不都是一大团神秘,不啻于人类心灵所能想象到的最深奥难解的教义吗?"①纽曼说,这个问题很容易回答。由于人类智识的不完善,任何启示也就"不可能是完整的或系统的",而只要"启示"尚有这种特

---

① John Henry Newman, "Tract Seventy-Three: The Rationalistic and the Catholic Spirit Compared Together." George Levine ed. *The Emergence of Victorian Consciousness*. New York: The Free Press, 1967, p. 323.

点,它就是神秘的;部分的启示会造成"困难和困惑"。换句话说,"如果从被照亮的一侧(illuminated side)看宗教教义,那么它就是启示;而如果从未被照亮的一侧(unilluminated side)看同样的宗教教义,那么它就是神秘。"同一件事,存在着明亮和昏暗的部分。在这个背景下,纽曼立即说了以下的话:

> 因此,宗教的真理既非光明,也非黑暗,而是由两者共同构成;它就像在半明半暗的朦胧中(twilight)所看到的乡野,昏暗不清,有些景物的轮廓只能从黑暗中分辨一半,线条并不连贯,色块也互不相关。如果我们以这种方式看待"启示",那就不能说它是一个被揭示清楚的体系(a revealed system),而是由若干独立的和不完整的真理构成,这些真理从属于一个未被揭示清楚的宏大的体系;或者说,是由一些以神秘的方式——也就是被一些未知的媒介——联系在一起的教义和戒令构成,并与这宏大体系中未知的部分发生关联。在这个意义上,我们把圣约翰的那些预言称作启示并无不当,尽管它们具有高度的神秘性。①

Twilight 这个字由"半"和"光"两部分构成,常指昼夜交接时分(傍晚和黎明),汉语另译成"朦胧"和"微明"等词。朦胧中的乡野景色——纽曼比喻中的这个画面富有意味,体现了对高一级真理存在方式的接受,其所针对的是现代唯理性主义者所强调的实证性,即他们以为信仰的发生,必须是在把事情想明白之后,必须依赖经验层面的证据,等等。从我们自己的角度看,抛开上下文不提,纽曼通过对朦胧境域的接受而表达对更大体系之敬意的态度与我们此章所谈有相关性,其有关最大的启示往往含有最高的神秘的佯谬也值得我们体味。

回到英国浪漫主义诗人。云雾竟可以成为文学意象,模糊状态竟可以成为一种境界,模糊境界竟有了价值,竟成为捍卫的对象,这些都是信息时代的人们不大熟悉也不大习惯的话题,但却是我们有必要略加温习的一段西方思想史料。当然,浪漫诗人的表意方式各不相同,模糊因素在他们各自的思维中被赋予不同的名称或内涵,但是,至少就效果而言,他们或多或少都对那种侵占心理"绿地"的势力进行了抵御。德国文豪歌德(Johann Wolfgang von Goethe, 1749—1832)可被视为早期浪漫派诗人,他的长诗

---

① John Henry Newman, "Tract Seventy-Three: The Rationalistic and the Catholic Spirit Compared Together." George Levine ed. *The Emergence of Victorian Consciousness*. New York: The Free Press, 1967, p. 323.

《浮士德》开始阶段有一个小片段,讽刺意味明显,含义也清晰可见。其时,主人公浮士德初遇魔鬼使者梅菲斯特,经讨价还价,决定向对方出卖肉体与灵魂,但必须得到回报,于是表达了各种欲求,有物质的,也有非物质的,边际不清,也尚不具体。梅菲斯特则引导他以数理的方式计算人生收获:"我付得起六匹马的价钱……好像长了二十四条腿。"[①]一个享受加一个享受,肯定就等于两个享受,慢慢就加够了,没有疑问。此类具有象征意义的片段散布于浪漫诗文中,如我们在前面几章谈论的布莱克和华兹华斯等人作品中近似的例子,但也出现于丁尼生等后来诗人的作品中。本章我们会探讨雪莱和华兹华斯等人诗作中有关云雾的表述,后面几章还会涉及其他诗人的例子,比如拜伦欲企及雷电般"说话"方式的努力;济慈凭借云霞意象对某些学者所持毋庸置疑之客观真理的质疑;柯尔律治对机械论的不满以及他所悟见的宇宙间无处不在有机生命力以及他的融合性和超验性思维;丁尼生对上天辉光的仰望;以及勃朗宁有关音乐艺术可超越其他艺术门类的见解等。此类例子较多,都以各自方式从不同侧面告诉我们,心灵认知方式不是单一的,也不是排他的。

需要指出的是,以上例子所共有的内涵也是隔开一段时间后才显露出来,在浪漫时期本身同样曾有人对有关的表述感到不习惯。我们上面提到街宇与园林的关系。其实,当时的确有人热衷于离开城市到自然界漫游,一度竟成为实际行为层面的套式。对这一点,我们不应该感到陌生。后人对19世纪英国文学做历史概论,涉及浪漫主义文学和维多利亚文学的分野,也曾出现过文学创作的大本营从英格兰湖区(The Lake District)重新转移到伦敦、自然中的神话被市井生活的神话所取代等一些说法。然而,倘若不从思想论争的角度看待有关议题,那么,不仅评论家的划分会显得机械而生硬,浪漫诗人的远足之劳有时也会暴露其做作的一面。笔者先抛开以上所列举诸诗人之诗性构思,仅凭借上一章结尾提到的《序曲》的斯诺顿片段和雪莱与柯尔律治等人作品中的相关诗文,将焦距对准人们老生常谈的浪漫主义诗人的自然观,审视这个问题的一个重要侧面。

英国作家托马斯·皮考克(Thomas Love Peacock,1785—1866)是雪莱的友人,也因雪莱与其就诗歌在现代工业社会之作用的争论而闻名。皮考克是较早对浪漫诗人厌弃城市的行为表示怀疑者之一。他在《诗歌的四个

[①] 歌德:《浮士德》,绿原译,人民文学出版社,1997年,第53页。

时代》("The Four Ages of Poetry")中称华兹华斯是一批"回归自然派的大首领"(the great leader of the returners to nature),认为他们仅凭主观臆想就将城市与自然对立起来,似乎只要与后者有关的就是理想的和宝贵的。他感叹道:

> 一边是史学家和哲学家在知识发展过程中迈出前行的脚步,并加速这一过程的展开,一边却有诗人在旧日愚昧的污浊中打滚,或耙出野蛮人的骸骨,为今天已经长大的孩子找到一些抓玩的碎块。①

这种恋旧情绪使诗人的智性活动"有如螃蟹一般:倒行"②。表现在自然与社会方面,则出现程式化思维,"只要是人造的,就是反诗性的。社会是人造的,因此我们要搬出社会。山峦是自然的,因此我们要住在山里"③。而文明世界发展到今天,谈何容易,现实已今非昔比,我们也都是科学与物质进步的受益者,为什么非要背弃文明、倒行逆施不可呢?皮考克认为在这种反文明、反进步的思维和行为中,

> 好像数学家、天文学家、化学家、伦理学家、玄学家、史学家、政治家和政治经济学家都不存在,而恰恰正是这些人才在智性的上层空间建造了一座金字塔,并从极顶看见现代帕纳萨斯远远处在他们脚下。看到它在其宏阔视野中仅占据如此细小的一点地盘,他们笑对文坛上那些呆子和骗子,竟以如此狭隘的抱负和有限的见地去争抢诗界的棕榈和论界的交椅。④

科学家和历史学家等具有比诗人更加高远宏大的视角,这是皮考克斯思想的实质,也是雪莱和托马斯·德昆西(Thomas De Quincey,1785—1859)等人不能认同的观点。抱着这样的思想,皮考克认定:"我们时代的诗人是文明社区中的半野蛮人(semi-barbarian)。"⑤

先插一句,皮考克的视角虽具有相当的常识性,但其所言应该更适合拜

---

① Thomas Love Peacock, "The Four Ages of Poetry." M. H. Abrams, General Ed. *The Norton Anthology of English Literature*, 6th edition, Vol. 2. New York: W. W. Norton & Co., p.475.
② 同上书,第476页。
③ 同上书,第475页。
④ 同上书,第478页。帕纳萨斯,希腊山峰名,神话中诗神阿波罗和缪斯的灵山,后泛指诗坛或文坛。
⑤ 同上书,第476页。

伦的情况,而被他喻为"回归自然派的大首领"的华兹华斯则基本不使用"社会是人造的,因此我们要搬出社会"这样的修辞手法。拜伦的长诗《少侠哈洛尔德游记》(Childe Harold's Pilgrimage,1812—1818)中的确反复出现对峙式的诗语结构,因简单、鲜明而成套式,比如第三卷(Canto Three)中的第 10—13、71—75 等诗节,尤其 72 诗节中的那类诗句:

> [...] and to me,
> High mountains are a feeling, but the hum
> Of human cities torture.
>
> (对我来说,
> 巍峨的山峦是一种情调,而人间城市的噪声
> 只是折磨)。

华兹华斯的自然观则要更加复杂,甚至更加浑厚,关键是他并不习惯于因爱自然而恨人类,或者说华兹华斯式的文学敏感性并不能这样定义。但是仅仅强调复杂或浑厚的特点仍有可能不得要领,因为无论东西方读者,大家经常忽略有关华兹华斯的一个浅表的事实,即:华氏无需像有些人那样,离开社会,回归自然,因为他本来就是山水之间长大的。与其一味谈及华氏与自然的关联,不如有时更换角度,尝试一下华氏文思与家园或地方(home and place)的关系这一概念,而华兹华斯的家园(英格兰湖区)只是恰好具有很壮观的自然景物罢了,尽管这后一点并非不重要。由于在华氏的文学构思中,自我必然经历从家乡到人世间的旅程(尚且提不上"回归自然"),那么,家乡湖畔的早年生活与印象就成为诗人常说的一笔"财富",具有对于成人心灵的导向、稳固和疗伤的功效。家乡如根,岁月如叶,这也是问题之要点,也是为什么英国 19 世纪小说家乔治·爱略特(George Eliot,1819—1880)虽对乡下的生活不无抱怨,却又心甘情愿让汤姆和麦琪(《弗洛斯河上的磨坊》)那样的人物紧紧依附其上的原因。华兹华斯、爱略特、哈代、叶芝和当代诗人谢莫斯·希内(Seamus Heaney,1939—2013)等作家在英国文坛织出这样一条涉及地方与根脉(roots)的文学线索,与皮考克所责和拜伦所吟拉开距离,也是如今"全球化"之说日渐强烈时需要我们了解的思想养分。

但不管怎样,华兹华斯崇尚大自然的姿态的确让同时代一些文人感到过分,查尔斯·兰姆(Charles Lamb,1775—1834)的书信《致华兹华斯》("A Letter to Wordsworth," 1801)成为名文,正与此有关。兰姆主要是小品文(the familiar essay,也称"随笔")作家,文笔出众,表现出品味和天赋。他显

然比皮考克更有才气；他能够认识到，无论城市还是山区，对于心灵来讲并无实质区别，都能让其找到有益的依托，因此不必将两者对立起来，甚至浪漫诗人山地漫游之举也无可厚非，反正对精神生活也没坏处。但是，他以为其他人悟此不透，包括他的朋友华兹华斯。兰姆顺思想洪流而下，将华氏邀请他同游康伯兰山区（Cumberland，位于湖区）的提议简括为一种机械的理念，以富于感性的口吻对后者讲，自己"不大在意一辈子是否看不到山丘，"因为他对于"死的自然"没有感觉，而伦敦的大街小巷、车水马龙、酒吧商店、妓女醉汉等一切人类创造的景物都成为心灵的食粮，而且尚不能满足他。见到城市中"如此充足的生命力"（so much life），内心的情感一定要有所投入，并且就像放"高利贷"一般，必然要收获好处，"否则这一生不是白活了吗？"于是兰姆对华兹华斯说："我并不羡慕你们，反之，倘若我不知道心灵会与任何事物为友的话，我会觉得你们可怜。"①不过，兰姆的这句有关心灵之友话的话也完全有可能出自华氏之口，且后者的说法有可能更雄辩或更富有诗意。或可说，兰姆文章的自我抒表成分似大于其对于听众身份的意识。当然，兰姆也不大了解其时华氏正创作着的长诗《序曲》的主要思想脉络。《序曲》第七卷和第八卷560行以后的一些诗句应能证明华兹华斯的雄辩。也就是说，华氏的自然观亦可能是在"心灵之友"概念之上或之后建立起来的。但这也是问题所在。

　　兰姆和皮考克撰文时，另一位主要诗人布莱克与经验主义和启蒙思想论争的许多诗篇基本不为同时代文人所知，无论他如何在那些预言诗中把问题提高到哲思的层面，如何强调最终使人启蒙、最终给人心灵以平静的因素并非那种分门别类的、依赖感性认识和科学常识的"冷哲学"（cold philosophy，济慈语），而是灵视或想象，他基本上都像是自说自话，别人大多不知道，在当代思想风潮中，曾有一种声音致力维护心灵本身作为认知主体和认知对象的重要地位。而对于布莱克一方，他也有类似兰姆的"盲点"。布莱克不愿相信华兹华斯与他本人有什么相似之处，但这也是因为《序曲》这部较系统地勾勒华氏心灵"理论"的作品也不为他所知，而这一"理论"内涵与布莱克所鄙视的华氏向洛克学说的所谓"妥协"形成反差，或者说其相互间有制衡关系。布莱克和华兹华斯都对法国启蒙思想家伏尔泰的思想立场表示反感，这是前者没有想到的，直到晚年，布莱克才较直白地表达了对

---

① 以上内容见 Charles Lamb, "A Letter to Wordsworth." M. H. Abrams, General Ed. *The Norton Anthology of English Literature*, 6th edition, Vol. 2, pp. 404—405.

华氏的敬意。《序曲》首版于 1850 年,此前的 1799 年和 1805 年等文本都是修改过程的中途版本,从未付梓,仅有柯尔律治等零星几人知道。另外,即便皮考克等人读过布莱克和华兹华斯的主要著作,也不见得能立即悟透或认同里面的思想,而倘若不晓得或不理解《序曲》这样的著作,就想象不到,华氏这类的诗人到山野间漫游,多是要领略城市中的街宇和人海所不能比拟的宏观大象;就认识不到为什么连所谓"心灵之友"概念最终也难以满足他们,而更具吸引力的却是更简单的、甚至具有生态意义的心灵自我映照——因此也是自我补救——的经历,因为心灵会"借助"自然气象,去面对外在于自己而又相当于自己本身的"心灵的表征"(the emblem of ... Mind,《序曲》第十四卷用语,见以下)。

Emblem 这个词在西方有较复杂的含义,尤其一度与基督教文化中的某些表意方式有关,在此不必细说。一般来讲,emblem 指某种具有解释、体现或象征功能的图案,比如具体而外在的图景或画面可以象征抽象而内在的意念或真理。这个就是那个。自然界的景象可以是心灵的造像,极端的自然性可以图解极端的精神性。相比于 symbol(象征),emblem 更依赖具体的图案或画面性,而 symbol 的支点似稍多一些,这大概是两者的主要区别。当然,尽管在英国文坛上华兹华斯是在自然与心灵之间建立关联的最著名的作家之一,但旅行者到自然界游荡,不见得总抱着单一、具体而高超的目的,不见得动辄妄称要面对心灵图景,若那样就太机械了。心灵的收获多是自然而然地发生,尤其相对于较敏感者。

另外,仅就华兹华斯的文思而言,"心灵的表征"概念虽大,其实也可以由较小规模的诗性表述体现出来,小到我们国内读者们最为熟悉的《水仙》(I Wandered Lonely as a Cloud, 1804)那样的华氏抒情小诗,或《序曲》开篇时一些言简意赅的诗行。前者讲到身心(尤其心灵)可以像云朵那样漫游,一边漫游,一边采集着令自己愉悦的事物,云朵也就成了心灵的造像,心灵就是那样活动。后者表达了人在自由而广阔的空间里反而不会迷失的意思,甚至诗人希望自己的心灵直接委身于"飘游的孤云",认它作向导,"我就能知道去向",似乎心灵认同于自己的同类,绝对地安全,无论如何都是方向正确:

何方的庐宅将我收留?何方的
山谷做我的港湾?何处林中
我将安家定居?何处清澈的

> 溪水将以淙淙低语诱我
> 入眠?整个世界展现在我眼前,
> 我环顾着,心灵并未因自由而惊慌,
> 而是充满欣喜;倘若选定的
> 向导仅是一朵飘游的孤云,
> 我就能知道去向。①

"孤云"的自由与自我的自由相吻合,"孤云"即成为广大空间里的心灵表征。

至于对该概念较重大的表述,可以援引《序曲》(1850年文本)第十四卷的斯诺顿峰片段。这是英国浪漫文坛的一个著名片段,曾屡次成为欧美评论界提及和解读的对象。我们在此又一次谈论它。不过,若将其放入自然界漫游与认知方式这样一个框架内,我们或许会发现更多有价值的内涵,"心灵的表征"概念的直接字面意义也会更有意义。这段诗文讲到,1790年代初的某一个夏天,华氏和朋友一起攀登威尔士的斯诺顿峰,时值午夜,万籁无声,爬到一定高度后,诗人脚下的山坡忽然明亮起来:

> 我抬头仰望,瞧!
> 苍茫的天宇中没有云朵,高悬着
> 一个赤裸的月亮,而脚下苍白的
> 云雾却铺开一片寂静的海洋。
> 无数的丘山在这静波中隆起
> 它们黝黑的脊背;在远处,遥邈的
> 远处,雾霭如实在的幻象,变出
> 山岬、地角或半岛的形状,伸进
> 阿特拉斯的海域,将视野所及之处的
> 海面全占领,让他变得渺小,
> 似要弃让其权威。而超拔的上苍
> 则不然,未受其侵犯,也无所亏失,
> 只是在一轮明月的银辉中,一些
> 卑微的星星已黯然隐去,或只发出
> 暗淡的微光。圆月从至高无上的
> 位置俯瞰着巨涛起伏的云海:

---

① 《序曲》(1850)第一卷,第10—18行。

>此刻它这般柔顺、静默,只是
>据我们立足的岸边不远处,裂开
>一个云缝,咆哮的水声穿过它
>升上天空。它是云潮的间歇——
>凝止、幽暗、无底,传出同一个
>声音,是百脉千川的齐语;在下面
>传遍陆地与大海,似在此时
>让银光灿烂的天宇一同感知。①

涉及这个重要片段,传统的评论多指出这不仅是一幅自然图景,也涉及心灵的全面胜利、其先验性和玄学内涵等。这些传统说法无可非议,但如果重读一下,我们会发现,读者对待这个片段方式可以更具体一些,对局部词语的态度可以更严肃一些,防止一带而过,毕竟从后续的诗文可以看出,这个片段本身也是在以很具体的方式剖析和投射心灵的某种功能,或它的一种强有力的活动方式,而这些都是通过由自然景象所构成的一幅相当详细的外在图解来说清的。

午夜时分的这个外在画面包含了三个层次,竖向排列:最高处是月亮,中间是云潮,然后是下面的世界。如果在华兹华斯的意念中,月亮象征着心灵的超然而绝对之"在",那么,云潮的作用则要有趣得多,它处于中层空间,涌起"巨涛",默默地变换着形状,活跃而生动,远处的"雾霭"更如"实在的幻象",而且笼罩着和随意改变着下面世界的状态,其行为方式体现为"变出"、"伸进"、"占领"和"侵犯"等动作。这种浩大如涛的状况存在于高处的月亮和底下的万物之间,使后两者不直接相互接触,却又通过"运潮的间歇"或"云缝"等现象在两者之间建立了动态的、生动的关联,亦颠覆了有关绝对的本体可以不通过某种主观的心理活动而与物质现实直接接触的任何神话。正如诗性想象可以体现了心灵的力量,云海也折射月亮光芒,接受它的"俯瞰",似服从其统领,然后其本身又作用于更下面的世界。月亮下的云海——华兹华斯的这一诗性意象正体现心灵的所谓具体运作方式。

在此,我们也可以援引华兹华斯的友人柯尔律治有关人类想象力的著名言论。柯尔律治也看到涉及心灵活动的三个层次,甚至他本人的竖向思维习惯曾对华兹华斯产生了影响,这是文学史家一般的看法。当然,在"心

---

① 《序曲》(1850)第十四卷,第39—62行。

灵"概念的外围,柯尔律治先行确立了更绝对的因素,即上帝。抛开这个终极"实在"不谈,若仅仅关注与人类心灵有关的因素,那么我们看到柯尔律治首先对物质的或经验的世界有基本的意识,视其为最低的层次,是主观心理活动的工作面。在此之上,他看到两个具有创造力的层面。在其含自传成分的论说性散文著作《文学生涯》(*Biographia Literaria*, 1817)中,他认为处在最上面的是某种具有绝对和先验意义的精神因素,代表了上天所赋予的绝对能力,但正因为它是绝对的,其存在需要由活跃的因素体现出来,于是就有了它所认为的中间层面,即由艺术创造力所代表的创造性活动,与前者互动。他说:

> 那么,说到想象力,我以为要么它是首级的,要么是次级的。我认为首级想象力(Primary Imagination)是人类全部感知功能的活的动能和原动力,是无限的我在(the infinite I AM)所具有的永恒创造之举在有限心灵中的复制。我认为次级想象力(Secondary Imagination)是对前者的呼应,它与自觉的意志共存,但在作用性质上与首级无异,只在程度上和活动方式上与其有别。它专事溶解、弥漫、遣散,为的是再创造……①

这些话听上去较抽象,我们需要再梳理一下。"无限的我在"指上帝,"有限心灵"(finite mind)指人类个体。就像个人的"我在"(I am)会映照上帝的 I AM,个人的首级想象力也"复制"上帝的永恒创造力。因此,个人生来就具备了创造的秉赋。但秉赋不是行动。行动和"方式"(mode)是次级想象力的职责范围,它需要"呼应"(echo)首级想象力,将创造的秉赋转化为创造的活动。但是,是否能够启动这种创造行为,取决于是否有"自觉的意志"(conscious will)。柯氏散文中的首级想象力有些像华氏诗文中的月亮;而柯氏所谓专事"溶解、弥漫、遣散"(以及接下来提到的"美化"和"合并")等功能的次级想象力则近似华诗中的云雾。姑且说,华诗也是对柯文的图解。

的确,柯尔律治甚至直接用云雾意象来解释他的这种创造观。我们所指的主要是其写于 1802 年的《沮丧:一首颂歌》(Dejection: An Ode),但在谈此之前,我们先援引他的另一个作品。了解柯尔律治的国内读者多读过其重要诗作《老舟子吟》(The Rime of the Ancient Mariner, 1797),诗中有

---

① Samuel Taylor Coleridge, *Biographia Literaria*. Ed. Nigel Leask. Everyman's Library. London: Dent, 1997. 见第十三章,第 175 页。带着重点代表原文的斜体字或大写的字词。

局部细节亦涉及云雾意象。在该诗第一部分,水手们所驾驶的那条帆船驶入一片极其寒冷的海域,到处都是翡翠色的冰山,暴风雪的声音与冰裂的声音掺杂在一起,每天纠缠着他们。终于有一天水手们看到了活的生灵:一只信天翁从迷雾中飞了过来,让他们的情绪得到一点提振。但是作为本诗叙述者的这位水手显然对这件事没有更多的反应。

> 在雾里或云中,踩着桅杆或绳索,
> 它栖息了九个夜晚;
> 而每一夜,透过雾霭的白色,
> 那白色的月光都微微地闪现。①

就这在这种背景下,他举弓射死了信天翁。国内外学者对其行为的解释不一而足,有的评论家也提到人类动机的难解之处;诗文本身也无明显的铺垫或交待。不过,仅从本章所使用的思路看,我们至少可以说这位水手有些迟钝。若参考柯尔律治的一般立场,姑且说我们所引用的这个诗节实际上展现了一幅有机的画面;不管迷雾等因素在信天翁到来之前是何种形态,不管在科学常识上迷雾对于航海有多大危害,但在眼前的这九个夜晚中,云雾、月色和栖落于桅杆上的信天翁这三种事物共同构成了一个有机的、悦目的整体,这个整体大于单个的自然元素,大于单个的生物,而在这位水手的眼中,这幅整体的画面却未能超越一般的物性,竟引不起他的任何联想、想象、同情心或虔敬,他仅仅凭借年轻人的无思和粗朴,见到活物搭箭就射,轻易地就把这个有机的图景破坏掉了,这大概也印证了此前其内心的残缺,似仍处在所谓"前道德"、"前人性"或"前创造性"的阶段。直到该诗第四部分结尾,他才对四周的自然景物产生感觉,才面对月亮、海洋和海洋生物而启动了主观创造力,收获了一切之"美",也获得了被救赎的机会。此后的航程似代表死而复生的过程,冰雪也被乌云、大雨、雷电和永远可见的月亮等更有机的因素所取代,甚至再后来他还听到"小鸟们"的歌唱。②

《老舟子吟》的总体寓意比较深奥,但之所以我们可以这样谈论以上局部,也是因为柯尔律治的另一首重要诗作《沮丧:一首颂歌》给了我们一定的提示。这首颂歌呼应华兹华斯的《颂歌》,它含有许多理念层面的表述,甚至

---

① "The Rime of the Ancient Mariner," Part 1, ll. 75—78. M. H. Abrams, General Ed. *The Norton Anthology of English Literature*, 6th edition, Vol. 2, p. 332.
② 同上书,见第五部分,第 297—330、358—366 行。

涉及柯尔律治的所谓"诗论"。从表面上看,该诗所写的是内在创造性"源泉"的枯竭,以及这种状态所导致的后果。诗人说,由于想象力的缺失,月亮、"薄云"和星辰等景物看上去都干巴巴索然无味,整整一个夜晚他都"凝望着西面的天宇","就这样一直凝望着——但目光却是多么的茫然!"(with how blank an eye!)

> 远方那一弯新月,固定不动,就如同
> 生长在其自己那无云、无星的蓝色湖中;
> 我看到了它们,的确都非常地明皓,
> 我看到了——但却感觉不到——它们有多么美妙![1]

从该诗隐含的道理来看,眼睛里茫然无物的状态以及稍早几行所提到的 heartless moon(心无所感的状态)大致也适合《老舟子吟》中那位水手的情况,只不过诗人的一方是内部精神资源的枯竭,而水手一方则是尚未调动起这一资源。

以这种精神的失败为铺垫,柯尔律治在《沮丧》的第四、第五部分推出了其涉及主观创造力的著名诗语,其支撑点即放在云雾等意象上,以外部的云霞等事物映照内在的精神活动方式。当然,尽管柯尔律治是在近距离地与华氏《颂歌》互动,但其思绪所及不可能与后者所想完全一致,两个人有关人生之"失"(loss)的概念也不尽相同。不过,柯氏此处的云雾意象的确与《序曲》第十四卷斯诺顿峰片段所展现的图景有一些内在关联,至少在浪漫主义诗论的层面。两位诗人都试图定义心灵的宏大功能,涉及表意、认知和创造等方面。以下是第四部分全部,译文接近直译,但并未依照原作的诗行长短和押韵格式。

> 啊,女士!我们所收获的只是我们所给出的,
> 只有在我们自己的生命中大自然才能生存。
> 我们的婚衣是她的婚衣,我们的尸布是她的尸布!
> 倘若我们想要看到任何更高贵的东西,高于那个
> 冰冷而无活力的世界所能够让一众可怜的、
> 无爱的、永远焦虑不安的人群看到的一切,

---

[1] "The Rime of the Ancient Mariner," Part 1, ll. 75—78. M. H. Abrams, General Ed. *The Norton Anthology of English Literature*, 6th edition, Vol. 2, "Dejection, An Ode",见第一部分,第28—38行。

那么,啊!我们灵魂的本身必须放送出
一道光芒,一轮辉耀,一片覆盖整个大地的
明媚而闪烁的云霞——
我们灵魂的本身必须发送出一种甜美
而富有活力的声音,是灵魂自己的产儿,
是所有甜美声音的生命与要素!

"一轮辉耀"(a glory)指环绕物体的辉光,由雾气在光的作用下形成,本属自然现象。诗文写给特定的听者("女士"),却是借此面向一般读者。一般读者读过这一段诗文,有可能立即辨认出唯心主义思想成分,尤其前两三行,会让人联想到布莱克惯用的表述方式,毕竟"没有自我就没有自然"这类认识也铭刻着布莱克式的思想印记。如此联系大致不错,不过在具体寓意方面,第三行及以下部分已经发生了一点微妙的重心转移,已经涉及人类精神活动或心理情绪相对于外部情境的主导作用。也就是说,外部是否存在变成了外部是否美妙。当然,即便如此,我们仍可联系布莱克,因为布莱克的一些作品内亦含有类似的寓意。在本书的第一章,我们引用了《天堂与地狱的婚姻》中第四个"难忘的幻景"中语者与天使交谈的例子,里面就涉及自然先于自我而存在的局面,只是不同的眼光如何看待相同的景色罢了。但仅就柯尔律治此处的这个诗段而言,他对于外部的现实似多了一点先期的承认,至少在程度上比布莱克略高一点,而"创造"也更多地成为了"改变",而不是凭空的创造。在作家之间进行这样抽象的比较,意义不大,我们主要是想说明,在哲思上,柯尔律治对于创造者本体能动性的认同不亚于任何人,但在诗性思维上,他似乎比布莱克略多了一点华兹华斯式的对于已有外部世界的感味。"大地"之说大概不体现布莱克式的敏感性,却很像华氏敏感性;即便这段诗文中所内含的人间和人群意象,也反映他和华氏共有的体认。"大地"和人间作为被作用的场景,以其自身之广大,可以反衬出精神云霞之宏大,反衬出欲改变其外貌的诗性想象力(创造力)的气度。诗人一方在此基础上的精神收获不低于所谓凭空的创造;他们比一般人看到的更多,而且具有"更高贵的"价值(of higher worth)。

《沮丧》的第五部分中,柯尔律治又连续两次重复"闪烁的云霞"这一说法,先以强调的语气说"这道光芒,这轮辉耀,这片明媚而闪烁的雾雾",并直接把这种产生于心灵的雾状辉光称作"这种美的和制造美的活力"(this beautiful and beauty-making power)。然后,他又赋予这种力量另一个名称:欣悦(Joy),代表富有创造力的精神状态,并说这种欣悦的活力是"生命力的流出,既是云雾,也是甘雨"。他换了一种方式更干脆地说:"欣悦就是那甜美的声音,欣悦就是那闪烁的云霞。"我们也可以因此而自我庆贺,因为自我的心灵才是美的源泉,除非它枯竭:"所有的旋律都是那个(内在)声音的回声,/所有的色彩都是那光源的漫射。"这些诗句有一定的概念化倾向,但一位浪漫诗人对于内在创造力的笃信并未因此而减弱。可以说,柯尔律治在得知华兹华斯《颂歌》中的一些诗节后,直接以云雾等因素来表述华氏在该诗中有关诗性视角的感悟,确立了一个很具体的意象,与日后其有关次级想象力的论述形成相辅相成的关系。华氏在同期(1804年)构思和创作《序曲》的斯诺顿峰片段时,则是以更生动和壮观的场面来图解月亮之下这片"覆盖着整个大地的"云霞,尤其其对于地貌的改变。前面说过,如此云霞很像柯氏次级想象力所代表的因素。

既说到云雾,就必须转向下一代浪漫主义诗人雪莱(Percy Bysshe Shelley,1792—1822)。大胆地说一句,英国文学史上很少有人像雪莱那样频繁地使用云雾意象。马修·阿诺德甚至告诉我们,有些人干脆把雪莱赞誉为"写云彩的诗人,写落日的诗人"(the poet of clouds, the poet of sunsets)。① 当然,云雾出现在他的诗中,并非都是以同样的形态,其寓意也不一而足。不过我们大致可以说,在多数情况下,其诗歌作品中的云雾意象与其他相关诗性成分一起,至少展示了一种可被称作"雪莱式文学敏感性"的因素。之所以可以用雪莱的名字代表这种敏感性,是因为他对于某种悬浮在半空中的活跃势力尤其感兴趣。评论界内外了解雪莱诗歌的人较多,大家也有常用的切入点。一提到雪莱,重视哲思的论者往往联想到处于雪莱视野最上端的柏拉图主义终极理想概念,而政治性评论家则倾向于向下看,和雪莱一起去审视处在其视野低端的英国现实社会,毕竟其诗作中有不少篇目是对现实政治状况和社会局面的批判。参考这些思路,或许我们也可以认为雪莱的视野中还有一个中层空间,这个不高不低的空域当然不可能独立于哲思和政治立场等因素,甚至不能摆脱其与这些因素之间互为因果的关系,但是姑且说,与这个空间结成相对更紧密亲缘关系的并不是哲学性或政治性的思维方式,而主要是与这两者有所区别的文学性(或诗性)思维。诗歌就发生在这个空域。如现代加拿大批评家诺思洛普·弗莱

---

① Matthew Arnold, *Essays in Criticism*. Second Series, 1888. *Poetry and Prose*. Ed. John Bryson. London: Rupert Hart-Davis, 1954, p. 715.

(Northrop Frye，1912—1991)在不尽相同的上下文中所说的，诗性想象处在天堂与地狱之间的中层位置。①或如济慈所说，当他仰望夜空的云朵时，他看到代表"高级浪漫故事的巨大的字符"。②

当然，诗歌也发生在别的区域。《勃朗峰》(Mont Blanc)和《赞精神的美》(Hymn to Intellectual Beauty)等写于1816年的一些诗作就是围绕柏拉图主义形而上的哲学概念做文章的著名例子，而且其对高端绝对因素的表述也都很有诗意。

> 勃朗峰在高处永远闪烁着——绝对的伟力就在那儿，
> 无声而威严，是那些繁复的景象、繁复的声响
> 以及与生死有关的差不多全部事物背后的唯一力源。
> 在那些没有月亮的宁静而漆黑的夜晚，
> 在孤日悬空的白天，白雪一次次地落在
> 那个山头；一次次谁也看不见，无论是
> 雪花在落日余晖中如星火在燃烧，
> 抑或是星辰的光芒在雪花间疾穿：——四面的
> 疾风在那里寂静地争斗，以急速而强烈的喘息
> 将白雪堆积在那里，寂静地！

这是《勃朗峰》第五部分开始的十行，体现广义的柏拉图主义哲思，具体涉及新柏拉图主义有关太一(The One)和繁复(the many)概念，前者由"看不见"、"无声"、"雪"和"威严"等词描述，后者则由"繁复的景象"和"生与死"等代表。高高在上的勃朗峰峰顶是柏拉图式绝对"实在"的象征，自然与概念、诗意与哲学都融在一起。《赞精神的美》一诗也不断重复那个"看不见的力"(the unseen Power)，表现出它(或它的缺失)对世间万物的影响。不过，这种精神的力量是否存在、是否活跃，必须靠现有的事物体现出来，甚至必须将其比喻为现有的事物，才能在语言上描述它，似乎文学成为了为哲学的辅助。如该诗第一部分所示：

> (它)就像悄悄潜行于花朵与花朵间的夏风，——
> 像月亮在一座松山的背后洒下一道道光芒……

---

① 见本书第九章第3节"矜持与落下"开始处弗莱的说法与出处。
② 出自济慈的十四行诗"When I have fears that I may cease to be"(1818)。本书第八章将谈论这个作品。

> 像傍晚时分的和谐的辉韵与色调，——
> 像星光映照下的云层，宽广地铺开……

人类的情感也体现它的存在，比如"爱、希冀、自尊"，而这些情感本身也"像来去匆匆的云雾一样"。① 体现物可能比被体现物更有趣一些，激流比冰雪更有趣。勃朗峰的极顶是个冰封雪冻的地方，其所代表的力源需要被引到下面，才能体现其存在。雪莱不仅仅意识到绝对理念的存在，他也看到一个画面，涉及一条真实而巨大的河流：

> 你就这样，阿尔夫河谷——幽暗而深沉的峡谷——
> 你这个色彩繁复、声音繁复的沟壑，谷中
> 到处是松柏、峭壁、岩洞，在它们的上方有疾驰的
> 云影和阳光游动：好一幅令人敬畏的景象，
> 而那伟力正是以阿尔夫为化身，从他那
> 被冰海围绕的秘密皇宫来到了下面，
> 宛如雷电的火焰穿透暴风雨，于瞬间
> 冲出那些黑暗的峰峦；②

阿尔夫河（Arve）位于法国东部，流经瑞士，其水源多来夏蒙尼山谷（Chamonix）高处的冰川，最高处就是勃朗峰。在雪莱的视野中，谷底的河水成为竖向的河流，有戏剧性的落差；没有它，就没有"伟力"现身后的形象。甚至可以说，这一道"幽暗而深沉的"沟壑与高耸的山峰形成对应，像是阴性因素对阳性因素的缓释，像是由生机盎然的水来活化冰一般的基因，再加上瞬间喷出等意象，较容易让人联想到柯尔律治的《忽必烈汗》（Kubla Khan, 1797?）这首诗，近似于对后者的改写。而这个伟力下落的过程得到了各种中间因素陪伴，使其更显生动和壮观。这几行中提到了多变的云雾和光影，以及暴风雨，下面的诗行还要提到高悬的瀑布、随着不同的高度而变化色彩的植物，尤其还会出现半山腰的彩虹意象。没有这些因素，我们所面对各种事物之间就没有有机的互动，勃朗峰的峰顶似乎也更不大能与谷底的生命扯上什么关联。

这就是我们所说的中层空间的意趣和丰富性。作为诗人和其他某些文化人的"领空"，它比雪莱视野中上下两端的地带更直接折射其文学敏感性。

---

① 《赞精神的美》第四部分，第 1—2 行。
② 《勃朗峰》第二部分，第 1—8 行。

或者说,相对于人们常说的柏拉图主义的绝对实在,这个有云雾、彩虹或风雨等因素出现的空间是让他感觉更为舒服的精神家园,也是他借以审视现实社会的平台。无论哲学还是政治,都不见得有足够的空间能直接容下诗性思维。严肃的读者多知道英国19世纪有关雪莱的一句著名点评,即马修·阿诺德曾在其有关拜伦和雪莱的文章中所重复使用过的一个比喻:雪莱就像"一个美妙而徒劳的天使,在空无中无效地击打着他那辉光闪烁的翅膀(a beautiful *and ineffectual* angel, beating in the void his luminous wings in vain)"①。这当然是较为负面的评价,体现了阿诺德有关雪莱诗歌缺乏"实质"的一贯认识;英美评论家也多认为这个生动的比喻一度对雪莱的名声造成了伤害。但阿诺德的观察也从侧面说明,雪莱的确有他的特点,也无意中提醒我们去思索为什么英国文坛有不少伟大的作家(勃朗宁、王尔德、肖伯纳、哈代、叶芝等)反而都敬重这个半空中的游魂。

《西风颂》(Ode to the West Wind, 1819)大概是国内读者最为熟悉的雪莱诗作,里面有几个与西风有关的意象(落叶、云朵、波浪等),相互并行,其中云的意象值得重温。说得生硬一些,它体现了诗人的思绪作用于下方世界的宏大方式。当然,这个意象在文本中的演化过程要微妙得多。在第二诗节中,诗人将散乱的云朵与地上的枯叶类比,这也是因为他幻见到海天之间有一棵巨大的树,由升腾的雾气构成,上端纷纭的"叶子"(云朵)被吹落,像是一些"雨和闪电般状的天使"。树很快演化为人的身躯,树叶/云朵也变成头发,"像是从酒神的疯狂女祭司的头上扬起",散布在蓝色的天宇上。在第五诗节中,诗人希望西风就像对待云朵等事物那样也把他自己扬起,但立即以更精确的方式说,"把我的叶子吹落",而有"叶子"的人自然要有树一般的身躯,于是天地间那位大树般的、头发散乱的"疯狂女祭司"成为了诗人自己的身躯,"我的叶子"成为"我的死去的思绪",而"思绪"又快速地与"我的话语"和"这篇诗文"等发生关联,诗人希望狂风像吹扫落叶和流云那样,将他的尚有余温的思想和诗文"吹向全宇宙","以加快新生命的到来"。诗人恳求西风:"猛烈的精灵,/ 请成为我的精神!"精神是无形的,需要被体现出来,而飞云则可以是风的("我的精神"的)造像。我们从这个角度谈论《西风颂》,不是把它从现实语境中拿出来,而是更具体地观察一位诗人如何相对于现实语境去勾勒和描绘自己的精神立场,或如何占据一个浩大的精神

---

① Matthew Arnold, *Essays in Criticism*. Second Series, 1888. *Poetry and Prose*. Ed. John Bryson, p. 730.

境域。

　　雪莱时常会将女性般柔美的因素融入云雾意象中，代表他所认为的现代文明所缺失的东西。四幕抒情诗剧《解放了的普罗米修斯》(*Prometheus Unbound*，1820)是雪莱最重要的作品之一，体现其对更大精神空间的思考。该作衍生于希腊神话中有关盗取天火者普罗米修斯的内容以及古希腊悲剧诗人埃斯库罗斯的剧作《被缚的普罗米修斯》(Aeschylus, *Prometheus Bound*)，但雪莱更重视内在的"被缚"和内在的精神解放或道德开启。诗剧的第二幕构成局部高潮，其本身就被认为是一部诗歌杰作。简单讲，普罗米修斯与亚细亚(Asia)的重聚是其"被解放"的标志性事件，第二幕对此事件进行铺垫。此前普罗米修斯对囚禁他的主神朱庇特怀有仇恨，而仇恨使他与亚细亚分离，也导致其自身人格的不完整，很像布莱克所审视的精神状况。亚细亚是大洋神(Oceanus)的三千个女儿之一，在此代表美与爱，当然也代表雪莱所重视的女性因素，与智性和机械因素形成反差。第二幕中，她回顾了人类文明的发展，将许多奇迹归功于普罗米修斯，包括科技、医学、语言、艺术以及城市的创建等。这些成就多体现欧洲启蒙运动或文艺复兴时代的某些理想，但亚细亚问道：为什么有了这些之后还会发生各种严重的邪恶？潜在的答案就是：人间缺少了爱与美这类更恒久的因素。诗剧的情节在经过了这样的准备之后，立即转移到亚细亚的改容过程(transfiguration)，即她将像一位美妙的新娘一样去与普罗米修斯重聚。

　　我们所要说的是，作为爱与美的化身，亚细亚让普罗米修斯获得自由的过程与以云霞为主的一些意象关联在一起。从第二幕第五场起，她所乘坐的那辆战车在半空中行驶，途经一座雪山时，亚细亚的妹妹潘西娅(Panthea)让御车的精灵把战车停下来，诧异地问他：太阳尚未升起，可何以这笼罩着山头的云雾都充满辉光？光芒从何而来？精灵给出了柯尔律治式的回答：这照亮云雾的光芒来自于你姐姐自身。这时，潘西娅发现亚细亚的外貌开始发生变化，如爱神维纳斯在海中诞生，辉光四射，让周围的自然元素和天地万物都随之变化。[①] 一些精灵也唱起了赞美亚细亚的歌曲：

　　　　光芒的孩子！你的肢体在燃烧，
　　　　似透过遮挡着它们的外衣，

---

① Shelley, *Prometheus Unbound*, Act II, scene v, ll. 8—37. David Perkins ed. *English Romantic Writers*. Orlando, Florida: Harcourt Brace Jovanovich College Publishers, 1967, pp. 1002—1003.

>就如晨曦的一道道辉耀
>被遮覆在尚未消散的云雾里，
>而不管你在何处闪烁，
>这最神圣的气团都会将你包裹。
>
>其他人也有美貌，但谁也看不见
>你的真容，只听见你那轻柔和缓的声音，
>就像来自最美貌者，因为那液状的辉焰（liquid splendour）
>环抱着你，让人不得一睹你的本身，
>而所有看不见你的人都有同样的感觉，
>就如眼下我的所感——永远的不解！①

没有人看得见她，只看见云雾状半透明而流动的辉光。可以说，这种所谓爱的力量也是模糊的力量，如水雾，以和缓的方式润及万物，而其自身却永远不能被尽解，反倒引起幸福的困惑，尽管她实际上与启迪一切的光源有直接关联。听到这歌声后，亚细亚自己也唱出一段著名的抒情诗文，说她自己的灵魂就像一只"痴迷的小船"慢慢向下方游动，"没有航线"，只由"甜美音乐的本能"作向导，最后驶入更神圣的空间。

在实质上，雪莱的这些悬在空中的文思多涉及人类看待问题和对待事物的方式，云雾和辉光等不过是可用的比喻。我们在本书第二章开始时提到的《阿波罗之歌》(Hymn of Apollo, 1820)就大致上为我们点明了这层意思，乃至直截了当地提供了认知的视角：阿波罗的视角。太阳神阿波罗是这首诗的第一人称语者，他歌唱自己的所能，尤其是他与文学艺术的渊源；从他的角度看待事物，也是从文学艺术的角度施展对于宇宙的认知力和创造力。

>我是一只巨眼，全宇宙都凭借着我，
>　　看见他们自己，认识自己的神圣；
>一切乐器的优美，一切诗韵的谐和，
>　　一切艺术的辉煌或是自然的光明，
>一些预言，一切医术，全都属于我——
>胜利和赞美，当然该归属于我的歌。②

---

① 见 Shelley, *Prometheus Unbound*, Act II, scene v, 第 1003 页, 第 54—65 行。
② 此处的汉译出自《雪莱抒情诗全集》，江枫译，湖南文艺出版社，1996年，第 290 页。

"医术"不仅仅是医学概念,也涉及道德层面,如该诗第三节所示。阿波罗还具体说到他对于云霞等事物的影响力,如何让这些宏大的势力体现他的存在:

> 我的步履所至处,云霞如炽如焚,
> 以我的光明充溢那万千洞穴和孔隙,
> 大气听任我拥抱那赤裸的绿色大地。

另:

> 我用圣洁的光彩哺育着云霞、霓虹
> 　　和美丽的花朵;在那永恒的庭宇里
> 运行不息的月球和晶莹闪烁的星星,
> 我都赋予威力,仿佛是裹以锦衣;

有时他让云雾明丽起来,有时他则"踱进大西洋上暮色苍茫的云霭深处"。① 仅看字面意思,他的脚步在云雾上走过,即可以将其染红;他可以用色彩喂饱云霞、彩虹和花朵;月亮和星星等裹覆上他的力量,就如同锦衣加身。这些诗文让人看到一位天神在空中与云雾的浪漫纠缠,似乎我们一看到云霞,就应该联想到其背后的光源;似乎阅读诗歌或倾听音乐时,我们也应意识到阿波罗的云雾正进入到我们的现实空间。雪莱以其学识和理念,不可能只是无所用意地以一双巨翅击打着空气。

的确,阿诺德有时过多回眸诸如苏格兰乡土诗人彭斯(Robert Burns, 1759—1796)笔下那类质朴而浓郁的小诗,才觉得雪莱的诗歌美妙有余而实质不足。如今的国际评论界已不再关心这个陈旧的话题,但阿诺德当时似执意要给喜欢雪莱的读者也泼一点冷水,包括未来的读者。除前面提到的出处外,他另在《诗歌研究》(The Study of Poetry,最初发表于1880)一文中说,雪莱有他的"信徒",他们"出于对雪莱的一己之见而被误导,正像我们这么多的人曾经、正在和将要被误导",而当事人就是这位"美妙的精灵,

> 隐隐高踞于那密度至烈的空无中,

用文字和意象建造着他那色彩斑驳的雾团"。② "雾团"(haze)也作"烟霾",

---

① 参见《雪莱抒情诗全集》,1996年。以上三处引语分别见第289页,第二、四、五节。
② Matthew Arnold, "The Study of Poetry." 见 Matthew Arnold, *Essays in Criticism. Second Series*, 1888. *Poetry and Prose*. Ed. John Bryson, p. 684.

当然也是模糊的状态,相比我们所说的云雾,似含有较多的负面意味;雪莱式的文学想象与雾团成为一回事。阿诺德紧跟着说,体验了如此模糊和空无的读者最好立即转向彭斯的诗作,才会"有益健康"。

阿诺德所用的单行引文是《解放了的普罗米修斯》第三幕的最后一行。第三幕结尾部分非常著名,含有最具代表性的雪莱思想,"隐隐高踞于那密度至烈的空无中"(pinnacled dim in the intense inane)这一行也展示最典型的雪莱意境。原文的上下文是当值精灵(Spirit of the Hour)对团聚后的普罗米修斯和亚细亚讲述其在理想世界的见闻。一旦普罗米修斯被解放,一旦人们有了感同身受的想象力,世界即会发生变化。当值精灵说他已经看到了未来将要发生的一系列变化,仿佛见识到一幅天启的图景。他最后叙述道,理想世界的人们能够摆脱一切束缚,而唯一不能逾越的仅仅是生死和无常等客观"障碍",不然的话,人类精神可以向最高处飞升,乃至"飞越"那个"隐隐高踞于那密度至烈的空无中"的"最崇高的星"。Intense inane 是矛盾修饰法,"空无"(inane)也作"无实体状态"或"无垠空间"讲,而虽无实质,却有很高的密度,或曰极度的无物。此中的寓意是对读者感悟力的挑战。客观上,这个词组可以指高天的最蓝之蓝;文思上,它展示云层之上的最纯粹、广大而又真实的精神空间,体现雪莱时不时对精神本源的遥望,尽管他自知其可以企及的地方并不在那里。

雪莱在《诗辩》中说道:

> (诗人)可以用这个飘忽不定的领域所拥有的各种微妙色调为他们所联系在一起的一切都着上色彩;其在表述场景或情绪时所使用的哪怕一词一句也会拨动陶醉的心弦,会在那些体验过类似情感的人心中重新唤起往昔那沉睡的、冷却的或被埋没的画面。诗歌即凭借如此方式,使世间所有最好最美的事物得以不朽;它捕捉住生命之月黑时分的那些瞬间即逝的幻影,用语言或用形象的方式给它们罩上婚纱,然后将其送往人间……
>
> (诗歌)可以使其所触及的一切发生嬗变;任何在其辉光辐射范围之内活动的形体,只要对诗歌所释放出的精神之化身产生奇妙的共鸣,都会被改变。[①]

[①] Shelley, "A Defence of Poetry." David Perkins ed. *English Romantic Writers*. Orlando, Florida: Harcourt Brace Jovanovich College Publishers, 1967, p. 1085.

我们引用雪莱的散文,只为辅助说明雪莱在一定程度上与华兹华斯和柯尔律治分享有关诗性思维的相似思想和意象。婚纱意象与亚细亚相呼应,体现雪莱的特点,把华兹华斯也爱用的薄纱意象更具体化了一些。

雪莱笔下有关云霞的表述数不胜数,其中也不乏与我们的话题无关者,如早期小诗《无常》(Mutability, 1815),一上来直接就说我们人类"有如遮住午夜月亮的薄云",把"云"和"月"都用了上,画面也相似,但侧重点有别。即便在我们的话题范围内,以上所用的例子也有一定随意性。以下我们再专门举一个相关的例子,只为与前面我们谈到的《序曲》斯诺顿峰片段做一个更必然的呼应。它就是雪莱作于1820年的《云》(The Cloud),一首极其洒脱、精怪的诗作,灿烂之至,充斥着发生在所谓中层空域的诗性思维,而内含的隐性哲思框架又不失规整。对于有经验的读者,大概只凭诗文就能猜中作者是谁。全诗汉语译文值得全部录入,但我们还是略去头两节。原诗未标诗节号,此处为方便起见我们将号码标出。云即是《云》的语者,雪莱将其确定为女性。头两节讲到她自己沐浴太阳的光芒,但反过来给下面的世界带去雨、雪、甘露和阴凉等。这些都富有意味。接下来她说道:

3

> 血红的朝阳初升,睁开明亮的眼睛,
>   当启明已熄灭了光辉,
> 抖开他熊熊烈火的翎羽,一跃而起
>   跳上我扬帆的飞霞脊背,
> 像一只飞落的雄鹰,羽翼灿烂如金,
>   在一座正经历着地震
> 不断摇晃、抖颤,不安的峻峭峰巅,
>   稍事栖息短暂的一瞬。
> 当落日从下界海域波光潋滟处吐露
>   渴望爱和安谧的热情,
> 在黄昏的上空,绯红的帷幕也开始从
>   天宇的至深处所降临,
> 我敛翅,安息在静虚的巢内,像鸽子
>   孵卵时节一样地宁静。

4

焕发出白色光芒的那位圆脸盘姑娘,
　　凡人都称她为月亮,
朦朦胧胧走来,滑行在被夜风所展开
　　我那羊毛般的地毯上;
不论她无形的纤足,轻轻落在何处,
　　轻到天使才能听得见,
若是把我的帐篷顶部轻罗踏出裂缝,
　　星星便从她背后窥探,
我会不禁发笑,看到他们穷奔乱跳,
　　就像拥挤的金蜂一样,
我会撑大我的风造帐篷裂开的破洞
　　直到宁静的江湖海洋
仿佛穿过我的隙缝落下的片片天空,
　　也镶嵌着星星和月亮。

5

我用燃烧的缎带缠裹那太阳的宝座,
　　用珠光束腰环抱月亮;
火山会黯然无光,星星颠簸,摇晃——
　　当旋风把我的大旗张扬。
从地角到地角,仿佛是恢宏的长桥
　　横跨海洋的波涛汹涌,
我高悬空中,似不透阳光的巨大屋顶,
　　柱石是那些崇山峻岭。
我挟带着雨雪、点火和飓风,穿越
　　宏伟壮丽的凯旋门拱,
大气以他的威力,把我的车驾挽曳,
　　门拱是气象万千的彩虹;
火的球体在上空编织着柔媚的颜色,

第四章 云雾的境界

　　　　湿润的大地绽露出笑容。

6

　　我原本是那大地和水所育的亲生女,
　　　　也是无垠天空的养子;
　　我往来穿行于陆地海洋的一切孔隙;
　　　　我变化,但是,不死;
　　因为雨后的天空虽然洁净不染纤尘,
　　　　一丝不挂,一览无余,
　　这时清风和太阳使用那凸圆的明光
　　　　建造起蔚蓝色的穹庐,
　　我却默默地嘲讽我这座虚空的坟冢,
　　　　钻出积蓄雨水的洞穴,
　　像婴儿娩出母体,像鬼魂飞离墓地,
　　　　我腾空,再把它拆去。①

　　最后一节交待了水和空气与"我"之间的生养关系,并进一步描绘出一个天地间幽灵的形象,她极为活跃,竟还有恶作剧的情怀。天空若过于晴朗,裸露无余,那就如同"虚空的坟冢",葬送的当然是云。但语者不甘心被驱散,似也看不惯这无云的清静,永远伺机再生,"像鬼魂飞离墓地,"而空中一旦有了云雾,原先她的蓝色坟冢自然就被"拆去"了。而我们若仔细观察,会发现雪莱的视野中也出现所谓华兹华斯式的画面,尤其第3、4两节所示,让我们亦看到三个层次。首先是太阳和月亮这两个高高在上的光点,中间是云层,下面则是"大地"和"江湖海洋"等。第3节也用"脊背"和岩崖等形状来比喻云的形象。第4节的夜景则更直接地让人联想到华氏的斯诺顿峰片段,居然也有云缝之说。皓月当空,云层成了她的"羊毛般的地毯",朦胧的银光在云上"滑行"。月之有光,随时会"踏出裂缝",使天地间上下贯通,星月的光芒于是与底层世界发生关联,或催生意义。云层有如中间的媒介,看到星辰宛若"金蜂"般急不可待的样子,不是被动地荡然散去以腾出地方,而

---

　　① 江枫先生的译文。见《雪莱抒情诗全集》,湖南文艺出版社,1996年,第254—256页。

是撑开更大的云洞,似宣示自己一方的主动作为,让下面的河海以更有趣的方式映照上面的光芒。《云》中的诗句多用主动语态,正体现这样活跃的介质作用。雪莱与华兹华斯之间不大可能看到对方笔下的夜色。斯诺顿峰片段成诗于1804年,其时华氏不可能预知《云》(1820)的构思,而《序曲》的面世则要等到1850年,此前雪莱也不可能读过里面的诗行。我们此处的比较只试图说明浪漫诗人之间会共享相似的意象,甚至会借此表达类似的思想理念,至少都可能把云雾当作与某种精神境界相关的因素。有了相近的思想框架,就可能洞见到相近的外在画面。

《云》的第3节结尾处似在气定神闲间引出一个较特殊的诗性维度:

> 在黄昏的上空,绯红的帷幕也开始从
> 天宇的至深处所降临,
> 我敛翅,安息在静虚的巢内,像鸽子
> 孵卵时节一样地宁静。

对于"鸽子孵卵"(a brooding dove)这个意象,基督教文化中的读者应相对较容易产生共鸣,因为这个比喻有时也用来形容圣灵(the Holy Ghost 或 Holy Spirit)。基督教三位一体(圣父、圣子、圣灵)概念中的圣灵是相对较活跃的因素,比如《圣经》中一些福音书都提到,耶稣受洗时,圣灵以鸽子的形象从天而降,代表上帝对耶稣进行精神和能力的开启,强化了圣子与圣父的亲缘。Brooding 一词大致也令人联想到,上帝造物时,所谓渊面上的"神之灵"即有类似的行为方式。将云霞比作圣灵,是在柏拉图式哲思脉络中自然而然地融入基督教因素,进而凸显云霞所受传的精神圣意以及她因此而拥有的神圣创造力;天地间自然元素般的幽灵亦成为神圣的幽灵,即使有片刻静态,其云状自我也散发出非凡的张力。她也因自视为鸽子而对自己作为中间介质的身份有更多自知,或更主动而活跃地从事上下传导的使命,爱意也有所增加。在气势恢宏的第5节中,她就是这样对自我的作用产生强烈的认知,将自己定位为"高悬空中"者,尽管被火球般的太阳照射,但不直接透光,而是用雨雪和彩虹等铺开空中壮观的场面,或许就如阿诺德所说,像一位诗人"用文字和意象建造着他那色彩斑驳的雾团",最终期待"湿润的大地绽露出笑容"。

的确,我们如此审视一种自然元素,已经是在谈论人文因素。自然的图景会转化为心灵图景,或展现文化中诗性思维的活跃作用。我们可以回到斯诺顿峰片段,让华兹华斯帮我们做一个小结。他的思想重心不同,对文学

第四章 云雾的境界

意象的把握有个人的偏好,但他那种并不以飘逸见长的诗风反倒能帮助我们将本章的话题升华到一定的高度。前面我们引用斯诺顿峰片段时停在了裂开的云缝仿佛"云潮的间歇"等诗行上。华兹华斯接着说,当他"在平静中回想"这个包含了月亮、云潮和云缝的画面,

> 似感到它象征着威仪浩荡的心智,
> 展示出它的作为、它的财富、
> 它现有的一切和它的渴求、它本身的
> 质素以及它将要达到的状态。
> 我在那儿看见心灵的表征,表现那
> 吞食无极的心灵,她孵拥着幽暗的
> 渊洞,专心致志,为倾听底下的
> 喧声升起,形成一股连续的
> 声流,触及上方的静辉;她认识到
> 有超验的能力,为超凡的灵魂所独有,
> 能将感官引向理想之形,而有此
> 认识又使她本身的存在获得支撑。①

这段中的一些诗行我们在前一章略为不同的上下文中使用过,此处我们专注于自然景象竟似心灵的表征这个内容。需要说明的是,心灵的这个表征并不为所有人拥有,明月般的高位和云雾般的"支配力"只属于"杰出的人们",因为他们正是

> 以(云雾的)姿态与宇宙万物交流:
> 他们亦能让天然的原我向外界
> 输出相同的变异,为自己创造出
> 类似的现实……②

无论对于华兹华斯还是雪莱,"杰出的人们"都主要指有诗性思维因而也具有道德责任感的人们。心灵的云雾也可以笼罩和改变一切;或用柯尔律治的词语讲,某种"美的和制造美的"能力可能代表了较生动和自由的心智活动。无论我们是否习惯于华氏这些玄妙的诗行,他的确用了近一百行的篇

---

① 《序曲》(1850)第十四卷,第65—77行。带着重点为笔者所加。
② 同上书,见第75—95行。

幅讲述他如何见到杰出者可能拥有的心灵活动图谱,讲到一种外化于天地间的、霸气十足的、欲"吞食无极"(feeds upon infinity)的模糊势力。华氏在《序曲》中不止一次暗示,风云雷雨一类的自然元素相对于大自然的关系就好比想象力相对于心灵的关系,前者是后者的属臣或活跃的代理人(agent),能证明后者的存在,或干脆相当于其本身。需注意,华氏真正的兴趣在于使文学想象力或诗性思维与自然元素之间产生并行关系,而倘若增加了文学或诗歌的这一层意思,就让我们的话题更加具有现实的相关性,因为话题所及,已经涉及文学在现代社会生活中的作用,也涉及它如何作用。比如他将"艺术想象力"等同于"灵魂的元素",①认为诗人拥有"某种特权,/ 于是其作品可以与天地间的自然力 / 相比。"②联系斯诺顿峰片段,我们可以说,这种可类比的自然力尤以云雾为代表,代表诗性思维之自由、恢宏、超拔、弥漫和模糊,与诸类机械因素形成反差。如果云雾是大自然的属臣,此时它也是心灵的属臣,或可说诗性想象力的一种重要属性就是浩邈的云雾,至少这是以上三位重要英国诗人所共有的见解。

杰弗里·哈特曼教授指出:

> 黑格尔与华兹华斯进入了一个哲学与艺术结盟的时代,结盟是为抵抗政治对心灵的占有或盗用(appropriation)。席勒论美学教育的信件(1795)中已经约略地暗示了这种结盟,而只有它才能恢复静思,使其成为这个越来越工业化、注重行动、非私人化(deprivatize)的世界所应有的"绿化带"。③

眼下国内学界,频繁使用西方政治性批评话语者较多,哈特曼的这段有关政治性盗用和心灵"绿化带"话应该引起我们的注意,尤其鉴于我们经常反过来用政治话语评判那些不拘泥于政治话语的思想家们,或者力图用某些简括性质的思维方式在文学思维中挤轧出所谓的历史信息数据,尽管我们的这类做法有一定的时效性和实用性。既提到"绿化带",还有另一个倾向也值得我们考虑。前些年,国内外学者为附和人类生存领域的环保概念,创造了"生态批评"(ecological criticism)这一派系,甚至发展出"生态诗"(eco-poetry)概念,因此而联系英国浪漫诗人的论文也较多出现,好像一首诗是否

---

① 《序曲》(1850),第八卷,第 366 行。
② 同上书,第十三卷,第 307—309 行。含有类似思想的诗行还可以在《序曲》(1850)第五卷中找到。
③ Geoffrey Hartman, *The Unremarkable Wordsworth*. London: Methuen, 1987, pp. 185—186.

"生态",主要看它是否以自然环境为内容。这样做无疑有积极意义,但英国浪漫主义文学思维之内涵往往另有其深邃的一面,而一些生态论家有时意识不到,被他们视为主要生态诗人之一的华兹华斯最终关注的并不是外部环境,并不是他所钟爱的水仙和湖景,而是诗性思维本身的作用和地位以及一个文化对它的保护;也就是说,只要有雪莱和华兹华斯等人心目中的文学和诗歌存在,心灵的环保就是可以达到的效果。有内在的绿化带,才有外界的绿化带,前者是更本源的境域。对于他们来说,诗歌即等于心灵的环保,广义的诗性创作行为本身即相当于宣示有机生命力的生态行为,这对于习惯了机械而狭小概念的现代文化人是一种提示。

需要说明的是,哈特曼把华氏和黑格尔放在一起,让人稍感意外。两位思想家同年(1770年)出生,但研究现代西方哲学的学者都知道,黑格尔对于浪漫文人那种"吞食无极"的姿态相当不满意,因为他认为无理性的追求无法让一个人获得有实质意义的自由,不息的企盼只会导致虚无,使完整的自我实现成为神话。"理性"是黑格尔的关键概念,它与无限的自我表达欲望形成辩证的张力关系,因为最终的自我表达和创造不可能不依赖理性的自治,不可能仅仅凭借那种难以梳理、无法说清、漫无边际的直觉;精神必须由形式体现。然而,对于某些在一定程度上从自己角度解释卢梭式精神遗产的浪漫思想家而言,"理性"会是个非常消极的概念,它所代表的心理能力是一种制造差别的能力,它专事解析、质疑、到处划定界标等业务。这种"分解"与柯尔律治所说的艺术再创造之前想象力所从事的分解是两回事,因为在这些思想家看来,它不表示主观世界的自由,反而是对心灵的一种压迫,也不利于对事物的整体把握。德国的费希特(Johann Gottlieb Fichte, 1762—1814)和谢林(Friedrich Wilhelm Joseph von Schelling, 1775—1854)等哲学家有此认识,英国的布莱克、雪莱、柯尔律治、华兹华斯等诗人也对此有不同形式的认同。那么,把华氏和黑格尔共视为心灵绿地的捍卫者,不是有些古怪吗?

黑格尔虽然将艺术放在较低于哲学和宗教的位置,但在他的美学思维中,能体现无限精神的浪漫艺术(包括绘画、音乐和诗歌)则占据了高于有形的象征艺术(建筑)和古典艺术(雕塑)的地位,这也是我们熟悉的。除此之外,黑格尔与浪漫派在基本概念方面或也是大同小异,牛津大学哲学教授查尔斯·泰勒(Charles Taylor, 1931—)曾以简洁的语言对此做过解释。泰勒认为,由于理性所从事的分析和分解工作与人类对于全面表意的要求发

生冲突,于是黑格尔对不同的"理性"概念做出区分:

> 对于黑格尔来说,"理解力"(understanding;德文:Verstand)具有浪漫派所诟病的唯理性概念(rationality)所拥有的一切特点,它对事物进行分门别类。而"理性"(Reason;德文:Vernunft)则是高一级的思维类型,它最终让各式各样的区别重新回到原先的动态关系中,进而将我们引向那个包揽一切的统一体(unity)。①

泰勒认为黑格尔意识到唯理性思维的机械性,但是他以自己的独特方式迎接浪漫派的挑战,"强调最终的合(synthesis)不仅含有整(unity),也要包含分(division)……('绝对')是同一性和非同一性的统一体,它同时包含了对立和统一"②。用我们自己的话讲,黑格尔最终着眼于一个较为复杂和高级的宏大统一体,并在这个意义上对心灵的有机性进行了捍卫。此思想线索有待于感兴趣的读者进一步追究。反过来讲,歌德和华兹华斯等人不愿意放弃理性概念的做法也给人以启发,歌德认为直觉是高一级的理性,华氏则声称想象是最好的理性,似乎都试图用不落俗套的方式解决复杂的理论冲突,或是用逆说的(paradoxical)方式,为习惯于简单思维的现代人展示一些不同的视角。

总之,华兹华斯和雪莱所看到的月色与云景既可以说是包含了广义柏拉图主义思想成分的宏大符号,又是黑格尔式的体现精神自我表达和自我实现的动态图谱。这两种体系——再辅以基督教的某种视角——可以凭借诗人的处理,在相互间发生关联,最终都揭示发生在中层空间的以云雾为代表的那种较自由的主观创造欲望和可以被拥有的一个巨大想象空间,也暗示着诗性思维在现代世俗化社会中作为文化媒介和认知手段的重要性。

---

① Charles Taylor, *Hegel and Modern Society*. Cambridge: Cambridge University Press, 1979, p.14.
② 同上书。泰勒的有关论述见该书第14—23页。

第五章　思考柯尔律治:神圣的教条

读者的共鸣与认知

　　谈论诗歌的人或许会陷入一种困境:我们不得不使用评论的话语来表达观点,但评论话语与诗性思维之间可能存在着内在的不协调性。这并非什么新发现,比如用透视的目光拆析文学文本,似乎这本来就是评论家的天职,亦体现重要的智性活动。不过,有时候我们不得不承认,等待拆析的文学文本并非都是一些横向码放、高低不分的物品,至少就某些诗歌作品对论者想象力的要求程度而言,它们可能容不得我们仅仅用社会学类的、文化批评式的或历史主义的话语一般性地对待他们,容不得我们以一视同仁的态度为自己可能的精神懒惰开脱,甚至它们的艺术内涵还可能反衬出我们解读方式的乏味和低下。我们的这种的认识大致与亚里士多德、菲利普·锡德尼(Sir Philip Sidney, 1554—1586)、雪莱和托马斯·德昆西等人推崇诗歌语言或将其置于其他话语之上的观点相似。说到此处,英国浪漫主义诗人、思想家柯尔律治(Samuel Taylor Coleridge, 1772—1834)的一些诗作大概会进入我们的视野,因为,若谈及诗内所含精神空间、哲思、想象力等因素之剧烈或象征语言之力度,若涉及那些因素对我们作为读者的相应质素的要求,能与之相比的英国诗歌作品并不是很多。因此,具体到柯尔律治的诗歌,论者所体会到的"困境"感似乎要更严重一点,这也是为什么我们谈论柯尔律治,却先将目光转向读者。

　　比如,了解柯尔律治的读者可能会联想到他较早期的《伊俄勒斯之琴》(The Eolian Harp,初作于1795)这首诗。虽日后又增加了若干诗行,但这个作品总的来说属于较短的交谈诗,①却和他的其他类似作品一样,将许多诗性成分和思想内容有机而连贯地浓缩在一起,从自然到心灵、从万物到个体、从最具体的物件到最抽象的理念;从意象到哲思、从哲思到宗教、从宇宙间无处不在的旋律到小憩于乐器上而使万籁无声的乐魂——这一切因素都在一个交谈和感发的惯性过程中得到有机的表现。因其内含的交谈姿态,这一过程对读者是友好的,但其感发的成分又让我们感觉到了跟读的吃力,似乎要求我们适应诗作中大放大收、进退有序、纵横捭阖的各个瞬间,我们的敏感度若仅及一般的程度,似乎就读不了这样的诗。我们可能会感叹,何种有机的阅读方式才能帮助我们把《伊俄勒斯之琴》这类诗中的思想褶皱尽可能抚平,看它有多少内涵,看它的诗性思维有多精妙,词语间有多少思想的活力。这当然只是感叹,"抚平"也是奢望,但在感叹中,我们或许会怀疑有些现代评论套式的可用性。

这样谈问题,证明我们已经有所感动。但是反过来看,若捍卫某些现代批评的立场,如此"感动"恰恰可能是出问题的地方,因为在"感动"中,批评界所独有的话语可能会被淹没,原本有自己政治和文化理念的批评家可能会被诗人俘获。共鸣怎能算作批评? 这也可以解释现代学者所撰诗评文章中的"感动"之少或"共鸣"之缺。这本无可厚非,评论行为也不应该在对文本的感味中变成永远低于创作行为的文化活动——只要我们不过分遏制那种油然而生的思想或情感共鸣就好。柯尔律治本人也曾谈到现代读者的困境,似乎既不满于诗歌痴爱者的寄生行为,也预见到"无共鸣"态度所制造的认知障碍。他说:

> ……有人对诗歌情有独钟,自己却不是诗人——逃避了此中的所有辛苦,只是一味琢磨他人洞见到的意象。肯定地讲,这种行为有失体面,不够男人。一位珠宝匠人可以除宝石外心无旁骛,别人也不会说什么,但若是一位对化学或地质学一无所知却奢谈鉴赏的门外汉,则不能

---

① 一些国外学者将柯尔律治的诗作主要分为两大类:象征诗(symbolic poems)和交谈诗(conversation poems)。前者也被称作"神秘诗"(mystery poems),主要包括《老舟子吟》、《忽必烈汗》和《克里斯特贝尔》(Christabel)等作品;后者疆界略模糊,最早的组合来自哈帕于上世纪20年代的一些著述,大致圈入包括《伊俄勒斯之琴》、《午夜的寒霜》、《沮丧:一首颂歌》和《致华兹华斯》等在内的八首诗,见 G. M. Harper, "Coleridge's Conversation Poems." *English Romantic Poets*. Ed. M. H. Abrams. London, Oxford, and New York: Oxford UP, 1975, 第191页。柯尔律治本人在《夜莺》这首诗的副标题中直接使用了"交谈诗"(A Conversation Poem)概念。

第五章 思考柯尔律治：神圣的教条

像前者那样免遭小瞧。一个人若从未深思过华兹华斯在不朽诗章中融入的那些真理，他怎能充分地欣赏华兹华斯呢？①

这段对"业余"爱好者不信任的话表达了柯尔律治对于诗歌读者所应具素质的挑剔，他提醒我们，凭空的鉴赏是一种低下的智力行为，而折服于别人所创诗意之上的"琢磨"（dwell on），更嫌苟且。但更重要的是，这段话也告诫我们，任何所谓专业的解读所依赖的手法也不能过于外在于诗歌文本，需要有同质的思想理路。化学相对于珠宝，当然有别于政治学相对于珠宝，因此，若求对伟大诗人的诗歌有充分的认知，就不能仅仅是端详式的"琢磨"，而必须好好思考其本身内含的真理，必须对一些重要的哲思和诗意产生直接而内在的共鸣，否则就是解读的失败。这些话之所以有告诫的意味，是因为当代学界不乏这样一些学者，他们着手评论一部作品，往往不是因为对它有一定的思想认同或情感共鸣，而恰恰是因为不喜欢或不认同它，甚至其初衷就是要从政治或文化角度批评它。不喜欢才读，这可能是我们一些学者的特点，虽无伤大雅，但也会掩盖领悟力的欠缺，至少柯尔律治不认为你能读进去。

英国18世纪大文豪蒲柏（Alexander Pope，1688—1744）早就以精辟的语言批评过一些评论者的"吹毛求疵"、不见整体的毛病。在《论批评》（An Essay on Criticism，1711）第二部分的233至288行间，他把评论家分为两类，一类有学识，有良好的判断力（judgment）；另一类学养不高，判断力低下，"拘泥而无洞思，求疵而不精确，"都因为"爱上了局部"。他以人们观赏罗马城圣彼得教堂的反应为例子，认为大家所感叹的不是某个局部，"相对于赏识的目光，一切都结成一体，""整个建筑显得既雄浑又规整"。蒲柏最终认为，"一位理想的评判者对待每一部睿智的作品，/都需怀着其作者所写入的同样的精神"。他更批评道：

> 多数评论者，痴迷于某种低等的手法，
> 一味地依据局部而对作品整体做出评价：
> 他们谈论的是原理，重视的其实只是概念，
> 把全部牺牲掉，只为了某个所钟爱的愚见。

与柯尔律治同时代的英国批评家威廉·哈兹利特专门谈论sympathy

---

① H. W. Garrod, Introduction and Notes, *Coleridge*. Oxford: Oxford at The Clarendon Press, 1925, p.173.

这种心理状态的重要性。这个词常见于其时许多思想家的论述中,而在哈兹利特的语汇中,它具有一定的模糊性,既指一般意义上的"同感"或"共鸣",也具体指不同感知功能之间的应和或交互的能力,比如在面对艺术性客体时"看"与"听"之间的协同能力;sympathy 也就成了这两种功能之间的 sympathy。不管是哪个意义,最终都是指感受力。哈兹利特爱用 sympathetic imagination 这个概念,大体指全面而贴切的感悟力和想象力,通过感官之间的应和而达到与被感受之客体的共鸣。因此可以说,哈兹利特的视角虽多涉及艺术家相对于自然和社会的原创行为,但也适用于读者或观者相对于艺术作品的认知行为。比如,他在比较华兹华斯与其他作家的不同时说道:

> 所谓创见(originality),是指以不同于众人的观点看待自然,但却是发现其本来面目。……大自然有她的外表,也有幽深的秘处。她是深藏的,模糊的,无限的,只有那些对她产生了最充分印象的心灵才可能穿入她的圣殿,或揭示那个至圣的所在。只有那些被注入了她本身灵性的人才拥有向他人展现其秘密的胆识或能力。①

他认为,之所以大多数人不能发现真实,主要因为被积习或短视所限,或不能突破自我的躯壳。在其他不少场合他都坚信,我们的精神收获或道德水平往往取决于我们是否能够调动各种能力而对某些客体产生设身处地的同感,是否能"完全地走出自身,进入到他者的心灵和情感中",而倘若有人以为这种富有想象力的感受过程与我们的道德素质无关,那就"太荒唐了"。②具体涉及一般人对伟大"天才"的理解,他的这种坚信也会转化为怀疑,其眼前甚至出现一个竖向的画面:"无论就哪种门类的艺术而言,最高等级的天才杰作永远不会被普罗大众所恰当理解:无数的美妙和真理寓于其中,远不是他们所能领悟的。"或许只有通过"提炼和升华",粗陋的心智才可能与这些好的东西发生关联,而若以为可以凭借其他某种一般的手段"逐步改进"

---

① William Hazlitt, "The Same Subject Continued." *Criticism: The Major Texts*. Ed. W. J. Bate. New York: Harcourt Brace Jovanovich, Inc., 1970, p. 330. 带有重点字代表原文的斜体字,"至圣的所在"(*Holy of Holies*)一般指犹太神殿中的至圣所。
② 这些说法见 William Hazlitt, "Essay on the Principles of Human Action." *English Romantic Writers*. Ed. David Perkins. Orlando, Florida: Harcourt Brace Jovanovich College Publishers, 1967, 第 612—613 页。在浪漫时代,哈兹利特和雪莱等人在一定程度上继承了英国 18 世纪大卫·休谟和亚当·斯密等人有关"同情"(sympathy)的思想遗产,哈兹利特另外强调高于"同情"的"提炼和升华"。

"公众的品味",让他们最终做到"公道地对待那些至高无上的作品","这是个误解"。①

哈兹利特最后这几句话启发我们去挖掘以上所引柯尔律治文中的另一个侧面。考虑到柯尔律治其他场合的类似观点,我们可以感觉到更复杂的内涵:宝石一旦成为宝石,就可能蕴含着高于化学或地质学的艺术烈度,更不用说其他异质的学问;华兹华斯的诗歌里也可能存在着大于任何一般话语的诗意空间。需要"深思"(meditate)的解读有时是很难的,因为最终仍可能无法穷尽所思对象的那种经历了更大的"辛苦"(effort)之后所形成的复杂空间。或许"深思"中必须融合了我们自己心智的"提炼和升华"。1952年,著名的柯尔律治研究学者汉弗莱·豪斯(Humphry House)将他在剑桥大学的一系列讲座汇集成书,题为《柯尔律治》(*Coleridge*),其中一段文字体现了相近的、更果断的思考。他说,即便是柯尔律治的一些散文作品,有些看上去虽不太难读,却也难以把握,它们"要求我们具有那种同情(pity)和同感(sympathy)"。他列举了柯尔律治第 21 号《随笔录》(*Notebook*, No. 21)中的一个与诗人的《沮丧:一首颂歌》这首诗有"主题关联"的片段,内容很生动,不妨大段译出:

> 那些斜射的光柱,像是通向天堂的阶梯,它们的柱基永远是原野上那片鲜绿色的阳光 // ——今天是 1803 年 10 月 19 日,周三,晨,明天是我的生日,31 岁了!——哀哉!我的心死掉了!——这一年就是一场痛苦的大梦 / 什么都没做!——看在上帝的分上,让我挥鞭疾驰,或许年内不至于一无所事而让圣诞节白白过去……
>
> 灰蒙蒙的一天,有风——湖谷像是一处仙国的所在,都是秋天的颜色,那橘黄、红褐、深红、浅黄、那流连不去的绿色,山毛榉 & 桦木的华美 & 金黄,竟像是花繁的景象!——太阳的显现,借助那一道道斜射的光柱,或是那一簇簇小巧而闪烁的雾团,或那些略显灰暗的最柔和的零星光斑,时而快动,时而缓慢滑行,时而完全静止 / ——云雾笼罩着山峦——此前的湖面像一面镜子,如此明净,湖水本身竟像是不存在——忽又卷起白浪,像一片海洋;疾风将湖水撩起来,将其像雪花一样抛去 / ——这会儿大雨顿倾,击打着我书房的窗子![啊,为什么我]不开心!

---

① See William Hazlitt, "Why the Arts Are Not Progressive." *Criticism: The Major Texts*. Ed. W. J. Bate. New York: Harcourt Brace Jovanovich, Inc., 1970, p. 294.

为什么我的心不能摆脱重负！这些可爱的书籍，总这样面对着我，这高尚的房间，一个让所有的美好都汇集而来的中心，或是个深深的水库，让所有这些可爱的景象都化作溪水和激流，注入到它的里面——我的心灵中如此拥挤，它如此活跃，充塞着如此高尚的构想，如此有能力实现它们／这颗心如此富有爱意，充满了如此高尚温情——啊，可到底为何我不开心！为什么这么多年了我从未享受过一刻真纯的欢愉！——一种真材实料的欢乐，手指弹击一下就能清脆作响的欢乐！——＊掺假的劣品，发出的只是哑裂声 & 闷声！……

一整天的暴风雨／晚饭时她们姐妹间爆发争吵／——饭后死睡过去／——像往常一样，大黄(Rhubarb)产生了使人无力的麻痹作用／睡眠中又是那些充满哀伤 & 痛苦的梦魇，但也够不上惊恐 & 衰竭／我被打败了，但并未被征服——经历着哀伤和不幸 & 经历着疼痛 & 愤怒的挣扎——但是还未被踩碎／但我若不小心，这些还将发生。

整夜的暴风雨——疾风抛打着雨水，间或也有暴力的歇息，像是它自己厌倦了自己，但还要重拾起它那狂野的营生，似乎免不掉的间歇反倒让它发疯／我，似醒非醒，听着这一切，并非没有一边祈求诗性情感的发生，因为打从＊　就此住笔，于 1803，10 月 20 日，星期四凌晨 2 点 40 分。①

豪斯评价道："我们不可能用任何简单而现成评论手段来对待如此一段文字。"这是因为此处的内容与形式虽表面上都显凌乱，实则接近一个"统一体"(unity)，"感情效果"即有赖于此，而且其背后还有一种手法为支撑：

一开始从外部详细展示若干种不同的经历，然后再将它们牵引向一个中心点，先是在房间内，然后是主观意识中。通过这种手段，我们被赋予了对于那个完整人格及其语境的极其鲜活的印象；人格中包含着那个心灵，它向外投射，进入到具体的细节，然后收缩回自身，于是整个语境都衬托在主导情感的色调中。……这种类型的文字能够表现出(这种手法)如何成为他平常的思维习惯。②

"平常的思维习惯"这个判断揭示了生动的人格，它可能不为我们所拥有，却

---

① Humphry House, *Coleridge*. London：Rupert Hart-Davis, 1953, pp. 24—25. 译文沿用了原文的一些符号，局部希腊字略去。豪斯提到，原文中有些语句已难以辨认。
② Humphry House, *Coleridge*. London：Rupert Hart-Davis, 1953, 第 25—26 页。

成为我们评论的对象。这也令人想到现代英国批评家瑞恰慈（I. A. Richards, 1893—1979）说过的几句话，他从常识性的角度谈论一个貌似简单的话题——"对一首诗的分析"，说道："一位好的评论者需满足三个条件"，而处在首位的是"他必须善于摆脱那些偏离原作的奇思异想，而去体味与他所评价的艺术作品相关的那种精神状态"。他甚至认为评论家的全部工作"就是对各类经历和精神状态做出判断"，但实际情况是："在太多的情况下，他们对其所谈论的各种经历所具有的心理形态完全不了解，而其实他们本不必这样无知。"①

从我们自己的角度看，豪斯在柯尔律治的文字中所看到的是内外世界的互动，一方面是外界自然和人类的活动，一方面是活跃的心灵。若贸然硬性划分，或许可以说前者是历史的，后者是先验的，这两种因素各自都好把握，但合在一起，并非简单的叠加，而是产生有机的张力，形成一加一大于二的东西。因此，偏重任何一方的批评都可能成为顾此失彼的行为。我们隐约感到，历史因素的出现，包括屋外的暴烈和屋内的暴怒，都是为了强化心灵之"负重"和"拥挤"，也反而愈显其本身的重要，越多越好，如诗人所说的千川百脉，汇入一个中心水库，供他换来（唤来）"诗性情感"。豪斯甚至开篇就告诫读者，不要一上来就不假思索地在柯尔律治和心灵之间画等号，以为"他的历史就是心灵的历史"，以为从心灵出发是"既定的程序"：

> 我们把柯尔律治所居住的外部世界在他心目中的重要性降至最低，这样做会有一种风险，会使人忽视他身为一个作家所具有某些最富特性的笔力——会使人忽视他对于自然景物的富有诗意而细致的描写能力；忽略他使主观情绪与自然景象和气象活动相调和的能力；用自然的形态、变化和色彩来象征情感和心灵状态的能力。……甚至相比大多数技术哲学家（technical philosophers），他明显地对感性经历制约心灵活动的各种方式更警醒，更敏感。②

豪斯在书中多次使用"调和"（attune, attunement）这个概念，而无论后来的"心灵"类学者，还是"历史"类批评家，都可能对此有所保留，前者可能会从唯心哲学角度否认"调和"之说所暗含的不分主次的平衡关系，后者可能会

---

① I. A. Richards, "The Analysis of a Poem." *Principles of Literary Criticism*. San Diego, New York, London: Harcourt Brace Jovanovich, Publishers, 1925, p. 114.
② Humphry House, *Coleridge*, pp. 13—14.

坚持认为,所谓"他的历史",尚不及今人政治概念中的历史。但是,就我们的上下文而言,豪斯的话的确能揭示一个更结实的诗意空间或一种更难驾驭的动态诗意构筑;他使柯尔律治的诗作变大了,或可能有利于我们反思自己作为读者或学者的欠缺。

神圣的教条

以上是铺垫,为的是让我们更好地接近《伊俄勒斯之琴》这类的诗歌。《伊》诗可以作为进入柯尔律治精神境域的钥匙之一,这是因为它恰好包含了柯氏思想的两个典型侧面:极端的浪漫和极端的教条。具体讲,我们可以把豪斯的"心灵的历史"概念再细化一些,审视该诗内含的双重精神空间,看它如何以两种不同的气度分别代表心灵的一种活动方式,如何让这两种各自都很极端的精神气度同时存在于动态的关系中。把这个视为命题,接受其挑战,尝试着解释它,这对我们探索英国19世纪的一些思潮不无好处。我们可以迂回而行,先谈结尾的那个被不少英美评论家认为相对不大重要的段落,再回过头来看前面所谓更吸引人的部分。该诗主体所谈,涉及漫游于大自然的轻风等内容,结尾似乎有些扫兴,像是反高潮;思想达到相当的烈度,诗意达到相当的浓度,却由于唯一听者的介入而戛然止住:

> 然而,啊,可爱的女人!你以更端正的
> 目光射来一种和缓的责备,不能由着我
> 放纵如此这些愚钝而亵渎神明的思绪,
> 而是要求我在上帝之侧谦卑地跟行。
> 基督家族的恭顺的女儿!
> 你所言不错,以圣洁之威一举拒斥了
> 这不思悔过的心智所构想出的一串杂念,
> 不过是些闪烁的气泡,在虚妄的哲学流泉上,
> 随着它喋喋不休的涌动而鼓起,破灭。
> 这是因为,只要我一谈论他——那高深莫测者,
> 就不可能免于罪过,除非我怀着敬畏
> 赞美他,除非让信仰体现内在的感知;
> 我这样一个罪孽深重、饱受折磨的人,
> 迷茫而蒙昧,是他以他那救世的仁慈

将我治愈，让我能够拥有平静，
　　还有这乡舍，还有你，贵在心纯的少女！①

　　所谓"交谈诗"，抛开段落划分等形式因素不谈，是指柯尔律治诗作中那些写给某个固定听者、诗人在与其交流的过程中借机舒表自己思想的诗歌。此处的听者是萨拉·弗里克（Sara Fricker），根据一般的生平材料，诗人于1795年10月与她结婚，这首诗的雏形出现在当年8月，后在二十几年的时间内，经过数次修改才成为今天的样子。不少评论家在谈及结尾这个诗段时，大致会指出萨拉的态度代表了正统的宗教认识。比如，豪斯认为诗人忽然偏离中心，"把萨拉作为一位极度狭隘的、女管家式的正统基督徒而招了回来，"让整个结尾都变得"难以被接受"，似乎只是为日后有关一味放纵联想会导致"道德邪恶"的认识做铺垫。②对结尾的不满使豪斯把这首思想烈度如此之高的作品放在低于《午夜的寒霜》（Frost at Midnight，1798）等交谈诗的位置。二十年后另一位美国权威学者艾布拉姆斯（M. H. Abrams）也做出过涉及这两首诗的类似判断，尤其针对《伊》诗的形式而言。③甚至还有老一辈学者认为，这首诗"就应该停止在前一诗段"，因为萨拉的存在"明显令人生厌"。④此类评价导致后来的一些近乎盖棺论定的说法，比如约翰·S.希尔（John Spencer Hill）在编写《柯尔律治手册》（A Coleridge Companion）这本导读性质的书时，就根据众家意见做过这样的认定："后面的49—64行构成了对前语的推翻（palinode），贬玄学思维，扬正统的唯信仰论（fideism）。"希尔更直言道，这首诗仅体现"有限的成功"，⑤这很像艾布拉姆斯的"有瑕疵的范例"的评价。艾氏也同样说道："结尾诗段让现代读者感到了一种怯懦而蹩脚的退缩，从诗作中部那大胆的思索退到宗教的正统观点。"⑥

　　不过，希尔也能意识到，"可怜的萨拉通常受到了粗暴的待遇"，他于是也提到另两位持不同见解的评论家，他们虽然也大致认为萨拉的介入行为

---

① 第49—64行。带着重点字"感知"代表原文的斜体字 *feels*。
② Humphry House, *Coleridge*. London: Rupert Hart-Davis, 1953, p.77.
③ See M. H. Abrams, *The Correspondent Breeze*. New York and London: W. W. Norton &. Co., 1984, p.159. 该书中有关《伊》诗的一章曾于1972年单独发表。
④ See George Watson, *Coleridge the Poet*. London: Routledge and Kegan Paul, 1966, p.66.
⑤ See John Spencer Hill, *A Coleridge Companion*. London: Macmillan Press, 1983, pp.27—29.
⑥ M. H. Abrams, *The Correspondent Breeze*, p.159.

有些突兀,却也指出,"她代表了柯尔律治本人心灵的一个侧面,她的存在让他有机会使那种内在的玄思与信仰之间的对峙变得生动,后者终以胜者面目出现,因为柯尔律治不信任——甚至惧怕——他自己的纯推论式的理性(speculative reason)。"希尔接下来还援引了哈罗德·布鲁姆(Harold Bloom)的话:"《伊俄勒斯之琴》在两个柯尔律治之间(确立了)一种辩证关系,一位是想象力丰富、才思奔放的诗人,另一位则是羞怯而正统的年轻丈夫,他乐于依从他那位'基督家族的恭顺的女儿',屈服于其目光中的和缓的责备。"① 当然,此处布鲁姆的看法不完全属于"不同见解"一类,甚至与其他负面观点大同小异,但他所提出的"两个柯尔律治"的概念的确富有意义。

除了萨拉的问题,希尔还剥离出另一个问题,在我们看来更重要一些。尾段"到底驳斥了什么"? 是什么让诗人如此自责? 希尔归结道,真正的靶子并不是中间部分所含有的新柏拉图主义思想成分,而是两种其他的智性活动,一种是在上帝、人类和自然之间作横向类比的行为(analogy),另一种是唯脑式的认知方式(cerebration)。前者"接近泛神论",是改头换面的无神论;后者将情感或人心与智性活动分离开,竟不知内在的信仰也可以"感知"。② 之所以说找出真正的标靶很重要,是因为这样的梳理接近于为最后的诗段找到存在的理由,也鼓励我们挖掘更深的道理。我们下面会继续探讨精神领域的自由派观点,此处先指出,这种强调"驳斥"的论述虽顺理成章,但若换一个角度看,也会显出一点欠缺,似乎读诗读得太实了一点,好像诗人真的要批判什么,真的要用尾段的心来颠覆中部的脑,忽略了两种因素共同存在所带来的有趣张力和烈度,或诗人在它们之间所构筑起的巨大思想空间。

从后向前谈论这首诗,这样做具有一定的意义,可以让我们在先行确定了结尾的重要性之后再回过头来接受中间部分的挑战,否则难以充分体现中间部分的价值和意义。如何确定? 先从表面看,柯尔律治在转向萨拉所象征的生命领域时,同样使用了有分量又有前冲力的诗句,仅仅脱离了前面的那一种精神形态,并未脱离诗意;读者在连续阅读最后一段时,不应该感觉不到其真诚的语气和渐强的音律。此处的中译文尽量不偏离原文的气质,比如让最后七行也成为一句话,缓慢而不可遏止地达到高潮。前面注释中提到的 G. M. 哈帕在诗语和韵律方面对这首诗有过总体评价,当然也应

---

① John Spencer Hill, *A Coleridge Companion*, p. 28.
② 同上书,第 28—29 页。

该适用于结尾段落。他说:"需要注意的是,这样的无韵体诗文比弥尔顿的更流畅,更放松……节拍绵长而优美,以特有的方式将行与行、句与句连结在一起,罕见于弥尔顿之后频繁使用对句和诗节的诗坛。"① 可以说,连续七行的"绵长"与冲力不大可能是"扫兴的"或"反高潮的",只不过从一个空间转向另一个空间,从一种高潮转向另一种高潮,以一个自成一体的世界与另一个世界抗衡,或可能展示某种高级的成诗策略。

此外,在内涵方面,萨拉所代表的正统认识不见得不能体现柯尔律治本人可能拥有的信念,她的斥责的确充满正统意味,甚至可以轻而易举地被认定为一位女信徒的俗见,然而,若换一个角度看,尾段中也可能发生了"俗见"与终极宗教理念的重合。看一看这样的诗行:

> 只要我一谈论他——那高深莫测者,
> 就不可能免于罪过,除非我怀着敬畏
> 赞美他,除非让信仰体现内在的感知……

此处的"高深莫测者",原文是 The Incomprehensible,指的是上帝,字面上含有"非理解力所能及"的意思。而"谈论"(speak of),则属于一般的智性层面,涉及理解和推论等智力活动。此处所含有的讽刺意味显而易见,因为"高深莫测者"就是"莫测"的,若以为仅凭"谈论"就能触及他,就有些不得要领。诗人自己说得更加绝对:只要一谈论,就有了罪过。任何不敬的念头都要归咎于那个"不思悔过的心智"(the unregenerate mind),而 unregenerate 亦有"罪孽深重"的意思。因此,若想免于获罪,只有用理所当然的认知方式来对待终极的对象,这就是诗人所说的怀着敬畏去赞美他,凭借具有内在感知力的信仰去感觉他。

这并非什么罕见的道理,所涉及的不过是有关一般智力活动之局限性的认识,对于熟悉康德等人相关思想的读者并不费解。不过,如果萨拉的责备的眼神和语言让诗人想到这层道理,我们似乎不能简单地用"正统"、"极度狭隘"和"蹩脚"等概念而一否了之,除非把不言自明的某种真理等同为正统。之所以说柯尔律治本人亦持有与萨拉相同的认识,或对于她的斥责有所期待,除了我们下面还要援引的证据之外,是因为萨拉能知者,柯尔律治亦能知,这种绝对的信念不必经过后天复杂的研读才逐渐获取。而这种"正统"理念的绝对性也为我们从后向前谈这首诗提供了另一个理由,似乎这才

---

① G. M. Harper, "Coleridge's Conversation Poems." *English Romantic Poets*, p.192.

是正常的顺序:在思想漫游之前,已经先有了基本认识。其实严格地讲,依据交谈诗的三段回旋式的传统结构,该诗的结尾只不过是回到了它的开始,后面的石舍不过是呼应了前面的石舍,前面早已有了所谓反高潮的对于家宅、爱人、静穆和智慧的珍爱,只不过评论家们往往忽略了一上来的这个小诗段。因此,哪怕只从结构上看,我们也可以说该诗中间部分的思想漫游被包括在了体现所谓基本认识的框架之内,像是一段插曲,并不能颠覆思想和感性的主流。而既然基本认识不必作为我们质疑的对象,也不值得大惊小怪,那么我们就应该意识到,诗人不会认为与萨拉的境界认同有什么不妥,他甚至也是在关注自己为什么仍会偏离"正统",为什么在"谈论"的过程中让思想漫游到另一个空间。因此,尾段既是要回归精神的港湾,也是要表达"谈论"的无奈和危险。

让我们把视野放开一点。一些读者知道,日后纽曼主教在对英国思想和宗教领域自由派思潮(liberalism)的批评中,就反复表达过对那种欲谈论和解释终极目标的行为的不满。纽曼认为,英国经验派思想家大卫·休谟等人将唯理性的个人判断(private judgment)引入到信仰领域,对后来的自由派思潮产生重要影响。在其《第73篇书册》(Tract Seventy-Three, 1836)中,他指出了唯理性主义(Rationalism)的问题:

> 可见,唯理性主义事实上是对上帝之力的忘却,是不相信存在着第一推动力(The First Cause),它足以解释任何事件或事实,不管它们多么奇异或特殊。忘记了这些,结果在估测事物的可信性时,就不依赖上帝所拥有的力量和其他所能,而是凭借我们自己的知识;……休谟先生公开推崇这一原则,倘若有人以为全能的上帝无所不能为,而并非我们实际所见其有何为,休谟就会声称这种人不善哲思(unphilosophical)。

简言之,这种认识就是"不恰当地询问我们该如何解释某些事物,而如果这些事物不能够被解释,就不愿意相信它们。"①多年后,纽曼在记述其心路历程的《自辩》(Apologia Pro Vita Sua, 1864)这本书中对于他所看到自由主义给与了进一步的注释,除了再次指出自由主义就是"错误地让人类的判断凌驾于那些本来超越并独立于人类判断的天启教旨(revealed doctrines)之

---

① John Henry Newman, "On the Introduction of Rationalistic Principles Into Religion" (from *Tract Seventy-Three*). *The Emergence of Victorian Consciousness*. Ed. George Levine. New York: The Free Press, 1967, pp. 318, 317. 带着重点字代表原文的斜体字。"书册"的译法参照国内一般对 Tractarian Movement(书册派运动)这一概念的翻译。

上"之外，他还提到发生在牛津大学的不良倾向，即有些人自己的宗教操守尽管尚未失范，但他们的一些言行诱发了他人的自由主义：

> 当时他们以为，其所作所为不过是推崇启蒙的观点、宏大的心智（largeness of mind）、不拘的情感。然而，他们并没有在哪些可以推想（speculation）和哪些不可以推想之间划出界线，也没有意识到他们自己的那些理念中所存在的倾向。①

纽曼还在《自辩》中对自由主义概念给出了注释，并在注释的结尾处具体列出了自由主义的 18 个命题（propositions 或 theses），其中有几项可能与我们的话题有关，比如第二项："无人会相信他所不理解的东西。"第三项："任何神学原理无非是一种观点，被某一群人偶然持有。"第五项："人之所信，应与其自身的道德和思想特质相符，使他能自然而然地接受被信仰之物，而若达不到这一点就去信，那就是不道德的。"②

上述引语中所诟病的"推想"、"宏大的心智"、"理解"和"自然而然地接受"等问题有可能使柯尔律治这样的人成为嫌犯，让我们再次品味到《伊》诗尾段所含自责成分的内涵和性质。我们不免想到与纽曼同时代的英国重要思想家穆勒（John Stuart Mill，1806—1873）有关当时英国文化界两类人的划分，国内很多读者对此并不陌生，即穆勒把 19 世纪 40 年代之前的英国文人分成两个阵营：柯尔律治派（Coleridgeans）和边沁派（Benthamites）。边沁派的领袖人物当然是边沁（Jeremy Bentham，1748—1832），其功利主义思想（utilitarianism）曾经对穆勒产生过重要影响，在后者的眼中他代表了激进而务实的唯理性思维。穆勒认为这两派的共同点都是要提问题，但他以为柯尔律治着眼于较深的道理，引导人们对任何观点都要问一声"What is the meaning of it?"（"其意义是什么？"或"它有何含义？"），以抗衡边沁的"Is it true?"（"是真的吗？"或"对还是错？"、"是事实吗？"）。穆勒的这种划分影响了很多人的思维，使人们眼前的画面简化了许多，甚至会使人觉得这两大阵营各为一半，凑成了文化思潮的全部。然而，实际的思想景观比这要复杂，至少纽曼可以代表第三维的思想空间。相对于他那张捕捉自由主义的大网，无论边沁式的非黑即白式的思维，还是柯尔律治式的探究来龙去脉的复

---

① John Henry Newman, *Apologia Pro Vita Sua*. New York and London: W. W. Norton & Company, 1068, p.218.
② 同上书，第 222—223 页。

杂提问,都可能是激进的提问,都已经落入自由主义的某种思维方式。借用柯尔律治本人的说法,一追问"它有何含义","就不可能免于罪过"。

我们需多花一点笔墨,再看一看纽曼所代表的所谓第三维空间,这样做既能发现柯尔律治的问题,也能发现不同于穆勒眼中的柯尔律治。《自辩》中有关纽曼本人的精神主张比比皆是,第五章他皈依天主教之后的立场表述更是直白而坚决,而且直接针对流行的时代议题,比如人们对于技术进步、科学发现和量化思维的盲信,以及对于什么是自由、什么是最充分的个性发展和完善的不当理解。我们不妨长话短说,仅通过纽曼对一位友人的评价来看他本人的所思所想。这位友人即约翰·歧布勒(John Keble, 1792—1866),牛津大学诗歌教授,牛津运动的主要领袖人物之一。[1] 纽曼认为歧布勒是一位在牛津大学"扭转潮流的人"(he who turned the tide),其所依赖的思想权威既超拔又简单:

> 歧布勒之为人,不是靠各种理性推理过程或靠探寻和论辩来引领自我或形成自我的判断,而是靠——择其广义而用之——权威。良心是个权威;圣经是个权威;教会(the Church)亦如此;古代文化遗产亦如此;先哲的话亦如此;传承的教诲亦如此;各种伦理原则亦如此;法制格言和治国通则亦如此;那些谚语亦如此;各种情感、预感、先入观念(prepossession)亦如此。

这些"权威"都不容论辩,无需探究,但纽曼觉得,正因为歧布勒的言行受到某种戒律的制约,他"反而会感到更加幸福"。[2] 纽曼并未扼杀精神探寻方面的盖然性(probability),而是认为不能本末倒置,不能忽略"信仰和爱"(faith and love)这个根本。在一段竟像是给《伊》诗尾段做注释的话中,他说道:

> 涉及宗教问题,(歧布勒)似乎在说,并非仅仅依靠盖然性(probability)[3]就能使我们在智性认知方面达到确定程度,而是靠那种

---

[1] 前面注释中提到的"书册派运动"也称"牛津运动"(Oxford Movement),歧布勒、纽曼和溥西(Edward Bouverie Pusey, 1800—1882)等人是该运动的主要发起人和领袖。牛津运动的主要宗旨包括捍卫英格兰教会的神圣性、重溯天主教教义、拒绝国家政权对宗教事务的干预等。书册(tracts),即短论,是这些领袖人物表达观点的主要形式。

[2] John Henry Newman, *Apologia Pro Vita Sua*, p.219.

[3] 盖然性与宗教和伦理思想方面的盖然说(probabilism)有关,大致指人在判断行为的是非时若遇到困惑而难做抉择,可以遵从某种合乎内在情理的或来自外在的某位神学权威的意见。与其他宗教教义相比,这种观点偏向实用性、个人性和相对的权威,其极端的形式接近怀疑论。

一般的思想启蒙,都"致力于恢复和重新解释恰恰是那些被英-法式的启蒙思想(Anglo-Gallic Enlightenment)所亵渎的教条"。他认为这些人的努力代表了"德国式的启蒙",以"彻头彻尾的教条性"进行启蒙。他还暗示,柯尔律治去德国的主要目的之一,就是去研究这些哲学家所崇尚的一种教条,即他们所"强调的有关三位一体和道成肉身(Incarnation)的原理"。甚至柯尔律治执意区分"理性"和"理解"(understanding)的做法也与这种强调三位一体或启示性动态关系的教条思维有关,因为上帝之天启(revelation),或有或无,不涉及"逻辑命题",不关乎人类的理解和"推论式思维"(discursive thought),而是最终取决于一种宗教行为,即"主动地分享那神圣之光",先失去自我,再在对上帝的信仰中找到"全部的自我"。海德里认为"如此神学理念是以神为中心的和反自由主义的",纽曼所传承的恰恰是这种思想,尽管他对德国思想中的某些成分有所保留。①

无论是纽曼的回视,还是海德里等现代学者的解读,都令人想到英国文坛早先出现的评价,而大致上看,后人所及也并未明显超越前人的范围。托马斯·卡莱尔在为友人所写的一部传记中,提到他在19世纪20年代数次拜访柯尔律治时的印象。当时柯氏寄居于伦敦北郊的海格特山(Highgate Hill),相貌乍看年近六旬,实际上53岁左右:

> 在那些年月里,柯尔律治端坐于海格特山的高处,俯瞰着伦敦和它那纷乱的烟波,宛若一位从徒劳无味的人间争斗中全身而退的智者,却也将那里面许许多多仍未能自拔的无畏者们的思想吸引到他这一方。若论其对诗歌、哲学或对于人类学养或智识之任何专门领域的贡献,能明明白白称得上贡献者,数目有限,而且竟还是时断时续。可是,尤其在那些探求知识的青年群体看来,他拥有一种高于文学的、预言家或巫师般的秉性。人们以为,英格兰只有他孤身一人掌握着解开德国式或其他类先验论之谜的钥匙;他知晓那高深的秘诀,能让人凭借"理性"(reason)去相信他人倚赖"理解"(understanding)而必然认为不可信的东西;而且,不管休谟和伏尔泰对他造成的影响是好是坏,此后的他仍能够自称是正统的基督徒,仍能够向着以万圣节独特礼拜式和白法衣著称的英格兰国教会致语或致书:*Esto perpetua*(祝你千秋万世)。这是一位高人;只此一人,在那些黑暗的日子里,保住了他那代表精神气

---

① John Henry Newman, *Apologia Pro Vita Sua*,这部分的内容见第242—243页。

度的王冠,其所摆脱的是各类黑色的物质主义和革命的洪潮,最后仍任秉持着"上帝、自由、不朽",乃人中王者。世间那些务实的能人不大理会他,最多三言两语把他认定为玄思的梦者,然而对于崛起的年轻一代来说,他拥有这种沉郁而高超的品格,如一位 Magus(东方贤人),有奥秘和谜团环绕着他的坐席;他那片能作神谕的橡树园(吉尔曼先生的海格特山居)发出奇异的沙沙声,分不清是圣言还是乱语。

卡莱尔另概括说,柯尔律治当时所反对的就是无神论和物质主义,其所针对的具体目标就是休谟和法国启蒙思想家伏尔泰;柯氏认为他们的有关理念成为现今世界的主宰,使人间出现精神的沙漠,"所有的科学都成为机械的科学,"而深陷于这些"极端理念之可怕沙漠"的青年们自然会转向这位智者。①

需要提一下,就在上述纪念牛津运动的论文集发表的同时,在剑桥大学任教的苏格兰学者里斯克(Nigel Leask)从非常不同的角度解释柯尔律治对先验价值的追求,代表了另一派流行的观点。在他为其所编辑的新简装版柯尔律治自传《文学生涯》所写的导言中,他说到,这本书中的自我辩解虽的确涉及为先验的心智能力寻找哲思基础的行为,但这种追求并不像维多利亚时代后期英国文人佩特(Walter Pater, 1839—1894)等人所说仅仅是在绝对精神和相对精神之间做出取舍;佩特"无视这样一个事实":

> 柯尔律治追求固定原则的行为并非是倚赖着某种教条性一成不变的精神,而是基于一种脆弱感,一种与他自己所处的政治和思想环境的深深的疏离。在这个意义上,无论他如何吹嘘其保守主义,柯尔律治代表了一种新的知识分子类型,他们在一个受阶级意识支配的(class-ridden)、商品化了的社会中寻求某种具有文化权威性的高一级原则。无论在宗教还是世俗层面,传统的确定因素受到侵蚀,导致了这个社会的如此状况。②

有关不安全感、"疏离"和"文化权威性"等概念实际在说,这些"新的知识分子"貌似远离现实社会,实则缠恋自己的一席之地。话题被拉到了社会政治

---

① *The Norton Anthology of English Literature*, 6th ed., Vol. 2. New York; London: W. W. Norton & Co., 1993, pp. 916,919.
② Nigel Leask, "Introduction." S. T. Coleridge, *Biographia Literaria*. London: J. M. Dent, 1997, pp. xxix—xxx. 带着重点字代表原文的斜体字。

和大众文化层面,用我们现在流行的话讲,柯尔律治对于"高一级原则"的追求与所谓哲思性神学思维关系不大,与个人道德境界也牵扯不上,更多的只是在争夺"文化话语权"。里斯克本人就这样总结道:"意识形态战线上的自我辩解才可能是写作《文学生涯》的最终驱动力。"①这篇导言代表了当代评论界的一些新研究成果,在看问题的方法上为我们提供了有益的补充,对空谈精神价值的评论倾向也是一种警示。但另一方面,我们也要警惕新观点中所隐藏的另一种空谈,因为至少就效果而言,里斯克的导言强化了另一种华而不实的逻辑:似乎正因为所有作家都受到历史和社会意识形态的制约,所以柯尔律治肯定也受其制约,所以从意识形态和社会权力话语角度评价他肯定不会错。我们对这个逻辑的担心,不是因为其荒唐,而是其过于正确,一劳永逸,但用到具体的重要思想家身上反而失去一点实际意义。此外,它以先入为主的今人思维排斥掉了精神信仰和道德关怀等方面的教条理念中所可能含有的复杂性,好像整个议题最终无关个人,只涉及为包括华兹华斯在内的一批人谋求文化话语权的政治行为。如此评论倾向当然也忽略了诸如纽曼等重要思想家如何在他们的时代近距离地观察柯尔律治。总之,里斯克的导言中多有表达不清之处,似主要受当代学术术语所累,比如比较机械地使用文化唯物主义词汇,把有些外在的概念强加给一个复杂的话题。

海德里提到:

> 对于柯尔律治来说,至关重要的教条就是关乎三位一体(Trinity)的教条。很显然,这种教条并非仅仅被视作概念式的原理,而是端正人格之基础(the basis of manly character)。对三位一体原理的理解发生在极其实际的层面:无论柯尔律治还是纽曼,在他们那崇尚三位一体的神学思想中,对于上帝的见知、对于神圣或神性的主动分享,这两个方面都紧紧地联系在一起。我以为,这种崇尚三位一体的教条宗教有如根本(root),衍生出柯尔律治与纽曼之间最有意义的关联。②

Manly 亦有"男人应有的"之意。海德里对 manly character 概念做了注释,提到柯尔律治撰写其重要著作《思考之辅助》(1825)的初衷即是为了有助于

---

① Nigel Leask, "Introduction," pp. xxix—xxx.
② Douglas Hedley, "Participation in the divine life," p. 240. 带着重点字代表原文的斜体字。

"端正人格的形成"(Aids to Reflection for the formation of a manly character①),另指出:"所谓'端正的'人格,系维多利亚时代中心概念,"对纽曼同样重要。②在西方宗教思想史上,有关三位一体的定义从中世纪早期起就有分歧,西欧的基督徒和东部拜占庭一带的基督徒还有过对立。这是一个复杂的话题,此处不力求澄清,但一些基本的思想成分沉淀下来,体现一定的代表性,比如神与人的相似性;圣父、圣子、圣灵所构成的神的三重合一性及其在人类灵魂的类似三重性之中的反映;人类通过宗教信仰和在世间分享圣灵的具体行为而达到的对神的认知;以及耶稣本人作为人之成神的证明即可以证实人性通向神性的可能等等。因此,对三位一体原理的崇尚,大致可以说也是对竖向精神活动的笃信,涉及人类自我所经历的从下到上、从昏暗到光明、从人类肉身所体现的耶稣到耶稣所体现的永在的上帝等实际的、动态的道德历程。根据海德里的认识,这种信仰所针对的是诸种横向的思维方式(里斯克等当代学者所使用的评论角度大致也可以包括进去),主要涉及三种:笛卡儿的"我思"、约翰·洛克的社会契约观和牛顿等人的机械宇宙观。海德里认为柯尔律治不认同这些观点,主要是因为它们或把自我和社会环境都先行设定为"清晰而透明的"事实;或将社会不同利益之间的平衡神圣化,忽略那些高于契约的义务和见知;或一味强调宇宙有自身的客观规律。处在这类思潮中,柯尔律治和纽曼都共同着眼于人类良知(conscience),都相信良知亦体现广大的空间,如海德里归结道:

> 与我们的自我相比,良知是一个更广阔、更宏大的精神所具有的语声(voice);是通过更新我们对于基督的信念而把一个更广阔的画面唤醒。柯尔律治说,良知是意识的基础,良知是作为内在向导的基督的声音。③

总之,"意识"(consciousness)是第二步的;作为基本因素的良知并不是历史性的虚构。对于上述精神教条的接受,最终并不属于为教条而教条的理论概念问题,也不见得仅仅是出于里斯克所说的社会环境中的"脆弱感",而是一个很实际的道德问题,关乎个人性格的完善,也关乎人类自我是否能够拥有一个广阔的精神空间。这是我们协助海德里所做的概括。

---

① 该书的题目亦有 Aids to Reflection in the Formation of a Manly Character 的全称写法。
② Douglas Hedley, "Participation in the divine life," p. 250.
③ 同上书,这部分的内容见第 246—247 页。

相对于现代研究者,海德里所代表的观点意味着经典文本的调整。众多学者都习惯于从文学思想角度谈论柯尔律治,也因此都把《文学生涯》视为中心文本,现当代评论家尤能从中挖掘出有关想象理论的真相或假象的丰富话题。海德里贸然摆向了另一个中心,一个他认为本不该被边缘化的领域。让我们再引用他的一段十分大胆的论断:

> 柯尔律治作品的复苏与其在神学方面影响力的减弱发生在同一时期,而且通过瑞恰慈(I. A. Richards)的努力,柯尔律治尤其紧密地与英国文学联系在一起。这种让英国文学侵占其他空间的行为主要发生在《文学生涯》中,但这是柯尔律治最混乱的一本书,是他在严重的精神抑郁状态中写成的。而且,该书也不适于用来解读柯尔律治,因为处于其思想中心位置的不是美学,而是神学和玄学。最好是从柯尔律治思想的中心(即《思考之辅助》)移向外围,尽管对于具有现代或后现代心境的人来说,外围显得更舒服一些。①

《思考之辅助》才应该是中心文本;神学和玄学才应该是研究柯尔律治的出发点;文学研究只是外围的研究。说其大胆,是因为这种学术转向似以稍嫌激烈的手法对到底是玄学寓于美学还是美学寓于玄学这样的复杂问题做出结论。用《思考之辅助》取代《文学生涯》,或许会付出其他的代价,比如会弱化文学思维的重要性,颠覆建筑在《文学生涯》之上的一脉重要批评史;会把柯尔律治所习惯的思想漫游仅视作外围的点缀,或忽略了其另外一面,即体现在以上纽曼赞赏柯尔律治的话中所揭示出来的令他"不能容忍的""自由推想"和"邪说"。

可以说,这种神学中心论的意义主要在于它让我们重新注意到柯尔律治对于终极价值的持久关注。前面里斯克提到了佩特的有关柯尔律治追求高级原则的说法。佩特的观点为学界熟知,他把柯尔律治放在欧洲浪漫主义文学思想的语境内,与歌德的维特和夏多布里昂(François Auguste René, Vicomte de Chateaubriand, 1768—1848)的勒内(René)放在一起,称他是"浪漫类型的完美的花朵",但佩特的言谈中,所谓德国式的思想成分要高于其他的成分,比如他反复强调柯尔律治在不息的躁动和不满中以及在万事无常的环境中表现出"对永恒的饥渴"、"对于绝对的东西、对某种固定因素

---

① Douglas Hedley, "Participation in the divine life",第 249—250 页,注释 6。

的热情",甚至"乡思"的情绪也与这种追求联系在一起。①这种"固定因素"(something fixed)并非指某种具体的可量化的东西,而是像上帝一样,高高在上,宏大而神秘,真实地存在但反而不好确定。它不是横向智性推理的结果,而经常是随着个人感情和精神的升华,在宏观大象中体现出来。在柯尔律治的诗作中,涉及从自然滑向神圣、因诗意而变得虔诚或从"泛神"归于绝对的表述反复出现。本书全书最先引用的诗文出自柯尔律治的《静思中的忧虑》,这首诗中反复出现这种自然而然向上看的意象,如首段中所说"在自然景物中发现宗教的含义"、歌唱的云雀"就像云朵中的天使",以及 188 行所谓"崇拜自然中的上帝(God in nature)"和尾段中在乡野间看到教堂的尖顶等表述。另以三处较生动的诗文为例。

在《午夜的寒霜》中,诗人希望摇篮中的儿子不再重复他自己的成长经历,而是"像轻风一样",在大自然的怀抱中"游荡",这样他就可以

> 看到和听到
> 那些美妙的形状和声音,它们能让你
> 读懂你的上帝所说出的那种永恒的语言,
> 他凭借着永恒的位置,确能教给人们
> 识他于万物,识万物于他。②

在《法兰西:一首颂歌》(France: An Ode, 1798)中,他对法国式的社会自由概念表达了深深的遗憾,而将自己的目光转向另一种更高的自由,将其与恒久的原则联系在一起,在"陆地、海洋和空中"的范围里感觉其存在。③这是开始的四行:

> 纷飞的云朵! 你们在我头上高高地飘动或停歇,
> 没有任何凡人能控制你们那没有路经的行程!
> 大海的波涛! 无论你们向何方滚动,
> 你们只向永恒的法则俯首表达敬意!

1802 年发表的《日出前的赞美诗,于夏蒙尼山谷》(Hymn before Sunrise, in the Vale of Chamouni)表达了任何人见到阿尔卑斯山的勃朗峰时都可能感

---

① H. W. Garrod, ed., *Coleridge: Poetry & Prose*. Oxford at The Clarendon Press, 1967, p. 38.
② 同上书,第 58—62 行。
③ 同上书,见第 99—105 行。

觉到的震撼,其中讲到这样的过程:

> 我凝望着你,
> 虽一直实在于我的肉眼面前,却渐渐地
> 从我的思想中消失:在欲仙的祷告中,
> 我只拜向那目不可见的唯一。

在与山景的交流中,内外世界融合在一起,

> 直到灵魂变得神不守舍,喜极而升华,一边扩散,
> 一边向那宏大的影像内移去——就像化入她的
> 原本的形状,在那里向着上天,膨胀成浩大的躯体!

在为这种神圣感和升华感寻找原因时,诗人反复祈求所有的自然景物都喊出一个名字:"上帝"。①

大约在同一时期,柯尔律治的《随笔录》中出现了他对华兹华斯等人感到失望的文字,主要是他觉得他们有些人强于智性思维,却不够虔诚;怒气过多,善意和爱意却太少。评论家们一般较多引用以下片段:

> 与华兹华斯和哈兹利特的一场极不愉快的争论。恐怕我的言语过于不屑,但他们的言辞如此不敬,如此恶意地谈论神的智慧,让我无法自控。哈兹利特,他竟如此轻易地释放那无事生非的愤怒和仇恨!可谁能找到一种力量,把他从深渊里拖出来,哪怕让他表达片刻的善意,哪怕让他的脸上闪现出仅仅一缕爱的辉光。

华兹华斯的问题被认为是"卖弄学识",尤其是那种爱自然胜过爱上帝的唯理性自然神学方面的"坏的"学识。柯尔律治认为不应该只注意事物的表面的美,要防止这种琐碎的猎奇行为伤害到"心智的健康和端正(manhood)"。②

他还认为现代诗人都迫切地追求语不惊人死不休的效果,不顾及深度或"美德"(virtue),似乎其所写的字字句句都毫不掩饰地"讨要赞词":

> 就像中国的国画,没有远处的景物,没有透视关系,一切都处在前景,这不过是一种虚荣。我很高兴地意识到,我很年轻时就已经形成了

---

① H. W. Garrod, ed., *Coleridge: Poetry & Prose*. 第13—16、21—23、54—69行。
② David Perkins, ed., *English Romantic Writers*, pp. 519—520.

这样一种见解:真正的品味是美德,坏的作品即是坏的情感。①

随着思想的发展和演化,柯尔律治的著作中逐渐增加了神学思维的成分,或者说,在以不同形式和不同程度存在着的宗教思维和柏拉图主义的混杂体中,前者越来越成为主要成分,宗教意味越来越重。到写作《思考之辅助》(1825)等著作时,他的有关思想变得更加系统。《思考之辅助》虽主要写给"有志于神职的大学生",但同时也试图在宗教思想框架内对一般性的语言和思维方式问题做出更明晰的解释。柯尔律治自己说,他写这本书的目的主要有四个方面,首先从语言入手,通过勾勒文字的"本义、衍生义和隐喻义"来进一步确立一些"有生命的文字"与圣灵的紧密关系;然后探讨"慎行、道德和宗教"之间的递进关系;此外,他要系统地谈论理性与理解力的区别。谈及这一话题,他将目光扩展出去,纵观文化的走向,一方面承认务实的启蒙思想给世间生活带来的改善,一边表达他的巨大遗憾,具体的视角和观点方都令人联想到布莱克。他说:

> 迄今我一直坚信,自从第一道科学与哲学的曙光照到这个岛上,没有任何一个时代能像上个世纪那样,让那些专属于理性(无论它是思考的还是实用的理性)的真理、关注点和研究陷落到如此不被理会的程度,甚至受到轻蔑。

他认为理性和理解力这两种功能不可相互取代,否则,以为理解力可以行理性之所能,只能使两者都受到殃及。用我们的话说,虽然人们在描述18世纪英国文化时,往往会使用"理性时代"等词汇,但实际上在柯尔律治等人看来,那是个"无理性的"时代,因为一般的常识或理解力被当成了理性。这也涉及柯尔律治旨在确立基督教信仰的第四个目的中所谈到的内容。之所以真正的理性不可或缺,是因为理解力不能包揽生活的全部,比如以上帝为核心的精神世界就不会作用于智性理解力。因此,强调理性,是承认可能存在着感官所不及的更大空间,是遏制傲慢,对高远的东西表达敬畏:

> 神秘的因素的确存在,任何类型的理性都不能成为其证据。不过,我在书中力图说明,解决这个难题的真正答案是:这些神秘因素即是理性本身,是理性自我肯定(self-affirmation)的最高形式。②

---

① David Perkins, ed., *English Romantic Writers*, p.521.
② 以上有关《思考之辅助》的内容见 S. T. Coleridge, *Aids to Reflection*. Port Washington, N. Y. & London: Kennikat Press, 1971, 第62—64页。

华兹华斯在《序曲》中表达过他对柯尔律治有关信念的领悟。在第二卷中他写道:

> 我的朋友！你自己的
> 思想有我所不及的深刻,在你
> 看来,学识从里到外不过是
> 对人类弱点的修补,是一种替代的
> 治标药剂,实际上并不是绝对的
> 荣耀值得我们赞美。①

国外曾有一些学者指出,此处有关"学识"的负面评价更多的是华氏在表达个人的看法,并不能完全代表柯尔律治的认识。实际上两个人在使用"学识"概念时,都有具体所指,非其广义所含,与之相对的是"绝对的"精神价值。在这个意义上,柯氏甚至比华氏有过之而无不及。另一例,《序曲》的结尾更具体地谈到柯尔律治的影响,影响的效果之一就是:

> 萦纡心头的
> 思想与事物学会占有更合理的
> 比例；肉体与灵魂、生命与死亡、
> 时间与永恒的奥秘——这重压在我们
> 身上的奥秘——也得到调和,以更平常、
> 更迂缓的方式为我接受,因我能在
> 沉静中欣然贴近松厚的人情(a serene delight / In closelier gathering cares)——
> 那人人皆有的牵忧,无论他天赋
> 高低,是诗人,还是注定度过
> 平淡的一生。于是,世间万物
> 在灵魂深处激发的狂喜,或那种
> 欢呼哈利路亚的狂热,都有所
> 收敛,受到抑制和平衡——靠的是
> 情感的真实,靠相信给人希望的
> 理性,并以上帝(Providence)为这信念的

---

① 华兹华斯《序曲》(1850)第二卷,第210—215行。

> 依托；也靠对义务(duty)的敬重：既能在
> 需要时与暴风雨搏斗，又能在平静(peace)的
> 生活中，将小草播种在最平凡的土地，
> 让他们常年青翠，长久芳馨！①

描述这个心态渐"平常"、"信念"渐坚定的过程所使用的词语包括了"调和"、"沉静"、"抑制和平衡"、"理性"、"义务"、"平静"和"最平凡"等，都像一些关键的精神符号，标示出一位诗人与另一位诗人的思想关联。这些诗行有别于《序曲》1805年文本，代表了后来的改动，有些是柯尔律治去世后添加的想法。但如果有人以为柯尔律治对华氏的主要影响不大可能与这些简单的情感有关，以为这些都是后者的专利，那就可能陷入标签式的思维程式。华氏的确可能在自说自话，甚至至少在暗示一种相互的影响。然而我们记得，豪斯曾告诫我们不要动辄以为柯尔律治对具体景物的关注力不如华兹华斯，同样，我们在此也不能不假思索地把平凡的情感都划归给华氏。在一定程度上，上述这段诗文很像是对《伊》诗尾段思想的补充，或对它的注释，而尾段的思想形成于1795年，在两位诗人的"合作"之前。实际上，《序曲》中对于虔敬情感的表述是随着其修改过程而日趋明确的，主要发生在1805年之后，此前，尤其在1798年，倒是柯尔律治的类似表述相对更清晰一些。比如在上面所提到的《静思中的忧虑》中，他把对于法国的抵御看作是对敢想敢干的直线式激进思维的抵御，是对他所认为体现伦理道德、虔诚态度和健康心灵的不列颠之岛的捍卫。国人现时的市侩倾向和无神论思维也加重了他的忧国忧民的情怀，在国际国内这个背景下，他培育着对于自己湖区居所的眷爱，享受"一种治愈精神的"(spirit-healing)宁静，"在自然景物中发现宗教的含义"，同时立足于简单而沉稳的爱国情感。沿此思路，终写出结尾的这些诗行：

> 此刻，可爱的斯托维！我看见你的
> 教堂，也隐约看到那四株凑在一起的
> 巨大的榆树，标记出我的朋友的宅院；
> 而就在它们的后面，在我目光不及的地方，
> 隐藏着我自己的卑微的石舍，里面我的宝贝
> 和我宝贝的母亲生活在平静中！我加快了

---

① 华兹华斯《序曲》(1850)，第十四卷，第283—301行。

>脚步,一路轻盈地朝那个方向走去,
>一边回想着你,啊,那绿色而无声的幽谷!
>对你心存感激,因为在大自然中的
>独自静思让我的整个内心都变得
>柔和,让她有资格享受所欲释放的
>爱,和那些牵念人类的温情的思绪。①

这些诗句非常感人,它们可以使《伊》诗结尾显得不大么"突兀"或孤单,也预示着日后宗教情怀的发展。只有凭借某种略显畸形的逻辑我们才能将它们称作华兹华斯式的表述,因为我们可能忽略了虔敬、温慈、具体的和广大的爱心等因素完全也可以属于柯尔律治所有。最主要的是华氏自己认为这些是柯氏的重要品质,尤其借上帝之力对狂热情绪的抑制。上帝、基督徒的身份、自然、土地、国家、家园、信念、爱情、友情等等共同构筑起柯尔律治对恒久价值的追求,这些东西所代表的空间对抗着由激进理念、政治运动、文化革命、技术思维、城市化、国际化和世俗化等因素所代表的另一种空间。华兹华斯说:

>若有两人
>注定同行,那么,我与你生来
>就为追寻同样的欢乐,为拥有
>同一种幸福与健康。在我的叙述中,
>我记录了温柔、纯朴、真诚(truth),以及
>悦心的挚爱,它们的产生与发展,
>如何使清宁、镇定的岁月变得
>神圣。但我始终牢记这都是
>为谁而写,否则早已收笔。②

甚至华兹华斯用以表达其精神历程最终目标或收获的短语也让人看到柯尔律治的影子,他说,《序曲》所体现的所有追求最终都应该归一到一种追求:"超越知性的平静"(peace which passeth understanding)。③ 这也可以解释

---

① 分别见第 12、23—24、221—232 行。斯托维(Stowey),村落名称,位于英格兰西南部 Somerset 郡境内。"我的朋友"指华兹华斯,其"宅院"距柯氏的"卑微的石舍"约三英里远。
② 《序曲》(1850)第六卷,第 256—264 行。
③ 同上书,第十四卷,第 126—127 行。

为什么柯尔律治在萨拉面前甘于把那么奔放而美妙的思维活动说成是

> 这不思悔过的心智所构想出的一串杂念,
> 不过是些闪烁的气泡,在虚妄的哲学流泉上,
> 随着它喋喋不休的涌动而鼓起,破灭。

甘于这样做,是因为即便在哲思层面,他也相信一些简单情感和事物具有超越其自身的象征意义,代表了上帝赋予他的分量更重的、能治愈其精神疾病那些东西,

> 让我能够拥有平静,
> 还有这乡舍,还有你,贵在心纯的少女!

多年后,在《对一个理想目标的忠贞不渝》(Constancy to an Ideal Object, 1828)一诗中,柯尔律治又一次写出类似的诗语,只不过这一次诗中的"你"变成另一位萨拉(Sara Hutchinson,华兹华斯的妻妹),而且她与家宅一起,更明显地成为善与爱在平常生活中的化身:

> "啊!最可爱的朋友!
> 拥有一个家、一个英国式的家,还有你,
> 但愿这才是对我人生所有辛劳的奖励!"
> 何必重复!家和你本来就是一回事。
> 那最平静的乡舍,月光会照耀那房子,
> 夜莺将哄它入眠,云雀会把它唤醒,
> 但若没有你,这乡舍将如小船不能前行,
> 其舵手只能孤坐在荒废的舵柄旁,
> 无语而无力,面对着一片广漠无垠的海洋。

第六章 思考柯尔律治:小憩的乐魂

对于《伊俄勒斯之琴》尾段的思考竟引出以上第五章诸多内容,有些内容难以绕过,但要说的话其实很简单,即:那三行诗文——

只要我一谈论他——那高深莫测者,
就不可能免于罪过,除非我怀着敬畏
赞美他,除非让信仰体现内在的感知;

——能够体现重要的宗教认识。其他任何貌似信仰的信仰,如形而上的柏拉图或新柏拉图主义思想,虽也强调精神的仰视,但不能让柯氏获得最终的满足感。

至此我们可以问几个问题:既然已可能预感到不能"谈论",为何还要"谈论"呢?是否"明知故犯"?既然已经有了对于任性的思想冲动的"戒心",为何还要任其发生呢?为何还要在游荡的轻风上大做文章?既然哲思性宗教层面的认知并非令人生厌,并非因平常而陈旧,因正统而狭隘,因萨拉所言而成为所谓"妇人之见",反倒可能代表了绝对的道德真谛,那么为什么经过若干年的修改之后还是让许多读者觉得中间部分更有思想和艺术价值、因而衬托出尾段的暗淡呢?国外学者在尾段与前面段落之间所发现裂痕是否可被认定?是否真有裂痕?有些问题大概也是诗人的自问,或有意留给读者。

在上一章,我们依赖基督教三位一体概念对《伊俄勒斯之琴》尾段有较多关注。我们若仍用这个概念回视该诗中间部分,或许也能解释得通;轻风、万物、风奏琴等等并非不能被纳入到教条范畴的话语框架中。"裂痕"具表面性,下面或潜伏着思想的连贯性。当然,有关三位一体的教条,无论其思想内涵或历史演化脉络,都难以简括,这一点我们在上一章提到。不过我们也提到,粗线条地看,至少从中世纪开始,一些基本思想成分得以传承下来,比如上帝与人之间的相似性概念,当然还有神性的三重性(圣父、圣子、圣灵)之说,以及它如何在人类灵魂中的类似三重因素中体现出来。基督教有些分支,如天主教东正教会,对于人类个体分享神性的可能性有较清楚的交代，认为首先要有宗教信仰层面的仰视和敬畏，然后需要某种个人际遇，再就是对于上帝所造万物的心理投入，分享上帝赋予它们的活力与能量。至少这最后一条已经让我们看到《伊》诗中间部分的影子，甚至我们可以说，该部所展示的对于万物活力的感知和呼应、个体心灵的创造性冲动、其思想的流泉和流泉上的气泡，都会成为证据，证实着诗人个体的投入和分享行为，以及其道德境界进一步升华的可能性。这些大致都符合涉及三位一体的教条概念所含。

有关这个中间部分的意义，还可有略微不同的观察角度。即便某些哲思类智性活动不能带来终极满足感，但可以扩大思想空间。思考、提问和挑战等行为代表了生命的意趣，尤其在与超拔的精神境域互动时。特别是提问题这个行为本身，尤能体现柯尔律治的秉性。《伊》诗最诱人的地方大概不是那一系列的叹号，而是第 48 行的那个著名的问号，以下会说到。我们记得穆勒对他的评价：总是要追问意义何在。现代柯尔律治研究的权威之一是加拿大学者凯丝琳·科伯恩（Kathleen Coburn, 1906—1991），她在为其新编柯尔律治书信和论说文集《一位探索者的自白》(*Confessions of an Inquiring Spirit*，首版于 1840 年) 所写的导言中提到：

> 柯尔律治的心智不是那种被生硬地划出区块的 (compartmentalized) 类型，它惯于提出其本身比答案更重要的问题，因此，那些更希望问题得到解答而不只是仅仅被提出来的人一般都不会喜欢柯尔律治。然而，正是这种提问的天赋，这种以一种轻巧的、尝试性的方式对待的某些论点的才华，才使他具有了约翰·斯图亚特·穆勒所发现的那种"原创的禀赋"(seminal quality)，才使他的才思与我们时代的气质相配。①

科伯尔所言，不见得能涵盖柯尔律治主观世界的全部，但揭示了其重要的一面：想问问题，一种遏制不住的冲动，愿意在一定程度上屈服于那种不同于宗教信仰的诗性意象和智性思维的诱惑。

柯尔律治曾多次在书信中对友人描述他自己的秉性，而且无所遮掩，其中一封写于 1796 年的信说道：

> 我一向极喜欢阅读——而且几乎读过所有的东西——算是个嗜书

---

① Kathleen Coburn, Introduction. Samuel Talor Coleridge, *Confessions of an Inquiring Spirit*. Westport, Connecticut: Hyperion Press, Inc., 1979, p. 20.

如命的书虫——对各种过时的书我可算熟读,无论出自修道士的时代,还是清教徒的时期——我读过也消化了大多数史家所著——;但是我不喜欢历史。有关形而上学 & 诗歌 & '心灵的事实'(Facts of mind)的研究——(即对于所有能迷倒你那些哲学梦者(philosophy-dreamers)的奇异幻影的解读,无论他们是埃及的 Tauth 还是英国的泰勒那种热衷希腊的类型)才是我的最爱。——一句话,我很少不为自娱而读——而且我几乎不停地读。——实用知识方面,我只对化学略知一二,算是喜欢化学——除此之外一片空白,——不过(请上帝原谅)我期待成为一名园艺家 & 一名农夫。①

这样的文字会给我们什么印象?我们有理由觉得这种人杂书读得过多,思想过于活跃,好奇心太重,尤其对于基督教之外的玄妙题材。如此痴迷的心智似有些"犯忌"。还有,他似乎很不"务实",不喜欢史实或科学的事实,更多的是接受"心灵的事实",似认为这种事实才更真实。如此自白与前面我们所谈论的内容形成反差,似乎让我们同时看到一个问问题的柯尔律治和一个不问问题的柯尔律治。我们又想到前面所提到的两个概念:极端的浪漫和极端的教条,心智与精神所代表的不同空间之间形成张力,一种充满好奇心,无边无际;一种高远无极,需要其信者具有坚定和恭敬的品德。当然,前者因其浩大也会使朝向后者的精神历程具有挑战性和意义,大概也会凸显后者得之不易的造诣。

海德里的一些话也可以辅助我们的解释。他说,柯尔律治对于"支配着"某种德国神学的唯信仰论(fideism)"并无好感",这是因为"对于柯尔律治来说,反思——即思想——是宗教的不可分割的成分,在这一点上他与启蒙运动无异。"对于反思或思想的重视也让柯尔律治从自己的角度解读启蒙运动:"柯尔律治相信,只有当我们自己主动意识到我们需要被光来启蒙、需要神之恩典时,启蒙(en*light*enment)才能开始。"换一种说法:"柯尔律治以为,真正的启蒙开始于人类对于光亮和新生的需求这样一个事实。"②用我们

---

① David Perkins, ed., *English Romantic Writers*, Orlando, Florida: Harcourt Brace Jovanovich College Publishers, 1967, p. 522. 带着重点字代表原文的斜体字。编者原注:"Tauth 应为 Thoth,埃及神话中众神的抄写员、数字的发明者(因此是掌管魔法和智慧的神)。泰勒即托马斯·泰勒,1758—1835,尤以对新柏拉图主义哲学家的翻译著称。"

② 见 Douglas Hedley, "Participation in the divine life",第 245—246 页。带着重点和英文斜体字代表海德里本人的着重点。

的话说,启蒙对于那些无思想、不提问、无追求的人——甚至对某些过于冷静、情趣不足、不善仰视的但却可能被认作启蒙运动"自己人"的个人主义者——反倒没什么意义。海德里似在暗示,柯尔律治的思想漫游要大于启蒙式的"我思",而他的进一步的(上行的)追求却又不为启蒙的地盘所限定。

我们谈论教条与读书人的思想流动这两种因素,不可避免地要联系马修·阿诺德在诸如《文学与教条》(Literature and Dogma, 1873)等著作中所面对的思想困境,以及他为摆脱困境而提出的一些观点。若使用"原创的秉赋"及其所暗示的"思想基因"概念,可以说柯尔律治的不同思想空间之大,可以容纳阿诺德的立场,或为他提供了正反两方面的参照点,也让他在一定程度上延续了柯氏通过追问来寻找精神权威的做法,与纽曼对柯氏教条观的呼应明显有别,因此阿诺德更容易落入这位主教概念中的自由派思维模式。《文学与教条》用广义的文学或文化概念颠覆教条,有一点像我们对《伊俄勒斯之琴》的逆向解读一样,也是从教条的角度回过头来,强调自发精神的必要性。若使用阿诺德的典型词汇,或可说《伊》诗中的风神和新柏拉图主义等成分都可以代表希腊精神(Hellenism),而萨拉所代表的则是希伯来式的良知和自律,因此我们也可以说诗中发生了希腊精神和希伯来精神(Hebraism)的并置,前者更活跃一些。阿诺德所著可谓用心良苦,试图让一般人更自然地认同《圣经》。他说:

> 若求恰当地理解《圣经》,第一步就是要认识到,《圣经》的语言是流动的、一时的(passing)、文学性的,而不是僵硬的、固定的、科学系统的。然而,若要迈出这第一步,首先须对人类迄今所思所言有一些认知,首先需要我们有精神的灵活性(flexibility of spirit),而这就是文化。

文化(culture)或灵活的精神可以帮助我们更好地理解《圣经》,而不是生硬的把它当作"护符"(talisman,或译"法宝"),"拿过来直接使用"。①

阿诺德认为,这一理解过程也是追根寻源的过程,是在那些既定的道理背后"追问其缘由和权威,"是在教会的说法之外另寻"可以论证的依据"。此做法意在揭示基督教的"理性的一面",是要让一般人明白为什么最初会有宗教情感的产生,而不是任其不假思索地把教会所宣都看作"既定的"。②

---

① Matthew Arnold, "Literature and Dogma." *Poetry and Prose*. London: Rupert Hart-Davis, 1954, pp. 536—537.
② 同上书,见第 535—536 页。

换言之，对宗教教义的不同态度关乎一个人是否有文化、善思考，是否能够自然而理性地拥有个人的宗教情感而不是顽固不化地坚持教条。而何谓"文化"？上面成段引文已经告诉我们，文化就是"精神的灵活性"，就是"对人类迄今所思所言有一些认知"。对这后一方面，阿诺德更是在《文学与教条》和《文化与无政府状态》(Culture and Anarchy, 1869)等著作中不断提到，所谓"所思所言"，是指那些"最佳的思想和言论"(the best that has been thought and said)，是允许个人的精神受这些好的东西的感染。人们一般的阅读行为往往低于文化标准，可能"并无目的"，不成"系统"，体现了"无所事事的闲散"，因此，要在这一般行为的基础上增加方向性和系统性，不再无目的地阅读，而是阅读符合文化标准的东西，将时间投入到文化中。如此行为所体现的文化"具有不可或缺的必要性"，因为只有这样的文化行为才能让我们"恰当地解释《圣经》"。也就是说，在阅读最好的东西与产生宗教的感悟这两件事之间存在着逻辑关联，而仅依赖教条并无助于捍卫宗教。阿诺德还补充了一个其有关文化的诸种定义中最简单的说法："文化就是阅读。"①

需要补充的是，即使阿诺德如此崇尚文化，他仍然仅仅把它折算成全部生活的四分之一，"行为(conduct)，而非文化，才是人类生活的四分之三。"这很贴近柯尔律治式的自我校正。然而，构成那四分之一的"文艺(art)与科学"的确是客观的存在，与那四分之三紧密相关，缺了它们，人生就失去整体。而实际上它们容不得被遏制，没有这个可能，

> 无论如何，那个被怠慢的四分之一还在那儿，它会发酵，会疯狂地挣脱，会以不可预知的或错乱的方式体现自己的作用。

阿诺德认为教堂的那些赞美诗和"教条的神学"背后，其实就是那四分之一在起作用：

> 何谓我们的教条神学？难道不就是将某种本属异类的科学和玄思错误地归为《圣经》——行为之经——其本身所具有的特性吗？这只是因为我们的神学家们天生具备了科学方面的能力，毕竟它构成了其生活的八分之一，但他们不当地使用了它。

---

① Matthew Arnold, "Literature and Dogma." *Poetry and Prose*. London: Rupert Hart-Davis, 1954, p.537. 带着重点字代表原文的斜体字。

宗教迫害等现象就是四分之一被压制或被不当使用的结果,最终殃及另外的四分之三。阿诺德概括说,"那么,文化、科学和文学是必不可少的,这是为了宗教本身的利益……"换一种方式说,若求维系道德信仰的有效性,必须让那四分之一使那四分之三成立,而前者所涉及的恰恰"就是文艺与科学,或可以称作美与精确的知识"。阿诺德甚至使用德国浪漫哲学的话语,认为人生的目标就是通过一个过程而最终实现完整的自我,"这不仅有赖于道德的层面,也要看我们的生命是否是美学的和智性的"。①

我们借诗歌谈论思想,必须要考虑到诗歌意象所起的作用。有了精神的感悟而企图在诗中"谈论"它,这是一种自然的冲动,但这种"谈论"会导致两种可能:诗歌可以成全精神,也可能颠覆它;诗意可以使诗人攀升,也可能使其"堕落",甚至可以以诗歌意象所特有的生命力来体现这种"堕落"的正当性。在题材层面,诗歌当然可以涉及信仰之坚定,可以颂德与护道,比如让萨拉这样的信徒拥有话语权,同时体现简单情感的浑厚诗意。但是,有的时候,文学之所能与神学之所能之间会有一定的冲突,至少在方式上前者更喜欢复杂或迂曲。即便像维多利亚时代杰拉德·曼利·霍普金斯(Gerard Manley Hopkins, 1844—1889)那样杰出的天主教诗人也往往写及精神的痴迷与苦楚,时常会揭示因挣扎——而不是因健康——而产生的诗意。《伊俄勒斯之琴》的中间部分似乎就让人感到了诗歌的这一种"本行",以一种富有能量的诗意推动着精神的远行,诗意太强大了,阻挡不住,让我们看到一个意象丰满而思绪荡漾的文学空间。一旦把诗意建筑在伊俄勒斯之琴这个意象上面,就会顺哲思的"流泉"而下,会看到许多"闪烁的气泡",就会使精彩与问题同现。这是一种极富美学和智性意义的思想冲程,当事人不愿意过早地收敛自己想象的冲动或限制自己的思想空间,甚至会把此过程所体现的精神当作宗教层面的精神,于是一步步滑向极致。

让我们回过头来看一看《伊俄勒斯之琴》里面都发生了什么样的诗意顺游。该诗第一部分(1—12行)先从爱人、乡舍和静谧景色开始,为第三部分(尾段)的爱和谦卑做好铺垫,之后在中间部分(12—48行),诗人眼前出现了这样一幅为许多读者所熟知的画面:

  那具最普通的鸣琴,

---

① Matthew Arnold, "Literature and Dogma." *Poetry and Prose*. London: Rupert Hart-Davis, 1954, 此段落中的引语见第538—539页。带着重点字代表原文的斜体字。

横身摆放在窗台的托抱中,听啊!
它任着那一阵阵散漫的轻风抚摸,
宛若一位娇羞的少女,对恋人半推半就,
倾吐着如此甜美的呵斥,就像是执意
引诱轻风重复它的轻薄之举。①

所谓窗台上的"鸣琴",即题目所称的"伊俄勒斯之琴"。即使在字面上,这个物件也的确与前面所说的 Hellenism(希腊精神)有关。伊俄勒斯即希腊神话中的风神 Aeolus(或 Eolus),因此也可以将该乐器称作"风奏琴"。这的确是"最普通的"物件,18、19 世纪一段时间内曾是英、德等国富裕人家的时尚玩物,置于通风的地方,随风流的变化,颤出声响,让人听到时强时弱的和声。在不同的介绍材料中,其具体形状和大小有所不同,但原理基本相似。柯尔律治所看到的那种估计与当时一位叫威廉·琼斯(William Jones)的人在《自然科学论文集》(*Physiological Disquisitions*,1781)中所描述的风奏琴接近:

伊俄勒斯琴的构造十分简单,无需任何多余的部件,只需一个窄长木箱,箱腹空而薄,八道或十道猫肠琴弦轻巧地拉伸在箱体两端的琴码上,调成同调。奏响时,合奏的最低音明显可闻,和弦亦出现各种变化,主要由谐和音构成,却也并不局限于它们,而是随着风的强弱发生变化,其丰富及美妙难以言表。②

后来的风奏琴在箱形和音孔设计等方面不乏新意,亦有复杂而精妙者,不过在文化人看来,风奏琴主要的诱人之处最终还是其与自然元素的简单互动,其声音代表了自然、原始、粗犷、模糊、广大、和悦等特点。其实,放眼望去,古今中外,从小小的鸽哨、风铃,到穿山越岭的高架电线,从真实的摆设到《圣经》传说中大卫王挂在床头的竖琴,有多少类似的物体在风中发出音响,成为人类的"玩物",似以不同的形式为我们拆解着空气的"音魂"。风奏琴作为代表,体现了实际物体可以产生无限象征意义这样一种可能,也使漫然

---

① Matthew Arnold, "Literatwre and Dogma." *Poetry and Prose*. 第 12—17 行。
② 琼斯更多的介绍可见 William Jones, *Physiological Disquisitions*; or, *Discourses on the Natural Philosophy of the Elements*, Part VI On Sound and Music, Section 6 On the Aeolian Harp. London: Rivington et al, 1781, 第 338—345 页。带着重点字代表原文的斜体字。

游荡的"轻风"(breeze)成为连带的象征成分,并因此受到浪漫诗人的喜爱。对该意象较专注的挖掘即始自柯尔律治,可以说其所及诗意始终未被超越,歌德、华兹华斯以及雪莱等也都有很精彩的诗语表述。现代学界对此也有诸多评论,使其成为熟悉的话题。

具体就柯尔律治所看到的画面而言,风奏琴与轻风的关系像是一种浪漫的恋人关系,互相依赖,情趣盎然,意蕴和着音韵而绵绵不绝。随着风流的加强,"抚摸"的举动也"更加大胆",诗人似听到"如此一种声音的魔法(witchery of sound),轻柔而飘动,/ 就像是(乘着轻风来自仙境的)黄昏的精灵们所为。"①如此画面和意象让诗人发现进一步的意义,体现在 1817 年的一段著名的补充:

> 啊! 内在和外在于我们生命的同一的精魂(the one Life),
> 与一切运动合拍,成为一切的魂灵,
> 是一种发声的光芒,是发光的有如声音的能量,
> 是所有思想的韵律,是遍布四方的欢愉——
> 这让我觉得,怎可能不热爱一个充满了
> 如此乐声的世界的一切一切;如此世界中,
> 轻风竟能啼啭,而凝止的空气则是无声的
> 乐魂,这会儿只是在她的琴上小憩(slumbering)。②

充满乐声的世界——如此气象可谓宏大,而即便没有声音,天地间仍然充满乐魂,被拟人化了的音乐只不过暂时睡去,这后一个意象所涉及的空间更没有了边际。"一切一切",从动的到静的,从外界到思绪,都共享有着同一个"魂灵"。但诗意的流动并未就此收住,下一个诗段中,诗人在一阵阵轻风和一阵阵思绪之间做了一个的类比,他觉得自己的"脑子慵懒而被动",任由"一个个来去匆匆的思绪"或"许多虚妄而闪动的幻象""横贯其间",也像被风吹过。③

我们在此需要稍作旁顾。涉及这个局部,一些评论观点似存在一点问题。有评论家在此发现讽刺意味:柯尔律治崇尚想象和创造力,却无形中把人类的心灵定义为被动的东西,受客观因素制约。出于这一发现,也依据其

---

① Ibid.,见第 17—25 行。
② Ibid.,第 26—33 行。带着重点字代表原文的大写字。
③ Ibid.,第 39—43 行。

他材料,尽管以上涉及乐声和无声的片段写于1817年,有的评论家则强调1800年之后的柯尔律治逐渐降低了对风奏琴意象的重视。① 从其所揭示的某些思想侧面来看,这样的解读有益于读者的思考,尤其使我们注意到复杂的浪漫哲思中的确会存在一些不可笼统概论的成分。但具体看,这种解释似乎把文学意象和理论观念之间的关系简单化了,或者把意象概念化了。首先,我们不能过于单纯地理解"慵懒而被动"(indolent and passive)这一修辞方式,因为它既可以是一种诚实的描述,也可以是一种文人的姿态,可能代表了浪漫主义思想文化的一脉,所暗指的反倒是一种宏大、自由、富有张力或蕴含着无限可能的精神状态,或许比忙碌的脑子更忙碌,似呼应弥尔顿一句话中相近的道理:"有时,孤独是最佳的交际。"② 更重要的是,这些诗行的明显含义可能被忽略了,因为消极的只是"脑子",而"思绪"和幻觉则并非如此,似乎与脑子分属于主观世界的不同层面,而这后一层面就不是被动的,反倒可以"像任意漫游的轻风一样狂乱而多变(wild and various)"。③ 再者,即便脑子很被动,但易受支配(this subject lute)的状态亦富有意义,因为其反响之积极会超越其被动性,成为更大的意义,正如柯尔律治本人1818年在一篇兼及音乐的讲稿中所说:

> 每一种人类的情感都比它的诱因更重要,更大,——我以为这证明了人类被指定以一种高级的方式存在,而音乐就深深地包含着这层道理,因为在音乐中,直接的表意之外永远存在着更多的东西。④

除了内外之间的轻风与乐器的关系,内化了的风与琴(思绪与脑子)的关系也很有意义,它使个人的"脑子"变大了,使充满思绪之"风"的主观世界真的变成了一个世界,宽阔而富有有机的能量,里面也有被动和主动因素之间的浪漫互动,同样意趣盎然,尤其使一些散漫无序的思考与灵念变得富有积极作用。当然,与这种主观活动相关的一些表述方式,如"来去匆匆"(uncall'd and undetain'd)、"任意漫游"、"狂乱"和"闪烁"等等,也会揭示思想者不甚谦卑的一面,成为萨拉所责备的对象。

对自我世界的体味还可以促生另一层更重要的意义。思绪本来已经散

---

① 见 John Spencer Hill, *A Coleridge Companion* 第25页上的介绍。
② John Milton, *Paradise Lost*, Book IX, l. 249.
③ 第42行。
④ David Perkins, ed., *English Romantic Writers*, p.495. 讲稿的题目是"On Poesy or Art"。

乱不羁,可以任意流动,触及任何事物,而将头脑与琴身相联系的这个文学比喻就像是助推器,自然而然地激发出另一个更加不羁的思绪。这是因为,既然在琴身之外还可以发现另一个人体的琴身,那么宇宙间一定还有更多的琴身和更多的有机互动关系。于是就有了再下一段诗文中的惊世骇俗的提问:

> 或许那生机勃勃的自然中的全部物体
> 都是有机的琴身,只不过形状不一?
> 所有的琴身,当那轻风吹来,都开始颤动,
> 颤出思想——那精神的轻风,催生神形,浩浩荡荡,
> 既是个琴的灵魂,又是万琴的上帝。①

不管此处的表述如何展现浩荡的精神能量,如何揭示对神性的分享,其所涉及的精神画面主要是新柏拉图主义性质的,宇宙观多于道德观,分享多于信仰,诗意也多于教条。甚至更多的是一种平视的姿态,所发现的是万物的均等或同一性、泛泛的神性或万物先期具备的可以被简单唤醒的条件。"全部物体"概念也脱离人类道德历练的范畴,"颤出思想"之说也暗示着意识的自发或思想的自由。这些都与绝对的宗教理念有所区别,从萨拉的视角看,或有一些不敬。说得复杂一点,这里发生了用自然的力量去解构传统神性概念的行为,或是用无拘无束的思维活动把上帝拉到下面,用收不住的文学想象解构宗教理念。相比前面所说的用心颠覆脑或用信仰超越想象,此处用意识的流动或想象的冲动对心的颠覆或许更有意味。在模糊地预感到心的高大权威之后,诗人仍然允许自己的精神以思绪或杂念的形式游离出去,苟且片刻,就像是对春风得意的思想恶作剧予以放行。自然界漫游的轻风取代了上帝,它虽不同于肉身化的神性体现,但这种自然的力量也可以"催生神形",所凭借的是上帝造物的概念。

然而另一方面,从文学意象角度看,之所以说这片刻的苟且富有意味,是因为它使诗人窥见到一幅一般人不易看到的辽阔而迷人的画面,也使他因这一画面而获得另一种类型的精神好处或秩序。在所收获的景象中,一张风奏琴竟可以证明宇宙间到处都是音乐,或到处都是可以"啼啭"(warbles)的风。这层意思前面说过,即便没有琴或没有风,宏大的乐魂也依

---

① 第44—48行。

然普在于四方,只不过偶尔在她的琴上休息片刻。因此,人类或物体平时都不仅仅是面对着无声的空气,或处在无意义的、事物间互无关联的状态中。生存就是处在漫布的意义当中,"怎能不热爱"天地万物。风奏琴也同时证明了一切事物都已经拥有了自我内部的生命潜能,只待轻风"吹来"(sweeps),于是一切都表现出其"有机的琴身"(organic Harps)的本质,都开始"颤动",积极地任轻风塑造出自己应有的"神形"。原文形容轻风的 plastic 一词虽很难译成中文,但应该主要指"塑造生命、赋予神形"的意思,体现在万物经轻风吹拂而"颤出"意义这一过程。柯尔律治同期创作的"To the Rev. W. L. Bowles"(1794—1796 年间)这首诗也使用了 plastic 这个词,而且与 sweep 一同使用:"As the great SPIRIT erst with plastic sweep / Mov'd on the darkness of the unform'd deep"。阅读 Bowles(1762—1789)的诗作就像是"让一层陌生而神秘的欣愉垂拥着／(自己的)那汹涌而喧噪的心灵",而这个过程可以比及圣灵以其 plastic sweep 使"混沌的大洪荒"(unform'd deep)产生生命和秩序的创造行为。① 此外,1796 年创作的"Ode to the Departing Year"一诗中也两次使用了琴和弹拨(sweep,也作"吹扫")的意象:某种精灵"抚拨着不羁的时间之琴"(sweepest the wild Harp of Time),以及"不知疲倦的弹拨"(indefatigable sweep)将琴弦唤醒。② 若从这个角度回过头来看《创世记》中圣灵广抚洪荒的举动,姑且也可以说这种原始的创造行为即是弹奏行为;造物即抚琴,这也是一度存在的西方宇宙观一脉,只是柯尔律治在沿用这个原始意象的过程中,虚化掉了具体的弹奏者,似让其随风飘散,这既强化了空中的音乐意象,也突出了"万琴"固有的精神内蕴,让他们与创造者身份稍微接近了一些。借本书第一章谈论布莱克时所用的话讲,每一个人,甚至每一件物体,都不仅仅是如此而已,都可能有意想不到的内部空间,像琼斯对风奏琴的评价那样,"其丰富及美妙难以言表",理论上具有无限的可能性,甚至自我之大似不啻于神圣的教条所代表的世界之大,而且,只需多一点敏感和热情,对"精神的轻风"(intellectual breeze)所代表的诱因做出反响,即可以证实这一点。

---

① 见该诗第 11—14 行。艾布拉姆斯教授告诉我们,plastic 这个字实际上"在 1790 年代被广泛使用",它所表达的是"大自然所内含的一种具有塑造和有机化功能的因素(a formative and organizing principle)"。他认为有关认识衍生自 17 世纪一些新柏拉图主义者的思想。见 M. H. Abrams, *The Correspondent Breeze*, 第 162 页。

② 第 1、23—25 行。

如此意象似过于浩大,想象力太活跃,是导致我们产生第五章开始所说的读者之"困境"的主要原因,我们不好从一般的理论角度或凭借常用的评论话语去对待它。虽然《伊》诗的中间部分到达"万琴的上帝"处戛然而止,但可以说,它是罕见于英国文学史上的以如此高烈度和通畅无阻的诗文将哲思与诗意、神性与自然、极端的被动与积极地反响、极端的无形与极端的意义、浩瀚的音乐与浩瀚的无声以及个性与共性、具象与抽象等诸多因素浓缩在一起的例子。它可能会反衬出我们作为读者或评论者的思想空间之小。

雪莱喜欢向以上概念中的自我主动性一侧靠拢,他在诗作和散文体作品中的一些表述代表了同时代年轻诗人对风奏琴意象所含思想基因的反应,是柯、华之外另一个较多使用该意象的人。其诗论名作《诗辨》开篇即谈到理性与想象的区别,并立即引用了风奏琴的例子,谈问题的方式很容易让人看到柯尔律治的影子。他所说的理性(reason)相当于柯氏所说的理解力(understanding),而他的想象概念则与后者的理性观基本相同。也就是说,雪莱所针对的就是18世纪的理性概念,是我们所说的唯理性主义范畴内的那种强调常识和经验的"理性"。雪莱像是直接重复柯尔律治的话,尤其是有关理性重差异、想象重共性的观点:

> 理性是对已知事物的量化;想象是对这些事物之价值的洞察,既单独视之,更看整体价值。理性尊重差异,而想象则重视事物之间的相似性。理性之于想象,正像工具之于主体(instrument to the agent,也可作"乐器之于演奏者")、肉体之于精神、影子之于实物的关系。

若无精神的敏感性,若无想象力或"表达想象力"的诗歌,人类最多也就是脱离了主体的器具:"人类是一个器具,一系列的来自外部和内部的影响因素在它的上面掠过,就像变化不息的风吹在伊俄勒斯琴上,以风势触动它,使其奏响变化不息的旋律。"但雪莱接着补充说,人类不同于一般的(比如柯尔律治所包括进来的)物体,也不只是一般的风奏琴,而是它可以"做出内部的调整",以便更好地呼应各种影响因素,进而更好地表达所受到的影响。[①]"内部调整"(internal adjustment)和"表达"(expression)等概念涉及诗歌的创作,雪莱就是从这些简单概念出发,一步步提升对诗人和诗歌的评价,确

---

① Shelley, "A Defence of Poetry." David Perkins ed. *English Romantic Writers*. Orlando, Florida: Harcourt Brace Jovanovich College Publishers, 1967, p.1072.

立诗人作为创造者、"立法者"和"预言家"的地位。也可以说,诗人与风奏琴的关系会发生变化,甚至可以演化成弹奏者。最极端的例子发生在《西风颂》中,在其展现的丰富画面里,有一个景象凸现出来:森林被疾风劲吹,就像是它的琴。诗人希望自己成为这样的琴,也发出"浑厚的秋声"。然后他祈求西风所拥有的"猛烈的魂灵"成为他自己的魂灵,从被动到施动,并直接希望自己即成为西风,自己的嘴唇干脆就是西风的"号角",向"尚未被唤醒的大地"做出呼唤。① 这种急速递进的关系像是柯尔律治式思维的一个变体,也可能放大了柯氏意象中的主动的和自由的因素。不过,虽不便相比,但若体味不同诗意之宏大性,雪莱的整体构思未必因思想之激烈而自动超过柯氏的戛然而止,尤其后者将两种精神领域的并置。

前面提到艾布拉姆斯教授,他把浪漫诗人对风的热爱放在包含了哲学、政治和美学等因素的思想史范畴内考虑。在《呼应的轻风》(*The Correspondent Breeze*,1984)这本书中,他着眼于浪漫作家对"启蒙式世界观的反抗",或他们如何不接受那种眼见为实的经验性思维,而他认为风的无形性正好满足了浪漫派的需要,当然也是因为风所代表的人与自然环境的紧密关系和"自由的浪漫精神"等因素。② 艾布拉姆斯对《伊俄勒斯之琴》这首诗进行了系统的阐述,给其他论者留下很少空间,我们在此仅试图简述书中几处重要的内容,以便于我们参考。他追溯了这首诗形成终稿的过程所经历的四个阶段,以及与不同阶段相应的思想变化或重心。比如在谈到以 1796 年首次正式发表为标志的第二阶段时,他提到柯尔律治因其在中间部分对轻风的描述而意识到自己可能引入了泛神论的成分,这一意识使他"充满了玄学的恐惧(metaphysical terror)"。基督教之前的希腊哲学家谈到精神和灵魂等概念所使用的词"在字面上都有'轻风'和'气息'的意思",因而柯尔律治的"精神的轻风"之说难免会把本由上帝拥有的能力寄放在"某种灵风或圣气"上面,这暗示着"自然神教"(religion of Nature),受到责备也势在必然。③

艾布拉姆斯还谈到另一重要内容,主要涉及"是一种发声的光芒,是发

---

① 见该诗尾节。
② M. H. Abrams, *The Correspondent Breeze*, pp. 42—43. 另外,艾布拉姆斯在他的《镜与灯:浪漫理论与批评传统》一书中也专门谈到 18 世纪一度流行的将感知对象过分视像化或图片化的机械倾向,见 M. H. Abrams, *The Mirror and the Lamp*: *Romantic Theory and the Critical Tradition*. New York: Oxford UP, 1953, 第 159 页及以后。
③ M. H. Abrams, *The Correspondent Breeze*, p. 162.

光的有如声音的能量"这一诗行。他以为此行话里有话,不仅展现高烈度的诗意,也饱含着诗人对现代科学等问题的思考。他说:

> 柯尔律治的目的并非是要用思辨科学取代实验科学,而是相对于现代科学的诸类玄学基础,确立一种反向玄学(counter-metaphysic);简言之,其有关自然的哲思并非科学,也非反科学,而是元科学(metascience,也可译作"后设科学",具体指的是对科学进行审视的科学)。在致 Tieck 的信中,他提到牛顿在《光学原理》中的"荒诞的虚构(monstrous Fictions)",但他所驳斥的并非牛顿的实验物理学,实际上他对牛顿这方面的实验过程和发现赞赏有加;他主要是不满于牛顿以其物理学家的声望助长了一种哲思。根据柯尔律治的观点,这种哲思充斥并污染了18世纪的所有思想和文化领域,促成了那个涵盖了哲学、心理学、政治、宗教,以及文学和艺术等方面的"理解力和感官的时代"。①

牛顿本人也有具体的问题,尤其是他声称"光的射线是'微粒子性质的(corpuscular)',即'从某些闪亮的物质中释放出来的很小的颗粒,它们在运动状态中会使一种假设的'以太'发生'波动或颤动'。而尽管这种以太"'珍奇而微妙'",却是一种无处不在的"物质的介质"。② 艾氏告诉我们,在柯尔律治看来,牛顿此举是把物理科学本身的一个理论虚构贸然"判定为宇宙实际构成之画面",在这种追求"实证性"的"机械"过程中,"'世界不再是由上帝的指令所创造,不再因它而充满活力,而是变成一部毫无生气的机器,让它自己磨出的粉尘推得转来转去。'"然而,如此宇宙观"既不符合人类对世界的体验,也根本不能满足人类所需,"是理论家"被感官——尤其是眼睛——所'奴役'的结果"。这个"具有杀伤力的"画面也"毁掉了前笛卡儿和前牛顿时代的形而上的世界,当时人类的心灵能够在那个世界里发现与其自身相像的东西(an analogon),像心灵的生命、意图、情感、价值观念和需要,因此人类成为如此世界的一部分,可以像在自己家里一样完全放松下来。"柯尔律治因此把这种切断人类与"大自然的生命与精神"的和谐关系的理论称作"'死神的哲学'"。③

---

① M. H. Abrams, *The Correspondent Breeze*, p.168.
② 同上书。
③ 同上书,第170页。

艾布拉姆斯还告诉我们,柯尔律治本人所欲建构的宇宙观截然相反,它富有活力和动感,其元素不再是物质的颗粒,而是内在的、互动的、符合德国唯心哲学的对立统一观的正负两种"能量":

> 这两种能量或因素不是具体的,不是表象的,而是元科学意义上的和前表象的元素(metascientific and pre-phenomenal elements)——用柯尔律治的话讲,它们不是"实事性的",而是"理念的(ideal)"。因此,它们不能被图解,只能被想象。不过,在那个因它们而得以生成的表象世界里,它们有着和自己特别紧密相关的、可以体现其存在的类似物(analogues),被柯尔律治称作其"样品(exponents)"。

比如,物质世界中的光与重力(Light and Gravity)这两个"样品"就体现了两个"极端",再具体一些就涉及色彩与声音。艾氏援引柯尔律治的活说:"'色彩即是光能作用下的重力……而声音则是达到顶点时的重力作用下的光。'"光和重力"并非我们平时所见的光或所感到的重量",而是理念层面的概念。这两种因素的对立统一"构成了所有存在之物的物性和具象",其不同的"主导地位"或强弱关系决定了事物性质的"无限变化"。[①] 艾氏认为这些概念为理解那个涉及光与声的"迷"一般的诗行提供了理论背景,可以让我们做出如下判断:

> 诗人与他的新娘情投意合地坐在那里,一边享受着外部世界奢华的光芒、色彩和声音,想象力于瞬间迸发,于是在这些作为样品的表象背后,洞见到其所代表的那两种普在的前表象能量,也因此在各种各样不同性质的表象之间感悟到它们的统一性——声音结合了相对的基本光能,而以色彩的面目出现的光芒则结合了相对的基本重力能量。如我们所知,这是因为当重力的能量压倒"同时存在的"光能时,它会以声音的形式显现给感官,而当它弱于光时,会显示为色彩。[②]

诗人所看到的就是这样一个有两种元素"相互渗透"、相互作用的有机的世界,与他所认为的牛顿式的宇宙画面迥然有别。艾氏的这个判断为我们对"在她的琴上小憩"这个意象的理解增添了一个重要层面,使其内涵更生动、迷人,也进一步证明了哲思骨架可以强化诗意这个道理。光或色彩也可以

---

① M. H. Abrams, *The Correspondent Breeze*,这部分内容见第 171—172 页。
② 同上书,第 172—173 页。

是小憩的乐魂；只要光或色彩存在，音乐即存在，只不过诉诸于视觉的因素时而变强，于是重力"显示为色彩"。因此，视觉所及，亦是听觉的对象，到处都寄存着音律，都是小憩的音乐，仅凭肉眼，看不到这层意思。

谜底还不仅如此，艾氏还认为柯尔律治的顿悟亦关乎"神之显现"（theophany），光与声音等概念亦揭示"基督教的中心玄义"，这是因为那些"交织在一起的"类似物不仅仅展示自然法则，同样有意义的是：

> "发声的光芒"是对"上帝说有光"这个初始之声所创造的光的遥远折射，而"发光的有如声音的能量"则是造物之神言（the creative Word）的遥远回声，神言化入肉身，既是自然与人类的生命，也是其光耀。①

这也是为什么我们在翻译 the one Life 这个词组时，可以使用"同一的精魂"这个译法，因为 Life 不只是"生命"。此处所暗示的耶稣与轻风的某种关联似过于复杂，艾氏并未说透，仅就《伊》诗的字面意义而言，至少可以说轻风代表了这种普在的灵性；不管空中有声还是无声，这种实在的灵性都能让顿悟者在自然观点或宗教情怀等方面收获到现成的好处，其思想境域也随之变大，尽管另一个更谦卑的柯尔律治会发现这个思想者的傲慢，会甘于更耐心地等待那个不易得来的精神救赎。

涉及光与声、色彩与音乐、音乐与精神等话题，西方文化中的各种表述十分浩繁，比如我们一般必须要提到但丁的宇宙观，尤其《神曲·天堂篇》中大量存在的音乐意象和光芒意象；也会想到黑格尔和尼采等思想家对听觉的重视；另有前面提到的造物与抚琴的类比等。尽管这些相关的表述会引出更为浩繁的诗意，但我们在此暂不过多联系，仅附带提一下，艾布拉姆斯所谈论的色彩和声音的关系很可能还有另一个他未曾强调的侧面，即与联感现象有关的一个较为技术性的侧面。所谓"联感"，英文称作 synesthesia，从我们的角度讲就是在色彩中听到声音、在声音中看见颜色的能力，不同的感官在某一刻发生互动，于是产生了音乐的视像和色彩的旋律。这种功能当然不只为浪漫诗人所独有，有关联感的一般性学术研究也大量存在，引起过各国学者的兴趣，涉及不同的文化风潮或艺术门类，也在其他诗人的创作中有所体现。仅就英国浪漫主义文学而言，柯尔律治的诗作中当然也能找到联感的例子，而雪莱和济慈的创作实践则更以有关联感的表述为常见套

---

① M. H. Abrams, *The Correspondent Breeze*, p.181. 带着重点字代表原文的大写字。Word 根据不同场合亦有"道"、"福音"和"圣经"等译法。

路,覆盖此话题的专论也早就存在。① 然而,尽管从表面看,联感功能与艾氏观点所及有相似之处,艾氏也不可能不知道这个重要的侧面,但他所更为关注的是更大的哲思和文化背景,而不是主要与某种心理能力有关的技术性问题。我们可以把联感现象作为有益的参考,还是应该尽快地上升到艾布拉姆斯教授所谈论的两种能量对立统一的高度,以及他所认为柯尔律治从这个高度对于文化的批判。

除了艾布拉姆斯的论述可作参考,与我们话题相关的还有很多经典论述,亦重视哲思脉络。在《柯尔律治想到什么》(*What Coleridge Thought*)一书中,英国现代思想家欧文·巴菲尔德(Owen Barfield,1898—1997)聚焦于柯尔律治所面对的一种思想挑战。他说,柯氏本人认为思想与感知(perception)是有区别的,"一种是积极的,一种是被动的"。是否承认这种区别,这对柯氏来说至关重要,而他也的确执著地试图说清为什么思想可以独立于感知,可以自由地"自生自灭"(self-originated),这是因为"当时盛行的哲学与科学思潮恰恰建筑在对这种区别的否定之上,比如休谟的哲学和大卫·哈特雷(David Hartley,1705—1757)的联想心理学理论",柯氏必须直面其所带来的疑难。这些理论都否认有某种可以独立于感性经历的主观意识活动,认为所谓思想,不过是感性经历的延续,不可能另成为某种难以定义的心灵秉性。而巴菲尔德认为这样的观点对于柯氏来说无异于"否认了心灵与感官的区别",他站在柯氏的立场解释道,即便我们不能将有些事物的成分分割开,但这并不意味着我们也不能对它们进行"实际的"区分(distinguish),比如,"尽管我们不能将水中的氢和氧分开,否则水就不成之为水,但实际上水可以被分为水滴,并不影响每一滴水中仍含有氢和氧"。②

如此观点的实质是强调思想的独立性和自发性,也是要使心灵从那种信奉"不可见即不存在"的现代物质主义概念中挣脱出来。巴菲尔德将我们的注意力引向柯尔律治本人说过的一些话,比如他援引了柯尔律治在《文学

---

① 比如在"Jstor"学刊档案网上很容易找到的 Erika von Erhardt-Siebold, "Harmony of the Senses in English, German, and French Romanticism." *PMLA*, 47.2 (June, 1932): pp. 577—592; Glenn O'Malley, "Literary Synesthesia." *The Journal of Aesthetics and Art Criticism*. 15.4 (June, 1957): pp. 392—411; Glenn O'Malley, "Shelley's 'Air-Prism:' The Synthesthetic Scheme of 'Alastor.'" *Modern Philology*. 55.3 (February 1958): pp. 178—187, 等等。

② Owen Barfield, *What Coleridge Thought*. Middletown, Connecticut: Wesleyan UP, 1971, p. 18.

生涯》中对"肉眼的霸道"(despotism of the eye)所表达的忧虑。柯尔律治说,有些人竟以为"无形的事物不能成为视觉的对象",而实际上毕达哥拉斯(Pythagoras)和柏拉图所言都旨在使心灵从这种霸道中"解放出来","毕达哥拉斯靠的是他的数字符号,柏拉图靠的是他的音乐符号,两个人还共同依赖几何学理,都把这种解放当作心灵要预先经历的启迪(propaideutikon)"。① 我们简言之,心灵完全可以凭借抽象的符号或文字中的意象而自由地游动。巴菲尔德还引用了柯尔律治生前未发表的《逻辑学论文》(Treatise on Logic)手稿中一个内容相近的片段,其中柯尔律治强调一个人应该"至少摒弃那种具有欺骗性的认识,即:不能用形状表现的即等于不可构想的。"

把心灵从视觉的霸道中解放出来,这是使其从各种各样感官、感觉和情绪的影响和侵扰中解放出来的第一步。这就需要最有效地启用、强化并使人熟知抽象的能力,主要是这种抽象的能力才使人类的认识力有别于那些较高级动物的能力,而且,人与人之间的高低之分大多也与这种能力得到开发的程度成正比。

因此,我们需要重视非凡的柏拉图对于那些表达听觉所及之物的词语的偏爱,如那些音乐与和声的术语,另也需至少在一定程度上重视那些表现了毕达哥拉斯的哲学思想的数字符号。②

巴菲尔德并未在此引用柯氏手稿中后面的一些文字,其实它们也很有意义,有些文字让我们看到,柯尔律治不只是就哲思谈哲思,而是具有强烈的现实关注,其所言与当代社会仍有显见的相关性:

机械论无非就是机械论,其思想理路虽有各种伪装,或诱人,或讨厌,或虔诚,或异端,却构成现代道德和政治哲学、政治经济学和教育学等领域各种思想体系所共有的基础,它以常识为原料制造出心灵,从感知中制造出常识,让一切形(form)都退化为状(shape),让一切状都退化为对外部世界的感官印象,然而也让我们看到,它也自乱了阵脚,如同蝎子一般,尾巴在辗转挣扎中将毒刺扎到自己的脑袋里,造成了自我的毁灭——我以为必然导致这一步,只要学生们以不苟的逻辑追究下去,

---

① Owen Barfield, *What Coleridge Thought*. Middletown, Connecticut: Wesleyan UP, 1971, pp. 19—20. 带着重点字代表原文的斜体字。
② 同上书,第 20—21 页。带着重点字代表原文的斜体字。

它就会自食其果。或许就该如此,这个自残的过程就该发生,然后我们凭借截然不同的认识一举使真理得到昭彰,为其注入活力。但是很可悲!这种局面竟很难出现!在绝大多数情况下,学生们的目光所及只是中途半端,视线沿偏角移动得过远,让真正的道路在视野中消失,却又不够远,意识不到前面的大漩涡,竟一味乐此不疲地在其外缘的小旋流中兜圈子。看一看这个国家的清规戒律所带来的影响,看一看每一位个体不可避免地于后天学获的性格,谁让他所降生的环境中具有如此的文明、习俗、习惯、模仿性以及参照社会上层或有钱人的标准来腌制个性或情趣和偏好的必要性,以及这些最终所导致的生命诱因的消失,看一看这些,至少再加上这个国家里的整个社会阶梯上各个阶级之间所相互给与的压力,以及这种压力如何使上层社会在行为举止上变得这般矜持和拘谨,如何让下层阶级纷纷去仿效甚至照搬前者的如此举止;——加上商贸的规模及其系统化的活动方式,以及各种财产之间的相互依赖(在这个时代,还有什么不是财产?——一切东西、一切权力,甚至人类的情感、偏见、恶习,都不过是某种类型的财产,或是财产得以形成的原材料;其实就连个人对其本身的价值估算也主要是看自己是否成为整部机器的一个部件),最后再加上这样一个明显的事实,即在如此状态中,任何人若想偏离那个得体的外表,即便只考虑其给商贸活动所带来的干扰和无序,也一定会受到迅速的、甚至立刻的惩罚,以至于还没有盈利,就要面对重大的损失;看看所有这一切,再添上几乎没完没了的对于谨言慎行的宣教,也就是那种只涉及动机上自我约束的伦理道德——我们立刻就能意识到,一个人可以多么轻易地没有任何原则地度过一生,甚至他可能感觉不到缺了什么原则,毕竟各种各样的替代品和假冒物大量地存在着。①

医治机械思维的手段不一而足,比如对于一般人来说,可以凭借普通逻辑,对机械的认知方式施以"惩戒",从而使他们认识到个人经验判断之局限性;还可以通过毕达哥拉斯的"数字语言"和"柏拉图和柏拉图主义者所频繁使

---

① S. T. Coleridge, *Coleridge on Logic and Learning*. Ed. Alice D. Snyder. New Haven: Yale UP, 1929, pp. 130—131. "看一看这个国家的清规戒律"一句的原文含"his country...",根据上下文判断,可能是 this country 的笔误。"常识"(sense)亦有"感官"和"客观判断力"等意思,与"想象"等概念相对,在柯尔律治等浪漫派思想家眼中代表机械的经验主义认知方式。"学生们":柯尔律治最初设想自己对一个班的学生讲话。

用的音乐的和几何的词汇"所代表的更内在、更主要的方式来达此目的。柯尔律治再次提到这些哲人,再次把他们有关音乐和数学的思想视为"对心灵的先期的净化,是将它从各种感官的霸道和干扰因素中解放出来的第一步,"以便做好准备,最终可以乘着柏拉图主义的"哲学的翅膀","从有限状态飞升到绝对的境界,"或到达"永久的、原本的和原创的(the originating)"地步。① 换一种方式讲,之所以使用音乐等视点,之所以听觉的世界有可能对以"肉眼"为代表的那种"霸道"给与制约,是因为柯尔律治相信宇宙间"一定存在着另一类的真理,"存在着另一个境域,而对它们来说,一般的时空尺度或量化手法"并不适用"。

柯尔律治更专门谈到思想的自由流动性,所针对的是有关人类主体受到社会动机制约的认识,所得出的是"人创造了动机"这个结论。仿佛是为日后的勃朗宁等人搭起平台,柯尔律治使用了海洋的意象:

> 思绪是什么?——它是件东西还是一个人?它的边缘是怎么个样子?一个思绪与另一个思绪之间有什么样的空隙?它从何处开始?在何处终止?——其实我们可以更容易地将这些问题用于一波海浪上面,或那些我们想象其相加之和即等于整个大海的水滴。既然我们不过以海波表示大海的一次具体运动,我们说到思绪也不过指心灵的某种趋向的思考行为。②

此处"思绪"的原文是 a thought,在手稿的其他地方柯尔律治也使用了一个稍大的词:idea(思想,或理念)。无论有何侧重,他都认为思想是绝对的存在,它来自主观的空间,是有别于判断力和感知力的绝对理性本身之证明,不能够被归结为生活经验的索引,也不能容许"洛克、休谟和孔狄亚克(E. B. de Condillac,1715—1780)的盎格鲁-高卢学派(Anglo-Gallic School,即英法学派)"等思想家对此概念提出不相关的、"无理性的"质疑,甚至要求给出"an *Idea* of an Idea"这样一个描述物体时所用的定义。③ 结合本章的上下文,我们可以说柯尔律治的这些观点是对人类主体所可能享有的自由精神空域的又一种确认。

这种由音乐和海水等因素所体现的主观空间将会使勃朗宁着迷,我们

---

① S. T. Coleridge, *Coleridge on Logic and Learning*. Ed. Alice D. Snyder. New Haven: Yale UP, 1929, p. 131.
② 同上书,第 132 页。
③ 同上书,见第 135—136 页。

第六章　思考柯尔律治:小憩的乐魂

将在本书后面对此有所体验。这个主观的空间不同于一些思想家眼中启蒙式的自由思想意识,或可说它较后者更浑厚,更高超,更有资格与上述宗教伦理层面所代表的精神空间形成互动和张力。从这个角度观察柯尔律治其他的诗作,也会发现一些我们未曾注意或重视不够的侧面。比如我国读者可能最熟悉的《忽必烈汗》(Kubla Khan, 1797?,发表于 1816 年)这首诗,欧美学界有关它的评论太多了,有用哲学或伦理视角的,也有从社会和文化角度入手的,尤其在精神分析的手法盛行时,它更成为热门文本,当然一些说法也难免令人瞠目。我们能否更直接地依赖该诗本身的意象,得出一些更简单的结论呢?我们都知道该诗体现了一种强烈的渴望,很像本书第四章所谈论的斯诺顿峰片段中由月亮和云雾所体现的那种欲望,都是着眼于一个更富包容性的空间,它超越了各种对立的因素,让诗人能够拥抱所谓的无极。不过具体就柯尔律治而言,体现这种精神自由的介质并非自然的景物,而最好是"由奇特的手法构筑的奇迹"(a miracle of rare device),比如音乐。在该诗尾段中,他说自己的梦幻中曾出现过一位弹琴的少女,此时想起她,是因为希望借助她的技艺来达到自己的目的:

倘若能够在我的心中
复原她的乐律和歌曲,
那么我就会达到深深的欢愉,
于是凭借着高亢而绵长的音乐,
我就会建造起那座空中的殿堂,
那个光照的殿堂! 那些冰冷的幽洞!①

用音乐构筑"那座空中的殿堂"(that dome in air),这既指音乐是建造的手段,也可以说音乐即是殿堂的建材,字面上都有这样的意思。而"空中的殿堂"也可以兼有"实在于空中"和"无形的(或空无的)"等不同含义。于是,如此殿堂使观者亦成为听者,或者说能够听见才能够看见,耳朵似支配着眼睛,艺术所关涉的就是事实,尽管"高亢而绵长的音乐"并不能保证任何具体形状的出现。这一点十分重要,要求我们以更严肃的态度对待第 48 行的那句话的明显意思:"所有听见的人都会看得见[殿堂和幽洞],"②而暂不必再

---

① 第 42—47 行。
② 第 48 行。

拐一个弯,称"空中""就是文字中、诗歌中"。① 一方面是严谨的艺术建构,匠艺不可或缺,另一方面必须体现无边无际的精神空间,以音乐所特有的如此特性来代表诗人思想的活动方式,或体现凌驾于万物之上的艺术姿态或质素,端庄而无形,和悦而漫然,很像《伊俄勒斯之琴》中的会"啼啭"的轻风。

然而,与《伊》诗同样有趣的是,该诗结尾的几行能让我们联想到《伊》诗的蓦然转向,尽管这种联系并不完全适当。结尾几行的译文紧接上面的六行:

> 所有听见的人都会看见它们,
> 所有人都会呼喊:当心! 当心!
> 他那闪射的眼睛,他那飘动的头发!
> 快在他周围围起三重的人墙,
> 在非常的恐惧中闭上你们的眼睛,
> 因为他吃下了蜜露,
> 喝下了天堂的奶汁。

对于结尾的一般性解释是,获得艺术灵感的诗人有如畅饮了蜜露和牛奶,人们将他围起来,是为保护他不受外界的侵扰,等等。然而对此也有不同的理解。以《忽必烈汗》和《老舟子吟》为主要研究对象的经典专论之一是约翰·洛维斯的《通往上都之路》(John Livingston Lowes, *The Road to Xanadu*, 1927),该书提到柯尔律治熟读过一位名叫詹姆斯·布鲁斯的人所写的游记《尼罗河探源之旅》(*Travels to Discover the Source of Nile*),其中不少片段都影响了《忽》诗的创作,尤其一段有关一位埃塞俄比亚国王除掉敌人的记述,洛维斯认为其所涉及的国王之"飘动的长发"和眼睛的描述能让人联想到《忽》诗的结尾几行。洛维斯大段录用了布鲁斯的恐怖叙述,以此暗示痴迷的诗人不见得只是被侵扰的对象,也可能对其他人的安宁带来伤害。②

伊丽莎白·施耐德发表于 1953 年的《柯尔律治、鸦片与〈忽必烈汗〉》(Elisabeth Schneider, *Coleridge, Opium and Kubla Khan*)是另一本较早专论《忽》诗的著作,在一定程度上是与洛维斯的对话。施耐德发现,洛维斯的考据几乎都与旅行文学有关,也就是说,各种涉及旅游、环游、漫游的记述

---

① G. W. Knight, "Coleridge's Divine Comedy." *English Romantic Poets*. Ed. M. H. Abrams. Oxford UP, 1975, p. 212.
② 见 John Livingston Lowes, *The Road to Xanadu*. Cambridge, Mass.: The Riverside Press, 1927, 第 370 页及以后;第 378—379 页。

影响了《忽》诗的创作，①其让人产生的那种跨越时空的宽豁质感大概也与此有关。洛维斯的研究似让施耐德产生方向感，她于是着手寻找更多的互文因素，尤其是背后可能存在的某些由文人而非旅行者撰写的著作，偶尔她的一些联系会显得牵强，不过她对此并非没有意识，也不是很在意。她说，同时代人的作品与《忽》诗之间存在着某种关系，其中不可忽视的是骚塞(Robert Southey，1774—1843)发表于1801年的长诗《毁灭者赛拉巴》(Thalaba the Destroyer)，而该诗本身受到了诸种阿拉伯传说的影响，这在骚塞本人手札中得到证明，比如他抄写过有关一个人从圣地带回圣物的故事，施耐德认为这可以让我们联想到《忽》诗结尾的相似构思：喝过天堂奶汁的诗人只要能把他的圣物——音乐——带回来，"他就会受到人们的崇敬"。②

施耐德在《忽》诗与《赛拉巴》之间归纳出大量的相似因素，涉及内容、措辞、意象、语气，甚至基本句法，这些都证明柯尔律治对《赛》诗及相关材料有较好的了解。正因为如此，施耐德暗示，柯尔律治不可能不知道《赛》诗中更关键的一些内容，比如主人公赛拉巴曾去过的两个天堂般的所在其实都是"虚假的天堂"，其中一个很像那个被亚洛丁(Aloadin)控制的乐园，亚洛丁可以提供奶汁、蜂蜜或一种"催眠的饮剂"，让年轻人变得"神情恍惚"，或幻见到天堂。③ 另一个与《古兰经》所述的Irem乐园有呼应关系，而Irem也是个虚幻的天堂，先王Shedad建造了这个到处是美妙园林的地方，是"为了诱导人们把他尊为神"，但最后"'死神的寒风'摧毁了一切"，天堂般的神园也如烟消云散，"空留下无垠的荒野"。④

我们提及施耐德的考据，不是做机械的联想，而是对于极大的快感往往发生在虚幻的乐园这一可能的寓意表示重视，是着眼于可能发生的《忽》诗之外的"醒来"，即便诗内主要是痴迷。我们可联系柯尔律治较早时写的一首名为《离开一个安静的地方之后的思考》(Reflections on Having Left a Place of Retirement，1795)的诗作，那里面也有一个圣殿，是上帝为他自己所建，而构成它的则是自然和生活；忙碌和求索的人们路过它时，会变得深

---

① 参见 Elizabeth Schneider，*Coleridge, Opium and Kubla Khan*. New York: Octagon Books, Inc.，1966年，第110页。
② 同上书，第116—117页。
③ 同上书，第139—140页。
④ 同上书，第138—139页。整个有关《赛拉巴》的考据与评论见第116—149页。

沉一点,视野也会开阔一些。① 诗人说,一次登山的经历让他发现了这个圣殿,其实是一处山景:一座常见的荒山,坡上点缀着羊群,灰色的云朵让山下的农田变得色影斑驳,在山顶上还可以俯瞰到寺院、石舍、茅屋、远方城市的建筑、海峡和鱼帆等普通而壮观的景物。这些让登山者忽然感到:

> 一切就像是万全之在(Omnipresence)! 我觉得
> 上帝就在此地给他自己建造了一座圣殿(temple):
> 整个世界的形象都像是显现在它的环抱中:
> 再无欲念来亵渎我那被洪波漫及的心田。
> 那一刻的幸福! 生存成了奢华的享受!②

诗人说,即便他将放弃这些"不实用的"情绪,去为了科学、自由和真理等名义全身心地"打一场不流血的战役",但他的灵魂会"重访"这个普通的所在。③ 我们可以说,尽管《忽》诗中那个遥远的空中殿堂代表了宏大的思维,其重要性不容低估,但它不见得比这个近旁的圣殿更真实,更感人。即便有些理念层面的追求很"崇高",④如科学和自由等,但这类追求可以与上帝的圣殿所代表精神层面形成一点平衡,或如《离》诗尾行所示,最终的着眼点还是上帝的"王国"。

  从这个视点看,《忽》诗的戛然终止具有复杂含义,联系到《伊俄勒斯之琴》,我们似乎再次发现,思绪最活跃、思想最浩大时,又是那种略显突兀却又不可遏制的精神自律,思维的层面和诗性的支撑都忽然发生转移。的确,艺术灵感和思想漫游能让诗人体会到强烈的快感,但过度的游荡又使其心生恐惧。涉及这层意思,当代国外学者中也常有人提醒我们,艺术家一方的痴迷和幻游等因素有时会切断他们与人类社区的联系,布莱克、华兹华斯、雪莱、拜伦和济慈等主要诗人在他们的一些代表性著作中都处理过这个主题,而柯尔律治被人提起的例子恰恰是《忽必烈汗》,具体的证据应该就是其结尾。⑤ 我们也可以参照同时代小说家玛丽·雪莱所写的那些故事,它们也探讨了痴迷的危险。当然,如《伊》诗所示,柯尔律治并非是要全然弃绝思想

---

① "Reflections on Having Left a Place of Retirement," ll. 9—17.
② 同上书,见第 26—42 行。带着重点字代表原文中的斜体字。
③ 同上书,第 60—65 行。
④ 同上书,第 63 行。
⑤ 参见 p. M. S. Dawson, "Poetry in an age of revolution." *The Cambridge Companion to British Romanticism*. Ed. Stuart Curran. Cambridge UP, 1993,第 73 页。

的流动,而更多的是在揭示单一精神空间的不足,是在建立一个空间与另一个空间的诗性张力,让我们意识到,最活跃的思绪反而能自然而然地揭开另一个场景的大幕,而代表后者的主要是朴素的情感和虔敬的态度。

这个观察角度也可以让《午夜的寒霜》和《老舟子吟》这样的名作呈示相似的诗性成分。若说到思绪的自由流动,最极端的例子莫过于《午夜的寒霜》的开始部分。在万籁无声的午夜,诗人的思绪变得极其忙碌,到处寻找着"思想的玩具",尤其那种能成为"其自身的镜像"或反映其自身活动方式的玩具。意识可以无边际,无规律,与它相互映照的玩具也不必先行具有伦理或政治的秉性,一切事物都具有被选中的资格,只要体现高度的自由。于是,壁炉的炉条上垂挂着的烟垢就成了一件理想的玩具,兼为自由意识的最终化身,或如英国民谚所说,能从烟囱里引来(思想者所等待着的)"陌生人"。它无足轻重,无以自律,只是随着火苗不断飘忽翻动。随着诗意构筑的进行,这样的思维状态同样经历了快速收紧的过程,或引向另一个不同的自由空间。诗人希望他的孩子将来享受更具体、更真实地精神资源,那种太虚幻,太超脱的精神漫游最好被真实的山野间的自由玩耍所取代,或许他因此而更能听懂上帝的语言。虔诚的心情油然而生,制约着"漫游"。而《老舟子吟》的例子要更加复杂,应该放在其他的评论话语中才更适用,但姑且简单地讲,它同样有一个自由的开始,或者说有伦理和良知的空白期,也因此注定演化为一个所谓正统的或貌似扫兴的结尾;柯尔律治式的指纹又一次在诗性结构上按下了印记。该诗第五部分之后,年轻的水手同样经历了道德自律和信仰复苏的过程,从无垠的大海上最终回归到那个小小的港湾,又见到人类家园和乡亲,还有那个熟悉的灯塔。当然,反过来看,需要多少意识的漫游、多少自由的联想、多少出格与越界,多少伟大的"错误",多少波涛,多少音乐,才能铺垫好一个伟大的伦理复苏。或许在最深的层面,"乐魂"与"教条"这两个宏大的东西之间竟存在着亲缘关系。

第七章 失(诗)语的权力:拜伦的雷电

柯尔律治欲用无形的声音构筑理想殿堂的意念让我们联想到现代英美评论家常用的"表意危机"(crisis of representation)概念,这个概念常被用在英国浪漫诗人身上,其含义是,有些诗人对于能否凭现有手段将真意表达出来以及能否使表意媒介长存于世等问题有较多凝注,乃至产生焦虑感。他们的诗歌本身是成功的,但在内容层面他们却会谈及语言的失败。他们或质疑传统手法的有效性,或在自己的创作实践中尝试各种相对极端的修辞手段,诸如"无形"、"无声"、"无语"等说法就是常见于浪漫诗歌的文思成分之一。表意的焦虑不只为浪漫诗人所独有,莎士比亚的十四行诗系列就把某些焦虑经典化。他当然很正面地寄望青春与情感长存于诗文中,似别无他法,但也反复提及"无常"等摧毁一切的自然势力。类似第55、60、63、65等篇目虽然是在表达对于一纸文字的信赖,里面时而出现的虚拟语气却也难免让人感到任何文化表意手段和媒介的纤弱。英国19世纪诗人对莎士比亚式的某些诗性基因进行了扩展和改动,在焦虑中增加了哲思成分。勃朗宁和丁尼生等人的文思中有相当份额都涉及文化之外或文字之外的表意媒介。柯尔律治和华兹华斯心目中的书本和书写显然要大于我们案头的书本和书写。而说到拜伦和雪莱,他们两人大概是代表"表意危机"这个概念的最明显人选。两个人都讲究形式和技术层面的文字构筑,成诗法上往往有板有眼,但同时又一再宣示语言的无力和文字的徒劳,破茧而出的冲动十分强烈。仅就本书所谈到的诗人而言——仅仅相对而言,叶芝、济慈和布莱克可以说对于自己所擅长的"本行"表现出略多一些"安分",甚至将自我与自己的匠艺认同,或期待匠艺的成熟能助自己更"达意"。布莱克还乐于"研发"技术手段,在他的"地狱的印制所"中忙于印出图文兼有的彩页。当然,这并非说这三位诗人就没有与其他诗人类似的思考或焦虑;不明显不等于不相关。

华兹华斯在《序曲》第五章中有一个著名的提问:

啊,心灵为何不能

第七章　失(诗)语的权力:拜伦的雷电　　　　　　　　　　　189

将其形象印在与她气质相近的
元素中？为何善于表达精神，
却将它放入如此薄弱的神龛？①

"如此薄弱的神龛"(shrines so frail)指书籍。从诗人的创作到工人的印刷和装订，一本书的诞生体现了各类劳动者的努力。之所以称之为"神龛"，是因为精神就是由它储存和传播的，而所谓"薄弱"，是因为在自然灾难和文化浩劫面前，书籍不堪一毁，而书籍一毁，精神就没了。因此，是否有更牢固、更"相近"的传播媒介，成了华兹华斯此处的疑问。华氏未直接给出答案，但当他使用"与(心灵)气质相近的元素"这个具体概念时，他大致想到了接近精神元素的自然元素，即水土、风云、雷电等长存于宇宙间的东西。这里面含有明显的讽刺意味。不可能将人类的精神和思想印刷在这些自然元素上，而能够承印精神者，又都是物质的，与精神不同质，如纸张、油彩、铅字等一些与精神风马牛不相及的材料。被如此处理过的精神，有些不像精神了。本书绪论中提到《序曲》第五卷两位不同少年的例子，代表了华兹华斯的思想倾向，也暗含着些许焦虑成分。一位少年陷入"文化"中，读书识字，无所不知，擅长品评和书写；另一位生长在山区，表意方式有限，却常在黄昏时向湖对岸的猫头鹰打一打呼哨。对岸若有回应，山谷间就会响起激荡的声音，这种声音当然算不上已知语言的发音，诗人称其为 jocund din(欢乐的喧嚣)，近乎噪音，是非文化、非物质的表意形式。华兹华斯着意于山谷中某种意义的被唤起，感受到其饱和与浑厚，但又觉得，自然界所发生的这种有效的表意过程不大会引起人们的注意，记录不下来，仿佛没有发生过一样。

　　浪漫诗人冀望以更佳方式表达思想和维系精神，此中之焦虑与广义上现代中产阶级城市文化的发展之间形成张力，在物质文明层面则涉及他们对现代早期文化产业的审视，比如出版业。英国18世纪见证了社会各领域的现代化进程，尤其在文化教育领域，以书籍、报纸和杂志等为主体的传播手段日渐成熟，读者群迅速扩大，诸如文人时论和名笔专栏等形式都在培育和维系着人们的阅读习惯。公平地讲，诗人们是出版业的受益者，整个文学领域都必须依赖它，这一点不言自明。但他们另外意识到，城市中大量出版物虽具有引导舆论、稳定观念、陶冶情操、提高品味和倡导学识与常识等作用，但也会产生限制思想空间的副作用，比如有意无意操控大众谈资，使其

---

① 《序曲》(1850)第五卷，第46—49行。

思维方式程序化、群体化、表面化,甚至误导他们。浪漫时代及此前此后一些主要作家——尤其塞缪尔·约翰逊(Samuel Johnson, 1709—1784)、拜伦和卡莱尔等人——所鄙视的人们纷纷讲那种言不由衷的流行语(cant)的现象也与此有因果关系。技术文明可以促进意义的表达,也可淹没它。在《序曲》第十三卷,华兹华斯说他在摆脱所谓主流文化的旋涡之后,有机会到乡间行走,一时间有了新的感悟:

> ——是的,在那游荡的日子里,我深深地
> 感觉到我们如何相互误导,
> 尤其是书籍如何将我们蒙骗,
> 只从少数富人的见解中求得
> 赏识,而照亮他们视野的只是
> 人造的光线;

他说,有些书籍"将真理等同于某些笼统而凡庸的 / 概念,只为让人快速理解",

> 以其文字助长
> 自负,一味张狂地列出外在的
> 区别,无非那些表面的标志,
> 让社会将人们相互分开,但却对
> 全人类共有的心灵视而不见。①

华氏此处上下文与我们本章所言虽略有区别,却也大体相关。他斥责文化"快餐",认为有些书籍将真理变成简单概念;文化人因文字而自负,其认知行为变得琐碎有余,气象不足,尤其不见基本因素。诗文中出现了"少数富人"(the wealthy Few)概念,它不仅含政治经济意味,也是个文化概念,涉及阅读行为对人群的划分。在稍早一些诗行中,华氏说有些人以文化条件限定情感,似乎不阅读就无情感。这些人不认为情感是人类共有的基本而"普通的天性",而是

> 以为其养成及发展需要遁世的
> 静居、暇逸,需凭刻意修身
> 养性,使语言净化,因此,能充分

---

① 《序曲》(1850)第十三卷,见第 206—220 行。

> 体验到这种情感的人们肯定
> 经过人为的修炼,长久依赖
> 文明典雅的空气与阳光。①

这些话不乏自我反思成分,其所追究的则是本书第二章所提到的英国18世纪休谟和斯密等人有关人类"同情心"的思想遗产。华氏对他们的反感或有失公允,但他主要不满于此前的文化理念过于偏向后天的修养及知书达理的能力,过于看重有字书,忽略无字书,其阅读概念失之狭隘,显得人为而造作。他认为尚有别样的阅读方式,有别样的书籍:

> 当我开始打量、
> 观察、问讯所遇到的人们,无保留地
> 与他们交谈,凄寂的乡路变做
> 敞开的学校,让我以极大的乐趣,
> 天天阅读人类的各种情感,
> 无论揭示它们的是语言、表情、
> 叹息或泪水;在这所学校中洞见
> 人类灵魂的深处,而漫不经心的
> 目光只看见肤浅;我内心已确信,
> 虽然我们仅凭过分的信赖,
> 将那些繁琐的形式称做教育,
> 但它们与真正的情感和健全的
> 心智并无多少关联;也确信,
> 大多数人都会认识到,我们很难
> 依从那空谈的世界所讲授的观点。②

此段诗文中的"学校"、"阅读"、"教育"和"繁琐的形式"等都是现代文化概念,华兹华斯故意反其意而用之,而人类的脸庞则成为其书本,普通人的口语和表情等成为"文字",一切都发生在一所更大的"学校"中。如此文化媒介,与一般概念相去甚远。华氏表达此意,当然要依赖一般的媒介,但其思绪所及,已经超越了文化唯物论的范围。甚至浪漫诗人的所谓本分就是用诗语这个文化媒介来表达"失语"的意义;并非所有情感和思想都可以被平

---

① 《序曲》(1850)第十三卷,第189—194行。
② 同上书,第十三卷,第159—174行。

面化于纸张之上。今人会轻易发现华氏的理想化倾向，或认为他在美化乡民，但他所感悟到的思维和表意方式，或其欲突破常见思维和表意俗套的努力，并非不成立。在《序曲》第十三卷稍后的部分，他再次勾勒流行文化圈外的人们，并试图评价这些高贵者中的最高贵者——"不善言辞与论争"的人们：

> 若让他们进行如此的
> 社会交流，多半会降低其人格，
> 因为他们所讲的是天上的语言，
> 代表最终的力量、思想、形象，
> 是无言的欢乐。话语在其灵魂中只起
> 次要的作用；当他们领悟力最强时，
> 并不用语言表达自我。①

"天上的语言"（the language of the heavens，或译"星际的语言"）和"不用语言"等说法可以将我们引向下一代浪漫诗人拜伦，尽管其他诗人也能提供大量佐证。

拜伦的例子较明显。我国读者对他不陌生。乔治·戈登·拜伦男爵（George Gordon Lord Byron, 1788—1824）其人是一个矛盾集合体。许多截然相反的因素在其生活中共存，其中有一对矛盾为学人熟知，发生在守旧诗艺和极端思想之间。他推崇蒲柏的诗风，蔑视今人的创新，但在一般价值取向上，他则主动将自己边缘化，与各种超越文化模式和话语俗套的激烈因素认同。本章具体借助拜伦叙事长诗《少侠哈罗尔德游记》（*Childe Harold's Pilgrimage*）第三篇（Canto Three, 1816）第 85 至 98 诗节的一个片段，②探讨一处经典的"借雷声以达意"的浪漫修辞手法，并试图揭示雷电与工整诗文和"有字语言"之间的悖逆关系以及这种手法背后的重要思想动机。诗文不难解，但所涉及的内容较丰富，浪漫诗坛的同类文思又一度引起欧洲现代评论家的强

---

① 《序曲》（1850），见第 265—275 行。
② 见 *The Complete Poetical Works of Byron*. Ed. Paul E. More. Boston: Houghton Mifflin Company, 1933, 第 48—50 页。在我国，《少侠哈罗尔德游记》也有《恰尔德·哈洛尔德游记》和《哈罗德公子》等译名。原文中的"Childe"一词并非名字，而是旧时称谓，指贵族青年候补骑士。拜伦自己说，用此旧称，是为配合"旧式的诗体"，另认为主人公虽不甚完美，但不失为一位愤世嫉俗的现代游侠。该诗第三篇讲的是哈罗德游历欧洲莱茵河畔与阿尔卑斯山一带的见闻和感发，为拜伦诗歌力作。

第七章　失(诗)语的权力:拜伦的雷电　　193

烈质疑,亦成为思想史经典内容。拜伦和雪莱等人不甘"寂寞",常诉诸于风雨雷电一类的自然伟力,多是在寻找诗性自我的代言人,与任何诗人都可能擅长的借景生情手法不在一个平面上。不过,其姿态是否太过夸张?是否矫枉过正,对现有文化的颠覆性太大?另外,说到解决"表意危机"的努力,若重复使用某些手法,是否难免慢慢演化为平常的修辞套式?是否姿态超过了目的,修辞因素超过表意因素,像是给思想镶上新的框架,于是不凡的降为平常的,或形成滥情路数,给人以"又是这一套"的印象?我们暂不就事论事,可先环顾文本外围的争议,再将"说话"的机会留给拜伦的诗文,以求缓解不凡与平常之间讽刺意味,也反过来对欧美思想界一度有关浪漫诗风的评价做一个评价。

先大致看一下百年前一些有代表性的争论角度。质疑方的一位关键人物是英国美学家和评论家托马斯·哈尔姆(Thomas Ernest Hulme, 1883—1917),他虽英年早逝,却是欧洲诗坛意象派运动的创始人之一,活跃于20世纪初期。思想界对浪漫文风的反思一向有之,但哈尔姆的诟病增加了技术支撑,具体而有力。他认为若从文学意象(image)的角度看,浪漫诗人的想象太空泛,无明确意象,因而也无内核,不结实。他的此类观点以《浪漫主义和古典主义》(Romanticism and Classicism)为题目,作为文章被友人收录在其去世多年后出版的《思考录》(*Speculations*, 1936)中。该文直言不讳,文笔感性,其对浪漫主义的定义——"泼翻的宗教"(spilt religion)——令人印象深刻;后辈评论家理查德·福格尔(Richard Harter Fogle)教授认为它向英国浪漫主义文学"开了第一枪"(the first gun),并对艾略特等新批评派评论家产生影响。①

哈尔姆认为,浪漫主义思潮涌动百年,现在已经到了重振古典精神(Classicism)的时候了。先从社会角度看,人们受自由理念的诱惑,长期盲信卢梭式的性善论,错误地以为,"都是那些坏的法律和常规压制了人类个体。只要将它们一举革除,人类就会有机会实现无限的潜能……无序状态(disorder)中也会产生正面的东西。"②或可以说,自由的事业可以收获具体的好处。哈尔姆洞见到问题所在:"所有浪漫主义之根源,就是认为人——

---

① Richard H. Fogle, "Romantic Bards and Metaphysical Reviewers." *Romanticism: Points of View*. 2nd Ed. Eds. Robert F. Gleckner and Gerald E. Enscoe. Detroit: Wayne State UP, 1970, pp. 58, 150.

② Thomas E. Hulme, "Romanticism and Classicism." *Romanticism: Points of View*. 2nd Ed. Eds. Robert F. Gleckner and Gerald E. Enscoe. Detroit: Wayne State UP, 1970, p. 57.

个人(the individual)——是一个无限大的水库,蕴含着多种潜能,"而"压迫人的秩序"就相当于筑起的堤坝,摧毁了它,社会就能"进步"。①古典主义的价值观则正好与此相反,比如它崇尚秩序,视其不可或缺;人类这种动物天生有这么多缺陷,怎能不筑堤护坝,说扒开就扒开呢。这是哈尔姆用堤坝意象所做的暗示。

　　再看诗歌领域。哈尔姆指出,"由于浪漫派认为人是无限的,因此他们必然无时无刻不在谈论着无限,"而由于客观现实与主观的无限感觉之间存在着巨大反差,浪漫派最终都表现出"忧郁倾向"。②其忧郁者名单上包括了我们所熟悉的柯尔律治、拜伦、雪莱和济慈这四位诗人,有趣的是华兹华斯不在上面,济慈也只算一半,雪莱则被视为反面典型。这在一定程度上体现了哈尔姆的判断力。哈尔姆并不是因爱古典而恨浪漫,更不是要一举摆向古典主义的极端。他对以蒲柏为代表的英国18世纪新古典主义诗风有明显保留,甚至认为,正是由于多数浪漫诗人对蒲柏的不满,才导致他们合理"思变"。③然而,他认为浪漫派做过了头,他们一味仰望无限空间,奢求纵情飞翔,都如法国的雨果,热衷于反反复复使用不大能够成为意象的"飞翔"意象,却不能像古典派那样,"在想象的飞翔中总能有所收敛"。④有鉴于此,哈尔姆认为我们现在有必要将想象和幻想(fancy)的关系颠倒过来,让后者重新跃居前者之上。哈尔姆在此当然有所针对,标靶多半是柯尔律治的有关论述。柯氏曾因不认同18世纪的联想论(associationism),不满意其对人类具体经历的过分依赖,而在《文学生涯》等著作中提出异议,并坚持在想象和幻想这两种界限不易分清的人类能力之间分出高低,认为幻想(fancy)"不过是从时空秩序中解放出来的记忆力的一种类型",它只能"把玩那些固定的和明确的东西(fixities and definites)",而想象则"是人类一切感知过程的原动力(prime Agent)",其作用有如造物之上帝;依赖幻想的诗人自然是平庸的,而弥尔顿这样的大诗人所拥有的则是想象力。⑤在《政治家手册》(The Statesman's Manual, 1816)中,柯尔律治也在象征(symbol)和喻比

---

① Thomas E. Hulme, "Romanticism and Classicism." *Romanticism: Points of View*. 2nd Ed. Eds. Robert F. Gleckner and Gerald E. Enscoe. Detroit: Wayne State UP, 1970, p.57.
② 同上书,第58页。
③ 同上书,第60页。
④ 同上书,第59页。
⑤ Samuel Taylor Coleridge, *Biographia Literaria*. Ed. Nigel Leask. Everyman's Library. London: Dent, 1997,

(allegory)之间划出界线，认为前者是想象之果，后者则以幻想为因，不过是将"抽象的概念转化为图像语言(picture-language)，而这种语言本身也不过是对于能被感知的事物的一种抽象"；象征"使本真(reality)成为可以被知解的对象，并分享其精神，""它是永恒在无常现世中的——或通过无常现世的——直接闪现(translucence)。"①

哈尔姆不提华兹华斯，也可能他知道，华氏同为浪漫诗人，却不愿意断然为想象和幻想排序，其创作实践中，这两种功能交替成为依托，促成华诗之特色，尽管他受柯氏的影响，对想象抱有至高的哲学认同。在他为其1815年出版的诗集所写的序言中，华兹华斯明确表达了对柯氏观点的怀疑，他直接将想象和幻想相提并论，称它们均为诗歌创作所需的第四种"能力"，其职责是："改动、创造、联想"。说得更具体一点，他一方面笃信想象力的重要创造性，但指出幻想同样"富有活力"，亦是一种"创造的能力"，而想象也不可避免含有抽象成分，所谓"汇集"和"联想"的能力也"不为幻想所独有"。②不能将两者区分得太生硬。济慈的诗歌中，想象和幻想甚至屡屡被混为一谈，《幻想》(Fancy, 1818—19)就是个现成的例子。华氏曾在《序曲》1850年文本第八卷中说到，有些时候，"人类生活中那些平凡的景象 / 却总让我产生任性的幻想与奇思(Fancy)"，他甚至放纵这种不同于想象的功能，比如他说，他曾经"久久地凝望着"门前灌木丛中的一块石头，让石面上折射的辉光引出他许多幻想：

> 虽陷入
> 纷繁飞涌的奇念，却有实在的
> 景物稳住心灵，因为这片
> 宏阔而可爱的土地曾慷慨惠赐，
> 让我的眼睛拥有如此明实的(distinct)
> 财富：每个虚无缥缈的幻念
> 都环绕着一个坚实的中心(substantial center)，它既能

---

① David Perkins ed. *English Romantic Writers*. Orlando, Florida: Harcourt Brace Jovanovich College Publishers, 1967, p.503.
② 这些观点见 *Wordsworth's Literary Criticism*. Ed. Nowell C. Smith. London: Henry Frowde, 1905年，第151、156—157、165、159 和第 163 页。诗歌创作的其他能力依次为："观察与描述"、"敏感性"、"反思"、"虚构"。

激生幻觉,又控制它的飘升。①

无论是哈尔姆对浪漫派纵情飞翔的指责,还是他对古典派"有所收敛"的褒奖,其表达力度尚未超越华兹华斯有关石头一般的"坚实的中心"可以"稳住"飞升之幻想的诗语表述,其对浪漫文风的批评也并非不能被华氏和雪莱等人已有的自我反思所兼并。不管怎么讲,哈尔姆断然以为,如果现代诗人能够通过"新的比喻手法"——"也就是幻想"——使诗语和"被描述的事物"发生"精确的""对应",而不仅仅是以柯尔律治所谓"固定的和明确的东西"为消遣,那么,他就能创造出"最高等级的诗歌"。②由于这种认识,哈尔姆进而相信,"美可以存在于小的、干硬的(dry, hard)事物中";"精确的、细微的和明确的描述才是伟大的目标。"③他认为,不要动辄就把"无限"或某种"神秘因素"拖入诗中,而应该培养视一为一、视二为二的客观精神。④

虽然福格尔认为这是针对浪漫主义文学的"第一枪",但哈尔姆的观点不难让人联想到,大约在同一时期,美国人白璧德(Irving Babbitt,1865—1933)等前辈批评家也在对浪漫主义观念进行反思。白璧德等人的立场即为后人所熟悉的新人文主义(New Humanism),其实质是认为卢梭式的精神遗产过于强调人类固有的情绪或感情冲动,将笛卡儿的"我思,故我在"演变为"我感,故我在"(Je sens, donc je suis),⑤从而导致人类自我变得过大,不成比例。新人文主义推崇理性和克制。可以说,白璧德的观点在一定程度上影响了哈尔姆和艾略特,这也是批评史上一般的认识。但我们还可以笼统地讲,白璧德本人的立场与我们在本书第四章提到的阿诺德对雪莱的评价有关联;甚至以上哈尔姆有关浪漫派之空泛和一味飞翔的见解也可追溯到阿诺德的类似比喻(美妙天使在空中击打翅膀等)。阿诺德具体说道,雪莱的诗歌"由于失之于无实质而变得无可救药"(the incurable fault... of unsubstantiality)。⑥如此评价代表了一部分人的同感或共识。

---

① 这部分有关幻想的诗文见《序曲》(1850)第八卷第 365—432 行。
② Thomas E. Hulme, "Romanticism and Classicism." *Romanticism: Points of View.* 2nd, p. 64.
③ 同上书,第 62 页。
④ 同上书,第 63 页。
⑤ 白璧德此类观点可见 Irving Babbitt, *Rousseau & Romanticism*. Austin and London: University of Texas Press, 1977,比如第 137—140 页。新人文主义大致发生在 1900 年代至 1930 年之间。
⑥ Matthew Arnold, *Essays in Criticism*. Second Series, 1888. *Poetry and Prose*. Ed. John Bryson. London: Rupert Hart-Davis, 1954, p. 715.

阿诺德基本上把雪莱和拜伦视作两类人,分界线划得似有些勉强,19世纪其他评论家无此共识。比如,仅就上述所谓美妙而无效的飞翔姿态而言,阿诺德本人就提到,一位名叫谢勒(Mr. Edmond Scherer)的评论家也曾认为,拜伦同样热衷于自我表白,缺乏诚恳,甚至"'一生都在摆姿态'",或称"作秀"(theatrical)。①我们可继续沿思想史的脉络,回溯到更早的重要表述,但姑且只再请出与拜伦和雪莱年龄相仿的思想家托马斯·卡莱尔,因为后人的指责无论何等犀利,即使算上阿诺德的悬空天使,其生动程度也未压倒卡莱尔数落当时诗风的文字。以其较早期著作《特征》(Characteristics, 1831)为例,卡莱尔认为现代文学变得日益玄妙,具体体现在作家们多在内视,展现自我而乐此不疲:"我们不再热爱伟大的事物,而是热爱我们对伟大事物的示爱行为本身(the love of the love of greatness)。"涉及对自然的崇拜,我们不是面对原本而真实的外部世界,而是一味强调我们"正在崇拜(自然)"之行为。而且,作家热衷于为我们描绘其自己所看到的景象,连同其自我一起强加给读者。卡莱尔认为,现代文学的这种特征是一种"罪"(sin),他称之为"景色猎寻"(View-hunting),其始作俑者为歌德的《少年维特之烦恼》,其具体特点为"为了描绘而描绘"。②

卡莱尔更进一步,称作家的自我意识为"回眸"(Reviewing)行为,大致是指作家回过头来一味反观自我的癖好:"眼下这种病态的自我意识已经成为文学界现状,而这难道不正是表现在这种泛滥的、离我们如此之近的回眸现象之中吗!"而且,"拜伦这样的人竟然把回眸者和诗人视为同类。"

> 长此以往,人们会发现,"无论何种文学,全都成了一种无止无休的贪视自我的回眸行为(one boundless self-devouring Review),于是就像在伦敦的盛装晚宴上一样,我们无需做任何事情,只需看其他人不做任何事情"。文学本身也成了这样的病夫,过分地"倾听自我"。③

卡莱尔所看重的是具体行动。问题头绪之多,让我们无从选择,只有做实事,才可制衡沉湎于玄思之中而不作为的恶习,因为他认为,人类"穷尽(宇

---

① Matthew Arnold, *Essays in Criticism*. Second Series, 1888. *Poetry and Prose*. Ed. John Bryson. London: Rupert Hart-Davis, 1954, pp. 718, 727.
② 这部分内容见 Thomas Carlyle, *Characteristics*. *The Emergence of Victorian Consciousness*; *The Spirit of the Age*. Ed. George Levine. New York: The Free Press, 1967, 第 56—57 页。
③ 同上书,第 57、58 页。带着重点字代表原文中的斜体字。

宙)的意义、搞清楚来龙去脉"的机会"微乎其微",毕竟"我们、我们全部的种族以及我们所有的现状与历史,都只不过是漂浮在万全宇宙之无垠海域上的一个污点(speck)"。①

在一定意义上,阿诺德日后对现代人身处新旧两个时代之间的迷惘境况所表达的哀叹,基本上就是对卡莱尔类似表述的呼应和重复。卡莱尔早在维多利亚时代初期即说到,人类过去的精神依托已经失去其效力:

> 成年人过去的理想已经过时,而新的理想尚不为我们所见,我们只是在黑暗中摸索,你寻我找,抓住的只是一个又一个的幻影。维特主义(Werterism)、拜伦主义(Byronism),甚至布拉莫尔主义(Brummelism),你方唱罢我登场……而无论在哪种意义上,思想者都成了无家可归的流浪汉,时常方向感全失,呼天天不应,叫地地不灵。②

诗人们都在做什么呢?"他们都欲凭空创造奇迹,借挣扎的灵魂所发出的强烈呼喊,执意要重新召回(从人世间消失了的神圣)。"③他把焦距对准具体目标:

> 看一看拜伦那样的人,用婉转的音韵"诅咒他的时代":他把世俗的欲念冲动误认为是神授天启的自由意志;他缺少了北极星的崇高指引,却疯狂地一头冲入垂悬于那疯狂的海洋旋流(the mad Mahlstrom)之上的奇光异彩的舞阵中,最终在漩涡中沉溺。再听一听雪莱那样的人,在尘世间遍洒着他那言不达意的哀号(inarticulate wail),就像弃婴的那种无限的、言不达意的痛苦与哭叫。④

以上简单回顾了一些批评观点之间的思想脉络,只为说明,从卡莱尔对于某些自我沉迷行为的认定,到阿诺德所看到的空中击翅画面,再到白璧德和哈尔姆等人对于那种不收敛、无实质诗风的诟病,评论家们都在试图以各自的方式诊断和医治现代文坛上的症候,至少对某些夸张的创作手法提出批评。

---

① Thomas Carlyle, *Characteristics*. *The Emergence of Victorian Consciousness: The Spirit of the Age*, p. 58.
② 同上书,第61页。布拉莫尔,似指George Bryan (Beau) Brummell (1778—1840),英国社会名流,一度引领社交时尚,尤以衣着品味著称。
③ 同上书,第62页。
④ *Characteristics. The Norton Anthology of English Literature*. Sixth Edition, Volume 2. Eds. M. H. Abrams et al. New York and London: W. W. Norton & Company, 1993, p. 928. 此处引语为以上著作省略。

这个思想脉络不仅关涉文风,也体现重要的文化价值观。不过,批评者们在抵制宏大诗风的同时,也难免表现出某种内在的抵触,似不同秉性的本能反应,因此其观点中有些成分并非完全成立。或者说,批评者有时不大情愿对雪莱或拜伦式的诗人姿态表示应有的宽容,哈尔姆的"第一枪"只是延续了卡莱尔的厌烦情绪。然而,时至今日,倘若我们扩展视野,将那些与浪漫主义思想相对立并从反面促其发展的因素也一并考虑进来,尤其是欧洲当时社会的世俗化大势以及过分务实而机械的思想倾向,那么我们就能理解,诗人们多一点思想者姿态,多说一点,或不满足于诗语与世事的精确对应,而试图超越感官之所及,用不凡的表意手段表达不凡的感情与思想——这里面应该说也有常识性;让宏大的姿态配合宏阔的心绪,这也是常识性做法。

理查德·福格尔有关"第一枪"的文章发表于 1945 年,虽然他并未探究思想发展史之渊源,但他明确指出,就"浪漫主义概念"而言,哈尔姆"提出了一种极端狭隘和生硬的定义,所做的评价都如只言片语的讽刺警句(epigrammatic),要不然就是直接的指责,已经殃及公正的原则"。福格尔认为艾略特等也失之于这种"狭隘的定义"。①具体到"精确对应"概念,他认为如此观点"剥夺了诗歌的意义和特性":

> 如果诗歌变成了人类意识的替代物,如果人类意识本来的作用就是让我们对事物和经历进行直接的感知,那么,还有必要读诗歌吗?因为那样的话诗歌肯定表现不佳,而人类凭自己的能力已经可以做得极其出色。一个词与一件东西毕竟不是对等的。②

福格尔认为,新批评家们倚重具体意象的立场并没有错,甚至并未与雪莱"视比喻为诗歌精髓"的立场相抵触,③但他们的问题是,不能结合具体作品的整体思想内涵来谈论意象,将意象(image)和意念(idea)截然分开;其二,他们将形象化的表意手法(imagery)和隐喻(metaphor)混为一谈,"以为诗歌和形象化的表意语言已经是一回事,"忽略了后者的丰富内涵,因而"未能给予它应有的解释"。④我们可以立即沿福格尔的思路阐发一句:由于这两个方面的问题,新批评派轻看了那些可能表达宏大意念的宏大意象,忽略了

---

① Richard H. Fogle, "Romantic Bards and Metaphysical Reviewers." *Romanticism: Points of View*. 2nd Ed. 见第 150、151、153 页等。
② 同上书,第 150 页。
③ 同上书,第 160 页。
④ 同上书,第 161 页。

imagery 可以与哲思结合起来,多层面地发挥表意作用。凭什么诗语只能描写或把握小型的、干硬的或结实的事物呢?

另外,涉及诗歌语言中所谓的"具体意象"和"形象化"等问题,英国 18 世纪思想家埃德蒙·伯克早就对此有所警惕,在他看来,某个意象的轮廓过于清晰,所表达的观念过于明确,这会限制诗语的丰富内涵,很可能使清晰堕落为狭隘。伯克的理论著作《关于我们崇高与美观念之根源的哲学探究》(*A Philosophical Enquiry into the Origin of Our Ideas of the Sublime and Beautiful*, 1757)为学界熟知,里面的 sublime 概念尚无汉语单词与其完美对应,国内一般译为"崇高",略显无奈,其本意主要指那种引起恐惧和敬畏的宏观大象。伯克在这本书中从众多侧面勾勒这种美学质素,将其置于"美"的对立面,因为美主要与爱的情感有关,被相对较小、较清晰的事物或客体引发;而所谓"崇高",则与恐惧心理有关,触发它的物质原因一般都有宏大而壮观的气度,因此此种情感不只牵涉物体,也体现超验的意念,因此也难以用传统的模仿论观点去简单定义有关的艺术表述。书中重要论述比比皆是,我们避重就轻,仅援引结尾处一段有关诗歌语言的技术性阐述。为说明无具体意象的语言概念也具有打动人的作用,伯克以弥尔顿的诗文为例,具体解释为什么抽象意念一旦与实景实物"结合"(union),即可使后者达到超然的效果,其本身的概念性也被超越。岩石、洞穴、山丘等等,其本身意思不大,但一旦接下来称它们为"死神的宇宙",整体表意效果就不一样了,即便这个词组显得不着边际。伯克继续问道,何以事物与抽象概念之间的模糊关联也能令人感动?

> 对于我们来说这很难解,这是因为我们平常谈及语言,往往不能充分区分清晰的表达和有力的表达,两者常被混为一谈,而实际上它们极为不同。前者牵及理智,后者关涉情感;前者描述事物原貌,后者描述人们对它感受。①

伯克似传给浪漫诗人一种特权,让他们合法进入到不大清晰的"感受"领域,也支撑着日后勃朗宁等人对情感的笃信。

现在我们谈拜伦的例子。先不管其本人是否有意而为,拜伦的诗歌有时会因其内含的讽刺意味或悖逆因素而给我们多重启示。首先,在形式与

---

① Edmund Burke, *The Works of the Right Honorable Edmund Burke*, Fifth Edition, Vol. I. Boston: Little, Brown, & Co., 1877, p. 260.

内容的关系层面,他会让我们感到,带着锁链并非不能跳舞,沿用古旧诗体或技法也并非不能表达新意,用《唐璜》中叙述者的话说,"好的工匠不会与他们的工具过不去"①。其次,在形象化表意手段上,他可以向我们展示,所谓"干硬"的事物未必就是小型的事物,比如群峰,再"结实"不过,却是地球上最大的"硬"物。再次,尽管拜伦本人自称玄思妙想非其专长,但我们偶尔可借助哲思视角评价其作品内涵。比如,拜伦可以让读者意识到,在诗语之有字与某种宏大境界之无字之间,竟存在着某种血缘关系,甚至"诗语"印证了"失语"行为。本章所聚焦的是《少侠哈罗尔德游记》第三篇第 85 至 98 诗节,该段记述哈罗尔德在与日内瓦湖(Leman)相连的罗尼河(Rhone)上的旅程。时值夜晚,万籁无声,让哈罗尔德体会到,自然界虽宁静之至,却弥漫着强烈的表意能力,所表达的诗意超越了人类的声音和诗语。另一方面,我们作为读者,也见证着诗人的诗语构筑,连续的斯宾塞诗节(Spenserian stanza)都工整严密,有条不紊地展示人类的表意努力。于是,在诱人的自然静谧和无法摆脱的人类语言构筑之间就产生出一种具有讽刺意味但又合理存在的张力关系。

纵观这些诗节,许多词语都与语言或声音有关,例子可谓随手可取。在 85 节中,"海洋的咆哮"衬托出日内瓦湖的"轻柔的喃喃私语",后者就像"姊妹的声音";② 86 节中有"桨叶上水珠轻轻滴落的声音",还有蚱蜢唱起的夜歌;87 节,伴随着蚱蜢的歌声,鸟雀也发出它们的声音,山上也隐隐约约"飘荡着悄悄话语";在 88 节中,繁星成了"天上的诗文",而人类可以从它们的"明亮的书页"中"解读"命运。对这些自然话语的敏感反映出思想者在静思时的警醒,或如 89 节所说,"人在感情最丰富时,"反倒会屏息静气,静谧更映照"思绪太深"。于是,大自然的宁静反而体现了人类语言难以描述的"一种张力极强的生命"。用伯克的话讲,诗人这是在建立那种"结合"体,让具体的事物和声音(或无声)与不着边际或没有着落的抽象概念(或意念)相融合,宏大的 ideas 使四下里的 things 升华,生发出不凡的意义。诗人说,在这种孤寂状态中,"那种漫漠无极的感觉"油然而生,使人体味到"真理",或捕捉到一种"音调"(a tone),它是先于各种话语的语言,是"音乐的灵魂和源头",能使人知晓"永恒的和声"(90 节)。此外,这种与自然对话并捕捉原始

---

① 《唐璜》第一卷,第 201 节。见 *The Complete Poetical Works of Byron*. Ed. Paul E. More. Boston: Houghton Mifflin Company, 1933, 第 771 页。
② 同上书,第 48—50 页。汉译文未考虑原诗押韵格式,下同。

音调的可能性也让诗人理解了为什么古波斯人会以高山之巅为祭坛,而不在"局促的殿堂"里"祷告"(91节)。似乎"高"才能"超",才能"广"。

在其著名诗剧《曼弗雷德》(Manfred,1816—1817)中,拜伦亦使用相似手法,习惯性地夹叙夹议,不断在具象和抽象之间转换;他甚至自认为该作品为理念诗。《曼弗雷德》第一幕第二场是著名的圣女峰片断。圣女峰(the Jungfrau)是阿尔卑斯山脉的一座高山,位于瑞士中南部,以冰雪和峭壁著称。主人公曼弗雷德寻求精神解脱,此刻站在超拔的悬崖上,欲结束凡生,却又迟疑不决,后被猎人拦住。在其活跃的思绪中,他感叹大自然之美,也体味到人类之局限:

> 多么美!
> 这可见的世界的一切多么美!
> 多么荣耀,其本身及其活跃的生灵。
> 可我们,我们这些自诩主宰自然的人类,
> 一半泥尘,一半神灵,无论哪种,
> 都不适合下落或飞升,质本如此混杂,
> 生存即是矛盾之争,所流露的
> 声息中或是落泊自卑,或充满傲慢,
> 欲念低俗而心愿崇高,就这样忙于应付,
> 直到必死的宿命将我们压倒……①

人类自诩能主宰一切,实际上反倒被这一切主宰。美好而荣耀的世界指四周的山景,而高翔的山鹰则代表自然界"活跃的生灵"。这是个"可见的"世界,但曼弗雷德在后面第三幕第四场开始时说,在自然界,他"学到了另一个世界的语言"。所谓"一半泥尘,一半神灵"等概念,是在呼应传统基督教文化中有关人类秉性的认识。或可说,是在很高程度上仿效蒲柏《论人类》中有关人类中央位置的具体诗行。在生命的巨链上,人类是中间环节,但也正因为这样,高低不就,既不能下落到牲畜的位置,从而摆脱痛苦,又不能上升到天使的高度,从而超越凡俗;既不能有幸完全被主宰,也无力做到完全不被主宰,甚至不能掌管自己的欲念和生死。中间性是人类的苦恼和困惑之源。这些蒲柏式的抽象理念都很宏大,也为曼弗雷德的思考和举动增添了哲理意义。

---

① *The Complete Poetical Works of Byron*,第482页,第297—306行。

第七章　失(诗)语的权力:拜伦的雷电

"另一个世界的语言"不同于现有的语言。站在圣女峰上的曼弗雷德很快听到(有关)不同语言的提示,他也找到自己的精神可以临时认同的对象。他听到远处牧人的笛声:

> 山间牧笛的自然的音乐……
> 在缓缓游荡的空气中响起,
> 夹杂着闲散牧群间的甜美铃声;
> 我的灵魂愿意饮下这些鸣响。——啊,但愿
> 我是那美妙声音所拥有的无形精魂,
> 是活的语音,是有生命的和声,
> 是无实体的(bodiless)欢愉——就像这
> 成就我生命的天赐音调一样,出生,逝去。①

曼弗雷德选择了无字而无形的声音作为其理想的生存方式,这种音调也是理想的表意方式,超越了现有的文化媒介。他甚至认为音调(tone)是其生命的实质,其所进入的精神空间也因此变得自然而宽畅,尽管"逝去"一词带来不祥的暗示。

回到《少侠哈罗尔德游记》第三篇。随着天气的变化,哈罗尔德所听到的自然语声亦发生变化,一时间大自然另一种表意语言压倒此前的轻声细语。第92节写道:

> 天色变了!——如此的骤变!
> ……纵目望去,
> 带火的雷电跳跃着,从这峰跃到那峰,
> 让岩崖轰鸣作响!不止一座入云的高山,
> 而是每一座山峰都找到自己的语言(hath found a tongue),
> 欣喜的阿尔卑斯山大声地呼唤着侏罗山(Jura),
> 而她透过那缭绕的云雾,回答着他的呼喊!

似乎山峦开始说话了,或找到属于自己的说话方式,而山峰之间"跳越着"的雷电就是他们的语言。这是一种宏大的交谈行为,其与四下里的声音不同,不仅仅因为音量较大,也是因为引起听者的刻意误解。雷电的声源当然不是山峰,雷声并不拥有这样坚实的依托,此比喻之合理性主要在于它是比

---

① *The Complete Poetical Works of Byron*,第482页,第309—317行。

喻,尤其是峰峦可以被拟人化。而这种山与山之间粗犷的对话比前面的柔声更强烈地吸引了诗中的语者,似让他见识到一种酣畅淋漓的、极致的表意手段,虽不知所云,却深感其毋庸置疑的效力,于是就像雪莱在《西风颂》中渴望分享西风的能量一样,他也希望"分享(如此夜晚的)热烈而又高远的喜悦","成为暴风雨和你的一部分"(93节)。用我们的话讲,如此热望体现与一种宏大而超然语言认同的冲动,也反映人类平常对话方式的不足。

触景生情,哈罗尔德的自我意识渐渐强烈起来,自我急于成为自然的一部分:

> 天宇——峰峦——河流——疾风——湖水——闪电!
> 你们!还有夜晚、云雾、雷鸣,再加上一个
> 让你们被知觉、让你们有知觉的灵魂,
> 正是你们这一切让我变得警醒;你们离别的
> 语声在遥远处滚动,就像钟声,兆示着
> 我胸中永不安息的起伏——即使我睡去。
> 但何处是你们的目标,啊,暴风雨!
> 你们是否就像人类胸中的风暴?
> 还是像那些苍鹰,最终找到高高在上的窝巢?(96节)

这大概就是读者所熟悉或论家所诟病的拜伦式修辞套式,是一典型范例。所谓"胸中的风暴"和外部的电闪雷鸣等,在一些人看来或有大而无当之嫌。但若以平常心态对待眼前这些诗行,像包容任何其他事物那样包容峰峦、风暴、云雾、江河等物,或许也能感触到此种诗风的有效性,更何况其所体现的是当时欧洲社会已有的思想理念,而非凭空杜撰。"再加上一个让你们被知觉、让你们有知觉的灵魂"(and a soul to make these felt and feeling)之说让我们直接联想到以上伯克在谈论弥尔顿时所用的理念与自然融合概念:一个抽象的灵魂让本无意义的一切都活跃起来,亦体现文学思维相对于自然的合法作用。在字面意义上,这个所谓的灵魂具有本体特征,它并非简单指个体的灵魂,并不只是为哈罗尔德所拥有,而是一个将个体灵魂和外部世界共置于其影响力之下的更大的灵性;它能让个体积极地感知自然,也让自然富有生命,个体灵魂像是体现或代表着这个更大灵性的作用。这层意思呼应柯尔律治和华兹华斯式的话语方式,尤其他们有关自然与超自然之间动态关系的认识。此外,"永不安息"和最高目标概念折射歌德等德国诗人和哲人有关不息追求的思想,是较常见的浪漫主义理念。

哈罗尔德对自然伟力的羡慕一时达到极致,自然而然反观自我,但是,虽自信胸中也有风暴,却苦于无相应表达媒介,于是对人类语言之孱弱的感慨亦达到最深,尽管能以一泻千里之势将个人的渴望表述得清清楚楚:

> 倘若我能将具体的形状赋予内心最深处的
> 思想,并将它们完整地呈示——倘若我能够
> 在表达时全部倾泻自己的思绪,并只用一个字
> 汇集我的灵魂、内心、理智、激情、感觉,不管
> 它们强烈或微弱,所有那些我宁愿追寻或那些
> 我一息尚存就仍会追寻、挂怀、感知、感觉的一切,
> 而倘若这一个字是雷电,那我才会说话,
> 可实际是,我不被人所闻,无论生还是死,
> 怀着丝毫没有语声的思想,像是利剑藏在鞘中。(97节,带着重点字代表原文斜体字)

简单讲,有思想,无语声(voiceless),而若不能像雷电那样说话,就不必说话;不能企及山峰的境界,也不可能有最终的表意方式。先不管内容如何,先不管哈罗尔德实际上已经把话说了出来,以上诸段诗文在风格上大概不能被简单视为失衡或空洞,至少它们无论在形象化的表意语言和具体意象上都精确到位,虚实兼有,自成一体,与意念不失协调,或可以说很接近后来的意象派对幻想类修辞手法的界定,只不过意念过大,语源(所谓山峰)和语声(雷电)都充斥天地,大概不在后人所习惯的范围之内。而抛开诗词技法层面不提,诗文中所蕴含的是对现行一切表意媒介和表意方式的极端摒弃,是对某种完整"形状"的极端渴求,是在雷声和文化之间建立反差。哈尔姆时代的评论者惯于在修辞和意象范围内谈论问题。今天的读者和学者较多倚赖技术性文化传播手段,较容易追随某种潮流,至少在短期内。英国浪漫诗歌擅长于对各种表意机制的反思,尤其此处拜伦的诗文内涵,值得我们关注。

再细看内容,的确暴露个人的极端内省,自怜成分也掩饰不住,显然有"回眸自我"之癖;语者哀叹自己的失语状态,一边似借机宣示个人胸臆之充盈,都印证卡莱尔和哈尔姆等人的质疑。不过,卡莱尔的警示固然有益,另一位重要思想家的观点则让我们看到另一个思想侧面,而其所言亦代表维多利亚时代的反应。约翰·S·穆勒虽一度以务实的功利主义观点著称,却多次撰文谈及诗歌对于人类心灵健康的重要性,比如他在一篇早期文章《何

谓诗歌》(What Is Poetry, 1833)中指出,诗歌的职责就是要"真实地描绘人类心灵",而不必顾及是否展现"真实的生活画面",这是因为"一般说来,伟大的诗人经常表现出对生活的无知",

> 他们的知识都是通过对自我的观察而获取的;他们在那里发现一个人性的样本,极其灵妙、敏感、细锐,而人类情感的法则就以昭彰的大字写在这个样本上,无需费力研究就可以被人读懂。①

穆勒认为,"一切诗歌在实质上都属于独白(soliloquy)……因此,诗歌是孤寂和静思的天然果实;"他还强调,"那些个人情感至烈者才拥有最高等级的诗才,但条件是智识文化领域(intellectual culture)能够给予他们一种语言,让他们表达这种情感。"②

一种文化需要有这样的宽容度,对诗人寻找自己独特语言的行为应表示适当的同情,即便是他的极端内省。在看问题方式上,诗人往往有别于批评家。比如,我们的长处可能在于埋头研究,但也会因盲信自己的评论话语而陷入局促的文字空间,反而读不懂那些"昭彰的大字"。有时候只有通过诗文这种人类语言,才能较有效地表达有关人类语言(当然也可以包括评论语言)会失去效力的思想。拜伦不放弃斯宾塞诗节,一方面可宣示人类文字的力量,另一方面又以熟悉的形式表达着"任何文字构筑都不完全有效"这一层意思,最终也并未阻止我们专注于内容,即有人想企及群山的表意方式。诗语倾向于描写超越诗语的事物,有字的和无字的两个世界竟可发生如此密切的关联,这里面有讽刺成分,但又不值得大惊小怪。这也是为什么我们前面说到诗语与失语的天然关系,而即便"失语"一侧所及之物都轮廓不清,也并非比喻的灾难,因为还有思想因素助其一臂之力,更何况山峦和岩石的"意象"都十分"具体"。

前面提到阿诺德将拜伦和雪莱视作两类人。在此,仅让我们再参考一下他对拜伦评价中较正面的观点。与今天一些评论家不同的是,他认为相对于雪莱的诗歌而言,拜伦与华兹华斯的文思有一个共同的特点,即都具有"真正的实质(real substance)、力量、价值",因此,他相信"拜伦这样的修辞

---

① J. S. Mill, "What Is Poetry." *The Emergence of Victorian Consciousness*: *The Spirit of the Age*. Ed. George Levine. New York: The Free Press, 1967, p. 388. 带着重点字代表原文中的斜体字。

② 同上书,第391页。

家(rhetorician)对文坛至关重要"。① 但阿诺德另外警告人们,不要仅仅从修辞角度评价拜伦,因为拜伦最终想超越诗人的身份,进而站在政治角度,对现实社会和文化做出批判。这种批判者形象也为后来的人所熟悉。当然,阿诺德指出,别人的政治,甚至"属于他自己阶级中自由派的那种政治,都与他格格不入",因为

> 大自然并未将他塑造成贵族自由派(a Liberal peer),并未让他在上院正式地提出动议,或对英国中产阶级自由派的能量和自立性表达敬意,并为此调整自己的政治立场。正是由于不适合于这类政治运作,他才投入诗歌,找到自己的发声器官(organ)。②

诗歌可以帮助他表达对许多事物的不满,而这种不满与我们通常以为的"进步"、"自由"或"民主"的视角并没有太大关联,至少阿诺德这样看。阿诺德特别指出,令拜伦非常反感的是,

> (自己的国家)凝固在一个由既成事实和主导观点所织成的体系中,而我们国家最强有力的群体——我们强大的中产阶级——却对这个狭隘和虚假的体系表现出奴隶般的精神屈从,这正印证我们所说的英国式的市侩习性(British Philistinism)。③

若仅仅为了修辞问题或诗人的自我沉迷而忽略拜伦诗歌中的社会评判视角,就可能不得要领。阿诺德告诉我们,出身贵族的拜伦很容易像他的同类那样"俯视"中产阶级的习性,只是同类们言行不一,最终都"步入英格兰的公共生活——世界上最相沿成习的(the most conventional)生活",并"向它致敬",而拜伦则不然,他不仅不愿顺应潮流,也鄙视自己阶级的摇摆:"'我永远不会以任何形式向芸芸众生讲应时虚伪套语的行为(canting)献媚。'"④ Canting 行为,最终又归结到语言层面,也是阿诺德帮拜伦找到的终极标靶,亦像是为后者对雷电的景仰做了间接的注释。若是在今天,或许拜伦仍会俯视我们这些正常的大众,大概也包括各种文化人的流行而低效的表意俗套。

---

① Matthew Arnold, "Byron". *Essays in Criticism*. Second Series, 1888. *Poetry and Prose*. Ed. John Bryson. London: Rupert Hart-Davis, 1954, pp. 715, 728.
② 同上书,第 727 页。带着重点字为笔者所用。
③ 同上书,第 726 页。
④ 同上书,1954,第 726—727 页。

第八章　济慈看到了什么？

上世纪 80 年代，英国学者玛里琳·巴特勒（Marilyn Butler，1937—　）编辑了一本 18、19 世纪之交英国一些思想家有关法国革命的论说文集。在该书绪论中，她表达了自己对于那些具有公共关怀和大众意识的作家的兴趣，并指出，由于我们自己的价值观已先期受到某些浪漫理念的影响，因此我们在判断当时散文作品的孰优孰劣时，往往会"在私下里使用美学的和个人化的价值尺度"，我们会认为"好的文字应该与个人经历有关，而不是涉及公共问题"。① 虽然巴特勒也提及诗人，但她所谈论的主要是时下论说文作家。不过，先不管她自己的上下文如何，她的话能让我们意识到，某些先成之见的确会支配我们的判断力。比如，我们可能也会使用类似的传统尺度，视个人抒臆的诗文高于漫论时情的散文；在诗文中，视个人冥思的诗文高于对话社会的诗文。我们或许会意识到，在浪漫主义诗人中，约翰·济慈（John Keats，1795—1821）对现实社会问题的关注度尤其偏低，而且后来一些读者居然也正是因为这一点而偏爱他，这两个涉及诗人和读者的侧面大概构成了一个较极端的例子。当然，巴特勒所代表的一些新的评论倾向并不能完全瓦解传统观念，毕竟"个人"和"美学"等并非仅是平面概念，其所体现的所谓成见或偏见并非可以简单地消除掉，而对社会政治议题的直接关注也尚不能充当作家与现实互动的全部。或可说，仅就济慈而言，他用自己的方式捍卫着个人主观世界的丰富性和复杂性，维护着文学思维和美学思维的重要作用，因而也维系着诗人或文学家在现代社会中的尊严。

济慈在 1818 年 4 月写给友人的一封信中说道他很不情愿与公众对话，而只想"为了某时某刻的高兴而为自己写作"：

> 对于公众，对于现存的任何事物，我没有一丝一毫的谦卑感，我的谦卑感只面向永恒的存在（the eternal Being）、美的原则（the Principle

---

① Marilyn Butler ed. *Burke, Paine, Godwin, and the Revolution Controversy*. Cambridge UP, 1984, p.16.

of Beauty)以及记忆中那些伟大的人类。

他甚至补充说:"在我所写的所有诗行中,没有任何一行含有哪怕一丁点公众意识的痕迹。"①济慈说话不讳己见,以倾向性鲜明著称。不过,既说到倾向性,以上这类说法应主要体现他个人的价值理念或艺术敏感性,不见得能限定其诗作字里行间的所有内涵,尤其就诗意效果而言。但另一方面,至少"美的原则"和"伟大的人类"这两个概念提醒我们,相对于其他诗人,济慈的确在较高的程度上通过回眸史上伟大文学家而获得写作灵感,而不是总以现实事物或社会事件为诱因来进行创作。虽然他的诗文也触及现实的苦难,他也写过诸如《秋颂》(To Autumn, 1819)等大致不含中介因素而直接面对自然的佳作,但权且武断一点讲,其写作过程所体现的机制,主要不是从历史到诗歌,不是从事件到诗歌,而是从诗歌到诗歌,从前人的文学到他自己的文学。在涉及其作品的内容层面,我们所看到的其人物所经历的情节过程也并非总是从事实到意念,或从常识到激情,而更多的是从激情到激情,从幻想到行为,或从诗性美感到生命的热情。这听上去似接近有关济慈的一种评价套语,即其诗歌体现对美的追求,但我们此处所言与这样的归纳有所不同。

所谓中介因素,以济慈的一些叙事诗为例,其所述情节有时正是涉及广义的诗性因素(poesy)如何介入到人类生活中,以不同形式对个人行为产生影响,甚至在所谓误导的过程中拯救了生命力。济慈用斯宾塞诗节(Spenserian stanza)写成的叙事名诗《圣阿格尼丝日前夜》(The Eve of St. Agnes, 1820)中有这样一个细节:男主人公波费罗(Porphyro)在经过一番周折而终与女主人公玛德琳(Madeline)共享激情时刻后,说他自己是"一位饥渴的朝圣者,——得救于奇迹"②。他的这个自我评价很接近济慈本人对他的——或对整个事情的——评价,体现诗人对于"得救于奇迹"(saved by miracle)这个短语之字面意思的重视。波费罗尚在"此山中",最多是有感而发,不可能完全弄明白事情的实质。或者,即便说他看清了所以然,也是因为济慈看得清所以然。当然,"奇迹"之说也成为一些读者或学者颠覆或揭

---

① John Keats, "To J. H. Reynolds, 9 April, 1818." John Keats, *Selected Letters of John Keats*. Revised Edition. Ed. Grant F. Scott. Harvard UP, 2005, p. 113.
② 原文见 John Keats. *The Poems of John Keats*. Ed. Jack Stillinger. Cambridge, Mass.: The Belknap Press of Harvard University Press, 1978, 第316页,第38诗节,第339行。以下济慈诗作引文页数或行数均指向此版本。

穿的对象,大家会觉得波费罗的这句话其实是一种托词,或是对自己行为的美化,而实际上奇迹后面有较精心的谋划或盘算;爱情的"奇迹"并非那么神奇。

的确,波费罗本人使用过"计策"(stratagem)这个词。《圣阿格尼丝日前夜》所讲的故事涉及基督教早期历史的殉教者阿格尼丝(291?—304?),一位年仅13岁的古罗马少女,因信奉基督教而被迫害致死,后被追封为圣徒,成为处女和恋人的主保圣人,圣阿格尼丝日则被确定在每年的1月21日。根据具有迷信色彩的传说,在这个日子的前夜,少女若心怀虔诚,遵从俗例,躺在床上勿左顾右盼,即可在半梦半醒中看见未来夫君的影像。本诗中的玛德琳正是处在这样一种传说和憧憬的笼罩之中,看上去痴迷有余,清醒不足,而波费罗一方则正是要利用这个机会,直接进入角色,投其所盼,弄假成真。他的"计策"令他本人"热血激荡",也把老女仆安吉拉(Angela)"吓了一跳",但是冬日无聊,城堡阴冷,波费罗又无恶意,最终她还是答应把他"秘密领入玛德琳的闺房",以便让他"趁着无数的仙灵在她的被罩上游还时",为他自己"赢得一位无与伦比的新娘"。①

不过,无论波费罗的计策,还是他本人的真实存在,其作用都并未大于由传说、迷信、神话和幻觉等因素所构成的一个气氛,现实的行为和剧情是在某种诗性因素主导下展开的,受到了它的关护和塑造。揭穿或颠覆这个现实剧情的意义不像我们想象的那么大,甚至也不见得颠覆得了。进入角色——这是波费罗计策的实质,而计策之如此,个人再有意为之,也尚未做到既是演员又是导演,也不见得能完全预见和控制事情的发展,甚至最终也不能冷眼看清到底发生了什么,如何传说中的"剧情"就能成为眼下的实情,似让他凭空达到目的,心想而事成。"奇迹"也是在这个意义上发生的。而玛德琳本人何尝不是这种气氛的受益者。无论她有意无意,仅从客观效果上看,有关爱情的传说使这位少女幽会未来丈夫的行为拥有了所谓合法性,在心理上帮她开脱,在现实上为她免除诸多繁琐,或清除各种障碍,让她也似在特许状态下体验到激情与神奇的同时发生。波费罗的歌声使她睁开眼睛后,她发现真实的波费罗跪在床前,梦幻与现实之间发生断裂,两种空间不接合,真人与梦中人之间的落差有些滑稽。但她不是让自己完全醒来,不是去适应现实,不是改变话语方式而直接向他求爱,而是痴迷地对他哭诉

---

① 与"计策"有关的这些情节见第304—306页,第15—19诗节。

说,眼前的他让她很失望,"你怎么变成这个样子!"于是要求他帮她圆梦,把她在梦幻中所体验到的那位爱人的"声音"和"相貌"等等全都归还给她。用我们的话讲,她这是在要求床边这个真实的人进入到她的梦境,而且其语气听上去认真而执拗。波费罗听明白了这"诱人的语调",立即让自己"融化于她的梦中,就好似／玫瑰花将自己的芳香与紫罗兰交融"。所谓真相,服从于所谓假象,而不是反过来,尽管在实际的肉体行为上可能差异不大。这体现一个济慈式的思考:在实际层面,所谓圆梦常常就是延梦。在梦幻与现实的边界线上,人类频繁地往来,生活即成为越界行为,而往往让雪莱等人体味到的失败或绝望,有时在济慈笔下得到缓解,因为他让真相与假象更紧密,让现实成为梦幻空间的外延,让行为融入传说,让恋人们参与传奇,成为它的一部分。一种广义的诗性氛围成就了两位恋人的机缘,模糊因素延伸到人类行为中,让我们得以生存,犹如大剧场对小舞台的围护。

假象或"谎言"可以拯救激情和生命,这种含有佯谬成分的构思是济慈在用自己的方式呼应一些诗人和思想家对广义诗性因素的辩护。在这个意义上,另一首叙事诗《拉米娅》(Lamia,1820)更明显地展示了济慈对有关议题的思考。简单讲,此诗主题所及,就是谎言的来临。或者说,在济慈的笔下,一种类似于文学虚构的因素来到人间,带着善意,使生命的热情从无到有,成为事实。甚至诗中的女主人公拉米娅不仅仅代表文学虚构,也可以直接代表艺术家个体。之所以我们做这样的联想,在一定程度上是因为受到日后英国维多利亚诗人弗雷德·丁尼生(Alfred Tennyson,1809—1892)一些做法的启发。《拉米娅》这首叙事诗的内容涉及古希腊有关女蛇怪的传说。故事开始时,拉米娅是一条蟒蛇,尽管其令人眼花缭乱的外表具有女人的某些特色,但眼下其作为蛇的本质不变,这是与她有关的基本事实。她远离人间,潜居于"幽暗的灌木"中,孤独而郁闷,却也满怀欲念与憧憬,渴望与"生活、情爱、欢愉"等实质的人间经历发生瓜葛,尤其是再见到那位害得她单相思的科林斯城(Corinth)青年利舍斯(Lycius)。经与众神使者赫耳墨斯(Hermes)私下交易,她被赋予人类女性的外表,从蛇到人,整个蜕变过程痛苦而剧烈,但结果是,她从原先那"盘曲的坟墓"中脱身而出,以新的面目示人,或展示亦属于她的一目了然的事实,即一位有史以来"最美妙的少女","明艳","清纯","多情"。[①] 她来到人间后,引起并享受到激情与活力,当然

---

① 有关拉米娅之现状、交易、蜕变等内容见 Lamia I,第 453—457 页,第 35—190 行。

也很快遭遇到繁杂礼俗和现实理念的侵扰，终受到致命伤害。丁尼生是济慈文思最重要的传承者之一，这是评论界的共识。尽管我们不能在两者笔下的人物之间建立直接的预示和呼应关系，但两位诗人之间的思想关联的确诱使我们去观望丁尼生诗中的近似情景。下一章我们将谈到丁尼生所勾勒的一些孤独的女性，如夏洛特女士、玛丽亚娜、俄诺涅，以及《艺术的宫殿》中的女殿主等，她们多抑郁寡欢，眺望人间，或寻求解脱，最后付出代价。英美学界曾有观点认为这些女性在某种意义上代表了艺术家的灵魂状况。这些人物和此类观点似提供了一个思路，让我们回过头来更大胆地设想拉米娅这个"人物"的象征意义，尤其是其所涉及的艺术外表和外表后面的孤独与辛苦，以及诗性假象的功用和它的易损性等。有了这样的设想，我们所说的"谎言的来临"这个概念即拥有更丰富的意义。

　　文学研究者正常的工作之一就是将文学文本历史化，立其于恰当的现实语境，使其真实而可靠。然而有的时候，"历史化"会蜕化为对所谓历史真相的简单追究，甚至这种冲动会演化为学者们所特有的一种焦虑。《拉米娅》中有一个局部为一些读者所知晓。年轻学者利舍斯爱上貌似美女而实则蟒蛇的拉米娅后，正准备与她结婚，这时他的导师阿波罗尼亚斯（Apollonius）——一位更大的学者——前来帮他看穿真相；导师将在盛大的婚宴上告诉他，所谓美女，仅是外表，怎能掩盖蛇的本质。似乎外表越是美女，越需要我们揭穿实质。这时作为叙述者的诗人似有些等不及，及时插入他的评论：

> 冷的学识稍一介入，难道
> 不是让所有的妩媚烟消云散吗？
> 天上曾经有一道令人敬畏的彩虹，
> 而如今我们知道了她的原理、她的纹理，
> 终于将她编入普通事物枯燥的目录里。
> 学识会剪断天使的双翼，用泾渭分明的
> 逻辑征服所有的神秘，净化充满精灵的
> 天空，清理本由地神们保护的矿区——
> 拆掉那个彩虹，只因她刚才让柔弱

而婀娜的拉米娅成为仙灵的化体。①

此前,拉米娅已经对利舍斯急于拥有而又不知如何拥有她的样子表达了担忧之情。她本来就是假象,无论学人或恋人,若真有才智,不应总想着如何揭穿她,而是如何体味和呵护假象的妙处,毕竟她并无恶意。因此,她一上来就对他说,如果非要把她留在人间不可,如果他执意认为她非同凡人,那就不应该完全按尘世的惯例对待她,也不能够把她与实质相分离。恋人身为学者,尤其应该明白这个道理。

> 你是个学者,利舍斯,因此必须知道,
> 精纯的神灵们不能在下面的尘寰中存活。
> 唉!可怜的青年,你拥有何种口味的
> 纯净于一般空气的空气,能让你慰抚
> 我的实质?②

从我们角度看,"我的实质"(my essence)正是她的假象,其所谓需要"抚慰"的对象。此刻拉米娅所担心的,不仅涉及眼前这个男人对于外貌都是假象这个道理的不醒悟,也涉及其进一步将假象抽象化,把她视为比美女还美的"仙女"或"女神",从而导致她在更大程度上面临被颠覆的危险。当她确认利舍斯对她的依恋达到一定程度之后,她"不再作女神",而是以"女人的角色"面对他,以女人之美反倒给他更多的欢乐。当然,拉米娅此举,仅貌似贴近了现实,而实际上倒是增加了假象与实质之间的张力,或使两者的关系更富有意味,因为无论拉米娅变得多么真实可信,其表仍不是其里,更实质的欺骗即将开始,而且更容易成功——除非利舍斯意识到外表已经就是实质,无需再去探究其他的实质;除非他以不同的眼光接受所谓欺骗,将美视为真,毕竟其所眼见的美貌"虽然将人迷倒,却也常常能确保让人得到拯救"。③

但是,作为更大学者的阿波罗尼亚斯则要前行一步,他崇尚真相,冷对美貌,无论如何要用他那双锐利如"长矛"的眼睛刺穿假象。婚宴开始后,

> 这位秃顶的哲人,

---

① Lamia II,第472—473页,第229—238行。原诗文为对句体。此片段中的"冷的学识"原文为 cold philosophy,学界一般认为指"自然哲学"或自然科学,另认为济慈提到彩虹时想到牛顿的光棱所产生的负面效果。
② 同上书,459页,第279—283行。
③ 此部分内容见 Lamia I,第461页,第328—339行。

> 眼睛眨也不眨,死死地盯住
> 花容失色的新娘,扬眉怒视着她那
> 美妙的外形,折磨着她那甜美的自尊。

一时间拉米娅变得如死人一般,整个大厅也在利舍斯的尖叫声中变得鸦雀无声,"成千个爱神木(myrtle)的花环都染上病害。"再看新娘的脸颊,"已完全枯萎"。用我们今天习惯的方式讲,导师的确具有真才实学,因为拉米娅的外表的确具有欺骗性,而被其所掩盖的历史事实则完全是另一回事。这里面的客观道理无可置疑,需要说明白。但在绝望中,利舍斯一方似悟到另一层道理,于是勒令他的导师闭上他的只见其一不见其二的眼睛,否则天神们会以更圣明的目光揭示这位导师的盲目性。这种揭示当然也是揭穿。利舍斯甚至意识到,他的导师所擅长的只是一种不敬的、傲慢的诡辩论证法(sophistries),他才是真正的毒蛇:

> 看看那个灰胡子的家伙!
> 看这魔鬼附身的人,他那没有睫毛的眼睑
> 如何包裹着那双魔鬼的眼睛!

蛇的眼睛是没有睫毛的。不管怎样,乐园到底被蛇摧毁了,利舍斯也见到真相,但在济慈笔下,知识竟以生命为代价,学者们不知是否预见到此中暗含的讽刺。拉米娅如幻象般消失,利舍斯的生命也带着所有的活力与激情黯然逝去。① 至于导师一方的得失,济慈没再讲下去。

倘若我们抛开一般道理的层面,而姑且把以上所引"冷的学识稍一介入"那段诗文中第三行的"天上"改成"诗作中",我们也会发现《拉米娅》这首诗的价值,其他一系列引语以及此处"冷的学识"、"学者"、"导师"和"天使"等名词也会相应产生恰到好处的、相关的意义。改好后可以一路读下去:"诗作中曾经有一道令人敬畏的彩虹,/ 而如今我们知道了她的原理、她的纹理,/ 终于将她编入普通事物枯燥的目录里"等等。我们在本书第二章开始时说过,浪漫诗歌中的彩虹意象可以象征不同的诗性因素。在这个意象空间里,许多以外在因素为表意媒介的事物之间都可以发生可类比的关系,比如拉米娅的外貌与艺术作品之间、拉米娅这个"人物"与诗人之间、诗文与彩虹之间。先不说济慈自己也有类似于拉米娅的"甜美的自尊",也的确受到

---

① 有关诗文见 Lamia II,第 473—475 页,第 245—311 行。

评论家的严重伤害,只说他和其他一些浪漫诗人一样,确实有意无意致力于维护诗歌语言所具有的不能尽解的丰富性,而且他们不是凭空生出事端,宣扬华而不实的抽象理念,而是在与此前思想界崇尚经验常识和定量思维的倾向进行公开或潜在的论争过程中形成自己的立场。今天,我们许多严肃的读者也成为从事文学批评的学者,也经常使用诸种具有一定简括效果的文化批评的、历史主义的和量化分析的手法。我们的收获颇丰,有不少正面的研究成果,但尤其对研究诗歌的学者而言,参读一下济慈等人与前人对话的文思,有利于我们避免以一种手法取代其他手法,或许有机会从诗人的角度想想问题,缓解学者的焦虑,在所谓"解构"或"澄清"等方面有所收敛,对知识之外的知识产生一定的知觉。

拉米娅与利舍斯的直接接触始于歌一般的话语,是"唱"出来的;辅之以美貌,立刻将利舍斯迷住了。此后的他就像是对一个迷人的幻影讲话,不断要求她"留步"、"停下来"、"不要消散"。这才引得拉米娅说,"如果让我在这片泥土的地面上留下来的话,"你必须懂得如何呵护我。① 接下来她一面欲擒故纵,一面继续用歌声和低语诱惑他,而即便她看准时机转用女人而非女神的面目对待他,她也知道美的力量,而且自信美能够拯救人。美成了赋予生命活力的关键因素,这在一定程度上让我们联想到《圣阿格尼丝日前夜》中的拯救概念。《拉米娅》中这些有关歌声和美貌的诗意似折射雪莱较早时所作的一段诗文。雪莱也通过诗歌意象对那种欲看穿实质的举动表达了复杂态度。本书第二章谈及雪莱诗作《阿拉斯特;或孤独的灵魂》(*Alastor*; or *The Spirit of Solitude*, 1816),说道在这首诗中,作为主人公的那位年轻诗人在旅途中做了一个梦,即评论家较常提到的梦见面纱少女片段。梦者梦见这位少女坐在自己身旁,绵绵地唱着歌曲。她蒙着面纱,其歌曲也像一片纱幔,将溪水和轻风编织在一起,

  用一张
  色彩斑驳和色调闪烁的网(web)
  使他最内在的感觉暂失感知力。②

那么,她唱的是什么呢?这个编织物的主题是什么呢?紧接下来的诗行告

---

① 见 Lamia I, 第 458—459 页,第 244—281 行。
② 见 David Perkins ed. *English Romantic Writers*. Orlando, Florida: Harcourt Brace Jovanovich College Publishers, 1967, 第 962 页,第 151—57 行。英文原诗文字面意思也有凭这张网把肉体感知功能托离真实地面的意思(held... suspended in its web...)。

诉我们,诗人面前这个遮着面纱的形象所直接传递给他的,或者明明白白地写在艺术纱幔上的,有"知识、真理和美德",还有"神圣的自由的理想",还涉及诗人的诗性想象力(poesy)。这些主题都显得较抽象,像是些言不由衷的符号,但它们几乎汇集了人类文化或精神领域不同层面的所有好的东西,而且与自然的编织材料(溪水和轻风)有机地融合在一起,不乏浑厚与丰富性,对于作为听者或读者的诗人产生强烈的诱惑力。① 于是,诗人渴望直接触摸歌的源头——少女本人,似乎情欲的因素也必然介入到"解读"的过程,似乎不这样就不足以完成接触实质的过程。他隐约看见薄纱后面颤动的肢体和嘴唇,终于再也克制不住欲望,要拥有她。然而就在他俩接触的瞬间,另一种纱幔——黑暗——"遮住了他那晕眩的眼睛,/ 黑夜吞没了那个幻象,"而所谓"实质",一时间竟烟消云散。醒来后,诗人何等不甘心,竟然要去

> 超越梦幻的领地,
> 热切地追寻着那个闪现于瞬间的幻影。
> 他越界了。

越界后,什么也没有抓住:

> 啊!啊!那肢体、
> 那气息、那生命,怎能如此不牢靠地
> 织构在一起?失去了,失去了,永远地失去了,
> 那个美妙的形状,消失在昏暗的睡眠世界的
> 漫无路经的广漠荒野中!②

这一部分的诗文,尤其"薄纱"、"织构"(intertwine)、"不牢靠"、"追寻"和"越界"等一些词汇,所含有的象征含义丰富而明显,既涉及哲学意义上灵魂的活动,也可以涵盖一般层面的文化认知行为,比如文本解读。所提到的薄纱共有三种:少女的面纱实际可见,它可以转而支撑第二种面纱,即用艺术方式编织出的无形纱幔;第三种是浓重的黑暗所形成的遮盖物,代表我们欲捕捉所谓客观意义时所遇到的铺天盖地的障碍,反衬出我们的欠缺、徒劳,甚至愚昧和绝望。前两种代表"知"与"被知"之间的中介物,或者说,织出来的表象——或如诗歌文本(its music long, / Like woven sounds...)——隔

---

① 这种有关文化因素可以接近自然因素的认识在其他浪漫诗人的著作中也较易找到。
② David Perkins ed. *English Romantic Writers*. 这一部分的诗文见第 962 页第 158—211 行。"不牢靠地"的原文是"treacherously",含欺骗的意思。

在年轻诗人与少女之间,发挥着动态的作用。如果说他想看穿这层纱幔,这并不是因为它单薄无物,或是一层假象,而是因为它丰富多彩,斑驳而闪动,后面所谓的"实质"正是由于这个外表的艺术魅力而更加诱人。这个外表太丰富了,以至于它本身就可以构成一个真实的境域。于是,在"观看"丰富性和"看穿"中介物之间就形成张力,后一种行为代表一种境界,但它的失败何尝不是使前者也成为不可小视的境界。换一个角度讲,文字或诗歌的中介作用就像拉米娅的美貌或济慈的彩虹,难以被解构,或不可能消失,除非带着背后的"实质"一起消失;我们接触"实质"非靠这个媒介不可,即便它是神话。所谓直接碰撞赤裸的真相,可能也是一种神话。

此类思想正是西方诗人中的诗人但丁留下来的遗产之一,因为简单讲,《神曲》中的旅程也是认知的过程,而此过程的三个阶段都需要中介因素,主要是古罗马诗人维吉尔(Virgil)和少女比阿特丽斯(Beatrice)所代表的中介作用。甚至但丁反复提到或暗示,作为前两个阶段之向导的维吉尔与文字、言词、文体或诗歌这些名词之间可以直接划等号:他就是诗语,不依赖它或企图超越它,都无法在自我完善的路途上前行,尽管旅行的目的是要达到超越语言的精神境界。因此,《神曲》的前两卷充满一种张力,一方面是但丁对包括市井语言、政治语言和情欲语言在内的所谓现实声音之杂乱性的不断蔑视,另一方面则是对有序诗语之积极作用的不断肯定。《炼狱篇》提到,一世纪罗马诗人Statius感谢维吉尔,说在诗歌方面,后者的《伊尼德》(*The Aeneid*)是他的"母亲和乳娘,"帮助他撩开那层"纱幕",让他后来能看到终极的(宗教层面上的)"好处"。① 我们今天也注意到文本的动态性,注意的角度与前人貌似相同,但有时,欧美一些学者后现代文化批判的冲动使他们过多地、简单地把诗歌文本视为假象或符号,或归结为政治意图的转化物。表面上大家甚至都能注意到"互文性"等复杂的因素,但他们也常像济慈笔下的阿波罗尼亚斯那样,将视觉的焦点习惯性地移向所谓现实语境中的(而非终极意义上的)"真相","真相"概念困扰着大家,反倒强化怀疑态度和讯问行为,最终倾向于瓦解所有真相,也并不能确立实质。于是,我们对诗歌的解读也就像阿波罗尼亚斯对拉米娅那样,往往简化为看穿、解构或批判,最

---

① 见《神曲·炼狱篇》XXI、XXII。本人依赖辛克莱尔的英译本:Dante, *The Divine Comedy*. Trans. John D. Sinclair. New York: Oxford UP, 1961,见第275、283、287页。英国诗人菲利普·锡德尼爵士(Sir Philip Sidney, 1554—1586)在他的《为诗一辩》(*The Defence of Poesy*,或译《诗辩》)中呼应了有关诗歌是人类精神乳娘的说法。

终与诗人们对艺术、对真实性的哲学思考和他们自省时所表现出的复杂情怀并不能同日而语,倒可能反映出我们学术话语中隐含的冷漠、生硬和突兀。

在雪莱和济慈之前,华兹华斯等人也多次强调诗歌语言的丰富性,认为诗语有自己的现实,内含着神秘。在专门谈论诗歌的《序曲》第五卷中,他说诗歌的文字就像"无影的风",里面融入"想象的功能",

> 文字中栖居着
> 黑夜,一群仙魂鬼影都在
> 暗中导演着无穷无尽的蜕变,
> 就像身居自己的家中。甚至,
> 在那透明的纱幔内,各种形状
> 与实体也辐射出神圣的辉光,并随着
> 错综复杂的诗句,于瞬间现出
> 似曾相识的面容,那光轮与它们
> 同现,虽然不属于它们所有。①

到底有多少仙灵在从事着她们的活动,无法量化;"无穷无尽"的变化之说也是对我们的提示。这些诗行有助于我们培养自己面对诗性空间的耐心,尚不至于导致对一切文学解读行为的排斥。所谓现实的"面容",已由于面纱(veil)的动态功能而变形了,就像雪莱的面纱少女,也像靠神的帮助或靠利舍斯的审美能力而化作美女的拉米娅。辉光本来不属于原体所有,但与其同现,成为现实的一部分,也是解读的工作面。此乃神秘性之所在。

回过头来看济慈,尤其看他的彩虹意象,他如何仰望文学彩虹并在其中悟到什么呢?济慈的创作寿命短暂,其文思不易分阶段,有些意识虽有所发展,但相似的主题和比喻手法从一开始就贯穿于许多作品中,有时相互呼应。涉及伟大诗人可能达到的境界或伟大诗歌的潜能,他经常用仰视或俯视的意象表达赞叹和羡慕之情,仰视如见到无极的苍穹或奇妙的云朵,俯视如发现浩瀚的大海,仰视的比喻在使用次数上多于后者。较早的十四行诗中已经有不少这样的例子,尤其仰视的意象,其对象与爱情和友情等人类因素所可能达到的状态混杂在一起,代表济慈对"上面的王国"(realms above)

---

① 见华兹华斯:《序曲》(1850)第五卷第 595—605 行。带着重点字为笔者所加。

和"高一级的愉悦"(pleasures higher)的意识。① 除本页注①中提到的一个题目,这类诗还包括"To Lord Byron"(哀伤的辉光如遮住金色月亮的薄纱,使她更"灿烂")、"Oh Chatterton! How very sad thy fate"(友人在最高的天层歌唱)、"To one who has been long in city pent"(城里的人仰望"蔚蓝的苍穹",读文学,听夜莺,看移游的云霞,意识到似从以太中落下的天使眼泪)、"Happy is England! I could be content"(渴望看到意大利的天宇,或端坐于阿尔卑斯山极顶,或热望遇到"眸光更深邃的美女",听她们歌唱,与她们一同在海上漂荡),等。

特别需要提及的是,这些1817年之前写成(主要完成于1816年)的十四行诗中,有不少也涉及其他文学家的作用。"Written on the Day That Mr. Leigh Hunt Left Prison"写道,被禁锢的状况并不能阻止有才华的人在斯宾塞的宫殿中游荡或随弥尔顿一起飞越"空中的原野"(the fields of air)。在"Oh! How I love, on a fair summer's eve"中,诗人希望来到一处遥远而芬芳的荒野,然后借助幻觉的"欺骗性",想到弥尔顿和菲利普·锡德尼爵士,看他们的身形乘着诗的翅膀飞升。这也是仰望大文学家的意象,而且"空中的"和"欺骗"等概念并非含有我们今天习惯于发现的负面意义。伟大诗歌之好处当然不是仅用"美妙"一词就能涵盖的,里面可能涉及任何人间的内容,看上去可能不那么"美妙"。但是,在"How many bards gild the lapses of time"一诗中,济慈最终听到的仍然是和声。他认为人类过去的历史因为许多诗人的存在而变得辉煌,其中有些诗人一直是维系其幻想的"食粮"。每当他提笔作诗,他们就蜂拥而来,不是用噪音干扰他,而是让他听到"悦耳的韵调",而且与鸟叫和水声等自然之音融合在一起,给他安慰。"Keen, fitful gusts are whip'ring here and there"一诗由于含有孤行漫漫夜路的意象(I have many miles on foot to fare…)而让人联想到后来美国诗人罗伯特·弗洛斯特的那首流行小诗,但济慈孤行的勇气来自文学,尤其诗歌。他说他胸中"充溢着"美好的感情,包括弥尔顿在《黎西达斯》(Lycidas)一诗中表达的对同学的友情和意大利诗人彼特拉克(Petrarch)对劳拉(Laura)的恋情,这些使他不惧怕"凄冷的夜气"和"沙沙作响的枯叶"。在"On Leaving Some Friends at an Early Hour"中,诗人乞求获得金质的笔和天使的手,让他在天神与音乐的包围中,写下音律壮美而充满"天际奇景"的诗行,以对得起向极高处攀升的灵魂。

---

① 见"As from the darkening gloom a silver dove"这首十四行诗。

此处灵魂的攀升不是玄学意义上的超越,而是文学意义上的对美妙文字所能达到境界的憧憬和认同,诗人对自己提出挑战,希望诗笔能写出好的韵律,借以展现不凡的意象,而所谓"天际奇景",无非是各种诗化的人类情感。从这个角度看,这类十四行诗中最经常被编入选集的一首"On First Looking into Chapman's Homer",为我们展现了最清晰、最有力度的仰视意象。诗人说他在诗歌的领地游历已久,这些地方是"金子的王国",由诗人们占据,借以向主司诗歌、音乐等艺术的阿波罗神"表达忠诚"。有一片辽阔的疆域具体由荷马统辖,乔治·查普曼(George Chapman,? 1559—1634)的荷马诗作英译本让他有机会体味那片疆域的真纯意境。于是他觉得自己就像仰望天宇者,一时间看见"一个新的星球游入他的视野";或者像登上高峰后发现最大的一个海洋。济慈用以形容荷马文学领地的词组原文是 pure serene,serene 在此是名词,指晴朗的天宇或平静的海域。该诗的一点张力或意趣由此而生,因为无论《伊利亚特》还是《奥德赛》,都与战争和磨难有关,与和平状态相去甚远。根据沃尔特·杰克逊·贝特教授的那部著名传记,最初使济慈惊叹的译文包括《奥德赛》中有关海难的片段。[1] 因此,serene 一词既可以指译文本身的贴切、简洁或精纯,[2]也可指复杂的人类经历经诗歌艺术的强有力处理和转化后所可能达到的、相对于另一位诗人/读者心灵的总体作用效果。将诗人或诗作比作运转的天体,这反映读者所能感觉到的不同的世界,它具有自己的内涵、秩序、轨迹、尊严。俯瞰大海的意象则让人体会到局部的暴烈和整体的安详、内在的繁富和外表的壮观。在另一首 41 行的小诗"Lines on Seeing a Lock of Milton's Hair"(1818)中,济慈直接称弥尔顿为"通晓星体的先师"(old scholar of the spheres),是"(向天上吟诵的)甜美声音的活的圣殿"。[3]不管怎样,济慈可以读出宏大和静与美,他自己也可望达到这种文学创作的境界。

稍后写的几首十四行诗进一步强化这种欲达高超境界的意念,而且,仰视意象继续以高频率出现,已不容我们视其为偶然。名诗"On Seeing the Elgin Marbles"纪录了济慈初见古希腊雕像时的感受。看到伟大的艺术品,他一时间想到自己的低能:凡人的肉身是太大的拖累,反衬出精神的弱小,无法让他达

---

[1] 见 Walter Jackson Bate, *John Keats*. Cambridge, Mass.: The Belknap Press of Harvard UP, 1963,第 84—89 页。
[2] 同上书,第 89 页。
[3] 见第 223 页第 2、11—12 行。

到神圣的极顶，反而越看那些想象的成就，越强烈地意识到"我必然要死去，/就像一只患病的老鹰仰望着天宇。"脑子里模模糊糊意识到那些辉煌，心中却愈加充满矛盾。或者说，昏眩的感觉和不可言喻的痛苦主要来自对"一个宏观大象的影子"(a shadow of a magnitude)的意识。这后一概念使济慈接近雪莱惯用的柏拉图主义视角，暗指曾经存在过的高一级现实或理想艺术境界以及人类社会后来的堕落。几乎在同时写成的另一首十四行诗"To Haydon with a Sonnet Written on Seeing the Elgin Marbles"也表达了这种无力的感觉，也哀叹自己没有雄鹰的翅膀。不过，这两首诗都暗含一点庆幸感，毕竟诗人自己还有自卑的自我意识，还能够哭泣，而许多人看到杰作时只表现出一种"白痴般的发呆"(with browless idiotism)。意识到和意识不到之间有区别。

同样混用天宇和海洋形象的"To Homer"(1818)中再次提到读者一方的蒙昧状态，说我们相对于荷马就像海滩上的人相对于大海，处在"巨大的无知"(giant ignorance)中，但海边的人也期望偶然看见深海中的珊瑚。有意思的是，荷马由于失明，也处在"无知"状态中，但是他的"黑暗的海滩上有光明，"因为，失去了感性的目光，"那层纱幔反而被撕碎，""主神拉开遮住天宇的大幕，让你生存，/海神为你支起一顶水泡簇集的帷帐(spumy tent)"。这里我们需注意，水泡制成的帐篷是半透明的，其"材料"既非全遮光的板材，也并非那种让客观景象一览无余的透明体；既能让人向外看，以有趣的方式将光线引进来，也不至于让事物的所谓原貌或光线的所谓原状都不请自入，因此这种模糊的水泡材料体现了不同的认知力，这很关键。也就是说，半透明或模糊状态可以代表文学家的认知方式，它有别于完全的蒙昧，也不同于科学的方式，而且可能比后者看到的更多，更远。支起了这顶水泡帐篷，天堂、人间、地狱等状态都能被荷马看到，其所获得的是整体的艺术想象，代表了文学家的、超越了一般感性认识的真知，而不只是被简化了的历史或政治信息。有时，整体的艺术处理效果让济慈联想到蓝色——诗的颜色，为他所羡慕，它深邃而优雅，高远而永在，与天空和大海所代表的自然力量又融合在一起。在"Blue! — 'Tis the life of heaven — the domain"(1818)中，他称蓝色是命运的颜色，尤其提到，它虽然只是个幻影，但却含有何等"奇妙的力量"，而看到这一点，需要有"眼光"。这些概念对诗歌读者和当代评论家应该是有益的提示。诗中，他称蓝色标示出月亮神的领空、海洋的生命，以及自然界植物的活力，有机因素十分充沛。

此前的一首书信诗(epistle)"To My Brother George"(1816)将十四行诗中不便展开的有关"眼光"的思想做了较充分的发挥。他说，诗人的生命中会有一些灵光闪现的时刻,让他在海水、陆地和天空中不见他物,只见诗意(poesy);他能在空中看到斯宾塞所看见的骑士和淑女,以及金色殿堂中的喧闹。① 另比如他说道:

> 当他的大脑中充满诗性的文学,他能
> 看见这些奇妙的景象,而且远不止这些。
> 倘若他于某个傍晚纵步徜徉,
> 任轻风轻拂他那裸露的额头,
> 难道他目中无物,却只看到深沉而寂静的
> 蓝色和满天的钻石不停地颤动?
> 或只看到那娇羞的月亮,看她在
> 最洁白的云波云浪中梳妆打扮,
> 然后以端庄的步态,越行越高,
> 像一位美妙的修女展现她那圣日的装束?
> 啊,是的! 跃入他视野的远不止这些——
> 还有飨宴与欢歌,以及黑夜中密布的神秘。
> 如果我能看到它们,我会将给你听,
> 讲述那些让你惊讶而着魔的故事。②

济慈说,这些就是一位诗人有生之年所能享得的愉悦,并能使他于身后享受更丰厚的奖酬,③似乎他把体味丰厚诗意的任务交给了今人。

我们的焦距必然要移向一首思想和感情烈度极高的十四行诗,即"When I have fears that I may cease to be"(1818)。这一次诗人就像他在"To Homer"等诗作中那样,也是自认为站在海滩上,不能进入到一个宏大的空间内,而这个以海洋为代表的空间既象征文学之海,也指向人间情感之海。海洋代表深处,但之所以这首诗中又出现仰视意象,是因为海洋与云朵之间有着奇异而必然的关联。诗人说他孤独地仰望着夜空中铺展的游云,已经看到了代表"某种高级浪漫故事的巨大的字符"(Huge cloudy symbols of a high romance),但是,令他叹息的是,他可能不久于人世,恐怕没有足够的时间碰上那奇迹般的时刻,能让他"勾勒出(那些字符的)踪影"。一般的书写可能赶不上天际的书写,笔

---

① 见第57页,第19—52行。
② 第57—58页,第53—66行。
③ 第58页,第67—68行。

下的字符可能达不到云雾的表意能力,尤其是一些高超的轮廓已出现于他自己的脑海中,因为他同时也感到其大脑就像富饶多产的沃土,而他可能活不到"拾尽落穗"的那一天;或者,他可能完不成计划中的"一堆诗书",来不及用文字的"谷仓""盛满熟透的粮食"。此外,这种对文学境界的仰视与体验真实爱情的愿望之间产生并行关系:诗人叹息他与恋人接触的时间过于短暂,不足以让他有时间品尝那种"无需瞻前顾后的爱情的／仙奇的力量"(the fairy power / Of unreflecting love)。与上述沃土与高超意境之间的关系一样,此处肉体的爱欲与仙意之间也存在着含意丰富的、济慈式的佯谬关系。自然之海蒸发出云团,尘世之海升华出浪漫传奇,简单而丰富的人间经历与文字、诗歌、高超而巨大的云朵图案之间,富饶的土地、直接的激情与幻影和仙境之间,都存在着奇妙的关联,而文学的任务就是要把此中各种各样的形状勾勒出来,让它们像游云一样,成为人类文化领域的超越时间的、相当于自然元素的那种元素。这也是华兹华斯和雪莱等人所共同悟见到文化元素。很可惜,济慈说他没有时间了,高天上隐现的各种创作前景和诗性诱惑距他太遥远,而每当想到这一点,他就孑身孤立在海岸边,想着自己的弱小和局限,直到"爱与名"像海船一样"沉入空无之中"。① 当然,这种对自己肉体局限性的不祥预感和焦虑也象征性地预示了文学世界可以大于人类的历史存在这样一种潜能。

作为在一定程度上与这首诗相关的十四行诗,"On Sitting Down to Read *King Lear* Once Again"(1818)更具体地代表了济慈的浪漫传奇概念与人间磨难成分的合并与相容。他乞求莎士比亚给他更深沉的灵感:"当我在烈火中将自己耗尽,／请给我凤凰的新翅,让我随心所欲地飞翔。"此时向上飞升的目标是一个更有内涵的文学境界,或者说,莎士比亚式的人间关怀更让他仰慕,帮助他强化其所谓"浪漫的故事"。一年多以前,济慈在中篇诗作《睡眠与诗歌》(*Sleep and Poetry*,1816)中已经谈到他希望经历的兴趣变化。他说他计划在诗歌领域中连续浸淫十年,先尽情品味田园世界的甘美,放纵自己的"幻想",在山林水泽间与捉来的半人半仙的少女们(nymphs)共享一段浪漫传奇。不同的少女有不同的好处:

> 另一位将引诱我一步步深入
> 杏林花间和肉桂树浓郁的香气中,

---

① "空无"(nothingness)是直译,不见得指"爱与名"本身是虚无的。Nothingness 也可以简单指"死亡",含有"爱与名"完全消失的意思。参见本书第 224 页注释④。

> 一直来到一处花叶茂密的世界的怀抱,
> 于是在宁静中安歇,宛若两颗珠宝,
> 蜷缩在一枚珠光闪烁的海贝的最里边。①

接下来的自问自答代表了诗人的转变:

> 那么,我到底能否永远告别这些乐趣?
> 是的,我必须离开它们,转向另一种更崇高的
> 生活,让我能够找到各种人类内心的矛盾、
> 人心的痛苦。②

此处所提到的人类苦难较抽象,较多涉及个人,不同于现实社会事件中的内容。济慈说,他要转向诗中所说的这种生活,因为他在远方的天宇上看见一架战车"飞动于蓝色的危崖峻岭之上 / ……驭手带着辉煌的忧虑(glorious fear)探身揽视着风云"。待战车向下滑动一段,他看清驭手在"与树木和山峦交谈",而他的面前"很快出现欢乐的、神秘的和恐怖的形状"。看到他如此有收获,如此聚精会神,仰视者本人也"渴望知道他所写的一切"。③ 济慈仰视到的这架战车代表更高的艺术境界和想象等级,其驭手是大诗人的化身。关于这一点,许多评论家都有共识。但是,我们还需强调后续诗文的重要性,因为它让我们感受到两种世界或两种思维方式之间的张力:

> 幻象全都消失了——那架战车驶入
> 天际的辉光中,取而代之的,是我对
> 现实事物的意识,此时变得加倍地
> 强烈,就像一溪泥水,必然将我的灵魂
> 一直载向死亡。但是,我将奋力抵御
> 所有的怀疑,将维系那个活的形象
> ——那架战车,以及它所驶过的
> 奇异的旅程。④

---

① 第72页,第117—12行。原诗文为对句体。
② 同上,第122—125行。"更崇高的生活":a nobler life。
③ 同上,第125—154行。
④ 第72—73页,第155—162行。"死亡"原文是 nothingness。

抵御怀疑,是因为存在怀疑,但是仍然必须奋力记住,天上的那个幻影是有生命的,或者说,诗歌巨著所代表的艺术世界也是真实的存在,那个旅程虽"奇异",但的确可以发生。对于"那驾战车"的这种信念是合理的,仰视者向上的挣扎也难能可贵,而所谓"一溪泥水"(a muddy stream),暗讽时间、历史事件、肉体病况或现实俗务等因素,或如另一种思维方式、另一类敏感性,把他向下拖,拖向死亡。由于这类因素过于沉重,其他诗人可能无意像济慈那样竭力向上飞升;后来的读者,尤其重视历史因素者,也可能自甘懈怠,不愿随他去探索其要够及的诗歌境界。然而,历史的认识并不能完全取代或压倒超历史的认识,济慈本人"对现实事物的意识"也并未压倒其对那个"奇异的旅程"的维系,不管后者显得多抽象。甚至现实意识反倒可能帮助他更好地表达——也帮助我们更好地品味——其诗歌中涉及俗世和仙境的佯谬。这也是济慈给我们的启示。

全诗临近结尾处,济慈使用了"人类灵魂的漆黑的谜团(dark mysteries)"这个有些华兹华斯式文思意味的概念。他说,尽管少了"供职的理性"帮助他厘清这个谜团,但是,

> 在我的面前
> 不停地滚动着一个宏大的概念,我从中
> 收获了我的自由,而且我也从中看清楚了
> 诗歌女神的目标和终点,它像任何最真实的
> 物体一样,明显可见,就像一年
> 由四个季节构成,就像一个巨大的
> 十字架那样毋庸置疑,或像那古老教堂的
> 尖顶,举向白色的云朵间。①

所见到的含义,尽管指向上方,但就是明显而真实的含义,此中的信念或仰视姿态可谓强烈。最后,济慈又说到"自由",说他看到一些过去的诗人都在超凡的地方自在地生活着,时而怀着忧虑和怜悯倾听俗界的哀叹。他看到彼特拉克深情地凝视着劳拉的芳容:

> 他们太幸福了!
> 因为他们上面有那些舒展的翅膀在自由地

---

① 第 76 页,第 290—297 行。表示"真实"、"明显可见"和"毋庸置疑"的英文原词是 true, clear 和 manifest。"宏大的概念",vast idea;"诗歌女神",Poesy。

舞动,而他俩之间则闪烁着诗歌女神的
笑脸。从她的王座上,她俯瞰着
那些我很难叫得上名字的事物。
此时此地的现实感很容易截断
我的睡眠,但更多的是,思绪一波
一波接续而来,助燃我胸中的
火焰。因此,即使我通宵无眠,
早晨的霞光也能让我惊叹。①

下一步要做的,就是启动自己的诗笔。

在其作于1819年的颂歌中,《慵懒颂》(Ode on Indolence)从相反的方向认定了诗人曾经的向上追求。此时的济慈虽不能预见自己的余生仅剩两年,但已愈感觉到死神阴影之近,时常感味一生所求之徒劳,也因此会陷入懒散倦怠状态。他在这首诗中说,他曾经追慕过三位少女,分别是"Love"、"名分"(Ambition)和"诗才"(Poesy)。最后一位即上面提到的"诗歌女神",她"很不乖顺",他对她爱得更多一些,当然"抱怨"也更多。在第三、四两诗节中,他说这三位少女虽多次在他面前闪过,但此时都"隐去了",而他自己"为了追随她们,曾经那么热望 / 那么渴望拥有翅膀";"可是我没有翅膀。"在后续的诗文中,他说:到了该跟她们说再见的时候了,而且他也不会将泪水洒在她们的裙子上。该诗最后两行,诗人说道:"消失吧,你们这些幻影,离开我这懒散的心境,/ 回到云朵中,再也不要返回到我的身边!"似乎此刻他不再需要翅膀了。当然,"慵懒"主题落入欧美诗坛惯用套路;这首诗的创作也证明诗人尚未彻底懒散,而且此后他还写了其他重要诗作。不过,"云朵"和"翅膀"等意象的确体现济慈对诗人所面对挑战的深切体悟和焦虑。

济慈仰视的高度最终连他自己也不敢完全直言,因为他意识到那是一个充满神奇而又让他惊恐的地方,一般的飞翔(即使有了翅膀)也无法达到那里,许多小诗人的情况让他感觉到这种局限。1818年创作的一些诗歌表明,济慈当时所纠缠的就是阿波罗所代表的境界,他称他为"歌之神"(God of Song)。也正是因为极度向往诗歌的最高层次,他才对我们所谓的现实世界或他所谓的肉体负担产生那么强烈的知觉,对文化中黯淡而反诗性的机械思维倾向产生那么大的警惕。我们可以再一次联系以上谈论《拉米娅》时提

---

① 第78页,第391—400行。"俯瞰着",overlook'd,另外也作"忽略"讲。

到的"文学彩虹"和大学者对恋人情感的颠覆,再联系现代一些评论家对历史信息的凝注,以看清济慈式诗人那一方的一贯企望和凝思。大家各有自己的纠缠和焦虑。在这个意义上,他的一首称作"God of the meridian"(1818)的诗作映入眼帘,不妨全文译出,仅供我们今天的读者或学者参考:

> 中天至尊之神!
> 东方西方之神!
> 我的灵魂向你飞升,
> 我的肉体却被压向地面。
> 这是个可畏的使命,
> 是个可怕的分裂,
> 断然拉开一条鸿沟,
> 待填满尘世的恐惧。
> 的确,当灵魂在我们头上
> 飞得太高远,
> 我们怀着惶恐
> 注视着它那迷宫般的气团——
> 就像一位发疯的母亲看着
> 她那被雄鹰抓去的幼婴。
> 难道这不能成为
> 疯狂的原因?——歌之神,
> 你载着我飞翔,
> 掠过我很难承受的景象;
> 啊,请让我,让我与那
> 热切的诗琴,与你一起,
> 分享那沉实的哲理。
> 请缓和我的孤独的时光,
> 让我带着少一点的惊恐
> 去观看你的隐秘的屋宇!①

空中之"隐秘的屋宇"(thy bowers),本章即可以停止在这个意象上。

---

① 第227—228页。原诗基本为对句体,结尾有省略号痕迹。God of the meridian 指阿波罗神。"沉实的哲理",staid philosophy。"迷宫般的气团",airy maze。

第九章　丁尼生:落下

先借用文学评论领域一般不大使用的话语方式问一句:丁尼生对我们有什么用?当然,这个问题并非仅适用于个别诗人,但谈到丁尼生,笔者还是首先想到如此一问。至于答案,可以很简单:丁尼生首先证明了一个经济上飞速发展的时代可以有诗人。在英国历史上,阿尔弗雷德·丁尼生男爵(Alfred Lord Tennyson,1809—1892)曾经是一个变化最快的时代的最大的诗人。大诗人与经济发展并提,让我们意识到一个极其简单却又容易被忽视的事实:以经济和社会发展著称的英国19世纪多诗人,且相比英史其他时代,大诗人也较多。T.S.艾略特提醒我们:"如今人们不大读长诗了,但在丁尼生的时代,这似乎较为平常,因为相当数量的一些长诗不仅被写了出来,而且广为流传,质量还都很高,甚至那个时代的二流长诗,如《亚细亚之光》,①也比大多数现代长篇小说更值得一读。"②

相当数量的长诗,动辄上万行,这又是一个简单的事实,诸多标题我们不必列举,只是想说明与经济和科技并行的文学领域也可以很繁荣,而且,不管后来的人们如何谈论维多利亚诗歌所谓的"说教"意味,但当时的公众显然甘于阅读那些以他们为教化对象的大作。仅以丁尼生为例,1851年伦敦的世界博览会所代表的经济鼎盛期前后,尤其到了1860年代,英国民众读丁诗的情况愈加普遍,这一点有案可稽。③ 当然,与诗歌发生关联的并不局限于一般读者,此前在1845年,英政府提议女王从王室专款中每年拨两百英镑(即所谓Civil List Pension)资助丁尼生,以作为对其诗歌创作的认可和奖励。托马斯·卡莱尔和丁尼生的挚友亚瑟·哈勒姆(Arthur Hallam,1811—1833)的父亲亨利·哈勒姆等人是促成此事的主要人物,也得到时任

---

① Sir Edwin Arnold (1832—1904), *The Light of Asia*. 该长诗以史诗的手法讲述佛祖释迦牟尼的生命与思想。
② T. S. Eliot, "*In Memoriam.*" Alfred, Lord Tennyson, *Tennyson's Poetry*, 2nd ed. Ed. Robert W. Hill, Jr.. New York; London: W. W. Norton & Co., 1999, p. 623.
③ 参见 G. Tillotson, *A View of Victorian Literature*. Oxford: Clarendon Press, 1978, 第287页。

桂冠诗人不久的华兹华斯的赞许。亨利·哈勒姆写信给丁尼生说:"动用公帑奖赏文学才俊这件事不值得你多虑,任何人都没有在这种事上挑毛病的习惯,再说,尽管我们那位少年维特曾说过,诗歌所及,常常是'对他们那些天生低俗的人的蔑视,'但他们非常聪明,不会向大众表现出这一点。"①"他们"指当权者,好像与诗歌发生关系时显得不自然,但丁尼生本人对政府资助文艺的做法相当认可,受奖时也基本心安理得。他甚至认为像哈莉耶特·马蒂诺②那样拒绝皇家津贴的行为不值得效法。马蒂诺女士多次拒绝资助,理由是有关法令不是由人民制定的,因此她若接受津贴,无异于"从人民手里抢钱"。丁尼生则认为:"倘若人民依照自己的意愿制定法规,倘若以普选的方式操作这样的事情,恐怕再无任何文人能得到什么扶持,毕竟英国大众在这方面的名声并不太好,他们对诗歌的了解与我对猎狐的认识基本相当,多亏了一位有古典学养的绅士在主导时政。"③这里面有一点苦涩意味,似乎涉及文学的发展,首相比人民更靠得住,或者说他的学养竟成了维系诗坛或弘扬文化所需要倚仗的一个因素。另一方面,尽管诗人们私下里抱怨公众的素质,但是公众中的确有相当数量的人在购买和传阅一部部动辄数千行的长诗。④不管怎样,可以说在那个日新月异、蒸蒸日上的时代里,作家、读者、出版界、政府等几个方面都做了自己该做的事情,共同促成文学的盛况(毕竟不能忘了还有小说和散文),让他们的时代相比今人爱说的"盛世"多了一个维度。而若在这个画面后面挖掘另一层意思,那么有当代美国学人告诉我们,丁尼生等人实际上力图在维多利亚社会重现古希腊和古罗

---

① Alfred Lord Tennyson, *The Letters of Alfred Lord Tennyson*, I. Eds. Cecil Y. Lang and Edgar F. Shannon Jr.. Cambridge, Mass.: The Belknap Press of Harvard UP, 1981, pp. 242—243.
② 即 Harriet Martineau (1802—1876),维多利亚时代最著名的女作家和思想家之一。
③ 1845 年致友人的信件,见 Tennyson, *Letters*, I, 第 247—248 页。有学养的主政者指时任英国首相的 Sir Robert Peel (1788—1850), 书信集的编者注释说他曾在牛津大学就读,古典学和数学方面的成绩突出。引文中的带着重点字代表原文的斜体字。
④ 有传记作家告诉我们,丁尼生由于投资失败等各种原因曾一度生活拮据,不过也曾拒绝过其他形式的津贴。到 1845 年他接受 Civil List Pension 前,其经济状况实际上已好转很多,尤其后来他写诗所赚的稿费本身就可达每年一万英镑,而就这样他还连续享受了 47 年的津贴,直至逝世。另外 1850 年起他还领取每年一百英镑的桂冠诗人津贴。1850 年至少有两部长诗问世:丁尼生的《悼念》和华兹华斯的《序曲》,前者印数五千册,后者少于两千册。当然,华兹华斯曾每年享受三百英镑的 Civil List Pension。见 Robert B. Martin, *Tennyson: The Unquiet Heart*. Oxford: Clarendon Press, 1980, 第 17、19 章以及第 22 章第 352—353 页。

马诗人的那种与他们时代的关系,或如果抛开思想层面不提,其所为至少可以让民众感觉到一个现代强国仍然可以有诗歌的黄金时代。[1]

  时过境迁,不能强求今天的人们耐着性子阅读纸版文学巨著。然而,阅读欲望本身是否也已将过时,尚存疑问,即便涉及那种持续而严肃的阅读;而且,对于形式的排斥不必连带上内容。何谓"内容"?借用丁尼生同时代思想家 J. S. 穆勒谈论"时代精神"时的那句名言,"我们的时代充满变化"(Our age is pregnant with change.),变化中的我们一定也会体验到类似的精神焦虑和思想困惑,一定也会遇到各种各样类似的文化迷失和道德危机。因此,有时我们也同样会需要某种相应强有力的、甚至具有史诗气度的文化表意手段来帮助这个时代做到自我认知或自我批判,更帮助个人表达复杂的思想和情感;也会需要某种相应的方式来激发社会的创造能量但同时又协助它制约过度的世俗化、功利主义、物质主义、盲信"进步"和唯科技论等倾向。这个比较文化的视角将我们的注意力引向丁尼生研究的真正相关的方面,即他主要说了什么,所表达的思想内容对我们有什么用,而这就涉及以上答案的第二步:快速发展的社会可以有什么样的诗人,他能投射出什么样的精神空间。这个思想层面给英国维多利亚社会流行读巨著的图景增添了较深的意味。

  英美学界的一个共识是,丁尼生的诗歌具有内在的模糊性,有人为的晦涩,不像表面看上去那样容易解释清楚。[2] 但隔开历史的时空,姑且从当代中国的角度看,他做的两件事比较重要,对我们也比较"有用",当然两件事都离不开高超的诗语表述艺术:一是对商业文化和机械唯物主义的批判,二是对理念等层面的过分矜持和守旧习惯的颠覆。前者主要指向公共领域,后者主要涉及个人生活,两种视角不时变换,而且由于诗意的弹性,两个领域也不能相互独立,如此也是上述所说模糊性的成因之一。但无论哪个领域,大致都涉及精神与物质之间的能量转移与相互体现,也因而关乎理想与行为、往日与今天、空间与时间等因素之间的辩证关系。尤其涉及个人世界,是否在眼花缭乱的变化面前接受变化并相信精神因素可以存在于对社

---

[1] A. A. Markley, Stateliest Measures: *Tennyson and the Literature of Greece and Rome*. University of Toronto Press, 2004, pp. 4—5.

[2] 这样的评价从一开始就有,当时文化界名人 Henry Crabb Robinson(1775—1867)的笼统印象可以作为代表:"他的那些诗充满了才气,不过他喜欢制造谜团,他的许多最精彩的作品其实都是一些诗谜(poetic riddles)。"见 Tennyson, *Letters*, I, 第 232 页。

会现实的适应过程中,或是否可以通过现实的投入而寻找新的精神能源,是否可以有行动中的"浪漫",是否可以让时间与永恒的对立概念转化为时间就是永恒,等等,这些都可能是我们读丁诗时可能遇到的问题。但丁尼生最终的着眼点不是时间而是空间,不是行为而是精神,不是物质和宗教等领域的暗淡,而是难以定义但(他以为)肯定存在的上方的辉光。

需要提到的是,有关维多利亚诗人具有"双重意识"的说法也并非新发现,只是侧重点有所不同。早在1951年,普林斯顿大学学者E.约翰逊就指出,维多利亚时代几位主要诗人经常要面对两种因素之间的冲突,并做出平衡或妥协,一种是他们作为时代代言人的"公共良知",一种是以忠实于自己审美品味为实质的"个人良知",这种双重意识是维多利亚诗歌的"最主要的特征"。这里的"个人"显然指诗人本人,与我们所说的作家视野中的社会个人有别。约翰逊解释说,诗人们为适应时代的变化而调整自我的声音,同时也赢得更大的读者群,提高了影响力,但他们不时要回到自我,表现出家价值观方面的不妥协,这后一种"固执的独立性"很容易导致下一代诗人D. G. 罗赛蒂(Dante Gabriel Rossetti, 1828—1882)和A. C. 斯温朋(Algernon Charles Swinburne, 1837—1909)那样的风格。① 转向具体作品时,约翰逊的分析并不能完全满足我们的期待,而且光就丁尼生而言,其作品中对个人世界的关怀并非总与"审美品味"有关,但是约翰逊所提出的有关"双重意识"的思维框架却非常重要,为我们走入维多利亚诗歌的宏大世界提供了路径。以上所提到的当代学者在维多利亚诗人和古希腊和罗马诗人之间的比较进一步印证了约翰逊的洞察力和基本判断,因为那种既为了国家又不舍弃自我的诗人行为在维吉尔(Virgil)等人身上有经典的表现。总之,"双重意识"概念可以促使我们以更敏锐的方式阅读丁诗,养成变换角度和倾听不同声音的习惯。

我们可以先用丁尼生较早期的一首十四行诗《康拉德》作为引子,协助我们将问题展开。这首诗的原文首行为"Conrad, why call thy life monotonous?",从未在丁尼生生前发表,后来也很少编入选集中。以下把意思翻译过来:

康拉德!为什么你说自己的生活单调?

---

① E. D. H. Johnson, *The Alien Vision of Victorian Poetry: Sources of the Poetic Imagination in Tennyson, Browning, and Arnold*. Hamden, Connecticut: Archon Books, 1963, pp. ix—xvi.

> 为何在你的住地忧心忡忡？水草都缠在一起，
> 不会让水床般的河滩舒适，只让它显得阴沉。
> 生活之岸有各式各样，都很美妙，
> 可你却永远固守在一个岸上。
> 为什么把你的双桨横搁在船上？
> 没有动力你就不能向下漂游，
> 因为生活的波澜中并没有驱动的潮流。
> 我们的生活靠的是抵抗，而最好的
> 生活恰恰就是意志的奋争。你那
> 不抵抗的小船将停滞不前——却也不得平静，
> 而是两侧都受到"不息"之力的击打，任它摇动。
> 啊！冲破这安宁，投向活的漩流，
> 凭借明智的前行来抗击这惰性中生成的水草。①

康拉德可以是任何人，他抱怨生活，却不知问题所在。这首诗具有典型的表面易懂而内容难解的模糊性，是不同读者见仁见智的例子。从公共角度看，崇尚进步、强调发展的人们会接受它，尤其被誉为"明智"的"前行"之原文竟是 progress，②居然有这样一个时代流行词。同样，与个人相联系，严肃读者也较容易立即对"动力"(impulse，也有"冲动"的意思)、"意志的奋争"(the struggle of the will)和"冲破"等体现生命力的表述做出反应，显然也捕捉到维多利亚某些诗歌的一般质感。

这首被忽略的小诗曾被当代英国学者用在一篇专论英国 19 世纪文学"意志"主题的博士论文中，作者(Matthew Campbell)认为该诗的主导"情调"就是由"最好的／生活恰恰就是意志的奋争"这句话体现的，而诗中的基本张力就发生在"惰性"(sloth)和行动这两大概念之间。这样的思考逻辑让作者把丁尼生笔下的尤利西斯等人物划归在与康拉德相对的一侧，因为他们都能"实践自己的意志"；他也从这个角度解释《悼念》(*In Memoriam A. H. H.*，1850)等长诗中不断出现的惰性与行动的对立。作者另告诉我们，其他的评论家还认为《康拉德》这首诗的主导语气与同期更有名的《食落拓枣者》(The Lotos-Eaters，初作于 1832 年)"相反"，因为后者主要表现了不

---

① 除专门标明，本书所引丁尼生诗歌中译文均为笔者所译。此处带着重点字代表原文中的斜体字。

② 一般当然译为"进步"，但此处主要指与"停滞"相反的"进展"或"行动"等状态。

行动的"沉迷"(absorption)。① 作者提到,英美评论界不少权威都认为"意志"成分渗透于19世纪文学中,作者接受这个提示,以卡莱尔的英雄主义观为支撑,以"主动性"(agency)为核心概念,更联系诗韵本身的作用方式,可以说把握住当时诗歌的一个重要侧面。

不过,这样的认识也暴露当代学者偶尔偏硬的概括习惯。尤其就丁尼生而言,尽管我们都知道,除了《悼念》等含较高自传成分的作品之外,其他许多诗篇所呈示的都是某个人物的独白;尽管我们都会经常提醒自己,不能在独白者和丁尼生之间划等号,不能急于把前者所言与诗人本意相联系,但我们也不能理所当然地以为一位诗人可以完全任由独白者自说自话,永远表达与他本人格格不入的观念。揭示心理活动之复杂不等于让个体的声音在单独的作品中都沿一个方向说最后的话,因为那样即等于放弃了单独作品本身的复杂内涵。诗人可能戴上不同面具,以迂曲的手法呈示问题的不同侧面,但侧面之间会有关联,负面的语声也会体现内含的文思,最终都是诗人自己在说话,这也是评论界已有的认识。因此,在指出丁尼生作品之间如何不同、概念如何相对时,似应适可而止,留出余地来探讨可能的内在关联。

的确,对于有些读者,以上这首十四行诗会让人立即联想到丁尼生的几个名篇,比如《夏洛特女士》(The Lady of Shalott)、《尤利西斯》、《食落拓枣者》和《蒂索诺斯》(Tithonus)等。夏洛特女士从久居的孤岛上漂流出去、尤利西斯对无聊生活的厌倦、吃了落拓枣的士兵们只想停留在一个岛上、蒂索诺斯乞求变化,哪怕以生命为代价——这些都以各自的方式与《康拉德》的内容叠织在一起。但正因为可以这样类比,我们自然也会联想到其他这几首诗各自的复杂内涵,以前的评论家们在比较它们时,也曾就是否画等号或不等号的问题上犹豫过,因此,回到《康拉德》,我们也有理由怀疑这首小诗的内涵是否如此而已,是否我们可以在一般读者的印象之外提出一些疑问,比如:"意志"和"奋争"到底指什么?争什么呢?"前行"有无目的?变化等于"行动"吗?到底是"安宁"本身有什么不好,还是这种状态很难达到或维系?为什么又像其他诗歌那样出现了两难的选择,一端是无法忍受的"安宁",一端是致命的变化("投向活的漩流")?为什么有所"前行"总还是"明智的"但逻辑上又让人觉得它不解决最深层的精神危机而甚至不断的"前

---

① 这篇论文后成书发表,有关观点见 Matthew Campbell, *Rhythm and Will in Victorian Poetry*. Cambridge UP, 1999, 第 157—159、162—163 页。

行"也会成为单调的负担? 为什么直接就说"向下飘游",而非时人都会以为的"向上游划行",而且向下飘游竟然也需要"动力"? 放弃"固守"、游离出去也需要"意志力"吗? 为什么我们可能会忽视诗中唯一的带着重点字"抵抗"(*resistance*)以及修饰小船的"不抵抗"(unresisting)? 难道抵抗才是奋争? 抵抗什么? 有什么敌对的事物需要抵抗吗? 抑或正常的(单调)状态才是抵抗的对象?

复杂诗意的最终支撑是个人主观世界的复杂性,因此,诸如这样的一些问题可以被合理地提出来,否则会在效果上把诗歌读成时代的口号。尤其以当时社会为背景,个人世界更复杂一些,因为一个变化的时代给个人的压力是巨大的,需要他做出艰难的选择。丁尼生不管如何古为今用,最终的着眼点即是外界变化背景中的个人情感和精神,这是他与时代对话的坐标。百年来,英美评论界有关丁尼生的著述十分浩繁,但似乎在时代意识和关注个人方面仍有调整的余地。现代美国学者卡萝尔·克里斯特(Carol T. Christ,1944—   )在回顾英美 20 世纪维多利亚诗歌评论史时说到,世纪早期的新批评派为后来的维诗评论定下一个基调,但这个基调是极其负面的。新批评派认为,如果说浪漫派的问题是"解体的敏感性"(dissociated sensibility),那么维多利亚诗人有过之而无不及,把敏感性的"错乱"发挥到极致,其结果要么是丁尼生和勃朗宁式的道德说教诗,要么是"为艺术而艺术"的"纯诗歌"。克里斯特说,后来的学术研究"基本上追随了"新批评派的这个认识,一个具体的现象就是许多颇具影响力的评论家都把维多利亚诗歌视作浪漫诗歌的延续,在浪漫诗人的巨影下梳理着维多利亚诗人与前者的紧密关联。[①]"解体的敏感性"概念来自于 T. S. 艾略特,克里斯特提到,艾略特、庞德和叶芝这三位最重要的现代派诗人虽然都受到维多利亚诗歌的影响,但他们也同样对其有保留,尤其都不能接受那些诗人"道德漫谈的习惯"(habit of moral discursiveness),庞德等更把有些维诗称作"运送思想的""牛车"。[②]放在我们自己的语境里,所谓"说教"的冲动可能就是与时代对话的冲动,这居然成了问题,但现在看起来,在丁诗研究上,无论新批评的批评还是现代派的诟病,都变得不那么重要了。克里斯特本人的著作是对维多利亚诗歌的辩护。如果说此前的学人主要强调维诗与浪漫派的关联,那

---

① Carol T. Christ, *Victorian and Modern Poetics*. Chicago and London: The University of Chicago Press, 1984, pp. 1—2.
② 同上书,第 142—143 页。

么她主要是论证维诗与现代派诗歌的关联,其论据之一就是维多利亚诗人和现代派诗人都共同担心浪漫诗歌中过多的主观因素,也都共同使用了与浪漫派不同的技术手段。从她以后,类似确立这种关联的著作不时出现。但需要指出的是,即便她的矫枉过正不是什么问题,她与她所批评的前辈一样,大致上仍主要是在文学史和文学概念层面谈论传承并做出了自己的重要贡献,而对于当时那个变化的时代在一些诗人眼里到底是什么样子、到底诗人们是在怎样的思想史背景下进行创作,其关注力尚嫌不够,因此在涉及具体诗作时,难免让人觉得略欠力度。对于丁尼生和勃朗宁等人的研究有时可以适当地超越简单的学术行为,有稍大一点的关注,毕竟在他们自己的时代,这些诗人自己曾以那样的气度拒绝变得琐碎,也拒绝被自己的时代边缘化,就像19世纪后期和20世纪有些诗人所经历的境况。

1. "最悲惨的时代"

虽被誉为时代的代言人,丁尼生的诗歌中却经常出现有关外部世界的极其负面的表述,其烈度丝毫不低于卡莱尔、狄更斯和阿诺德等主要作家的那些黑色的文字。完成于1855年的中长篇诗作《莫德;一部独角剧》(Maud; A Monodrama)主要揭示主人公的内心世界,按照丁尼生本人的说法,是"小型的《哈姆雷特》",是"一个病态诗性灵魂的史传,有关他如何遭受到一个不管不顾的投机时代的病害。""投机"(speculation)是主要的标靶。主人公是独白者,在诗中他不断对周围生活做出反应,虽然这样的安排在丁诗中较多见,但这位独白者心理状态有别于常人,他过于敏感,其注意力也紧扣此时此地,反应非常直接。这样的构思也有其独到的一面,似乎诗人也借机享受到难得的表意自由。主人公一上来就在战争和商业文化之间做了比较,称后者是更邪恶的"内战":

> 但如今是前进的年代,都是有头脑的人在施展才能,
> 现在除了傻瓜谁还会相信店家的商品和言谈?
> 是和平还是战争?我以为是内战,而且是更卑鄙的战争,
> 因为用的都是阴招,不是公开地携刀带剑。
>
> 早晚我也和大家一样,被动地接受这个黄金时代的
> 刻印——有何不可?反正我已经再无希望或信念;
> 我会让心灵变成磨盘,让我的脸盘硬得像火石一般,

去行骗或被骗,然后死掉——管它呢?反正我们只是灰土或尘埃。①

"有头脑的人"(men of mind)含讽刺意味,暗指智识有余而良知不足,造成了今天这个样子。"黄金"用的是字面意思,呼应"投机时代"之说,在丁诗中反复出现。更微妙的比喻发生在"刻印"、"磨盘"和"火石"之间,它们借用版画印刷和火石被任意击打等意象来体现时代相对于人心的作用,尤其是评论家一般会注释说,"磨盘"应指被碾压的下面那一层。这样的比喻中所内含的有关现代人无助、无奈、无耻或无道德约束等意思是很丰富的。

这种被碾压的意象在作品的后部以不同的形式再次出现。主人公在决斗中杀死莫德的哥哥,作为其恋人的莫德也随即消失,这让他神情恍惚,精神错乱,被关进疯人院。在里面他抱怨道:

> 死了,早已死去,
> 早已死去!
> 如今我的心只是一把尘土,
> 如今车轮在我的头上滚过,
> 如今一堆骨头疼得乱抖不止,
> 因为他们把我埋得太浅,
> 在大街的下面不过三尺,
> 骡马的蹄子踏来踏去,
> 骡马的蹄子就这样踏来踏去,
> 踏入我的头皮,踏入脑子,
> 从这里经过的脚步如流水一般永远不息,
> 驾车的、奔忙的、婚娶的、送葬的,
> 喧噪与轰鸣,鸣响与撞击;
> ……
>
> 最悲惨的时代,自打有时间以来。
> 他们竟然不能把人埋好;
> 再说我们活着的时候一直交纳教区税,

---

① Alfred, Lord Tennyson, *Tennyson's Poetry*. Ed. Robert W. Hill, Jr.. New York; London: W. W. Norton & Co., 1999, p. 311. 见第一部分第 25—32 行。这个版本就是所谓的诺顿评论版,目前是第二版,第一版发表于1971年,编者也是 Robert W. Hill。

却连丧钟都没给敲一声,也没人给念祷文。
就是因为这个我们才在阴间大声抱怨;
都不干正事了,一个也没有。
只要稍微尽一点职责也许就够了,
但教士们都想杀死他们的教堂,
正像各处的教堂都已经杀死了它们耶稣。①

疯人之口使诗人的议论力度免于受限,或许不必过于注意分寸,倒可以直抒胸臆。但不管诗人是否因此变得更加诚实,这种孤弱的个体被浅浅埋在城市街道下面、以最直接的方式日复一日承受嘈杂生活之碾轧的意象难免令人震骇,再加上有关教会失职和耶稣已死的表述,可以说诗文展示了一个一般人洞见不到的社会景观。后面谈到的《夏洛特女士》中也有十分相似的涉及"婚娶的、送葬的"和各种忙碌的人们在居所近旁经过的文字,此处的内容可以提醒我们不必过于简单地把夏洛特女士所见所闻说成是生机盎然的生活等等,尽管作品之间的侧重点会有所不同。

《莫德》的基本张力存在于在爱情、金钱和战争三点之间。常和莫德在一起的两个男人一个是她的哥哥,另一个是主人公的"情敌",前者"亮出胸脯和手臂,炫耀着／粗野的珠光宝气",后者的爷爷是个矿主,"把煤炭都变成金子,"他本人继承其遗产,成为"暴发户","没有用钱买不到的"。② 主人公失去莫德,就像是输给了金钱。但没有了所谓的终极追求,只强调手段的有效性,现代生活实际上也就真的只剩下金钱,因此,主人在第三部分中所表现出的去克里米亚半岛参战的热情只不过是个借口,并非暴露某种帝国心态,而首先是为掩饰或缓解失去爱人的痛苦,也显示了他不甘心与大众为伍、想另外寻找精神寄托的心情,因为他认为时下的英国人以热爱安定为借口热爱金钱,"把百万富翁看作不列颠唯一的上帝。"他又说:"这种对和平的热爱"实质上就是"对金钱的贪欲,"因而"和平"中"充满了伤害和耻辱,／都那么恐怖、可憎、丑恶,让人难以启齿"。③

这种三点对立的构思在丁诗中不止一次出现,可比性最强的例子就是多年前所作的《洛克斯利宅》(Locksley Hall, 1842),只不过三点之中的最后

---

① Alfred, Lord Tennyson, *Tennyson's Poetry*. Ed. Robert W. Hill, Jr.. New York; London: W. W. Norton & Co., 1999,第 341—342 页,第二部分 239—267 行。
② 同上书,分别见第 323 页、第一部分 454—455 行、第 319—320 页 331—360 行。
③ 同上书,1999,分别见第 345 页第 22 行、39—41 行。

一点变成了四处闯荡的行为。《洛克斯利宅》中的主人公也是独白者,他回忆说自己所爱的姑娘屈服于流行的社会观念,收回承诺,移情别恋,嫁给一位俗气的富人,让他茫然无措:

> 不曾想落入到如此的年代,现在能让我移情别恋的该是何物?
> 每一扇门都用金的门闩闩住,没有金钥匙就别想进入。
> 每个大门口都有成群的求婚者,所有的市场都挤得水泄不通。①

本书第三章提到华兹华斯在世纪初所作的十四行诗"Written in London, September, 1802"中说,在时人观念中,越有钱的人就越杰出;也提到他在同期另一首十四行诗"The World Is Too Much with Us; Late and Soon"中抱怨人们如今只知道"赚钱和花钱",世俗社会变得越来越大,自然的和人文的因素变得越来越小。《洛克斯利宅》折射华兹华斯眼中的这个景象,体现出对今人物欲之强的不安,其中有一处亦说道:"知识的确到来,但智慧却迟迟未现,我也在海岸上迟疑;/ 人类个体都在萎缩,而世间的俗务却越来越浩繁。"②由于不堪被窒息,不甘心变得过于卑微,失恋的个体才寻找别样的精神空间,因此,无论《莫德》还是《洛克斯利宅》,其共有的三点支撑都说明,不能生硬地在《洛克斯利宅》这样的诗和《莫德》等之间制造意义的对立,毕竟体现在不同独白者身上的那种能量转移都有无奈的一面,都暗含着"第三种投入再不好也总比市侩行为强"的意思,都缺乏对"进步"或"前行"之说的真切体味和绝对认同,因而学界偶尔有关《洛克斯利宅》后面部分代表更积极的求索行为的说法大概只说对了一半。无论多么富于英雄气概,丁诗中某些独白者的言辞都要打一点折扣,除非我们视其为重新寻找终极价值的努力。

《洛克斯利宅》最初成诗44年之后,丁尼生写了《六十年之后的洛克斯利宅》(Locksley Hall Sixty Years After, 1886)这首诗,让同一位主人公以更明显的戏剧独白形式表达了更悲观的情绪。③ 此刻在他的眼中,现代生活发

---

① Alfred, Lord Tennyson, *Tennyson's Poetry*. Ed. Robert W. Hill, Jr.. New York; London: W. W. Norton & Co., 1999, pp. 118, ll. 99—101.
② 同上书,第120页,第141—142行。
③ 简单讲,独白类诗歌大致分两种:一般的内心独白(interior monologue)和戏剧独白(dramatic monologue)。在前一种形式中,主人公或自说自话,或以读者为听众,对象的身份不明确,而在后一种形式中,主人公的听者是诗内某个或某几个具体的人物,比如在此处这首诗中是独白者对他的孙子说话。另一位以戏剧独白手法著称的维多利亚诗人是罗伯特·勃朗宁。

生了全面的溃败:"以前哪有任何一个时代像现在这样塞满了敌意、疯狂、字面的和口头的谎言?"于是,"Cosmos"(宇宙)和"chaos"(混沌、混乱)这两个形意略有些相近的词在诗中被重复地放在一起,其界线变得模糊,如"Chaos, Cosmos! Cosmos, Chaos!"①主人公的有些表述方式还让人联想到先前的《洛克斯利宅》,只是所涉及的内容更具体一些:"艺术与希腊越来越少,/科学变大,美在变小。"如丁尼生晚年其他文字所示,此处的"科学"概念主要涉及与达尔文思想有关的笃信进化和发展的理论观点,这就让主人公所看到的画面呈现讽刺意味:

> 就在我们和科学一起徜徉,得意洋洋地享受着时间的进展,
> 城里的孩子们却泡在城市的污浊中,身心都变得乌黑,难道就该这般?
>
> 在城市的那些阴暗的弄堂里,"进步"先生变得跛脚不能前行,
> 罪恶与饥饿让我们的成千上万的少女跑到大街上去谋生。
>
> 城市里的老板克扣缝纫女维生的口粮,不管她多么疲劳和饥饿,
> 城市里的同一间肮脏的阁楼上竟然同时住着活人也停着死者。
>
> 城市里的瘟病就像捂不住的暗火,慢慢爬过地板的朽木,
> 而四处的贫民窟里那些拥挤的大床都是乱伦的通铺。②

让主人公困惑的是,明明是倒退,却被说成是进步,似乎在崇尚进步的科学家看来,一切都无关大局,不过是进化过程的必然;而进步的理论也为社会达尔文主义的产生创造了条件,似乎城市中普遍存在的弱肉强食现象也具备了一定的合理性。

在文化领域,作家们也在"进步",但他们的"进步"往往和"无耻"连在一起:

> 政论家、无神论者、小说家、现实主义者、编诗的人,只要有作家的名头,
> 尽管去施展你的所能,用鲜活的艺术油彩绘出肉体凡胎的隐羞。
> 抖弄出你的兄弟姐妹的弱点,也脱光你自己,展示七情六欲的

---

① Tennyson, *Tennyson's Poetry*, p.555, ll.108,103.
② 同上书,第559页,第217—224行。

丑恶;
管它缄默,管它恭敬——向前——赤裸着——让他们观摩。

用你那阴沟里的污水浇灌少年那含苞欲放的玫瑰花蕾;
把污水引入清泉,否则的话泉里流出来的就会是清水。

让少女的幻想与情思在左拉主义的水槽中沉迷和辗转,——
向前,向前,没错,却也是向后,向下,扎入深渊!

尽你们一切的努力去迷倒最低劣的对象,把上升的人类拖下来;
难道我们不是从畜类的躯壳中升起,然后又落回到畜类?①

向前就是向后,文化的发展即等于堕落,体现在新的主义和手法上的作家之"进化"反而让人类又变成低级的动物,独白者的这种观点与丁尼生本人所见基本相同。

实际上,"向前"(forward)这个词以及与其有关的表述是这首诗反复出现的音符,这反映了丁尼生一贯的忧虑,即它所体现的直线性思维方式让人们忽略了其他精神秩序的存在,其在社会和文化等领域所导致的直接后果就是混乱和腐败,而并非其所允诺的进步或改良。《六十年之后的洛克斯利宅》的独白者感叹道:"向前,向后,向前,向后,其实都发生在漫无边际的大海上,/ 无论你和我都不知道那影响我们的潮起潮落到底有多大的力量。"大海所代表的空间不仅广阔,更与仅仅前后方向的移动状态迥然有别,因此,即便进化论意味着"永远向着某个理想的目标登攀",但只要单纯地强调进化,就必然引出"向后"或"逆转"(reversion)等概念:"永远会有逆转将进化拖在泥潭。"②社会的乱象就是证明。另外,在意象和措词层面,同时出现在这两首诗中的"向前,向前"的"呼喊"将它们联系在一起,使其成为上下篇,只是在主人公看来,60年的时间使曾经的精神依托蜕化为自嘲的话柄,当时是信誓旦旦,此刻重温前诗结尾处那励志的声音,连一点余音都听不到了,"除非在寂静的墓穴中",而且也没有必要再喊"向前","让我们闭上嘴,一万年过后再喊'向前'也不晚。"不仅现实的混乱证明了独白者有悲观的理由,世界的历史在他眼中也是劣迹斑斑,有接连不断的政治纠纷、战争冲突、宗教迫害和群众运动等等,一次更比一次厉害:"我们发展到现在,是否真的已

---

① Tennyson, *Tennyson's Poetry*, p.556, ll.139—148.
② 同上书,见第 558 页,第 193—200 行。

经远离原始部族的欲望?"①

丁尼生晚年有一首诗直接题为《绝望》(Despair, 1881),虽诗内的语者又是一位戏剧独白者,但其立场与丁尼生本人很接近,诗内的一些意思也多次出现在其书信等文字中。该诗大意是一对夫妇因信念全无而跳海自杀,丈夫被一位卡尔文教派②的牧师救起,醒来后对牧师讲述自己对生活的看法。他说:

> 你救了我——可这怎能算做了件好事?
> 你不请自到,违背我们的意愿,插手我与大海和我的末日之间;
> 至今已有三天,让我在这不见天日的阴霾中又多活了三天,
> 又是如此的生活,没有阳光,没有健康,没有希望,没有来自
> 地球上任何事物的任何乐趣。

他回想自己在被海水卷走之前见到岸边灯塔的情景,想到它那"滚动的眼睛"使无数人免于海难,但"它救了那么多人有意义吗?反正我们所有的人早晚都得沉没。"他说自己当时的意识是"我害怕的不是死亡,而是活着。"③他说他曾仰望天空,觉得星辰间如火的光焰貌似来自上帝,但其实"它们的光芒都是欺骗":"天上并没有灵魂,地上并没有灵魂,/ 只有一部燃着烈焰的长卷(a fiery scroll),写满了悲鸣和呻吟。"④

此类具有典型维多利亚时代意味的悲观表述在诗中不断加重:

> 啊,我们这些可怜的孤儿,脆弱不堪——孤独地留在那孤寂的
> 海滩,
> 低智的大自然把我们生了出来,至于生出来的是什么她根本不管!
> 我们已经不再相信地上的花朵竟会是天堂的果实⑤——
> 我们这些可怜的魂灵——没有魂灵——本来自畜类,再与畜类
> 同死。⑥

孤弱感主要来自对于上帝已消失的体认,再加上现代科学家和理论家各种

---

① Tennyson, *Tennyson's Poetry*, p. 554, ll. 73—93.
② 兴起于 16 世纪的欧洲新教一脉,以否认自由意志和重视勤奋致富等理念为特点。
③ Alfred Lord Tennyson, *Tennyson's Poetry*. p. 534, ll. 4—14.
④ 同上书,见第 535 页第 15—20 行。
⑤ 参见华兹华斯的《颂歌·不朽性之启示》,尤其结尾:"最最卑微的花朵也能引出 / 常常是超越了眼泪的深沉的思想。"
⑥ Alfred Lord Tennyson, *Tennyson's Poetry*, p. 535, ll. 33—36.

说法又未能帮助人们解答精神领域的关键问题,这就更增加了主人公的失望情绪。在夫妇二人就要被海流吞没的时刻,他们习惯性地叹息了一声"啊,上帝!",但也知道这是"徒劳的":

> 我们读过他们的那些全不知的书籍,① 我们投向了黑暗的那一边——
> 啊上帝,当我们死后,当我们死后,或许,或许,倒能见他一面;
> 反正在地球上我们从未见过他,这地球是个没有天父的地狱——
> 再见了,我的爱人,永远永远地走好,永远永远地离去!
> 从没有哪声呼喊像这样凄凉,自从有世界以来,
> 从没有哪个亲吻像这样悲伤,自从有人类以来!②

有关"全不知的书籍"等内容,主人公还向牧师坦白说:

> 是否我曾疯狂地着迷于他们那些可怕的异端著述?是,我曾疯狂,
> 因为,你知道,如今是新的黑暗时代,是属于流行读物的时光,
> 所以,有蝙蝠从他的洞里现身,猫头鹰们都在正午时分狂噪,
> 而"怀疑"是这粪堆的霸主,竟冲着太阳和月亮高叫,
> 直到我们的科学所拥有的太阳和月亮都双双化成血水,
> 还有"希望",一路追着"善"的影子奔跑,到时也已心碎;
> 这都是因为他们那些全知和全不知的书籍在四下里被手手相传——
> 而我们俩也曾在你的那个全知的教堂里跪祷,就在沙滩的上边。③

这类激烈言辞所针对的既有现代唯理性传统之内的怀疑论者的傲慢,也有与之相关的一些崇尚科技而轻视信仰的"异端"认识,当然还有那种推崇工商活动、认同世俗成就也因此像是给现代人指明道路的"全知的"宗教信条。宗教与务实的科学理念好像互不相关,但在独白者看来,它们或暗淡,或阴暗,都共同颠覆了人类赖以生存的更宏大的精神空间,"科学"的一方以自由意识和自由的怀疑为借口而使个人的主观世界受制于实践和实证,"教堂"

---

① "全不知的书籍":Know-nothing books,指不可知论(agnosticism)者有关上帝的存在与否无法被知或被证明的论述,该理论属于现代怀疑论一种。
② Alfred Lord Tennyson, *Tennyson's Poetry*, p. 536, ll. 51—60.
③ 同上书,第 537 页,第 87—94 行。带着重点字代表原文的斜体字。诺顿的编者在注释中提示,太阳和月亮化成血水的意象来自《圣经》,指耶稣降临之前的昏天黑地的景象。

的一方则强调宿命和具体成就,因而让人感到压抑。因此,现代社会的各派势力都像蝙蝠等与黑暗相关的动物,都来到明处,成为时代的宠儿,使世界更加喧闹。

晚期另一首表达绝望情绪的诗是《大空无》(Vastness, 1885),其中的语者基本上是丁尼生本人,似干脆摘去了独白者的面具。他主要责问那种被现代科学和物质主义等信条剥夺了终极价值之后的生活有何意义,而所谓"终极价值",仅就本诗而言,就是对于人类灵魂之不朽和爱之永恒的认同,若不认同这些,若只弘扬肉体就是肉体、死亡就是死亡的逻辑,生存就失去意义,人类的一切努力就会被吞没在空无中。在诗人的视野内,

> 到处的谎言,在此地,在那边,都像没有真理的暴力,引起智者的哀叹,
> 无数的声音,将他的见解淹没于大众文化的一波一波涌动不息的谎言;

这样一个世界充满令人眼花缭乱的景象,善与恶、高贵与低贱、胜利与失败,无所不有,而且往往是后一方颠覆前面的。另比如:

> 至高的信仰,或信仰全无,迷失在笼罩着校园上空的怀疑的夜幕中,
> "骗术"手握一捆包治百病的草药,后面跟着大批傻瓜,像是女王的附庸;①

丁尼生的主要长诗之一 *Idylls of the King* 里面也存在着许多借古讽今的辛辣评价。这部讲述中世纪亚瑟王与圆桌骑士故事的组诗耗用了诗人数十年的时间,其题目在我国有不同的译法,大致可直译作"歌唱国王的田园诗丛",而这个意思也的确可以使丁尼生与15世纪写了《亚瑟王之死》的马洛里爵士(Sir Thomas Malory, 1405?—1471, *Morte Darthur*)有所区别,因为马洛里的立场摇摆于亚瑟王和骑士朗斯洛(Lancelot)之间,具有两重性,而丁尼生则更多地偏向于亚瑟王身上所体现的尊严、秩序观、伦理道德观等更具有所谓英国气质的精神美德,更多地视其为往日辉煌的象征,并从这个角度反观时代的变化和世风的溃败,表现出相当悲观的情绪。比如,年轻骑士 Pelleas 追慕 Ettarre 的故事就揭示了骑士精神的没落,Lancelot(朗

---

① Alfred Lord Tennyson, *Tennyson's Poetry*, pp. 549—550, ll. 5—12.

斯洛)等主要骑士也都变得不守信用,女士们"肉体的美"让人误以为就是"灵魂的美",年轻骑士看不清背后的肉欲和背叛,遭受理想主义的挫折。后面的比武一章(The Last Tournament)一开始也表达了相同的意思,更进一步说明许多其他的规矩也都坏了,有人私下里议论,"一切都斯文扫地,""我们圆桌的辉煌一去不返。"① 此时朝臣中最明白的人莫过于亚瑟王的弄臣 Dagonet,他对春风得意的 Tristram(汉语多译作"特里斯坦")说,虽然大家都称他为 Fool,但他在自己的周围也并没有发现"更聪明的人",或者换一个角度说,"太多的聪明人让这个世界烂掉了"。② 这让我们联想到前面《莫德》的引语中"如今是前进的年代,都是有头脑的人在施展才能"的说法。相对于以往的传说,丁尼生让弄臣变得正面,也同时让 Tristram 这个以浪漫和洒脱著称的骑士变成了负面人物,成为新一代玩世不恭、及时行乐、放纵物欲和追求功利的代表,甚至让他堂而皇之地唱道,我们需要"新的生活、新的爱情,以适应新的时代";"放开的爱情,开放的天地——我们该及时地恋爱"。③

在著名的"亚瑟之死"一章中,亚瑟对其所指挥的伐逆之战有不好的预感。一天清晨,他的人马来到一处"荒凉的大海的荒凉的沙滩":

> 迄今为止亚瑟从来没有打过如此一仗,就像这次
> 这西部国土上最后的、阴沉的、荒唐的一战。
> 死灰色的晨雾掠过沙滩和大海,送来一缕寒意,
> 当他吸入时,潜入他的身体,让血液一起变冷,
> 直到整个心脏都凉了下去,就像是感觉到
> 莫名的恐惧;困惑感笼罩着所有的人,即便
> 亚瑟本人,因为他看不清他在与谁作战。
> 毕竟在雾中,朋友或敌人无非都是影子,
> 朋友杀死朋友,都在不觉之中;有些人的
> 眼前频现幻影,都来自金色的青春;有些人
> 看到苍老的脸庞,都是先人的幽灵前来探访
> 战情;还有,在迷雾中既有许多高尚的
> 举动,也不乏卑鄙的行径,一对一的
> 搏杀中显示出侥幸、诡计或实力,

---

① Alfred Lord Tennyson, *Tennyson's Poetry*, p. 483, ll. 210—212.
② 同上书,第 484 页,第 245—248 行。
③ 同上书,第 484 页,第 275—281 行。

> 更多的却是团体对团体的突袭与冲突,
> 但见劈裂的长矛、砍破的铠甲,
> 破盾之声、刀剑相拼的铿锵,战斧落向
> 斑驳的头盔,也发出巨响,还有那些
> 呼天呼地的信徒的尖嗥,他们倒下时
> 仰望上天,却只见到迷雾的缭绕;
> 还有异教徒的喊叫,或来自叛逆的骑士,
> 诅咒、辱骂、污言秽语、恶魔般的亵渎、
> 虚汗、抽动、疼痛、人畜的肺部在那浓雾中
> 艰难喘息,还有对于光明的哭求、
> 将死之人的呻吟、已死之人的余声。①

如此对于一片乱象的表述可谓强烈。阿诺德的短诗《多弗尔海滩》(Dover Beach, 1851?)是我国读者较熟悉的作品,被认为是对维多利亚时代政治、文化状况和思想状况的纵览式的评价,里面也有凄凉的海滩和信仰之海已经退去等说法,尤其使用了各路人马混战于原野上的意象。阿诺德以诗内语者的口吻说到,我们眼前的世界貌似很新奇很美好,但是

> 实际上并没有欢乐,没有爱情,没有光明,
> 也没有恒信(certitude),没有平静,没有解痛的良方;
> 而如今的我们就像是在一片黑暗的原野上,
> 听到处传来争斗与溃逃的分辨不清的喧声,
> 那是无知的各路大军在黑夜中交兵。②

丁尼生在"亚瑟王之死"中的表述引起更具体的联想,比如团体间的对立、新旧世界之间的断裂、宗教信仰的危机、无神论者的傲慢,以及各种纷争因缺乏最终理由而让人产生迷茫感等等。

亚瑟受伤后,Bedivere 骑士把他背入一座"荒废的神殿":

> 一所残破的圣坛,竖着一个残破的十字,
> 伫立在一处阴沉而荒芜的狭长地带,
> 一侧是海洋,另一侧是一个

---

① Alfred Lord Tennyson, *Tennyson's Poetry*, p. 513, ll. 93—117.
② 《多弗尔海滩》最后的五行。"无知的"(ignorant)也有"不辨敌友的"意思。

大湖，但见一轮满月于空中高悬。①

精神的败落和价值观的蜕变装点出荒野的特质，让这片阴沉的土地产生象征意义。Bedivere 最后哀叹道："我看到那真诚的往日时光都已经逝去，"代表那个时代的"圆桌的全部都已经溃散"，以后所见都会是一些新面孔，人们的"心思"也都不一样了。亚瑟慢慢回应他说：

> 旧的秩序改变了，让位于新的秩序，
> 上帝以许多的方式完成他自己的意愿，
> 以防某个好秩序太单一，让人们变得颓靡。②

这是亚瑟的临终遗言，算是对 Bedivere 的抚慰，但也强化了一个时代已经结束的感觉。亚瑟说他自己将乘船离去，到一个遥远而美妙的海岛上疗治自己的"剧烈的伤痛"。这种告别人间的方式预示丁尼生本人在《驶过索伦特海峡》(Crossing the Bar, 1889)这首小诗中所期待的辞世方式，他也希望人们在编他的诗集时把这首诗放在最后，以作为个人在现实世界中所表达的最后意思。

以上只是一些较鲜明的例子，目的是提醒读者注意到丁尼生诗作中有关人类精神处境的极其黑色的表述。这虽然是一个表面的问题，但有些读者可能出于自己对《尤利西斯》和《轻骑旅的进击》(The Charge of Light Brigade, 1854)等流行诗作的认识而对丁尼生作为时代代言人这件事产生某种片面的联想，从而忽略充斥于其作品中的困惑感和绝望感。丁诗中的批判性和悲观情绪如何估计也不会过高，甚至我们对这位维多利亚时代最重要的诗人所形成的第一印象中就应该包含"迷茫"、"荒原"、"黑夜"、"谎言"、"混沌"、"孤寂"、"可怜的孤儿"、"退化"、"卑鄙"、"畜类"、"最悲惨的时代"等等这些词语所代表的思想成分。我们可能习惯于在阿诺德、卡莱尔和狄更斯等人的文字中寻找有关社会生活的沉重评价，但是丁诗中亦有丰富的例证，而且更容易让人找到那些最深切而悲凉的内感。对于这个所谓表面的问题的认识可以让我们进一步意识到，一位与现实社会紧密互动的大诗人可以在最深层的意义上根本就不认同现代生活的走向和现代世俗理念的演进。

当然，此处的话题也为我们提供了倾听作家群体声音的机会，我们有必

---

① Alfred Lord Tennyson, *Tennyson's Poetry*, p. 514, ll. 177—180.
② 同上书，见第 519—520 页，第 395—410 行。

要简单联系其他文人,辨听那些交织在一起的呼应和回声,以便感味那个充满生机、万千变化的时代竟引出思想家们那么强烈的质疑,也不断让我们回想起本书绪论开始时所引用的柯尔律治的那段诗文。一个枝节理由也支持我们这样做。英国维多利亚时代的大文人间有难得的良性互动,讲友情,结成"圈子",或有跨代的交往。上面举了《多弗尔海滩》与"亚瑟之死"在局部意象上的共性,再前面我们所引用的丁尼生《绝望》又在表述层面与阿诺德的诗形成呼应,这首1881年创作的诗歌里出现了"没有阳光,没有健康,没有希望,没有……任何乐趣"的说法,显然让人联想到《多弗尔海滩》中的一连串否定语。这都是小例子,只为说明阿诺德一方的类似关注。在表意方式上,阿诺德当时比任何人都更倾向于直言现代人生活在后歌德、后华兹华斯时代的这个事实,两位诗人一位代表智慧,另一位代表沉静的思维和有机的内在感受力,这些文化质素都随人而逝。的确,涉及现代人的孤独与异化、市井环境的喧杂、商业气氛的毒化作用、群体间的纷争、敌意以及普遍的信仰危机等等,阿诺德的有关诗行比比皆是,更有《写于沙特勒兹修道院的诗节》(Stanzas from the Grande Chartreuse, 1852?)这类哀叹过去时代一去不返的著名作品。

丁尼生与狄更斯和卡莱尔的关系更近,说他们意趣相投不算过分,而且不仅是因为他们之间有私交。可以说,为后人所熟悉的20世纪现代派诗人艾略特等人的"荒原"说就衍生于维多利亚时代这几位伟大作家的互动中,还可以加上浪漫诗人和罗伯特·勃朗宁等人的有关诗语,且前人的表达力度不逊后人。[①] 本书绪言中说到,作为小说家的狄更斯对于机械因素和商业因素过分侵入社会生活肌体的情况深感不安,他将《艰难时世》等作品题献给卡莱尔的做法表达了一些共同的理念,多与丁尼生所持者大同小异,而且共同体现华兹华斯和柯尔律治等前辈作家的重要影响。[②] 此处亦不深探有关狄更斯的复杂话题,仅为读者举几个例子,以期说明,若提起丁尼生对一些

[①] 涉及艾略特和"荒原"概念,美国学者哈罗尔德·布鲁姆甚至认为《荒原》这首现代派的名诗主要是对丁尼生(以及19世纪美国诗人惠特曼)的一些诗语和思想的"改写"。见 Harold Bloom, *The Western Canon*. New York: Riverhead Books, 1994, 第10、180页,以及 Harold Bloom, *Genius: A Mosaic of One Hundred Exemplary Creative Minds*. New York: Warner Book, Inc., 2002, 第373、410页。

[②] 有关华兹华斯对狄更斯等人的影响,可参见北大英语系客座教授 Donald Stone, *The Romantic Impulse in Victorian Fiction*. Cambridge, Mass.: Harvard Up, 1980,以及 Stephen Gill, *Wordsworth and the Victorians*, Oxford: Clarendon Press, 1998。

事物的不留余地的批判性修辞方式,①狄更斯小说中以最高级形容词等极端语气为特点的表述方式可以与之形成呼应。熟悉他的读者可以重温许多著名的段落,此处我们做一个简略的组合。最明显者如《双城记》一上来对一个时代的评价:

> 那是最好的岁月,那时最坏的岁月,那是智慧的时代,那是愚蠢的时代,那是信仰的纪元,那是不信的纪元,那是光明的季节,那是黑暗的季节,那是希望的春天,那是绝望的冬天,那时我们面前拥有一切,那时我们面前一无所有,那时我们都直奔天堂,那时我们都直奔相反的方向。

那个时代指的是1775年及以后的岁月,直至法国革命爆发,但语者笔锋一转,说今天这个时代就很像那个时代,作者的视野可谓开阔,但通过这一联系也表达了今人的困惑和忧虑。

《艰难时世》中对现代工业小市镇的描述也充满绝望情绪。该小说的一些特点让英国评论家 F. R. 利维斯(Frank Raymond Leavis, 1895—1978)把它与诗歌相联系,说它"是一部诗歌性质的作品",很像莎士比亚式的"诗剧",利维斯甚至认为狄更斯"是一位伟大的诗人"。② 与诗歌相像的原因很多,其中有一点在利维斯看来就是对时弊的洞见力:"在《艰难时世》中,他一反常态,受到一种宏大视野的支配,而就在这个视野中,他看到维多利亚时代文明的诸多反人性的现象都受到一种坚硬哲学的扶植和特许,"③而所谓"坚硬哲学",指的就是社会上流行的功利主义和实用主义理念,其所依赖的是我们在绪论中所说的量化思维方式。这种理念给社会环境和人类生活造成严重伤害:

> 这是个到处都是机器和高耸的烟囱的市镇,无穷无尽长蛇似的浓烟,一直不停地从烟囱里冒出来,怎么也直不起身来。镇上有一条黑色的水渠,还有一条河,这里面的水被气味难闻的染料冲成深紫色,许多庞大的建筑物上面开满了窗户,里面整天只听到嘎啦嘎啦的颤动声响,

---

① 勃朗宁夫人(Elizabeth Barrett)曾转述他人有关丁尼生在平常生活中如何憎恶伦敦的话,说他"毫无节制地痛骂一切"(abusing everything in unmeasured words)。见 Alfred Lord Tennyson, *The Letters of Alfred Lord Tennyson*, I, 第253页。
② F. R. Leavis, *The Great Tradition*. New York UP, 1973, pp. 242, 247.
③ 同上书,第228页。

蒸汽机上的活塞单调地移上移下,就像一个患了忧郁症的大象的头。镇上有好几条大街,看起来条条都是一个样子,还有许多小巷也是彼此相同,那儿的居民也几乎个个相似,他们同时进,同时出,走在同样的人行道上,发出同样的脚步声音,他们做同样的工作,而且,对于他们,今天跟昨天和明天毫无区别,今年跟去年和明年也是一样。

……这个镇,在物质方面,四处所表现出来的都是事实、事实、事实(fact,fact,fact);在精神方面,四处所表现出来的,也都是事实、事实、事实。那个麦却孔掐孩学校就完全是事实,那个美术工艺设计学校也完全是事实,而雇主与受雇人之间的关系也都是事实,从产科医院到坟墓,全是事实。而任何你不能用数字来说明的或任何你不能证明可以在最廉价的市场买得到又在最昂贵的市场卖得出的东西,这里全没有,也永远不应该有,无论千秋万世,阿门!①

如此这般,"这个镇"也可以成为"最悲惨的时代"的一个佐证。而所谓诗人般的宏大视野,特别是此处烟熏火燎的景色,让我们有理由再提及《荒凉山庄》(*Bleak House*)开篇有关烟雾的表述。该小说审视现代法律制度,讽刺那种迟来的或无谓的正义,以迷雾浓烟来表达道德秩序的混乱。在小说一开始的五个段落里,语者说最高法院处在迷雾的中心,周围的"浓雾是最浓的,泥泞的街道是最泥泞的";若与这个法庭相匹配,"迷雾再浓重、泥潭再深都不过分"。甚至整个社会场景都染上了混沌而恶浊的气氛:

烟尘从一个个烟道的顶管处垂了下来,就像是下起了轻薄而黑色的毛毛雨,还夹杂着烟垢的薄片,在我们的想象中都如硕大的雪花——只是都裹黑奔丧,为了太阳之死。泥沼中的那些狗都无法分辨,马匹也好不到哪儿去,连眼罩上都溅满泥点。还有徒步的路人,每个人都传染上坏脾气,举着的雨伞相互碰撞,又纷纷在街角处失足跌到,就像此前成千上万的其他路人,于天亮后(如果这也算天亮)不断有人滑倒跌跤,让新泥淤积在一层又一层的老泥之上,牢牢地贴住着这些地点的道沿,利滚利地积累。

到处都是雾。雾在河的上游,在绿色的岛屿和草地间游动;雾在河的下游,在一排排靠岸的货船之间、在来自那个巨大(而肮脏)的城市而

---

① 出自《艰难时世》第一卷第五章。除最后一整句外,译文用的是全增嘏、胡文淑译《艰难时世》,上海译文出版社,1978年。

在水边积留的垃圾之间滚动,自己也变得污浊。雾在埃塞克斯郡的沼泽地上,雾在肯特郡的高地上。雾溜入煤船的厨房间;雾伸展于船坞的空场,或盘绕在大型船只的索具中;雾低垂于那些驳船和小船的舷缘。格林尼治的那些领退休金的苍苍老者,雾在他们的眼中,嗓子中,在他们的救济院的火炉旁咻咻滑过;还有那暴躁的船长,当他又在狭小的船长室内点燃午后的烟斗,雾就在斗中柄中;雾也残忍地掐捏着他那个学徒工的脚趾与手指,不管他在甲板上冻得发抖。此刻碰巧从那些桥上经过的人们会在桥栏外瞥见由雾形成的下层天宇,四周全都是雾,就好像他们在升空的气球中,悬在云雾间。

雾的原文是 fog,比 mist 要浓重,有时也指烟雾。这又是一段十分生动地文字,是利维斯所说的诗人式笔法,以纵览式或全景式画面呈现给我们地狱般的社会质感,字里行间流露着对于所谓"进步"的疑问,甚至有丁尼生式的对于上层天宇越来越遥远的感叹。

狄更斯稍后一点写成的《远大前程》说到乡下孩子皮普初到伦敦时对这个伟大城市的印象。他首先被伦敦的宏大震慑住了,但同时也隐隐约约觉得它实际上"丑陋、扭曲、局促、肮脏"。很快,他意识到自己"一个个伟大期望中的第一个期望太不完美了",站在自己落脚的客栈房间窗前,"悲哀地望着窗外景象,"他自言自语道:"伦敦肯定是被高估了"。那个被称作伯纳德客栈的地方具体是什么景象呢?

> 在我眼里,那个凄凉的小空场就像一块无碑的墓地,我觉得我从未见到过如此阴沉的(dismal)景物:最阴沉的树木、最阴沉的麻雀、最阴沉的猫、最阴沉的房舍(大概有六七所)。这些房舍分成一组一组的客房,不同客房的窗户内外可见到各样破损的百叶窗和窗帘、歪斜的花盆、破裂的玻璃、剥落的墙灰以及简陋的修修补补,我觉得这些将每一种程度的破败状态全都展示了出来。而那些没人的房间都向我亮出一块块的牌子:出租出租出租……①

从农村来到城里,就像是从伊甸园来到活地狱,皮普将要从这里开始体验现代社会商业原则的运作。在这个意义上,读者还可以最终参见狄更斯的《我们共同的朋友》(*Our Mutual Friend*,1865)这部小说,因为它把《董贝父子》

---

① 皮普初到伦敦时的感官印象可见《远大前程》第 20、21 章。

(*Dombey and Son*，1848)等书中所呈示的拜金主义、《荒凉山庄》中法律与官僚体系的运作以及《小杜丽》(Little Dorrit，1857)中所揭示的社会谎言等内容综合起来，集中体现在那个著名的大垃圾场(Dust-heap)意象中，商业利益、政治权利以及名利场中的各种东西都与污秽和粪便等同起来，竟成为世人贪求的对象。

涉及"最悲惨的时代"，卡莱尔也贡献了自己一方的佐证，形成这三大文人在思想意识和语言表述上的相似性。卡莱尔与济慈同龄，年长丁尼生14岁，丁有时会低调谈论他和卡莱尔的关系，但实际上两人之间过从不疏，国外评论界也一般会将其二人共同看作维多利亚文学和思想的主要奠基人。以上我们引用的丁诗片段中出现过"黄金时代"(《莫德》)和"金钥匙"(《洛克斯利宅》)等象征性概念，国外学者在这些词语与卡莱尔的有关表述之间看到明显的互映。1988年，美国学者迈克尔·迪姆柯发表《卡莱尔与丁尼生》一书，专门谈论两人的关系。迪姆柯认为他俩都强调文学与现代生活的相关性，所感兴趣的题材都涉及"时代精神"，所看到的问题都反映时下的热议。① 他说："在丁尼生的作品中，我们不仅可以发现一些卡莱尔式对于现实问题的具体解决'方案'，也可以发现丁尼生式对各种各样卡莱尔式理念的转化。"卡莱尔对大众的迟钝愈加不耐烦，绝望之中言辞也会变得极端，因此在这个背景下，"丁尼生一方面力求恰当地体现他所认为的那位哲人最优秀的训示，另一方面依据自己的理想改写卡氏思想中较极端的部分"。② 迪姆柯认为，就丁尼生的主要诗作而言，尤其涉及其1842年之后的作品，诗人所关注的诸如伦理、社会和宗教等议题几乎都是"卡氏的主项"。

因此，对于卡莱尔式的主题潜在于丁尼生的诗作中，我们不会感到惊讶。我们会发现那种对于英雄个体的兴趣、那种对于超验思维的强调、对人与人关系的不懈关注(尤其看重那种田园般或质朴的类型)以及对社会和宗教议题的无处不在的重视。③

卡莱尔思想中反机械思维、反物质主义和商人行为的成分尤其得到丁尼生的直接呼应，迪姆柯特别提到《洛克斯利宅》等作品中所表现出的那种卡莱尔式的对于"商业泥坑"(Commercial mire)的"愤怒与沮丧"。④

---

① Michael Timko, *Carlyle and Tennyson*. The Macmillan Press Ltd.，1988，p.55.
② 同上书，第62页。
③ 同上书，1988，第55页。
④ 同上书，第66页。

《卡莱尔与丁尼生》一书的倾向性意见是,虽然卡莱尔在很大程度上影响了丁尼生,但后者不像卡氏那样绝望,对人类理性和人间合作具有相对较强的信心,也更多地期盼一些社会良方会慢慢发挥效力;借用丁尼生短诗《尤利西斯》中的人物对比,可以说卡莱尔很像"成事不足"的父亲尤利西斯,而丁尼生则更接近儿子忒勒马科斯(Telemachus),"能够把本职工作做下去"。① 迪姆柯之所以持此类观点,主要与他强调公共空间这个立足点有关。然而,持续地在这个基点上将两人进行比较,抑或引起疑问,因为无论卡氏思想中所谓丁尼生式的成分,还是丁氏思想中所谓卡莱尔式的成分,都可能因此而略受抑制。迪姆柯认为丁尼生的焦点在家庭,与个人不同,家庭与公共空间概念更多地发生关联。他认为丁尼生重视家庭单元,因此他在这一点上超越了前人,更是卡莱尔所不能。家庭所体现的一切才使"真正的文明人"有别于达尔文式的"天然的或动物的存在",才使人类生活具有了"尊严和目的";家庭道德与社会道德相互依存,甚至国家的兴衰也维系在家庭完整之上。相比之下,卡莱尔过于单纯地着眼于个人精神信仰,此举不如丁尼生的"良方"更具操作性。②

迪姆柯如此把握两个人的异同,具有启发性,尤其他对丁尼生的判断,符合丁氏典型信念,也把诗人放在较坚实的地面上。在某种程度上,除我们前面提到的因素之外,家庭这个概念亦有助于将《歌唱国王的田园诗丛》与马洛里所讲的亚瑟王故事区分开:马洛里偏爱骑士精神,丁尼生看重社会伦理,因此他才在现代社会重写这个传奇。但是在这里,我们有必要把 T. S. 艾略特对读者的告诫重温一下。他于1936年写了一篇谈论《悼念》的文章,为学界熟知,其中主要提醒人们不要把公共空间中的(比如记者和镜头面前的)丁尼生完全等同于其个人。艾略特强调其思想的神秘性或飘忽性,其所谓积极的一面有时禁不住推敲,比如提到丁诗中的宗教因素,艾略特说:"(《悼念》)不是因为高质量的信仰而成为宗教诗,而是因为高质量的怀疑。"③涉及主要思想家之间的比较,我们不必过多地把诗文简括为伦理信条,或因此而忽视诗人更加内在的情绪。至少在语言表述的层面,有关谁的

---

① Michael Timko, *Carlyle and Tennyson*. The Macmillan Press Ltd., 以上诸观点参见第 64—65、59—61、68—69 和第 187—188 页。
② 同上书,1988,第 187—188 页。
③ T. S. Eliot, *Selected Prose of T. S. Eliot*. Ed. Frank Kermode. New York: Harcourt Brace Jovanovich, Inc., 1975, p. 245.

言辞更极端或更悲观的判断不像我们所想象的那么有意义。如以上所引，丁尼生诗文中的那些重话也是达到极高烈度的。

不过，卡莱尔一方对时代的评价的确非常激烈。国内读者对于他的许多言论并非全都很熟悉的，我们不妨翻译几段，体会一下为什么它们曾经让那么多读者感到震惊，为什么那么多维多利亚的文人受到过他的影响。就卡莱尔在20世纪欧美学人眼中的地位而言，一方面由于其所特有的那种时而怪异时而晦涩的文风，一方面也因为他在中后期对于现代民主的怒斥，他在较长的一段时间内受到冷遇，但他的许多极端言论往往有一个上下文，比如其有关民主风潮等问题的负面评价，最激烈者莫过于1850年所发表的《近来的时论》(Latter-Day Pamphlets)一书，然而激烈的背后一般都有他对整个欧洲和英国社会乱象的不耐烦：

> 如此的时代，只有无尽的灾难、无尽的分崩离析或是彻头彻尾的混乱，除非这种日子也同时引出无尽的期望，否则就是个彻底绝望的时代。因为仅凭一点点期盼是不管用的，败象(ruin)太严重了，明摆着无处不在，无论已经发生或即将到来。如果我们还想有个世界的话，它必须是个全新的世界。……如此死神普在的年月必须成为全面新生的年月，否则最后决定我们命运的只能是彻底的败象。①

在谈论耶稣会教义(Jesuitism)的一章中，卡莱尔更看到内在的败象：

> 广泛蔓延的苦难、暴乱与谵妄；狂热之热如法国无套裤汉的暴动，冷酷之冷如一个个复位的威权；千百万大众的野蛮堕落，骄纵之下小众的轻浮；还有那可怕的"藉着律例架弄残害，在位上行奸恶"的景况，竟被人忽视，只有正义的目光才见其到处行恶——所有这一切都说明，这世上的内在的人肯定出了问题，因为外在的人都变得如此不成个样子！②

在其名著《过去与今天》(Past and Present, 1843)中，卡莱尔更直接面对英国本身的状况，其时政写手行为(pamphleteering)亦得到出色的发挥。该书开篇以希腊神话中求获点物成金术但也因此长出驴耳朵的迈达斯(Midas)

---

① Thomas Carlyle, *Latter-Day Pamphlets*. Andover: Warren F. Draper, 1860, p. 2.
② 同上书，第378页。"无套裤汉"是法国革命时期贵族一方对共和派的蔑称。引语中的引语汉译用的是和合本《圣经(旧约)》的《诗篇》94：20。最后一行的"内在的人"和"外在的人"是对 inner man 和 outer man 的直译，也可以译成"人的精神"和"人的肉体"。

为象征,直接勾勒出现实社会活地狱般的景象:

> 成百万的工人们呆坐在救贫院(workhouses)里,成百万其他的工人连救贫院都进不去。在民风简朴的苏格兰本地,在格拉斯哥或爱丁堡市,在它们那些阴暗的巷子里,在那些只有上帝的目光才能看到或只有上帝的使臣——那难得一遇的仁慈仁先生——才能洞见的地方,到处散布着哀伤、贫困与凄凉的情景,状况如此之甚,以至让人觉得即便在人类有史以来所居住过的最野蛮的区域内,太阳也从未见到过这样的景象……
>
> 整个英国范围的工业化之成功,虽创造了巨大的财富,迄今尚未使任何人富起来。这是一种中了妖邪的财富,不为任何人所拥有。试问:它让我们任何人富起来了吗?的确,曾经一掷百金的我们如今已是一掷千金,但我们却买不到什么好的东西。无论穷人还是富人,他们所表现出的不是那种可贵的节俭和富足感,而只是摆样子的奢侈,同时伴随着可怜的贫乏和无能。我们有豪华的摆设装点生活,却忘记了活在其中。这是一种中了妖邪的财富,我们中的任何人都够不着它。但凡有哪批人觉得他们真是因为拥有如此财富而过得更好了,请报上名字来!……
>
> 在巨大的财富中,人却消失了(the people perish)。虽有黄金墙和满仓粮,却无人觉得安全或满足。工人们、工头们、非工人们、所有的人,全都停了下来,呆滞不动,不能前行。无论在圣艾凡斯的那些救贫院中还是纺织城斯多克波特(Stockport)的地窖里,致命的瘫痪都在从外向内蔓延,从手脚的末端,穿过四肢,似向着心脏本身延伸。是不是我们其实都中了妖邪,受到了某个天神的诅咒?[①]

在该书第三卷第一章中,卡莱尔从前一章的古代回到现代,直面一个无信无义的时代,人们都看不见事物的实质,而都把虚假的社会外貌当作宇宙间固有的"事实"。他说:"有关这个宇宙的一切真理都是不确定的,务实的人所

---

① Thomas Carlyle, *Past and Present and Chartism*. New York: George p. Putnam, 1848. Book I, Chapter 1, pp. 2—6. 带着重点字代表原文的斜体字。"在巨大的财富中,人却消失了"一句可直接让人联想起我们前面引用过得丁尼生《洛克斯利宅》一诗中"人类个体都在萎缩,而世间的俗务却越来越浩繁"一句。"天神"暗指被迈达斯冒犯的阿波罗。

能看得明白的只有并永远只有利与亏(profit and loss)、实惠或虚夸。"①在下一章《拜金主义的教义》(Gospel of Mammonism)中,卡莱尔借用他所虚构的智者Sauerteig之口谈到英国人的"地狱"观如何有别于他人的概念:

> 在犹豫不决和惊愕中,我如此定义地狱:'不成功'之恐怖即等于地狱;来到这个世上却不赚钱、不出名或做不出其他某种可量化的事情的恐怖——以不赚钱为首。这难道不是个奇特的地狱吗?②

紧接着卡莱尔谈到拜金主义的危害,尤其体现在对人性的扭曲和对社会的瓦解:

> 我们把这称作一个社会,却四处宣示着完全彻底的隔离、孤立。我们的生活并非体现着互帮互助,它披着一种被冠名为"公平竞争"云云但实际上是战争法则的外衣,实则是相互的敌意。不管在哪里,我们已经深深地忘记了人际关系并非只有掏钱付现这一种;我们都以为,而且从不怀疑,人间的所有契约都可以用金钱来解除或结清。③

然后卡莱尔谈到由于功利主义等因素而蔓及全社会的无神论等信条,包括他所认为的与"英雄主义"相对的"仆人主义"(valetism)这个倾向,其语言表述方式与丁尼生式的泛神思维形成直接的呼应:

> 有那么一种东西,它无形,无名,如神祇,显现于我们所看到的、所追求的以及所遭遇的一切事物中。对这个东西的信仰是所有信仰之根本,而一旦连这个都不承认,甚至更糟糕的是仅仅口头上承认,或只知套用祈祷书上的文字,那么还有什么东西可值得相信呢?那种头头是道的流行套语(Cant)是可以在市场上买到的流行套语;那种英雄主义不过是汽灯下的舞台行为;若用'清醒的目光'(如他们所说的仆人的目光)看待一切,没有人是英雄,也从来没有什么英雄,而所有人都是仆人或跟班(Valets and Varlets)。这正是各种各样'不信'的本质!因为,倘若如今真没了英雄,而作秀者又会被看穿,那么亚当的子息们在这俗界还有什么希望呢?我们注定成为骗子的万劫不复的猎物,他时而以这种外表,时而以那种假象,反正就是要窃得我们,掐掉我们,吃下我

---

① Thomas Carlyle, *Past and Present and Chartism*. New York: George p. Putnam,第137页。"利与亏"见下面有关《旧衣新裁》的注释。
② 同上书,第146页。
③ 同书上,第146—147页。带着重点字代表原文的斜体字。

们,就看哪种手法对他更方便罢了。①

如此无信仰的社会就是一个"骗子的世界"(Quack-world)。此类精辟而生动的文字在该书中比比皆是,不过,若说到卡莱尔对现代商业文化和功利主义最为人熟知的呵斥,了解卡莱尔的读者多半会转向他此前于1833年发表的《旧衣新裁》(*Sartor Resartus*)这本隐性的精神自传,尽管在其著作之间做这样比较略嫌武断。

《旧衣新裁》具有当时较不多见的混杂文体,滔滔不绝的文字中融合了议论文、虚构、自传体、史评与哲思等因素,主要通过一位英国编辑的拼凑行为,将作为主人公的那位德国教授的杂芜绪念串联起来,勾勒出一个人在精神上起死回生或人类从旧的观念定式到新的思想信仰的历程。该书呼应或仿效黑格尔等人的德国唯心主义思想,在章节划分中出现了体现"否定"和"否定之否定"等概念的部分,比如著名的第二卷第7章(《恒久的No》,与后面《恒久的Yea》一章相对)就涉及那些存在于宇宙间与人世间、否定生活意义的各种负面因素。卡莱尔的焦距也常常对准个人的精神世界,其有关主人公精神复苏之前那段苦闷时光的表述尤其生动,可比照丁尼生诗中的个体,比如具体讲到他如何失去希望和信仰,就像是个荒野中疲惫不堪的游荡者:"怀疑变得越来越阴沉,直到变成不信,阴影一层一层压过来,罩住你的灵魂,直到你所拥有的只有凝滞的、星光全无的、地狱般的黑暗。"但是,人之为人,不能没有信仰:

> 有些读者思考过人类的生活(姑且称作思考),并有幸发现了与那种投机而实用的利与亏的哲学(Profit-and-loss Philosophy)大不相同的道理,那就是灵魂并非肚子的同义词。因此,借用我们这位教授的话讲,这些人明白,"对于人类福祉而言,我们如今所亟须者(the one thing needful),唯信仰而已。有了信仰,原本孤弱的殉教者就能欣然承受羞辱,从容受难;没有信仰,尘世之芸芸众生虽尽享荣华富贵,却也会在郁快中自己杀死自己,吃下的一肚子东西全都呕了出来。'这些读者很清楚地意识到,相对于一个纯粹的精神动物来说,丧失了宗教信仰,就是丧失了一切。……

就这样,如无数前人所遇,眼前这位迷路的游荡者也只好停下了脚

---

① Thomas Carlyle, *Past and Present and Chartism*. New York: George p. Putnam, 1848. Book I, Chapter 1, p. 148.

步,向着算命女巫的洞穴一次又一次地大声发问,可是得不到任何回答,只有回声。他的这个曾经美好的世界,如今是一片阴沉的荒野,远近传来的只有野兽的狂嗥,或是仇恨塞胸的绝望之人的尖叫;这位旅人完全失去了向导,白天不见云柱,夜里也再无火柱。一味探究,终陷入如此境地。……'如同你本人一样,整个人间都被卖给了'不信',那些老的神殿早已不能遮风挡雨,如今终于倒下,人们都在问:神在哪儿呢?怎么我们就从未看见过他?"①

失去信仰、失去终极价值之后,现代生活就只剩下投机,任何想要探求真理的人都要受挫。原本人们爱说的"生命之谜"(Mystery of Life)变成了"投机之谜",就业就是进入到"实用之谜"(practical Mystery),主人公只觉得这些新的谜团越来越重,无论如何也解不开,让他处处碰壁,尤其涉及人与人之间的关系,让他感到面目全非。于是他呼应欧洲浪漫诗人爱用的"人群中的孤独"这个意象,称"一面无形的但不可穿透的墙"把他和所有人隔开,无人可以信赖,他也只好在嘴唇上"加一把锁",能不讲话就不讲话。这个意思也直接引出了以下著名的文字:

> 如今当我回眸那一段时光,我感到我当时所处的孤独境地可谓奇特。我身边的男男女女,即便能开口与我讲话者,也不过都是<u>一些</u>形状(Figures)而已,我甚至都忘记了他们是<u>些</u>活人而不仅仅是行尸走肉。在他们那拥挤的街道上或群落中,我孤独地走着。不光孤独,还要加上凶猛,就如独霸<u>丛林</u>的老虎(只不过我所不停地吞噬的仅仅是我本人的心脏)。倘若我能够像浮士德那样幻想我自己也受到魔鬼的诱惑和折磨,那也尚可聊以自慰,因为在我的想象中,地狱虽无生命,而只有鬼蜮的气息,却也会因此而更加吓人,可在我们这个搞钱的和不信的时代,连魔鬼本人都被搞没了,你连信仰魔鬼的机会都没有。当时对我来说,整个宇宙就是一个大真空,没有生命,没有目的,没有意志,甚至也没有

---

① Thomas Carlyle, *Sartor Resartus*. Boston and London: Ginn & Co., 1897, pp. 146—148. 加着重点字代表原文的斜体字。该书的中译名不一而足,本人仅沿用人们较熟悉的译法。国内已有全译本(广西师范大学出版社 2004 年版),读者可另行参阅。"利与亏的哲学"指当时流行能够的功利主义价值观,涉及以机械的或近乎商业的概念来量化人类幸福与痛苦的认识与做法,维多利亚不少文人都对此做出过反应。"如今所须需者"这个说法一度成为热门话题,无论实用主义者还是其对立面,都曾试图说明当今社会所最需要的是什么,或者什么东西最有用。云柱和火柱(Pillar of Cloud, Pillar of Fire)出自《圣经(旧约)》的《出埃及记》13:21。

敌意：它就是一部巨大的、无声的、量不出尺寸的蒸汽机，就这样向前滚动着，带着如死神般毫无感觉的冷漠，把我的肢体一寸一寸地碾碎。啊，这茫茫的、阴郁的、凄寂的各各他(Golgotha)，这死神的磨坊！活着的人明明尚有意识，却何以被流放到了这里？既然没有了魔鬼，怎么还会这样？哦，除非那魔鬼就是我们的上帝？①

巨大而无形的蒸汽机意象是对维多利亚时代社会问题的高度概括，它浓缩了机械因素和商业因素对人性的伤害，体现了既无上帝又无魔鬼而只有冷漠的社会状况，为丁尼生等人有关"最悲惨的时代"的体味提供了坚实的支撑。可以说，至少在时间上，甚至在意象和话语层面，卡莱尔的此类文字都处在有关思想史的较中央的地位，连接起众多思想家的名字，前面呼应着从布莱克算起的浪漫诗人，后有丁尼生、狄更斯、勃朗宁、约翰·罗斯金(John Ruskin, 1819—1900)、阿诺德、威廉·莫里斯(William Morris, 1834—1896)、佩特等维多利亚时代的英国文人，还有欧洲大陆尼采那样的思想家，以及 20 世纪英国现代派作家(当然包括同时代的英国小说家 D. H. 劳伦斯)和所谓的后现代作家等。围绕着现代精神荒原这个概念，这些作家各自所用的具体文字、具体意象之间存在着难以尽数的相互呼应和变奏，借不同的侧重点和上下文表现出来。英美学界有关卡莱尔对罗斯金、阿诺德、劳伦斯等人直接影响的话题也较为常见。

本节将丁尼生、狄更斯和卡莱尔这几位具有代表性的作家组合在一起，大段引用三人的颇有些相似的文字，也是为我们进一步谈论丁尼生做一个宽敞的铺垫。具体引文中所展示的社会画面代表了三位文化巨人共同的感悟，已经具有典型意义，说明"发展"与"进步"的背后的确出现了一般公众可能意识不到的严重问题。而尤其对于身为诗人的丁尼生而言，问题越严重，其创作过程所面对的挑战就越有意义。比如，如何对社会环境中个人的困惑或绝望给予表述，这是他的本分，但另一方面，如何表达这个"最悲惨的时代"仍然可能存在着某种社会生机，如何在效果上使个人精神的起死回生与社会的精神能量转化发生某种映照关系，如何宣示那高远的辉光并未熄灭，这是更艰难的话题，对它的表述亦体现诗人的职责。

---

① Thomas Carlyle, *Sartor Resartus*. Boston and London: Ginn & Co., 1897, 第 150—151 页。Figures 也有数字或符号的意思。"各各他"是耶稣受难地。

2. 耐心与宽容

丁诗中,国内读者最熟悉者,大概莫过于短诗《尤利西斯》,该诗成型于《旧衣新裁》的出版年。诗里面明显含有对一般国民之野蛮和功利习性的厌恶,但同时也有对其领导者或管理者的同情。一国顽劣的百姓,只知道"囤粮聚财,吃了睡,睡了吃",极难调教,若有人能凭借文明的法理慢慢教化他们,即便有些过于务实,那也是"无可厚非"的工作,而作为语者的尤利西斯本人则没这个兴趣,他更愿意怀旧或游荡,与其子所为是另一码事,两码事在他自己的意识中被较好地区分开。同期其他的诗作也多有类似的含义,有时涉及与现实社会的一定程度的和解。有关希腊神话中的盲先知蒂利西阿斯的《蒂利西阿斯》(Tiresias)这首诗也讲到老者与"年轻人"(My son)的交流。蒂利西阿斯相信后来人的"命运会更美好",也鼓励他们"不要害怕举着你的／生命的火炬投身到黑暗中",认为他们将来也一定能"成就自己的伟大",

> 但对我来说,
> 我希望我也有勇气安眠长息,
> 去与扬名旧日的王者们融在一起,
> 在他们散落的海岛上,但见其脸上
> 映照着众神的容光——在那里,
> 智者的话受到至高的尊崇,而在此地
> 却只被芸芸大众踩在脚底——这双老眼
> 还能在那里遇到故人,再见那战车
> 狂绕着终点兜圈,或猎手们疾步赶超
> 那幻影般的雄狮,还有那些骁勇的首领,
> 以超越凡人的体魄和威力,再一次
> 拼得辉煌的荣誉,而与此同时,
> 那金色的竖琴不息地在英雄的耳际
> 奏响英雄的赞曲,四面八方的山谷也都
> 风生水起,谷中的云雾是感恩的香烟,
> 是那些人汇集所有的芬芳,拜向众神祇,

拜向光芒四射的火焰中的他们那个遥远的山顶。①

此段诗文中,既含有语者自己一方活着不如死去的意思,也有对他人的宽容态度;既有对当今"芸芸大众"之黯淡的不屑,又有对敢于"入世"之年轻一代的鼓励。的确,鸣响着金色竖琴的旧日更加诱人,蒂利西阿斯想见老朋友的心情也是真切无疑。学界一般认为,这首诗的主体部分与《尤利西斯》一样,都是在丁尼生好友亚瑟·哈勒姆 1833 年秋去世后写成的。1883 年,丁尼生又给这首诗写了题献,献给老朋友爱德华·菲兹杰拉德(Edward Fitzgerald, 1809—1883),其中提到卡莱尔等也于近年去世了。而在 1885 年,在得知菲兹杰拉德也去世后,丁尼生又补上了一个后记,感叹"这么多的人都死去了","金色的时光如今都沉寂了,"并问道:还有什么样的生活"值得我们活到尽头吗?"②无论所涉及的著名文化友人之死都发生在哪个年代,该诗总体上浓重的怀旧情绪使有些学者把这首诗的含义简括为"长生不如好死"这个意思,③另有学者把它归类为"老人诗"之列,与《尤利西斯》、《蒂索诺斯》和《歌唱国王的田园诗从》中的《亚瑟王之死》这三个均写于哈勒姆死后不久的作品归纳在一起,认为它们均以老人、年轻人和某个女人"这个三角关系"为支撑,老人迷恋死亡,除了由于"回避"男人该负的责任这个原因外,女人也是一个"参照点",甚至更加重要,凸显出老人的"性无能"。④然而,相对于丁尼生这样有代表性的维多利亚诗人,社会的视角也很重要,可以平衡过多从个人生活角度谈问题的冲动。与另外三个作品中的所谓"老人"一样,蒂利西阿斯不只是在厌恶庸俗今人、怀念美好往日并以此作为借口来掩饰男性的某种危机感,他也同时表现出了对于两代人不同观念和所处不同时代的反省,与尤利西斯的"心平气和"相似,也呼应前面引用过的《亚瑟王之死》结尾处亚瑟有关"某个好秩序(若)太单一,(会)让人们变得颓废"的话。也就是说《蒂利西阿斯》里暗含着对时代变化的无奈与宽容,只不过不能因此而放弃以往那种更大的诗意罢了。在写给菲兹杰拉德的题献部分得一开始,丁尼生表达了对这位老朋友的处世态度的欣赏,说他能"侧目'变化',任它

---

① Alfred Lord Tennyson, *Tennyson's Poetry*,第 109—111 页,见第 126—177 行。
② 同上,题献和后记的有关部分分别见第 106 页第 39—41 行和第 111 页第 184—205 行。
③ 见前面引用过的 A. A. Markley, Stateliest Measures: *Tennyson and the Literature of Greece and Rome*,第 130 页以后。
④ Marion Shaw, "The Contours of Manliness and the Nature of Woman." Herbert F. Tucker ed., *Critical Essays on Alfred Lord Tennyson*. New York: G. K. Hall & Co., 1993, pp. 220—221.

像圆球一般旋转不停,/并能带着温厚的微笑向它致意"。

有的时候,这种兼有失落和宽容等成分的文思也会显示出另一个侧面,比如对于疯狂社会行为和政治乱象的耐心。近些年因妇女权益等内容而在英美学界重新引起注意的长诗《公主》(*The Princess*,始作于 1847 年)有一个胸怀释然的结尾。说完有关艾达公主(Ida)的故事后,叙事者和他的几位年轻朋友返回驻地,那是一个阳光明媚的日子,他们登上一个山坡,回眸时看到美妙的山谷,"好一片平静的土地,"远处隐约可见到大海以及红色或白色的船帆,这也让他们幻见到海峡另一侧的法国。看着眼前的景象,那位"托利党人的大儿子"抒发了爱国的情感,语气很像柯尔律治在《静思中的忧虑》和《法兰西:一首颂歌》这两首诗中所表达的态度,大意是法国那边全都没有了章法,只有狂热的革命和暴动,既血腥又滑稽,多亏了有个狭长的天然屏障,帮着保护住了英国的传统美德与文化秩序不受侵扰。语者听完他的这些话,

> "要有耐心,"我回答说,"我们自己也充满
> 社会不公;或许最疯狂的梦想恰恰就是
> 真理所需要的前奏曲;对我来说,这和煦的
> 日子、欢乐的人群,还有这又像科学
> 又像游戏的活动,让我产生了一个信念:
> 我们自己的这个大好国家虽古老,其实仍是个
> 学步车中的孩子。要有耐心,给他时间,让他
> 学会使用自己的腿脚;有一只手在引导着他。"①

这段话所涉及的内容与我们的主题并不一致,"最疯狂的梦想"也主要与妇女均享受教育机会这个话题有关,尤其接下来语者还要表达某种对于所谓英国式传统美德的肯定,但是这些文字所揭示的思维方式,特别是那种辩证的心情,则值得我们参考。负面的东西可以被原谅,只要有一只无形的手在上面把握着大方向,这些构成了"信念"的要素。即便在内容层面,语者的信念也是在看到了山谷中的学生活动后产生的。眼前的孩子们已经不再是华兹华斯所乐于讲述的海滩上玩耍的类型,而是学习现代知识的类型。各种

---

① Alfred Lord Tennyson, *Tennyson's Poetry*,第 202 页,第 39—78 行。"欢乐的人群"指山谷中成百上千的学生,他们中许多人正在老师的带领下,通过工业模型等手段学习现代科技知识。

简陋的科技模型、各种小型的工业活动、孩子们的勃勃兴致,都像是整个维多利亚社会的缩影,象征着更大范围的试验与改良。甚至语者在叙述学校的教师们的教学内容时,其所用的"事实"(facts)一词也基本上没有日后狄更斯所发现的负面意思:"他们学校的那些耐心的领导者 / 用事实教他们学知识。"①笼统地讲,"给他时间"这个概念体现着先下地狱后进天堂的文思,这允许我们对同样属于丁尼生的另一个典型思想脉络进行更多的审视。

在长诗《悼念》正文的一开始,丁尼生就说他认同一位哲人所讲过的话:"人类可以将他们死去的自我 / 当作垫脚石,以攀向更高的事物。"②《悼念》的基调是"失落"(loss),尤其前三分之一的部分;失去的就永远失去了,难以挽回,因此接下来的一些诗文大致都是在反证首个诗篇的这个道理,慢慢才会有失而复得的信仰等内容。即便失落感很强烈,但脱离哈勒姆之死这个语境来看,丁尼生确有对"垫脚石"这个辩证思维的感悟。"哲人"指歌德,这让我们联想到丁尼生与卡莱尔的另一个相似点,即两人都对德国思想感兴趣,或者说都把某种起死回生的辩证历史观投射到德国的哲人们身上,不管他们是否说过具体的某一句话。当时一位文化名人这样谈论过丁尼生:"他的诗歌中充满了才气,但是他喜欢神秘的东西(enigmatical),他的大作中许多最有名的作品其实都是一些诗谜。他是歌德的崇拜者,我和他私下里长时间地聊起过那位伟大的诗人。"③我们不知道他们谈话的内容,但这段话让我们有理由联系最经常被人们算在歌德名下的那些很明显的文思,比如浮士德式的厌倦、《浮士德》序幕中上帝与摩菲斯特(Mephistopheles)的对话以及浮士德最初与摩菲斯特接触的情节中所展示的辩证思维。④

即便在形式上,歌德那种的由多重声音所构成的对话式作品框架也同样是丁尼生感兴趣的安排。的确,丁尼生早期重要作品《两个声音》(The Two Voices,1833—1834)就体现了类似的构思,较容易让人联想到歌德。这首诗的草稿曾被称作《自杀者的思绪》,据丁尼生本人的说法,该诗是在他精神极度消沉的背景下写成的,直接面对"生活值得过吗"这个极端的质疑,

---

① Alfred Lord Tennyson,*Tennyson's Poetry*,p. 131,ll. 58—59.
② 同上书,第 206 页。
③ Henry Crabb Robinson (1775—1867) to Thomas Robinson,January 31,1845. *The Letters of Alfred Lord Tennyson*,p. 232.
④ 一般认为上帝所言体现开放式的思维,以求索和精神旅程等概念为具体内容,而魔鬼看问题的方式则较低俗。《浮士德》开始阶段上帝与摩菲斯特、摩菲斯特与浮士德的两个著名的打赌情节中蕴含着有关的思想。

也表达类似哈姆雷特的那种对死亡着迷与困惑。① 诗中大部分时间有两个声音,一个是语者本人的声音,另一个是他所听到的"微弱的声音",他也称之为"片面的声音"、"秘密的声音"以及"那黯淡而刻薄的声音"等。前者代表生的欲望、求索精神和信念等,后者代表怀疑、虚无和其他否定生命的因素。这第二个声音所代表的观点曾以略微不同的侧重点在较早的作品中出现过,比如在《假定的忏悔》(Supposed Confessions,1830)中,一些体现精神疲惫和怀疑态度的语句就十分强烈(如"我就是空无,/ 黑暗的,毫无形状,已被彻底地摧毁。"②《两个声音》结尾时晨光再现,消极的声音被第三个像是风奏琴的、代表希望的声音所取代,语者也因此在最后一节醒悟到,怎么一整夜竟忽略了这另一个声音而"与那个无聊的声音对话"。

由于这种对话的框架和所涉及的思想内容,评论家们除提及《哈姆雷特》外,也早已有人注意到该诗与歌德的某种关联。比如本章前面提到的学者约翰逊认为,当那个怀疑的声音贬低人类能力时,它所体现的就很像摩菲斯特式的观点。③ 而早在1843年,丁尼生的好友James Spedding就已经指出,"那个黯淡而刻薄的声音反映了诱惑者摩菲斯特的人物秉性"。他甚至认为这个声音在作品中所占有份额应该在多一点,以强化作品所内含的难以解决的矛盾。④评论家们所提到的摩菲斯特应该更多地属于歌德笔下《浮士德》中的那个魔鬼。的确,今天我们反观《两个声音》,会发现以下一些诗行重新产生意义,那个积极的声音也更多地代表了公共层面的价值理念。例如,当否定的声音不断告诉"我"说只有自杀才是解决所有问题的唯一良方时,

>我说:"岁月在变化中前行;
>假若我永远熄灭我的面容,
>我的生活就再不会遇到更好的可能。"

他甚至哭着说:

>"人类永不停息地通过新的思想领域
>追求着长期求而不得的真理,

---

① 见 Alfred Lord Tennyson, *Tennyson's Poetry* 第84页注1。
② 同上书,第33页,第121—122行。
③ E. D. H. Johnson, *The Alien Vision of Victorian Poetry*, p. 7.
④ Alfred Lord Tennyson, *Tennyson's Poetry*, p. 604.

> 就这样总会学到新的东西,而我却死掉了。"

此外,

> 我说道:"每一年都有新的发明与发现,
> 每个月份都不同于从前,
> 都会展现世界上一些新的发展。
>
> 即便只是从一座塔堡的废墟上
> 观察人类力量的光大,就这样度过时光,
> 这难道不也是挺好的行当?"①

可以说,"变化"、"更好的可能(chance)"、"新的东西"、"发展"和"人类力量"等都是维多利亚时代的常用词语,它们所代表的意思很像丁尼生对菲兹杰拉德能够平和地面对世间变化的欣赏。但同样在诗人的意识中,这个比较积极的态度受到强烈的质疑。

所谓摩菲斯特式的质疑,主要是对于人类局限性的判断,来自摩菲斯特从物质主义的角度对浮士德的劝导与调侃,比如让后者不要想入非非等等。至少在以下这几个局部,那个黯淡的声音的确能让人联想到摩菲斯特式的观点:

> 你从未攀上任何真正的高峰,
> 也从未接近那上面的光明,
> 因为那阶梯的长度具有无限性。

因此,不断地追求是徒劳的,所谓获取新知识,也"不过就是玩一玩",真理的距离该多么遥远还是多么遥远。而且,

> 被称作"人"的这种梦想者,
> 耳聋眼瞎,更不要期待将另一种真理寻获,
> 好像它与心灵有什么瓜葛。

无论在现实或心灵哪个方面,想要将意义或价值强加给"空无"(nothing)的做法都是荒唐的。②

---

① Alfred Lord Tennyson, *Tennyson's Poetry*,以上见第 86 页第 52—73 行。
② 同上书,摩菲斯特的这些说法见第 87—93 页第 91—93 行、第 172 行、第 175—177 行、第 331—333 行。

第九章　丁尼生：落下

既然有摩菲斯特式的拖累，也就有了浮士德式的诉求。除以上援引的"我"的话之外，以下的诗行更是兼有浮士德类型的野心和《浮士德》中的上帝所表现出的对人类求索精神的包容。"我"说道：

> 在最广的程度上，为人类的每个疑团
> 尽可能地开辟出自由的空间
> 让全部心灵可以随意地旋转——
>
> 我的所见所闻全都成为有益的收获，
> 让我借以寻找生命之泉，探测幽秘的深壑，
> 最终达到那法则中的法则。

不这样做，人生就会毫无价值，"如杂草一般烂掉"。[①]

　　心灵的自由空间、好奇的态度以及在怀疑中探究根本等一类的说法与本书第五章为纽曼所诟病的现代自由主义倾向有显见的关联，但此时的丁尼生对于是否需要从某种天主教信仰的角度检讨人类的"罪过"并非很感兴趣，而更多的是在品味那种虚无的而又具有一定常识性的思想观点所可能含有的道理或无道理，以及积极的观点所具有的更大诱惑力。需要注意的是，积极的声音所认可的是现实行动中所体现的精神因素，是世间变化中所可能出现的新的"可能"，并非一般意义上的随波逐流。追求者最终的落脚点是精神的绝对"平静"，而非物界的相对满足，这后一种"流"是不值得追随的。这也就是为什么"我"说道，那些身陷坟茔却能听到"源泉"的声音并能寻获"平静"的人们都是那些"奋力逆流而上"者。[②] 大家都在潮流中，但价值取向和视点选择却不尽相同，有人的立场相当于反潮流。拜物的潮流，甚至科技的潮流，其本身并不能决定精神的收益，而在没有精神基点的情况下，前者（如摩菲斯特式的暗淡常识）只能把人降低到一般动物的平面，后者则以科学的名义使人类变小（如达尔文主义可能具有的负面作用），对于这些是不能顺流而下的，用丁尼生经常被人引用的话来讲，就是"不屈服"。可以说，布莱克的典型文思在此又产生强烈的相关性。当然，正如德国式的辩证思维给我们的提示，在具体生活中，顺流与逆流之间的界线不好划定，物质与精神不好划定，甚至科学与愚蠢、地狱与天堂等也不好分清。这也就出现了丁尼生式的所谓"诗谜"，具体体现在他对世间经历之复杂性和个人选择

[①] Alfred Lord Tennyson, *Tennyson's Poetry*, p. 88, ll. 136—141, 142.
[②] 同上书，见第 90 页第 208—219 行。

之艰难性的同情与宽容,以及其诗中一些年长语者对新一代的妥协。在所谓哲学层面上,这些则表现为那种巨大的耐心,即便所容忍的是有如地狱一般的境地。

3. 矜持与落下

如果我们从社会的视角更多地转向从个人的角度看问题,那么我们会在丁诗中发现,所谓对复杂性的包容或对尝试态度的容忍,常常体现在对个人从较高位置"落下"这一局面的诗语表述中,尤以较早期的作品为多见。"最悲惨的时代"与"更好的可能"这两个概念所代表的现实形态之间形成张力,给个人带来困惑和焦躁,有的诗中人物表现出超然的矜持,有的则选择落下。落下的情节不一而足,落点也并非都同属一类,具体的行为也不是"落下"这个词所能全部涵盖的,有的是解脱,有的是放纵,还有挣脱、远行、探索等类型,但不管怎样,大致上都折射背后的道德重负或精神倦怠:在巨大的疲惫感中,个人难以抵御别样生活的诱惑,终选择放弃原来的状态,尽管未来不尽可知。从乐园到人间、从绝对到相对、从空间到时间、从理念到行为、从孤独到嘈杂、从圣玛丽到维纳斯,或者仅仅从一种状态到另一种状态,丁诗中诸如此类的诗语音符十分丰富,构成了其文思的又一个相关的侧面,也可解释为何当时的读者可以在他的诗歌中倾听到某种个人的心声。

现代加拿大批评家诺思罗普·弗莱曾专门写到文学中的"下落"(decent)主题,其著作《世俗的圣典》第四章名为"无底的梦幻:下落的主题",说到由于"诗性想象"占据了中间的位置,其上面有天堂,下面有地狱等黑色空间,因此文学中"基本的叙事趋向"无外乎四种:"一、从高高在上的世界降落;二、落入较低的世界;三、从较低的世界上升;四、升入更高的世界。"他认为所有文学故事不过是对这四种原型的丰富或演化。[①] 弗莱说,下面的第四个平面往往是"魔鬼的世界或地狱",但浪漫传奇或小说叙事对它的处理不同于基督教理念,因此"对于探索者来说,这个世界常常为他准备着报偿,有时体现为智慧,有时是财富"。[②] 相对于人体的结构,星辰日月所代表的上层

[①] Northrop Frye, *The Secular Scripture: A Study of the Structure of Romance*. Cambridge, Mass.: Harvard UP, 1976, p. 97. 第四章题目的原文为 The Bottomless Dream: Themes of Decent。

[②] 同上书,第 98 页。

世界相当于脑部,而下层的则与生殖或排泄器官对应。[1]由于弗莱的视野是全景式的,具有囊括性,因此他的下落概念肯定有助于我们理解丁尼生式的向下看,甚至强化其诗性思维的内涵和张力,特别是弗莱有关对探索者的补偿和人类情欲等说法。弗莱举了大量的例子,体现了渊博的知识。不过,也正是由于全景的总揽,强化的同时也会有简化的可能,比如全景中反而略去了更复杂的例子,或给复杂的感情世界镶上框架,过多提及天使、妖怪、山洞、性欲、弗洛伊德式的梦幻等等,过少涉及社会关怀和哲思等因素。我们说这些,既是有鉴于弗莱理论的实用性,也意识到丁尼生和勃朗宁等维多利亚诗人的难以完全涵盖的浑厚性;他二人以不尽相同的方式继承了布莱克和济慈等人的下落主题,下落的"态势"在其诗作中反复出现,但是框架式理论模式难以充分定义此中丰富的文学性。

本章借《康拉德》这首十四行诗将问题展开,现在我们可以重新体味该诗所涉及的那种令人难以忍受的"单调",重新倾听"生活之岸有各式各样,都很美妙,/ 可你却永远固守在一个岸上"这两行诗文。潮流是普在的和不息的,如康拉德者,其小船反正都要受到潮流的摆弄,不如克服"惰性",主动地"向下漂游","投入活的旋流"——这又是该诗后六行所表达的意思。如此含义并未明确行动的目标,更未明示目标的正当性,却给行为过程本身提供了伦理支持,似乎只要摆脱惯性的生活,就已经有了生命的意义。从小处说,这种思想体现了浮士德和尤利西斯类型的以及丁诗中许多其他语者所表现出的不甘寂寞的秉性。从大处讲,它可能承载着欧洲现代思想家们对人道成分相对较高的新教或清教传统的吸纳,以及对更大精神自由度的默认或好奇。康拉德的确享受着安宁,但天堂靠守是守不住的,而至于行动过程是否就能将人引向天堂,丁尼生也并未提供肯定的答案。这种复杂的态度能让他拥有了把握复杂题材的思维平台,让他既立足于一定距离之外,又近切地对个人的处境表达同情。

丁尼生有关作品中最脍炙人口者大概莫过于《夏洛特女士》(The Lady of Shalott, 1832)。这首诗以亚瑟王传奇故事为依托,讲述一位居住在夏洛特岛上的女士的经历。这个小岛如"乐园"一般,处在一条河的上游,岛上有个封闭的庭院,"四面灰墙,四座灰塔,/ 俯瞰着院中的一片繁花,"女士独身一人住在里面,持梭织锦,日复一日,远处的人只能偶尔听到她孤独的歌唱

---

[1] Northrop Frye,见第119页及以后。

声。与小岛形成反差的则是交通繁忙的河流和沿岸的大道,河流的下游就是亚瑟王传其中那个繁荣而富有活力的城市卡米洛特(Camelot)。① 作为诗人,丁尼生自己也像织工,在歌谣式的娓娓吟唱中,让一系列重要概念很快关联在一起:上游与下游、庭院与都市、小岛与河流等等,都像是具有精神意义的象征符号,编织出思想脉络。关于"四面灰墙"的概念,在同时代诗人勃朗宁的著名戏剧独白诗《安德烈·狄萨托》(Andrea del Sarto,约1853)中,画家狄萨托认为"新耶路撒冷被四面墙围绕",这与圣经新约《启示录》21:10—16中有关圣城耶路撒冷是一座形成于天堂的四方城的说法相近。然而,狄萨托虽意识到自己身处"天堂",却同时也体味到生命之不足:

> 如此盎然的生机,闪烁着金光而非灰色,
> 而我却是个弱视的蝙蝠,躲在谷仓中拒受
> 阳光的诱惑,任四面墙壁圈定它的世界。②

如我们所料,"乐园"中也有一个咒语罩在夏洛特女士的头上:她不可以观望下游的卡米洛特城,否则会遭天罚。另一方面,她并非生活在绝对天真的状态中;作为一位织匠,在技术上她要在眼前树立一面镜子,用以观察织物的效果,或将镜子所映照的人间景象编织出来,因此其"日夜不停地"编织着的布匹并非素若白绢,反倒是"色彩斑斓"。这面镜子代表了她的间接认知方式,体现了其与人间仅有的一点关系,只是里面都是冰冷不可触及的景物,被称作"尘世的影子"(shadows of the world),却又无所不包:婚丧嫁娶、买卖贩运,从市井女孩到修道院长,她每日在镜中的所获几乎就是知识之"全部"。③ 可以说,镜子面前的她只知其然,不知其所以然,婚礼和葬礼的音乐在她听来也一并都是有趣的音乐,④就这样,在这个平静而安全的小岛上终年"创作","持续地编织",慢慢地她感觉到了疲惫,开始"厌倦"面前的影子世界。

我们其实可为夏洛特女士找到一位她本人的影子,因为在文学构思方面,某位闺中少女对无实质的生活感到腻烦的情节具有典型意义,比如我们可回顾此前另一位文学人物的矜持与自弃,尤其她对影子的厌倦。布莱克

---

① Alfred Lord Tennyson, *Tennyson's Poetry*, p. 41. 见第一部分第1—3节。
② Robert Browning, *Robert Browning's Poetry*. Eds. James F. Loucks and Andrew M. Stauffer. New York & London: W. W. Norton & Co., 2007; p. 240, ll. 168—170.
③ Alfred Lord Tennyson, *Tennyson's Poetry*, p. 42. 见第二部分。
④ 同上书,第二部分最后一节。

的诗画作品 The Book of Thel(1789—91)中的塞尔也是一位天真无邪的少女,生来就享受山谷中的安宁与秀美,与夏洛特女士一样,对于陌生的或外界的各种生活都无直接体验,也慢慢产生莫名的抱怨情绪。该诗一上来就用"落去"(fade away)和"落下"(fall)等诗语音符编织出这样一副抱怨与渴望的画面。塞尔无心和姐妹们一起从事日常的劳作,而是渴望"像晨晖那样消逝(fade away)","她那轻轻的哀叹"也像"晨露一样落下":

> 啊,这泉水中的生命!水生的莲花为何会凋落?
> 这些泉水的孩子为何会凋落?生来就是为了微笑,然后落去。
> 唉!可塞尔却像一道淡淡的彩虹,像一朵移游的孤云,
> 像镜子里的一个映象,像水中的一些倒影,
> 像婴儿的梦思,像婴儿脸庞上的一丝微笑,
> 像鸽子的声音,像忽逝的天光,像空中的乐曲。
> 唉!我真想轻轻地躺下,轻轻地让我的头放松,
> 轻轻地睡入死亡,轻轻地倾听着他在傍晚时分
> 于园中行走时的说话的声音。①

渴望落入别样状态的冲动变得不可遏制,塞尔终得以一窥所谓有实质的生活真貌,但其亲眼所见即便在字面意义上也是一种地狱般的状态,把她吓回到了山谷中。这是布莱克诗中的讽刺。

丁尼生的讽刺当然有所不同,但也不是相差很远。当夏洛特女士看到一对对恋人在镜子中闪现时,她也感觉到另一种乐园的存在,而当圆桌骑士之一的朗斯洛像"彗星"一般"闪入她那晶莹的镜子中"时,她"不再迟疑",终于不管不顾地追随骑士的背影,向下游的卡米洛特方向望去,宁遭天罚,也不愿继续享受乐园中的孤独。弥尔顿《失乐园》全诗结尾处夏娃也似这般,对于离开乐园已无畏惧感,并且向亚当表达了自己对"乐园"的理解:

> 领我走吧,我绝不迟疑。
> 和你同行,等于留在乐园;
> 没有你时,留也等于被放逐。②

又是一位不迟疑的女人,这大概可以作为夏洛特女士此刻心情的一种注释。

---

① 见该诗最初的第 14 行。最后两行见《圣经〈创世记〉》3:8。
② 见弥尔顿《失乐园》,朱维之译,上海译文出版社,1984,第 478 页,第 614—616 行。

一时间她织出的作品变得散乱不堪,镜子更是裂成碎片,一种生活(或思维)模式戛然而止。① 不仅向下看,还要漂下去,只是这种顺流而下的放纵即等于死亡之旅的开始,是犯戒之后的必然结果,甚至夏洛特女士自己也意识到结局如何,这可谓与塞尔的一点不同之处。在该诗的最后一部分,她将自己的名字写在船首,似乎找到自我的个性或身份,然后唱着最后一支歌将自己放逐在潮流上,在接近下游的繁华城池时死去。而城里的喧闹则与她的死形成反差,市井中的各色人等都拥到水边,宫廷乐舞也停了下来,大家都对赫然漂来的白衣女尸大惑不解,结尾处朗斯洛本人对她的评价也有些不三不四的意味,似乎都反衬出夏洛特女士殉己之选的不值。这也反映出丁尼生本人对"落下"的行为并没有棱角鲜明的定性。由于此处的落下乃有意而为,且行不更名,悲剧性也由此产生;而由于具有悲剧性,其背后也必然存在两难的局面,比如在原来岛上的"不生"和现在城里的"不活"之间,只不过乐园里的被放逐感太强烈,"不落下"的约束力太脆弱。

  这种因厌倦而欲落去的主题在丁尼生其他作品中频繁得到呼应。《莫德》开篇处的第16诗节以类似的表述讲到男主人公的心情:

> 我厌倦了这大宅和这大山,我厌倦了这旷野和狂澜,
> 为什么我就该原地久呆? 更美好的机会怎可能来到我这里?
> 啊,既然我拥有吃苦的勇气,也不乏行动的勇敢,
> 那么离开这地方这坟墓这恐怖岂不是很明智?

如《夏洛特女士》所示,"更美好的机会"经常以男女之间具体的情感交流为代表,它就像一种符号,同时象征和承载着爱情范畴之外的真实人间经历,凸显出一般意义上边缘或局外人物的孤独和抑郁。因此,丁诗中一些人物对爱情的渴望常同时表现为济慈式的对真实的渴望,为了爱情或为了与"实质""结交",他们可以不管不顾。丁尼生最初涉及亚瑟王题材的诗歌片段《朗斯洛骑士与桂纳维尔王后》(Sir Launcelot and Queen Guinevere, 1830)以相同于《夏洛特女士》的韵律素描了骑士与王后的关系,只是男女的位置颠倒过来,落下的是骑士:

> 她以纤纤素手轻驭丝缰,
> 那样子如此动人,

---

① Alfred Lord Tennyson, *Tennyson's Poetry*, p. 43.

> 让一个男人放弃了所有其他的享乐，
> 放弃了所有的功名，就为了这，
> 为了用掉全部的心思，集于一吻，
> 印在她那无瑕的嘴唇。①

在同一年创作的《玛丽亚娜》(Mariana, 1830)中，女主人公玛丽亚娜的生活似乎比夏洛特的还要孤寂，似更象征心灵的孤寂，印证了丁尼生爱用阴性代词"她"来称呼心灵的做法。玛丽亚娜宅院里的一切都陈旧不堪，房子里的部件或摆设要么锈死，要么覆盖着绿苔，

> 老的面孔在房屋间闪过，
> 老的脚步在楼上踩过，
> 老的声音又从外面传来。

午夜时分她会醒来：

> 不指望任何变化出现，
> 她就像梦游一般绝望地独行，
> 直到阵阵寒气催醒晨光的灰蒙蒙的眼睛，
> 让它重又洒在这凄凉孤宅的四边。②

在这种状态中她变得极度忧郁，厌倦的情绪由副歌的形式重复地随每一诗节表现出来，每一次都大同小异：

> 她只是说道："我的生活太无味了(dreary)，
> 他不来了，"她说道；
> 她说："我厌倦了，厌倦了，
> 还不如死了的好！"

具有《玛丽亚娜》姊妹篇之称的《玛丽亚娜在南方》(Mariana in the South, 1832)把场景从前诗的英国乡间换到法国南方离海不远的一所房子，但同样表达了被抛弃的女性在孤寂状态中的严重焦虑，渺小感和边缘感亦十分突出。这首诗也有重复的副歌，其变奏中的语气很接近塞尔式的抱怨："'被抛弃而孤独地活着，难道这就是结局，/ 就这样活着被遗忘，然后孤零零地死

---

① Alfred Lord Tennyson, *Tennyson's Poetry*, p.39, ll. 40—45.
② 同上书，见第37页第66—68行和第36页第29—32行。

去?'"①在玛丽亚娜的祈祷、梦魇和抱怨中,死的意识日渐强烈起来,似乎只有死才能中止岁月对生命和美的消耗。最后两节的句法和意象都变得很像《夏洛特女士》的诗语,以死来结束诅咒的意思也变得十分清晰。玛丽亚娜意识到这种"夜以继日"、"日以继夜"的轮替已失去了意义,她最终打开门窗,靠在阳台上,在黑夜中接收着来自大海的某种信息,于是哀诉道,无尽头的黑夜已经来临,她将不再孤独。

还有一个明显的例子,出自始作于同期的《俄诺涅》(OEnone, 1832),里面也有一位哀叹"我完全厌倦了我的生活"的失意女性,即希腊神话中特洛伊王子帕里斯(Paris)最初的妻子俄诺涅,帕里斯为了美貌的海伦而抛弃了她。诗中俄诺涅讲述了帕里斯受爱神阿佛洛狄忒的诱导而与海伦通奸的前后,她说当她得知帕里斯移情别恋后,立即意识到,

> 在花荫中只剩下我孤身一人,
> 从那一刻到现在我都是孤独的,
> 也将永远孤独,直至死去。②

这种被遗弃的意识和怀旧的情绪同时发生,表现出美好往日给当事人带来的某种令其难以自拔、不得振作的心理重负,这也是丁诗中的一个主题。俄诺涅不解地质问道:

> 就在这绿色的山谷中,在这绿色的山脚下,
> 不就是他一千遍地表达过爱的誓言么?
> 不就是对着这同一只手,坐在这同一块石上
> 将无数的吻印在手上,让无数滴泪落在石上?
> 啊,幸福的眼泪,与此时的多么不同!
> 啊,幸福的天宇,你怎能看见我的脸庞?
> 啊,幸福的大地,你怎能承受我的沉重?
> 啊,死神,死神,死神,你这永远飘游的云朵,
> 世间不幸的人们已经够多,请不要
> 去招惹那些尚热爱生活的幸福魂灵;
> 我只请求你从我的生命之光前面经过,

---

① Alfred Lord Tennyson, *Tennyson's Poetry*,见第 47 页第 71—72 行。
② 同上书,第 52 页,第 188—190 行。

第九章　丁尼生：落下

　　　　让你的阴影罩住我的灵魂,让我得以死去。①

往日不再,爱人说过的话都不算数了。这种情绪近似《洛克斯利宅》中男主人公对埃米(Amy)不忠行为的抱怨,只是《洛》诗中的男性语者进一步把个人的处境放在更大的现实乱象之中,把对恋人的不满扩展到对整个社会伦理和风气的诟病,因而其个人在心理和行为上都能调整得更快一些,较主动地落入到生活的其他领域。

　　对于所谓局外人物的描述有时会变成正面的"邀请"——邀请他们落入真实的人间经历,这体现一种不同而相关的文思。较著名的例子出现在长诗《公主》的第七部分中,其时作为第一人称语者的王子终于得到邻国公主艾达的爱情,而后在甜蜜中睡去;当他在夜深人静时醒来时,发现艾达坐在身边,手上捧着一本"其本国诗人的集子","以低沉的语调,读诗给她自己听",其中一首"甜美的歌谣"就是《下来吧,啊少女》(Come down, O Maid),是丁诗中具有相对独立性的著名片段,②丁尼生本人对它的偏爱也为学界所知。以下译文只比原文略少几行:

　　　　下来吧,啊少女,从远处那高高的山顶。
　　　　高处哪有什么乐趣(羊倌唱道)?
　　　　除了高就是冷,山峦的自炫也不过如此。
　　　　还是不要离天空太近,不要再像
　　　　光柱一般漠然滑过枯萎的山松,
　　　　或像孤星一样凌驾在闪烁的尖峰;
　　　　下来吧,因为爱神属于山谷,下来吧,
　　　　因为爱神属于山谷,下到这里来
　　　　寻找他;他在欢乐人家的门口,
　　　　或在玉米地里与丰年手拉手,
　　　　或让酒桶中喷出的琼浆染红,
　　　　或像只小狐偷行在葡萄园内,根本无意
　　　　在银装素裹的峰顶与死神和黎明同行……
　　　　来吧,让舞动的湍流携你下落,
　　　　在山谷中寻找他;任那秃头的

---

① Alfred Lord Tennyson, *Tennyson's Poetry*, p. 53, ll. 227—238.
② 同上书,见第 196—198 页。

> 野鹰孤独地尖嚎，任山上那些险恶的
> 岩石都无聊地垂下，倾泻出
> 成千上万的花圈，都是缭绕的水雾，
> 像是失去了目的，在空中耗尽。
> 你不要这样耗尽，来吧，所有的
> 山谷都等着你，壁炉的青烟
> 为你而升起……①

以下我们还会谈到此类有关"落下"的文思在英国文学更大历史框架中的位置，此处先行指出，这个诗段非常明显地再一次呼应了典型的济慈式的(当然并不为济慈所独有的)主题。所谓只有下到山谷中才能寻获美和爱，或只有从接近天空的地方落下来才能找到真，这都是济慈在不少诗篇中刻意呈示的诗意，长诗《恩底米翁》(*Endymion*，1818)就是此类著名的代表作，而《恩底米翁》之后济慈更是自觉地在书信和其他诗作中按照一般的比喻，直接将山谷(vale, valley)用作"人间"的代名词。另需提及，对于人间景物和大地生长物等所谓时间的果实，济慈不吝为其注入正面、温暖、饱满和殷实的质感，频频刺激和满足人的感官，这一点也为许多读者所熟悉。就丁诗而言，从此处这段引文中可以看出，诗人把济慈式的意象做了更舒缓的歌谣化处理，而经手丁尼生的某些意象或诗语音符日后又在叶芝等后辈诗人那里得到呼应或变奏，形成一个文学主题的脉络。然而我们需要提醒自己的是，丁尼生诗歌创作的社会环境与济慈等人的已有所不同，虽时隔不远，但相对而言，三十年代之后的工业化程度更高，工业化进程在社会、文化和精神等层面所导致的问题更严重，让文化人产生"最悲惨的时代"之感的缘由也更多，而诗人一方漠视社会现状的独抒胸臆之举则有些过时，尽管现代诗人们愈加强烈地以其他方式主张艺术家在世俗社会中的独立性。在这种背景下丁尼生仍沿用济慈式与实质结交的思路，仍邀人落到山谷或呈示夏洛特的顺流而下，或者仍然认同浮士德式无惧地狱的生活体验，这就富有意味了，让我们得以感悟"落下"主题的复杂性，或可以在济慈式温厚意象和世俗生活之间建立某种佯谬的或辩证的关系。

与《两个声音》同期成型的独白诗《柱上隐士圣西面》(Saint Simeon

---

① Alfred Lord Tennyson, *Tennyson's Poetry*, 第 197 页, 第 177—202 行。根据诺顿编者在同页上的解释，"黎明"可以指披着黄褐色晨曦的黎明女神，"死神"则指雪山顶上没有生命气息的状态。

Stylites，1833)是丁尼生以讽刺的口吻写成的同类诗篇。圣西面(公元390—459)是基督教早期历史上的著名修士，叙利亚人，以极端苦行和禁欲言论著称，死前30多年一直独处一石柱的顶端：

> 三年的时间我住在一个六腕尺高的
> 石柱上面，又在一个十二腕尺高的上面
> 呆了三年，然后在一个二十尺高的上面
> 我缩卧了三年加三年；最后，在十年又十年的
> 乏味而又乏味的漫长岁月里，我和眼前这座
> 连在了一起，从地面算起高达四十腕尺。①

就这样日日夜夜，风雨无阻，也算是高高在上，俯视尘俗，终被直呼为"柱上隐士"(Stylites，源自 stylite 这个字)。这个人引起丁尼生的兴趣，该诗即是他为其设想出的独白。圣西面从根本上认为自己充满邪恶，尤其肉体，俨然就是"一个盛满罪孽的人形容器"，因此需要在"高处那个苦行的窝巢"中慢慢扼制一切欲念：

> 我，芸芸众生中的西面，柱上的西面，
> "柱上隐士"是我的姓；我，西面，
> 石柱上的守望者，直到末日来临；
> 我，西面，脑子让太阳烤干，
> 稀疏的眉毛在夜深人静时都结上霜雪，
> 露出未老已衰的灰白……

他认为自己这样做是在独享上帝的"恩典"，最终上帝是要把他变成"很少人能够企及的人间楷模"。② 岁月中他也听到一些"邪恶的人"来到柱下，请他下来："落下来吧，西面，你已经自罚了太长的时间，/ 已度过了数不清的时代。"但是他只经历了情绪的低落，身体则拒绝落下。不过，在矜持和坚毅当中，他也流露过一丝自怜：

> 想一想吧，主啊，当你和你的圣徒们

---

① Alfred Lord Tennyson, *Tennyson's Poetry*,第99页,第85—90行。腕尺(cubit)为古代测距单位,地中海周边国家较多用,长度因地区不同而略有变化,大概在17到22英寸之间。最后的石柱高40腕尺,至少不低于15米高。
② 同上书。这几处的引语分别见第100—101页第157—168行和第183—186行。

>享受着天堂的乐趣,当地上的人们
>都有舒适的宅舍遮风避雨,在壁炉边
>与他们的妻子坐在一起,吃着干净的食物,
>穿着保暖的衣衫,甚至连畜牲们也有棚栏,
>而我呢,我却从日出到日落,
>每天都要一千两百次地拜向耶稣,
>拜向圣母玛利亚和那些圣徒;
>或是在夜里,稍睡一会儿就能醒来,
>见寒星闪烁,只觉得全身被露水
>浸透,或在噼剥作响的霜冻中变得僵硬。①

稍早时写成、后又经多次修改的《艺术的宫殿》(The Palace of Art,1832)一诗也展示出明显可比性。该作聚焦于艺术家,同时表达艺术范畴之外的意义。诗中有两个语者,第一个在外围,男性,负责整体的叙述;第二个是内部的,是前者的灵魂,被拟人化,女性,在作品后部较多表达自己的想法。他为她在高高的岩崖上建造了一座庄严而宏伟的宫殿,围以陡然竖起的高墙,如"避世的城堡(rock)","没有任何凸石或石台或阶梯"能通向它:"就在那个高高的殿堂里,/我的灵魂会独自地度日。"他还直接对灵魂说:"当世界没完没了转个不停,/你该君临远离它的地方,就如一个镇静的国王……"②"转个不停"是丁尼生爱用的意象,表示经济的发展和世间的忙碌,与高远的艺术宫形成对比。涉及不愿下落的主题,当事者当然就是灵魂,但最后请求落到山谷中的也是她自己。

由于诗中的一些表述和意象,诸如"欢乐宫"、"远处的海与沙滩"、"涌泉"与"激流"、"鸣响的山洞"和"蜿蜒的河流"等,③我们难免再次看到《忽必烈汗》的影子,因而倾向于把眼前这首诗中的宫殿视作柯尔律治式无所不包的统一体,体现了灵魂所欲达到的理想存在方式。我们也可以从丁尼生的立场反观《忽必烈汗》的极端理想中可能存在的欠缺,比如是否少了济慈式的涉及高处与下面、艺术与人间之辩证关系的思想因素,从而反过来体会眼前这座艺术宫的欠缺。我们甚至可以联系《夏洛特女士》中的讽刺,因为夏洛特女士面前的镜子也是一个具有艺术功能的无所不包的折射体,她最后

---

① Alfred Lord Tennyson, *Tennyson's Poetry*, p. 99, ll. 96—113.
② 同上书,第 55 页,见第 5—14 行。
③ 同上书,这些意象分布在前 75 行。

所落入的境域当然远不如镜面所能包揽的世界大，但最终破碎的也正是这面只能反映生活却并不等于生活的镜子。的确，此处的艺术宫殿拥有"大大小小无数个房间"，代表了全世界的景象和全人类的各种情感，纵向的历史与传奇等等也都在里面得到呈示。建造者还"精选了一些智者的肖像"挂在宫殿里，特别提到了四大作家：弥尔顿、莎士比亚、但丁和荷马，①更体现这座殿堂的艺术性和文学性。灵魂统领着一切，站在了所谓艺术与文学的高度，并自豪地声称：

> 所有这些都属于我，
> 管他人世间的和平或战争，
> 对我来说都一个样。②

只不过在她的满足中，仍摆脱不了其与夏洛特的相似性：

> 她像王者登基；
> 她坐在明亮的窗户之间，
> 孤独地唱着她的歌曲。③

身在高处的代价之一就是孤独。由于的确达到了高处，对待孤独的态度也就具有了复杂性。其实这个灵魂对孤独有清醒的认识，她知道自己与上帝颇有些相似。她点起各种花式的灯盏，"为了模仿天堂；"看着莎士比亚和柏拉图等人的肖像，她惬意地感怀道："我的神祇，我与你们住在一起！"——尽管她同时也意识到这都是一些"无声的脸庞"。她说：

> 啊，属于我的是上帝一般的孤独，
> 可我把这看作是完美的收获，
> 尤其当我看到黑压压成群的猪
> 在远方的那片原野上散落。
>
> 都在污秽的泥沼中翻动着一身饥痒的皮囊，
> 它们只知道对视、打滚、繁殖、酣睡……

在行文上，最后两行的原文接近老年的尤利西斯对尘世间芸芸众生的评价方式。"饥痒"（prurient）、"对视"和"打滚"（wallow）等词语都与动物的性欲

---

① Alfred Lord Tennyson, *Tennyson's Poetry*, p. 58, ll. 131—140.
② 同上书，第 59 页，第 181—183.
③ 同上书，第 59 页，第 158—160 行。

有关。接下来：

> "我拥有着人类的心灵和业绩。
> 我并不关心不同的派别都如何吵闹。
> 我端坐如上帝,不笃信任何教义,
> 却能洞察所有的信条。"
>
> 常常,当她坐享着孤寂,
> 悲苦人间的谜团掠过她的心扉,
> 但这不能影响她保持端庄的欢愉,
> 据守精神的王位。①

不卷入任何潮流,却能揽视"所有的信条",这又像是给夏洛特女士在镜子面前的生活提供旁注,是对那首诗更多寓意的提示,或可让我们更多地感受夏洛特女士在高低之间做出选择的两难性。另一方面,"悲苦人间的谜团"也的确"掠过她的心扉"。"掠过"(flash)也是《夏洛特女士》式的动词。人间生活的"谜团"(riddle)则是华兹华斯和济慈所倚重的文学概念。华兹华斯较多用"奥秘"和"重负"这样的词语,济慈也曾把两个词合并起来,认为华兹华斯的主要贡献之一就是探索和缓解我们"所背负的奥秘"(burden of the mystery)。济慈的这个说法来自于他在 1818 年 5 月 3 日写给友人雷诺兹(John Hamilton Reynolds)的著名信件,其主要意思就是说弥尔顿较多地身居高处,而华兹华斯较贴近人间,因此"华兹华斯比弥尔顿更深沉"。信中居然也具体使用了大宅的意象,说人类生活就是一个拥有很多房间的大宅院(mansion),迂曲的回廊一步步将人引向最漆黑的房间,里面有人类的悲苦,我们可以感觉到生存之谜,只能等待华兹华斯这样的天才帮我们揭开它。从我们的角度看,这样的宅第相对处在低处,有别于岩崖上的那座以艺术品和智者教诲为主要藏品的宫殿。人间之谜最终"不能影响"殿堂的主人,说明此刻她还未达到华兹华斯或济慈式的境界,还未能对荒原上的猪群产生多一点兴趣或同情。

语者说,灵魂就这样过了三年,到了第四年,难以再支撑下去,她开始"对她的孤独产生深深的恐惧和厌恶",在僵死和停滞状态中,

> 她那种蛇样的傲慢终又收卷了回来。

---

① Alfred Lord Tennyson,*Tennyson's Poetry*,这部分的引文见第 60—61 页第 186—216 行。

第九章　丁尼生:落下

> "没有声音,"她在那孤寂的殿堂中尖叫道,
> "没有声音打破这个世界的寂静;
> 一切都只是深深的深深的无声!"

此时她才感觉到,她与上帝没什么关系,却倒像是被"流放",反而永远离开了他,也失去了她自己的"地位与名姓",原先的宫殿也面目全非,变得就像是一座"破败的坟墓",将她裹覆在黑暗中。也就是在此时,她才隐约听到远处"人类脚步落下"的声音,

> 就好似一位旅人倦步缓行于他乡异国,
> 正经历着深深的疑惑和窘困,
> 却在月亮即将升起前的一刻,
> 听到了一片陌生的大海那边的低沉的呻吟。

她分辨不出到底是什么声音,但意识到:"'我发现了一片新的土地,可我却死去。'"她大声哭号道:'我内心燃烧着火焰,/ 竟听不到丝毫的回应。'"最后,她"甩掉了女王般的服饰",请求道:"给我在山谷中建一座农舍,/ 让我能够伤逝和祈望。""伤逝和祈望"(mourn and pray)大致暗指人间一般的婚丧嫁娶等活动。灵魂补充说,也不要就此推倒这座精心建造的宫殿,权且保留它,或许经过的一段炼狱般的经历后,将来再与其他人结伴重回这个高处也无妨。①

另一位自求落下的人物较为著名,是丁尼生版的蒂索诺斯。《蒂索诺斯》(Tithonus, 1833 年后)这首诗亦成型于同一时期,为 1833 年原作"Tithon"的扩展版,在基本意思和关键表述上与前作大同小异。② 在希腊神话中,黎明女神与特洛伊人蒂索诺斯相爱,后请求宙斯赐予蒂长生不死的生命,却忘记了同时为他讨要永久的青春,致使蒂长期处在生不如死的老迈状态中。在本诗中,蒂索诺斯说他在年轻时自认为无所不能,因此请求黎明女神把他变得像神一样不朽。而她也未多想,"像富人一样并不计较其施舍,"就答应了他。获享不朽的他慢慢开始抱怨:

> 天底下只有我,由着残酷的不死之命
> 慢慢地消耗;在你的怀抱中我逐渐地消衰,

---

① Alfred Lord Tennyson, *Tennyson's Poetry*,这一部分的多处引文见第 61—63 页第 229—296 行。
② 同上,两首诗都不长,《蒂索诺斯》见第 102—104 页。

> 就在世界的这个无声的边缘地带,
> 只是一个白发苍苍的影子,像梦幻一样
> 闲荡于东方的这些长寂的空间,
> 这蜷缩的浓雾和忽闪的黎明的宫宇。

黎明女神的领地被视作东方的边缘地带。在这种状态中,对于蒂索诺斯来说,原本一些负面的词语,如"凋落"、"落下"和"死亡"等,此时都成了好词。回到时间中,而不是永久地陪伴着黎明的"清冷",这是他最新的愿望。他对女神说:

> 让我走吧;收回你的恩赐。
> 一个凡人何苦非要与他的同类
> 有什么不同?何苦非要超越注定应享的
> 生命年限而不能如期而止,不能
> 接受这对全人类都最合理的天命?

远方农田中升起的雾气似让他看到人类的家园和墓地,他意识到有家有业的普通人是幸福的,他们"具有死去的能力",而坟冢中的人们甚至"更加幸福"。他把自己视为理当"回到凡界的凡人",亦渴望有自己的墓穴。他恳求黎明女神:"放开我吧,让我重新回到地面。"

  姑且说以上这几首祈求落下的诗作共有所谓人道主义的成分。不过,一旦引入这个视角,论者往往会陷入有关"入世"还是"逃避"(或"意志力"还是"惰性")等问题的争议中。国际上有关丁尼生的研究一向面对这样的难点。丁氏的有关作品当然不限于以上提到的这些,但扩展引用范围未必有助于澄清疑问,反倒可能使"落下"主题变得更难以界定。相当一些英美评论家会以"大事化小"的方式说丁尼生的有关诗作不过是代表了相对立的声音,有些作品只是与其他作品立场不同而已。此说仅在一定程度上缓解了论者的处境。的确,我们若把《尤利西斯》和《食落拓枣者》等诗作也一并放入视野,会发现它们或说的是离开人间的冲动,或言及不愿回到人间的愿望。这两首诗各自的含义当然也并不吻合,反倒是学者们拿来证明不同声音和立场的熟例,但无论哪一首,它们都会给眼前的话题带来一点麻烦。主要原因之一就是它们各自的语者都已经处在"下面",其思想参照点已含公共空间,作品内容所及已经具有相当比重的人间生活和社会场景,语者都已具有足够资格对其做出消极的评价。尤利西斯正是由于太了解他那一国

"顽劣的民众",才执意抛开"平常的公共职责"而到远处漫游。《食落拓枣者》中的水手们对人间的生活状态产生厌倦和恐惧感,在跟随尤利西斯(奥德修斯)从特洛伊返回希腊伊萨卡岛的途中,他们一度吃下忘忧的蜜果(Lotos),于是懒洋洋地斜卧于岛崖,像超俗的众神一般遥看着下方的世界:

> 他们在山上俯瞰着一片片荒原,一边微笑着窃窃私语,
> 看那灾情与饥荒、温病与地震、咆哮的深渊与炽热的戈壁、
> 还有震耳的击斗、燃烧的城池、下沉的船舰、祈祷的手势。

何必花这么大力气,只为回到人间那个荒原?对诗行中这些内容的回忆与预感让他们觉得,"当然,当然,歇息要比劳役更甜美,"不必再一次告别海岸而在大海上为了回家而没完没了地与风浪搏击,"不再游荡了"。"管他人间何事"——这是他们最后的誓语。①

然而,倘若我们更感性地对待这两首名诗,比如注重诗性意象,更多倾听其所编织出的"音符",进而体味潜藏的思想侧面,那么我们就可能会看淡一点它们与以上诗作的区别。与其他作品相似,这两首诗也都展示了强烈的无聊感和疲惫感,都含有随心所欲的冲动和下落的意愿,语言层面涉及"落下"的音符也都明显而执拗。先说《尤利西斯》,若不去纠缠任何可能的潜在含义,而只取明显含义(英文所谓 manifest meaning),那么国内外了解它的读者大概已有一定的共识,比如一言以蔽之,说它所表达的不过是死了也比无聊好这个意思;具体讲,尤利西斯曾经沧海,非同常人,此刻再不能忍受平淡无奇的陆地生活,于是渴望"像个下落的星星一样追求知识,/去超越人类思想的极限",最好是和原先的战友们再次来到海上,"驶向比落日还远的地方,或西方的星辰 / 沐浴的海场,直到我死掉",死后或可以重见到阿喀琉斯(Achilles)等老友。② 这种落去的冲动来自于尤利西斯对知识(knowledge)的理解。用我们的话讲,知识只能追求,不能拥有。如此知识之说,与基督教语境里的"经历"(experience)概念相近:知识即经历。这也符合黑格尔等德国哲人的动态精神史观。因此尤利西斯才认为,人之所为,决定其人;无经历即无意义;经历的过程大于已有的收获。他说:

> 一切经历都是一座拱门,门外闪现着
> 那个足迹未至的世界,其边界

---

① Alfred Lord Tennyson, *Tennyson's Poetry*,第 80 页,这几处引语见第八节第 153—173 行。
② 同上书,全诗不长,见第 82—83 页。

随着我的前移而一次又一次地隐去。

过程中所经历的生活形态即使都"堆积"在一起也"算不了什么",以往的辉煌也会烟消云散,因此,

若停下脚步,或就此终止,
若在不用中生锈,而不在使用中闪光,
这将是多么的暗淡。似乎仅仅喘气
也能算生活!

若从这个角度解读《尤利西斯》,可以发现它与《两个声音》、《夏洛特女士》和《艺术的宫殿》等作品的相似点。表面上看,尤利西斯是想从人类社会生活中游离出去,但我们不能忘记,他在伊萨卡呆得无聊时追忆往事,所想起的情景就包括人间经历:"一座座人间的城池、风土民情、各样的气候、议事的厅堂、政府的机构,"而且他特地补充说,他正是通过这些见闻才了解自我价值。可以说,尤利西斯式的躁动,其实质是一个人不愿做国王而想当水手,不愿肩负日常的社会责任而愿散漫游离,不想竖向攀登道德高度而甘于横向(或向下)体味社会际遇,不愿久居熟悉的社会群落而是要游历于一个又一个的群落之间,是从固定状态落向斑驳,从空洞的概念和名分落至个人所爱做的事情,或从安定落入危险,从封闭落到开放的空间,从岛屿落向波涛。尤利西斯就是在这个意义上落了下来。而至于伊萨卡式的人间,若借用布莱克式的概念讲,那么一个封闭的或过分拜物的社会很可能是反经历的,其本身也并不能完全代表济慈式的山谷,反而更像是市侩阶层的天堂(抑或是地狱),个人在其疆域内大概只能积累很有限的经历。从这个角度看,尤利西斯的厌倦有其具体对象,追求倒无具体目标。也就是说,重要的不是指望未来有什么具体收获,而是解决现实的单调。该诗最后的三个字 not to yield(不屈服)经常被读者理解为体现探索者的品质,这当然没有错,但具体讲,这三个字应该主要指不向日常而平庸的生存状态屈服的那种品质,或者说其所针对的主要是时间、宿命、谋生、变老、无聊等消耗生命力的因素,是不向这些屈服,而不是针对旅途中的艰险。所以我们也不必过分追随一般解读,把"勇气"、"英雄气魄"和"进取心"等概念不假思索地强加给他,从而赋予他其本不需要的道德品质,尽管其落向波涛的冲动蕴含着另类宏大诗意。澄清这些,事关我们对丁诗所代表的维多利亚时代某种精神的理解,尤其是那种通过"做事情"来摆脱精神困顿的时代理念。

《食落拓枣者》给我们带来更大的挑战,而且我们也没有必要非把它归为同类诗不可。不过,若将"落下"(fall 等字)视作音符,那么丁诗中最浓重的落下之音就出现在这首以乐感著称的诗中。所谓挑战,除了上面说到的水手们不愿回到人间的态度,还有就是情节上从波涛回到地面的反向进程。食落拓枣者居住的岛屿不过是又一个岛屿,但这次水手们登陆后,不想再回到海上了,与波涛有关的一切也都让他们厌倦,包括船舰、桨叶、风雨。这似乎截然有别于《尤利西斯》的情况。但另一方面,眼下这座岛屿所吸引他们的一个重要因素就是岛上有一系列依从自然法则而自由落下的事物。他们首先注意到这是个遍布着溪流的海岛:

> 挺拔于山谷之上的是那一轮明月,还有那
> 纤巧的溪水,宛若一缕青烟不升反落,
> 沿着崖壁落落而又停停,停停而又落落。
>
> 好一处溪流纵横的土地!有的竟像是青烟
> 不升反落,或就像最薄的薄纱慢慢地垂落。

一些植物的花叶或垂入水中,或垂挂在岩崖上,松枝上的露珠也如"急雨般"落下,傍晚则是"那心满意足的落日在红色的西天／缓缓地落下"。还有落下的声音:

> 这里有甜美的音乐,轻盈地落下,
> 胜似蔷薇的花瓣被风吹落在草丛,
> 或轻于落向静水的夜露,在闪烁的山峡,
> 从花岗岩的陡壁间滴入它们的重重阴影。
> 那音乐,轻柔地伏在心灵上歇息,
> 轻过伏在倦困的眼睛上的倦困的眼皮;
> 那音乐从幸福的天宇载落甜美的睡意。①

多少种下落的事物,编织出乐律般的织体。

　　万物的落下反衬出水手们的严重疲惫感。为什么它们都能够落下,都知道歇息,而唯独只有人类不停地"劳碌"和"游荡"呢?"啊,何以生活全都

---

① Alfred Lord Tennyson, *Tennyson's Poetry*,以上这些与"落下"意象有关的片段见第76—78页第7—11行、第55—56行、第17—18行、第46—52行。

成了劳作?"①水手们一时的醒悟让他们感觉到人类追求的荒唐,也让他们看开了生死。由于诗文中出现了不想再回到海上"去没完没了地攀爬那不停攀升的波涛"的文字,国外一些学者认定这首诗处于《尤利西斯》的对立面,但是,如果我们把水手们的思维逻辑归结为"一切经历都随时间消逝,因此再追求下去没有意义",而把尤利西斯的逻辑归结为"一切经历都随时间消逝,因此何不继续去经历",②那么在这不同的外表下面,我们或许看到一种相似的、都看轻具体目标或具体收益的态度;双方都是想服从于内在的冲动,都要摆脱一般的责任观念。本书第十三章,我们将探讨叶芝的责任观。叶芝的视野中常出现一些貌似不大正确的人们,包括游荡者、梦想者、打赌逞能的侠士、艺人、诗人,甚至乞丐。这些人身上往往体现不出政治责任、经济责任或社会责任感,与现实脱节,但叶芝看上了他们,认为他们享有更大的精神空间,其游离的姿态和行为或体现更深的文化责任。或用他本人的话讲,"不实际的德行"(wasteful virtues)并非不算一种道德。叶芝作为旁证,或可辅助我们对丁尼生的理解。

《食落拓枣者》中,水手们视角的改变让他们把注意力从山溪和声音等移向更加有机的事物,其表述方式愈加接近布莱克的塞尔对自然生长物的羡慕。他们发现风中的叶子从萌发的一刻起,自然地

> 变绿,变大,没有忧虑,
> 午间沐浴阳光,月下喝饱夜露,变黄后
> 便落下,在空中飘飘而下。

此外,

> 瞧!那饱含汁液的苹果,在夏阳的
> 照射中变甜,越长越大,熟透,
> 然后坠落于秋天的一个静夜。
> 那花朵从不离原处,深深扎根于
> 本该长出花果的土壤,只按照
> 它所分得的时日,本分地一步步
> 成熟,凋萎,落下,并无劳碌。③

---

① Alfred Lord Tennyson, *Tennyson's Poetry*, pp. 78. ll. 86—87.
② 同上书,可参见第 78 页第 87—95 行之间的意思。
③ 同上书,第 78 页第三节全部。

作为自然环节的死亡也不再可怕,甚至成为憧憬的对象,因为

> 一切事物都知道歇息,都在无声的
> 成熟过程中走向坟墓——成熟,落下,止息:
> 请给予我们长眠或死亡,漆黑的死亡,或多梦的歇息。①

水手们感觉到了落下的甜美,似乎一旦依顺自然的规律,一旦准备好飘然落入死亡,就可以享受海阔天空的精神秩序,从而避免世俗社会的"比死亡还可怕的乱象"。② 他们唱道:

> 倾听着向下流去的溪水,那将是多么的甜蜜,
> 永远地让眼睛半睁半闭,
> 像是在似梦非梦中落入睡眠的领地!

还要再重复唱一遍:

> ……身躯侧卧在奇花和魔草的园子里,
> 任缓缓吹过的暖风给我们带来缓缓的慰藉,
> 就这样永远地半睁半闭着眼睛,
> 头顶着一个阴沉而神圣的天宇,
> 看着那条明媚的长河,这一切是多么甜蜜,
> 看它缓缓地取水于那座紫红色的山岭,
> 听着一个接一个的岩洞在盘根错节的藤蔓间
> 响起它们晶莹而清纯的回声,
> 看这河流穿过一簇簇交织如环的非凡蓟叶,
> 那翠绿色的河水就这样向下流动(falling)!③

可以说,虽然这些字里行间充斥着"落下"情调的诗行暗含着随他去的态度,但若简单认定它们代表了逃避或怯懦,也并不妥当。的确,诗文中出现了对于反击邪恶和重建人间秩序这些具体责任的质疑,不过里面也有对于人类

---

① Alfred Lord Tennyson, *Tennyson's Poetry*, pp. 78—79, ll. 96—98.
② 同上书,第 79 页,第 128 行。
③ 同上书,以上两处引语分别见第 79 页第 99—101 行和第 79—80 页第 133—142 行。"奇花和魔草"的原文是 amaranth and moly,其本身都是希腊神话中不会凋落并能驱邪的花草,但此处上下文主要突出其奇妙的一面,与"不凋落"关系不大。"蓟"的原文是 acanthus,常见草本植物,叶型如羽,分裂状。(顺便一提:此行"交织"的原文是 woven,诺顿版打印成了 women。类似瑕疵在诺顿版中偏多。)

"从不倾听内在的精神唱的是什么"的抱怨。①"内在的精神"(inner spirit)有了些德国式唯心哲学的意味,把人放在高于物的位置,也把此诗与以上列举的一些貌似相对的诗作联系在一起,在一定程度上使它们共享落下的韵律,共同站在个人(或个人心灵)的立场,表达相对于日常劳碌与琐碎的烦躁、对日复一日乏味状态的恐惧、对世俗责任与义务的厌倦、对生活趣味和生命活力的好奇或憧憬,以及对于别样空间的窥视;或者说,丁尼生的这些诗作都具有颠覆性,颠覆的对象既包括高超而抽象的信条和理念、既定的道德范式和狭隘的尊严观以及惧怕经历的矜持,也包括商业化拜物社会对丰富经历的排斥、过分的务实、市侩以及功利主义思维方式等,其所推崇的大致是对内在自然冲动的依从。欲落下的人反而有着精神的追求。或许《洛克斯利宅》里的一些诗行可以帮助我们看清不同诗作之间的内部关联。在该诗153—172行的那个片段中,貌似尤利西斯式的欲望和貌似食落拓枣者的欲望融合到一起。失恋后的语者在思考下一步的人生落脚点时,一度想到了退避到遥远的东方,在那里可以"挣脱一切习惯的链环,向着遥远的地方游荡,/在晨光初现的门廊一带从一个海岛来到另一个岛上"。那里犹如天堂一般,星星、月亮和天宇都更加明畅,特别是"永远不会有买卖人涉足,永远不会飘起欧洲人的哪面旗帜"。他认为尽管时下的社会以"思想的大进"(march of mind)为标志,出现了蒸汽机和火车,一些构想甚至可以"震撼全人类",但是其所给予人类的愉悦加起来也比不上远方的游荡。所以,无论选择海岛,还是不断游荡,最终都是着眼于某个有别于此时此地的、更大的生存空间。当然,在这个片段之后他立即意识到,既不必去某个岛上定居,也不必把欧洲看作没有精神空间的地方,现实的社会生活和经济生活中完全也可以允许精神能量的释放,闯荡行为可以发生在任何地方,不必非在实为蛮荒之地的"天堂"不可。②

　　夏洛特女士的厌倦、圣西面的自怜、艺术宫内"灵魂"的抱怨、蒂索诺斯的恳求,以及尤利西斯的冲动和食落拓枣的水手们的倦怠——丁尼生诸如此类的诗性内容都以不同的方式织构着下落的音韵,体现着诗人对现实生活中经历着精神困惑并寻求解脱的个人的同情。

　　或许我们应该略附上几笔,把丁尼生的有关主题放入稍大的文学史脉络内。在本书第十一章,我们将谈论同时代英国大诗人勃朗宁对于音乐空

---

① 同上书,见第78—79页第93—94行、第125—127行和第67行。
② Alfred Lord Tennyson, *Tennyson's Poetry*, pp.120—121.

间和情感空间的探索,以及他如何顺理成章地也触及到这个"落下"的主题。在该章结尾,我们也会附带提及现代爱尔兰小说家詹姆斯·乔伊斯如何融合勃朗宁和丁尼生等人的文思遗产,对这个主题做出直接的呼应。至少就19世纪英国文学而言,不仅丁尼生和勃朗宁,实际上"落下"意象及其所指向的更有活力的精神境域也以不同方式存在于其他一些主要文学家的作品中。而涉及其他的文人,除勃朗宁等人外,我们也可用倒叙的方式列举一个大作家的小作品。19世纪末,英国作家托马斯·哈代也用人物独白的手法写了一首迷你小诗,叫做《年轻的彩窗匠人》(The Young Glass-Stainer, 1893),讲的是一位年轻的教堂彩窗画匠,日复一日地工作,很像夏洛特女士,只是匠艺不同。他抱怨生活,说自己没完没了地描绘宗教人物,"在这里画上彼得,在那边画上马太,"这些哥特式的彩窗"让我疲惫不堪"(they wear me out,也有把精力耗尽的意思)。第二小节是更加率直地表白:

> 何等荒唐的职业!此时此地画着
> 畸形的图案,一边却恋慕着希腊的风范(the Hellenic norm);
> 我画着马大,却梦想着赫拉的娥眉,
> 画着马利亚,却思念着阿芙罗狄蒂的躯干(Aphrodite's form)。①

"职业"(vocation)也作"召唤"或"天职"讲。"畸形的"和"风范"两处分别用 Abnormal 和 norm 表示,而 norm 又与 form(躯干)押韵,即使在字面上,张力关系也非常清楚,更不用说马利亚与维纳斯的对立。含此类思想成分的诗歌在哈代作品中并不鲜见,但此处这些诗行仅凭几个关键细节,竟像是高度概括了此前文学史上发生的一些事情。某位艺匠,肩负道德使命,与崇高相守,久而久之不堪其重负,在疲惫中憧憬别样世界并寻求解脱——如此情节具有代表性,不仅直接呼应哈代小说《无名的裘德》中苏和裘德的故事,更牵扯出19世纪有关创作与生活、宗教与文学、道德义务与丰富阅历、职业与偏好、希伯来精神(Hebraism)与希腊精神(Hellenism)等许多问题的争论。有时在基督教文化内部,中世纪哥特式教堂建筑及其建造者也代表较自由的精神状态,如约翰·罗斯金的名著 *The Stones of Venice* (1851—1853)所示;另有本书第五章所提到的柯尔律治和纽曼主教等人有关宗教可以提供科学常识所无法提供的宏大空间和自由境界的言论。不过,无论是

---

① Thomas Hardy, *The Complete Poems.* London: Macmillan, 1978, p.532. 马大(Martha),耶稣的朋友,抹大拉的马利亚之姊;赫拉(Hera),希神宙斯之妻。

崇尚自由意识的希腊精神还是着眼于精神空间的宗教理念,无论有关主题的侧重点如何不同或色调如何变化,大致都可以划归在"在机械、沉闷而拘谨的生活和工作状态中渴望更本质、更宽豁的精神空间"这一情况内。19世纪英国文坛存在着由此类主题编织出的一个文思网络,与其他侧重点互动。

前面我们谈到贯穿于丁诗《康拉德》等作品中的随心漂游的主题。19世纪一开始,就有人以史诗般的笔法确立了此类主题的基调。有关华兹华斯《序曲》的评论数量之多无需再提,但当代爱尔兰诗人谢默斯·希内似再辟蹊径,他告诉我们,有人竟在《失乐园》的结尾和《序曲》的开篇之间发现亲缘:

> 我怀着特别的感激之情,将已故的 W. J. Harvey 在女王大学(Queen's University)的就职讲座铭记在心。当时他分析了《序曲》开头的那些诗行,为的是说明这些诗行如何受到《失乐园》结尾部分的影响。他认为,华兹华斯有意识地以亚当和夏娃被逐出伊甸园的情节为背景,来表达自己看到旷野时的喜悦和挣脱城市束缚的感觉。而且,他认为华兹华斯的诗语本身就在引导我们联系被逐情节来解读他的自由。一旦我们明白了这层意思,开篇部分振奋精神的总体效果就近一步得到强化……①

当然,《序曲》与读者见面已是1850的事情,但这并非说明发生在18、19世纪之交有关"诗人逃离乐园"的强烈构思并不存在。②《序曲》1805年文本之开篇首段与1850年文本基本一致,它描述了诗人"逃离那巨大的城市"后初见"绿色的田野"时的心情。他兴奋道:"整个世界展现在我眼前。"本书第四章引用了这个片段,其中诗人还说他希望在自由状态中以"飘游的孤云"为向导。他接着说:

> 我将去何方? 沿通途
> 还是小径,或穿过没有足迹的
> 原野,走上山丘或步入幽谷,
> 或让河上的漂物指引航程?

---

① Seamus Heaney, "The Making of a Music." *Preoccupations: Selected Prose 1968—1978.* New York: FSG, 1980, p. 62.
② 《序曲》(1850)始作于1798年,1799年形成两卷本,1805年形成十三卷本,1850年以十四卷本首版。

华兹华斯其他的诗作也含相近思想成分,其他浪漫诗人当然也有过类似的抒表。尤其引起我们兴趣的是只要顺流而下就不会迷失方向这个暗示。需指出,《失乐园》尾卷细微处还散落着一些更加具体的意象,其影响力延伸到19世纪的文学腹地,也引出了与华兹华斯的理解不尽相同的诠释。最明显的是暮霭升发的比喻和"整个尘世展现在他们面前"那句话在狄更斯《远大前程》第19章中的重现,而重现的场景则是皮普要离开乡间的生活,去到伦敦那样的"人间之城"寻找自己的宿命;所"摆脱"的是天真(innocence)的"重负",而刺激则来自宏大而复杂的人间世。①

本章所聚焦的是比少年皮普更复杂的个体人物,因此,《失乐园》结尾处另一些不大明显的细节更有意义。大天使米迦勒在送别亚当时尽可能全面地阐释上帝的旨意和将要发生的圣经历史大事,然后对亚当说,不要企求"更高的知识",

> 只要
> 加上实践,配合你的知识,加上
> 信仰、德行、忍耐、节制,
> 此外还加上爱……
> 这样,你就不会不高兴离开
> 这个乐园,而在你的内心
> 另有一个远为快乐的乐园。
> 好吧,现在我们从这纵览时空的
> 山顶下去,预定的时辰催促着我们
> 离开这儿;②

"实践"配合"知识"等等提供了下山的理由,也带出米迦勒有关"远为快乐的乐园"的一个版本。稍后,夏娃也表达了自己对"乐园"的理解,即我们前面引用过的"领我走吧,我绝不迟疑"那段话。"纵览时空的山顶"原文为 this top of Speculation,朱维之先生的译文较好地表达出 Speculation 一词原有的"展望"之意。根据朗曼详注版的解释,top 一词除表示观察事物的"制高

---

① Charles Dickens, *Great Expectations*. The Penguin English Library. Penguin Books: 1965, p.186.
② 弥尔顿,《失乐园》,朱维之译,上海:上海译文出版社,1984。第十二卷,第576—591行,第477页。

点"之外,也含有"最高等级的神学知识"的意思,①毕竟米迦勒说他所给与亚当的是 the sum of wisdom,②可以直译为"智慧的顶点"(朱译)或"全部"。讲得通俗一点,可以说大天使告诉亚当,此时必须从总体知识的高处下落到"实践"中,或不得不落入只能由实际行动(deeds)体现的美德中:从抽象落到具体。放在维多利亚时代的文学语境内,那种无实际体验却能凭高纵览时空的境界也可能成为负担,如丁尼生的圣西面、艺术宫的女主人和夏洛特女士等个案所示。弥尔顿上述概念在《失乐园》本身的框架内自成体系,但后人受其启发或也做出较为随意的解释,亦不无道理。

比如华兹华斯的解释。倘若我们从 19 世纪的角度审视《序曲》,我们也看到一位诗人放弃极端的社会信条和政治理念而寻找艺术家身份的历程。当然,追求艺术家的身份,这本身也可以成为一种理念或教条,著有《浪漫的意识形态》的麦克甘(Jerome J. McGann, *The Romantic Ideology*, 1983)等美国一些现当代评论家就持此类见解。然而,即便华兹华斯等人的经历中含有从一种意识形态投向另一种意识形态的政治性意味,但发生在这一过程中的态度或位置的变化——比如从上端到下端、从束缚到自由、从抽象到自然本质、从单调到宏大的精神——也显而易见,不容复杂化。华氏的精神历程被全诗开篇相对独立的"逃脱"意象所预示:一位诗人摆脱一座城池的束缚,一时间感到思想的潮水向他涌来:

> 因为
> 我已卸去并非原本的自我,
> 那是强加给我的生命,似乎
> 日日倦怠中我背负着他人的重物。③

摆脱重负后,他对任意的漂游产生强烈的渴望,因此才在面对"展现"于眼前的"整个世界"时,先想到游云,又想到随波而下的漂物。这种波上的漂游既有助于缓慰疲惫的身心,也体现艺术家对某种更为舒展、更为广大、更接近自然元素的生活空间的向往。说到此,或许华兹华斯的意识中不仅仅闪现《失乐园》末尾的一些细节,或许他也想到另一些熟悉的诗行,如《失乐园》第九卷撒旦与夏娃搭讪之前的一段。其时,撒旦环顾大好乐园,再次心

---

① John Milton, *Paradise Lost*. Essex, England: Longman, 1971, p. 638.
② 同上书,见第 637 页,第十二卷,第 575—576 行。
③ 华兹华斯,《序曲》(1850)第一卷,第 19—22 行。

生自怜,以如下比喻来描述自己的处境:

> 有如久笼在人口稠密的都市中,
> 住屋毗连,阴沟纵横污了空气,
> 一旦在夏天的早晨走出近郊,
> 呼吸在快乐的乡村的田野中,
> 凡所遇见的一切都给以喜悦,
> 谷物或干草的香味,母牛、奶场等
> 每一田园风光,每一田园声响。
> 如有仙女般的美丽贞女的脚步
> 踏过,一切愉快的东西便更愉快。①

对这段诗文,客居都市多年的柯尔律治应有深切感受,见证于其所用过的类似诗性表述。至于华兹华斯,他当然不可能与撒旦认同,不大会误解弥尔顿的本意,但具体说到一个人从压抑到解脱的经历,他虽不至于像撒旦那样自怜,却会有相近的自我体验,甚至会喜欢前辈诗人这种宏大的表述方式。其次,尽管不是撒旦本人将要失乐园而落下,但在一定程度上,其意识和行为中所含有的颠覆性会引起现代诗人的兴趣,至少会在不期中给他们自己有关"落下"的文思增添一些意味,尤其是撒旦所欲颠覆的是乐园里的天真和亚当的信条,所导致的则是所谓人世间的"展现"(all before them)。夸张一点讲,类似的颠覆意识出现在19世纪不少作家的思想中,似乎撒旦把他们牵连出来,大家纷纷感受着新的文学意境。而此处这段诗文的最后两行所及(新的环境若再有美妙女性出现就会更让人愉快),貌似纵意过头,实含象征意义,并与浪漫诗人某些更刻意的表述关联在一起,为我们提供了更强的理由,将后来更多作家揽入视野,大致包括勃朗宁、丁尼生、斯温朋、佩特、王尔德、哈代、劳伦斯、叶芝和乔伊斯等。在他们之间,我们似触摸到由各类"落下"主题编织出的、体现着新的文学敏感性的思想脉络,非简单的异性意识所能限定。

丁尼生的友人阿瑟·哈勒姆在评价丁时,认为他与雪莱和济慈一样,属于"感觉派诗人"(Poets of Sensation),有别于"沉思派"(reflection)。② 哈勒

---

① 弥尔顿,《失乐园》,朱维之译,上海:上海译文出版社,1984。第九卷,第445—453行。
② Arthur Henry Hallam, "On Some of the Characteristics of Modern Poetry and on the Lyrical Poems of Alfred Tennyson," *The Emergence of Victorian Consciousness*. Ed. George Levine. New York: The Free Press, 1967, pp. 403, 408.

姆认为济慈类型的诗人就像是喝下柯尔律治在《忽必烈汗》中所说的"天堂的奶汁",有很强的艺术灵感,本能地投向美的因素,而丁尼生与济慈相似,都是"艺术女神"所选中的、"为她尽职"的"诗魂"。① 这里强调的是"艺术",而不是别的因素。哈勒姆甚至认为丁尼生有一个特点为济慈和雪莱所不及:"他在面对公众时,不与任何政治群体或任何特定的观念体系发生关联。"②尽管在其漫长创作生涯的中后期,丁尼生肩负道德说教的压力渐重,但是,正像罗斯金、斯温朋和佩特等人的主要思想成分一样,丁尼生较早期诗歌中的一些意象的确更易折射济慈的影响,所体现的独立艺术家身份较明显。济慈诗作中经常出现两种因素并行的局面,一是对至高艺术境界的企望,一是对实质情感经历的向往。这种悖逆关系中两个概念之间的界线有时变得模糊,例如在以上提到的《恩底米翁》等诗中,对前者的仰慕与对后者"下行的追求"发生重叠。有时,济慈对人为的创造活动会产生怀疑,乃至对其感到厌倦,这也是为何他有时会对前一种追求产生警觉,或觉得难以承受其负担,于是希望在更强烈的实际经历中获得自由。③

济慈有一首十四行诗,丁尼生对其内涵应该会有所感受。这首称作《像赫耳墨斯那样展开轻盈的羽翼》(As Hermes once took to his feathers light)的小诗与那些著名的颂歌(Odes)和十四行诗一样,作于1819年,与当时他的另一首十四行诗、即本书第十一章将提及的《明亮的星》在内容上很相近。此处这首诗的大意是:就像希神赫耳墨斯那样能躲过百目巨人阿格斯(Argus)的看守,诗人也渴望自己的灵魂摆脱被监视的状态,也能轻盈地逃去,但不是飞向高高在上的雪山之巅,也不是飞向神圣的奥林匹斯山区,而是向下飞行,飞落到但丁所描写的地狱的第二圈,

> 在那里,恋人们飘旋在劲风中,在旋流中,
> 在暴雨和冰雹的呼啸中,无需再诉说
> 他们的哀伤。我看到那甜美而苍白的嘴唇,
> 我亲吻了那苍白的嘴唇,我与那美妙的身躯

---

① Arthur Henry Hallam, "On Some of the Characteristics of Modern Poetry and on the Lyrical Poems of Alfred Tennyson." *The Emergence of Victorian Consciousness*. Ed. George Levine. New York: The Free Press, 1967, pp. 403,408.
② 同上书,第 408—409 页。
③ 济慈的有关思想可以参见《希腊古瓮颂》、《夜莺颂》和《今夜我为何大笑?》("Why did I laugh tonight?")等名作。

一同飘荡,长久伴随着那股沉郁的风雨。①

但丁的确以永恒的漩流喻比情欲的世界,但旋而不休,又是诅咒,尽管作为旅人的但丁亦不堪同情之心。今人以激烈手法,将古人作品中隐含的意思放大,此十四行诗是一例。现代评论家多从技术角度出发,在济慈的这首诗中发现一些瑕疵,但在维多利亚时代,诸如但丁·G·罗塞蒂这样的主要诗人对它却有极高的评价。② 至少《夏洛特女士》和《年轻的彩窗匠人》这类诗歌体续写着相似的焦虑与冲动。而且,如果我们变换焦距,将视野扩展到艺术家和恋人以外的世界,我们或联想到丁尼生其他一些中早期诗作的重要瞬间,它们都夹杂着下沉的因素,体现在角色不一的社会个体身上,而下沉的目标区域则是展示着较多活力和机遇的开放性社会生活空间,如前面引用的一些诗作所述。或可说,危险的漩流也具有精神的魅力。"大风吹起,呼啸着吹向大海,我去了"——《洛克斯利宅》最后的这个诗行会在我们耳际萦绕。

---

① John Keats, *The Poems of John Keats*. Ed. Jack Stillinger. Cambridge, Mass., The Belknap Press of Harvard UP, 1978, p. 326. 但丁《神曲·地狱篇》第五卷写的是那些著名恋人的亡灵随着风暴不停地飘游,因其犯戒之罪孽而受到惩罚。济慈这首诗的中译文未完全依从原诗的韵脚安排。

② Amy Lowell, *John Keats*. Vol. II. Boston and New York: Hoghton Mifflin Company, 1925, pp. 214—215.

第十章　丁尼生：
仰望辉光，或"更高的泛神论"

以快速变化的现代社会为背景谈论丁尼生，既不能停止在对于"最悲惨的时代"的体认，也不能终结于社会个体顺流而下这一文学意象中所指向的道德勇气或无奈，而是要再进一步，进入到一位主要诗人在终极意义上并未与各种现代潮流和解这个话题上。这些潮流包括工业化和商业化的高速发展，也包括现代科学发明与发现所带来的影响。"落下"意象含丰富的人文思想成分，但也有一点权宜意味，因为它或多或少维系在"固守抽象理念反而不如落入物质现实好"这个逻辑上。即便丁诗中有些内容展示出更积极的思想，如表达"现实行动才体现精神能量"这个认识，但涉及个体人物所落入的现实生存方式本身的是与非，诗人往往无意做进一步追究。可以说，在丁尼生的文思中，"落下"这一生存取向也并不能成为最终的精神落脚点，尤其相对于中后期诗作而言，更不用说其老耄之年的晚期作品。

2002年，哈罗尔德·布鲁姆教授针对一度盛行的历史主批评"抹平（作家之间高低）差别"的做法，发表《天才：一百位创造性典范的拼图》（*Genius: A Mosaic of One Hundred Exemplary Creative Minds*）一书，说他所认为的那些文学天才往往能够站在其所处时代之上，而不是简单地与时代对话，其中在谈及丁尼生时，更坚持他本人一贯认识，把他与华兹华斯和济慈等人放在一起，统称为"浪漫时代鼎盛期的诗人"（high romantic poets）。①如此归类有别于较常见的做法，但布鲁姆除提起济慈与丁尼生的紧密关联外，主要想到的是丁氏最终着眼于社会发展和人间秩序以外更模糊的精神空间这一浪漫诗人所特有的习惯。布鲁姆引用了卡莱尔对丁的描述："一个孤独而忧郁的人……简单说，这个人一举一动都把某种无序的混沌（Chaos）带在身边，并不停地把它拼制成有序的宇宙（Cosmos）。"布鲁姆说："但是我们对那

---

① Harold Bloom, *Genius: A Mosaic of One Hundred Exemplary Creative Minds*. New York: Warner Book, Inc., 2002, p. xiii.

个有序的宇宙没什么兴趣,倒是在诗歌的意义上,那点混沌才让人着迷。"①比如海洋,就是一种混沌。在上一章,我们提到丁尼生晚年所写借以向世人告别的《驶过索伦特海峡》这首小诗,布鲁姆说他自己尤其喜欢该诗的第二节,说它"体现了独属于丁尼生的认知性乐律"。第二节的大意是,诗人要驶向大海,当他在傍晚起航时,他说他希望海潮最好能像在漾动中沉睡一般,涨得很满,满得都不发声响,不扬飞沫,以帮助一个曾经从无垠海域汲取生息的灵魂回到它本来的家中。布鲁姆说:"家是原始混沌的一部分,此刻丁尼生已经放弃了所有有关社会进步的幻想,也不再企望把他那来自鬼蜮的秉赋拼制成某种有序的宇宙。"②

除非我们说丁尼生的混沌代表了更大的秩序。毕竟这首小诗的最后一节告诉我们,诗人的最终目的是要在驶离"我们时空的边界"后,能够"面对面"谒见此前从未谋面的"我的领航"。布鲁姆的话较简略,不足为训。另需考虑,尽管他对于各类历史主义批评手法的排斥有着一般学人所意识不到的深刻性,但过分的排斥,尤其是回过头来仅仅依据某种以想象力为核心的浪漫主义文学价值观来衡量丁尼生,就可能忽略诗人与其自己所处时代的复杂互动关系,就可能以某种浪漫主义诗风为标尺,以为越接近它就越好,从而武断地将丁尼生的诗歌分出等级,比如判定我们在上一章着重提到的《绝望》这类诗歌较差,而把《玛丽亚娜》等所谓"能够抵御历史主义分析手法"的作品视为杰作;甚至还可能拒绝去想象《玛丽亚娜》诗文本身暗藏着多少现时代的焦虑。2005 年,布鲁姆在其诗评汇编《诗人与诗歌》一书前言里再次捍卫他的尺度,说衡量卓越的标准只有三个:"美学的风采、认知力、智慧";"今人所说的'相关性'用不了一代人的时间就会被抛入垃圾桶"。③此说当然具有洞察力,可以颠覆当代学人的盲目自信。但是许多维多利亚文人自己不见得如此排斥"相关性"。需要我们给予重视的,主要是布鲁姆有关伟大诗人亦可能站在时代之上或可能着眼于"混沌"状态等说法,还有就是他在《天才》一书中的苦涩预言:20 世纪的评论家们"对丁尼生的贬低将会结束,人们只要还会读诗,就应该重新认识到他那种病态多感的天赋(morbid

---

① Harold Bloom, *Genius: A Mosaic of One Hundred Exemplary Creative Minds*. New York: Warner Book, Inc., 2002, p. xiii.
② 同上书,第 417 页。
③ Harold Bloom, *Poets and Poems*. Philadelphia: Chelsea House Publisher, 2005, p. xi. 有关布鲁姆区分《绝望》和《玛丽亚娜》等诗优劣的作法,见该书第 217—218 页。

genius)"。①笔者以为,在快速变化的商业社会和科技潮流中企望更恢宏的精神家园,不放弃对那个神圣向导的恋慕,这应该是丁尼生诗歌重新产生相关性的更重要的理由之一。这当然首先是一个人类个体对于他自己生命的关怀,所要解决的首先是个人的精神问题,但个人的深刻体会可产生普遍意义。不论相对于个人还是社会,混沌代表了更恢宏的秩序,丁诗中与此有关的海洋意象与常见的河流比喻也有了不同。在长诗《悼念》的尾声部分,丁尼生已经使用过与《驶过索伦特海峡》大致相同的意象:"一个灵魂将从那浩瀚的大海汲取生息,/让他自己的生命充斥其疆域……",最终接近那个永在的上帝。②驶向这样的波涛或回到这样的家园使"落下"主题在含义上发生微妙变化,向导、天使和上帝等概念还添加了向上看的姿态,一切都关乎人类这种高级动物的存在意义或其灵魂的最终依托。我们的注意力因此可转向丁尼生的著述中——尤其中后期诗歌中——经常出现的具有宗教信仰意味的表述。尽管这些表述似难以勾勒出一位传统意义上的信徒,也不见得总能指向任何常见的信仰目标,然而其所散发出的某种情怀或境界之宏大性、模糊性和辉煌程度并未因此而降低。

本章可以先从所谓对丁尼生的"贬低"说起,比如将他的主要作品《歌唱国王的田园诗丛》作为一个焦点案例。其实不只是20世纪的"贬低",英国当代丁尼生研究领域著名批评家克里斯托弗·里克斯(Christopher Ricks,1933—)在他的专著《丁尼生》(Tennyson,1972)中列举了19世纪一些主要文人对《诗丛》的复杂态度,包括各种各样的诟病和保留。他们中有阿诺德、杰拉德·曼利·霍普金斯、斯温朋、卡莱尔、罗斯金和小说家乔治·爱略特等人,还要加上20世纪的艾略特。在这些大家的眼中,《诗丛》虽不乏精彩诗行,但整体上不行,比如有人认为其叙事能力弱,或所表达的思想较单纯,亚瑟王不过是个 prig(自以为是但心胸狭隘的人);道德寓意常不堪一击,点缀其间的不过是一些哄小孩子的棒棒糖,等等。③里克斯本人显然也受到其中一些观点的影响,比如他认同爱略特有关《诗丛》中"散落着一些精美诗段"的说法,认为该诗可取之处,主要在于其"各种明喻和描述",精彩者如亚瑟最后一战等片段所示;不过很可惜,文字的精妙竟也会让人感到"悲哀",因为其与"该诗真正的关怀很少发生什么紧密关系",只是"展示了英国诗人

---

① Harold Bloom, *Genius*, p. 410.
② Alfred, Lord Tennyson, *Tennyson's Poetry*, p. 291, ll. 123—144.
③ 同上书,见节选自里克斯专著的部分,尤其第 664—667 页。

多不曾拥有的眼力和耳力"。①眼睛和耳朵之说往往是文人们谈论济慈或雪莱等诗人时爱用的词语,自19世纪初起常有此类评价,当然大家一般会补充说,这些诗人的感官能力如何与其整体思想有机地融合在一起。丁尼生的情况显然与之有别。

隔开一段历史的时空,精妙处依旧,而作家和学者们所诟病的问题则显得不那么严重了,诗人与时代对话的内涵反而在不同的时代呈现出更清晰的思想轮廓,不堪一击的棒棒糖也能奇迹般地演化为有力的预言,或令今人警醒。如今大致可以说,《诗丛》之思想意义,包括我们前一章所提到的对一个时代行将结束的哀叹,也具体涉及对物质主义、功利主义和科学至上论等流行价值观的抵御,以及对精神能量直接转化为现实追求这一过程的质疑;《诗丛》可能没有提出所谓具体的解决方案,但这并非诗人的本分,也因为诗人在其宏大的诗性思维中尚能以观望、无奈或宽容的态度对待物质世界和行为领域的变化,尚能默许——或不愿简单地伤及——体现在年轻骑士身上的那种横向直线性追求,其个人更满足于在复杂的现实局面中向上看,保留一种对宽阔而不可量化的精神空间的意识和笃信。后面这一点也使《诗丛》与《悼念》等非传奇性力作产生较多可比性。

《诗丛》中的《圣杯》(The Holy Grail)这个诗篇因其精神含义而处在整个作品的中央位置,丁尼生自认为它体现很强的想象力。诗篇一开始讲到安布罗修斯修士(Ambrosius)与弃武清修的骑士帕尔齐法尔(Percivale)的一次交谈,时值一个4月的早晨,疾风劲吹,他们头顶的古树在风中摇曳,花粉如烟,纷纷扬扬。安布罗修斯问帕尔齐法尔,为何他曾一度离开亚瑟的圆桌,去四处游荡。帕尔齐法尔的身上体现了理念的重负和对具体目标的追求,亚瑟和其他骑士都称他为"圣洁的人"。他回答修士说,自己当时之所以离去,是受到耶稣最后晚餐上所用的那个杯子的吸引,其本身为实物,在他的幻觉中,这个物件肯定存在于某个角落,而且一位同样纯洁的修女("我的妹妹")亲口对他说,她曾于某个午夜看到过那个玫瑰色的圣杯。②妹妹的证词激起一众骑士的兴趣,也把帕尔齐法尔送上不懈求索的旅程,但骑士中即便最虔诚者,如朗斯洛的儿子加拉哈(Galahad),其所表现出的理想主义中也掺杂着猎奇的心理成分。从亚瑟王的角度看,许多骑士忽然间都变得不务正业了,他们中大多数人本该去完成更"高尚"的实务,本该去救济四下的疾

---

① Alfred, Lord Tennyson, *Tennyson's Poetry*, pp. 667,665.
② 同上书,见第446—447页第68—128行。

苦,匡扶正义,却都在圆桌旁留下了空空座椅,如盲信的小孩子一般,"去追随迷失于荒沼野泽间的移游的火把,""有去而无回"。①

这种迷失的状态,以及导致迷失的 vision,在诗文中都有多次表述。Vision 一词在这个局部有歧义,并不像在该诗其他场合代表对真理的洞见或精神的感悟,而更多指幻觉和幻象,其背后的意思是谁谁曾亲眼看到过什么,因而与诗中所用的另一个词 sight(实景)大同小异。某个实物(杯子)被赋予精神的光环,或某种幻觉在寻找实证的支持,宗教情怀寄托于圣物之上,反正都体现较机械的对应,与亚瑟所认同的信仰很不一样,甚至反映了信仰的堕落。这是问题的关键,涉及有限信仰和宏大情怀之间的差别,而正是这一微妙差别及其内含与现实社会状况相关的思想意义,往往引不起以往论者的强烈关注。丁尼生本人在对《圣杯》诗篇的注释中说道:"信仰在堕落,多数人身上的宗教都不再与实际的善有关,而都转变为对于神灵和神奇的追求,或为满足一己之需而寻找宗教刺激。能从这种追寻中获得精神力量的人寥寥无几。"②少数人中最多只包括加拉哈等一两个人。在《圣杯》结尾部分,帕尔齐法尔说,亚瑟曾对朗斯洛等主要骑士表达过他对于精神空间的看法。亚瑟说,精神的追求不取决于是否具体看到了什么物体,即便自己当时目睹圣杯掠过的实景,他也不会"轻易地"加入到誓言求索的骑士们中间。他认为精神的生活应该有两个相对的方面构成,一是"在分配给你的那块田地上耕作",不尽责就不要去游荡;然后在完成本分的基础上一定要有视一切普通的事物为 vision 的能力或境界。此处的 vision 即我们下面所要说到的精神的"影像",它与更大的真实有关,是感悟的对象,而不是猎奇的目标。感悟者的心境应该是"任凭它们发生",

> 直至脚踩的土地不再是土地,
> 眼睛所见的光芒不再是光芒,
> 这吹袭额头的凉风不再是凉风,
> 甚至自己这手这脚——都成了影像,

而这之所以成为可能,是因为在同一刻,如此感悟者对于"我"的存在和上帝的实在产生了另一层面的顿悟:

> 他感到他自己不会死掉,

---

① Alfred, Lord Tennyson, *Tennyson's Poetry*, pp. 451—452, ll. 308—321.
② 同上书,第 451 页注 8。

>也知道对自己来说,自己不是影像,
>至高的上帝也不是,还有那个
>死而复生的人。

这样的时刻发生时,"你所看到(洞见到)的就是你所看到的"(Ye have seen what ye have seen.)。此时此地现实的真与形而上的真成为一体,肉身与精神相等同。而帕尔齐法尔对安布罗修斯说,这些话都是他当时听不大懂的。①"听不大懂"大概也能反映一直以来国际丁尼生评论中存在的某些问题,尤其涉及影像与实在、体现与被体现、平常与高尚、所看到的就是所看到的等有机关系。在诺顿版的注释中,编者帮我们补上了丁尼生之子哈勒姆在其回忆录中援引父亲对他讲过的有关此处诗文的一段话:

>在那一处诗文里,我对于视觉所不及的精神世界(the Unseen)的实在性(the Reality),表达了自己强烈的知觉。设计了国王谈论其工作及其所见影像的这个结尾,是为了全面概括人间最崇高者的最崇高的意旨。亚瑟言语中的那三行是整个诗丛(精神上)的中央诗行。②

根据哈勒姆的回忆,丁尼生对于亚瑟王的处理经历了变化。多年前他有意让《诗丛》这部诗作成为有关教会的喻比(allegory of the Church),但后来他转向内在的世界,将亚瑟确立为"灵魂的象征,而他的骑士们则代表灵魂所要管教和约束的各种人类欲望"。③灵魂的这个权力正来自于其对于"视觉所不及的精神世界"的独特洞见,以及对于人类肉身本已具有的精神秉赋的感悟。

圣杯或许代表某件稀奇的实物,可以引起人们的联想,也因此体现一定的精神价值。但丁尼生着眼于更高远的精神境域,它可以被熟悉的事物印证,也超越了它们,难以被嵌入可量化概念内,但反而拥有了绝对的实在性,它才是真实的。简单看,骑士们追寻圣杯的具体行为代表了欲望对于灵魂的不服从,但依照本书所倚重的思想脉络,我们也可说这是布莱克和柯尔律治等人概念中的"喻比"(allegory)对于"象征"(symbol)的僭越,是"联想"(association)或"幻觉"(fancy)力图压倒"想象"(imagination)的行为。尽管骑士们的求索之举是对普遍发生的各种邪恶的反弹,反映一种寻求精神依

---

① Alfred, Lord Tennyson, *Tennyson's Poetry*,整个这个片段见第 464 页第 899—916 行。
② 同上书,第 464 页注 9。"那三行"指的是涉及"不会死掉"、"不是影像"的第 912—914 行。
③ 同上书,第 444 页注 1。

托的行为,但是在终极意义上,对于某件精神失物的寻找与物质主义的追求并无本质差别,至少都过于横向而具体,缺少了向上的第三维度,都不会给世俗化的社会生活带来实质的改进,也不见得必然使个人的精神升华。旅途中的帕尔齐法尔确曾一度想到了放弃,当时他在一个异域的城堡遇见一位"公主",发现她正是自己年少时心仪的对象,"有个人已经娶了她,不过他已死去,"而公主身为寡妇,重遇帕尔齐法尔之后竭力想把他挽留住,终于在一个"明媚的早晨","在一条小溪旁",

> 她趁着我在散步,悄悄地接近我的身旁,
> 然后一边将我称作所有骑士的翘楚,
> 一边将我拥抱,拥抱中第一次亲吻了我,
> 并把她自己和她的所有财富都给了我。

仅在这一刻,亚瑟的忠告略显作用,帕尔齐法尔似醒悟到国王所谓迷失于荒野间的猎奇行为的荒唐,于是想就此息步。但很快,"在一个夜晚,我原先的誓言 / 重在心中点燃,"于是他记起使命,弃别公主,含泪毅然离去,此后"无论是她还是凡间的一切都与自己再无牵连"。安布罗修斯听到这里不禁感叹,这真是不分孰轻孰重,精神上一定"患了疾病",竟然把公主及其所代表的真实生活之所有"甜美"和"丰裕"都抛在了一边,"视其如草芥!"①从我们的角度看,这样的追求反而钻入不"丰裕"的空间,不如不追求。

朗斯洛和高文(Gawain)是两位最神勇的骑士,其一波三折的经历也值得一提。在丁尼生笔下,高文被冠以"轻佻"(light)等语。亚瑟最后声色俱厉,让他反省自己的游荡,想一想"这样的求索是否适合于(他)"。他回答说,自己完全不适合此类追求,认为帕尔齐法尔的妹妹把大好的一众骑士都弄得疯疯癫癫,他本人经智者点拨,早已有所醒悟,于是把寻找圣物之程变作艳遇之旅,总算有一些享受。②而朗斯洛则回答说,自己之所以踏上旅程,是指望看到圣杯后,自己胸中的两朵花可以被分开,一朵有毒,一朵无毒,有毒的代表"一种奇怪的罪孽",无毒的象征一名骑士所应具有的"高尚而圣洁的"美德,两朵花长期纠缠在一起,无法分开。虽然他也意识到,事关寻找圣物,不可掺杂功利念头,但是"就像从前那样,我的疯狂又开始作祟, / 将我抛

---

① Alfred, Lord Tennyson, *Tennyson's Poetry*,帕尔齐法尔与公主重逢的这个片段见第 457—458 页第 572—630 行。
② 同上书,见第 463 页第 858—860 行、第 461 页第 736—747 行。

向遥远的荒野",于是他历经磨难,或陆上,或海中,终在第七天夜里来到一座城堡,"它就像岩石上的岩石,"然后"艰难地登上一千级的台阶",试图接近城堡最高处传来的那个"清晰而甜美、如夜莺般歌唱的声音",最后站在一扇门前,听到那声音是在赞美圣杯,而当他推门欲入,一道"如风暴般的"极其强烈而炽热的辉光将他吞没,他一下子"昏了过去",只是在片刻间"我觉得我看到了圣杯,/ 通体都被紫色的圣餐布裹覆着",四周还有天使等等。不过,他最后坦言道,自己并未看见原物:"我所看到的是被遮住盖住的,/ 如此这样的求索的确不适合我。"①关键时刻的昏厥(swooned)和"我觉得我看到"等说法有一点像是戏仿(抑或是"逆仿"?)但丁在最高天际的经历,而圣杯被遮住(veiled)的意象则呼应雪莱等人有关人类不能妄想直接触及形而上绝对真理的柏拉图主义哲思。《圣杯》结尾处亚瑟所说的不要纠缠幻影而应坚信上帝的话正反映贪求不如虔诚、平视不如仰望、单一不如宽广、劳顿不如体认等意思。

1867年,丁尼生写了一首偶句体短诗《更高的泛神论》(The Higher Pantheism),②以十分恳切的语气对自己的灵魂讲话,希望它能够像《圣经〈旧约〉》中的信徒那样笃信上帝之实在,更果断地与之交谈,从而也可反过来证明灵魂本身的实在和不朽性。泛神论者相信上帝无处不在于大自然或宇宙间,若要确认上帝的存在,只能将目光投向人类可以感知的自然客体、法则或因素,这些作为整体,即是上帝之化身,上帝不再另有其身。丁尼生所谓"更高的泛神论"保留了一般泛神论所特有的诗性成分,但与它有着微妙而关键的差别。尽管他在这首诗中也说道,天上的"雷霆之怒即是他的声音",但普通的泛神论所强调的是"等同",而丁尼生那种高级泛神论则更多着眼于"体现"等说法的字面意义:雷声一定体现声源的独立性和超然的存在。诗人愿意让浩大的视野泛及一切,但最终还是要顺势仰望超越了自然万物的上方:"太阳、月亮、星辰、海域、山峦,还有到处的原野,——/ 啊,灵魂,这些难道不正是他的影像(Vision),证明他统辖着一切?"一上来的这一句很接近雪莱有关绝对真理的表述,含有新柏拉图主义的思想成分,尤其是诗人接着说道,尽管这一切都是上帝影像,但是"他一定不是似其外表的某个事物"。可以被体现,但并"不是"体现他的那个物。当然,丁尼生更真实

---

① Alfred, Lord Tennyson, *Tennyson's Poetry*,这一段由朗斯洛自述的经历见第461—463页第763—849行。
② 同上书,第373页。

的意思是想把这个逻辑反过来说,也就是反过来超越雪莱有时对"物"的轻视,从而像布莱克和维多利亚时代年轻诗人霍普金斯等人那样,对人的肉体做出精神的感味,探及人与神、影像与真实之间的动态关联。也就是说,由于那个"不是",由于我们所能感知的只是他的影像,因此人类有如"生活在梦中",Vision 和 dreams 也产生了字面关联,但正是因为上帝本身的实在,正是因为这个实在可以被影像体现出来,那么我们凡间生活的梦的一面也就具有了强烈的意义,所谓的影像也随之而产生神圣的意义,或者说 live in dreams 一语也就衍生出人类凭借这样的梦(或影像)才能生存的意思。

沿此思路,诗人的意识快速转移到自我和灵魂的状况,在一定程度上以宗教情怀和浪漫哲思混杂在一起的思维方式,带着绝望和傲慢兼有的态度,在灵魂与上帝之间建立了映照关系:"地球、这些个星辰的实体、这一身沉重的肢体,/难道它们不正是标志与象征,代表了(灵魂)与他的分立(division)?"星辰等也成了灵魂的影像,一方面"它"永远不等于"他"(上帝),两者永远地分离着,但另一方面,就像星辰"体现"上帝一样,肢体也可以"体现"灵魂,于是灵魂作为一种不朽之物与另一种更大不朽之物之间的互动就成为可能。如果说"世界对(灵魂)来说是黑暗的",那是由于灵魂本身的性质所致,因为灵魂更明亮,可以反衬出其他事物的不真实或暗淡:"难道他不是很像你,正因为你有着感知'我是我'(I am I)的能力?"借用柯尔律治的哲思话语讲,个人精神层面的"我在"(I am)映照着绝对真理的那个更大的"我在"(I AM),个人的、由肉体所体现的精神本体于是"很像"那个真正"自立"而永恒的上帝。自我灵魂的不朽、自我与上天的关联——这里面寄托着丁尼生的主要兴趣,其特定的泛神论最终所要表达的就是一种不顺从:在科技思维和物质化倾向日渐成为文化主流的大背景下,他不接受对于人类自我的物质主义定义,不承认"我"的绝对物性,不相信灵魂是虚幻的、人死了就是死了等说法。根据哈勒姆的回忆,两年后的 1869 年年初,丁尼生对亲友们说过一段令其印象深刻的话:

在 1869 年 1 月,他怀着深厚的情感再次对我们说道:"是的,的确有这样一些时刻,我会觉得肉体对我来说是无物(nothing),我会体味到肉体是影像,而上帝和精神因素是唯一的真和实。请相信,精神的(the Spiritual)确实是真实的:它属于我们,有如我们的手和脚,只是有过之。你可以对我说,我的手我的脚不过是幻构的符号,表示着我的存在,我也会相信你,但是你永远永远无法让我相信我的自我不是一种永恒的实在(Reality),或者精神的因素不是我生命中确切而真实的一部分。"哈勒姆说:"他说这些话时,语气如此热切,以至于在他离开房间时,我们都陷入肃穆的静默中。"①就在哈勒姆回忆录的同一页上,他在重复我们上面援引过的丁尼生有关 the Unseen 的话时,照录了其父所认为亚瑟言谈中最重要的那三行:

> 他感到他自己不会死掉,
> 也知道对自己来说,自己不是影像,
> 至高的上帝也不是。

现在我们再看这几个诗行,会对它们有更深的理解。肉体可以是影像,但却是高于虚幻符号的影像,其所体现的"我"并非仅仅物质主义概念中的如此这般而已。

因此,从《更高的泛神论》这首诗第 9 行起,诗人看到了"环绕着"人类肉身的"辉光";人类所发出的这种光芒很可能七零八碎,光影之黯淡也体现着精神活动所经历的"挫败",然而人类此举,宛如小学生给上帝这个老师交作业,让他看到我们仿效他的辉光也放射出自己的辉光,且恰恰是凭借着这个过程,我们才能完善自我,竟完成"实现(自己)命运"之大业。我们的辉光与他的辉光之间的这种相似性使得精神事物之间的交流成为可能,所以:"你去,去跟他说话,因为他能够听见,精神与精神可以相聚—— / 他离你之近,近于呼吸,你的手和脚都没有这样近的距离。"②顺便指出,丁尼生所谓人与神之间可能的灵交,及其所涉及的凡俗个体的自我实现,预示了霍普金斯对于个体事物所含精神意义的感叹,尽管在艺术风格上霍氏逐渐摆脱丁尼生对他的影响。1867 年丁尼生写作《更高的泛神论》等诗之际,霍普金斯刚皈依罗马天主教不久,此后于 1877 年,霍氏创作了一系列亦有泛神意味但必然指向终极神意的短诗。世间万物,包括个人的肉体,都饱含精神能量;个人之本分,就是要激发和实践自己的能量,以印证上帝所赋予他的个性,而个体的神圣化必然折射耶稣的道成肉身(incarnation),于是耶稣与上帝之间、个人与耶稣之间、物与灵之间,都结成血缘关联,使竖向的精神旅程成为可能,个人亦可以一己之身载耶稣之道。霍氏在该年写成的若干作品中,十四

---

① Hallam Tennyson, *Alfred Lord Tennyson*, *A Memoir By His Son*. New York: The Macmillan Co., 1911, Vol. II, p.90. 带着重点字代表原文的斜体字。
② Alfred Lord Tennyson, *Tennyson's Poetry*, p.373, ll. 11—12.

行诗《就像翠鸟燃起火焰》(As Kingfishers Catch Fire)把话说得相对较明白。该诗后六行归结道:"端正的人做端正的事。"具体讲,无论做何事,都要"保持上帝所赐予他的德行"(keeps grace);

> 在上帝眼中去做他在上帝眼中的那个本来的自己——
> 去做基督。因为基督活跃于千千万万个地方,
> 以不属于他本人的肢体和眼睛显示着其可爱的生息,
> 凭借着一个个普通人的相貌向天父呈现脸上的荣光。

霍普金斯的此类诗语涉及圣经预表法(biblical typology)或宗教词汇上常说的"预示性模型"(types)。加拿大批评家诺思洛普·弗莱(Northrop Frye)在他的《批评的解剖》一书中说道,有关《圣经》对于西方文学的影响,评论家们的认识流于浅表,预表法更为今人所不知:"如今,圣经预表法已成为如此一种僵死的语言,以至于大多数读者,包括学者们,在面对一首使用了预表法的诗作时,都无力把哪怕很浅显的意思解释出来。"①但是在维多利亚时代,圣经预表法曾经是很流行的"语言"。美国学者杰罗姆·邦普(Jerome Bump)曾谈到霍普金斯和其他维多利亚文人所爱用的预表式思维方法。他说,霍普金斯从纽曼等人那里了解到预表法,其一层意思对他很重要,即《旧约》中的某人某事成为道德经历的预示性模型,"预表"了《新约》中的某人某事,type 就有了 antitype("以同样模型的再现"),前者为"能指"(signifier),后者为"所指"(the signified)。

> 于是,约伯的受苦就成了预示,《新约》中基督的受难与其并行,成为其所预示之型。同样,伊甸园作为预示,预表了我们受洗后的精神状态和/或我们死后的天堂经历。对于霍普金斯来说,"预示"一词的这一整套含义对他尤为重要,因为它最终聚焦于耶稣,而耶稣正是其生活与艺术方方面面的"原型"(archetype)或终极"模型"(mold)。

耶稣作为楷模,体现着"绝对的存在",影响了霍氏的一切。邦普说,在维多利亚的文人间,预示说得到扩展,不仅涉及《旧约》与《新约》之间的预表,也"囊括上帝、人、自然之间所有的并行关系,"而扩展这门语言的人就包括拉斐尔前派(the Pre-Raphaelites)和罗斯金、丁尼生以及勃朗宁夫妇等人。②我

---

① Northrop Frye, *Anatomy of Criticism*. Princeton, New Jersey: Princeton UP, 1971, p.14.
② 这一部分所提到的邦普的论述见 Jerome Bump, *Gerard Manley Hopkins*. Boston, Massachusetts: G. K Hall & Co., 1982,第 80—81 页。

们在此提及涉及霍普金斯的这个侧面,只为进一步说明,丁尼生眼中的人类肢体与霍氏概念具可比性,都映现或指向耶稣那样绝对实在的经历模型,且后者可以反过来解释丁氏与霍氏的概念,说明人类个体都可以以自己作为普通人的容貌或行动向上帝呈示其所期待的精神辉光。霍氏的高烈度诗文可能揭示了共同的预表法式思维习惯,或有助于我们更多获取丁尼生文思中可能的精神内涵。

在一定程度上,《更高的泛神论》一诗的名气也依赖一首戏仿它的诗作。十多年之后,为丁尼生所赏识、其本人也受过丁氏关键影响的年轻诗人斯温朋写了一首题为《浅谈更高的泛神论》(The Higher Pantheism in a Nutshell, 1880)的诗,表达了其习惯性的反叛或颠覆意识。这首诗套用了丁尼生的原诗体,以下略选几个诗节,姑且译过来:

> 不存在的那人,我们看到;而我们看不到的那个,存在着。
> 肯定地讲,这个不是那个;不过那个肯定是这个……
>
> 基本上怀疑就是信仰;而信仰,总的来说,是怀疑。
> 我们不能靠证据去信仰;但信仰怎能没有依据?……
>
> 肉体与灵魂是孪生子;只有上帝分得清他们谁是谁——
> 灵魂被肉体拖累,就像游走匠人成了阴沟里的醉鬼。
>
> 全部本来大于局部,可是一半却又大于全部;
> 没错,灵魂就是身体——但说身体无关灵魂,这靠得住?……
>
> 所有事物都相互并行——但并在一起的多扭扭歪歪;
> 你肯定就是我,但我并不是你,这也很明白……
>
> 上帝,我们虽看不见,却在那儿;而上帝,虽不在那儿,我们看得见。
> 胡扯,我们都知道,是瞎编;瞎编,依我们所见,是扯淡。①

丁尼生与斯温朋的关系是英美不少学术文章研究的话题,《歌唱国王的田园诗丛》中的高文等骑士身上就有斯温朋的影子。斯温朋之为无神论者,肯定较多站在肉体一侧,乐意展现远离上帝的姿态,也因此对丁氏本意不求甚解,甚至也无此必要,更多是表达对大家说法的不耐烦情绪,而且他所戏仿的对象也不只是当代大家,有时也包括友人,甚至他自己。显然,此处有关

---

① 分别见该诗的第 1—2、5—6、13—16、21—22 和第 25—26 行。

事物之间的并行关系(parallels)多是"扭扭歪歪"的说法体现了对预表法或预示论的不屑。其实丁尼生本人也不求理论上或逻辑上的严谨性,因为他不是要论证什么,而也是要表达情绪——诗人的、以忧虑为特点的情绪,很像托马斯·莫尔(Sir Thomas More,1478—1535)在《乌托邦》中所表达的忧虑:即便是在理想国,甚至尤其是在理想国,人类也要容纳和捍卫精神的信仰,比如宗教所承载的那种;任何无神的和过度务实的思维都可能导致无所惧怕、无所敬畏的民风,而一旦人们除了法律而别无他惧,一旦人们同时也都认为人死了就是死了,那么他们反而会更经常地触犯法律,最终都成为人类社区的敌害分子,其被降低的人格与同样没有精神信仰的畜牲失去区别。[1]莫尔的观点体现了天主教的信仰,后来的新教及其分支卡尔文主义等教派也都以宗教情怀作为区分人类与畜牲的尺度之一。这可不是"扯淡"。

除了预表法等内涵,《更高的泛神论》对人类自我的精神定义也涉及神秘主义因素。英美不少评论家一度热衷此话题,但本书无意把丁氏神秘主义当作很严肃的技术问题来探讨,暂且只停留在诗人的视野和诗语表述这个层面上。实际上,无论中早期还是中后期作品,丁诗中一直贯穿着有关精神现实和精神辉光的诗性意象,有一定神秘意味。我们把《悼念》等大作搁后再提,此处有必要列举其他一些很生动的例子,以说明丁尼生作为诗人而固守的精神视角或有时其为自己在现实社会中所选定的超拔而孤独的位置。比如,早在1830年,诗人就写过一首名叫《被授密义者》(The Mystic)的短诗,描述了一位被天使选中而不为常人理解的人。这个人能看到不同的景象:

> 不分白天黑夜,一些幽灵站立在
> 他的面前,安详的幽灵,永不消失,
> 却又持续变换着色彩,捉摸不定,
> 都无比地巨大,没有形状,没有意识,
> 没有声息,虽身形模糊,却永不衰竭,
> 以四张脸朝向天宇四角的极境……

不管他看到的是什么,这个人就这样放纵自己的梦幻,不受物质存在的约束。而至于一般的人们:

---

[1] 见托马斯·莫尔《乌托邦》的最后一章"Of the Religions of the Utopians"(关于乌托邦人的各种宗教)。

> 你们怎可能了解他？你们一直呆在
> 狭小的圈子里，而他已经接近了最终的
> 天层，那是一片遍燃着白色火焰的境域，
> 没有热度的纯火，越燃越旺，化作
> 更广大的空气，化作深蓝如墨的以太，
> 就这样覆盖和环绕所有其他的生命。①

这种但丁式的精神收获就是发现光源，看到纯粹的光芒。常人看不到这些，是因为他们在"狭小的圈子里"排斥了其他的认知方式，没有精神的制高点。的确，对于丁尼生来说，看待事物的角度和位置决定了能看到什么，包括俯瞰到众人的狭隘。哈佛大学老一辈研究维多利亚文学的著名学者杰罗姆·H·巴克利在编辑《丁尼生诗选》时，建议读者将这首诗与更早创作的、"更个人化的"《哈米吉多顿》(Armageddon) 做比较，因为后者"也同样涉及对于永恒状态的洞见，同样暗示了与芸芸众生的距离感。"②而对我们来说，《哈》诗也展现了较高的观察点和较宽阔的视野。

无韵诗《哈米吉多顿》大约始作于1824年，未完成，讲的是诗人精神的目光在米吉多山上所看到的景象。"哈米吉多顿"意为"米吉多山"(Megiddo)，它俯瞰一片原野，是发生圣经《新约·启示录》所述善恶两军在最后审判日展开大决战的地方：

> 我站在那座俯瞰着米吉多峡谷的
> 山上。——我面前铺开一片巨大的
> 原野，目光在它上面移游，疲于不停地
> 凝望，却找不到能让它歇息的境地……③

这个原野也是个"充满破坏力的峡谷"，里面有各种各样不人不鬼、不死不活的东西，到处是喧噪、无序、昏暗、鬼哭狼嚎，因此作为语者的诗人俯瞰如此景象的姿态以及其所提到的不得歇息的目光，与布莱克所惯用的意象接近，尤其是他还要在这个山谷中发现精神世界赖以立足的支点。在这噩梦般的恐怖景象达到极致时，一位羽翼洁白的"年轻撒拉弗"(seraph，六翼天使) 从

---

① Alfred Lord Tennyson, *Poems of Tennyson*. Ed. Jerome H. Buckley. Cambridge, Mass.: The Riverside Press, 1958, p.7, ll. 11—16; 41—46.
② 同上书，1958，第525页。
③ Alfred Lord Tennyson, *Tennyson's Poetry*, p.11, ll. 24—27.

天而落,周身毛羽光芒四射,让诗人犹如面对"中天的太阳"一般。这正是启示性想象力的降临,化作天使的目光与他对视,当然还有天使的声音:之所以他陷入眼前的景象,而不能预见到大事件即将发生,是因为

> 愚钝的肉体如重坠,系在你的意识上,
> 尘俗的凡胎如枷锁,束缚住你的精神——
> 睁开你的眼睛,去洞见!①

经天使点拨(的确颇有些像布莱克式的教诲),听者如醍醐灌顶,很快觉得自己的灵魂"像是拥有了神格","我的精神受到超自然的激励而跃起",而由于思想的广度得到无限的扩展,"精神的视野也变得广阔,"于是

> 一时间我孑身一人
> 似乎已经站在了上帝那全知的
> 疆域的外围,

荣誉感也油然而起,甚至这新生的自我都让他自己叹服:

> 随着这无限的思想获得胜利,
> 所有对于时间、对于存在、对于地点的
> 意识都被吞没,没有了它们的踪迹。
> 那时刻我成了那恒久不变者的一个部分,
> 是那永恒的心智(Eternal Mind)所射出的一个火花,
> 此刻与它的主火重新聚合,共燃。
> 的确!就在那时,我完全可以倾倒在
> 我自己那强大的灵魂面前,崇拜它。②

时空和物质都成了无足轻重的幻影,那么什么才是所洞见到的真实呢?在早期一些因神秘主义等因素而被国外学界称作"被压制的诗篇"中,有一首诗以希腊文为题名:Οἱ ρέοντες(《流动》,早于1830年),里面说到,"一切思绪、一切信条、一切梦幻都是真实的 / 包括一切疯狂和奇异的视像(visions);"并没有外在于主观本体的"实质"或"永恒的法则",因为"人的自身才是所有真理的量尺。"外在的一切都处在连续变化的过程中,"像流动的

---

① Alfred Lord Tennyson, *Tennyson's Poetry*,这一段涉及天使降临前后的诗文见第14页第133—158行。
② 同上书,这一部分见第15页第163—192行。

河水,"只凭梦幻捕捉到某种形态,而被捕捉到的就是真实的。① 众人眼中代表客观时空的"存在"与"地点"以及《哈米吉多顿》中另外提到的"人间的嘈杂"等,都变得遥远而轻微了,而个人主观视像的真实性使诗人拥有了资本,可让他与更真实而宏大的因素对话。概括讲,一提到梦幻的真实性,的确会引出神秘主义的话题,尤其是持此认识者亦认为个人才是衡量真相的尺度。让我们更感兴趣的是,尽管此处所援引的这类诗篇都是丁尼生不足20岁时的学生作,但类似《更高的泛神论》第四行"只要梦在延续,它就是真实的,难道我们不是生活在梦中?"一句证明,老年的丁尼生并没有很大的变化,显然还在坚守着个人主观世界的真实性,也仍在企求让个人的火花与原始的光源重新融合,或借用华兹华斯的意象讲,让小的火苗隐没在大的辉光里,为诗人的灵魂找到得以歇息的家园。

思想虽持续,思想的语境却发生了变化,这也使思想的意义有所强化。学界一个老生常谈的话题就是英国维多利亚时代是宗教信仰和传统哲学等领域发生危机的时代,以精神为本体的思维受到强烈挑战,而挑战者多来自现代科学研究领域。达尔文主义是这个上下文中人们耳熟能详的名词,也是丁尼生中后期诗歌产生的背景之一。也就是说,《更高的泛神论》等作品暗含着与达尔文主义等科学观念的对话。达尔文的代表作《论物种的起源》发表于1859年,其另一本有较大影响力的著作《人类的由来》(*Descent of Man*, *and Selection in Relation to Sex*)则发表于1871年,而丁尼生的《悼念》和《公主》等重要著作于1850年前后就已经问世,《莫德》发表于1855年,1859年时《歌唱国王的田园诗丛》中有四个诗篇也已出版。不过,与进化论有关的现代科学舆论并非初现于《论物种的起源》的出版年之后,不同科学家之间的互动早已形成,争议早已出现,达尔文本人从30年代后期开始,就以宣读论文和发表著作等形式将其基于实地调查的成果公布于世,丁尼生对这些有耳闻。而其他人的一些重要科学著作已先行问世,包括苏格兰地质学家查尔斯·赖尔(Charles Lyell,1797—1875)涉及地质学均变论的《地质学原理》(*Principles of Geology*,1833)和苏格兰作家、出版家罗伯特·钱伯斯(Robert Chambers,1802—1871)的《自然造物史的痕迹》(*Vestiges of the Natural History of Creation*,1844)。而若再提及那些引起卡莱尔等人警惕的广义上任何以机械观念分析人类动机或任其侵入伦理领域的做法或

---

① 该诗原文的这些局部转引自 E. D. H. Johnson, *The Alien Vision of Victorian Poetry*. Hamden, Connecticut: Archon Books, 1963,第5页。

主义,那么初现争议的时间至少还要往前推到 20 年代。需指出,英国社会对于达尔文主义等现代科学发现的态度是复杂的,这也是学者们经常提醒我们的。丁尼生本人中期的态度就难以定义,而就连英国国教会的反应也不易厘清。简单讲,都不是简单的排斥,甚至远非如此。但另一个方面,如果说有哪些人比一般文化人更真切地感味到那些新的科学观点相对于人类精神生活和道德行为可能意味着什么,如果说有谁恰恰是因为对科学推论的富有想象力而又贴切的把握才深深地体会到不安和恐惧,就像浪漫诗人对于启蒙式唯理性思维的忧虑,那他们中一定会有丁尼生这样的诗人或思想家。

本书所用诺顿评论版《丁尼生诗选集》(第二版)的编者罗伯特·W·希尔教授在该书评论部分附上了自己的一篇文章,文中直言自己是"还原论者(reductionist,着眼于天上本无上帝等客观事实),毫不避讳地坚信物竞天择的决定论,因而也必然是一位无神论者"①。一位达尔文主义者选编丁尼生诗歌,又带着强烈的信念和情感,自然会通过选目和局部注释等方式使这部诗选集染上一点个人色彩,或忽略一点其他色彩;对具体文本的简评也难免出现先入为主的情况。一般来说,编者的做法会影响读者对有关作家的认识。是把丁尼生看作会写诗的科学家,还是有科学认知力的诗人,这是文学界内外一些学者的长期分歧,而丁尼生诗歌本身所含有的多重声音也助长了分歧的产生。有人在《悼念》中看到信仰,有的看到怀疑,这也是我们所熟悉的局面。希尔更多地看到怀疑,怀疑的目标当然是上帝。对于可能令一般人见仁见智的材料,他会果断拿出个人的倾向性见解。比如,如果丁尼生断言"生物进化论者无法对自觉的思想意识做出解释",那么希尔会暗示说,丁尼生想到此点,证明他已经在沿着生物进化的思路谈问题,而随着科学的发展,"(生物进化论者们)很快会趋向于做出这个解释":

> 据《纽约时报》(1998 年 5 月 10 日)报道,到 2001 年,我们可能会提前四年认识人类的全部染色体组。终将有那么一天,作为生命之源的 DNA 和人类自我意识会得到全面的解释,而且能对任何上过小学的孩子讲清楚,只要他不觉得地球围着太阳转这件事有什么难解。我自己活不到那天了,但很多人能见到它。

---

① Robert W. Hill, "A Familiar Lesson from the Victorians." Tennyson, *Tennyson's Poetry*, p. 682.

报上的这两句话应该可以在此确立我的立场。①

另比如,如果说《悼念》中"那个悲伤的声音低语道:天上的星辰都是瞎飞乱撞,"希尔会直言:"倘若丁尼生了解量子力学理论,让其帮助他证实'无规则性',那么警报也就解除了,他也不必经历'充满恐惧的夜晚'。"②再如,对于《悼念》第 54 号诗篇的尾节,希尔做出个人的反响:"难道我们不就是一些婴儿,在夜晚哭喊,为得到光芒而哭喊,说不出话,只会哭,喊叫着我们的父母吗?"别人读到这样的情绪可能会有不同的反应,但希尔认为有关诗文体现了无神论,可以与他本人的立场"类比",而且"贯穿于《悼念》全诗"。之所以是无神论,是因为希尔确信原文隐含着"父母来不了,因为他们不在那儿"的意思。③第 54 篇本身并没有"父母"一说,但希尔补上呼叫父母的意象并非牵强,还因为他要援引美国现代天体物理学家兼科普作家卡尔·塞根(Carl E. Sagan,1934—1996)的话:"'我们渴望有父母来照顾我们,来原谅我们的过失,或确保我们不犯幼稚的错误。但是,知识比无知好。拥抱确凿的真相要远远好过固守惬心的神话。'"④

塞根肯定有他自己的上下文,但权且孤立地看,"知识比无知好"这个单句似正确得令人无奈。它或许让人一时茫然失语,只情不自禁联想到思想史上那么多相关的高论,既有因极其简洁而极其精妙的类似常识,也有截然相对却也不失为妙论的哲思。此外,能就这样把它简单地放回到英国 19 世纪的文化语境吗?我们在此为活跃思想,姑且带着一点不得体,转向一个似既不体现常识也不含多少哲思的文学事例。是 19 世纪末英国话剧舞台上的两个片段,都出自王尔德所作《不可儿戏》(Oscar Wilde, *The Importance of Being Earnest*)这部话剧的第一幕。首先是一段对话,发生在两位不大严肃的男主角之间,其时杰克向阿尔杰农(Algernon)交代为什么他不得不虚构出一位名叫恩内斯特(Ernest)的弟弟,解释清楚后,他说:"整个事实就是这样纯粹和简单。"

  阿尔杰农:事实很少是纯粹的,也从没简单过。甭管纯粹还是简单,现代生活只要变成其中任何一种样子,就太没劲了,现代文学也根

---

① Robert W. Hill, "A Familiar Lesson from the Victorians." Tennyson, *Tennyson's Poetry*, p. 682.
② 同上,第 683 页。
③ 同上,第 682 页。
④ 同上。

本没法产生出来!

杰克:那也倒没什么不好。

阿尔杰农:伙计,文学批评不是你的强项,别沾这事儿。你该把它留给从没在大学里呆过的人,他们在报纸上批得不错。

稍后的一个片段当然也是对话,其间布莱克诺夫人(Lady Bracknell)帮女儿相亲,问了杰克一连串的问题。

布莱克诺夫人:……我一向以为,打算结婚的男人要么无所不知,要么无知。你是哪种?

杰克:我是无知,布莱克诺夫人。

布莱克诺夫人:这让我高兴。甭管谁,只要不善待自然的无知,我都不认可。无知就像个娇贵的奇花异果,一捅咕它,果霜就全没了。

无知竟然也娇贵得需要保护,常人哪有这样的想法,但这不严肃中或许暗含着佯谬的成分,其所针对的是"自然科学"(natural science)这个时代流行语,或那种以为客观知识就是知识全部或以半知充全知(因此还不如无知)的行为。就像不要轻易干扰自然科学一样,也不要轻易干涉"自然的无知"(natural ignorance),大家都是"自然的"。当然,王尔德所引出的笑声不足以击倒希尔或塞根的整体认识,他们都自圆其说,要深刻得多。可另一方面,即便可以放弃神话,但那种只剩下"确凿的真相"(hard truth)的生活,其本身或许也是个神话,科学家们大概不觉得狄更斯眼中的"坚硬的时代"(hard times)——尤其它的溃败——与此有什么关系。先不管是否可能,一旦人类生活的一切,包括意识、情欲、音乐、信仰、梦幻,都被解析得清清楚楚,阿尔杰农这样的人一定又会叫喊"没劲",即使不提所有文学门类,至少诗歌就失去了存在的理由,当然也包括丁尼生式的诗人们。说到此类忧虑,援引华兹华斯等浪漫主义诗人对"惬心的神话"的捍卫要比搬出王尔德更贴切,如本书第三、六、八等章中的一些内容所示。

第54号诗篇尾节的整体译文如下:

就这样流动着我的梦;但我在做什么?
一个婴儿,在夜晚哭喊,
一个婴儿为见到光芒而哭喊,
没有语言,只会哭,不会说。

所谓"我的梦",是前面诗节的内容,具体涉及对最终的"善"的憧憬。前三节的大意是,生活中所有负面的东西都不会在完全无目的的状态下发生,包括肉体疾痛、道德瑕疵、精神困顿等等,都趋向于善,"当上帝建成他的圣殿时,"都不会被当作"垃圾"扔掉,好像这一切都没有存在过。由于首节中出现了"不管怎样／善将是恶的最终目标"这个表述,希尔注释说"这不大讲得通。恶怎么可能以善为它的目标呢——无论终极的还是中期的?"他猜测说,丁尼生在此可能想到英国 18 世纪作家蒲伯的《论人类》中有关"局部的恶,普遍的善"的说法。① 的确有此可能。不过,当丁尼生在第二节中说到"一切都不会以漫无目的的脚步前行"时,他或许既没有想到蒲伯,也没有简单受制于达尔文式的线性进化观,而很可能是在传递着德国和英国浪漫时期那种将哲思和宗教混杂在一起的动态思维,呼应着含有精神的历程与实现、否定之否定、噪音演化为(而不是蒲伯的"即是")和声、所有事件(events)促成精神大事件等成分的浪漫历史观。《悼念》全诗最后三行——

> 唯一的上帝(one God)、唯一的法典、唯一的境域
> 还有那个遥远的神圣大事,
> 所有的造物都向着它移动②

——所说的正是这个意思。由于这种浪漫而持重的哲思,丁尼生的眼界可能高远而宽敞,而又不乏很具体的关注;遥远的和现时的、春天和冬天等,都形成张力。因此他才在第 54 篇的第四节讲:

> 听我说,我们可能并非无所不知,
> 但我只能确信,善终将来临,
> 最终——从远方——最终惠及所有人,
> 我相信每一个冬天都会变成春季。

因此他才允许自己在此时此刻放纵一点自怜的心理,才习惯性地审视眼下的悲惨时代,借用阿诺德同期所写的《写于沙特勒兹修道院的诗节》(1852?)中的意思来讲:

> 但愿多年之后,会迎来一个
> 更幸运的时代……
> 啊,天下的人们,让它快些到来,

---

① Tennyson, *Tennyson's Poetry*, p. 236. 见注 9。
② 同上书,第 291 页。

> 但当我们在等待,请允许我们流泪……
>
> 我们就像一群孩子,在旧时的一个
> 大教堂高墙的影子里长成,
> 都被遗忘在林中的某个角落,
> 世人的视野中全无我们的身影。①

如本书前一章所示,后期的丁尼生甚至会把造成眼下冬天景象的缘由讲得更清楚一些,比如他会认为,至少从效果上看,正是由于科学界的自然决定论、经济上的功利法则以及文学中的自然主义等风潮,才造成人类精神的矮化和道德意识的弱化,有意无意中导致了现实社会的失序。当然,这种悲哀感并不意味着丁尼生本人变成了如希尔所说的还原论者,他的主要意思也并非在说"父母不存在",他的"从远方"也不仅仅指线性时间上的远方,也指高远的空间。

国外包括希尔在内的评论家们一般会将读者的注意力从《悼念》的第 54 篇引向第 124 篇,而后者正是要补足前者的"缺失"。诗人在第 124 篇中说到,"当信仰昏昏睡去时,"如果他听到一个声音说"'不要再相信了'",还听到海岸在"没有上帝的大海"的不断冲击下"不断地塌陷",那么

> 胸中会有一股暖流涌起,它将融化
> 那冰冷的理性所凝住的角落,
> 于是心灵会像一位义愤的勇者,
> 昂首回答道,"我感觉到了他。"
>
> 或者说像个充满疑惑和恐惧的孩子,
> 但那盲目的哭喊让我变得聪颖;
> 的确我就像个孩子,哭个不停,
> 但在哭泣中感知到父亲近在咫尺,
>
> 于是如今的我再一次看清
> 事物的原貌,而他人都浑然不解;
> 上面那双手伸了下来,就在这黑夜,
> 穿越了自然,塑造着众生。②

---

① 见该诗第 157—162、169—172 行。
② Tennyson, *Tennyson's Poetry*, pp. 283—284.

在概念上,"事物的原貌"(what is)和最后一行所及会让时人看着眼熟,但是此原貌和彼原貌貌合神离,诗文是在刻意戏仿还原论者所看到的事实和过程。余下的诗篇在功能上则像华兹华斯的《序曲》结尾部分,以更有力的语言写到终极价值的存在和信念的确立。自然决定论者会因为"哭喊"而看到父母不存在,不在才哭;而诗人反倒用它证明"父亲近在咫尺",否则根本就不哭了。这是两种不同的思维方式,一种体现逻辑和常识,一种是内省的和诗性的。

专攻维多利亚时代思想史的美国文学历史学家格特鲁德·西默尔法布(Gertrude Himmelfarb,1922—)的一些著述对当代学者有较大的影响,她的《达尔文与达尔文式的革命》(*Darwin and the Darwinian Revolution*,1959)被希尔称为有重要影响力的开创性著作。西默尔法布认为丁尼生与华兹华斯正相反,将科学——而不是自然——当作自己"特有的领地";他比许多人都更早"改信进化论",甚至被人称作"达尔文的先驱";他具体读过或了解赖尔和钱伯斯等人的科学专著,"他对这些著作的研究反映在其诗作中,为他赢得了'科学诗人'(poet of science)的称呼。"① 她认为《悼念》正印证了丁尼生的"科学诗人"身份,尽管里面同时含有"怀疑"和"信仰"的成分。西默尔法布大致接过 T.S. 艾略特有关丁尼生的基本认识,也与后者那样,在对丁氏后期诗歌有所忽略的情况下谈论他的《悼念》。我们在上一章单引了一句艾略特谈论丁尼生宗教态度的话,它出自这一段:

> 我以为,人们将《悼念》称作宗教诗不失贴切,但其成为这种诗的原因有所不同,并非由于他的同时代人所以为的那种宗教性。它不是因为高质量的信仰而成为宗教诗,而是因为高质量的怀疑。它的信仰不足挂齿(a poor thing),但他的怀疑却是一种很剧烈的体验。《悼念》是一首有关绝望的诗,但这种绝望是宗教类的。②

西默尔法布援引了这段话的倒数第二句,然后对"信仰"和"怀疑"这两个概念做出了解释。她认为《悼念》的第 118 号诗篇尤其能证明丁尼生的信仰。该篇出现了"他们都说,我们脚下的这坚硬的土地 / 初始于一片片炽热的流

---

① Gertrude Himmelfarb, *Darwin and the Darwinian Revolution*. New York: W. W. Norton & Co., 1968, pp. 227—228. "达尔文的先驱"之谓见第 231 页。
② T. S. Eliot, *Selected Prose of T. S. Eliot*. Ed. Frank Kermode. New York: Harcourt Brace Jovanovich, Inc., 1975, p. 245.

体"和"直到人类最终出现"等内容,①这类诗文让她觉得,丁尼生在《悼念》全诗所言无非就是:"进化成为人类最终的希望,也承载着人类被拯救的可能。"②也就是说,提到"信仰",即使整个诗作是"以某种看上去像是信仰的状态得到恢复"而告终,但我们也要看到,丁尼生的信仰是对进化的信仰。不管人类在进化中多么超拔,甚至超越自身,也是进化范畴内的事。

而至于丁尼生的怀疑,她认为也是缘于地质学等科学对自然的解释,即这些解释让丁尼生觉得自然不再是上帝的辖区,而是"盲目的、机械的、无情的"。③从我们的立场看,丁尼生有不踏实感,这毋庸置疑,但仅就诗性思维而言,怀疑自然的秩序与笃信万物的进化这两种态度应该体现着不同的意象、不同的情绪,甚至不同的哲思,而相对于科学家,在这两者之间发现逻辑关联,甚至从一个立足点灵活转移到另一个,都不是很难的事,因为"进步"正是相对于无序才有必要发生。西默尔法布有可能低估了所谓的"情绪"因素。此外,"他们都说"并不等于"丁尼生说",至少局部的字面意思与所谓丁尼生本人的信仰一说不吻合。西默尔法布有关人类的不断超越也是进化过程一部分的暗示具有深入的认知力,但仅就118篇及其前后几个诗篇所涉及的具体内容而言,它们仍然主要表达对于科学概念中的自然或对于物性的超越,至少是对于那种由别人强加给达尔文主义的机械概念的超越。以下我们还会就《悼念》结构问题做一点说明,尤其会提到第95号诗篇所达到的高潮。在此简单讲,第95号之后的诗篇大致属于以信仰为主导的范围,因而此范围内所提及的诗篇应该有合乎大局的思想脉络。第116和117号等篇目再次缅怀逝去的朋友,质疑时间和自然,同时认定死者居住在自然空间之外的空间,那是一个更真实、更"幸福"的地方,它也是"我的本来的境域"。④第118号延续这种思绪,一上来让我们不要"误以为人类的爱和真理 / 不过是无恒的自然的灰土和尘埃",而应该

> 相信我们所谓的那些死者
> 其实生息在一个更宽阔的空间
> 为了那愈显高尚的目的。

接下来他才用"他们都说"引出现代科学界那些至少在效果上强化了存在的

---

① Tennyson, *Tennyson's Poetry*, p. 280.
② Himmelfarb, *Darwin and the Darwinian Revolution*, p. 230.
③ 同上。
④ Tennyson, *Tennyson's Poetry*, p. 279. 见第117号诗篇第一节。

相对性、限制了人类精神空间的说法。在这个上下文中若再读西默尔法布所引用的尾节,大概会得出别样的印象:

> 赶快起身,逃离
> 那酣醉的牧神、那肉欲的盛宴;
> 向上移动,让兽性脱离你的躯干,
> 要死就让猿猴和老虎们去死。

到了第 120 号诗篇,就直接出现了对"科学"的质疑。尽管希尔注释说,120 号尾节所说的"更聪明的人"(或"聪明人")是丁尼生概念中的物质主义者,①但诗节的字面意思说的是"科学""之后所涌现出来的(人)",这些人似乎由于相信有关猿猴的概念而在诗人眼里显得像是"大号的猿猴",诗人虽承认自身也有生物概念上的"起源"(I was born,原文斜体),但以为自己长相不同于"大号的猿猴",生命的目的和意义也另有所在。②这些情绪都不便被简单归纳为"信仰进化论"。

当然,虽然我们前面提到西默尔法布看轻了丁尼生的后期诗歌,但她并非没有意识到其存在,只是她的判断略显仓促。她说:"丁尼生后来有可能因年轻时对进化论的热情而逐渐感到懊悔。"③这个"有可能"(probable)与丁氏后期的剧烈文思和情怀不成比例。或许我们对这种剧烈度的体认会影响对中期作品的判断?即使不得不承认丁尼生对达尔文的警惕和"斥责",西默尔法布认为那也是他自己"把问题简单化了",其结果是写出了某些"最不配其身份的诗歌"。④她以丁尼生 80 岁时所写的《一位进化论者言》(By an Evolutionist, 1889)这首诗作为"最不配"的例子,略引了其中(末尾)的两行。该诗所示,是一位曾经的进化论者,具体涉及其与上帝和自己老年状态的对话,自嘲情绪一时难以自制。一上来展示了这样的局面:上帝把一间畜牲住的房子出租给了一个人的灵魂,于是这个人问上帝道"我欠你的债吗?"上帝答曰:"还没欠,但你得尽可能把它打扫干净,然后我会租给你一间更好的。"听上帝此言,作为闻者的"我"替自己不值:既然这样,既然我的肉体与畜牲们脱离不了干系而我的灵魂仅仅是个"捉摸不定的传说",既然不知多久之后人类才能过上更理想的生活,那何不忘掉灵魂,趁着晨光灿烂,"沉湎

---

① Tennyson, *Tennyson's Poetry*,第 281 页注 8。
② 同上书,见第 281 页第 120 号诗篇的第一、第二诗节。
③ Himmelfarb, *Darwin and the Darwinian Revolution*, p. 231.
④ 同上书,第 232 页。

于感官的世界",以便好好地享受诸如青春、健康、财富以及美女和佳酿等这些美事呢?何必活这么久呢?"厉鬼般的老年,看你都为我做了什么,难道费了这么多周折仅仅就是为了把我浑身的骨头拆散?"若是这样,还不如趁着年少死去算了。①"老年"答曰:我为你所做的,就是"把八十年前与你发生干系的那头野兽饿死",以便"如今在你攀爬那悬自星辰的天梯时,身体会更轻盈自如。"听者有所悟,于是决定捍卫人类灵魂的皇权,如果哪位"反叛的臣民想要把我从王位上拉下来",你该"握紧权杖,人类的灵魂,统治好畜牲所居的你那个辖区。"最后,老年的"我"说道:

> 我已经爬上了老年的雪峰,回头凝望往日的那片原野,
> 那时我常常随着肉体陷落在一个个低级欲望的泥潭,
> 但此刻我再不闻那头野兽的嗥叫,而人之作为人,也终得安歇——
> 当他站在人生的高点,同时瞥见了高点之上的另一个高点。②

西默尔法布之所以鄙视这首诗,可能是觉得"高点之上的另一个高点"概念有回归正统教义的意味,是对进化论的背叛。另外,把进化论与不负责任的放纵等低级行为关联在一起,甚至以为进化论者有理由哀叹自己错失了青春的良机,这肯定也不正确。仅从表面上看,这首诗的质量并没有明显的下滑,作为主体的六音步诗行展示了典型的丁氏绵长乐感,尤其"老年"部分,一个接一个蜿蜒而续的抑抑扬格(anapestic)音步具有教课书般的精妙和感染力,最后也出现了常见于丁诗结尾的史诗情怀。读完此诗,不得不联想到20世纪英语世界大诗人叶芝,因为后者所为,至少在三个方面折射出丁尼生的影子:首先是叶芝对于肉体与灵魂的纠缠以及其在《驶向拜占庭》(Sailing to Byzantium)等作品中为老年的生命所划定的使命;其次是叶芝亦喜欢用简洁的语言和粗犷的意象说深刻的道理,尤其是使其具有预言性;还有就是叶芝对于包含了两三的声音的对话局面的操控,比如划出几个部分,或让一切略显随意,最后让掺杂着哲思的抒情压倒多维的戏剧性。而若检视其内涵,那么《一位进化论者言》与《更高的泛神论》等诗并没有实质差别,在意义趋向上都是向上的。丁尼生当然不是断然反对达尔文主义本身,即使没有它,他也不是真要守住上帝用泥土造人的字面意思。另一方面,即使其许多

---

① Tennyson, *Tennyson's Poetry*, p.570. 听者所感及其对"老年"的责问见该诗的第1、2部分。
② 同上书,第570页。听者所感及其对"老年"的责问见该诗的尾节。

诗歌受到皇家的赏识,他也不是要回到宗教正统,他对正统的不耐烦不啻于对一些科学观念的不满意。在一定意义上,其宗教观可以比照同时代诗人罗伯特·勃朗宁那种既排斥天主教形式也否定唯理性怀疑论而最终立足于个人情怀的态度。① 可以说,丁尼生以一种大众貌似听明白、学者们貌似可以分析但实际上许多人都似懂非懂的诗性思维孤独地表达着个人的感悟,既超越了大众、皇家和论者,也超越了其所立足的时代,达到一种雪莱、布莱克、叶芝和华兹华斯等人那种需要醒悟才能接近的思想境界。这一点在其作品多产、读者众多的背景衬托中尤显讽刺意味。其感悟所涉及的是个人生活的精神立足点。在他自己看来,他仰视的目标不是善于道德说教的上帝,而是表现为辉光的上帝,一种与灵魂更为同质并可以与它相互映照的、绝对的、模糊的、高远的、让人类个体因此而变得高尚的精神实体。此中的人文关怀是哲思层面的,而非科学层面。或者说它不符合科学道理,但却归属于并非罕见的文学主题。我们前面使用过"忧虑"这个词,其实这种关怀中融入了一种现当代西方学者对其不大敏感的忧虑,而在某种形态的社会,尤其维多利亚时代那种以发展和变化为主要特点的社会,一旦任由所谓机械理念或对客观真理的各种机械解释占据过多的思想份额,一旦以科学的名义无节制地向人们灌输人类灵魂或主观世界不过是个"传说"的观念,一旦在效果上让人类个体觉得自己尽管活到八十岁也仅仅是人类整体进化或社会整体进步的漫长过程中的一个小小环节、个人的一生不是历史的全部而仅仅是历史的一个小点,因而此生不是绝对的而是相对的,因而活这么久也没有用,也不能或不必主动地为自己的生活负什么责任——简单讲,一旦判定灵魂必死——那么,世界和自然在个人眼前的画面会发生蜕变,社会道德和文化秩序方面会有一系列的后果,无论相对于个人或社会,"雪峰"上的宁静("安歇")不复存在。这是丁尼生的认识。这个道理在后期的《薪酬》(Wages)、《卢克莱修》(Lucretius)和上一章我们提到的《大空无》以及另一首晚期作品《上帝和宇宙》(God and the Universe)等诗中都有生动的表达。我们暂把前两首放在后面的上下文中再提,在此有必要援引略早于《一位进化论者言》几年写成的《大空无》的结尾部分,以便多体味丁氏文思之浓烈:

  所有的理论、所有的科学、诗艺、各种各样祷告的方式,有何意义?

---

① 勃朗宁诗集《剧中人》(*Dramatis Personae*,1864)的《收场白》(Epilogue)一诗把作者的宗教立场讲得比较清楚,见本书第十一章开始。

最高尚的一切、最卑劣的一切、最污秽的一切以及一切的最美丽,

有何意义——倘若所有人的结局不过就是成为我们自己的人形棺柩?

被大空无吞没,在科学中消失,溺入往昔的深潭,被毫无意义地冲走?①

这样的道理也因其思想者接近死亡而具有了某种权威性,尤其诗人在写《一位进化论者言》和《上帝和宇宙》等诗时已曾体验到将死的意味,或如后者所表述的:"接近了人类此生极限处的那个阴暗的入口"。②希尔教授说他以"嘲笑"的态度面对佐治亚州一位法官曾说过的一段有代表性的话:

一切都可以归咎于达尔文的这种猴子神话(this monkey mythology),它导致了性自由、乱交、避孕药、避孕套、不断怀孕、不断堕胎、色疗、污染、投毒,以及各种各样罪行的激增。③

这样的话当然对达尔文有失公允,但其所体现的思考角度未必不成立,或许还能并行于丁尼生对"最悲惨的时代"的评价中所体现的忧虑以及所依赖的微妙逻辑。

希尔说他明显地受到西默尔法布的影响,他在后者的基础上更多地把丁尼生放入物竞天择的框架内,以证明丁氏不管带着多大的不情愿,最终是用诗歌的形式更生动也更清楚地表达了达尔文的道理。他认为这个道理中就存在着"创建符合道德伦理的社会秩序"的必要性;必须创建,"否则……"④希尔文章的标题是《维多利亚人的家人般的告诫》(A Familiar Lesson from the Victorians),英文 familiar 一词既有"平常的"和"亲和的"等意,也有"立足于家庭"等内涵,都体现希尔想要说的话。体现后果的"除非"或"否则"等词在他的文章里较显眼,而简单讲,"告诫"或"教诲"所涉及的就是这个"除非"。我们本章所谈,显然也涉及"后果",但我们主要是把社会秩序放在后果的一端,而把导致后果的缘由大致确定为较高精神立足点的缺失。希尔则是立足于社会道德秩序,而把缺少这种秩序的后果确定为"人类

---

① Tennyson, *Tennyson's Poetry*,第 551 页第 16、17 节。
② 同上书,第 577 页该诗第 4 行。
③ 同上书,第 680 页。
④ 同上书。以下要谈到的内容见第 685 页至结尾。

将被淘汰"。这两种思路并不一样,希尔所说的"淘汰"或"灭亡"是生物进化论话语框架之内的用词,或用希尔本人的话讲,是丁尼生思想所体现的、诞生于社会生物学之前的社会生物学(sociobiology)概念。若权且把希尔的担忧更简化一些,那么我们不妨聚焦于他的一个欲言又止的独立句子:"除非我们控制我们的侵犯性(aggression)。"① 20 世纪社会、文化、政治等领域所发生的一切反衬出维多利亚时代所强调的一些道德观念,尤其是那时的人们对于家庭的重视,而倘若我们不听取他们的告诫,不抑制自私基因或暴力基因,不重视家庭,不贞,那么自然选择的机制也必然会发生在我们人类身上。而伦理秩序、婚姻、单偶行为、女性美德等等,都有助于"缓解""男性暴力",②人类作为一个物种,才有"未来"。希尔认为这就是达尔文和丁尼生站在生物进化的角度对现代人的忠告。在进化论上,人类与畜牲有天然的亲缘关系,但也正是在进化论上,人类应该在文雅程度上比畜牲们更高级;"猴子神话"并未导致乱交,不重视"猴子神话"才导致乱交。希尔也引用了"向上移动,让兽性脱离你的躯干,/ 要死就让猿猴和老虎们去死"这两行诗文,但他认为这里说的是应该"驯服人体内的兽性"。③

让我们再观察一下同期于《悼念》创作过程的维多利亚文化语境之另一个侧面,以作参考。柯尔律治去世于 1834 年,但死后仍在一定程度上存在于文化纷争中,尤其在涉及宗教思想和科学思维的领域。其《思考之辅助》(*Aids to Reflection*)首版于 1825 年,尔后多次再版或重印,第四、第五版分别发表于 1840 和 1843 年。1829 年第二版面向美国读者,内附美国佛蒙特州大学校长詹姆斯·马什牧师(Rev. James Marsh)写的一篇文章,后于 1840 年伦敦第四版时全文被当作序言放在显要位置。柯尔律治在书中多次讲到精神的绝对性和人类作为思考、想象和意愿(will)的主体所应表现出的原动性(agency),并认为只有这样才是对"人格"的证明,并使人类有别于其他生物。比如,他在对道德与宗教格言 VI 的"评说"中讲道:

  ……那个更大的精神见证了我们的精神,即见证了我们的意志,视其为人生的超自然因素,也是我们人格的要素。我是说,正是因为这种人格,我们才成为负责任的原动体(agents),而不仅仅是一些活物(living things)而已。

---

① Tennyson, *Tennyson's Poetry*,第 685 页。
② 同上书,见第 689 页。
③ 同上书,第 685 页。

柯尔律治为这段话立即做了注释,说"自然"所涉及的是"因果关系的链环与机制",因此与"自由意志"相冲突,而"'精神的'与'超自然的'是同义词"。① 在他的概念中,"超自然"就是超越了经验论和生物学意义上的自然。马什牧师就是站在柯尔律治的角度,在其序言中表达了对一些流行的科学新论的不满,认为它们未能说明自然与意志之间有什么"具体的区别",或者人类是否拥有某种"明显不属于无理性动物的能力",有人"甚至公然以为,我们所拥有的能力,没有任何一种在性质上有别于畜类。"② 根据这类思想体系的说法,"虽然我们的确比其他动物略多拥有一点知性(understanding),""但是若说到任何特殊的和独有的不同点,若提到任何生来固有的和本质的秉赋,我们说到底比我们所喂养的狗和马好不了多少,尽管我们可能活得更好一点。"由于"流行的思想体系"抹煞了这种"基本差别",那么"我想要知道,我们将在何处寻找我们依其样子被创造出来的上帝的形象?难道一切只关乎程度?"③ 马什认为是否能回答这样的问题,"至关重要,"因为柯尔律治所说的人格和道德责任感的确立,关键在于是否认定存在着"高一级的理性制高点(prerogatives,也有'君权'的意思)",这不是程度问题,而是涉及人与畜牲的本质区别。④ 丁尼生应该也是看到"质",而非"量"。

我们不是要反驳西默尔法布和希尔的观点,而更多的是想说明各类学者在多大程度上受到现时研究语境的制约。两位学者所表现出的是一种积极、健康、正面的问题意识,反映20世纪战后美国文化环境中的人文理念,是对维多利亚时代保守思想的深入挖掘和可贵的回顾。我们只是不情愿把诗性思维等同于社会生物学,尤其当达尔文主义在今人眼中已变得过于熟悉,我们似应想一想诗歌作为诗歌还剩下什么;尤其当一旦有条件更方便地想象维多利亚时代本身的状况时,我们希望更贴近诗人的孤独语声,更多地探入其文思的立体空间,更全面地考虑亦出自诗人笔下的其他诗文,并在不丢弃宗教、哲思和思想史等因素的同时,更接近其终极视点,也更多获得一点思想和情感的内涵。毕竟诗人的主观空间大到足以容纳多角度挖掘。西默尔法布告诉我们,

---

① S. T. Coleridge, *Aids to Reflection*. Port Washington, N. Y. & London: Kennikat Press, 1971, p. 108. 带着重点字代表原文的斜体字。
② 同上书,第 43 页。
③ 同上书,1971,第 44 页。带着重点字代表原文的斜体字。
④ 同上书,见第 45—46 页。

达尔文主义具有革命的意义,但它是一种"保守的革命","既是保守的,又是革命的"。其书尾章的后部是对这个概念的解释,其中她说道:

> (达尔文)仅满足于在自然界寻找人类的起源,让人类融入自然,但并未试图把人类的知识也并入到自然的各种进程之内。
>
> 正是由于这个原因,达尔文主义并没有成为人们最初以为的与宗教不可调解的敌人。达尔文主义与宗教一样,都相信存在着有关自然的客观知识。如果说宗教信仰基于启示,而达尔文主义基于科学,那么若两厢情愿,它们可显示出相互如何契合,而实际上它们也确实如此。对正统宗教真正的挑战来自于对任何可能的客观知识的否认,具体如克尔恺郭尔(Kierkegaard)式的怀疑论,因为无论相对于宗教还是科学,他都拒绝认为它们可以声称拥有真理,因此宗教也好,科学也罢,他都郑重发誓弃绝其各自的理由,不分彼此。如此信仰武断而固执,不可理喻。与他的这种以极端的方式推出其信仰的方式相比,达尔文与他的宗教领域批评者之间的争端不过就像是老友间不伤和气的吵架。由于其前康德和前克尔恺郭尔的性质,达尔文主义显然是传统可以安居的城堡。①

相对于达尔文主义而言,这是一段十分精辟并体现相当平衡感的话,从另一个角度拉近了丁尼生与达尔文的距离。

巴克利教授有关《悼念》的一段简评是对它最好的概括之一,他说,"它比维多利亚时代任何其他诗作都更清晰地反映了各种新思想给敏感的心灵所带来的冲击,那些思想都令人惊奇,也使人惊恐,它们对以往人本主义文化中那些伟大的传统提出疑问。"他说《悼念》自始至终都"一再试图将个人情感与19世纪新科学所引起的普遍怀疑、恐惧和应时的希冀联系在一起……它问道;在这样一个时间不老、空间无限而进化过程又延续不息的世界里,个体的灵魂能保持何种价值观和不变性呢?"②简言之,诗人作为个人失去友人的特殊经历引发了其对许多时代议题的普遍性思考和感怀。在冲击中寻找恒久价值,这也是济慈的做法,尤其落入人间、再造灵魂的文思更映出济慈的影子。但有时在丁尼生视野中,四下的喧杂和高处的恒久这两个层面之间的距离更大一些,他也对上方的辉光保留着不懈的知觉。《悼

---

① Himmelfarb, *Darwin and the Darwinian Revolution*, p. 449.
② Tennyson, *Poems of Tennyson*. Ed. Jerome H. Buckley, p. 529.

念》发表前,他已多次展示了这两个层面的反差,如在《罪之梦景》(The Vision of Sin, 1842)这首诗中,语者说他在梦中邂逅一位死神般的老者,听他讲到人世间各个领域的败坏,人们如何都深陷罪孽,现实太多,超现实的太少,与另一个画面形成张力:

> 每天早晨我都看见,在那比黑暗和风暴
> 都要遥远的地方,上帝让他自己化身为
> 一片令人敬畏的黎明的霞光,但却
> 无人注意;我也见一片浓重的云雾,
> 没有色调,没有形状,一片漠然,
> 越过一层层起伏的山峦,离开远方那些
> 静穆的巅峰,然后缓缓来临,就这样
> 年复一年地在这里飘荡,但却无人注意。①

"霞光"原文含 rose(玫瑰色)意象。当代美国诗人 Anthony Hecht(1923—2004)很可能从这段诗文中获得某些灵感,写出了同样涉及世俗社会罪与罚的《美国观鸟人》(Birdwatchers of America)这首诗。比如他可能在玫瑰色云霞和基督教有关爱的圣意之间看到关联,在飘来的云雾和远方的早霞之间看到关联,把它视为某种来自上天的训诫性或惩罚性力量,然后也像丁尼生一样,说人们任它飘荡,却浑然不觉。当然,丁尼生的一些意象,如那片"云雾",不见得可以这样尽解。

大约在这首诗成诗的同时,丁尼生给未来妻子艾米莉·塞尔伍德小姐致信一封,说到他认为遥远的世界反而更真实,而四周的社会环境却似假象:

> 应在你的意识中彻底清除空间和时间这两个幻象。对于我来说,那个远方的世界比眼前这个更近,因为眼前世界中的一些事总不真实,模糊不清,而那一个则显得是个实实在在的星体,它伴随着那乐律般更恒久不变的法则,滚动着它的青山翠野和一处处乐园。我的四周有各种迷雾升蒸,代表着人性的弱点、罪孽或失落,在我与那个遥远的星体

---

① Tennyson, *Tennyson's Poetry*, p. 123, ll. 48—55.

之间滚动,但它永远在那儿。①

类似《罪之梦景》和此处这封信,不仅寄托着宗教情怀,也含有文学想象力,而这种能力也有助于制衡人性的萎靡,确立其与更辉煌精神空间的反差。《悼念》第 103 号诗篇记述了丁尼生最后一次离开家乡的前一天夜里做的一个梦,说他梦见自己住在一个房子里,身边有代表诗歌与艺术的少女相伴,远方的山峦有目不能及的"极顶",河水源自那里,一直流经房子的墙外。②梦中的他就是要沿着这条河驶向海洋,以呼应由一只鸽子带来的"大海的召唤"。"海岸变得越来越辽阔,/波涛翻滚得越来越壮观,"少女们和他也都变得越来越高贵而富有力量。③这也是他面对未来生活时所要具备的状态,正像《悼念》尾声(Epilogue)部分所言,"拿出我全部的诗性才思(genial spirits)/去迎接和面对更加晴朗的明天"。④

1840 年,大致在写作《悼念》的同时,丁尼生在给塞尔伍德小姐的另一封信中提到现时代"机械因素对人们的影响",说它"有可能粉碎或淹没人性中的精神因素",而"倘若一个人不能怀着恭敬向上看,那么他的知识再多又有什么意义呢? 他不过是地上最狡诈的动物"。⑤对于更真实境域的笃信和对于所谓社会现实的质疑,这的确体现丁尼生式的执着。或可说执着接近固执,成为英国文学史一景,出其左右者不多,倒可比拟但丁和弥尔顿等人执意区分天堂与地狱等上下空间的力度。眼见丁诗屡现表达苦闷和困惑的文字,人们自然喜欢评价此中的"怀疑",似乎对精神世界的幻灭是文学研究中更本分或更大的话题。这当然不失合理,但考虑到当时世界变化之快、世事之纷繁、思潮之迅猛、世俗因素侵入社会肌体之全面,而丁尼生却在如此背景下仍一味谈及颇有些不着边际的事情,竟如此强烈地纠缠他那高远的辉光,如此放不下那个实在的星体,这是否也是值得考虑的话题? 有时信仰亦令人着迷,并不见得如艾略特所说"不足挂齿",尤其信仰之目标乃诗人所洞见,而非邻舍间信徒所叩拜。英美评论家多认为《悼念》第 78 号诗篇标志着该诗第三部分的开始,也是情绪的转折点,由此前以忧郁为主的情调转向相

---

① "To Emily Sellwood." Tennyson, *The Letters of Alfred Lord Tennyson*, I, p.174. 这封信约写于 1839 年 10 月,1850 年丁尼生与塞尔伍德小姐结婚,此前后者在与丁氏长期接触中,其"未婚妻"的身份一直未确定下来。
② Tennyson, *Tennyson's Poetry*, p.270. 见第二节。
③ 同上书,第七节。
④ 同上书,第 289 页第 77—78 行。
⑤ "To Emily Sellwood." Tennyson, *The Letters of Alfred Lord Tennyson*, I, p.185.

对平静和坚定的语气。巴克利和希尔在其注释中均认为第 95 号诗篇达到全诗的"高潮",似暗示这也是某种转折点。《悼念》的结构不同于《失乐园》或《序曲》,各独立诗篇之间的内容时有重复性,因此为该诗确立高潮或转折点的做法仍可斟酌,但评论家们所言值得参考,毕竟第 95 号诗篇气度较大。第 78 号讲到哈勒姆死后第二个圣诞节上人们如何在节日气氛中暂时忘掉伤心事,到了第 82 号,诗人已能更坦然地说"不想与死神结怨",比如第二节就表达了这样的意思:既然人们总提到"过程",而过程又有着接续不断的恒久性,那么精神也应该会延续,只不过从一种状态变成了另一种罢了;死神所带来的肉体变化"不过就如几根被折断的草梗,/或如一根草梗上破损的虫茧。"他对死神唯一的不满就是它把他和死者分开这么远,使他们听不到对方的说话。①第 95 号则回忆一次家庭聚会上的个人精神体验,当时大家都已回屋休息,诗人不能入眠,夜深人静时忽产生想重读故人墨迹的"饥渴",于是见证了奇异的局面:"那些无声的文字"竟可以"打破寂静",竟可以不"顺变",而且表达着

> 那信念、那生命力,并敢于审视
> 那些让懦夫们却步的各种怀疑,
> 用文字的罗网敏锐地捕捉诱人的歪理(suggestion),
> 哪怕她藏在最幽深的密室。
>
> 就这样,一字又一字,一行接一行,
> 那死去的人从往日回到今天,
> 将我触动,似让我觉得一时间
> 那活跃的灵魂将我自己的灵魂照亮。②

这个出神的"忘我状态"(trance)虽因经历者的不确信而结束,但是一阵轻风(breeze)从远方吹来,摇动所有的花树,一边向他喊道:

> "看那黎明,那黎明,"然后风声渐息;
> 但见东方和西方,在悄然无声中,
> 融汇了各自的朦胧星光,像融合死亡与生命,

---

① "To Emily Sellwood." Tennyson, *The Letters of Alfred Lord Tennyson*, I, 第 251 页, 尾节。
② Tennyson, *Tennyson's Poetry*, 第 263 页。以上这部分内容见第 17—36 行。

>   只为了豁然展开一个无限的天地。①

　　这的确是一次个人经历,但只因能与死者神交,让当事人进而又对辉煌的晨曦产生情感共鸣和精神醒悟,亦看到一个一体的、由死者和生者融合共居的精神空间,并因此确立对"无限"的信心。

　　冲破有限空间,在现实环境之上博取更大空间,或者将适于诗性自我生存的空间无限度扩大或持久化——此类诗性意念频现于《悼念》较后的诗篇中。像埃德蒙·伯克和华兹华斯等重要文人所共同看到的一样,丁尼生的这种空间如精神社区,汇集了杰出的死者和生者,或者不区分过去、今天和来世,相对独立于社会生活和物质生活的变化。如他所言,这样的空间是灵魂"本来的境域"。第 121 号是霍普金斯所喜爱的诗篇,它构筑在具有双重身份的金星这个意象上,星体不变,却有两个名字,代表两种状态:黄昏时的 Hesper(长庚星)和黎明时 Phosphor(启明星),前者送走过去的辉煌,后者迎来"广阔的天光",过去和未来、黑暗和光明都重合在一起,简单的时空链条被打破了。

>   美妙的长庚启明,一体的星球,
>   两个姓名,代表着最初和最末,
>   你就像我的今天和我过去的生活,
>   你的处境变了,但自我依旧。②

　　第 123 号诗篇直接面对赖尔等人新近引发的地质学兴趣,但借力打力,以他们的均变说来证明地上的一切都是无常的幻象。头两节说到,曾经的森林如今变成大海,如今喧嚣的大街曾经是大海中央的静谧,山峦的形状只是变化过程的"幻影",实实在在的原野也会像云雾一般消失。只有一个空间有别于此:

>   但我将在自己的精神空间里定居,
>   去梦我的梦,并对它的真实保持信念,
>   因为尽管我的嘴中会说出再见,
>   我不会真的认为会有离去。③

　　紧跟 95 号的第 96 号诗篇又一次回到与信仰有关的领域,以所谓女性的常识性的或天然的信仰反衬男性思考者的精神困惑,但诗人接受劝诫的同时也

---

① Tennyson, *Tennyson's Poetry*,第 264 页。见第 54 行至尾节。
② 同上书,第 282 页,尾节。
③ 同上书,第 283 页,尾节。

自辩说,精神的历程有所值,虽可能走弯路,但经探索而最终所确立的信仰才更坚定。他举了哈勒姆的例子,说他不回避问题,就像个学琴的人,一开始音色不准,弹出的都是噪声,但他从不放弃:

> 信仰上虽困惑,但是行为上能自律,
> 最终他弹出了自己想要的音调。
> 请相信,拿出经书中一半的信条,
> 所含的信仰也比不上一个真诚的怀疑。①

哈勒姆"与自己的怀疑争辩",获得了"力量",他的怀疑反而含有更多的信仰,这也是因为他并不止步于怀疑,而是"最终"找到"音调"。这段话大概可看作《悼念》有关怀疑和信仰问题的一个解答。接下来诗人将怀疑或精神的迷茫比作黑夜,说黑夜并不可怕,上帝就不是总和光芒在一起,而也会"处在黑暗和乌云里"。诗人指的是《圣经〈旧约〉》中上帝降临"西奈的高山"给摩西授十诫时的状态,他还特地以以色列人供奉金牛这个细节补充说,"而当时,尽管号角那么响亮,但是 / 以色列人却忙着把黄金当作他们的神祈",②借此又一次顺讽维多利亚社会质感。

至于现代人多以为怀疑比信仰更体现认知力,或其知识含量更多,《悼念》中则不断有对这种认识的质疑。在下面我们将要谈到的丁尼生晚期诗歌中,他的质疑更增加力度。我们前面议论过"知识"和"无知"这一对概念,丁尼生当然不在"无知"一侧,中后期的他所依赖的往往是"智慧"和"恭敬"等观念,因而可以说他继承了柯尔律治、华兹华斯及其友人威廉·哈兹利特和托马斯·德昆西等与此有关的保守主义思想传统,其所用的表述方式时常接近他们的语言。具体讲,丁尼生像柯尔律治一样,并不把人们爱说的"知识"(knowledge)之好处看得那么绝对。比如在《悼念》第 114 号诗篇中,他针对"知识就是力量"这类流行语,认为无论这个概念本身,还是人们对它的理解,都过于狭隘。诗人一上来问道:"有谁不爱知识呢? 有谁会抱怨 / 她的美?"但她的确不完美,甚至有严重缺陷:她充满如火的激情,一脸"向前看的样子",跳跃式地"投入未来的机遇","让欲望主导一切。"③而实际上她"并未长大,只是个孩子,徒有其表,"比如"她无力战胜对于死亡的恐惧",离

---

① Tennyson, *Tennyson's Poetry*,第 265 页,第三节。
② 同上书,见第五、六节。
③ 同上书,第 278 页,第二节。

开了"爱与信仰",她什么也不是,只是魔鬼脑中跳出来野孩子,而非宙斯脑中生出的正宗智慧(雅典娜),因此她只知道一往无前,并在追求"力量"的奔突中"风风火火地冲破所有的障碍"。① 这个孩子"该知道她的位置,／她只是次女,而非长女"。长女是"智慧":

> 如果最终一切都不会白费力气,
> 那就该由更高的能手把她调教温和,
> 让她像小妹一般跟随在智慧的一侧,
> 就这样引领着她一步步前移。
> 这是因为她是地上的孩子,属于智识,
> 而智慧是天堂的孩子,属于灵魂。②

若依照柯尔律治的概念,"更高的能手"应该是比智慧还要高的因素,属于由信仰体现出来的精神空间最上端的力量。柯尔律治认为对它的认知才是"本",一般的知识只是"标","标"不能解决最关键的问题,不能让我们看得远和广,因此这种次要的才能不值得被拿出来炫耀。丁尼生此处的文思和意象与他希望安居于更宏大、更本质的精神家园的企求相符,相对于知识的横向分布,他也做出了自己价值观的竖向排位。他在结尾部分感叹,哈勒姆比他更早到达目标,他希望整个世界能像哈勒姆所经历的那样,不只是在所谓知识和力量方面有所发达,亦应每时每刻增添"敬畏"和"慈爱"。他甚至在我们上面提及的第 120 号诗篇中暗示,知识只相对于"物"起作用;比如科学,它只有先"证明"我们的"物"性后才可显示自身存在的价值,而倘若人类不只是物呢?"对于人类来说,有没有科学要紧吗?／至少对于我这个人?"③ 此处的"人类"一定有着极其浓重的意味,代表了英国 19 世纪尚存的人文主义思想因素。

笼统地讲,丁尼生的后期诗歌大致写于达尔文《论物种的起源》问世之后,仅就"信仰"概念而言,一些诗作的表述手法变得更多样而强劲,与各种所谓客观真理的对话也更直接。与《更高的泛神论》同时出现作品中不乏意义丰富者,其中如《薪酬》、《卢克莱修》和《声音和高峰》(The Voice and the Peak)等,未被诺顿版选入。短诗《薪酬》与《一位进化论者言》意味相近,涉

---

① Tennyson, *Tennyson's Poetry*, 第三、四节。
② 同上书, 第 278 页, 第五、六节。
③ 同上书, 第 281 页, 见该诗第二节。

及一个文化环境该用何种概念回报个人的美德。语者说他不接受用付给"罪"(sin)的工钱(死亡)付给美德:"倘若付给美德的薪酬竟然只是骨灰,/那她是否还有心情去忍受那种爬虫和蚊蝇般的生活?"①能配得上美德的生存状态最好是不死,这是语者心愿所系。这当然不是全然不顾无可置疑的客观真理,而更多是理念层面上对"死"这个概念的反拨。说得大一点,是不接受灵魂必死的意识形态。但即便涉及生物科学概念上的必然性,语者也要做出抱怨,似不接受科学的宣判。一切都关乎有无灵魂,只要一个有灵魂、有思想、有追求的生命也像其他所有不拥有这些秉赋的生命一样必须死去,大自然就一定出了问题。这种抱怨也是与达尔文主义的对话,与我们上一章所说行为层面的矜持和拒绝落去是两码事。回过头来再看《悼念》,其篇幅之长,所围绕的也就是如此生命之死,特别是哈勒姆这样早逝的才俊。在《悼念》的众多诗篇中,第55号也曾表达了与《薪酬》相似的质疑,尽管态度之直率略逊于后者。它也是以一个"愿望"开始:不只是人类作为一个种群的延续,最好个体生命也能长久,即便死后,也能以某种形式存在,这是因为个人的灵魂内部有着"最像上帝的"东西。但眼下上帝与自然两方发生争斗,出现了两种理念,上帝一侧关注个人,试图维系灵魂,而自然所代表的理念则着眼于种群,"对个体生命却如此粗心大意"。②语者环顾现实世界,观大自然之"业绩",发现到处都是这种科学理念的证据,于是"原本坚定的脚步变得迟疑,"因忧心忡忡而"跌倒在这广大世界的圣坛阶梯上,虽见它穿过黑暗而通向高处的上帝……"③《薪酬》只是想回过头来再找到坚实的立足点。

有时,有关上帝可能敌不过自然的体味会变得十分苦涩。除了上面提到的《一位进化论者言》,后期另一个例子是《卢克莱修》。卢克莱修(Titus Lucretius Carus,公元前约94—55年)是古罗马哲学家和诗人,其长诗《物性论》(*De Rerum Natura*)以不同篇章展示古人有关自然、世界的产生和生命演进等认识,可以说含有现代生物论的一些遥远基因,作者有关灵魂必死的理念应该是引起丁尼生兴趣的因素之一。《卢克莱修》这首诗的主体是卢克莱修临死前的一些独白,体现了丁尼生的诗性想象。具有讽刺意味的是,诗中卢克莱修的死不是出于生物学上的必然,而是自绝于世的主动行为。

---

① Jerome H. Buckley & George B. Woods eds., *Poetry of the Victorian Period*, 3rd ed. Glenview, Illinois: Scott, Foresman & Co., 1965, p. 122, ll. 6—7.
② Tennyson, *Tennyson's Poetry*, p. 237. 这些意思见前两节。
③ 同上书,第四节。

自杀前的独白尤其意味丰富,被动死和主动死之间充满张力,独白者的思想也变得复杂,既有对人类的失望,也不乏对自己所持怀疑论的自嘲,似乎丁尼生在告诫我们,绝不可把个人的情感和思绪都简括为某种理念或主张,不能以为个体主观世界只有单一的外表和面具。卢克莱修感叹道:

> 但是你既然以为
> 神祇们都漠不关心,那你何必
> 在意他们,还不如一刀自便,
> 省得总这样无止无休地饱受磨难,
> 就立即消失,躲掉山崩地裂——
> 没错,也不用让痛风与结石把肉体弄死,
> 还可绕开生不如死的瘫痪与老年,还有那
> 最恶劣的疾病——各式各样赤身露体的奇观,
> 肉欲的千奇百怪的扭曲形态,都无以言表,
> 低劣,是我的家门恕不恭迎的异客,
> 是令人无法进饭的荡妇,虽拖着皮囊的
> 假象,却掩饰着下流的勾当,一堆表皮
> 都在无边无际的宇宙间顿现顿失,
> 都以动物的情欲和可怕的错乱
> 摧毁那久居我胸中的静谧。何不就此自便?①

片刻后他又说:

> 既然生活中失去了更高尚的消遣,
> 既然我看见自己像畜牲般地活着,
> 那何必不像人类般地死去?——这是人的特权,
> 哪个畜牲能这样勇敢?……

干脆就让那作为"万物的母体和坟墓"的"大自然"把他拿回去算了,拿到他被做成人的那个过程之前,而若让他再生,无论以人或野兽或鸟或鱼或花的形式都无所谓。②

与进化论的直接对话也发生在同期另一首小诗《墙缝中的小花》

---

① Buckley & Woods eds., *Poetry of the Victorian Period*, p. 348, ll. 149—163.
② 同上书,第350页,见第230—233行、第242—248行。

(Flower in the Crannied Wall)中。花虽小，却与丁尼生本人及其爱犬一起凭借其家乡林肯郡那座高大的铜像而长存于世。这首诗常被评论家认为具有某种神秘主义的色彩，但其基本意思或许没有那么神秘。语者俨然像植物学家一样，将一朵小花从墙缝中拔下，擎在手中端详，但他以为自己在知识上的收获与科学家大不相同：

>如果我能明白
>你为何物，连根带茎，全都搞懂，
>我就该知道上帝和人都是什么。①

面对自然物体，比自然科学家多想一步，或借此反而升华到对超自然事物的可能的认知，就像华兹华斯所揭示的自然可以引导我们超越自然这个道理，这样的安排也出现在略晚几年创作的《声音与高峰》(1874)这首诗中。该诗所依赖的自然意象具有雪莱式的画面，其最后所要表达的意思也符合雪莱或华兹华斯等人的认识，即：自然界的高峰能让我们意识到有比它更高远的东西。诗人首先仰视这高峰，它高高在上，"高于一切，"像在天上，孤独而没有言语，只有下落的山溪"持久咆哮"，宛若自诩为"高峰的声音"，讲述着一个自然的道理：高山与大海之间存在着自然的"循环"，它们因此而相互制约，山溪就是要下落，以"东西南北"千川百脉的方式满足着"大海的饥渴"，也自然地完成着自己的"宿命"，然后海里的水又通过蒸发，回到了山头，这是个永恒的过程。②但诗人又意识到，这怎么可能是永恒的呢？第七、八两节讲到，一切都会消失，不仅包括山峰，甚至还有高于它们的星辰，只有人的思想超越了这一切："人的思想更高。"因此，宇宙间也一定存在着与更高的思想相匹配的质素：

>比海更深的深处，
>比高峰更高的高点！
>我们的听觉并不能觉，
>我们的视觉并不能见。③

不必去定义它，但那个境域是实在的。

到了包含《一位进化论者言》的最后一部诗集，也就是晚期作品(1872—

---

① Tennyson, *Tennyson's Poetry*, pp. 372—373.
② Buckley & Woods eds., *Poetry of the Victorian Period*, p. 473. 见第 11—24 行。
③ 同上书，第 33—36 行(第九节)。

1892),丁尼生的诗性思维和思想中的唯心成分都达到极致,布莱克式神秘主义因素也杂糅其中,虽不乏对先前一些主题的重复或再现,但诗语表述更加直白而老道,意象精炼而有效,我们笼统概念中的或用作比喻的"辉光"和"精神空间"等也愈加成为字面意义上的辉光和精神空间,这些使他的晚期诗歌达到很高的成就,与华兹华斯的艺术航迹形成反差。然而,很可惜,人们对它们的耐心程度远不及对中早期的作品。《老子》(The Ancient Sage,1885)被认为是集丁尼生精神感悟之大成的诗作。"老子"即我国古代哲人老子,丁尼生晚年应该读过道家某些著作英译文,如《道德经》。虽如此,但具体到这首诗,似应主要被视作一位英国诗人对东方哲人的想象和投射,代表了把东方思想转化为英语诗文的努力,既含有一点通的消化,也穿插个人的演绎,老子身上依附着老年丁尼生的影子,或反说之。形式上,这首诗仍采用丁尼生所喜欢的双语声论辩结构,以老子的声音为主,另一个来自一位尚未入其门但愿随其游的少年贵胄,该人手持竹简一卷,刻满诗文,老子对上面所言逐段做出回应,其观点中含有一定乐观成分,在丁尼生晚年不多见,至少表面如此。我们的梳理力求贴近英文的表意手法及其对母语读者所传递的意义,不急于把老子拉回到丁尼生本人所不了解的、可能的古汉语文本中。丁诗的意象和文思构成方式与老庄原典的话语风格并不一样。①

老子首先校正追随者的感官印象,用比喻的语言启发他看见那个竖向的精神维度:

---

① 有关丁尼生对老子的了解,国外有学者认为,至少就《老子》这首诗局部而言,丁尼生的诗语接近译文,或体现对道家著作英译文字面意思的理解。此处诗文使用了"不可道"(the Nameless)概念,似与《道德经》等著作有关。欧美各界将《道德经》译成英文的努力大致出现在19世纪后半叶,丁尼生逝世于1892年,应该有足够的时间涉猎过某种英译本。从目前人们对历史译本的认定来看,较多被提及的有英国传教士John Chalmers的译本(1860)、英国汉学家巴尔福(Frederic Henry Balfour)的译本(1884)和英国(苏格兰)汉学家理雅各(James Legge, 1815—1897)的译本(1891)等。早期译本中,理雅各译本被认为可靠性略高,但《老子》一诗发表于1885年,其时丁尼生不可能读过这个版本。不过,早期汉学家和传教士在迻译《道德经》上所投入的时间并非版本发表年所能限定,此前或有局部译文与读者见面,况且还有其他译者的努力以及对其他道家著作的翻译,也都有待考证。从能够找到的早期英译本看,若要认定丁诗哪些语句与英译文对应,有一定困难。应该说,至少相对于老庄主要经典而言,他的释义多于他的搬用。丁尼生的儿子哈勒姆在其《回忆录》中写道,丁尼生说"'整个这首诗都很个人化'",尤其涉及《老子》这首诗第69行上下和第219行上下这两处所分别提到的"信仰"(我们下面会提到)和"旧日的情绪"(The Passion of the Past)概念,"'更多的是我个人所特有的感受。'"见Tennyson, *Tennyson's Poetry* 第542页上编者的注释。

> 看上去这丰富的水泉像是源自远方的
> 那个幽深的洞穴,但是,孩子,真正的源头
> 在高处,在高耸百丈于空中的山顶——
> 在遮住山顶的更高的云中——在云雾形成的
> 更高的天宇,天宇才是云的源头。
> 力来自于高处。孩子,如今我已经
> 厌倦了这久居的城郭,我要离开,
> 到山间去度过此生这最后的时光。①

雪莱的意味十足,却舍去了雪莱对中层空间(云雾等)的留恋。我们对这样的画面已不陌生,但仍会有感于此处诗境之生动,尤其"力来自于高处"(Force is from the heights.)一句的简练。在读到竹简上有关"不可道"(the Nameless)之道的虚构性时,老子说道:

> 如果你真想听到那不可道,也愿意
> 潜心探究那内在于你自身的幽洞般的殿堂,
> 那么,凭借着贴近圣坛的冥思,你或许
> 有幸获知,那不可道确有自己的声音,
> 而你如果明智,就应信从这个声音,
> 就像你已知之,尽管你不可能知;
> 这是因为知识不过是湖面上的燕雀,
> 能够看到也能扰动湖水表面的影子,
> 但从来没有探入到那难及的深处,
> 那是最深的深渊,在底下,或内在于
> 天与海的幽蓝,或在大地的草木间,
> 在亿万分之一的谷粒的里面;
> 那永不消失的谷粒,虽一次次不断地
> 碎裂,好像每刻都会消失;是的,
> 孩子,那深渊之幽玄超过了我的自身,
> 甚至不可道对我来说都不如它的谜团。②

诗性和哲思之剧烈,只为说明"知识"所及过于浅表,尤其对于自我的认知,

---

① Tennyson, *Tennyson's Poetry*, p. 543, ll. 9—16.
② 同上书,第 31—46 行。

第十章　丁尼生：仰望辉光，或"更高的泛神论"　335

更非一般知识所能胜任。只有"将你自由的灵魂释放于天空"，只有超越了"界限和无界限"这些概念，才能看见世间的不可道。①

丁尼生通过老子之口继续说下去，且话里有话：

> 不，我的孩子，你无法去证实不可道，
> 你也无法证实你活在其间的这个世界，
> 你证实不了你仅仅是肉体，
> 你证实不了你仅仅是灵魂，
> 你也证实不了你是两者的合一。

不要动不动就去论证，什么都不能被论证，"所有值得证实的事物都无法被证实，/ 也并非未被证实"，信仰才更重要，有"智慧"的人应该"坚持那种超越了所有信仰形式的信仰！"下面的"她"指的就是这种信仰：

> 她在概念纷争的风暴中不会迷失，
> 她笑对"正方"与"反方"的争吵，
> 她看到最坏中微微闪现着最好，
> 她感到太阳的隐去不过是在晚上，
> 她在冬天的花蕾中洞见到夏天，
> 她在花朵掉落前就预品到果实，
> 她在不会唱的鸟蛋中听见云雀的欢歌，
> 她在众人悲呼"蜃景"的地方发现清泉。②

在丁尼生的话语中，"信仰的形式"（forms of faith）暗指那些机构化了的宗教门派，也指程式化的宗教套语，不同于这里的"她"。后面的诗文转向较模糊的辉光，更体现对套式的"超越"。

竹简上的"声音"甚至很接近现代自然科学理念，比如它质疑超自然的力量，认为"年月"塑造了一切，也摧毁了一切；无论大地、花朵还是人生，都由时间"唤醒"，也都在时间中衰老。老子答曰：对于不可道，岁月与时间都无以奈何，对它无区别，只是我们一厢情愿，以"单薄的智性""把永恒的现在分裂成'那时'和'自从'"。③老子之目的，在于启发听者改变看事物的方式，就像布莱克那样，告诫他不要总在智识框架内想问题，不要总受客观时空锁

---

① Tennyson, *Tennyson's Poetry*, p. 543, ll. 47—49.
② 同上书，第 544 页，从"证实"至此这个部分见第 57—77 行。
③ 同上书，第 544—545 页，第 91—104 行。

链的捆绑,因为仅凭经验之谈,会令精神压抑,会导致不解的困惑,乃至生活的混乱:

> 孩子,世界是黑暗的,充满悲苦和坎坷,
> 黑暗得让世人怒斥上天的不公正。
> 可或许人类的自身才是这黑暗的根源?①

甚至肉体的躯壳也可以超越,使精神豁然,找到"宏大的生活"(large life):

> 还有,我的孩子! 不止一次,
> 每当我一人独坐,心中来回
> 品味着代表我的那个字符,
> 自我就会冲开那凡人的界限,
> 进入不可道之中,就像云朵
> 融入天空。我掐捏自己的肢体,肢体
> 变得陌生,不属于我——但这是清清楚楚的
> 经历,确实无疑,而且通过失去自我,
> 换来如此宏大的生活,与原来的相比,就像
> 太阳相对于火花——文字的阴影罩不住这境域,
> 毕竟文字不过是这虚影世界的虚影。②

这些诗文听上去耳熟,似令人想起我们谈论《更高的泛神论》时所引丁尼生有关"肉体对我来说是无物"那段话。

最后,针对竹简上有关"辉光"不长久、云雾却"长存"的话,诗中的老子说道:"云雾本身也是太阳的孩子……天光与夜色都是太阳的孩子,/你眼中空悬的辉光对我来说就是光芒。"③对辉光的敏感象征着精神的修为,老子认为这种修为可以解决人类的许多问题,重要的不是像畜牲那样陷入泥潭,而是以人类之高尚"去攀登那座神佑的高山"。这末尾的意象难免又让人看到但丁的身影,不仅因为攀登,也因为至高的光芒。诗人让老子在最后六行中说道:

> 从这座山上,

---

① Tennyson, *Tennyson's Poetry*, p. 546, ll. 171—173.
② 同上书,第 548 页,第 229—239 行。
③ 同上书,见第 240—246 行。

> 如果你仰望更高处,或许在千百层
> 一层高过一层的重峦叠嶂的那一边,
> 在夜晚与暮色的疆域之外,你会看到
> 那高天的朝霞,看它以超凡的光辉
> 照亮这远见之山!
> 就此道别。

朝霞意象呼应《罪之梦景》和《悼念》第 95 号诗篇等作品,也将我们的目光引向丁尼生最后的一些短诗。《黎明》(The Dawn, 1892)再次抒表悲观情绪,似重温旧感。"黎明"概念自然与光有关,此处更多地指灿烂天光未至的初级阶段,而人类社会各种乱象也更显霞光之微弱。乱象之一出现在文化界,一个受到流行思潮的重灾区:"报业在千百个城市中受到青睐,只因它散发着畜牲的气味(smells of the beast),/ 或者给它一枚硬币、一张支票,它就能轻易地玷污贞洁的真相。"①至于"攀登",也变得稀罕,只因人类的"兽性"不断得到加强:"人类本拥有人心和灵魂,本不该被四条腿的情欲奴役,/ 可为何很少有人从下层的巢穴中爬上来,这难道不是耻辱?"②在这位苍苍老者眼中,未来的画面变得阴沉:

> 黎明的红霞!
> 那红色是否越来越微弱?随它去吧,但何年何月我们才会
> 一举摆平那个幽灵般一直同行和附体的畜牲而终获解脱?
> 一百年?一千年?啊,那时候我们人类的孩子在做什么,
> 十万个春秋、百万个冬夏之后的那些人类?③

丁尼生一向迷恋 far-far-away 这个短语,而此处的疑惑则让它显得沉重,④当然这也反衬出《默林和辉光》(Merlin and the Gleam, 1889)等同期诗歌的飘逸和坚定。

在丁尼生作品中,《默林和辉光》这首诗以最高的频率和密度使用了"辉光"(gleam)一词,"辉光"构成该诗的基调,是叠句(refrain)的主词。默林辅佐亚瑟王,以魔术和预言闻名,这首诗作为他的独白,融入了丁尼生个人自

---

① Tennyson, *Tennyson's Poetry*, 第 576 页第 3 节。
② 同上书,第 4 节。
③ 同上书,第 577 页尾节。带着重点字代表原文的斜体字。
④ 同上书,见第 569 页"Far—Far—Away"(1889)这首诗。

传的成分,辉光与其作为诗人的职业生涯紧密关联在一起,或者说辉光与"旋律"(melody)"交融"(wed),诗性想象与精神远望重合,二者犹如对其诗歌艺术的论定,无论涉及形式还是内容。一上来他就自白道:

> 我就是默林,
> 我将死去,
> 我就是那个
> 追随辉光的默林。

辉光曾经到处都是,"飘动"不息,偶尔也曾减弱,在诗人生涯早期一度退去,但仍在此后不同阶段、不同风格的诗歌意象中延续下来,或"闪烁",或"滑动",或"落定"在亚瑟王的头上。① 写作生涯也是辉光的生涯。该诗第 7 部分涉及中期生涯,或中期诗歌。友人哈勒姆成了亚瑟王,已经死去,辉光也"暗下来,成了冬季的微光",但随着《悼念》的写作,"渐渐明亮起来,"并"伴随着充满思念的亲切旋律"而再次成为辉光,使死者的身影变得神圣。第 8 部分在概念上确立了辉光和旋律的交融,辉光骤然变得"更加广大而明亮,/ 宛若向前飞纵",体现诗人后期和晚期更强烈的自知、信念和精神方向感,尽管此时的他实际已愈加"迟钝、虚弱,/ 苍老、疲惫"。他已经到了生命的"边界",再往前就是无极;或者已经到了"陆地的边缘",接下去就是大海:

> 就在那边缘一带,
> 在无垠大海的起点,
> 几乎从地到天,
> 全都是辉光的飘旋。②

这肯定不是自然界的辉光:

> 不属于阳光,
> 不属于月光,
> 不属于星光!
> 啊,年轻的水手,
> 快去那边的锚地,
> 叫上你的伙伴,

---

① Tennyson, *Tennyson's Poetry*,第 572—573 页。这些是第 2—6 节中的内容。
② 同上书,第 574 页,第 8 节,第 116—119 行。

第十章　丁尼生：仰望辉光，或"更高的泛神论"　　339

> 把船推到水中，
> 绷紧它的风帆，
> 趁着那辉光
> 还未在海边消失，
> 跟上它，跟随它，
> 跟随那辉光。①

本章开始时我们提到《驶过索伦特海峡》这首"告别诗"，它也涉及精神境域，位于时间和地点等流行的物质概念之外。与这首小诗一同在诗人葬礼上唱起的是《无声的声音》(The Silent Voices, 1892)。"无声的声音"指另一个世界的亡灵的声音，诗人叮嘱那些亡灵，自己既已死去，不必延缓他在那个世界的前行，不要把他叫回到此前那个低处的世界，而最好督促他走向上方境域内那个"难以企及的高峰"，永不放弃，因为那上面"闪烁着一条星光灿烂的路径"。②

有关丁尼生的辉光意识及其对精神可延续性的笃信，在人们所熟悉的批评套路之外，也存在着其他解释。比如国外学者杰拉德·约瑟夫曾撰文，专谈丁尼生的近视度，说到他不是一般近视，说他的医生认定"他是全英第二个最近视的人"，但丁尼生的近视却"从视力上的弱项变成审美上的优势"，这是因为近视眼导致了他的一些"偏好"，或极近距离端详事物，因此多注意细节，或把远景模糊化，比如看到一大片闪烁的辉光。就后一偏好，约瑟夫专门举了《老子》结尾的例子。③再比如，涉及 19 世纪中期初露端倪的唯灵论(spiritualism)这个话题，多数评论者在其研究中都会避开它，但传记作家有时会提及丁尼生与它的某些瓜葛。唯灵论的主要信仰亦涉及灵魂不死以及活人可与死人沟通等内容，表面上与丁尼生的思绪趋同。但唯灵论有巫术的特点，需要聚会等组织形式，还要依赖第三者作为灵媒(medium)，给死者招魂。本书不探讨此话题，其虽提供重要信息，但有因果倒置的嫌疑，或用涉众现象解释诗人个案。在此主要想说明，学者们一般尚有能力在文学研究常用概念内消化有关问题，尽管不排斥有益的辅助材料。我们上面提到过神秘主义因素，有学者甚至认为连使用这个概念的必要性都不是很

---

① Tennyson, *Tennyson's Poetry*, 第 574—575 页, 最后第 9 部分全部。
② 同上书, 第 578 页, 见该诗结尾的第 7—10 行。
③ Gerhard Joseph, "Tennyson's Optics: The Eagle's Gaze." *PMLA*, Vol. 92, No. 3 (May, 1977), pp. 420—428. 见第 420、422 页。

大。比如阿什顿·尼克尔斯在其一篇学术文章中认为,人们有关丁尼生神秘性思维的说法都经不住推敲,侧重点也各不相同,持否定意见者也不鲜见,而他本人则认为,只要把丁尼生放在文学思想和实践的历史脉络内,就会发现丁氏所为并非只此一家,甚至也不必仅与此前布莱克等人类比。具体讲,他认为丁尼生与华兹华斯、勃朗宁和乔伊斯等人共同依赖 epiphany 这种认知方式和写作手法,是一种主要作家之间较常见的实践。①另如,有学者认为,对于丁氏宗教信仰的评价,也不必过于个性化,以防陷入难以定义的抽象局面。霍华德·弗尔威勒在其一篇文章里首先认可巴克利教授在宗教问题上对丁尼生的评价,认为比较贴切:"'直觉(intuition)代表了(丁尼生的)那颗充满信仰的心灵之诉求,只有依靠直觉,他才能回应那个显然无神的自然所带来的负面因素。'"也就是说,巴克利认为丁尼生依赖的是"情感"和"人心",他的宗教情感与其个人的"主观经验"相关。但弗尔威勒认为,还是可以追溯其宗教信仰背后的一些思想传统,那也是华兹华斯、柯尔律治和纽曼主教等人共享的传统。②

相对于读者而言,之所以我们很难把丁尼生文学实践的意义限制在较单一、较抽象或较低的层面,主要是因为它与社会形成张力,社会环境为其诗歌提供了生成更大意义的背景,或者说当时的社会及文化状况使其个人关怀同时成为普遍的人文关怀,他也因此更加有意地强化任何可能的言外之意。丁尼生的诗歌其实很适合人们超越所谓的纯学术研究而多谈一点意义。脱离与大环境的对话因素,他的许多诗性思维就会显得空洞或荒诞,尤其相对于一位大致处在文化中心的作家而言。孤立地看本章所谈及的丁氏主要主题,如超自然的辉光、死者的空间、精神与精神的对话等,当然是斯温朋所讥讽的"胡扯",而且是纯粹的胡扯,无保留地地建筑在思想气泡之上。不过,我们也意识到,伟大的文学作品中如此筑起大厦者并不少见,甚至包括最伟大的那一类,如古代世界的史诗与神话、但丁的天堂、弥尔顿的乐园、歌德的上帝与魔鬼、我们的《逍遥游》《西游记》等等,一次次登峰造极的胡扯,在常识和逻辑面前都不堪一击。当然,没有多少人会在意这些气泡的脆

---

① 见 Ashton Nichols, "The Epiphanic Poem: Why Tennyson is Not a Mystic." *Victorian Poetry*, Vol. 24, No. 2 (Summer, 1986), pp. 131—148。Epiphany 指启示性瞬间,或指平凡事物在不期中显现出(或被悟出)不凡意义的情况。

② Howard W. Fulweiler, "The Argument of 'The Ancient Sage': Tennyson and the Christian Intellectual Tradition." *Victorian Poetry*, Vol. 21, No. 3 (Autumn, 1983), pp. 203—216. 见第 203、204 页。

弱,因此说他们是无稽之谈大概算不上做了不得了的事。倒是丁尼生这样的作家习惯于反过来看问题,说我们才不堪一击,我们坚实的土地、熙熙攘攘的街景、躲不开的社会文化氛围和绕不过的工商原理等等,才是虚幻的,而且倒是他们在表达这样的意思时很可能做出了不得了的事,也邀请我们去理解其所构筑的精神空间。

的确,是现实的人类状况与他的诗歌形成反差,而不是反比之。尤其从英国19世纪一些主要作家角度看,"走火入魔"的往往不是诗人。这种反差也发生在本书上一章与本章之间,是"最悲惨的时代"与精神辉光的反差。丁尼生的诗歌让我们看到这样的反差,其在现代社会的务实、功利、科学技术、工商业、世俗化、城市化和民主化等潮流中寻找别样精神秩序的努力值得参考。当然,文学批评可以摆脱这些意义层面的"高谈阔论",可以解构诗歌的意义构筑,而不必依顺作家的诗意,比如我们可以从角色、面具、多重面具、读者群、作家圈、互文性等角度寻找切入点,探究外表背后的政治人、社会人、经济人,或诗人面具后面的丈夫角色、自由后面的拘谨、牢骚后面的满足、怀疑背后的信仰或信仰背后的怀疑等等。这都有助于我们把握整体画面。但丁尼生也提醒我们,有关个人生活的一些"干巴巴"的信息没什么意思,他也"很不情愿"谈论自己的生平,因为"我给不出生平,我所过的是情感的生活,不是行为的生活,而少了生平也不至于把我全然遗漏掉吧?"[①]诗文本身同样是他的生活。有时欣赏也是很难的,因为需要一点共鸣和真诚,甚至需要相近的精神立足点。与丁尼生有关怀疑的道理一样,文学评论中的怀疑态度不可缺少,却也并不必然体现更多的认知力,因此亦可能像过于盲信那样,限制了我们所能获得的益处。

最后,让我们停止在卡莱尔以他那讥而不讽、损而不毁的文字给丁尼生画的一幅肖像上:

> 丁尼生来此地已经三个礼拜了,每天就这样吃,不吃个半死不罢休,——那又会让他写出一首诗来。他上礼拜天晚上来我们家串门,上上礼拜天也来了:一个绝对有趣的人,是地之子,也是天之子,——在一处处磷火重重的幻境里基本上已经摸不清方向了,我猜他;而那里的泥潭又这么多,他越挣扎就陷得越深,最后劈头盖脸都陷进去才完!我喜欢他,可也帮不上什么忙。米恩斯靠多方配合,给他搞到了一份津贴,

---

[①] Tennyson, *The Letters of Alfred Lord Tennyson*, I, p. 155.

也弄到面包和烟草，可如此可怜的装备怎能配得上这么个人。他需要有事做(*task*)，可在我们这种时代，总一味编诗作赋，又把它叫做"艺术"或"高尚艺术"，这也无济于事呀！①

卡莱尔有他的角度，丁尼生也不是没事做。在这些文字中，我们又隐约看到丁尼生"这么个人"(such a soul，字面上 soul 也有灵魂的意思)的秉性，也隐约看到时代的反差，而"地之子"和"天之子"(Son of Earth、Son of Heaven。后者也是"天子"的英译)的评价尤其诱人，尽管卡莱尔所想到的地与天，多半只是"吃"和"诗"。不管食不食人间烟火，在一定意义上，丁尼生的确使人类生活两端的空间都变大了：地上的和天上的、现实的和精神的。本书上一章的"落去"和本章的"辉光"分别所讲的就是这两种类型的扩大。

---

① 见 Tennyson, *The Letters of Alfred Lord Tennyson*, I, 第 281 页注 3。卡莱尔的这封信写于 1847 年 12 月。

第十一章　音乐与海洋：
勃朗宁与艺术家的"交谈"

英国维多利亚时代另一位主要诗人罗伯特·勃朗宁（Robert Browning, 1812—1889）热衷于与历史上一些艺术家进行精神交流。在国际学界，这是个老生常谈的话题。不过，熟悉的内容里面，特别是涉及伟大的诗篇，都尚有继续挖掘和探讨的余地。在各种艺术门类中，勃朗宁对音乐（主要是我们一般所说的西方古典音乐）的兴趣具有典型意义，尤其这个兴趣会成为偏爱，往往压倒他对于其他艺术门类的兴趣，尽管绘画艺术（比如意大利史上的绘画巨作）能成为其生平一些时段的主要关注点。从我们所谓精神空间的角度看，勃朗宁概念中的好的音乐虽必须体现强有力的技术构筑，但它并非止于技术性，而是要凸显音乐性，并在这过程中接近或企及一个模糊的空间。或者说，这个空间既清晰可见，比其他空间还要真实，表意的有效性还要高，但在终极意义上它又难以界定或量化，与思绪和情感的活动方式及其特有的空间很相似。勃朗宁有时爱用"海洋"意象比拟情感或精神的世界，揭示了它的生动和广大，并从这个角度对依附于但并不等同于这个海洋的各类艺术手法进行了思考。

我们先采取迂回的方式，谈及相关层面的问题。与丁尼生一样，勃朗宁也以自己的方式与流行思潮对话。中后期的丁尼生因受到妻子影响等原因，其超越教派的个人化宗教情怀有所收敛，保守宗教倾向有所增加，而勃朗宁则相对更持久地立足于个人的情感和精神世界，与宗教正统和时代潮流的距离都愈加明显。在宗教领域，维多利亚时代有两大流派较引人关注，其相互间也形成争议，亦反映普遍的思想纷争。一是牛津运动（the Oxford Movement）之后渐成气候的天主教倾向，代表了一些人对社会上自由派思潮的反拨，以纽曼皈依罗马教廷之举为这一倾向的标志性事件之一；二是属于广义唯理性自由派范畴的宗教怀疑主义，主要表现为英国国教会内外一些人使用科学方法、诉诸于历史事实等因素，对《圣经》文本进行研究和质疑，史称"高等考证派"（Higher criticism）的做法即指此事。勃朗宁对于这两种倾向都不认可,前者让他看到过分热衷于繁琐礼俗、把形式当成信仰的造作;后者让他感觉到从根本上颠覆人类信仰的危险。1864 年出版的诗集《剧中人》(Dramatis Personae)比较集中地体现了勃朗宁的有关思想,里面若干诗作也因此成为名篇。所谓"剧中人",是指在某种戏剧性场合对某位听者表达自己想法的某个人物,诗作也就成了该人物的"戏剧独白"(dramatic monologue),我们在本书第九章对此有所解释。相对于丁尼生和此前其他诗人,勃朗宁的名声更紧密地与戏剧独白手法联系在一起。该诗集中主要都是这种独白,只是到了最后的《收场白》(Epilogue),诗人才走向前台,更直接地表达个人的见地,因此最后这首诗可被看作勃朗宁对其有关思想的交代。

《收场白》分三个部分,分别代表三个语者的自白,第一个语者信奉天主教,第二个持怀疑论并为其所困,第三个是勃朗宁本人。勃朗宁以较多的笔墨质疑天主教的建制与礼俗,对怀疑论则一扫而过。他的全部论据大致只是一个文学意象:海洋。他首先邀请前两位语者看一看他自己这个"无名小卒"的实例,并像他本人一样,看一看自己如何被活跃的自然所包围,因而具有了个性:自然在他四周愈发生机盎然,就像传说中北极一带的海水,"本能地涌向某个其所选中的焦点",使其成为"中央的礁石"(central rock),而波涛就好似漫布于原野上的"羊群",全都是由于这个中央焦点的存在而存在,才不显得散乱。① 后来的美国诗人华莱士·斯蒂文斯(Wallace Stevens, 1879—1955)等很喜欢这种因人类因素而使自然产生秩序的意象,但勃朗宁的这个画面富有更浓烈的意味。由于在不到十行的篇幅内密集地出现了"选中"、"礁石"和"羊群"等概念,再加上下面出现的 king 等词以及全诗结尾处的呼应,我们不得不把这个自然情景中的细节与一般的宗教比喻相联系。Rock 在基督教话语中当然也指让人得以依赖的精神实体,比如巍峨的教堂,或直喻耶稣本人。于是在这个波涛围绕礁石的场面中,一个小人物的个人身体俨然就成为了他自己的教堂,他是被"选中"的,因此字面上真是拥有天赋的权利,亦成为耶稣一般的"牧"师,自然或海域成为他的教区,泛起白沫的波涛成为羊群般的教徒。"无名小卒"因四周盎然的生机而宛如主教登位,或比及耶稣,这都体现了我们上一章在讲到丁尼生与霍普金斯时所提及

---

① Robert Browning, *Robert Browning's Poetry*. 2nd ed., Eds. James F. Loucks & Andrew M. Strauffer. New York; London: W. W. Norton & Co., 2007, p. 311. 见第三部分"Third Speaker",第 II—IV 节。

的预表法成分。也正因为如此,其他的个人亦拥有神圣的潜能,波涛亦可以去簇拥其他的焦点。

在弃此拥彼之前,波涛们"为显隆重,"一时间都携着彩色的辉光,前来打扮这个所谓"假冒的王者"(the mimic monarch),这个"旋流中的耶稣"(king o' the current)。色彩中,有漆黑者如"地狱"之黑,有的则是"如此灿烂的红色和蓝色",非"天堂"而不能放射出。一阵欢闹之后,它们断然离去,急火火"又去另一个地方扮演同样的角色,选择另一个同样裸露的高点",去重复这个始拥而终弃的过程。①紧跟着在第三部分的第八、九两节,作为语者的勃朗宁对这个生动画面的寓意做出归总,希望前两个语者能明白:自然在我们每一个人的周围欢舞,或起伏,或进退,似以这露天的盛大仪典来凸显我们个人的价值,而一旦个人成功收获了生命力,它就会涌动到其他的地方,就这样维系着自然的强力,并向我们展示发达的经济社会妄称拥有而实际上并不拥有的真实。既然海洋般的自然已经可以做到教堂所能做到的一切,既然海水就是"世上的墙壁",已经可以把一个个的礁石(你我他)分开(当然也让每个人共处海中,共享它的荡漾),既然个人的身体也已经是一种"世上的墙壁",那何必还要真的墙壁把人与人分开呢?真的墙壁就是教堂,不需要以它那种方式把人类分隔开;大海已经有足够的潮起潮落,也不必再有唱诗班或教士布道声音中的那点可怜的起落。②人为的形式比不上那"露天的盛大仪典"。接下来的最后一节捎带上了高等考证派的怀疑论:

> 那一张面孔,远未消失,而是越来越清晰,
> 或一时面目全非,只为了重新凝聚,
> 成为我的全部天地——一个会感受会认知的天地。

"那一张面孔"指耶稣,勃朗宁未给我们留下讨论的余地,③而从字面上看,耶稣居然成为"我的全部天地"(my universe),个人与耶稣之间又发生认同,"我"就是耶稣,"我"并未消失。或说得缓和一点,耶稣是否存在,不关乎史实,不关乎科学,更不关乎可量化的、合理的数据,而仅仅在于个人是否具有

---

① Robert Browning, *Robert Browning's Poetry*. 2nd ed., Eds. James F. Loucks & Andrew M. Strauffer. New York; London: W. W. Norton & Co., 2007, p. 311. 见第三部分 "Third Speaker",此部分见第 V—VII 节。
② 同上书。
③ William C. DeVane, *A Browning Handbook*. 2nd ed., New York: Appleton-Century-Crofts, Inc., 1955, p. 315.

"感受"和"认知"的能力；个人的情感和知性可以使耶稣显示出来，个人甚至体现了耶稣的秉赋，与更高的神性发生关联。而个人可调动的资源不仅仅是内在的情感，也有与之相互动的生活场景和自然元素，而无论内在外在，它们都如海洋一般活跃、浩大、取之不绝。

涉及第三个语者的这个部分具有典型勃朗宁式的表面上语言生涩、意象难解的特点，但稍微专注一点，就会感觉到滔滔不绝的流畅和连贯，以及内在的精确与清晰。连续两次绵延十数行使用"跨行"技法(enjambment)的诗文给人一气呵成之感，或者说如此连续跨行才能完成一个单句，这不仅不是读诗的障碍，反而与内容相得益彰，最后给人的感觉是，勃朗宁仅凭一个强大的文学意象就把问题解决了，似乎一个滔滔不绝的宏大画面足以淹没意识形态的纷争，体现社会中诗人一方的力量，或诗性思维的作用。即便是山野草木，其所代表的自然竟如海洋一般在个人四周漾动——这是华兹华斯式的比喻，勃朗宁仅添加了活泼的嬉戏等拟人化意味。另外，其有关零散的礁石、个人化的生存状态、海潮的起落等意象较易让人联想到阿诺德那些显见的诗语表述，尽管两人意向不同。阿诺德于1850年前后写的一些诗作多以海洋意象为支撑，表达人类异化、孤独、信仰危机以及因此而对个人情感的依赖等思想，如《疏离——致玛格丽特》(Isolation. To Marguerite)、《致玛格丽特续》、《被埋没的生命》(The Buried Life)、《学者吉卜赛》(The Scholar Gypsy)和《多弗尔海滩》等较著名的作品。还可提及另一位明显以海洋意象闻名的作家，即下一代诗人斯温朋；无论在思想、画面上还是音韵上，海洋之精神都经常与其诗文融在一起，似呼应勃朗宁的文思。勃朗宁与19世纪其他诗人相似，之所以爱用海洋意象，也是不满于现代生活无论在精神领域还是生活追求方面的狭隘与局促。当诸类社会思想家、科学家、经济学家和工商业者眼前的认知对象或追求目标都纷纷变得具体而硬化，他还是坚信一些更宏大、更难以界定、更富有生机的境域的真实性。而且在他看来，对于世界的认知也是对于个人自我的认知，对一个宽阔而幽深的海洋的认知，尤其涉及人类的情感。海洋是他的一个较主要的诗意支点。

而面对这样的海洋，这样一个以人类个体一己之身而融合了世俗与神圣、地狱与天堂、死亡与生命的真实空间，无论什么人都不能太傲慢，都不能妄称对它的把握。这是勃朗宁向时人表达的意思。"什么人"常常包括现代文化人，比如构成维多利亚时代两大阵营的科学家和艺术家，他们所特有的认知方式是科学理论和艺术手法，与作为认知对象的生活之海或个人情感之海形成张力。我们在此再借助勃朗宁的两首著名短诗将话题展开,第一首名为《格鲁比的一首托卡塔》(A Toccata of Galuppi's, 1853?),其形式上与上述《收场白》相似,只是诗行更长,大致为七音步(heptameter),乐感也更强一些。由于勃朗宁的零散几首能够入选中国国内读本或教材的诗中有时会包括这一首,我们许多外文读者对它较熟悉,但它的入选却可能是出于某种与其内涵不大相关的原因,比如编者可能认为它是在批判威尼斯人的浮华生活等等。这样的解释有误导作用,因为它从根本上忽略了勃朗宁对个人感情世界的尊重,以及对意大利一生的痴爱,尤其对于它的艺术,或艺术所呈示的生活,比如意大利音乐和绘画在其脑海中所激发的当地一些城市浪漫生活的画面。从某种角度看,这首诗也涉及解读行为,特别是提到误读的可能性,而误读对艺术家不公平,尽管它可以让误读者自感满足。一上来这首诗就把我们带入到这种沉重的讽刺中:

> 呃,格鲁比,巴尔达塞罗,有件事总让我感到哀痛!
> 我基本上不会误解你,误解你就意味着我又瞎又聋,
> 可尽管我明白了你的意思,我的心情却如此沉重![1]

能准确地听懂格鲁比,这反而让听者有些伤感,因为所获得的内涵越准确,越令人不安,似乎这是成功解读的代价。格鲁比(Baldassare Galuppi, 1706—1785),18世纪意大利作曲家,威尼斯人;托卡塔(toccata)是一度流行的较短曲式,常为单件键盘乐器而作。听不懂他的音乐,听者获评"又瞎又聋";读不懂这首诗,读者或难免有类似的体会,尽管误读很难避免。

其实对勃朗宁诗歌解读方面的问题很普遍,英美评论界有关这首诗的理解也并非全都那么可靠。其中一个问题是若干学者局限于从技术角度谈论这首诗,并在较长时间内相互商榷。相对于这首与音乐明显相关的诗,技术角度当然可用,甚至很重要,可以使粗心的读者意识到诗歌语言竟然与音乐技法有那么多可能的相似性,学者们在字里行间的一些发现也让人获益。但在勃朗宁看来,诗语与乐理发生关系的方式不限于字面上,以下我们会提到他本人在一封信中所表达的观点。此处我们仅需考虑,有无可能在基本不涉及社会氛围和思想传统的情况下解析这首诗。技术性分析较有代表性的例子不一而足,比如1963年美国学者温德尔·约翰逊所发表的一篇题为《勃朗宁的音乐》的文章。作者虽然基本上认为"诗歌能够模仿音乐的程度

---

[1] Browning, *Robert Browning's Poetry*. 这首诗起自第157页。

是有限的",但他首先假设勃朗宁的确具有让诗歌语言在音韵上尽可能"接近音乐的企图",而且这个企图并不同于许多诗人所追求的一般性乐感,而是勃朗宁个人独有的技术追求。于是约翰逊沿此思路写了这篇文章,并揭示勃朗宁的问题所在,比如他指出:"如果说诗歌也有转调(modulation),那么仅就发音而言,转调靠的是元音与辅音和节奏这几个方面的变化,而勃朗宁的——或说格鲁比的——托卡塔中基本没有这种变化,因而也难以生出不同的情调。"这首诗涉及到"与死有关的情调",而诗语"却一味地轻快而迅捷",这就构成"反差",于是这种不成功中也就蕴含了"讽刺"。①

多年过后,国外另有学者提醒我们:"诗语中的音步(feet)是通过标出重读音节的方式来确定的,因此音步与作为诗内音乐之基本单位的小节(bars)并不重合,也不等同。"②说此话的唐纳德·海尔虽然所聚焦的也是勃朗宁诗歌技术层面的格律问题,但他能比较自然地潜入到"意义"层面,最终从神义论(theodicy)角度断定勃朗宁有更大的考虑;无论凭内容还是形式,无论这个形式是音乐还是诗歌的格律,艺术家所为都是要体现使形式得以成立的实质,都是要接近精神或上帝。③当然,学者们的观点并不必然随着时代的变化而变化。1999年,与海尔同为当代学者的马克·普拉门顿以更加单一的角度谈论这首诗,以大量的技术分析更加直接地将文字与音乐进行类比。普拉门顿虽然意识到先前学者们的"不足",但他所看到的欠缺主要是,其他同行未能更大胆地在全面乐理分析上再前行一步。他自己在这一点上就做得比较充分。比如,了解这首诗的读者都知道,诗文中最显眼的词组之一就是 dust and ashes,这是英语中的一个惯用词组,有"过眼云烟"的意思,普拉门顿把它直接当作音乐作品本身所固有的听觉层面的技术成分。他依据音乐字典上有关托卡塔这种曲式一般由托卡塔和赋格曲(fugue)这两个部分构成的定义,认为"'Dust and ashes'可被认作赋格曲的一部分,它与赋格中由第一个声部所引入的主题或主乐句有同样性质,"而勃朗宁对这个词组的重复则代表了赋格曲中的"第一主题被其他声部轮番拾起来"的做法,诗内有

---

① Wendell Stay Johnson, "Browning's Music." *The Journal of Aesthetics and Art Criticism*, Vol. 22, No. 2 (Winter, 1963), pp. 203—207. 这段中的几处引文见第207页第204页
② Donald S. Hair, "A Note on Meter, Music, and Meaning in Browning's 'Fifine at the Fair'." *Victorian Poetry*, Vol. 39, No. 1 (Spring, 2001), pp. 25—36. 引文见第27页。
③ 同上,见第34页。

第十一章 音乐与海洋：勃朗宁与艺术家的"交谈"

那么多 d 字头的字，就是证据之一。①由于普拉门顿的立足点就是音乐，由音乐这个概念所限定，所以我们不必非要求他进入到所谓的思想空间不可。他的确有独到的发现，也有合理的依据，让人意识到此前阅读勃朗宁诗歌时竟错过那么多该收获而未收获的好处。不过，技术解析若走得太远，甚至直接断定哪句话代表托卡塔部分的结束，哪个词组代表赋格部分的开始等等，②就可能在确立文本内部秩序的同时，造成另一类不期的混乱，因为诗性思想空间内可能体现着不大一致的秩序观，勃朗宁的秉赋也远不是几个专业术语所能限定的。

本章所依赖的勃朗宁诗作版本之一——诺顿评论版《罗伯特·勃朗宁诗选集》——在其"评论"部分有一篇文章专论这首诗，发表于 1990 年，原题目借用了拜伦的"威尼斯曾经多么可爱"这句诗语。文章作者斯蒂芬·霍林是勃朗宁研究领域知名学者，他的视野相对更广阔，对思想意义也更敏感。他也认为，英美学界有关此诗的论述一直处于"初级的水平"，尽管上世纪 80 年代之后出现了一些较"充分的论述"，但截止 1990 年代初的研究"仍与该诗的微妙构思不相称"。霍林以为这种局面令人"费解"，因为虽然"这肯定是一首难读的诗，但它也很容易让人感兴趣"。③有一点可惜，霍林的文章本身也并未完全免除零散的疑点——或许如此较好的一篇文章仍不免让我们感叹我们作为读者与当时伟大诗人之间在话语和境界方面永远的"不相称"。但该文至少在三个相互关联的关键方面引导或矫正现代读者对这个作品的理解。首先，作者认为该诗"潜在的""实质"涉及诗歌与科学理念之争，诗人"捍卫"前者及其所体现的想象力，抵御后者。④这个概括不算最精确，但它压倒了各种牵强的定义。第二，作者洞察到，勃朗宁对济慈和拜伦等人作品与生活的理解和认同构成了这首诗的创作"背景"，而这些都决定了勃朗宁对威尼斯的态度中含有"思念"和"宽容"的成分。⑤济慈的《希腊古瓮颂》和《拉米娅》是霍林所聚焦的作品，古瓮（urn）与格鲁比的音乐之间、勃朗宁的科学

---

① Marc R. Plamondon, "'What do you mean by your mountainous fugues?': A Musical Reading of Browning's 'A Toccata of Galuppi's' and 'Master Hugues of Saxe-Gotha.'" *Victorian Poetry*, Vol. 37, No. 3 (Fall, 1999), pp. 309—332. 见第 315 页。
② 同上，见第 317 页上的划分。
③ Browning, *Robert Browning's Poetry*. 见 Stefan Hawlin, "Browning's 'A Toccata of Galuppi's: How Venice Once Was Dear", 第 622 页。
④ 同上书，第 623 页。
⑤ 同上。

家与《拉米娅》中的阿波罗尼亚斯(Apollonius)之间,都被认为有可比关系。① 这个发现具有相当的启发性。与《托卡塔》一样,《拉米娅》中也有两个恋人,他们与阿波罗尼亚斯这样具有所谓科学常识的导师不能共处;而《托卡塔》第 33 行的 cold music 像是在呼应《希腊古瓮颂》结尾处的 Cold Pastoral(冷寂的田园)。当然,从我们的角度看,勃朗宁的这位科学家善于反思和自嘲,最后是他本人——而不是别的什么人——通过艺术想象力"捍卫"了威尼斯的浪漫生命力;而 cold music 不是指"冷寂的"或"冰冷的",而是那种热烈而跃动的音乐反而让科学家觉得瘆人,这与霍林所说的"大调"和"小调"无关,因为每每在科学家因学术成果而自鸣得意之时,他就会意识到格鲁比的介入:其音乐之"生"反而更衬出其背后生活之"已死",越生动越如此,因而它就像一头以废墟为生存环境的"幽灵般的蟋蟀",带着它的寓意和警示,带着威尼斯的鲜活画面和时间与死神的作品,必然爬进来,"让我的浑身上下毛骨悚然"。② Cold 应该主要是这个意思,全诗最后一行中的 chilly(令人不寒而栗的)一词也是辅证。第三,霍林十分清晰地断定关键的最后一节"最感人","语气中再不含任何讽刺",是对威尼斯那种"热烈的、给人美感的生活"的"触知"和肯定。

> 全都是过眼云烟!'你就这样吱吱地叫着,可我哪有责难的心情。
> 死去的宝贝女人们,更有这样的秀发曾经垂抚着她们的前胸,
> 那一团团金色如今都是怎样的情形?我感到凉意,一时老如衰翁。

霍林认为这样的语气说明,科学家最后能够"沉重而谦卑地认识到'威尼斯曾经多么可爱'"。③"谦卑"是重要概念,尤其涉及科学家的谦卑,而且此诗中的科学家又有半个艺术家的气质,而相对于威尼斯所代表的普通生活场景,这两类有成就的人都不能太傲慢。"过眼云烟"的原文 dust and ashes 在字面上指令人极度失望或让人幻灭的事物,直接的意思是"尘埃与灰烬",也有无足轻重的意思。所谓谦卑,就是要经历不同思想境界的巨大反差,转而向这类过眼云烟或无足轻重的事物低下头来,甚至品味我们文化人自己的苍白无力。可以说,我们作为读者,是否读到最后能被感动,也可检验出我们

---

① Browning, *Robert Browning's Poetry*. 见 Stefan Hawlin, "Browning's 'A Toccata of Galuppi's: How Venice Once Was Dear",见第 622—623 页。
② 同上书,第 159 页,见第 XI—XII 节。
③ 同上书,第 633 页。

是否也降落到一个恰切的平面上接近威尼斯,或是接近这首诗本身。任何习惯性的道德拘谨和政治正确都会让我们与勃朗宁的诗意失之交臂。

科学家是这首诗中的戏剧独白者,他的听者是百年前的格鲁比,他与他发生神交。霍林以为科学家只是"听到了"后者的音乐,这当然没错,因为不管倾听、识谱还是弹奏,到底都是听,但诗文并没有对具体的互动形式做出限定。考虑到这位独白者与勃朗宁笔下许多其他主人公一样,显然是懂艺术的行家,①也由于诗中其他一些细节所示,科学家与格鲁比的关系可能比偶然一听更紧密。他也可能在翻阅乐谱,甚至在弹奏钢琴,直接与作曲家对话。霍林把第二节一上来 Here you come with your old music 中的 old 理解为"过时的"或"不相干的",②但我们不能排除音乐与此人的老友关系,就像收集了格鲁比的许多乐稿而且他本人也会弹奏格鲁比不少作品的勃朗宁与这位作曲家的"老友"关系。或许 old 所含,也有"你又来了"或"又是你"等意味。这一点并非不重要,因为艺术与这位科学家的科学研究之间需要有更持久一点的张力。评论家们一般不太在意该诗的第一个字"呃"(Oh),但其意义或超过许多其他字。它立即建立起这种张力,确立了一个情调,甚至揭示了语者与音乐之间近距离的行家身份。他必须启动自己的感悟力和想象力,因为他"从未离开过英格兰",但他要显示自己比别的人更熟知威尼斯。这也是因为他即便不属于艺术家一类,但他作为解读者,不仅了解作品,也对它的产生过程和与生活的关联有他自己的认识。对他来说,那是一个与大海有着最紧密关联的地方:"大海就是那里的街道"。听着格鲁比的托卡塔,他把声音直接转化为图像,转化过程毫无延迟,强劲有力,几近突兀。看着一系列画面,他直接问道:"威尼斯的人就是这样生活吗?""海洋在5月温暖起来后年轻人就是这样快活吗?"似乎在如此富有生机的音乐背后,必曾有过海洋般富有生机的生活,它成就了作曲家的创作;似乎艺术的源头可以追溯到许多鲜活的焦点,比如:

  难道一个女人竟可以如此女人?——脸颊如此丰盈,嘴唇如此红润,

  脖颈上这张小小的脸庞,就像花坛上一朵风铃花的姿韵,

---

① 该诗第 VII—IX 节中的音乐术语表明这位科学家不仅懂音乐,也熟悉巴罗克时期的复调音乐。

② Browning, *Robert Browning's Poetry*. "听到了"和"过时的"等说法见第 626 页。

浮动在一片丰腴如潮的胸脯,那上面会有男人愿意垂头就枕。①

不仅仅是源泉,这样的生活也曾与音乐交融在一起,促成了今人不常拥有的生活内容,也让当时威尼斯人的感性生活增添了不俗的质素。霍林以为在格鲁比与他的听众之间存在着不协调,年轻恋人的"躁动"与格鲁比的"庄重"形成反差,前者之所以竟然"花时间听一场音乐会",或许是出于社会行为规范,也可能是"赶时髦",甚至他们随时想离开但被人群"阻在了屋子里"。他认为那两个听音乐的恋人实际上"由于有人干扰了他们私下的甜言蜜语而感到不耐烦,因此他们宁愿自己呆着也不愿听音乐。"普拉门顿也认为诗中的语者对这两位恋人有些蔑视。霍林以第六节为例,说女性一方在听音乐时"咬着其假面的黑绒布"而男的"触弄着他的佩剑"等动作都说明"他们与格鲁比多么遥远"。②或许他俩的确有心不在焉的一面,但威尼斯水城夏季的音乐活动本来就无需与学者们所以为的模式完全相同,当时的参加者不见得每次都像今人这样在室内一路坐下来"听一场音乐会"(霍林语),音乐响起时欢闹的人们会停止其他活动而洗耳恭听,"触弄着佩剑"(to finger on his sword)也可能是打着节拍,③曲子演完后立即又转向其他的消遣,既让艺术包围自己,又让生活包围艺术,这并不证明所谓的"躁动"或"不耐烦",而且所谓格鲁比的"庄重"(stately),也并非要与周围环境形成"遥远"的反差,而是演奏家坐在那里,或许会端起某种演奏的姿态,托卡塔这种曲式本身也要有戏剧性的、往往很大气的"亮相"般的姿态,比如为了要立即触动听众,但这也不意味着演奏家本人的严肃或音乐本身的沉重。实际上年轻恋人听完后立即评价说,无论沉重的或欢快的旋律,格鲁比都弹得不错。原文的译文是:"'太棒了,格鲁比!这才叫音乐!什么都能弹,不分庄严还是欢快!／每当我听到大师的演奏,我都能立刻把嘴闭起来!"④的确,说这话的人不是别人,而正是恋人自己,比如男方。或者更精确地讲,是科学家本人相信恋人们会有这样的反应,是他把这样的话放在他们这些普通人的嘴里,而这样的话体现了对于托卡塔曲式的熟知和恰当的评价。

我们没有必要忽略或过多地去解构这两行赞叹语的字面意思,比如像

---

① Browning, *Robert Browning's Poetry*,第158页第Ⅴ节。上面提到与海洋有关的细节见第Ⅱ—Ⅳ节。
② 同上。
③ Finger作为动词,本身甚至含有"弹奏"的意思。
④ Browning, *Robert Browning's Poetry*,第159页Ⅸ节。

霍林那样以为科学家是在"挖苦"他们,以为年轻人巴不得敷衍两句,以音乐中的"欢快"自我开脱,然后赶紧"摆脱"音乐的影响,等等。① 霍林此言证明他对托卡塔等巴洛克音乐的理解可能有误差,尤其涉及沉重和欢快等因素。第七至第九节内带引号的句子大致都是同样性质与音乐的互动,它们表明恋人们在直接地把音乐语言翻译成生活语言,以此有意无意地显示他们也会欣赏,听得懂。或者说,科学家把他们视为更自然的行家、街头的鉴赏家,他们可以技术性地在诸如各种和弦、上行或下行的乐句、转调和返回等技法中具体听到诸如生与死、希冀与疲倦、苦难与归宿等生命的暗示,并且随着音乐的推进和结束而释放自己的情感,一切都如家常便饭。这三节由于术语较多,吸引了一些评论家,所受到的关注度似超过了比例。或可说它们并不是解读的重点,勃朗宁也不是要在此炫耀音乐知识,不是要借此增加难度而缩小读者群,所涉及的乐理其实也都是大面上的。勃朗宁的主要目的应该是表现音乐如何融在当时威尼斯人的生活中,音乐语言自然而然地帮着他们表达着情感,能让恋人们一边享受生活的娱乐,一边随其即时回视自己的生活。虽涉及今人所谓的古典音乐,但他们的这种并非完全严肃的态度反而显得更近切、更得体、更体现敬意,听者也不至于成为某种做作的专职鉴赏家。弹与听的互动也反过来反映作曲家/演奏家如何熟悉人类情感,如何及时捕捉和表现它。他了解自己的听众,或许也欣赏他们。

就是这样的威尼斯人必然死去,烟消云散,被死神带到了"那个再不见天日的地方"。无论科学家还是艺术家,无论他们对自己的职业多么自信,都不能百分之百地挽留、维系或恢复真实生活中如此丰茂的浪漫能量;都不能百分之百地储藏灵魂。由于做不到这一点,由于最多只达到局部的成功而止于终极意义上的失败,他们也都不能以永恒的、科学的、艺术的或智性的名义蔑视那个以大海为街道的世俗城市。貌似蔑视的成分也的确在诗文中出现过:

> 而至于威尼斯和她的居民,生来不过像花朵一般开放、凋落,
> 在人间的这块地上结出他们的果实,欢闹和蠢行才是季末的收获,
> 这是因为当亲吻不得不作罢时,我不知灵魂还能够剩下些什么?②

紧跟着就是上面引用的"全都是过眼云烟"那个最后的诗节。本无"灵魂",

---

① Browning, *Robert Browning's Poetry*, p. 631.
② 同上书,第160页第XIV节。

何谈"不朽"。但繁花盛开和凋落(bloom and drop)以及俗界的"果实"(fruitage)等比喻对于被比喻的对象并无实质的伤害。更主要的是,此节带引号的诗文说明格鲁比有意逆着科学家此时此地的心情或意趣谈问题,似诱导他落入"不朽"这个高尚的概念层面,或"科学等智性活动才体现永恒"这个思路,以便借反作用力让他自己最终放弃这点傲慢。这当然又是科学家本人的心理活动,在他的想象中,音乐家似已先行意识到自己一方的不足,尤其是音乐虽承载能量,更多的却是反衬其已逝,渐渐连音乐本身也会遭到多数人的"误解",因而他把成功的可能性推给了科学家。别人的生命无足轻重,科学家则与之有别:

> 比如你的灵魂:物理学是你的本行,你又懂一些地质学,
> 还拿数学当你的消遣;你不只一个灵魂,按这三样的身位排列;
> 浮生如蝶的人们才怕灭绝,——你死不了,你不可能灭绝![1]

这几句话应该能引起科学家的苦笑,从貌似的恭维演变为他所不想听的话,实质上是科学家以想象中的对话来帮着自己自言自语,借他人之口反问自己有多能耐,以"不只一个灵魂"和"你死不了"等带有讽刺意味的语言自嘲,最终以不言自明的结论揭示任何"家"的虚荣和孤弱,从而调整他们与真实生命能量之间的关系。

  关于科学家与格鲁比之间的互动,前者一段客观而冷静的叙述具有重要意义,即涉及"幽灵般的蟋蟀"的部分,其视角单一而清楚,像是潜在的文化评论。科学家客观地诉说道,每次格鲁比介入到他的生活中时,都是在他经过科学的推理而将要达到毋庸置疑的结论的时候——"当我庆贺自己成功地从大自然的宝库中发现了深藏的秘密"。[2]自然界之奥秘的发现者——这个形象在英国19世纪文化中具有典型性,人们要经常面对这样的科学家所带来的影响。独白者说,格鲁比的音乐就是在这种成功和欢庆的状况下到来,但同时也让他觉得像是一头幽灵蟋蟀,"在一所房子被烧毁的地方吱吱地叫着"。[3]从字面上看,"房子被烧毁的地方"留存于今日,是蟋蟀鸣叫的现实环境,尽管"烧"的过程发生在以往。这就发生了今天的两种环境或两种视视像的重叠或并置,一种是推崇科学发现与社会发展的文化现状,另一

---

[1] Browning, *Robert Browning's Poetry*, 第 XIII 节。
[2] 同上书,第 159 页第 XI 节。
[3] 同上书,第 159 页第 XII 节。

种是废墟意象。我们在前面使用过"废墟"概念，勃朗宁并未直接用 ruin 这个词，但其意象几近跃然纸上，甚至被烧毁的房子一语出现得有些突兀，好像急于提醒那头蟋蟀该感谢早先的大宅给它提供了如今这个合适的鸣叫场所，这片阴暗而凌乱的废墟；也好像告知今人，我们的生活环境是残留下来的，文化活动更要依赖往日的遗产，音乐家或诗人等有时就像"幽灵般的蟋蟀"，适时地提醒我们意识到这一点。勃朗宁不可能不熟悉雪莱和济慈等浪漫诗人有关以往的辉煌和今日的残迹的频繁表述，尤其雪莱，其历史观含有明显的柏拉图主义成分，强调初始的完美和后来的衰败，此思维套式在其不少诗作中出现，也在勃朗宁的作品中得到呼应。

夸张一点讲，废墟中的鸣叫这个概念就像是对各种艺术品与今人互动情况的定性。首先，艺术品本身是遗留下来的。虽然勃朗宁习惯性认为，在各种文化媒介中，艺术品（包括绘画、雕塑、诗歌和音乐等）的表意能力最强，但从某种角度看它们并不能超越其赖以存在的人类情感本身，甚至它们只是在奋力地试图接近后者，至多能很好地把它记录下来。因此，当后者消失后，它们像是残存下来的东西，雪莱意义上的"辉煌"逝去了，如今只剩下了艺术品，只能证明后者曾存在过，但无法完全将其复原或挽回，所以如我们上面所述，无论其本身多成功，多美妙，都不能喧宾夺主。更主要的是，艺术品作为残迹，能把真正的废墟映照出来，即一个更为平庸的周围现实环境，即所谓大宅被烧毁的地方，或雪莱眼中的当今文化和社会的沙漠。这个废墟当然也有历史的渊源，但在字面上它不属于古人，古人享有的是大宅，废墟则属于我们；无论我们从事的是何种工作，居住的是哪片街区，无论这一切显得多么风光，为我们所拥有的东西实质上不过是残垣与瓦砾，几头蟋蟀帮助我们证明了这一点，而若没有它们，若没有艺术和诗歌，这片瓦砾或许更沉闷，尽管表面上废墟上的居民可能更满足。这应该是勃朗宁所看到的画面，因此他的科学家难以消受格鲁比表面上的恭维，他也失去因科学发现而自鸣得意的心情。

勃朗宁诗作中，国内读者最熟悉的大概莫过于《我的前任公爵夫人》(My Last Duchess, 1842)这首短诗，[①]其中的独白者佛莱拉公爵在谈吐上也像个艺术品鉴赏行家，与上述科学家一样，也是两步于生活能量之外，既不属于创作者，也与创作者所欣赏的公爵夫人所代表的真实而自然的生活格格不

---

① Browning, *Robert Browning's Poetry*. 以下所谈到的细节见第 83—84 页。

入。公爵所面对的只是她的肖像,这幅肖像最多只能显得"像活的一样"(as if alive),那脸颊是"画上的面容"(pictured countenance),那人是"墙上的"人(on the wall)。的确,从该诗第一行甚至第一个字起,如此暗含讽刺意味的词语就一个接着一个,由公爵大大方方地说出来,为他所不能自觉。而对于作为旁观者的我们,这些词语既表现艺术品之成功,又指向所缺失了的生活本源。栩栩如生不等于"生",如今的公爵夫人不过是挂在墙上的平面物(piece),因此越夸耀"那热切眼神中的深邃和激情",越吹嘘自己对这个"奇迹"(a wonder)的拥有,讽刺意味就越强烈,甚至越能让人体会到公爵与19世纪英诗中其他文学人物的反差,比如面对古瓮的济慈和丁尼生笔下那位面对织物的夏洛特女士,他们都有能力对艺术的平面体感到困惑。或更近一点,我们可以直接联系眼前这首诗中的教会画家潘道夫兄弟所言。在公爵的想象中,这位修士花了一整天给公爵夫人画像,边工作边与她交谈,比如他以为画家会说道,"'哪能指望／用油彩再现夫人您颈前那隐隐一缕／渐渐消失的红晕。'"公爵想象,这类悦人的恭维话会让她兴奋。但从我们角度看,这也是勃朗宁顺便把自己有关"再现"之难的道理掺入到这恭维中。画家当然有其自信,绘画过程中的恭维话也是职业手法之一,但这自信中或许真的保留了一点谦虚和恭敬,而公爵只辨出恭维,却把艺术的奇迹看得过重了。

　　这首诗的一个关键词是"驯服"(taming),不仅指现实层面一个人对难以驾驭的对象的驯服,也指艺术家或艺术品对于题材的把握。经过后一种"驯服",生命中活跃的或瞬间即逝的东西被固定住,冷却了下来,却仍能凭借艺术品而给人相当生动的印象,也让它的所有者更安全地拥有和控制他在生活中所不能驾驭的事物。该诗结尾的另一件艺术品浓缩了这两层意思。离开房间时,公爵向客人炫耀一座铜像:"看见了吧,这是尼普顿驯服／海里的一匹马兽,都说是稀罕物……"这又是与海洋有关的意象。尼普顿(Neptune)是罗马神话中的海神,常有他手持叉子征服马一样海兽的艺术造像,这种海兽的英文原词是 sea-horse,也指汹涌的白浪。考虑到客人的身份是下一位公爵夫人的使者,这句与"稀罕物"有关的话中或许隐含着一点让他脊背发凉的残忍。但倘若我们作为第三方再次介入,那么公爵的语气中还流露着做作,也揭示着背后的苟且和拘谨。海洋与他没有关系。他所有的只是一种高高在上的或不着边际的苍白。海洋般的生命活力存在于另一个空间,只有被他硬化后,只有把马兽"浇铸成青铜",把海景摆在台子上,把人平面化于墙上,他才产生一点相对于那活力的自信,才能开始谈论"激情"。艺术家的成功变成了他的拘谨,反衬出他在平常生活中的迷失、不安全、失控、失败——这也都属于勃朗宁和丁尼生等人所洞见到的现代人的问题,大概那高举着叉子的尼普顿可以帮着许多人表达对于权力、征服和脸面的梦想,艺术之美大概要受到众人如此欲念的拖累。但这是一种荒唐的征服,因为仅就公爵而言,他所驾驭不了的仅仅是一位爱微笑、较随性的年轻女子,不少诗行都显示,她的错误只是她的自然,怎么就让一幅画把这个真人取代了呢?该诗9、10两行告诉我们,肖像前面还有一层帘幕,似乎只有公爵自己才能决定它的开合。由此我们可以合理地想象,或许夜深人静时他会点上蜡烛,拉开帘幕,独自一人面对着"墙上的"公爵夫人,终于可以享受百分之百的驯服和控制,让那个"人"于此时此刻完全属于自己,只对着他一个人微笑,然后他再把帘幕拉上。若果真有如此一景,那讽刺性就更大了。而至于公爵夫人本人,我们不免借用《格鲁比的一首托卡塔》里的词语问一句:如今她"是怎样的情形?"

  以上这两首诗都告诉我们,勃朗宁把艺术品看作中间层面的介质,它所面对的是听众或观众,它的背后或下面是丰厚而热烈的真实生命力,如海洋般漾动。好的艺术品把后者有效地表现给前者,而好的前者会看到艺术品作为介质的成功,也会看到它的必然的失败。勃朗宁的许多诗作都表达了这层意思,只是侧重点不同,表述方式有别。晚期《与查尔斯·艾维森交谈》(Parleying with Charles Avison, 1886?)这首较长的诗作将会统揽全局,似乎是对各种相关的思想内涵的概括总结。本书将在下一章专门谈论这首诗。

  仅从表面上看,勃朗宁与丁尼生分享一些诗性意象,其中有两个较突出:海洋、落下。这两个意象在勃朗宁作品中的关联性更明显,而若套用我们有关"精神空间"的概念,那么勃朗宁的空间更多地体现在"落入海洋"这类诗意中。本章的标题也同时聚焦于"音乐",这是因为在勃朗宁看来,音乐在各种艺术门类中最接近海洋所代表的情感世界。这当然并非他自己所独有的见地,熟悉黑格尔美学的读者会联想到音乐在其思想体系中相对于其他艺术门类的位置。但勃朗宁的诗性表述方式非常多样和生动,辐射出极其丰富的思绪维度;艺术、落下、大海这三个关键概念之间也形成诱人的思想张力。

一　认知的意愿和手段

1. 但丁的画与拉斐尔的诗

1855年，勃朗宁写了一首名为《多说一句》(One Word More)的诗，将其补录到中期重要诗集《男人和女人》(Men and Women，1855)中，并借着这首诗，以个人表白的形式，将整个诗集连同他自己的真实自我一起献给其夫人伊丽莎白·勃朗宁：

> 都在这儿，我的五十个男人和女人，
> 各自帮我定名这五十首写成了的诗！
> 请收下这集子，亲爱的，连同我自己：
> 哪儿有我的心，哪儿就该有我的脑子。①

这首诗有两百零一行，原文基本上通篇都是以扬抑格五音步(trochaic pentameter)的韵律写成，下沉感强烈。此处的"脑子"指"这集子"，涉及诗艺；"心"指"我自己"，涉及艺术家面具后面的个人，尤其是其对夫人的爱。这首诗所谈的正是艺术的职业和艺术家的自我这两个方面，后者时时要跑出来，借助某种有别于职业套式的手法来表达自己，以便更贴切或更诚实地面对个人情感。这说明个人的一侧比艺术更重要，它体现了艺术所需沉入、触及或认知的终端，知轻重的艺术家也会经常产生这种触知终端的冲动。富于哲思的读者会立即看出这里面的问题：怎能如此区分艺术和艺术家？没有艺术哪有个人？没有"能指"哪有"所指"？等等。但勃朗宁并非想不到"脑子"和"心"等概念之间的机械对立，他是大智若愚，以粗犷和貌似笨重的表述手法，以对于终极空间的执着笃信，超越了复杂的思辨，或反而把我们一方的哲思变成俗套。但丁和拉斐尔成了他的后援。但丁写诗，拉斐尔画画，这是"世人眼中"他们的"本行"，而何以前者要去画画，后者转而写诗？无非是要在某一刻做一回个人，似随心所欲，或找到尚未被其自己程式化的表意语言。勃朗宁感叹他自己难为但丁和拉斐尔所能为之，因为写诗是他唯一的才能：

---

① Browning, *Robert Browning's Poetry*, 第271页, 第1—4行。

第十一章　音乐与海洋：勃朗宁与艺术家的"交谈"

> 在我的有生之年,我永远不能
> 给你画画,是的,也不能为你雕塑,
> 或给你作曲,指望音乐尽抒胸臆;
> 的确如此,因为我只能依赖自己的所能,
> 它只能让我终生写诗,别无他及;
> 我所能给予你的也仅仅是诗歌而已。①

不过,虽然只擅诗歌,却可以利用自己诗才的两种形式,因此勃朗宁说他可以"多说一句",从人物戏剧独白转到诗人的个人表白,以便向自己的爱人表达更真实的意思:"让我在这一刻以我的真实自我讲话,/不再以利波、罗兰或安德里亚(这些人物)的名义"。②

但丁和拉斐尔这两位巨人竟然客串到他人的领域,这个发现让勃朗宁印象深刻,而且他们的动机还都是与爱情有关,爱情反而调动起他们业余的一面。勃朗宁得知"拉斐尔写过百首十四行诗",所用的是平常"用来画圣母的"笔;但丁曾欲绘制一幅天使像,但因"有些重要的人物""要来抓他"而未能完成。③有关这些事的证据都比较模糊,勃朗宁更看重艺术家跨界行为的意义:

> 怎解但丁的画作和拉斐尔的十四行诗篇?
> 如是:任何艺术家,只要他生存过,爱过,
> 就不会不于某一刻,哪怕仅仅一刻,只为那一位,
> (啊,那最终的收获!)去给他的爱情寻找
> 一种语言,恰切、直白、简洁、充分——
> 就在此刻,转向他人视其为艺术的自然秉性,
> 而抛开已经成为其自然秉性的艺术。
> 真的,所有活着的、爱着的艺术家,
> 没有人不想放弃他所擅长的本行,——
> 他是画家吗?他宁愿赋诗一首,——
> 他是作家吗?他宁愿起笔作画,
> 都于某一刻,去尝试一门异类的艺术,

---

① Browning, *Robert Browning's Poetry*,第275页,第109—114行。
② 同上书,第137—138行。
③ 同上书,第272—273页,与拉斐尔和但丁有关的这些见该诗第 II、V 两节。

> 哪怕仅仅一刻,只为那一位,
> 就此做一回个人,少做一回艺术家,
> 收获个人的喜悦,免于艺术家的悔憾。①

仅就人类表意行为而言,尤其涉及爱情方面,这段说得很绝对的话体现了极大的焦虑和极强的信念。焦虑来自对于表意成败和表意之不可遏制性的感悟;信念则表现在对于被表达对象之实在性的笃信,比如情感、爱情以及相对于"那一位"的专注和真诚。由于存在着这样一个真实的境域,那种仅仅得意于艺术层面创作成就的从业者就会显得单薄,而怀有进一步认知意愿的或想要"做一回个人"的艺术家才值得肯定。艺术职业成为第二自我的过程被逆转,或者说,艺术境界需要像济慈所感悟到的那样,与海洋般的个人情感世界合一,并以后者为根本的基垫。而说到济慈,勃朗宁以为即便是他("甚至济慈!"且不说伽利略与荷马等)也没有意识到,一个人为了爱情到底能在多么剧烈的程度上,就像月亮一样,力图把自己被遮盖的一面展示出来。②勃朗宁最后表白道:

> 啊,世人眼中描绘可爱圣母的拉斐尔,
> 啊,世人眼中描写可怕地狱的但丁,
> 写了首诗歌——我唱着它,在我的脑中,
> 画了个天使——我戴着它,瞧,在我的胸前!

当然,不只是艺术家,其他什么"家"也不必过分沉湎于第二自我之中。《男人和女人》集子中的《古典语言学家的葬礼》(A Grammarian's Funeral, Shortly after the Revival of Learning in Europe, 1854?)一诗在内涵和诗艺上都比较著名,里面的语者是葬礼当事人的门徒,诗文是他们群体的声音,以挽歌的形式展开:他们抬着灵柩,边走边唱,赞美老师的不凡追求,走向他们所选定的最高处埋葬他。老师研究的是古希腊语,代表 14 世纪意大利文艺复兴时期人文学者的典型投入,此后的思想繁荣,即与他们的努力有关。但相对于个人而言,勃朗宁并不能完全认同他们的生存方式,因此门徒们的赞辞,也会成为诗人的讽刺。在学生们的心目中,这位古籍学者从早年起就

---

① Browning, *Robert Browning's Poetry*,第 273 页,这一段是第 VIII 节全部。有关他人把自然秉性视为艺术一句可能借用了亚历山大·蒲柏所谓 art is nature 一语的字面意思。
② 同上书,第 276—277 页,见第 XVI、XVII 和第 XVIII 节。

有别于地里的庄稼汉,也基本上没有经历过青春和欢闹,却凭着对书本倒背如流的才能,早早地成为学者,像是接受使命的召唤,"将书本所能给予的一切尽收囊中,"一点一滴都不剩,且举重若轻。①行进到市井繁华之地时,学生们又想到老师的另一个"特有的美德"。一般人或许会更看重生活,甚至会说:"'时不我待,／时不再来!'"他却能意识到,一个人应该"在生活之前先学会如何生活,／而且学无止境。"这句话内含着悖谬,已经有了一点讽刺,但学生们耳际萦绕的主要是正面的教诲:"'少跟我提时间,把此时留给猪狗或猴子,／人类所拥有的是永远。'"于是"他回到自己的书中,把头埋得越来越低",身体也每况愈下,学生们注意到他的头也"秃了","眼神灰昏,／口齿不清。"②

所谓"学无止境",其所反映的问题并非陌生,仅在英国文学之内就有不少文人审视过学究的形象。从叶芝的角度看,他们研究文字中的欲念,却以为自己能丢却现实的欲念。叶芝的《学究》(The Scholar)这首小诗居然也写到他们的头顶之"秃"和生命之颓。从小说家乔治·爱略特角度看,他们自命不凡,不近人情,以为著书立说的大业能让他们超拔于乡土,其实却变得狭隘、乏味,《米德尔马契》(*Middlemarch*)中的卡苏朋(Edward Casaubon)就是这样的人。从阿诺德角度看,人类意识固然重要,却并不会重于人类行为。从柯尔律治、哈兹利特、华兹华斯和卡莱尔等先前思想家角度看,学识治标不治本,不能反客为主。从培根角度看,研学时间如果太久,就犯了七宗罪中的 sloth(懒惰)那一罪,因而必须用"经历"来制衡学识。勃朗宁是这个思想传统中的一个主要环节,他尤其警惕那种高高在上的对于人性的鄙视,那种以文化职业取代"自然秉性"或把第二自我过多地当成自我的行为。本来都寄生于生活,怎能瞧不起生活。眼前这位学者就有些过分了。在心怀敬畏的学生们眼里,他们的老师仰望终极境界,依赖上帝的力量"使俗界达到完美"。老师不认可中途半端的生活,不接受"像芸芸众生那样给生活打折扣,／以分期付款的方式对待它"。要么全有,要么全无,"成败在此一举——上天不赢,／人间必败":

  那种低人只知做事,不在意事情大小,
    小事易寻,做成就行;

---

① Browning, *Robert Browning's Poetry*,第 267—268 页,见第 29—68 行。
② 同上书,第 268—269 页,见第 73—88 行、第 53—54 行。带着重点字代表原文的大写单词。

> 这位高人追求的是大业,没完没了,
> 未见其貌,已闭上眼睛。
> 那种低人小事勤做,一个加上一个,
> 　　很快加到所要的一百;
> 这位高人瞄准的是百万,更大的收获,
> 倒是连个位数都未入袋。
> 那种人拥有的是现世——若是他转求来世,
> 现世的众人就该当心他!
> 这一位倾心于上帝,追求起来不移心志,
> 　　就这样终能找到他。
> 于是,他不惧怕死神伸向他脖颈的手掌,
> 　　苦心钻研他的文法。①

学生们觉得如此一来,老师只是上半身活着,"腰部以下全已死去"。这在字面上也真可谓"高人"(high man)。于是学生们也不敢对葬礼"打折扣",以为非一览众山小的地方不能埋葬老师,下面的平原只能掩埋"无文化无学识的"众生,他则属于"群峰之中的极顶",上面"全都是文化",再上面就该是云朵:"我们低俗的生活属于平地和黑夜,/ 他是为了曙光而生。"②因此他们致意"高空中那些长着羽毛的生灵",它们落脚的地方就是老师的归宿。或者说,在生活与认知这两个选项中,老师选择了后者:"不去生活,而去认知",怎可能回过来把他埋在跟生活有关的地方?"崇高的"人死后也理当俯瞰"下面的大众"。③

　　这种无论如何落不下去的状况与丁尼生所关注的精神状态相似,只是相对而言,勃朗宁的表述手法有时会稍微粗犷一些。如果非要飞翔不可,不必瞄准空中,而不妨到下方的水中去"飞",而且不需要羽毛——这是晚期勃朗宁所使用过的比喻。1872 年,勃朗宁在妻子去世 11 年后写了一首两千多行的戏剧独白诗《集市上的菲芬》(*Fifine at the Fair*),独白者是莫里哀和拜伦等人写过的唐璜,他与妻子途径法国小镇波尔尼克(Pornic)时,在集市上遇到吉卜赛舞女菲芬,于是在她与自己的妻子之间产生许多想法,滔滔不绝

---

① Browning, *Robert Browning's Poetry*,第 269 页第 103—126 行。"腰部以下全已死去",第 132 行。
② 同上书,第 267 页,见第 13—24 行。
③ 同上书,第 269—270 页,见第 133—148 行。

地为自己的见异思迁辩解。评论家们一般会联系勃朗宁个人生活层面,因为几年前他爱上了一位美貌而有钱的寡妇,求婚而不果;前妻虽已不在,但她的影子,尤其是自己私下里对她的感情承诺,总是介入到眼前的关系中,他也需为自己开脱,证明自己没犯什么大错。另一个背景层面是他与同时代著名诗人、拉斐尔前派核心人物但丁·G·罗塞蒂的芥蒂。罗塞蒂因崇拜勃朗宁而以戏剧独白手法赋诗《詹妮》(*Jenny*,1870年完成),讲到一位年轻绅士与一位伦敦妓女的一夜情,说到前者的投入、多思、无辜,还要在绵绵感性中传递作者对卖淫业的批判。勃朗宁不喜欢他所认为的罗诗中的矫揉造作,以为少了男人气,似以唐璜的更粗犷而高超的自辩来反衬绅士的虚伪和苟且,也因此引来罗塞蒂的疑心。此类背景,尤其是《集市上的菲芬》这首诗本身所讲到的唐璜式的"道理",使该诗和者盖寡,远之者众,或如勃朗宁研究专家威廉·德威恩曾言,"最无惧者才敢接手。"①今天的读者对待这样诗作的态度应会放松许多,这大概也是因为当今评论界无所不能评说,并不意味着今人的道德意识和政治正确观必然随着所谓社会进步而有了改变。

  我们所焦距的是该诗的"序诗"(Prologue),它推出诗人想要表达的哲理,由"两栖的生命"(amphibian)这个具有强烈诗意的独立题目集中体现出来。"两栖"既指蝴蝶类生物在土中和空中的两种生命形态,也指人类在陆上行走和海中游泳的两种能力。也就是说,"两栖"行为不只是向上的蜕变,也可以在下面(海里)去完成。《两栖的生命》以诗人本人的第一人称展开,一上来的前三节说他一时冲动,在一个晴朗的日子里去到海湾里游泳,游到只有中天的太阳与他孑然一人上下相对的地方,忽见一只"既陌生又亲切的"蝴蝶"飘了过来"。接下来他解释道,自己之所以感到稀奇,是因为蝶翼"如此奇异,如此舒展,/ 如此被阳光尽染,"所以它只能是"灵魂一类的东西",不可能是别的什么:

> 巴掌大的一片飘在我头顶!
> 这海全都属于我,
> 它拥有的是天空;
> 它是它,我是我。②

这上面的"灵魂"首先指向伊丽莎白·勃朗宁的灵魂,如 IX、X 两节所示,诗

---

① William C DeVane, *A Browning Handbook*, p.370.
② Browning, *Robert Browning's Poetry*,第 449 页第 V 节。

人猜想她"先一步破茧而出",脱离了泥土,此后如仙灵一般"以整个天空为家",或许于此时"俯瞰下方",来看一看他这个甘作蝶蛹、"不思展翼"、"在世俗生活中乐此不疲"的人。根据诺顿版的注释,基督教之前之后都有把灵魂比作蝴蝶的例子,①因此蝴蝶在这首诗中也是一般性象征,与沉重的肉体形成反差。不管怎样,勃朗宁第一时间就做了区分

> 我永远不会作它的飞行侣伴,
> 因为肉体在空中无法浮起。
> 而它若想试一试大海——再见!
> 死神等在那里,毫不犹豫。②

似乎两个世界各不相关,各自的居民都是孤独的,不只是肉体有局限,彩蝶般的灵魂也有;肉体有相对于"空中"的绝望,一片蝴蝶也有相对于海洋的菲薄。

　　与波浪的接触让语者悟到,活着的人不见得只能呆在泥土的世界,以自己的不思进取而成为让灵魂审视的对象。天气好的时候,一个人完全可以"挣脱束缚","在一个洋溢着激情与思绪的领域"尝试一种"远离世间喧嚣与风尘的生活"。"的确,／不能够飞,他可以游泳。"这就是 XI、XII 两节所表达的意思。以下勃朗宁凭借游泳意象做了强有力的推进,手法敦厚而气度恢宏。之所以游泳可以比拟飞翔,之所以在水中的退而求其次也并非不能成为选项,是因为无论飞者还是泳者,都可以借一种自然元素(空气、水)浮起来,都可以不顾经纬,都能够享受上下左右的自由,游泳的姿势也接近飞翔的姿态。这是勃朗宁比喻的所谓合理性,肉体也因此不必急于化作蝴蝶,甚至泳者可以"微笑着自语——'活在空中的魂灵,／他们的日子不见得好到哪去,／真不必蔑视我们的大海!'"③

　　不仅飞翔和游泳的类比,海洋与其他事物之间也发生一系列类比,使海中的"飞翔"富有意义。上面诗文显示,勃朗宁在没有任何铺垫的情况下,直接把海洋称作"一个洋溢着激情与思绪的领域"。他显然很看重这个词组,很快又将它重复了两遍,并称这是一个可以使人得到自由的领域:"在激情与思绪中得到了解放",似乎浸泡在海水中就是浸淫于情感中。这种自由感

---

① Browning, *Robert Browning's Poetry*,第 448 页,见注 2。
② 同上书,第 449 页第 VI 节。
③ 同上书,第 450 页第 XIII 节。

让他觉得"海就是天"。再进一步,从"激情与思绪"中又衍生出诗歌,因为那里当然也是诗歌的领域。由于诗歌是海,而"海就是天",所以"我们差不多也可以 / 让诗歌取代天堂";于是在诗人的视野中,诗歌之海亦可以让肉体自由地"飞起来"。① 通过富有洞察力和想象力的诗性类比,一种积极而富有能量的现实生存模式显现出来,诗人也成功地让自己相信,活着的人可以凭借海水、诗性文学和情感经历等手段而拥有的那种真实而浑厚的自由,他因此得出结论:

> 他们有一真,我们就有一似:
> 他们的已知,我们可以去想象;
> 他们的所为,我们都可以梦思,
> 这不是天堂哪里是天堂?②

这些语句的原文用词很简单,再平实不过,但这个外表具有欺骗性,其背后的寓意其实已经触及哲思的层面,尤其"真"(are)与"似"(seem)之间所形成的张力。"他们"当然是指空中的魂灵。用新柏拉图主义的语汇讲,他们可能代表了形而上的"真",但世间的人们可以通过下面的行为或情感来印证、分享和接近这个"真";若真的成为这个"真",那反而不是活着人所能消受的,哲理上也做不到。

说到此,济慈的影子又昭然若现。我们在本书第九章提到济慈的十四行诗《像赫耳墨斯那样展开轻盈的羽翼》。在此,我们再次以这首小诗和他的另一首十四行诗《明亮的星,但愿我像你那样恒久不变》(Bright, would I were steadfast as thou art, 1819)为济慈思想的例子,以辅助对于勃朗宁的解释。《像赫耳墨斯》里面居然也依赖羽翼意象,而且诗人直白地声称,即便他的精神长了翅膀,能像神那样飞起来,他也不会往上飞,不会无聊地高高在上,一个人冷清地俯瞰下界,而是往下飞,飞到但丁笔下地狱的第二圈,落入那代表了情欲的不息的漩流中,去陪伴那些有名的恋人们。如此姿态与"形而上"的境界相去甚远。《明亮的星》则直接提到海洋,具体的核心意象由该诗第五行"漾动的水域"(moving waters)这个词组所代表,而这样的海域迅速变成恋人的胸脯。诗人说恒星的存在方式吸引了他,但他无意仿效它,比如孤悬在夜空,像隐士一般在太高太远的地方俯瞰着海洋对于陆地的

---

① Browning, *Robert Browning's Poetry*, 第 450 页, 见第 XIV、XV 两节。
② 同上书, 第 XVI 节。

洗礼。他只羡慕它一点,就是它的长久不变,甚至这不变也并非等于不朽:以它的不变而长久地、最近距离地贴住自己的海洋,依附于其上,即枕在恋人起伏的胸脯上,长久不息地直接"感知"一种代表了人间生活的真实、温暖、气息和漾动,"就这样永久地活着——或就这样昏昏地死去"(末句)。在一定意义上,尽管19世纪英国诗坛上迷恋海洋的诗人远非仅此一两位,但是让大海与欲念成为同义词的做法说明勃朗宁主要是以他的方式变奏济慈的此类诗意。济慈因动态中的不变和时间中的恒久等悖谬概念,曾让国外一些学者觉得相对于雪莱而言,他的文思中反而含有了更多或更强的新柏拉图主义成分。同样,勃朗宁的人间之"似"、他对"想象"和"梦思"的依赖以及他以水中之"飞"映照空中之翔的做法,或许也是一种以"实"而相对于形而上之"真"的哲思姿态。或可说,丁尼生后期的"仰望"与勃朗宁此处的下沉可以类比雪莱的显性新柏拉图主义和济慈的隐性新柏拉图主义,这两对诗人代表了对于一个问题之不同侧面的感悟。这当然是印象式的归结,模糊的感觉多于冷静的分析,仅仅为了引起一点思考而已。

无论《明亮的星》还是《像赫耳墨斯》,都涉及一个画面的三个层次:中间是现实的生活,下面是海洋般的境域,上面是天宇;现实中的个人至少在理念上可以选择向上的自由或向下的解放。勃朗宁所见其实也是济慈式的这三个层次。在《两栖的生命》结尾的三个诗节中,泳者在海中尽情尽意之后,重又对他所远离的陆地产生亲切感。海中会有"疲倦"时,在波涛间也会产生"恐惧",这时陆地就代表了"坚实和安全",陆地也会反过来把海中的放纵衬托为一次短暂、剧烈而完整的经历,似乎陆地上生活的人可以时时下到海里,接受"激情与思绪"的洗礼,然后总是再要"擦热了身体,穿上衣服"。在这个过程中仅仅意识到上天的存在就是了。这个序诗的最后一节,诗人把他所洞见到的整体思想画面做了归结:

> 她下面的这个人模仿飞翔,
> 他游泳——天宇在上,大海在下,
> 但土地永远在看得见的近旁,
> 难道她只会俯瞰、怜悯、惊诧?

经过一个思考、想象和自辩的过程,诗人把三个层次梳理清楚,达到自信。而借助某种手段去接近所谓理想状态,或游泳,或凭借诗歌,或依赖他所热衷谈论的音乐,这也是对于实质的认知行为,因为最终的目的并不是海中的游泳这个形式。

2. 腓尼基的渔夫

《男人和女人》中有一首诗叫《名气》(Popularity)，其中的语者对一位诗人讲话，称惟有他自己才能赏识后者的才华，他要"描绘"他，把他定义为"真正的诗人"、"我喜欢的明星"、"上帝的萤火虫！"①这样来弥补世人对这位诗人的忽视和不公。评论界一般认为这首诗寄托了勃朗宁对济慈式诗人的同情，顺便释放他本人的自怜情绪。济慈才气非凡，但生前不得志；勃朗宁试笔多年，但在这个集子发表前(1855 年)也没太大名气。当然，这首诗也表达了"天生我材必有用"一类的信念。如何描绘这样的诗人呢？独白者说很简单，他往前面一站就行，由自己给他作画，反正四周也没有什么人围观。诗人该有何种形象？——

> 我以为——一位渔夫，独处于海滩，
> 在那久远的蒂尔古城的近旁，
> 刚刚把一大网海产拖上岸边。②

蒂尔古城(Tyre)地处今日黎巴嫩的西南海岸，属于古腓尼基国(Phoenicia)，史上曾以深蓝或深紫色颜料的生产和贸易闻名，济慈本人就对这种异邦的色调很感兴趣。而这种"奇迹般的""颜料中的颜料"就是从当地的海贝中提取出来的，也就是说它来自海底，由渔夫(诗人)将含有它的那些海贝打捞上来。就是这样一个形象。诗人/渔夫做了这样的工作，而其他的人只会旁观，如第七节等所示，他们品头论足，引经据典，但并不参加打捞和提取的具体劳作。另外，即便提取了紫蓝的颜色，也尚不能用来染绸布，还要由这些海边的劳动者通过复杂的技术手法将颜料进一步提纯："碾捣、挤榨、净化"，将"慢慢过滤出来的液体""精炼至标准的色度"，最后装瓶待售，而整个这个过程中，"全世界的人依然是袖手旁观"。③

旁观也就罢了，更有甚者，工序刚一完成，各色闲杂人等就都蜂拥而来，纷纷利用、模仿、剽窃、侵吞渔人的成果，"把蓝色放进他们的文字中。"④全诗的最后两行，语者责问道："是谁捞上来那海螺？／难道约翰·济慈就该只喝稀粥？"不只济慈，大概在英国诗歌史上，在个人主观世界和心理领域"下网"

---

① Browning, *Robert Browning's Poetry*, 第 262 页, 见第 I、II 节。
② 同上书, 第 263 页第 V 节。
③ 同上书, 第 264 页, 见第 XI、XII 节。
④ 同上书, 最后两节表达了这样的苦涩和愤怒。

最深的诗人除了勃朗宁以外,就不是很多了。不过,我们此处的兴趣不在于诗人的自怜和不满,也不在于坐收渔利之人的数量和他们的苟且,更吸引我们的是勃朗宁对于整个提取过程所及环节的直述和暗示。首先,渔人般的诗人必须依赖海洋,除非他无意成为诗人,否则他必须像渔夫那样以这片浩大、深邃、荡漾、危险的境域为赖以生存的空间,并且对于最终所能得到的一点色彩保持着憧憬和冲动。海洋之大、之深,使艺术家的对于"原创"的追求更多地只成为一种理想,勃朗宁也不会认为有绝对意义上的原创,"精华"或"精炼"等词就界定了诗歌之"蓝"与海洋之"蓝"的血缘关系,一种蓝可以代表另一种更大的蓝。但相对于现代社会和文化领域的模仿和盗用行为而言,诗人捕捞"海产"这项工作的原创性就要高多了。因此在勃朗宁的视野中,他必须是与大海有紧密关系的人,其他人则是在远离这片元素领域的地方观望,或窥测他的成果。其次,为了最终的那一点精华,诗人/渔夫必须经历一个似有些不成比例的复杂过程,不仅需要有在风浪中下网的胆略和企盼,也要体现技术上的支撑,尤其在涉及提取和提纯的过程时,勃朗宁使用了不少技术性词语,暗示成诗过程辛苦和复杂,既能最初收获"一大网",又能凭技术手段最终获取一点"蓝",而这点"蓝"更让人觉得诗人贴近了海洋,而不是远离了它。顺便提一句,勃朗宁的渔夫和海螺意象可以和本书第三章华兹华斯的海螺比喻一起读,这里面肯定有可比性。

而既然提到华兹华斯,既然华兹华斯所言既涉及诗歌创作,也关乎诗歌阅读,那么我们也可以说,勃朗宁此处有关诗人作诗过程的表述和评价未必不能用在读者读诗的过程。或许我们还可以联系同时代文人乔治·爱略特于几年后(1856年)在谈论勃朗宁时所说过的一段话,其中她认为,读者不能太被动地读勃朗宁:

> 要想读懂勃朗宁,他必须付出努力,而且付出努力时他还必须有所期待。他很可能会觉得诗中的含义难以接近,但他的努力永远不会白费——他可能不得不潜到很深的水中,但是"他浮上来时会带着他想要的珍珠"。的确,在勃朗宁最出色的诗作中,他会让我们觉得,我们所认为的他的晦涩,其实是我们自己的肤浅。①

涉及勃朗宁所谓的"晦涩"以及对它的辩解,爱略特所言并非只此一家,多年后斯温朋等人的好评应该更为精彩。但爱略特有关读难懂的诗有如在海中

---

① Harold Bloom, ed. *Robert Browning*. New York, NY.: Infobase Publishing, 2009, p. 23.

潜水和寻宝的话令人印象深刻,也等于像勃朗宁那样,指出了以"努力"或专注为特点的高级文化活动的意义和价值。

要有技术手段,技术手段的善用有助于让艺术家接近深处的实质——这句话应该可以归结所谓勃朗宁诗学一个重要内容,他的一些最著名的诗作也多与此类认识有关。力作《利波·利皮兄弟》(Fra Lippo Lippi, 1853?)是勃朗宁最著名的戏剧独白之一,与大致同年创作的《格鲁比的一首托卡塔》一样,与艺术家有关。具体讲,诗中的独白者兼有修士("兄弟")和画家的身份,其历史原型是意大利文艺复兴早期的一位重要画家,佛罗伦萨人,以 Filippo Lippi(1406—1469)的名字为今人所知,其画作多涉及宗教题材,后期所绘的教堂壁画尤为著名,其中如普拉托市(Prato)天主堂内的《希律的宴会》(Herod's Banquet, 1452—1465)等名作已明显含有现代意义上的戏剧性和现实性。勃朗宁将他身上可能的气质随意放大,借古讽今,暗示当今文化领域仍然存在着中世纪般的古旧理念,与勃朗宁本人所属意的新艺术品味格格不入。利波修士首先抱怨自己的生活,觉得自己虽是画家,生活的空间却过于局促:

> 春天来了,夜不归宿的人们成帮结伙,
> 在街上闲荡,于狂欢时节纵情放歌,
> 而我却被关在这笼子里,已三个礼拜,
> 没完没了地画那个大人物的订单,画的是
> 圣徒、圣徒,还是圣徒。①

他掌握了一门技艺,但不甘心只作匠人。就在这样一个夜晚,他放下了画笔,"向窗外欠出身子呼吸新鲜空气",更为了倾听男男女女的"一阵阵笑声和歌声",还有"鲁特琴的弹奏声"。他听到女孩子们的"窃窃笑语,/ 就像兔子在月色下的蹦蹦跳跳,"而当"三个苗条的身影"从街角处转出来,特别是"其中一个脸庞向上方扬起",他克制不住了:"我的天啊,我跟你说,有血有肉,/ 我就是这样!"于是他说他把窗帘和床单等能撕的"都撕成碎条",结成长绳,"再打上一串结子",然后当作"梯子"溜到墙下,去追随欢乐的人们。当然最后还是要"偷偷回到房间",准备第二天接着画圣徒。②何以要谈论自己? 起始的诗行告诉我们,他在溜回修道院时已经"过了午夜",佛罗伦萨城

---

① Browning, *Robert Browning's Poetry*, p. 149, ll. 45—49.
② 同上书,第 150 页,这部分的内容见第 50—75 行。

守夜的卫士们把他给抓住了,他们的火把在他脸上"使劲地晃",他们的手竟然"对着他的脖子胡来",他只好"坐下来"解释"我是谁?"如此情节引起了维多利亚后期文人王尔德的兴趣,他曾通过虚构人物之口表达了自己对这个片段的反应:"他那滚烫的脸颊仍然印着某个姑娘的热吻。"①无论怎样,此时被抓住,肯定不愉快,于是就有了这首诗中的自白、抱怨、回顾和义愤。这个戏剧独白场面中的听者应该就是卫士中一个当官的,他大概只能听得懂利皮所搬出的一两个名人,不大可能明白其所谈论的艺术理念,而由于利波修士是对着这位门外汉讲话,其语气中难免有说大话的夸张,当然也会有无所顾忌的坦诚和率直。

他回忆了自己与众不同的成长过程:八岁起就进了教会,学会"克制世俗的欲念",早早就把"诸如傲慢、贪婪、/宫殿、农庄、庄园、钱庄与店铺"等等所有那些为权贵们所中意的"垃圾"都抛在脑后,取而代之的是书本,尤其要学拉丁文,"纯粹浪费时间!"②不过,他让听者想象一下,自己怎可能清心寡欲。史称他两岁时成为孤儿,他说他生来就是穷孩子,"在街上一饿就是八年"。这样一个小乞丐,日复一日浸淫在市井嘈杂中,应该是无所不闻,无所不见,自然学会了察言观色,知道人与人的不同,也分得出狗与狗的区别。"我该怎么说呢?"或许生存的本能反倒更让他"学会识别事物的面目",因此"那孩子的灵魂和感官当然会同时变得敏感"。③"感官"是利皮的着眼点。成为修士后,此前的观察和记忆成为他的宝库,他会"偷闲"把对于各种人的印象画下来。此后他也并未停止观察,所养成的习惯让他把目光自然转向近旁的人们,包括"各种各样的修士,黑袍的白袍的,/胖的瘦的,我都画",还有男女老少来教堂忏悔的人们。这些所谓业余的画作引来教会兄弟们的围观,其写生的真实性和娴熟的手法也引来他们的赞叹:"生活就是这样!"④

诗中负面的声音由"饱学的修道院长"所代表,他认为画家的"本分"不是对来自泥尘的肉身"表达敬意",

---

① 见 Oscar Wilde, "The Critic as Artist" in Richard Ellmann ed., *The Artist as Critic*. New York: Vintage Books, 1969, 第 345 页。该文实际上是一篇评论,以两个人物对话的形式展开,其中一个人(Gilbert)表达了对勃朗宁研究领域一些做法的不满,认为评论家们让勃朗宁显得平淡。在此也不妨转达该文的另一句话:"公众非常地宽容,他们除了天才什么都能原谅"(第 341 页)。
② Browning, *Robert Browning's Poetry*, 第 151 页, 见第 97—109 行。
③ 同上书, 见第 112—126 行。
④ 同上书, 第 151—152 页, 见第 127—171 行。

> 而是让人们超拔于它,无视它,
> 让他们忘掉有肉体这么回事。
> 你的本分是勾画人类的灵魂……
> 画灵魂,不要去管那些胳膊腿!
> 把它们都抹掉,一切都重来!①

利皮则私下里认为没有这样的道理:难道为了把灵魂画好,就得"把肉体画得很差,/以防观众的目光就此停住而不前移"?"听我说,这算明智吗?""前移"能看到什么呢?何以一位画家就不能双脚并用、"迈左脚(灵魂)也迈右脚(感官),一下迈出两步,/凭着肉体的逼真而达到灵魂的更像"呢?

> 看看那个最漂亮的脸蛋——
> 院长的侄女……艺术家的守护神,难道
> 它漂亮得让你发现不了渴望、恐惧、
> 忧伤或喜悦的痕迹吗?难道这些与美无关吗?
> 好吧,就说我已经画好了她的眼睛,着好了蓝色,
> 难道我就不能喘一口气,再给那眼神添上活力,
> 也借此添上灵魂,让它们显得三倍地生动?

感性的处理才能体现灵魂的存在,美本身也不只是与生活情感毫无关联的表象。紧接着,利皮说他可以再退一步讲,即便画中"只有美貌,根本就没灵魂",那也不必自责:

> 倘若你所获得的只是单纯的美,别无它物,
> 你所获得的大概就是上帝所创造的最好的东西。
> 这可是大事,因为当你对上帝谢恩,你就找到了
> 被你忽略的灵魂——就在你自己的肉体里。

根据诺顿版的注释,"院长的侄女"可能委婉地指这位神职权威的情妇,这就更增添了讽刺意味。利皮把艺术看作"生命所系",把"美"看作灵魂所系,因此也不可能理会院长的呵斥,成年后他更意识到,"我已经越轨了,""我的主人是我自己,想画什么就画什么"。②

利皮所言,并非一味表达对肉体的痴迷,其语气中含有那么多愤怒和不

---

① Browning, *Robert Browning's Poetry*, pp. 152—153, ll. 175—194.
② 同上书,第153页,这一部分的引语见第198—226行。

敬,证明也上升到了理念层面的抗议;他是拒绝把自己所体会到的内在的、满得都要"溢出来"的生命情感和外在的、体现在"温暖的傍晚"、街上的歌声、远处的"大笑"和"叫喊"、"人世间的营生"、"事物的形状与色彩"、"光与影"、"这美妙城市的外貌"、"远方那条河的曲线"、"四周的山峦与上面的天宇"以及"男人、女人、孩子的体态"中的"美与奇妙与能量"全都放在被人所鄙视的"肉体"一侧,他拒绝把这一切都看成过眼烟云而仅把"灵魂"认作真实的:"人间与生活太大了,你不能仅仅把它当成一个梦",你不能不"对它感恩",不能不问一句"这一切都为了什么? / 难道仅仅让人忽略、鄙视? 或仅供人看上两眼,/ 或引来惊诧?"①画家不能回避这个浩大的空间,而应该让自己的才华在与它深入接触过程中表现出来。用我们的话讲,是让艺术手段与济慈和拜伦以各自方式所看到的"实质"发生关联,是证明布莱克所说的"丰茂才是美"(Exuberance is Beauty)。而即便把艺术家仅视作匠人,在利皮的视野内,上帝也是个艺匠,而且他说他的这个认识并不是个人的发现,不过是照本宣科罢了:

> 我以为,我的所言不过都是他们所教;
> 我也总能看到那园子,看见上帝在那里
> 给男人制造妻子时的样子,而且这节课
> 学过后,我不可能过了十分钟就把
> 肉体的价值和意义全都忘掉了。②

上帝不仅是匠人,而且是这样一个亦能够制造女人的匠人。这个有关伊甸园的所谓官方版本让他意识到,所谓对"真理"的宣示,其实就是要接近生机盎然的生活,即等于接近以真实的男人女人为代表的"上帝的作品":"上帝的作品不只一个——画哪个都行,若让哪个 / 真相溜掉,你就该把这视为罪过。"③迟疑的唯一理由,就是技术上是否够格。勃朗宁在同集内另一首较接近他个人声音的独白诗《在壁炉旁》(By the Fire-Side, 1853?)中说到,一个人类个体对另一个个体的爱可以使他的个人生活更完善,而个人的完善即是全人类的收获;多了一个活生生的人,即是"大地的收获",而大地的收获"肯定也是上天的收获。"④这个自下而上的道理大概也可以用来考量画家是

---

① Browning, *Robert Browning's Poetry*,第 154—155 页,见第 242—254 行、第 283—292 行。
② 同上书,第 154 页,第 265—269 行。
③ 同上书,第 155 页,第 295—296 行。
④ 同上书,第 168—169 页,见该诗最后四节。

否真正怀有虔诚。

　　此外,利皮说,也不要以为"'(上帝的)作品／都已经摆在那;自然已经是件成品'",因此艺术家最多只能"复制"她,而"复制"没什么意思,"'体现不出优势!你得胜过她。'"所谓"胜过她",是指以高于她的事物为目标。首先,利皮认为"复制"是不可能的;自然太大,"你没有能力"复制她,尤其说到结果。其次,他认为即便画家所面对的自然已经是完成的作品,没有给他留下创作的空间,但对这件"成品"做出"复制"的姿态和尝试也没什么不好;把"人们无数次熟视而无睹的东西"画下来,才能更好地表现它的存在;不画下来,人们就看不到它,也不能"喜欢上"它,艺术家本人的作用也体现不出来。艺术家与生活之间的这种"互助"是上帝的安排。[①]与以上我们谈到"原创"时所指出的一样,勃朗宁的这个认识接近现代批评理论中的"表意"(representation)概念,其背后是可能的真实性。当然,相对于现代批评家,勃朗宁的正面信念要强烈得多,他并非认可简单的模仿,而是强调"接近";他对于绝对意义上的"复制"的否定似让人感到绝望,但此中更多的是表达对被"复制"之物的敬意,以及对那种妄称可以"胜过"自然的艺术家的不屑。艺术家所面对的是一个空间,或是一个境域,而不是一个硬块般的"成品"。就像渔夫面对大海,孰小孰大,先弄清楚。按照勃朗宁的逻辑,我们也可以说,对于生活之海的虔敬也是对上帝的虔敬。另一个方面,即便自然是成品,她也是富有内涵的成品,还到不了想超越她就超越她的程度。

　　附带提一句,此处我们用了这么多文字讲述这首诗,或其他某一首诗,也是试图以"复制"的态度接近它,而并不期待"复制"的绝对成果(因为这不可能)。近切地面对伟大文学文本而有话可说,这体现了对它应有的敬意,亦证明我们的确拥有作为读者的阅读能力。当代爱尔兰诗人谢默斯·希内在他的一首小诗中强调了前辈诗人霍普金斯的一个理念:"描述即揭示"(Description is revelation. 见诗集《北方》中的"Fosterage"一诗)。我们把这句话挪到此处的上下文中,也不算牵强。我们读者一方的讲述也有启示性。我们也是在海中下网,或许也怀着渔夫／画家／诗人所有的那种对于最终一点色调的憧憬和冲动,并以我们自己的技法(共鸣、想象、分析、解读),在文本之海获取海产,藉此与文字的实质进行可能的接触,甚至获得精神的好处,而不是以为重要的文本都已经是"成品",如此而已,无话可说,或者简单

---

①　Browning, *Robert Browning's Poetry*. 见第 295—306 行.

处理它们,比如一般性的概括,或很快转向对它们的解构和超越。有关眼前这首诗的概括其实是很多的,比如以三言两语笼统概念用之于它,称它体现了文艺复兴的人文思想、讴歌生活、提倡艺术领域的现实主义思想,等等。这些当然也并非完全跑题,但几个术语和概念不足以涵盖文本中那么丰茂的细节,更不足以穷尽其所辐射的思想,那些才是爱略特所说的珍珠。既然又提到爱略特,或许我们也可以援引略早时罗塞蒂所说过的一些话,以体味一个相关的侧面。一位艺术家可以对另一位同行艺术家毫不吝啬地表达崇拜之情,不带有评论家时而会表现出来的那种矜持和拘谨,这已经让我们印象深刻,更何况还有诗人读诗的感悟。他在 1855 至 1856 年间给友人的两封较长的信中提到他和约翰·罗斯金等人对《男人和女人》这部诗集的喜爱,说罗斯金认为这些男人和女人是"一群谜语般的人"(a mass of conundrums),认为勃朗宁"是莎士比亚之后最伟大的作家";罗斯金还"要求他用一整个晚上坐下来专攻其中的一个谜"。而罗塞蒂本人一度更像追星族,说他曾因为能够在伦敦近距离数次接触"光辉灿烂的罗伯特"而拥有了向人"夸耀"的资本。同时,他对于时人在面对"我心目中这付长生的良药"(my Elixir of Life)时所表现出的"呆滞"和"彻头彻尾的麻木"感到不解,认为这是"现时代可怕的迹象"。罗塞蒂能够在貌似难解的诗作中看到流畅和"百科全书般的"信息量,他所提到的自己"最喜欢的"的几个作品中就包括《利波·利皮兄弟》和《名气》。①

具有讽刺意味的是,尽管利波兄弟与院长各自的认识有天壤之别,他们二人对所谓现状的看法却都是肯定的,只是角度不同。院长强调安分守己,不能想入非非,可实际上他又要求画家抛开生活常态而仰望"更高的事物";利皮想入非非,却相信此时此地的生活蕴含着生命的空间,或如上面所说,有东西可打捞,不可轻易越过。利皮有一句很强的表述,如下:

> 对于我们来说,这个世界既不是污点,
> 也并非空白;它蕴含着强烈的意味,而且是好意。
> 找到它的意味——这才是我乐意享用的那碟菜。②

修士和院长之间的这个悖论反映了勃朗宁眼中的维多利亚社会质感。时人

---

① *Victorian and Later English Poets*. Eds. James Stephens et al. American Book Co., 1944, pp. 662—664.
② Browning, *Robert Browning's Poetry*,第 155 页,第 313—316 行。"我乐意享用的那碟菜"的原文是常用词组 my meat and drink,指"欢乐之源"。

貌似务实，实则拘谨，其目光虽然像阿诺德所说的那样总往下看，却对海洋般的生命能量缺乏兴趣。而另一方面，维多利亚社会也以宗教情绪和道德意识著称，如上一章希尔教授等所提到的那些特点，但有时候貌似的精神仰视和道德检点倒是暴露了灵魂的暗淡。检点和市侩走到了一起，这是让利波兄弟很不舒服的一点，让他觉得自己这个欣赏现实生命力的人反而成了坏人："我是个异端的畜牲，我自己知道"；这也反而让他着眼于未来，比如一个真正需要艺术家的未来：那个时代应该会有所不同，"就像再过一会儿那启明星肯定会亮起来"。①

当然，艺术家不见得都想挣脱束缚，即使有这个意愿，也不见得都有这个能力。甚至艺术家自己以为是在展示自然、传递深意或揭示真理，而实际上倒有可能掩埋或颠覆了它们。《男人和女人》诗集内的《萨克森-哥达的乐师休格斯》(Master Hugues of Saxe-Gotha, 1853?)这首诗虚构了一位巴洛克时代的作曲家，勃朗宁把他的出生地放在德国中部萨克森-哥达公国的领地内，而这也是巴赫的故乡，"休格斯"这个人名的原文 Hugues 在音、形上也贴近 fugue 一词的复数形式 fugues，而这正是让巴赫得以闻名于世的赋格曲式的英文名。只不过离得越近，显得越远，讽刺效果也更好。关于这一点，国外有学者持不同观点。简单讲，他们大致把休格斯确定为巴赫本人，把巴赫和赋格曲这种曲式都视作勃朗宁在这首诗中嘲讽的对象。这个"是与非"的问题让人无法绕过，它关系到我们如何看待这首诗，也关乎我们如何勾勒本章所涉及的思想内容，因此我们在具体谈论该诗之前，有必要对有关的争议作一点交待。1965年，美国学刊《维多利亚诗歌》上发表了一篇专论这首诗的文章，作者理查德·阿尔迪克以推测的姿态谈论该诗的"象征意义"，认为它表面上讽刺的虽是一种音乐形式，实际上所针对的却是智识领域的 casuistry(指跑题、诡辩或谬论)，认为有些诡辩就像一张网，遮住了宗教层面更高的真理；或认为这张网也代表宗教领域的路德教教义(Lutheranism)，它日渐"正统化"和"表面化"，与其所反对的天主教趋同，因此受到路德派内部虔信派一脉的挑战(史称 Pietism)。在提出这个有意义的发现的同时，阿尔迪克过于直接地将该诗所提到的休格斯的那首赋格作品与赋格曲曲式本身等同起来，以为"在效果上，赋格的艺术即是谱成曲的 casuistry"；赋格曲一般都是"缠结的"、"徒劳的"、"枯燥的"、"卖弄的"。阿尔迪克的这个认识所

---

① Browning, *Robert Browning's Poetry*, 第 154—155 页, 见第 270—273 行、第 311—313 行。"异端的畜牲"原文即 beast, 含"畜牲"和"反基督教者"双重意思。

依赖的是英国作曲家弗汉-威廉斯(Ralph Vaughan-Williams，1872—1958)等20世纪初或后期浪漫派音乐家对于赋格曲的定义，①与勃朗宁本人的认识并不吻合。阿尔迪克另援引前辈学人的观点，说"巴洛克音乐是智性的语言，而古典和浪漫音乐则不然，其产生归因于虔信派运动的关键影响，是一种自然情感的语言。至于勃朗宁偏向哪一方，这不大可能有什么疑问。"②也就是说，虔信派运动、19世纪的音乐流派、勃朗宁的倾向性——这三样事物之间是有关联的。下面我们会援引其他的评论家，证明"疑问"还是存在的。

我们前面提到的学者普拉门顿也持有类似的看法。他虽然了解勃朗宁本人对该诗读者的告诫，也知道赋格曲有好坏之分，但仍然将休格斯与巴赫归为一类，甚至认为勃朗宁有关休格斯只是个"仿冒者"的说法不是指他以次充好，而是说巴赫的问题更大，有过之，巴赫的音乐才是代表了更正宗的"对于'真理和自然'的遮蔽"。③普拉门顿挖掘出巴赫的一个赋格小品，把该诗所提到的休格斯的作品与这个小品作了具体而直接的比对，尽管他同时又指出勃朗宁不可能知道这个小品的存在。最终普拉门顿趋向于将所有的赋格曲都当作可由巴赫代表的赋格，都视作纯技术的织体，都认为它们与"真理和自然"不相关。国外当代学者的这类认识折射出巴洛克时代相对于今人的遥远，也反映了勃朗宁研究方面的一些难点。

有关这首诗，勃朗宁到底说过什么呢？早在1947年，美国现代语言协会(MLA)的会刊登载了美国约翰斯·霍普金斯大学教授赫伯特·格林写于1924年的一篇讲稿，该文不长，更像是对"勃朗宁的音乐知识"的一份说明，但是它也指出了阅读勃朗宁有关诗歌的关键。比如格林一方面告诉我们勃朗宁在乐理方面表现出一定的业余性，有些音乐术语用得也不对，《萨克森-哥达的乐师休格斯》这首诗也体现知识面上和品味上的疑点，但另一方面格林说道："每当勃朗宁不从技术的角度谈论音乐的时候，他才表现出自己具

---

① Richard D. Altick, "The Symbolism of Browning's 'Master Hugues of Saxe-Gotha'." *Victorian Poetry*, Vol. 3, No. 1 (Winter, 1965), pp. 1—7. 见第3页。
② 同上书，第7页。
③ 普拉门顿的此类观点见 Marc R. Plamondon, "'What do you mean by your mountainous fugues?': A Musical Reading of Browning's 'A Toccata of Galuppi's' and 'Master Hugues of Saxe-Gotha'"一文的第323、324页。

有最真正的音乐性。"①格林在讲稿中全文引用了勃朗宁1887年的一封私人信件。他说后人对这封信的内容多有演绎,而"不妨让勃朗宁自己说话。"我们也在此把这封信的主体翻译如下:

  总的来讲,不管我从学习音乐的过程中获得了什么好处,我的经历本身是严肃的。教我对位法的是约翰·莱尔夫,一位知识渊博的专家,其两本有关的著作足以证明这一点。后写的一本叫《明晰的条理》,主要是提议用他自己发明的"数字低音"来取代我们这个世纪初期一度流行的那种粗俗的伎俩。我常令他不安(轻而易举的事,而且有时后果很糟),比如我常"用耳朵"来解答他的音乐问题,而不是依据规则。我又跟着其他的老师学拉中提琴、小提琴和弹钢琴,原先我对它们只略知一二。这方面尚有足够的才识陪伴我至今,足以让我在谈起有关话题时避免说走嘴。至于"歌唱",我在不同程度上接受过四位老师的训练,最好的一位是内森,《犹太旋律》的作者,他在发声方面保留着某种传统的犹太式训练方法。

  至于"乐师休格斯"(原题目中的名字即如此),他若是被用来暗指辉煌的巴赫的话,那绝对是我的耻辱;我当时想的是某位乏味之极的模仿者,他只知道连篇累牍地在某个类似

的主题上做文章。诗里面提到的"帕莱斯特里纳体式"与管风琴演奏无关,这是旧时意大利作家谈论作曲时用过的名称,指那种与这位大师的风格相近的简洁而严谨的曲风,这就像拜伦所言"'弥尔顿式的'这个词指的是崇高(sublime)"的比喻。涉及格鲁比,我曾经拥有整整两大卷他的音乐手稿,几乎全都是《托卡塔作品》——相对于奏鸣曲而言显然是

---

① Herbert Eveleth Greene, "Browning's Knowledge of Music." *PMLA*, Vol. 62, NO. 4 (Dec., 1947), pp. 1095−1099. 见第1097页。

一种较小型的曲式,让人以轻巧的方式"触发而成乐"。利托尔夫所选编出来的是一首更常规、更周详的曲子。艾维森的《进行曲》则是他自己所作,我以为我们目前所见其实是三段体的中间部分(Trio)。在他那个时代艾维森是个举足轻重的人物,是吉米尼亚尼的学生和朋友——吉甚至认为他可与亨德尔比肩!我拥有的这个《进行曲》是我父亲记的谱。

  所有这一切都说明,我所着力关注的是音乐本身。倘若我不得不考虑所谓诗文中的"音乐"的话,那么我确信我的这种关注无助于人们在诗作中的寻获,这是因为对于真正音乐性的领会立即让我弃掉那种追求乐感却实则单调的诗风(sing-song),而在我年轻时,人们竟以为那种风格才代表了音乐性。①

这封信所涉及的内容相当丰富。比如,它体现勃朗宁以"音乐性"(musicality)这个概念为权威尺度,对"音乐本身"和包括诗歌在内的仅含有一定音乐质感的其他艺术门类之间做了高低有别的竖向排列,借此区分了前者与后者的等级。这种抬高音乐的做法,实则是让音乐本身强劲的技术性"条理"建构来反衬其他有形有字类艺术在技术建构上的平俗,同时也更让音乐中难以"条理"化的精神空间来反衬文字等手段的相对较好界定的表意空间。此态度当然不仅关乎艺术,也体现哲思,甚至折射出世界观或精神追求。勃朗宁自己似在说,他不仅是懂音乐的诗人,也是懂诗歌的音乐人。②

---

① 同上,第 1098—1099 页。带着重点字代表原文的斜体字。本书下一章将专门谈论勃朗宁有关艾维森及其《进行曲》的诗语表述。莱尔夫(John Relfe, 1763—1837),在音乐观上影响过勃朗宁的重要人物,被后者称作"伟大的约翰·莱尔夫",是一位曾在英国皇室任职的音乐家和音乐理论家,其著作《明晰的条理》的拉丁文题目原文 *Lucidus Ordo* 是古罗马诗人贺拉斯谈诗用语;其所力推的"数字低音"(figured bass)与和声学有关,也称"通奏低音"(thorough bass);"对位法"(counterpoint)即赋格等复调曲式所依赖的主要技法。帕莱斯特里纳(Giovanni Pierluigi da Palestrina, 1525—1594),意大利著名作曲家。勃朗宁把利托尔夫的名字写作 Litolf,可能是误拼了与他同时代的英国钢琴家和音乐出版商 Litolff 的名字(Henry Charles Litolff, 1818—1891)。吉米尼亚尼(Francesco Gemignani, 1687—1762),意大利作曲家和乐师。"托卡塔"的原名 toccata 一般认为与意大利文的 toccare 有关,相当于英文的 touch(触),中文也有"触技曲"的译法,但曲式名称到底何指,似并无定见。勃朗宁此处以为曲子本身是被"触发"(to be touched . . . off)的对象。

② 参见德威恩提供的一个信息:勃朗宁年轻时人们并没有首先把他视为一个文学家,"1833 年前后,他的一些熟人把他看作音乐家和艺术家,而不是诗人。"(William C. DeVane, Jr., *Browning's Parleyings: The Autobiography of a Mind*. New Haven: Yale UP, 1927, pp. 259—260.)

其他人所为，不论是读者一味在语言文字中辨识音乐性，还是诗人们凭文字来追求滑顺而上口的乐感，都不得要领，都不过是外行人的权宜。从一个侧面看，勃朗宁的此种见解或许也暗含着对个人诗风的开脱，也较容易让人联想到与其不甚相同的19世纪英国抒情诗主流，甚至想到丁尼生的乐感强烈的风格。但勃朗宁早早告诫后人，不要总在诗语的字面上发掘音乐的技术成分并借此大作文章，这应该引起我们的重视。对于他来说，"音乐"这个概念要大得多。另外，仅就《萨克森-哥达的乐师休格斯》而言，他否决了人们在休格斯和巴赫之间所产生的种种念想，表现出对巴赫的崇敬，这也是显而易见的意思。

1978年，国外学者马尔考姆·理查森撰文专门谈论勃朗宁的"音乐偏好"。以"偏好"(taste)为题，这明显有别于其他不少学者的关注，但尽管"偏好"之说不易界定（作者本人也明白这一点），它似乎更切中要点，能解决关键问题。其他学者会说勃朗宁在音乐品味上厚今薄古，对"老的"音乐冷淡，而偏爱同时代舒曼等人的浪漫主义乐风等等，而理查森则指出勃朗宁所喜欢的是巴赫等人，所热衷的是赋格等复调曲式。该文基于格林和德威恩等早期专家的铺垫，认为约翰·莱尔夫所教的对位法是塑造勃朗宁艺术品味的最重要因素之一，后者一生的音乐偏好也恰好与莱尔夫的口味相同。勃朗宁之一生，基本上与复调音乐至少在曲式上的衰微过程发生重合，"贝多芬之后，莱尔夫当时所理解的那种对位法已让位于浪漫主义潮流。不过，勃朗宁从未忘掉它。"理查森甚至说："尽管勃朗宁生活在浪漫主义音乐的大时代，但可以说他是个音乐上的反动派，因为他以鄙夷的眼光看待同时代那些重要作曲家和他们的音乐风格，却转而认同前一个时代的曲式和演奏技巧。"理查森以伦敦的演出业为例，说明勃朗宁对"老的"音乐的偏爱如何悖时："当时音乐会的重点曲目都集中在当代音乐上，偶尔加上一点莫扎特或贝多芬，也只为增添花样。"①

理查森的证据是勃朗宁的有关诗作和若干信件，比如他发现勃朗宁笔下出现最多的作曲家名字就是巴赫和贝多芬，巴赫被提到的频率"多于（意大利歌剧作曲家）贝利尼和威尔第"，而巴赫意味着复调音乐；至于贝多芬，尽管其音乐一直都比较流行，其音乐中也含有强烈的浪漫主义成分，但理查森暗示，勃朗宁之所以喜欢贝多芬，是因为"仅就音乐本身而言(musically)，

---

① Malcolm Richardson, "Robert Browning's Taste in Music." Browning Institute Studies, Vol. 6 (1978), pp. 105—116. 这三处引语见第106、105、111页。

贝多芬是一位过渡性人物,在许多方面他都更接近莫扎特和海顿的那种老的乐派,而不是贴近其浪漫派继承人柏辽兹和瓦格纳的风格。"①理查森还通过其他文字证据发现,勃朗宁对于19世纪音乐的冷淡态度中的确含有他的价值取向,比如他说过瓦格纳等人的某些曲调早晚会被人遗忘,他不加区别地将勃拉姆斯、瓦格纳、德沃夏克和李斯特等人归为一类,称其为"当今音乐次品的制造业"。②理查森本人的价值取向并不明显,尽管他提到勃朗宁的偏好关系到"音乐哲学",但他并未兼顾更广义的哲思;他的叙述和梳理多于他的评价,其文大致上止步于对于勃朗宁"保守"审美观的认定,止步于有关诗人生平的一个事实:他既偏爱巴赫和亨德尔等所代表的德国乐风,也喜欢意大利巴罗克时代或更早时期的音乐。

从我们角度看,止步于此,恰如其分。但我们或姑且放纵一下,多说一句:诗人如勃朗宁者,其"偏好"不见得只是偏好而已,应该会得到思想观念的强化,似不能仅仅归结于其早年所学或其对"古董"的兴趣。比如他对于复调音乐的偏爱与他对人世间相应因素的兴趣相符,诸如集市、法庭、威尼斯、节日以及戏剧独白(而非简单独白)等情境都让他看到或听到多重的语声及其构筑的复杂空间。笼统地讲,或仅从效果上看,勃朗宁所蔑视的当代音乐作品在一定程度上共享一些特点,比如它们相对而言较多地抒发个体情绪,偏激和病态因素渐多,要么就是其情感疆域受到标题的限定,体现较多的思考性、散文性或故事性;其规模相对较大,音量跌宕,表面的戏剧冲突较明显,但音乐织体未必丰厚,和声未必复杂,因而至少局部的音乐空间未见必然的扩大,甚至(姑且说)"乐素"反而有可能降低了。反过来看,如果说同时代音乐的"规模"中掩盖着"有限",时间多于空间,那么"老的"音乐中的"有限"里面或可能蕴含着"无限",时间与空间(或旋律与和声)相对较平衡。勃朗宁所喜欢的音乐也的确有着某些共同的特点,比如在饱满而正面的个人情感、社区的宗教情怀和外部自然秩序之间达成有机的融合,不仅是个人的,也是人类的,不仅是世俗的,也是仰视的;不大受标题或情节的限制,"音乐本身"大于音乐的附加意义;明显的冲力和活力时常以复调音乐的严谨、复杂和丰厚的织体为载体,或可说勃朗宁虽然诟病技术性,但他更鄙视不大讲求技术构筑的作品,只不过高层次的音乐必须让技术性生华,在其之上让

---

① Malcolm Richardson, "Robert Browning's Taste in Music." Browning Institute Studies, Vol. 6 (1978), pp. 109—110 页。
② 同上,第110页。

第十一章　音乐与海洋:勃朗宁与艺术家的"交谈"　　381

诸如巴赫等所代表的音乐性自然而然地成为压倒一切的因素,最终让音乐与人的精神和情感之间发生直接的共鸣。德威恩告诉我们,莱尔夫这位技法专家在以亨德尔和巴赫的复调音乐为依托而对勃朗宁进行言传身教时,"充分认识到音乐的情感性质"①。可以说,那种以为复调音乐代表智识语言而 19 世纪音乐代表情感语言的认识中,掺入了一定的印象成分,与 20 世纪大约中叶之后国际上形成的认识有别。在这个意义上讲,勃朗宁的确是个早期的行家。勃朗宁所着眼的应该还是精神和感情空间,任何妨碍这个空间得到充分、直接和有机体现的表意形式他都不大感兴趣,尽管他的这种偏好中也可能掺杂着某些偏见,毕竟 19 世纪的音乐局面不易简括,诸如勃拉姆斯、布鲁克纳以及后来的马勒等人也都以自己的方式较好地传承了前人的遗产。前面说过,我们此处的归纳尚笼统,肯定也有印象的成分,只作为一种解读供参考。我们在本书下一章谈论勃朗宁晚期诗作《与查尔斯·艾维森交谈》时,还会进一步探讨有关的话题。

　　回过头来看《萨克森-哥达的乐师休格斯》。这首戏剧独白诗的语者是一位管风琴家,听者是"死去多年的"休格斯。语者于眼下的这个傍晚请求教堂的门房先别熄灭灯火,而是多给他几分钟时间,他要调一调管风琴的踏板。实际上他是想独自一人在安静的环境里一边弹奏休格斯的作品,一边与他交谈:"我,这里的一个普通琴师;你,有名望的作曲家"。在琴键盘上与作曲家的交谈这个安排让人联想到《格鲁比的一首托卡塔》中科学家与格鲁比的灵交,此外,这两首诗中的语者都谙熟乐理,尤其了解赋格曲所涉及的复调结构和对位技法,两首诗中也都有若干诗节专门谈及此类曲式展开的具体过程。大概也是由于这些技术细节,《休格斯》这首诗相对来讲不属于学人所感兴趣的一线作品,受关注度尚不及《托卡塔》。这些是科学家与此处语者在表面上的相似性。他俩所不同的是,虽然弹奏音乐是后者的本行,他却听不大懂休格斯的音乐,不知道技术因素之外还有什么;听不懂,才想问一问作曲家,因此贯穿整个诗篇最核心的(也是语者"屡次问过的")一个问题就是:"你这些大山般的赋格曲都是什么意思?"②

　　"大山般的"(mountainous)这个比喻用在音乐上面并非只贬不褒,亦可以有其他的指向,比如表示山峦般的起伏与浩大等,甚至这个词可以用来形

---

① William C. DeVane, Jr., *Browning's Parleyings, The Autobiography of a Mind*. New Haven: Yale UP, 1927, pp.255—256.
② Browning, *Robert Browning's Poetry*,第 205 页,以上这些内容见第 I,II 节。

容海浪和云霞这些模糊的空间。然而在本诗的上下文中,它至少有三层意思,互有关联,都不大正面。一,它表示乐句和音符的堆积,听上去死沉沉的,或者说织体上厚重有余,丰富不足;二,音乐离开海洋的感觉太远,山与水之间主要让人联想到前者之岸然,而诗中的确出现过的"漂流"意象则主要用以抱怨休格斯音乐的单调和意图不清;三,如诺顿的编者在 XXVI 诗节的注释中所示,大山的意象也借用了古罗马诗人贺拉斯在《诗艺》中用过的一个著名比喻:费了半天力,有价值的收获却不成比例,如大山之怀孕,好不容易挨到生产,却只钻出一只小老鼠。这是勃朗宁的诗性目光在艺术领域所看到的情景。管风琴家本人提到了这种费力的艺术:

> 一页接一页我就这样弹,
> 每一个有休止的小节都不错过,
> 也正好借机擦一把额头上的汗,
> 我会扬起头来,在三层键盘以外的角落,
> 期待你出现于琴管的森林中,每每暗中窥探。①

琴师期待休格斯为他解惑:他的音乐不可能仅此而已吧?他觉得"暗中窥探"的休格斯也一定乐于点拨他,告诉他"仅仅把音符都弹对了"还不够,"你还得理解我的意图,"这乐师可不是白当的,毕竟城里的评委们在竞赛中把票投给了他,"从山羊群中挑出了这只绵羊"。琴师乐于相信这一点,催促他赶快直言相告,别等到教堂里的蜡烛烧到只剩下"一点烛花":"我当然相信你,但这还不够:/ 你得帮我把我的深信坐实"。②

不过,语者把休格斯的一首曲子过了一遍之后,只变得更加疑惑。五个声部,一个接一个,都有交待,善始善终,但他仍在 XVII 节问道:"解决了什么?/ 曲子终了时我们的收获何在?"他觉得只收获了赋格曲的音部和手法,没有多少"内涵"(import):

> 就是这些来来回回的肯定、否定、
> 还有延长、答应、逆行,
> 让我觉得一切就像是……就像是……我在想一个名称……
> 对了!看见那些蜘蛛网了没有,就在屋顶,

---

① Browning, *Robert Browning's Poetry*,第 206 页第 VIII 节。
② 同上书,第 207 页,见第 X、XI 节。"山羊"(goats)也指次一等的人;"绵羊"(sheep)也有"选民"的意思。

遮住了那上边金色的角线和穹棱。

"蜘蛛网"就是这个挂在嘴边的词,休格斯的音乐就是这个网状的东西,费力不小,却把好的东西掩去了:

> 没错,你的赋格就好似这张网,
> 变宽、变粗、变大、变深、变长,
> 直到让人喊起来——'可音乐呢?音乐在何方?
> 难道你这蛛网不是让那金色暗淡,就这样一味变强
> ——织得像床上那种最粗纺的黑布一般粗壮?①

如此作曲家,做不到像巴赫那样让对位法服务于音乐,也没有本章以下第二部分我们将谈到的福格勒神父的认识,而是用单纯技术性的、可量化的声音织体或一层厚垫埋没了本该如金子般的音乐神韵。

按照其不少力作展开的方式,勃朗宁的思维达到相当烈度之后,必然还要继续推进。此处他让这位琴师接下去从另一个角度提出疑问:或许休格斯的音乐没什么问题,而是恰恰很有效地反映了他眼中的生活?若如此,那一定是他的生活观出了问题。在下面的第 XXII 节中,他质疑休格斯是否把生活本身也理解为一场机械的织做,似乎生活无非就是这样一张蛛网,"诡秘而简单",而尘世中的我们在"低能的争斗"中都成了它的织工,"每个人都来来回回地抛着他的梭子,/ 最终死神拿着他的刀终结了一切"。要么是音乐的成功,要么就是它的失败,让人听过后产生了相对于生活的这种没有活力的印象。但生活和音乐实质上都并非如此,它们各自所产生的这种网状的效果可以归咎于两类相似的编织者——音乐家和生活中其他的人:

> 真理和自然我们本来就搞不懂——
> 生活中却还要有这么多绕来绕去、躲躲闪闪、
> 进进出出,居然编织出了新的立法体系——
> 其所覆盖之处,上帝的金色不再闪现,
> 如罩上棺布,让位于这权力的僭用。②

庸人的忙碌实际上是一种僭越行为(usurpature),用体现着暗淡智识的话语

---

① Browning, *Robert Browning's Poetry*,第 209 页,这两个诗节分别是第 XIX、XX 节,原文押运格式(同韵)有别于所有其他诗节,表达不耐烦等情绪。
② 同上书,第 209 页,第 XXIII 节。

权("立法体统":legislature)篡取上帝和自然的王位。这字里行间又有了勃朗宁对维多利亚时代平庸化倾向的不满,其所看到的代表性人群虽不必限定在具体范围内,但根据他的一般思维习惯,其视野内主要是现代社会中休格斯类型的、从事着各种各样"编织"工作的文化人,比如艺术家或某些诗人,尤其是他还要顺便牵扯上那些面对着艺术或文学作品也像作家面对生活那样进行诠释或解读的学人和评论家。大家都力求揭示内涵,却往往捂住了真谛,这就是勃朗宁所看到的文化人平时所从事的行当:

> 就这样,我们用裹尸布罩住了玫瑰和星辰,
> 还有天使,还有胜利的花冠和才智的丰碑;
> 瓦釜都变成钟磬,无形中竟以它们的沉闷
> 封住了上天的热切眼神:远方的任何一点光辉
> 都不为我们所见,因为透不过我们的诠释和评论。①

无论地上的花朵还是天上的星光,还是历史上体现超凡才智的伟大成就("花冠"、"丰碑"),都不能通过当今文化人的"诠释和评论"而让人看见。勃朗宁数次使用"棺椁"和"裹尸布"等比喻,在他看来,这种文化氛围的典型特征就是坏的压倒好的,死的压倒活的。或者说,是活着的死人压倒死去的活人,如接下来的第XXV诗节告诉我们,过去的人们热衷于发明和创造,而今天的人们则忙于编织。所编出的网精细有余,活力不足;技术有余,内涵不足,最终我们只是在本无甚价值的瓦釜(nothings)上进行着完善和改进的工作,越改进越盲目:或愈加远离"上帝的金色",或无论如何也沉不到生命的海洋中去。勃朗宁此处对今人的这种暗讽与卡莱尔、罗斯金、阿诺德和佩特等人对维多利亚时代英国人之拘谨与平庸的批评形成呼应,也让人直接回想到本书第一章结尾处所提到的布莱克笔下"黑布"、"洛克的织机"、牛顿之后的大学以及黑白蜘蛛等概念和意象。

休格斯的自省能力不如《男人和女人》中的另一位独白者,他也是艺术家——画家,也同样以技术上挑不出错而著称。他就是我们在第九章提到的《安德烈·狄萨托》(Andrea del Sarto,约1853)中的主人公狄萨托(国外通称"Andrea"),他与利波兄弟一样,史上确有其人,一位非常杰出的画家,生在佛罗伦萨,比同时代的米开朗基罗和拉斐尔略年轻一些(1486—1531),而今人的共识也是把他排在仅次于意大利文艺复兴画界三巨头的位置。勃

---

① Browning, *Robert Browning's Poetry*,第209页,第XXIV节。

朗宁的这首诗主要参照了狄萨托的学生对老师的评价,与一手材料较为接近,但还是更偏向其文字中有关狄萨托略欠"魄力"与"活力"以及其性格有些"拘谨"等说法,这也使此诗成为与《利波·利皮兄弟》相对的作品,而对于画家本人,难免有失客观。曾有传记称这首诗是勃朗宁本人的隐性自传,因为他与这位画家有"相似的秉性",而德威恩则认为这样的解读流于"怪诞"。①德威恩另介绍说,如今许多人都认为勃朗宁众多戏剧独白诗中,"最伟大者"莫过于这一首。

在一定程度上,这个作品的诗性思维建筑在两个词的字面意思之上:"伸向"(reach)和"握住"(grasp)。两者的字面意思之间形成张力,成为关键的文学意象,前者一般用来比喻通过努力而达到的状态,而后者比喻对事物已有的把握和理解,如在此处,指艺术的把握力,尤其是已掌握的技术本领,它像是缩握起来的拳头,而不能如手臂那样伸展至高远的地方。勃朗宁笔下的狄萨托本人很清楚他自己的优缺点:"啊,可一个人的所及(reach)应该超过他的所握(grasp),/否则要天堂何用?"②他对妻子说,他可以轻易地在城里点出二十几位二流画家,他们"一辈子都梦想达到"他本人的水平,"却苦于做不到";妻子走起路来"睡袍四处摆动","漫不经心地"就可以把她所经过的那幅画"蹭脏了",可就是这幅"小品",那些画家若想画出它,"远不及,远不及。"然而他也意识到:"不及却是更达"(less is more):

> 他们的脑子也好,心也好,或者别的
> 什么器官也好,都一窍不通,只有困惑与冲动,
> 但他们内心所燃起的上帝之光却更加真实,
> 而我这不大冲动、不困惑的匠艺后面却少了
> 这样的照射。他们的作品砸向地面,但我知道,
> 他们自己却一次次到达过那把我拒之门外的天堂,
> 他们肯定进去过,那里面肯定有他们的位子,
> 尽管他们从上面回来后未能对世人说。
> 我的作品更接近天堂,但我本人却留在地上。③

他甚至能给拉斐尔挑毛病:"那胳膊画成什么样子!若是我,会给它修一

---

① William C. DeVane, *A Browning Handbook*, p. 248.
② Browning, *Robert Browning's Poetry*, p. 238, ll. 97—98.
③ 同上书,见第 73—87 行。

修。"同时他也感叹道,拉斐尔画作中的"那空间、那悟性、那伸展力",都是他本人"所不能",而这都是因为他少了"灵魂";这些让他明白了一个道理:"在这个世上,能者无欲;欲者无能。"①所谓"欲"(will),是指主观意愿或魄力,狄萨托意识到,对于尘世中尚不完美的俗人来说,这种意志力是一种让人不安于现状的"有价值的"东西,而他本人就是属于缺乏这种气质的人,因此能而不达。

画艺的成功不等于个人的完善。落向地面的画匠反而成为进入过天堂的个人,自以为高高在上的大家却"留在地上";前者的成功是来自于不大成功的尝试和努力,而后者则是由于过多的"缩握",因而与个人的精神体验失之交臂。这些是本诗所体现的讽刺,也呼应了布莱克、济慈和罗斯金等人以各自的方式所讲述的道理。狄萨托明白,他之所以赢得妻子的爱,也正是因为个人的自我曾经"伸展了出去"、"到达了你的心里"、"成功之前做过这样的企及",②而何以在绘画方面就没有伸出去呢?难道在达芬奇等那三个"没有妻子的人"和他自己这个有妻子的人之间就这样扯平了吗?③他反思自己:

> 如此盎然的生机,闪烁着金光而非灰色,
> 而我却是个弱视的蝙蝠,躲在谷仓中,
> 拒受阳光的诱惑,任四面墙壁圈定它的世界。④

该诗的结尾处,他提到"新耶路撒冷被四面墙围绕",这与圣经新约《启示录》21:10—16 中有关圣城耶路撒冷是一座形成于天堂的四方城的说法相近。呆在圣城里,反而空间局促,反而失去了天堂,更稳妥的路线似应是先落下,再企及,空间就大多了。

没有扩展的、与真正天堂失去联系的狭小空间——这个意象也出现在其他作品中。比如《最后一次结伴骑游》(The Last Ride Together, 做于 1846 年之后),里面的语者对诗人、雕塑家和音乐家分别进行了的质问,与我们下一章将要谈到的《与查尔斯·艾维森交谈》这首诗的所涉及的内容相近。此处的语者是失恋者,但他仍然觉得真实的感情体验要好于关起门来的创作,而且,他认为只有在恋人结伴骑游时,

---

① 同上书,第 239 页,见第 115—119 行、第 137—138 行。原诗文:"In this world, who can do a thing, will not; / And who would do it, cannot…"
② 同上书,见第 240 页第 172—174 行。
③ 参见该诗结尾。
④ 同上书,第 168—170 行。

> 我的灵魂
> 才舒展开来，像一面长期紧束的画卷（scroll），
> 在风中飘击而变得新鲜。①

而艺术家们呢？诗人们创造了文字的韵律，弘扬"美的事物"，但"你自己是否拥有人类最佳的体验？"尤其那些老耄多病的诗人，他们并不比只知恋爱不知写诗的年轻人更接近"崇高"（sublime）的水平。②雕塑家呢？我们似乎看到乔伊斯（James Joyce）笔下斯蒂芬的影子："那是你塑的维纳斯，但我们的目光／从她身上移向远处那位趟水过河的女孩！"还有音乐家，也在流行一时的风格中变得苍老。③这些内容都对艺术职业和艺术品后面的个人做了区分，或者说都指向较小的空间之外的海洋般的境域。

另比如，在约作于1853年的《〈先验论——一首长达十二卷的诗作〉》（"Transcendentalism: A Poem in Twelve Books"）中，布朗宁表达了对那种只会说、不会唱的思想家的不耐烦。研究界并不确定他指的是谁，尽管德威恩猜测说，勃朗宁可能是对卡莱尔的某些说法做出反应，毕竟卡莱尔也以先验论思想著称。④这首诗的语者所面对的是一位"同行诗人"，他以皇皇十二卷的篇幅谈论一种哲学概念，并以为这是尽诗歌之所能。而语者的基本观点则是，感性的诗文，如诉诸于"画面和音色"者，要优于"干巴巴的文字"或"赤裸裸的思想"，若只知后者而不善前者，则不必写诗：

> 一味的大白话，直到全欧洲都听见你的叫喊！
> 有那六尺长的瑞士木号，外面裹着树皮，
> 在阿尔卑斯的山峦之间将猎人的声音传导——
> 何不用它将咱们的竖琴换出去，——又没人拦着你！⑤

竖琴（harp）代表诗人的吟唱，与猎号的直白形成反差，而眼前这位同行虽然拥有竖琴，"拥在胸前"，却只是来回摆弄调试，"没完地呈示"，最后也没有奏出音乐。

---

① Browning, *Robert Browning's Poetry*, 第202页, 第IV节.
② 同上书, 第203页, 第VII节. 叶芝作品中"The Scholars"和"Words"等诗含有对此类文思的呼应.
③ 同上书, 第VIII节. 见乔伊斯《一个年轻艺术家的画像》中有关斯蒂芬海滩散步的著名片段.
④ William C. DeVane, *A Browning Handbook*, p. 275.
⑤ Browning, *Robert Browning's Poetry*, p. 270, ll. 11—14.

在勃朗宁看来,这种诗人的"错误"在于他们以为面向成年人的诗文要更接近散文体:

> 但这是你的过失;你以为成年人需要思想,
> 似乎他们一说诗歌就是指思想,在诗中找的
> 也是思想。孩子们要的是意象和旋律,
> 成年人必须享有理性——所以你对准了成人。
> 完全不是这样!①

根据勃朗宁的后续诗文,持此见解的这位诗人有意无意将理智与情感的等级作了排序,似乎对智识和思想的追求是更高的追求,而感性的愉悦被放在较低的位置,于是扬前者而抑后者的诗风才值得推崇。在勃朗宁的一般话语中,这肯定是一种倒置,甚至我们可以将此视为对童年所代表的精神形态的轻视。由于这首诗中出现了童年、童话和魔法等概念,读者多半会联想到华兹华斯的某些典型文思以及他对于现代文化某些走向的批判。这种联想并非牵强附会。我们谈论勃朗宁,一般多涉及雪莱和济慈这样的浪漫诗人对他的影响,亦会在组句和用词等方面提及约翰·但恩(John Donne, 1572—1631)的影子,而至于勃朗宁与华兹华斯的关系,学者们往往首先记起他对于这位前辈诗人放弃自由理想的失望,他如何不再需要他,等等。这大概是表面的印象。几年前,国外有年轻学者依据哈罗德·布鲁姆教授有关"影响的焦虑"的概念,以专著的形式全面梳理华兹华斯对于勃朗宁的内在而复杂、深入而持久的影响,让我们意识到不同的思想脉络。②这样的研究对我们是一种提示,值得参考。仅就这首短诗而言,里面的一些说法,比如成年人无论多有思想都可以再回到童年、象征性的表意高于散文式的推论等,的确让我们看到华兹华斯和柯尔律治等人的精神遗产。我们所看到的不仅是散文与"歌唱"的区别,也是狭小空间与宏大空间的区别。韵律、意象和画面所代表的是对于语言的白话性的突破,是让我们的"头上、脚下、身体的四周 / 以及桌子椅子的里里外外"等处"突现"玫瑰的"辉光",是"让天堂

---

① Browning, *Robert Browning's Poetry*, p. 270, ll. 15—19.
② John Haydn Baker, *Browning and Wordsworth*. Madison: Fairleigh Dickinson University Press, 2004.

涌入这封闭的生活之屋"。①当然,从不同的层面看,勃朗宁本人的诗文,尤其初期和后期所成,也不免给人散文的印象,似与其理念相左。对于这一点,王尔德就有过著名的品评,不过,对于勃朗宁"总是在思考"这一点,王尔德同时也指出:勃朗宁"所着迷的不是思想本身,而是思想活动的各种过程。"②

二 艺术中的艺术

关于音乐比其他任何艺术手段都更有表意能力这个认识,勃朗宁在其长期的创作生涯中有过多次的表述,方式不尽相同,但基本信念执着不渝。从早期诗歌到晚期作品,有关的诗文相互映照,有时只是词语间略加变化,要说的话还是同样的。从大的方面讲,勃朗宁在各艺术门类中排出高低的做法与哲学家黑格尔的有关美学判断相近,这一点我们前面提到过,但德威恩认为,勃朗宁应该也具体地受到过18世纪英国音乐家查尔斯·艾维森(Charles Avison, 1709—1770)的价值观念的影响。③勃朗宁最早面世的作品是写于1832年的千行素体诗《波琳》(Pauline; A Fragment of a Confession,发表于1833年),该诗局部有济慈式表述方式的痕迹,但更多体现雪莱的影响,讲的是一位年轻语者向恋人波琳表白自己的心路历程。该诗被认为含有很高的自传成分,语者即勃朗宁本人。若如此,语者有关音乐的表述自然也可以被看作诗人自己的观点。该诗357行之后,语者说他自己不同于那些诗人,"只凭诗艺的闪烁,他们的天宇才亮起灯光;"也不同于画家,因为其笔下的形状并不比他本人所看到的更生动;是音乐让他拥有了自己的光明和"舞动的形状"。④

两年后发表的长诗《帕拉切尔苏斯》(Paracelsus, 1835)大致上重复了类似的比较。该诗也含有较明显的自传成分,亦体现雪莱式诗性思维的影响,只是思想脉络更复杂,戏剧性冲突更多,其含义也更难以概括。简单讲,该诗勾勒出两位雪莱式求索者的思想轮廓,主要的一位是实有其人的文艺复

---

① Browning, *Robert Browning's Poetry*,第271页,见第39—45行。有关此处玫瑰的辉光在四处闪现的意象,叶芝日后在《至未来岁月的爱尔兰》(To Ireland in the Coming Times)一诗中有类似的表述。

② Oscar Wilde, "The Critic as Artist" in Richard Ellmann ed., *The Artist as Critic*, pp. 345—346, p. 344.

③ DeVane, *Browning's Parleyings*, p. 257.

④ Browning, *Robert Browning's Poetry*, p. 14.

兴时代瑞士药理学家和炼金家帕拉切尔苏斯（Paracelsus，原名 Philippus Aureolus Theophrastus Bambast von Hohenstein，1493—1541），他仿效古罗马医学家塞尔苏斯（Celsus）之名给自己取了这个拉丁文名字，体现了智识领域的不懈追求；另一位是虚构的意大利诗人阿普里拉（Aprile），代表了情感领域的执着追求。两者所代表的不同维度之间形成张力，也有互补性。长诗的第二部分写到两人的相遇，其间阿普里拉回应帕拉切尔苏斯追问，说自己一方的使命不是像后者那样去"认知"，而是去爱，"我要无限地去爱，无限地被爱，"并以一些艺术的方式表达个人的和人类的各种情感，使世间与"爱"有关的一切都被形象化；先是凭雕塑，然后用画笔，再进一步就得靠诗歌，让文字穷尽人心中所有的"思绪"、"激情"和"温情"。但这还不够，不能仅仅满足于这些凝止不动的形象或文字，

> 这之后，为了让一切达到完美和极致，
> 就像让明耀的雾霭将星星与星星连在一起，
> 我会向所有的深峡中输送音乐，给它们注入
> 灵魂所具有的神秘的气息，那是一些
> 只能靠奇异的旋律才能勾勒清楚的活力。

做到最后这些，"我就可以死去"。① 国外评论家对于勃朗宁早期诗歌中诗性意象的审视相对较弱一些，但此处的诗意中含有高烈度的哲思，不容忽略。"注入……气息"（breathing...）这个意象实际上折射了上帝造物的姿态，再加上气息与音乐的融合，更让人联想到西方思想史上有关上帝以音乐创立终极秩序的说法，但丁的《神曲》——尤其《天堂篇》——即体现这一传统认识，而英国文学本身更有直接的先例。

16、17世纪，英国文坛与西欧一些国家一样，经常出现对于音乐的颂扬。17世纪英国文学大家约翰·德莱顿（John Dryden，1631—1700）的短诗《写给圣塞西莉亚日》（A Song for St. Cecilia's Day, 1687）里面的一些直白的诗文就是现成可用的例子。该诗所依赖的基本意象是：大自然最初"被压倒在一堆相互冲突的原子下面"，"生不如死"，忽闻天上响起"和悦的声音"，于是普遍的秩序得以确立："这宇宙的体系开始于和声，/ 天乐的和声"；于是四种自然元素都"有序地一跃而起，/ 顺从于音乐的力量"。诗文中的画面继续

---

① Robert Browning, *The Complete Poetic and Dramatic Works of Robert Browning*. Boston and New York: Houghton Mifflin Co., 1895. 见第23页（此版本未标行数）。

展开：音乐的和声一波接一波，一层连一层，而由于人类是生物巨链的中间环节，所有的音调都会"集中在"这个焦点上。也就是说音乐与人就产生了最大的相关性，后者能够最有效地被前者解释。这似乎已经很接近勃朗宁本人的表述方式，尤其德莱顿反复感叹道，当那乐器（系上琴弦的龟壳）被奏响时，"哪有什么情感不能被音乐激发或平息！"圣塞西莉亚是基督教早期殉道者，据称发明了风琴，被奉为音乐的主保圣女。发明一件重要乐器，也是发明一种重要的表意媒介。德莱顿意识到这一点，而这首短诗最后两节中的几处细节似乎也是在这个意义上预示了勃朗宁的一些思想要点，比如诗人设问道：人类的声音怎可能达到"神圣风琴"所赞美目标的高度？目标之高，超过诗笔所及，这是因为这地上的音符"直飞天堂"，而且还可以"增强那上面的合唱"，甚至还会引来天使，让他"把人间错当成天堂"。在德莱顿的另一首专谈音乐的诗作《亚历山大的盛宴》(Alexander's Feast, 1697)中，音乐与激情之间的关系更为紧密。在该诗结尾的诗节中，诗人说亚历山大大帝的乐师蒂莫修斯(Timotheius)已经可以做到无所不能，其笛子和U型竖琴都充满活力，可以"让灵魂涌起狂潮，或点燃温柔的欲念"，而后来圣塞西莉亚出现后，更是用她的风琴"扩大了原先那狭小的音域，/ 使肃穆的音符有了延伸的音区"；如果说蒂莫修斯"把凡人托升至天宇"，那么圣塞西莉亚"将天使引到下方"。

  从德莱顿和勃朗宁等诗人的角度反过来看，世间若少了音乐，无论事物还是个人，抑或是文化行为，都好似一处处的峡谷(chasms)，都是空荡的、干涸的、断裂的，里面的任何自然元素都是惰性的和混浊的。或者单从勃朗宁的角度看，少了音乐性或音乐这种表意媒介，其他方式都尚不能避免意义的流失，无论雕塑、绘画还是诗语，都不能填补某些情感的空白和意义的断裂，就像只有"星星"而没有"雾雾"(haze)，只有山峡而没有水，只有原子般硬物的清晰而没有模糊的真实，只有有限而没有无限，只有生命而没有"活力"，貌似都在以各自的手法创建秩序，而实则都圆凿方枘，甚至尚未能脱离混乱。《波琳》的结尾也强调了音乐的这种"神秘"力量："心智无法探测音乐的神秘到底有多深，/ 若想解开它，连一点线索都没有！"其他艺术均比不上音乐，能够成为"音乐的辅助"的只有恋人的爱这个因素。①

  《帕拉切尔苏斯》里面有关用音乐等艺术手段穷尽人类各种情感和思绪

---

① Browning, *Robert Browning's Poetry*, p. 26, ll. 930—931.

的说法在勃朗宁后来的诗作中一再得到重复,而且常常是字面上的重复。我们前面谈论过的晚期长诗《集市上的菲芬》,其正文部分就出现过类似的文字表述。在该诗的第 61 诗节,唐璜在谈及肉体与灵魂的关系时,感叹有些话用文字说不清楚,文字甚至成为灵魂与"真相"之间的障碍,因此他祈求音乐的援助,希望音乐能够做文字所不能为之事,"越过障碍,"将罩住灵魂的"一层雾"揭开,让它"不是看到底下的微光,而是上面的辉煌"。而一旦不得不使用文字,那么他希望那些"虚弱"而"疲惫的"文字不要总是那样不堪重负,而是"放下负担,向四下里全都散落下来,/ 就像音乐那样:布满空间!"①"布满空间"的原文是 cover space,cover 也有"覆盖"的意思,但"空间"这个重要概念决定了这个字不只作"覆盖"讲,声音活动的方式也不只限于覆盖。我们下面要提到的一位评论家(约翰·霍兰德)认为这个字在此处亦指"填满"或"充满",相当于 fill。这样的解释符合勃朗宁的一贯认识,所揭示寓意与上面所讲到的向裂隙中注入音乐的意象一脉相承。也就是说,这是勃朗宁几十年都放不下的诗性思维。这首诗有关音乐的内容当然不止这些,很快唐璜又会再次说起音乐,而且所涉及的内容更丰富,其一些谈吐所开启的思想领域也更宽阔。

唐璜与吉卜赛女郎菲芬的邂逅一度让作为有妇之夫的他陷入有关"真实"与"虚假"等问题的思考中。该诗第 86 节之后,某一天上午,他以勃朗宁式独白者所特有的那种介乎于雄辩和诡辩之间的有感而发,谈到真实中的虚假和虚假中的真实,谈到唯有个人的自我是可以确定的真实,而"肉体的耳朵和眼睛"所感知的外部一切都可能只是外表和"谎言",这也是因为"灵魂的所见"时常是另一些"不请自到的"景象。虚假中的真实让他联想到舞台上的真实,那是值得"珍重"的"诚实的欺骗";而梦景或幻象之纷繁,则让他感觉到表达真实心绪之难。在勃朗宁的想象中,唐璜就是在这样一种复杂的心境中,将 19 世纪德国作曲家舒曼请了出来,因为舒曼既能够帮助他表达情感和思绪,又为他确立了舞台的意象。勃朗宁实际上想象唐璜具体地弹奏了舒曼作于 1834 年的《狂欢节》这部钢琴套曲:

既然思绪寄望于语言,
而任何语言都不能像音乐那样呈示情感,

---

① Browning, *The Complete Poetic and Dramatic Works of Robert Browning*,第 716 页,第 LXI(61)节。

第十一章　音乐与海洋:勃朗宁与艺术家的"交谈"

> 那么我这负重的灵魂,过度地承载着每一波心绪
> 所给予我的每一个馈赠,最终只好决意
> 将自己的重负转嫁给一位已离世而去的乐师,
> 因为我眼下的所感,也是他曾经的所知,
> 但他不是寻求文字,而是找到了声音,并用声响
> 永远留住了逸于言语之外的真实,——是的,让诗歌无光。
> 就这样我开始阅谱,我弹击琴键,我让这乐器
> 去记录,——而"记录"这个词该享有多少谢意!①

"记录"(record)这个字出现了多次,它体现勃朗宁所笃信的音乐的一种重要功能。在同一诗节内,他通过唐璜之口,说人类"所感所知的也就是(音乐所记录的)这些真实",不多也不少,因此音乐能凭借所确立的真实性而赋予我们信念,避免了我们的"猜测、怀疑和不信"。其他人远离音乐,亦会有所感,"但事后就忘记了,"即便诗词也不能阻止心绪的流失,而音乐则能凭借"魔力",把难以记录下来的那些流动的因素记录下来,甚至"能让月光成为大理石"。唐璜就这样弹奏着舒曼的《狂欢节》,其视野随之扩展开来,心灵的目光进而幻见到生活的狂欢实质:威尼斯城就意味着狂欢,②狂欢即代表了人间世,而如此的人间世只能用音乐来记录和表达。

　　有关后续诗文所依赖的狂欢节意象,国外的学者有过专门论述。黛博拉·弗洛克-凯耶斯在一篇探讨勃朗宁和舒曼二人作品中的多重戏剧声音的文章中,一上来就提到前者与舒曼夫妇的关系,提到其有关音乐和真实性的认识实际上是"呼应了"舒曼的音乐评论,尤其是后者有关"音乐与诗歌的相对价值"和"音乐对于戏剧声音的处理"及"对于人物性格的表现"等说法。她认为勃朗宁一定读过舒曼的评论性著述,他应该在舒曼身上看到了自己的"楷模"。③这位学者所依赖的一个重要理论支撑就是现当代学人所经常援引的苏联评论家巴赫金(Mikhail M. Bakhtin,1895—1975)的观点,她也从

---

① Browning, *The Complete Poetic and Dramatic Works of Robert Browning*,见第724页第XC(90)节。带着重点字代表原文的斜体字。舒曼逝世于1856年,距勃朗宁写这首诗时已有16年。
② 威尼斯的狂欢节闻名于世,它有着悠久的历史,约确立于13世纪,其主要标志之一就是狂欢者都戴面具。
③ Debora Vlock-Keyes, "Music and Dramatic Voice in Robert Browning and Robert Schumann." *Victorian Poetry*, Vol. 29, No. 3 (Autumn, 1991), pp. 227-239. 见第227—228页。

巴赫金有关多重语声、狂欢节和不同艺术媒介的"小说化"(novelization)等概念出发,反观勃朗宁和舒曼的理念与实践。舒曼的《狂欢节》分为 21 个片段,展现了不同人物的声音。勃朗宁热衷于各类人物的独白,其《集市上的菲芬》所涉及的又是嘈杂的集市,而且他还让唐璜思考舒曼的狂欢节概念,甚至让他神游到一个更大的集市和狂欢地——威尼斯。这些都让巴赫金的理论产生明显的相关性。

巴赫金的"多语想象"和"小说化"等概念的背后,实际上是把小说看作理想的艺术形式。粗略地讲,小说所为,即是用各不相同的语声来勾勒人物个性,并让不同的个性共存于一个包容性的艺术空间里,小说因此而体现世间的状况,亦标示出各类艺术所要企及的境界。弗洛克-凯耶斯受到巴赫金理论的影响,自然要论证舒曼的音乐和勃朗宁的诗歌如何在表意媒介的层面(音乐技法和诗语处理)就已经达到个性化效果。仅就勃朗宁而言,她认为其人物独白的一些诗文仅听上去就能让人辨认出不同的个性,就像舒曼在《狂欢节》中区别不同人物的做法。她多次使用"高度切分的诗行"(heavily syncopated lines)这个概念,把诗语和乐句相等同,认为勃朗宁是在"用音乐的切分音来创造人物",①正因为这样,她觉得他的那些不大上口的诗文反而比丁尼生的悦耳抒情诗更接近音乐的特性。从以上我们所提到的理查森(以及海尔)的观点和勃朗宁本人那封信的角度看,她把诗文当成音符的做法与其他一些评论家相对于《格鲁比的一首托卡塔》等诗的做法相似,可能有些过于直接了。但不仅如此,在效果上她的观点暗示了勃朗宁既要诗文的物理特性达到音乐性,也要超越音乐性而达到类似舒曼的《狂欢节》中所含有的小说性。这样的推论会与勃朗宁本人的艺术理念发生一定的内在偏差。若抛开《狂欢节》的构思和具体结构不提,仅说所谓的"音乐性"或艺术性,勃朗宁不见得完全需要巴赫金意义上的"楷模",他的着眼点的确如弗洛克-凯耶斯本人所说,是"早于"巴赫金的理念而存在的。

权且用欧洲两位伟大的小说家作为"反证",一位是巴赫金比较尊重的法国 19 世纪作家福楼拜,另一位是视福楼拜为楷模之一的 20 世纪爱尔兰小说家乔伊斯。福楼拜的《包法利夫人》里面也写到集市(第二部分第八章的农产品大集),乔伊斯则在《尤利西斯》中专门开辟了与音乐有直接关系的一章,即被称作"塞壬"的部分(Sirens,竟然也是第二部分第八章)。两位小说

---

① Debora Vlock-Keyes, "Music and Dramatic Voice in Robert Browning and Robert Schumann." *Victorian Poetry*, Vol. 29, No. 3 (Autumn, 1991),第 230 等页。

家至少在这两个章节里都试图超越文字的时间性,都在一定程度上将文字用作音符或旋律,通过它们之间的对应、重复或微妙变化,来创造现实场景中不同层面、不同线索同时发生的复杂空间,只是乔伊斯的自觉性相对再强一些。对于这种做法,评论界一般认为是在追求复调音乐的状态,乔伊斯的那一章甚至被称作文字赋格。其实,巴赫金的小说理论在一定意义上也是依赖了"多音部"(polyphony)这个复调音乐的基本概念,他反而从中找到小说欲达到的境界。当然,只要是使用文字,无论是多么复杂的叙述线条,在文字运用上都要分先后,所谓不同层面的同时发生,最多是指所引起的联想或所造成的印象,不可能有技术上的同步性。只有在音乐中才有空间上的同步性,依赖类似声乐中的重唱、赋格曲等复调音乐中的对位法以及其他的音乐和声或重奏形式,即可很容易地做到这一点。就像弗洛克-凯耶斯本人在谈论勃朗宁的《福格勒神父》(Abt Vogler,我们下面会涉及)这首诗时所说的那样,"这个三和弦能捕捉人类心理经历的深度和矛盾状态,"对于勃朗宁来说,它作为音乐和声的基础,"也是人物性格和真实性的基础",音乐就是以这种"融合一元与多元、旋律与和声的奇妙功能",使勃朗宁达到"即使最含谐振意味的文字比喻都不能触及的意义平面"。①只是"人物性格"概念难免又牵连上小说性,而对于人物肖像的勾勒,即便是一对一的完美比照,也不能代表勃朗宁至高的音乐价值观。

可以说,唐璜对于具体《狂欢节》这个作品的兴趣应该也有其他的原因,抑或是更简单而有意趣的原因,既在这个具体作品之内,也在其之外。弗洛克-凯耶斯认为勃朗宁对于舒曼的音乐有着"热切的兴趣"(enthusiasm)。唐璜也的确屡次称《狂欢节》是个"漂亮的作品"(pretty piece),还赞扬"舒曼在把握平凡事物上所取得的胜利",但他并未细谈其妙处,而是在一般意义上重复了勃朗宁的一贯认识:只要是音乐,就能够位居三类艺术之首(诗歌、绘画、音乐),尤其就"模仿"和"表达"各种人类情感等功能而言。②另一方面,舒曼的"狂欢节"这个名词在概念上对唐璜有很大的诱惑力,让他产生一系列的联想。在该诗第 91 节,他说这个音乐作品的"奏响"让他立即回想起头一天傍晚所看到的景象和听到的声音。头一天傍晚他"透过夜幕,听到一辆大

---

① Debora Vlock-Keyes, "Music and Dramatic Voice in Robert Browning and Robert Schumann." *Victorian Poetry*, Vol. 29, No. 3 (Autumn, 1991), p, 237.
② Browning, *The Complete Poetic and Dramatic Works of Robert Browning*. 见第 725 页第 XCII(92)节。

篷车嘎吱嘎吱缓慢行进的声音",当时他就猜测,在茂树间吉卜赛人的某个帐篷里,一定会有某位姑娘,"像一弯褐色的春月斜卧在角落,"注定会让他又一次体验到"触电般的"感觉,并让他确信世间存在着"热情和生机和真实",这些因素能让黑暗中的男女手与手相触,相连,并"能将这个秘密传递下去"。唐璜于是幻见到这手手相连的"链环会越来越长","圈子越来越大",直到整个人类都被包括在内,"这集市扩展成狂欢,/这狂欢扩展成……啊,那是我的梦!"他就是这样"与乐神一起神游",即便"勉勉强强地"将整个作品弹了下来,即便"那三个调性一味地降、降、降,连一个升的都没有",但"遮住我心智的层层雾帘被拉开了"。① 接下来他就神游到"狂欢节的大本营"——威尼斯,并俯瞰到由这个更大的"集市"所体现的人间缩影,类似于华兹华斯在《序曲》第七卷所述圣巴塞罗缪大集(St. Bartholomew's Fair)的景象;或可说唐璜的说辞虽有为感情不专而开脱的意味,他却也体验到与华兹华斯相近的思想历程,先是在圣马可广场这样的场所发现了嘈杂、虚假、丑陋、怪诞和邪恶等俗界乱象,然后看出了经纬、活力和真实,进而与人世间和解,意识到"智慧所应达到的目标本来就是地面,/而非天堂",应该超越狭隘的道德观,"为人性的移游正名,并通过那些个不坚不贞 / 来解释与不坚不贞共融于人性之中的各种辉煌",或简单讲,应学懂"善衍生自恶。"②

本书第三章所提到的美国诗人/教授约翰·霍兰德写过一篇题为《罗伯特·勃朗宁:音乐的音乐》的文章,谈到勃朗宁在英国 19 世纪文坛的独特性。他说,由于英国在音乐方面的"落后状况",也由于英国诗人热衷于将"意识的开启过程"与"乡间的这个露天剧场"联系起来,那么一些真正的音乐场所就在他们的"诗性想象"中被边缘化了。而德国的浪漫文坛则不然,其文字中"充满了音乐与文学之间的深层联系"。包括英国浪漫诗人在内的许多英国作家当然都频用音乐意象,但多涉及自然界的"音乐"或诗词韵律中的"音乐";只有一个人是例外,他更在意"音乐本身的音乐",而"这个例外就是勃朗宁。"尤其在其成熟后的诗作中,

> 他的那些独白者所听到的是音乐本身的音乐;(勃朗宁)所关注的绝非原始的声响,甚至也不是被体现的情感。而说到"被体现",他的确痛感到人们竟如此经频繁地将音乐的意味简括为某些具体的意思。而

---

① Browning, *The Complete Poetic and Dramatic Works of Robert Browning*,第 726 页,第 XCIII(93)节。
② 同上书,有关神游威尼斯的部分见第 726—729 页第 XCIV(94)—CIX(109)节。

他本人则专心致志于音乐经历中所涌动的全部因素;对音乐意义的领悟不是依赖具体的音符或声音,不是凭借大调与小调、快板与慢板等变化套式,而是在风格和历史等因素背景下抓住音乐艺术本身的那些完整结构。①

"音乐本身的音乐"这个说法是霍兰德对自己这篇文章题目所用概念"音乐的音乐"(music of music)的强化,其所针对的是仅仅用音乐比喻其他事物的做法。可以说,霍兰德的观点借用了我们上面所引勃朗宁 1887 年的那封信中的说法,是对它的一种诠释。

霍兰德实际上强调了常被人们忽略的一个常识:音乐本身,尤其是以器乐音乐为代表的类型,体现了截然不同却极其有效的表意手段,它不依赖文字、概念或任何可见的色彩与形状,却可以以自成一体的方式让人启动和完成一个强有力的认知过程,让空白(空间)产生意义,让一段充实而完整的精神经历成为可能。霍兰德不认为勃朗宁仅仅着意于某些朦胧情绪的表达或某种模糊欲望的宣泄,他认为勃朗宁的音乐观不是要排斥"有所指的意义",而是要"调和抒情性和话语性(the discursive)"这两种功能的所谓对立。霍兰德援引了我们前面提到的"布满空间"(cover space)这个概念,认为这说明勃朗宁不是让音乐"飘浮在意义之上"或"在空间的上方飞",而是相信音乐"有的时候可以更有效地起到指示意义(signifying)的作用",可以"填满空间",这是因为"不仅限于情感,其实思想的活动方式时常更像音乐,而不是像文字的序列"。②霍兰德的这个解释有助于我们理解勃朗宁所赋予音乐的认知功能及其在音乐和思想之间建立的有机关联,有助于强化音乐的精神意义和文化意义。我们需要注意的是,即便勃朗宁不排斥音乐的"话语性"或散文性或有所指的示意性,这些因素也都居于音乐性之下,与它的基本性质有别。"思想"(thought)和"情感"(feeling)这两个词并不分别对应于"话语"和"抒情";勃朗宁经常把它俩放在一起混用,形成 thought and feeling 这个扬抑格词组,屡次地出现在与艺术有关的诗文中。"思想"更多地成为了"思绪","情感"也可以接近"思绪"的意思;这两个词不是相对的,而是相近的,共同代表了其他艺术所不易表达的内在因素。有关这一点,我们还会在

---

① John Hollander, "Robert Browning: The Music of Music." Harold Bloom and Adrienne Munich eds., *Robert Browning: a Collection of Critical Essays*. Englewood Cliffs, N.J.: Prentice-Hall, Inc., 1979, pp.100—122. 见第 111 页。另见第 102、100 页。
② 同上书,霍兰德此处的一系列论述见第 112—113 页。

本书下一章提到。另外,"布满空间"那个概念的上下文主要不是在说音乐不能只在空间之上浮动,而是奢望文字达到音乐的境界,而且不仅仅是像音乐那样充入空间,更是要事先放下概念的重负,像音符那样先散落下来,落向各个角落,变得无所不在,以此才能重新表达意思。可以说,摆脱重负而落向四处的概念及其所含有的诗性思维在重要性上不啻于"布满空间"的意象,它折射了勃朗宁至少在哲思上对任何可能的精神束缚的警惕。

说到散落的音符,我们必须转向勃朗宁的另一首名诗《福格勒神父》(Abt Vogler)。这首诗入选勃朗宁发表于1864年的诗集《剧中人》,其本身的创作年月不详,德威恩猜测是在1861年之后,另称该诗是"勃朗宁有关音乐的诗作中最伟大的一篇"。① 诗中的戏剧独白者福格勒(George Joseph Vogler, 1749—1814)在历史上与莫扎特同时代,长后者七岁,与其相识。虽年龄稍长,音乐职业也较稳定,且不乏建树,但事业鼎盛期大致发生在莫扎特去世之后,并曾与贝多芬有互动,二人比试过即兴演奏。从莫扎特写于1777—1778年间的若干信件看,莫扎特本人无论在作曲、指挥或演奏方面都对福格勒有诸多不屑,将其认定为品位较低的音乐人。如此评价或多或少影响了后人对福格勒的认知,但现当代乐评已基本视其为西方乐坛曾有一席之位的人物,其在管风琴技术创新、音乐教育以及演奏——尤其即兴发挥——方面的造诣尤其不能忽视。

勃朗宁显然有感于福格勒作为演奏者的一面,想象其在键盘上可能的感悟,使他自己的这首诗成为思绪涌动的作品。在其笔下,福格勒神父与利波修士的情况相似,也是一位懂艺术的神职人员,这两种身份重叠,使该诗产生勃朗宁式的典型意义。这位管风琴演奏家感悟到,音乐在捕捉灵念、体现直觉方面具有天助的神奇能力;而作为信徒,他也同时体味一个比音乐更原本的生命空间,它由音乐揭示,亦体现上天的关护。他首先表达了类似于柯尔律治等人所持有的一种态度,即相信音乐有不可思议的一面,它可以创造灿烂的奇迹,可以让音乐演奏者建起一座美妙的宫殿,甚至让天地融合。而绘画和诗歌都相形见绌

> 全都是通过我的琴键,它们即时地呼应着我灵魂的意愿,给出乐声;

---

① 见 William C. DeVane, *A Browning Handbook*,第290、292页。在其他场合,德威恩也称该诗是"音乐诗中最杰出的一篇"。

第十一章 音乐与海洋:勃朗宁与艺术家的"交谈"　　399

　　　　全都是通过我的灵魂,它随着自己意愿的可见涌出而作出对神的赞辞;

　　　　全都是通过音乐和我自己! 因为,你想啊,假若我画出了所有这些情景,

　　　　成品画作也立了在那里,让人看清,可谁也看不到艺术过程的这般奇异;

　　　　假若我把这一切写了下来,作出了诗——虽说如此,可是有果必有因,

　　　　大家都知道了诗文的形式因何而美妙,故事的叙述手法也都听得清楚;

　　　　这两样肯定都是成功的艺术,但是都得依从法则才能生存,

　　　　画家和诗人终要被列入艺术家名单里,尽管都能位居高处,——

而音乐家就不能这样归类了,他可以超然于这名单之上,更直接地成为上帝的代言人:

　　　　可这琴键上的是上帝的手指,是心有余而力亦有余的闪现,
　　　　它先于所有的法则而存在,制定了法则,然后看吧,才有了法理!
　　　　我真不知道除了音乐家以外,还有什么人的才华能像他一般,
　　　　把三个音组合在一起,不是弄出来第四个声响,而是一个星体。
　　　　请好好想一想:我们音阶上的每一个音其本身都无足轻重,
　　　　在世界上随处可闻——响亮的、微弱的,以及被说出的全部,
　　　　但拿一个音来让我一用! 我将它与我所想到的另两个音相融,
　　　　然后你们听吧! 听到了也看到了,就该掂量一下,该低下你们的头颅!①

"看到了"这个表述折射柯尔律治在《忽必烈汗》中面对无形的"空中的殿堂"的反应,而此处的福格勒神父显然也希望人们对这样的奇迹产生柯尔律治所期待的那种敬畏感。音乐之所能,是在繁复和多样性中创造有机的秩序,而所谓"上帝的手指",也正是以此为业。可量化的个体声音零零散散遍布于世界各处,三和弦中的任何一个音符拿出来也都是这样的声音,但它们被音乐家融合在一起,所形成的竟然是一个"星体"(star)。"星"的意象中不排

---

① Browning, *Robert Browning's Poetry*,第284—285页。这两段分别是第 VI 和第 VII 两个完整的诗节。

除艺术品创造者一方对自我价值的认定,但从表面上看,它更直接地指创造的结果,指一个实在的空间结构,只不过其内涵不再像那些零散的声音一样能够被限量,而是具有无限性;它呼应着本诗 IV、V 两节中的"辉光"和"光焰"意象,成为一个能够辐射其能量的宏大空间;它超越了时间,但作为和弦,它也与旋律以及整个音乐作品形成张力,使空间关系更为复杂。音乐家就是以这样的技术和"灵魂的意愿"而接近上帝的境界,在各种艺术家中,音乐家的"意愿"(will)也最能与"法则"(laws)重合,成为其精华或实质,因此可以说比雪莱概念中的诗人更像"立法者"。①音乐与声音的这种关系亦体现世间其他的道理,而这也是为什么勃朗宁的唐璜和诗人华兹华斯都能在俯瞰人间集市时最终发现秩序,因为他们都找到了音乐家/上帝的视角,都依赖和使用了噪音与和声(harmony)的意象。

美国老一代学者乔治·莱顿诺在一篇题为《勃朗宁的音乐诗》的文章中指出,《福格勒神父》这首诗将艺术家视为造物者,这实际上遵循了"浪漫派的重要信条",而且,艺术过程中所发生的奇迹可以让艺术家(音乐家)意识到一个更大的奇迹,让他"确信存在着一个由绝对的造物主所建造的完整而永久的结构,而他本人的那个局部的和临时的作品分享了前者一隅"。②显然,莱顿诺的这个有力的表述不仅把福格勒神父的独白与柯尔律治的理念联系在一起,也确立了雪莱式新柏拉图主义思维方式的关键影响。莱顿诺还将我们的注意力引向诗文中的另一重要细节,即第 I、II 诗节中福格勒有关其音乐"建筑"具体建造过程的比喻性表述。第 I 诗节全译如下:

> 愿这壮观的建筑立在那里——我建的这座多层音乐体,
> 凭着我让这风琴臣服,让它的一个个琴键都各司其职,
> 让这些声音的奴隶招之即来,就像所罗门那样随心所欲,
> 随意调动各路人马,无论是翱翔的天使军团,还是潜行的魔鬼众师,
> 人类、畜牲、爬虫、飞蝇——虽都意趣迥异,归宿不同,
> 虽互不相容,各自间差距之大正如高远的上天与渊深的地狱

---

① 与雪莱等人的做法相似,勃朗宁在不同艺术门类之间做出比较。在具体排列上,勃朗宁把音乐放在高于其他艺术的位置,而雪莱则视诗歌为至高无上的艺术,如其《诗辩》所称。当然,"诗歌"在雪莱的话语中亦是广义概念,代表各类诗性创造力的实质。

② George M. Ridenour, "Browning's Music Poems: Fancy and Fact." *PMLA*, Vol. 78, No. 4 (Sep., 1963), pp. 369—377. 见第 374 页。

第十一章 音乐与海洋:勃朗宁与艺术家的"交谈"

之分——

　　却当他念起那不容直呼的名讳时,都于片刻间纷纷现形,
　　共同为他层层建起一座挺拔的宫殿,为讨他所喜爱的那位公主欢心。①

音乐家驾驭琴键有如所罗门调用各方神圣,只是所罗门将他的宫殿建在了耶路撒冷,而音乐家把音乐大厦的"地基"打在哪里呢?第 II 节最后四行说道:

　　你会不管不顾地纵身跃入地狱,就此埋头于那里的工作,
　　角落中潜居片刻,然后大方地开建,就在这万物生根的地方,
　　然后再游回到上面,反正我自己的宫殿的地基已有了着落,
　　我不怕那里的火焰,将它稳稳当当地确立在最底下的河床。

两个诗节内的这些诗文竟如此生动而奇特,所及内容犹如布莱克的魔鬼作坊一般匪夷所思,语气上也同样很高调,而牵扯上天使、魔鬼、地狱等等竟只是为了讲述音乐的即兴演奏过程。对于这个部分,莱顿诺的评价直白而深入。他说:"这座建筑的性质明显不涉道德范畴,这让人惊诧。它奠基于地狱,其建造者中既有天使,也同样有魔鬼,这就不是仅仅地承认有恶(evil)存在了,而是让它成为'画面的一部分',甚至将恶派上用场。"莱顿诺还根据后续的诗文说,音乐家游到上面重见天日后,即开始"以天堂为目标的向上运动",而"这与天堂向着他下落的过程同时发生",因为如第 IV 节所说,天堂也像他一样,顺从了其本身也有的自然的"冲动"。②就是这种发生在音乐创意中的天堂与地狱的融合成就了音乐家个人的完整人格。莱顿诺不喜欢有的评论家在《福格勒神父》中发现的谦卑成分,而是认为让听众面向音乐奇迹垂下头颅的诉求中流露出柯尔律治诗作《忽必烈汗》中所体现的那种"狂傲"。这是很犀利的感悟。不过,谦卑与傲慢之间含有着巨大的佯缪(paradox);对于地狱的谦卑不见得就是对于上天的傲慢,而向上的飞升也并非就是准备着让上天俘获,而还是要回到下面,正像一般音乐作品本身所展示的过程那样,善始善终地落下。莱顿诺本人也暗示,将音乐宫殿视为终极

---

① 诺顿版的编者注释道,根据犹太经典《塔木德经》(Talmud)中的传说,古以色列王所罗门得到神助,拥有了喝令各种超自然力量的能力,让它们帮着自己建造了宫殿和庙宇。犹太人敬畏上帝,须避讳其名,一般改以他称代替。见该版本第 283 页注 3、4。
② George M. Ridenour, "Browning's Music Poems: Fancy and Fact." 这几处引语见第 374 页。

大厦一部分的态度亦可以让人把人间生活看作神圣空间的一个部分,比如让福格勒最终心安理得地接受他所说的"现世生活的 C 大调"。①

《福格勒神父》的总体重心移动方向就是落下、升起、落下。"升起"之所以可能,反倒是因为音乐记载和承载了人世间的愿望和梦想,可以把这些当作礼物献给上帝。而正如第 X 节所示,对于"升起"的认定也的确在上天对人间——或永恒对时间——认可的那一刻("当永恒认可了瞬间的构思")。或者说,这一刻包含着永恒,是因为作曲家能够让"我们所追求或希冀或梦想的与善有关的一切"都能够永存。接下来的第 XI 节中,福格勒补充道,上帝面对各色人等,单单选中了音乐家,对他们表现出偏爱。大家都是"受苦受难的人",每个人的苦与难都有不同的"组合","但是上帝私下里只对不多的几个人悄声耳语;/ 其他人只会自我开导,逆来顺受,而只有我们音乐家才洞知根由。"在勃朗宁的概念中,这种对于人间悲苦的强大认知能力来自于音乐与"思绪与情感"的较近距离。联系到以上唐璜等人对于其他艺术门类之局限性的诟病,我们在此也可以说,虽然包括音乐在内的所有艺术都不过是表意的符号,但其他的艺术手段相对来讲需要更多地将"思绪与情感"进行转化,比如转化成关系较远的文字概念或物质形状,让它们都背上"重负",而不能像音符那样以难以言表的和难以量化的方式弥漫于待表意的整个空间,或漫然"散落"到每一个角落。而若距离所谓原始情感较远,或下潜不深,艺术家的精神飞升也不会很高。勃朗宁概念中的音乐则有着相对更大的穿透力,更有机,能触及相对更广大的空间。福格勒在第 X 节中说,在音乐中永存的"并非(人类欲望与梦想的)外观,而是其本身"(not its semblance, but itself)。从勃朗宁的一贯认识上看,这不大可能是在说音乐即等于生活,不大可能把音乐放在模仿手段之外。这个诗句主要是在暗示其他艺术门类相对更像仿品;音乐与"思绪与情感"的关系更直接,甚至情感的最逼真的造像就应该是这个样子。在这个意义上,福格勒的认知能力就是其音乐的下潜能力,这也是某种权威性之所在。他能够在即兴演奏中很快地将他的音乐构思植根于地狱的"最底下的河床",不能再深了,然后踏踏实实地享用着黑色的能量,并能进一步接受乐理的启发,既能够顺势上行,也能让个人之作为个人,安然地落向那个比音乐还要广大的基本生活空间:

　　眼下我又感味到普通三和弦的亲切,

---

① George M. Ridenour, "Browning's Music Poems: Fancy and Fact," p. 375.

> 就这样随着一个个半音向下滑奏,直至沉入到了小调,——没错,
> 并且我还把它弱化成九度音程(a ninth),于是我站在了异国他乡,
> 回首片刻,再看一眼上面的峰峦,我就是从那个高处滚入到渊底;
> 听吧,我有胆量攀登,更完成了我的滚下,因为我找到了歇息的地方,
> 就是这现世生活的 C 大调,所以我现在可以让自己睡去。①

这样的诗文虽关乎一位即兴演奏者的个人感味,却表现出十足的史诗般气度,其所展示的不仅是较完整的音乐经历,也像是一个人发出了有关其在很低的位置找到最终归宿的高调宣言。"渊底"(the deep)也可以指海洋。音乐、海洋、现世生活、变化的情感空间等勃朗宁式的关键概念就这样又一次地被融合到一起,揭示着一个福格勒、《格鲁比的一首托卡塔》中的科学家以及利波兄弟等人所能够悟见的而《古典语言学家的葬礼》中的老学究等人所不能悟见的世界。

本章可以就此止住,但这首诗中所出现的一系列意象让我们自然想到英国文学史后来的一个同样很高调的艺术家个人"宣言",即现代爱尔兰小说家詹姆斯·乔伊斯的中篇小说《一个青年艺术家的画像》里面的海滩漫步片段所涉及的内容。乔伊斯主要是小说家,该书所谓的"艺术"指的是文字艺术,但该段落所体现的文思是勃朗宁式的,也掺杂着丁尼生式的向更广大的空间游离的概念。无论海洋、生活、"滚下"、"渊底"还是"C 大调"和"睡去"等意象,都得到较直接的呼应。简单讲,小说主人公斯蒂芬在这一片段开时之前,苦于找不到个人的职业归宿,陷入精神困顿与迷惘。吸引他的有两种前景,一是政治上的投入,二是教会为他设计的使命,但他觉得这两种职业都有悖自己的本性。在彷徨中,所谓本性的轮廓渐趋清晰,让他看到成为文字艺术家的可能,于是力求摆脱外在理念的重负,在面对向上或向下的选择时,他选择从较高的位置落下,落向较原始的生活能量。对于西方读者,"落下"(fall)这个词与基督教文化中为人熟知的以乐园为背景的"堕落"(The Fall)有难以分割的亲缘关系,乔伊斯密集使用它,使文字织体中的乐感和思想含义都达到剧烈的程度:

他愿落下。他尚未落下,但他愿于瞬间落下,默默地。不落下太难

---

① Browning, *Robert Browning's Poetry*,第 286 页,最后一节的后六行。仅就技术性而言,这部分诗文涉及音乐的调性变化等过程。当然,不深究技术,我们也能体会到一般的象征意义。

了,太难了。他已感觉到自己的灵魂在默默地下滑,肯定会于某一刻滑落,滑落,虽尚未落下,仍然不落,但将要落下。

临界状态发生时,他的脚步离开教堂和人们谈论国事的酒吧,慢慢向海边这个更宽阔的空间移去。四周的一切也都为他制造着下落的气氛:黄昏的暮霭落下,海潮落下,他的脚步也声声落下,伴随着"落下的诗行";就连他脑海中的音乐也忽高忽低,升高一个全音,就要加倍地落下:

> 他似乎听到了音乐的声音,音符一阵阵传来,忽而跃起一个全音,忽而减四度跃下,忽而跃起一个全音,忽而大三度跃下,就像是伸着三叉火舌的烈焰从子夜的树林中跃出,一阵接着一阵,火焰接着火焰。

而诱发最终俯冲的直接原因则是来自于决定性的感情、美感或欲望的产生。或许我们可以再次联想丁尼生的那个支撑不住的夏洛特女士,也可以联系乔伊斯《为芬内根守灵》(*Finnegans Wake*)一书的结尾,其时女主人公 ALP 的心智变得像利菲河的浊流,离大海越来越近,于是一句简洁之极而饱含意义的话出现在她的意识中:"我们先感觉,然后落下(First we feel. Then we fall.)。"①斯蒂芬就是这样,下行到海边后,在沙滩上看见一位美妙丰满如海鸟的姑娘,她眺望着大海,赤裸的脚丫搅动着海水,其脸颊上"凡人的美"似让他发现"奇迹"。一时间他经历了顿悟的过程,终于像利波兄弟和福格勒神父等人那样,找到本该属于艺术家的使命和归宿,于是"爆发出世俗的喜悦":"去生活,去犯错,去坠落,去胜利,去在平常生命中再创造生命!"然后他跑到坡上,在草丛中找到一处凹陷的小沙窝,躺了下来,平和地睡去,很像福格勒,体会着心安理得的释然,或如婴儿一般,感觉到"下面的大地,那个生养他的大地,把他抱入她的胸怀"。②当然,乔伊斯所言不见得与勃朗宁所想完全吻合,但仅就诗性思维而言,凡间生活、海洋、音乐、激情、落下,再加上艺术创作这几个关键概念组合在一起,很接近勃朗宁式的主题,呈示勃朗宁式的生命空间,尽管这些与丁尼生的类似文思也并不遥远。权且说,乔伊斯之所为,代表了现代派艺术家对勃朗宁式的思想基因和诗性表述方式的较充分的变奏和诠释,是对他的敬意。

---

① James Joyce, *Finnegans Wake*. New York: The Viking Press, 1959, p. 627.
② James Joyce, *A Portrait of the Artist as a Young Man*. New York: The Viking Press, 1956. 海滩漫步一段见第162—172页。"世俗的喜悦",原文"profane joy",字面上含有"神殿之外"或"不入神殿"的意思。

第十二章　音乐与海洋：
勃朗宁与艾维森的"交谈"

专辟一章谈论勃朗宁的《与查尔斯·艾维森交谈》(Parleying with Charles Avison,1886?)这首诗,是因为该诗是对诗人有关音乐和海洋思想的最充分、哲理性最强的表述,是对此前许多感悟和意念的呼应或重复,或用德威恩的话讲,"(它)成为勃朗宁所有音乐思想的总结"。① 其所揭示的生命空间极其恢宏,富有精神的能量;其对现代人各种文化表意行为的审视非常犀利;其诗语水平或诗性表述手法也都非常出色。国际上对勃朗宁音乐思维感兴趣的学者大致会论及这首诗,但一般的作品选集不会将其编入,一般的诗评也会回避它。原因待解,但或许是因为它略长,较难读,其寓意貌似远离一般的生活内容;一提到勃朗宁就想到戏剧独白诗的读者也会觉得它有别于其典型诗风,不大符合大家对于那种所熟悉的趣味性、怪异性和感性的期待。总之,它属于勃朗宁的那类被普遍忽视但并非不重要的作品。连带被忽视的,是它与当代文化的相关性。这后一点让我们觉得,这样的作品其实提供了又一个契机,使我们得以再次体味西方的有些文学作品仍然可以带给我们什么,能让我们看一看这样的文思对于我们今天的文化人、学术人、甚至具体从事文学批评的人会有什么样的启发。

晚年的勃朗宁写过一组与历史名人"交谈"的系列诗,共 7 首,外加一篇序诗和一个结语,代表他本人长期以来对于思想、文化和艺术等领域的不同兴趣和关注,被德威恩定义为"心灵的自传"。自传之外,勃朗宁也借此组诗与当代思潮直接对话,不再隔着"剧中人"的面具。《与查尔斯·艾维森交谈》是 7 首交谈诗中压轴的一首,专谈音乐,分为 16 个长短不一的部分,共 433 行。诗人一上来先用比喻的手法说道,人的记忆有时就像一只鸟,飞到很远的地方把某个东西衔来。这个意思由第一部分中一个充满意趣的画面呈示出来:就在这个"凄苦的早晨",诗人的确在窗外的院子里发现了一只

---

① William C. DeVane, Jr., *Browning's Parleyings: The Autobiography of a Mind*. New Haven: Yale UP, 1927, p. 252.

鸟,它属于黑顶莺(blackcap)一类,应该是从远处飞来,顶风冒雪,偏偏就来到这个院落;它就像一个窃贼("果林中的小偷"),有所图谋,但别的都不偷,偏偏看中绑树枝用的一窄条法兰绒破布;它一定会将其叼回去,帮雌鸟筑巢,让它"在舒适中"孵窝。经历了五个月的冬季,诗人被这个小小生灵的"掠夺"行为而深深打动,一时间觉得这片光秃秃被雪覆盖的"丑陋的空地上""充满生命力与美",就如"在粗陶杯子中注入美酒,酒满而溢"。诗人说,在这"令人不舒服的三月里",这件小事"引出了我的幻念"。①国外一些评论家认为这个有关鸟雀和破布条的意象具有十足的意味,是全诗的基础性比喻。当然,抛开结构不谈,内在思想层面的更大、更基础的比喻(海洋)还在后面。

所谓"引出了我的幻念",具体想到了什么呢？诗人紧跟着在第Ⅱ部分中说,"三月"(March)这个词就像一位门房,为他"通报了(一位乐界故人的)光临",即引出了 18 世纪英国"纽卡斯尔的那位管风琴家"查尔斯·艾维森(Charles Avison, 1709—1770)的名字。这是因为艾维森曾经作过一首《大进行曲》(the Grand March),March 这个月份的名字让诗人联想到那个 March 作品。在诗人的诗性表述中,其记忆的"翅膀"飞回到一个多世纪之远,回到"亨德尔统领一切的年代"(第 4 部分),"必然要发现该由自己掠夺的布条",于是"远翔的记忆之鸟"(memory the far-flyer)可以凭借这个"战利品"来"取悦家里的那一位——我的灵魂"。就这样,艾维森的进行曲成为了一块"人工织造的旧布"(this rag of manufacture),供记忆寻获,并服务于此时此地个人的灵魂。从我们的角度看,"远翔的记忆之鸟"与取悦灵魂的织造物这一对相关的比喻也适用于任何其他文化人回顾史上艺术织体或文字文本的行为。

诗人倾听着他自己的这件存在于空气中的"战利品",开始表达、乃至归纳他在以前许多诗篇中曾经表达过的文思,如我们在上一章所提到的《格鲁比的一首托卡塔》《我的前任公爵夫人》和《名气》等作品中的内容。在以下第五部分中,他声称,好的艺术品的产生过程都与鲜活的生命能量有关;如能捕捉到真实生活中充沛而生动的生命因素,艺术品本身才会栩栩如生。他举例说,当我们观赏"蜡像展上陈列的名人"时,我们如今所见到的神态正

---

① 本人所用的版本是 Robert Browning, *The Complete Poetic and Dramatic Works of Robert Browning*. Boston and New York: Houghton Mifflin Company, 1895,这首诗在第 974—979 页之间。该版本较老,无行数,本人将标出引文页数或出自哪个部分。

是当时被成功摄取的神态。他认为,成功的艺术品亦可以反过来打动人心,一首赋格曲"会将灵魂向上牵引至天宇"。因此他以为,当我们今天聆听瓦格纳的音乐时,应该意识到"(艾维森)时代的音乐同样也曾抓住人的心灵"。而且,被艺术品所捕捉到的生命力——或者当时被它所感染的心灵——可能代表了那些最无视"死神"而积极地活在当时当地的人们,他们甚至不会像诗人这样回溯往昔,而是能够直截了当地声称"我们现在生存着"(We are now),"看我们的脉搏如何跳动!"

可以说,前五个部分的这些内容在三个方面为下面的部分做了铺垫。首先,诗人把真实而生动的生命能量——而不是别的什么——放在被追溯的本源位置,即我们常说的终极认知对象;第二,他习惯性地对成功的艺术作品所能起到的作用做出感叹,同时暗示:艺术创作也是相对于"真"的认知过程,而且,艺术捕捉过程越能超越理性的文字,或者越接近直觉的把握,艺术作品体现"真"的能力就越强,比如音乐艺术所具有的能力;第三,诗人先行埋伏下对于任何艺术品(尤其音乐作品)都会过时而成为"破布条"这样一个现象的感慨。

第Ⅵ部分起是本诗的精华部分,含有比较密集的思想成分和诗性比喻。首先,勃朗宁终于以最直白的语言重复了他长期以来有关音乐强于其他艺术的思想,同时也近乎突兀地立即对"灵魂"做出结论式的定义:

> 我作如下声明:
> 人类所能获得的最最真实的真理莫过于
> 音乐之所及。"灵魂"——(请接受这个词,
> 虽然它只能模糊地命名任何文字专家都无以
> 恰切称呼的那个东西。有了这模糊的名字,
> 那个恒定的东西才不至于溜出文字的绑缚,
> 才不至于像最初那样没有名字。但即便让它
> 再次溜出,也不会不被认作绝对的事实,
> 它就潜存于同样也是事实的另一个东西的下面,
> 而我们若称后者为"智识"——与"物质"区分开,
> 任何吹毛求疵者也不能质疑我们的这个命名。)——
> "灵魂",任何寻找它的人都会发现,它就在
> 那另一个东西的下面,明明白白。你非得要一个

图解式的意象才听得明白吗？下面这个会让你满意。①

所谓"下面"，就是第Ⅶ、Ⅷ两部分中十分浓烈的"图解式"海洋意象和充满哲思的雄辩诗文。立即注释一句：音乐所要够及的，就是作为"绝对事实"的灵魂，因此在这个段落中，灵魂与音乐才在几无间歇的情况下被一并提了出来，似来不及铺垫。其次，灵魂与"灵魂"（Soul）这个词不吻合，实质比概念大，任何专家都不能冠之以精确之名，只能将就地接受这个"模糊的名字"，毕竟若没有这个名字，那个"恒定的东西"就更无法把握。这里面含有命名的成功与无奈，涉及"绝对的事实"与相对的符号之分，更涉及对前者的虔敬。"恒定的东西"这个概念的原文 that still thing 中的 still 一词既指无名称之前的静默状态，似悄然而无"名声"，也指恒久而永在的绝对秉赋。不管有没有名字，灵魂都"明明白白"地在那儿，下面的诗文还要再次使用"明明白白而毋庸置疑"这个说法。诗人也会再次将涌动的灵魂之海与恒定概念联系在一起，有待我们对这个貌似悖论的关联做出解释。另外，智识（Mind）不是灵魂，也不完全等于汉译常用的"心智"概念；它不是"物质"的，但也不属于灵魂的范畴；它既可以标示出在其下面"潜存的"灵魂，但也可以掩盖它，比如使人只看到它自己这个上面，而不见其下面。尽管勃朗宁称智识为"那另一个东西"，但相对于"灵魂"概念来讲，他对于"智识"这个词语标签的精确度显然有较高的自信。这些就是整个第Ⅵ部分字里行间有关灵魂与智识以及音乐之本分的某些寓意。诗人将很快补足"灵魂"定义的另一半，即把这个绝对而恒定的东西直接等同为情感（因而等同为幽深的海洋），其手法大气而率直。

第Ⅶ、Ⅷ两部分略长，但更值得全文译出：

VII

我们看到一件作品，劳作者在其背后劳作，
他自己不为人所见。假设其所为是要在海湾上
建造一座跨至彼岸的拱桥：他不断挖掘，搬运，
设计桥型，并且动用各式各样的机械设备，

---

① Robert Browning, *The Complete Poetic and Dramatic Works of Robert Browning*，第 976 页。这是第Ⅵ部分全部。原诗文有韵，格式不一，局部松弛。译文未依严格从原押韵格式，与笔者翻译其他诗作的方式有所区别。

一块一块将石头垒好,直至形成一道密实的桥面,
证明这高架的通途已经建好。智识就是这样用功——
受其才能的驱使,或多或少地凭借零散的事实,
建造起我们坚实的知识。但不管是如何筑桥,
在下面滚动着的是可被智识遮盖但却不能被它
驯服的东西,一种我们不能猜透的元素,
那就是灵魂,是未探明深度的海洋——不管我们
在它的上面筑起何种结构,它都会涌起波涛,
以浪花和飞沫的形式,让情感涌起,明明白白
而毋庸置疑,就从那个幽深的地方,那个智识所不能
僭称可以入主其间的深处。难道我们不是已经花了
足够的力气,用在了挖掘、拖拽、让智识的桥面
从崎岖坎坷到平整通畅上吗?说是如此,不过,
在这接续不断的劳作中,任何人若记录其进展,
哪怕是一分一寸,也会获知:从那绞车的最后一转,
从它让那块打磨好的石板落入自己的位置,
到最初那镐头在某座未经开采的山脚下
凿击,——若说智识的多变的过程,前前后后
都加起来,不就是自然而然地依照我们
现时的风尚去发现、去记述?不光自然,
依照风尚也会更方便。"智识就是这样用功,
它所管辖的那一伙感官功能要招呼四面八方,
上面的、下面的、远的、近的,或如今的、久远的,
就这样让知识产生出来。"但是灵魂的海洋,
不管它涌自何方,何以涨满,被迫向何处,——我们
在桥面下所感知到的潮起潮落就是证据,证明
灵魂自有其航向,任凭智识的架构架在上面,——
谁说得清楚、谁能一路探明灵魂的幽泉?
可何以如此喘息般有节奏地起伏、如此来来回回
生生不倦地滚动?难道不就是为了尽量比及
上天的那种恒定?用知识去接近、去匹配情感,
——让灵魂的差事具体呈现为智识的成果,把激流

做成止水,让永无止息地涌起而落下的各种各样的
怨恨、爱恋、喜悦、哀伤、希冀、忧虑
或如此这般激情的转瞬即逝的跃动和闪现,
不管它是微变色调的涟漪,还是将波涛染成白色的
一大片广及的泡沫,——让这一切活力变得僵死,
把水银灌入铸字的模盒,就像铸铅,于是乎
有了成果,可以不含糊地呈示给人们——
让我们的所感结结实实地成为了我们的所知——
这些或许就是不易的收获,但肯定是谜团!——
而音乐就试图解开它,可下面要说到妨碍她的
那个羁绊:她若要夸耀全面的成功,就差一点。

VIII

所有的艺术都力求有此收获,唯有她才最接近
目标,却还是无力触摸到那个终点。何以如此?
智识果真能从艺术所奉职的区内获取知识吗?
一旦被知,即已成为永远的所知:虽说各门艺术
都擅长改编、分解、重新分配、延长、扩展、
局部与局部的互换,就这样高尚也好,深沉也罢,
一举建构起它们的大作,——可说到底,花了这些力气,
所产生出的只是变化,并非原创,因为原先的
松散的素材,事后不过是变得牢固;曾几何时
由迟疑不决的线条所模模糊糊地描出的构思,
事后也就是变得坚实而明晰,并就此保持下去。
当然,若是愿意,我们的确可以将流动的东西
灌入到模子里,——可以用某种方式抓住
灵魂的那些来去匆匆的情绪,并且将一个个
借助于艺术的功能而勃然跃出的栩栩如生的
形状永久不变地保持下去!——艺术确实渴望
保留住它的捕获。比如,对于激情的涌起和落去,
诗歌能够辨识,绘画可以觉察,不管这激情是喷发,

第十二章 音乐与海洋:勃朗宁与艾维森的"交谈" 411

还是渐息,还是混合的流体——充溢于海湾中的
一切情状。每一门艺术都会拼尽全力,试图留住
那显现的幽灵,——而且并非都是徒劳无功:
诗人有文字的罗网,画家以他那果断而灵巧的
着色和勾线——都堂而皇之地确立各自的捕获!
人类就有这样的情感,就该有如此形象,——无疑是
从大海中央的渔域捕捞到的情绪,——不过,若说那些在深处
潜游的爱恋、怨恨、希冀和忧虑,虽不至一无所获,却也
寥寥无几,因为它们深藏于艺术所不能揭示的母体。
时光飞逝,那位诗人的诗章仍能让海伦在特洛伊城的
最高处错愕地凝视——"我的那几个亲兄弟,
当我在军团中一个挨一个地清点着英雄们的名字,
他们都在哪里?难道是对他们亲姊妹的迷失
感到羞耻,竟然没有前来参加这一场战争?"
——此刻她并不知道,他们中的每一个人如今
都已经安息,就在那遥远的家乡的热土。
而在那位画家的壁画上,夏娃永远地从上帝的手中
接过生命的火花;她成形于无形之中,颤抖着起身,
去承接天父的惠赠。音乐,不管他们两位是谁,
都超过他们!向着比他们两者更深的地方拖网,
用声音——你那广大的主网——将最最幽深处的
那簇海床生长物拖到光天化日之下!——那模糊无名的
东西,却全身枝杈无损,就如拥有肢体的功能
和生命的灵性而不停地颤动。看吧,就是这个东西,
好一个奇迹与神秘中的奇迹与神秘,我们热爱你、
赞美你,最主要的就是因为你将它呈示!
保住它,让它超然于我们最厌恶的偶变与无常!
保住瞬间的情感,让它恒久不变,以便一个世纪
过后,你所捕获的海产仍然掌握着真实中最核心的
真实,就像那位画家的夏娃、或像那位诗人的
海伦,都依然完好,仍然忘情地前倾着身躯,
凝望的眼神仍然向着遥远的地方投射出

思乡的情意！多谢二位，荷马、米开朗基罗！
但愿音乐亦能如此，用声音从灵魂的深海中
救出情感，再用声音保住它永远不朽！若是这样，
那她肯定就是所有艺术的女王！唉！——
这就如同指望着彩虹永远都不消失！
"该赞美《拉达米斯托》"——爱情在这剧中得到
完美的表达！怜悯——有什么能像《里纳尔多》那样
将你的秘密揭开？"——人们曾经就是这样谈论着它们；
曾经那般地芬芳——而如今，花朵已经死去——
他们觉察到残痕，晶石的晶莹已经不在！可是
爱恋、怨恨、喜悦、忧虑并未消失，——都像
每一次那样，一个个都急于再次来到世上游还，
不是幽灵般白白地渴求解脱的通道，而是指望音乐
将它们释放出来，且将一种外形赋予它们每一位，
如覆上一层薄雾，但求轮廓能够不失明显，以便
让任何人辨认它，称呼它，只要这个人自信其自身的
视野不差，听觉也还敏锐，只要他不是那种过于
迟钝的人类，就足以胜任。而对于它们的恳求，
音乐也不会长久无动于衷：瞧它们都溜了出来——
多么轻缓，这些注定要见曙光的飘忽的形影！都回来了，
带着全新的最红的红润，再一次血气方刚——
情感又一次从无形到有形可触。你已经告别了
亨德尔吗？转移你的目光，来初见格鲁克！
当海顿、当莫扎特如日中天时，唉，何必总是
怀旧地回眸，去搜寻隐去的艺人，列出你自己
榜上的星辰？即便这两位，虽借风势燃起，
火光有十足的红艳，可他们竟也会变得苍白而黯淡，——
所以十足的完美倒也使人疲惫，——直到接下来……

第十二章 音乐与海洋:勃朗宁与艾维森的"交谈"

还是让别人去数说这常新的侵占!①

粗线条看待这两个部分,其基本意思大致可分为三个团块:1. 智识(Mind)的劳作有如在灵魂的海面上架桥;灵魂的海就是情感的海,潮起潮落而生生不息,但正由于海洋有自己的活动方式,那么如何以智识之"成果"的形式将"我们的所感"具体而清楚地呈示为"我们的所知",就成了一件要务。2. 在体现人类"才能"的主要艺术门类中,音乐超越了诗歌和绘画,最接近于协助智识完成此项任务,但即使音乐,也还是"差一点",因为她不能等同于海洋这个宏大而本真的元素。3. 虽然音乐可以在最深的海底拖网,但相对于诗歌和绘画而言,音乐有一个方面自愧不如,即不能像它俩那样享有较长的存世时间,而是更容易在风尚中过时,即使莫扎特等人也不能幸免,乐坛上过若干年就会出现新人换旧人的"侵占",会有新的音乐将新的生命力赋予情感。关于这第三个团块所涉及的时效性,后面几个部分中会出现为此开脱的诗文,比如诗人将提到,音乐风尚的"起落"也恰好证明音乐相对更接近自然的规律,更何况老的音乐仅仅"显得已死去",而实际上曾经被捕获的、音乐化的生命活力不会真的隐去,倒会像王者一般陡然复生。②诗人也用此类的诗语呼应开篇处有关记忆从远方寻获乐坛旧作的比喻。

就文学比喻层面而言,在这两个部分所涉及的海洋意象及其连带意象的背后,有着较丰富的传统资源。比如,我们可以说勃朗宁呼应或重复了前人所使用过的在大海或某种混沌状态之上进行创造性劳作的这个意象。在终极的意义上,基督教《圣经》开篇《创世记》所展示的就是所有创造行为的原型:上帝面对无序而无限的混沌状态,用意念和话语使有形的事物生成于无形,使秩序得以产生。有关《创世记》一开始的几句,中文和合本《圣经》有这样的译文:"起初,神创造天地。地是空虚混沌,渊面黑暗;神的灵运行在水面上。"然后就是"神说:要有光"等具体的造物过程。欧美思想史和文学史上对这个原型意象仿用和改写的事例比比皆是,作家们常把它挪移到人类主体的创造行为层面,这个层面虽较低,规模也较小,但能够时时映照上

---

① Robert Browning, *The Complete Poetic and Dramatic Works of Robert Browning*, 第976—977页。荷马是诗人的代表,他的长诗《伊里亚特》写到特洛伊战争,其中涉及远离家乡的海伦在特洛伊城的经历。米开朗基罗代表画家,其为罗马梵蒂冈城的西斯廷教堂所画的壁画中有夏娃初被创造出来时的形象(天顶画)。《拉达米斯托》(*Radamisto*)和《里纳尔多》(*Rinaldo*)都是亨德尔所作的歌剧。格鲁克(Christoph Willibald von Gluck, 1714—1787),德国音乐家,比亨德尔年轻近30岁,倡导歌剧新风。
② 同上书,见第XIII、XI部分。

帝的原创行为,作家们亦藉此表达他们对于人类行为或认可或讽刺的复杂态度。德国的唯心哲学家和英国浪漫诗人尤其着意于"神的灵运行在水面上"这一形象中所体现的从无到有的绝对原创力。

可以提及出自两个文学前辈笔下的例子,勃朗宁对他们都很重视,两个例子也相当明显,他写《与查尔斯·艾维森交谈》时,不大可能对它们毫无意识。一是弥尔顿的长诗《失乐园》第十卷 235 行之后所涉及的一个片段。其时,罪(Sin)与死(Death)这两个魔鬼感念其父辈撒旦在颠覆人类乐园的举动中所表现出的"勇气"和所经受的"艰辛",觉得自己也该做点什么,顺便显示自己的长进。作为撒旦之女的罪对她自己的儿子死建议说,最好在地狱和那个"新世界"之间的"狂涛滚滚的波涛"上架一座桥,以方便父亲更顺利地返回到地狱,亦便于两地之间日后的往来。她说:

>　……他在回来的路上会有
>　种种险阻,要越过这个茫茫深渊
>　几乎不可能,我们二人,对于
>　冒险事业还是很适合的,
>　若能筑起一条大桥,横跨地狱
>　和撒但正在征服的新世界之间,
>　作为交通、移居最便利的通行大道,
>　全地狱大军团的无上丰碑。
>　这新生的引力和本能,如此
>　强烈地催促我,绝不可错过机会。

于是开始了他们征服洪荒的"壮举":

>　于是二魔飞出地狱的大门,
>　分别飞进广漠紊乱,潮湿黑暗的
>　浑沌界,强力地(他们的力量很大)
>　奋翻于众水之上;他们碰到了许多
>　软、硬的东西,上下飘荡,左右冲激,
>　好像在翻腾的海上,或群集拥挤,
>　或你追我赶,从各方冲向地狱的门。
>　……
>　"死"用三叉戟把堆积起来的泥土

固定住,用冷硬的化石槌子拍实,
好像当初固住德洛的浮岛(Delos)一般;
另外,他又瞪眼,用戈尔工(Gorgon)般
可怕的神情吓住它,使它不动,
再用柏油来加固它。它和地狱
大门一样宽,和地狱的底层
一样深,用沙砾堆积起来的,
坚固的大堤就屹立在那
起着泡沫的深渊上面,高高的
弓形长桥,不知其几千万里,
和巨大绵延的坚壁相连接。
如今这不可防御的世界,
为"死"所控制,大桥成了那儿
和地狱之间的一条宽阔、平滑,
畅通无阻的交通大道。

……

他们终于用神奇的架桥技术
完成了这项工程,在狂涛滚滚的
深渊上架起这样一条悬空的,
岩石的栈道;顺着撒但的踪迹,
来到比浑沌较为舒适的地方,他
最初歇翼在浑沌界外,就是
这个圆形世界光秃不毛的外侧,
在狂怒的渊面上造成了这样的
大石桥。他们还用金刚石的钉
和链条加固了全桥,使它永固。①

译者朱维之先生把这忙碌的二位称作"二魔",其汉译"(他们)奋翮于众水之上"的英文原文是 hovering upon the waters,这个表示法接近《创世记》不同的英文译本对于"神的灵运行在水面上"那个局部的表述,如(the Spirit of

---

① 此处汉译文出自朱维之译《失乐园》(上海译文出版社,1984),第 371—375 页。"撒但"等词都是原译文写法。

God)moved upon the face of the waters 或 was moving over the waters 等。弥尔顿之后较现代的《圣经》英译本中也有直接使用 was hovering over the face of the waters 这个译法者。《失乐园》这一局部与《创世记》英译文的相似性折射出前者的戏仿意味,也使"二魔"的宏大工程产生一点漫画效果。另一个细节也有意趣。朱维之重复使用"渊面"这个词,对应《失乐园》原文有关混沌状态的表述(涉及 chaos、deep 等词),而"渊面"与《圣经》常见汉译本中所用的"渊面"一词吻合,这大概体现译者对于今人所谓"互文性"的某种意识,至少在效果上也帮助汉语读者体会到魔鬼行为与上帝行为在表面上的相似性,应该符合弥尔顿的本意。魔鬼的工程体现了线性、高悬、坚硬、机械性、方便实用以及征服自然等质素,与下面的宏阔、混沌、涌动、不方便、永恒和无限状态形成对比。与勃朗宁较复杂的思维角度稍有不同,弥尔顿对这种工程的讽刺态度相对更明显一点。无论跨海大桥工程多么壮观,多么成功,无论"奋翻于众水之上"的姿态与上帝之举有多少近似性,魔鬼的勾当总还是魔鬼的勾当。

另一个例子来自于华兹华斯的《序曲》第五卷,我们曾在绪论中提到过其中有关的诗行。华兹华斯崇敬弥尔顿,早年即熟读其诗文。第五卷在谈论书籍和文学阅读的过程中,附带表达了对英国当时一些现代教育理论家的反感,所使用的诗性意象与《失乐园》的这个架桥铺路的片段相近,评论界一般也认为此中有刻意的比照。在华兹华斯看来,这些理论家们以为可以凭借机械的、人为的或过于务实的手段塑造或引导青少年的灵魂:

> 我们时代这些万能的工匠,
> 用一条平坦的大道架在少年
> 世界的混沌之上,将那些不羁的
> 儿童变成驯服的羔羊……
> 他们是时代的
> 管家、我们才能的向导和看守,
> 是圣人,试图以先见之明控制
> 所有偶发事件,像用刑具
> 将我们拢集在他们所指定的道路上。[1]

"少年世界"与"混沌"状态同一,成了教育家们驾驭的对象,所凭借的就是寓

---

[1] 见《序曲》(1850)第五卷第 347—357 行。

于直线高架路修造过程的机械理念,限制了少年灵魂的漫游。这些"工匠"(workmen)的身上有"二魔"的影子,只是在"气度"上小巫见大巫。

勃朗宁的诗文中应该也有华兹华斯和弥尔顿的影子,其与先前思想资源的交织可以勾勒出其本身所含有的那些隐隐约约而又无处不在的感叹和讽刺。无论罪与死还是现代教育家,都试图以生硬而凝止的人为建构来应付一个浩大而模糊的境域。勃朗宁的比喻相当精确地复制并扩展了前辈文人的思想提示,只是把建桥的工匠换成了文化艺术领域的积极从业者,从而更贴近现代思想界有关各类表意符号的思考。这从业者包括诗人、画家和音乐家等,勃朗宁把他们的劳作看成是相对于灵魂(感情)之海的建构行为,也因此将孰大孰小、孰永恒孰无常、孰绝对孰相对等差别界定了出来,如以上《与查尔斯·艾维森交谈》第Ⅶ部分引文所示:

> 但不管是如何筑桥,
> 在下面滚动着的是可被智识遮盖但却不能被它
> 驯服的东西,一种我们不能猜透的元素,
> 那就是灵魂,是未探明深度的海洋——不管我们
> 在它的上面筑起何种结构,它都会涌起波涛,
> 以浪花和飞沫的形式,让情感涌起,明明白白
> 而毋庸置疑,就从那个幽深的地方,那个智识所不能
> 僭称可以入主其间的深处。

此中"不能猜透的""深处"等概念会让读者产生徒劳或绝望感,但勃朗宁眼界所及,实际上是由艺术家们所代表的、人类只要生活在文化中就会普遍从事的智识领域的"筑桥"行为,而若对这一点绝望,不啻于对人类主要生活内容的绝望,这不符合勃朗宁本意。勃朗宁更多的是要讲一个哲思层面的道理,就像我们在本书第三章等处所谈到的华兹华斯对海洋的态度一样,他是要引起人们对那个更加壮观的元素的敬畏:

> 但是灵魂的海洋,
> 不管它涌自何方、何以涨满,被迫向何处,——我们
> 在桥面下所感知到的潮起潮落就是证据,证明
> 灵魂自有其航向,任凭智识的架构架在上面,——
> 谁说得清楚、谁能一路探明灵魂的幽泉?

因此,从另一个角度讲,对于第Ⅶ部分中另一些诗文,如

>　　用知识去接近、去匹配情感，
>　　——让灵魂的差事具体呈现为智识的成果，把激流
>　　做成止水，让永无止息地涌起而落下的各种各样的
>　　怨恨、爱恋、喜悦、哀伤、希冀、忧虑
>　　或如此这般激情的转瞬即逝的跃动和闪现，
>　　不管它是微变色调的涟漪，还是将波涛染成白色的
>　　一大片广及的泡沫，——让这一切活力变得僵死，
>　　把水银灌入铸字的模盒，就像铸铅，于是乎
>　　有了成果，可以不含糊地呈示给人们——
>　　让我们的所感结结实实地成为了我们的所知——
>　　这些或许就是不易的收获，但肯定是谜团！

我们应该从两个方面看。首先，让一切流动和激荡的东西"变得僵死"（to strike all this life dead），就像把水银凝固住，

>　　于是乎
>　　有了成果，可以不含糊地呈示给人们——
>　　让我们的所感结结实实地成为了我们的所知，

这代表了巨大的成功，引出勃朗宁的赞叹。这种对于魔鬼式工匠所抱有的较正面的态度与弥尔顿和华兹华斯在其各自上下文中所展示的立场不尽一致。涉及到音乐成果，勃朗宁的赞词更不含啬，"成果"也上升为"奇迹"，这是因为音乐可以探入更深的地方，能够

>　　用声音——你那广大的主网——将最最幽深处的
>　　那簇海床生长物拖到光天化日之下！——那模糊无名的
>　　东西，却全身枝杈无损，就如拥有肢体的功能
>　　和生命的灵性而不停地颤动。看吧，就是这个东西，
>　　好一个奇迹与神秘中的奇迹与神秘，我们热爱你、
>　　赞美你，最主要的就是因为你将它呈示！

这样的诗文也让我们回想起本书上一章在谈及《福格勒神父》这首诗时所引用的 VI、VII 两个完整诗节（涉及"上帝的手指"等内容）。

但另一方面，正是由于勃朗宁与弥尔顿和华兹华斯共享一个戏仿《创世记》的比喻及其内含的哲思，所以他也自然要将我们的注意力引向巨大成功背后的巨大失败。或者说在绝对意义上，知识不可能"匹配情感"，石桥不可

能匹配海洋。这正是"匹配"(match and mate)、"僵死"、"不含糊"和"结结实实"(hard and fast)等词语中所含有的讽刺,体现了勃朗宁无论对于所说的成功,还是失败,都有着剧烈的感受。这种绝对的不可能不仅体现在空间上,在时间概念上勃朗宁也对人间工匠的创造性提出质疑:诸如上帝造物等原始创造行为之后,是否真的还有纯粹的创造性成果,尤其相对于人类智识的企求而言。他说:

> 一旦被知,即已成为永远的所知:虽说各门艺术
> 都擅长改编、分解、重新分配、延长、扩展、
> 局部与局部的互换,就这样高尚也好,深沉也罢,
> 一举建构起它们的大作,——可说到底,花了这些力气,
> 所产生出的只是变化,并非原创……

这样的见解只是在对于原始能量的敬畏上与某些浪漫诗人或哲人的态度相似,但在对于"原创"的看法上,还是有一些差异的。

我们提及弥尔顿和华兹华斯等所代表的传统资源,不仅有助于我们体味到《与查尔斯·艾维森交谈》这首诗中的丰富思想内容,看到一个问题的多个侧面,亦可激励我们自己尽可能超越机械的思维和理解方式,像音乐那样更深地探入意义空间;甚至也有助于我们反思自己的文化建构行为本身。从大的方面看,现代社会文化等领域较容易出现一些偏激的倾向,要么抽象的政治理念与信条过强,要么机械量化的技术因素过多,要么转向单一的商业思维,可以说都像是海上的架桥行为,虽不乏方便,不乏实用,却也容易造成对文化的伤害,因为在极端的摇摆中,独缺了对中央恒久因素的敬畏,或缺乏对人文价值、基本情感和自然法理的观照。而从小的方面看,比如涉及学界或文化界,那么作为文化人、读者、学者或撰写论文的学生,我们也都是架桥筑路的工匠,或试图在文字的世界里找到经纬,或希望在文本的海洋中捞取到有形的好处(或找到作为批判对象的"坏处")。但倘若我们仍然承认有最终的认知对象,那么很显然,我们与它的距离已经是双倍的遥远。面对着原海域,艺术家创造了作品,而我们之所为,则是作品之后的构建,是桥梁上的桥梁,尽管我们不妨把那个更大的桥梁也看作海洋一般可以探究的空间(原创者的作品之海或文本之海)。如勃朗宁所暗示的那样,评论者也不必把自己的工作看得太绝对,在诗性的海洋面前不能太膨胀,毕竟相对于文字化的灵魂和情感而言,我们在此之后所建构的"坚实的知识"(solid knowledge)也同样难免在成功的同时,显露出一点滑稽和徒劳,也同样可能

让"论文"接近"僵死"。近些年,国内外文学批评界确有某种倾向,亦似失去有关孰大孰小的判断,研究者少了些耐心,既不深入历史之海,也不博涉文本之海,两头不靠,而多是从手法到手法,从桥梁到桥梁,从二手解读到三手解读,似未能站在所谓巨人的肩膀上,却过多倚赖评论家各自的肩膀,最终让评论者一方的自我(ego)变得过大,在经营概念和术语的过程中陷入职业的误区。我们这样说,是在做勃朗宁式的自省,是指望培育一点相对于更大空间的敬意,而并非是在变相倡导相对于评论话语的怀疑论或超越技术术语的虚无态度。因此,学人一方多一点幽默感,自视为二魔,偶尔体味自我颠覆的雅兴,也没什么不好。笔者本人在撰写此书的过程中有这样的感味,小的例子如经常性的段落翻译,其实也是在原文文本之上的二次架桥行为,此中的局限性较难避免。大的例子涉及各章的思路,甚至这本书本身。

就海洋意象的技术因素而言,我们发现它有一个结实的框架,里面有三个层次。或者说,勃朗宁通过一系列相互强化的词语,不断地将我们的眼光引向他本人所看到的蕴涵了上述思想内容的三个平面。最明显的诗文先是出现在第Ⅵ部分中:

([灵魂]就潜存于也同样是事实的另一个东西的下面,
而我们若称后者为"智识"——与"物质"区分开,
任何吹毛求疵者也不能质疑我们的这个命名。)——
"灵魂",任何寻找它的人都会发现,它就在
那另一个东西的下面,明明白白。

然后,第Ⅶ部分的一开始立即重复了这个画面,并在"灵魂"和"智识"之后,加上一个"作品"的层面:

我们看到一件作品,劳作者在其背后劳作,
他自己不为人所见。……但不管是如何筑桥,
在下面滚动着的是可被智识遮盖但却不能被它
驯服的东西……

此后,路标式的"上面"、"下面"等词一再出现,为我们确立了一个立体的空间。里面的三个平面被划分得很清楚,一再得到概念上的巩固,手法精准而粗犷,因此我们不能对这个划分不敏感,或仅模模糊糊地对待它。建桥者的智识或建桥理念应该是最活性的因素,但是最终我们看不到他本人或他的智识,所能看到的只是桥梁本身,甚至只是桥面,它体现了智识,而智识本身

则是要驾驭一片海域。相对于石桥而言,智识和海域这后两个层面虽然更"虚"一些,但反倒都被勃朗宁称作不可否认的"事实"。简言之,分别由桥梁、智识和海洋所代表的这三个层次也可被理解为作品、手法、灵魂,一个比一个低,上面的体现下面的,但由于不可能有完美的"征服",上面的同时也在"遮盖着"(hide)下面的,最下面的灵魂(情感)这个实在的东西则更是不能被"猜透"。

我们对待这三个层面的态度当然不是仅仅静观其如何不同,而是应如勃朗宁所愿,进入到一个动态的竖向活动空间中去。更具体地讲,由于下面的比上面的更接近真实的元素,我们也就自然产生了向下探寻的求知欲,以满足对于终极真理的需要。受众一方希望认识作品背后的作家,而作家的心智则以灵魂为认知的客体,灵魂成了最终的被知物,具有永远的诱惑和挑战。另一方面,由于在以上引文中勃朗宁屡次将灵魂等同为情感,由于情感("怨恨、爱恋、喜悦、哀伤、希冀、忧虑"等)不可能是平面和静止的"事实",那么,通过上层事实去触及下面这个终极事实的过程就具有了不确定性。宏阔与"滚动"(roll)才是灵魂之在的终极标示,这就使三层事实之间注定存在着永远的不谐调性,即使是音乐,也难以将"所感"完全转化为"所知",甚至也不能避免使"揭示"过程同时演变成"遮盖"过程。但是,"探求"的态度是勃朗宁此类思想的核心,海洋的涌动以及竖向层面之间所存在的不确定和不谐调等难点反而会强化勃朗宁式探求行为的史诗质感,或使其有别其他以横向收集信息等行为为主要特点的智识活动。

《与查尔斯·艾维森交谈》第Ⅶ部分中有一个局部很难解,涉及两个半诗行:

> 可何以如此喘息般有节奏地起伏、如此来来回回
> 生生不倦地滚动?难道不就是为了尽量比及
> 上天的那种恒定?

"比及上天的那种恒定"的原文是 to emulate stability above,Stability 也作"稳定状态"讲,而 emulate 也有"模仿"的意思。"恒定"或"稳定"概念用在海洋上,似令人诧异,尤其还要牵扯上模仿的意思。不过哪怕就在这几行本身的上下文中,此概念也并非讲不通,因为"喘息"(heaving)的字面意思很强烈;既然用它描述海洋,那就不仅仅表示其生命力,也应该凸显其涌动的规律性或节奏。同样,"来来回回"(this side and that)等也体现波涛的恒久不息的重复性。而就整篇诗作而言,"恒定"之说并非只此一例。第Ⅵ部分中

"那个恒定的东西"(that still thing)以近乎突兀的方式埋下伏笔。前面说过,still在英文中不仅指"静止"或"无声",当然也指"永存"。此后在第Ⅷ部分一开始,勃朗宁更是以一个貌似不相关而实则呼应前文的说法做实了"恒定"概念:

> 所有的艺术都力求有此收获,唯有她才最接近
> 目标,却还是无力触摸到那个终点。

之所以这两行与"恒定"概念有关,是因为音乐等艺术所"触摸"的对象就是那个永恒的事实,即海洋的实质,尤其其空阔和涌动性。而"无力触摸到那个终点"(fails of touching),之说以"触摸"和失败两个概念则揭示了勃朗宁有可能在说什么。

如果把勃朗宁思维体系中一些概念的上下位置颠倒过来,即可以看到西方新柏拉图主义的基本框架。用我们的话讲,新柏拉图主义以一个核心概念为最主要的依托,即一个高高在上的、绝对的、永远猜不透、看不见但其实在性却又毋庸置疑的"太一"(英文译作the One),这个如太阳或上帝一般的"太一"影响着表象世界的一切,也由后者的"繁复"所体现。作为万物之源,它也是灵魂的家园,最终灵魂也要回到这个家园,但在灵魂的现世旅程中,它只是不断企望"太一",视其为绝对的理想,欲向上触及它,与它认同,但作为表象的现世生命只可能接近它,而不可能触摸到这个超越表象的终极因素。勃朗宁的有关认识中还融入了西方史上一度流行的托勒密式宇宙观(the Ptolemaic system)的思想成分,主要体现在不断涌动的波涛可以"比及上天那种恒定"这一说法中。我们都知道,托勒密式的宇宙画面以地球为中心,围绕它的有月亮等九层天体。在对此画面的一些演绎中,月亮以下(即地球上的)各种事物的存在方式被认为是固而不定,而从月亮开始的各层天体则多是定而不固。或者说,地球上的事物不能像"天上的"星辰那样永远旋转,有迹可寻,运动而恒久,而地上之物之在地上,决定了它们不能转动起来,只能固于一地,但却又无常无序,无恒定的规律。海洋的有节律的活动方式则像是要达到一些天体所体现的既动态而又恒久的境界,海洋也凭借这种家园般的、永恒的气象而接近新柏拉图主义概念中的绝对实质。可以说,勃朗宁此处的文学敏感性很接近华兹华斯曾在法国港城加来(Calais)对黄昏时大海的描述:

> 天宇的柔光笼罩着这片海域:

听！这浩大的生灵是醒着的，
竟以他那永恒的运动发出着
雷鸣般的声响——永远不息。①

或权且将两位诗人颠倒过来讲，这里面静与动、无声与巨响之间的关系，尤其"永恒"与"运动"之间的矛盾修饰法（eternal motion），很像勃朗宁式的感悟。

英国 19 世纪新柏拉图主义观点较明显的代表人物是雪莱，而雪莱又影响了勃朗宁的思维方式，后者早期的诗作较直接地体现了雪莱的新柏拉图主义思想因素。可以说，他通过雪莱而进入到新柏拉图主义哲思的诗性空间中。不过，如我们在上一章谈论《两栖的动物》等作品时所示，他也从济慈等人那里学会如何把雪莱的哲思框架颠倒过来想问题，把向上的追求改成向下的探究，或把终极认知对象放在下面，将以上所说三个平面中最低的第三平面变成相当于新柏拉图主义体系中处在最高位置的绝对而神秘的因素。在这个做法中，除了竖向的画面被倒置，哲思体系中其他的要素都不变，"无力触摸到那个终点"以及"被智识遮盖但却不能被它驯服"等说法都保留着强烈而贴切的哲思原意。而倘若我们把勃朗宁的这个构思说得更耐人寻味一点，那么在他的诗性思维中，一个海洋般浑厚空间里涌动不息的凡俗情感被看作是如天体般恒久而动态的、因而具有了精神价值的、应受到敬畏的最高（最终）因素；情感与灵魂合一；最"繁复"的境域变成了最"太一"的极点，也让后者这个被追求的对象拥有了广大的空间。这里面蕴含着非常典型的勃朗宁式的文学思想，是哲思成分融入诗性思维的结果。

或可说，浪漫时代之后的诗人一般不会总反过来描写如何攀上理性的高层。诗歌语言欲靠拢音乐的状态、诗性思维欲接近感情的漾动、人类文化行为欲通过与自然能量的认同而收获更多的自知，或者使诗人们更好地为其自我存在而正名——这些都是诗人一方自发的企图。换一种方式讲，艺术家对自身生活和创作过程的反思行为也反映了思维重点的转移，比如从较单一的道德或意识形态理念转向较复杂的艺术思维，或者在较自信的文化和语言建构过程之外看到了人类个体生命的复杂性，以及感情和思想领域里可能存在着的宏大而模糊的境界。河水、波涛、海洋等意象代表了这种模糊的能量。后来较年轻的英国文人沃尔特·佩特等人接过济慈和丁尼生

---

① 见华兹华斯十四行诗 "It Is a Beauteous Evening, Calm and Free"（1802）。

等人用过的文思,认为剧烈的经历可以和剧烈的艺术重叠,沉入其间的能力代表了人生的造诣。这也是一个可以参考的侧面。

德威恩认为,"勃朗宁凭借有关音乐的所有观念来勾勒其总体的哲学认识。"① 勃朗宁不见得对"哲学"这个概念有多少亲和感,不过德威恩不回避这个词,他认为其哲学思想最主要的特点之一就是"他拒绝承认人类智识及其产物具有任何功效或任何价值",而且他的拒绝有其必然性:

> 因为智识领域的各种发现使勃朗宁所抱有的对于一个全爱、全正确、全能的上帝的信仰受到质疑。因此,勃朗宁拒斥智识,而转向人类的情感和本能,并借此重建他自己的信仰。音乐之本行,恰恰就是营管这个情感的区域,里面有忧虑、喜悦、悲伤,因此音乐是各种艺术门类中最有效力者,尽管诗歌和绘画可能经常会被认为拥有耐久的特点。②

我们已经说过,由于在勃朗宁的话语中,灵魂被他放在情感的一侧,所以现代文化和现代科学所热衷的智识概念不关灵魂,或不能取代那个宏阔而漾动的海域。在此,读者当然可以联系与华兹华斯同龄的德国哲学家黑格尔的美学思想,其思维更系统,可被视为勃朗宁有关认识的所谓理论靠垫之一。我们对此不过多发挥。

需要指出的是,在维多利亚时代的文化氛围里,勃朗宁的这种抑智识而扬情感(灵魂)的做法肯定要受到质疑。多年前,美国牧师 E. L. 罗森在他的衍生于其博士论文的著作 *Very Sure of God* 中提到一些有代表性的质疑,其一是有人担心勃朗宁对海洋的热衷会导致较极端的"主观无序状态"(anarchical subjectivity),然而更多的读者简单地把他认定为"敌视理智者"(anti-intellectual)。罗森本人并不认同这些看法,他认为勃朗宁的文思实际上关乎"救赎",而仅凭智识并不能让人得到救赎,因此诗人否定了社会上所流行的对智识之崇拜。罗森说:

> 批评者们责备这位诗人对哲理怀有厌恶情绪,或说他阻碍了其本人的智性发育,或者批评他因为智识妨碍了他自己的偏见而贬低其作用。所有这些指控都暗示勃朗宁具有智识上的懦弱性,具体表现在他在进行哲学和宗教方面的思考时,拒绝去直面其个人所经历的各种事实。其实,正是因为他对经历的依赖以及其智识上的机敏性,才使他拒

---

① William C. DeVane, Jr., *Browning's Parleyings: The Autobiography of a Mind*, p. 269.
② 同上。

绝去仅仅信任智能的一方。通过智性的思考,他学会了不信任思考而相信他的情感。他凭借智识而研学了各类思想体系或理论信条与学说,但最终发现它们完全不能胜任。这些智识体系未能够充分地解释人类经验的所有侧面。人类内心深处有一些既不能由智识来解释也不能被它满足的渴望。①

从今天的角度看,勃朗宁和丁尼生等英国 19 世纪文人并没有在当时的科技理性和务实思潮面前去简单地"从善如流";无论丁尼生最终的向上看,还是勃朗宁习惯性的向下看,都说明他们对智识之外的精神境域保留着持续而强烈的兴趣,都证明他们欲摆脱那个让他们觉得有可能变得越来越局促的现实文化空间。后来的人们更多地看到智识概念中的现实,更倾向于接受文化符号的难以超越性,甚至相信智识的问题都可以在智识领域内来解决。丁尼生和勃朗宁这些诗人与今人所不同的是,他们也另外相信各类话语概念之外的现实;即便不固守传统的宗教教义,即便不援引玄学概念,海洋等文学意象也足以帮他们维系着对一个难以言喻的更大空间的信念。

有关长桥(作品)、智识(手法)和海域(灵魂)这三个层面,我们最后不妨再多说一句。如前面所讲,由于这三个层面具有普遍的意义,涉及广义的文化构建行为和诠释行为,因此我们或可以更大胆地做一点直接的联想,以补充此前我们针对今人的文化活动所做的勃朗宁式的思考。比如,倘若我们在把这个三层的框架挪用到我们以上提及的论说文写作这个较小规模的文化建构行为上,可否直接地用一组另外的三个词分别对应原来的三个词,使勃朗宁的原画面变成另一幅结构图:即"论说文"、"理论手法"、"原文本"。这也是讲得通的,也印证同样的道理。一个层面也致力于体现另一个,同时也可能把下面的遮掩住。这里面的寓意也会变得丰富起来。我们当然不能否认,所谓的文本空间,不见得就是固有的事实,而常常是凭我们的智力开拓出来的,甚至理论解读本身也能形成自己的空间,同样可供他人探索,20 世纪欧美一些重要的批评家对此就有过相关的论辩。但愿就是这个道理。我们只是觉得,一些公认的天才作家也有他们看问题的角度,而且,诸如勃朗宁有关音乐和情感(灵魂)之海的诗性思维还拥有了足够的复杂性,或如一面镜子,无论在大的还是小的方面,都可供现代的文化人借鉴。

---

① E. LeRoy Lawson, *Very Sure of God: Religious Language in the Poetry of Robert Browning*. Nashville, Tennessee: Vanderbilt UP, p. 96.

第十三章　叶芝："责任始于梦中"

　　关于在英国文学大框架内谈论现代爱尔兰诗人威廉·巴特勒·叶芝(William Butler Yeats，1865—1939)这件事的可行性，本书绪论已做了交待。叶芝意念丰富，手法亦丰富，本章仅聚焦叶芝文思中为我国读者所不大熟悉的一个认识，即：所谓不负责状态中亦会体现责任感。这个认识涉及叶芝与政治风潮和商业文化的双线对话。现实社会和历史事件等因素迫使诗人必须面对"责任"概念给他带来的压力，他的那些含有自我辩护或开脱成分的诗文反映了其所看到的不同生活画面和精神境域，也让人意识到，所谓社会责任，并非只有单一的界定方式，尤其相对于诗人或艺术家而言。

　　我们在本书第十一章结尾处说到，乔伊斯在生活与艺术这两个罗伯特·勃朗宁式的主要概念之间做文章。两个概念有其具体的边界，有别于其他的概念端点，如宗教、政治、工商、学术等。在一定意义上，在其写作生涯较多的时间里，叶芝也同样是在勃朗宁式的诗性概念框架之内徘徊，有时着眼于生活和情感的一端，有时依托于艺术或匠艺的一端。我们暂不正面探讨这个问题，而是先找一个不大的切入点。叶芝的后期诗集《最后的诗》(*Last Poems*，1938—1939)中收录了一首题为《政治》(Politics)的小诗，里面的语者是诗人本人，却也仿佛勃朗宁的利波修士换了一副面孔在说话。汉译如下：

　　　　那女孩站在那里，我怎能
　　　　集中思想
　　　　在罗马或俄罗斯
　　　　或西班牙的政治上？
　　　　这儿倒有一位多识之士明白
　　　　他谈论的是什么；
　　　　那儿还有一位既博学
　　　　又有思想的政客；
　　　　也许他们说的都是真的——

关于战争和战争的警报；
可是啊，但愿我再度年轻，
把她搂在我的怀抱。①

孤立地看这首诗的译文或原文，都会觉得它有打油诗的特点。不过，在叶芝多年来时而追求绵长乐感、时而热衷口语体的风格演化过程中，如《政治》这样的作品还算不上异类，尚可与其他一些抒情诗一同融入诗人正常的诗艺空间。然而在内容上，我们仍会感到它欠严肃，不恭敬，政治上似乎也不很正确；别人都关注国家大事，语者却放纵个人欲念。仅就主题而言，该诗让人感到它无非是落入"爱或性总比政治或战争好"这一文思俗套。

叶芝本人说过，他写这首小诗时并无具体所指，不过是"片刻沉思"的结果，所针对的是有人抱怨他对政治话题关心不够。② 若如此，则叶芝并非在表达对任何具体"女孩"的旧情，而主要是凭借一个符号化的人类经历来反衬生活中其他类型的追求，最主要的是凸显自己与那些"多识之士"或"既博学又有思想的政客"的距离，通过"（不能）集中思想"这样的表述，在两种类型的思维之间建立张力关系。在该诗的前面，叶芝引用了德国小说家托马斯·曼（Thomas Mann，1875—1955）的一句话作为题句："在我们的时代，人类的命运在政治术语中展现其含义。"这句话貌似简单陈述，却在叶芝看来含有明确的抱怨成分。何止抱怨，托马斯·曼较早时发表论说性著作《一个不问政治者的看法》(1918)，频繁表达他曾经对某些民主政治理念的厌恶，直言他痛恨政治，对政治不信赖，因为他认为政治使人傲慢、固执、不人道。托马斯·曼当时的保守立场与叶芝的视角并不完全吻合，但基本上帮助后者表达了类似的情绪。③ 人们一味沿单一的政治线条谈论问题，都变得狭隘而偏执，竟意识不到生活中还可以有其他的空间、其他的智慧。

1938 年，叶芝发表诗集《新诗》(New Poems)，较连贯地揭示他自己所发现的智慧，比如歌谣体的《桂冠诗人的楷模》(A Model for the Laureate) 一诗

---

① 叶芝：《叶慈诗选》，傅浩编译，台北：书林出版有限公司，2000 年，第 413 页。除专门标明外，本文所引叶芝诗作均用傅浩先生译文，原文繁体汉字在此转为简体。
② 参见 John Unterecker, *A Reader's Guide to William Butler Yeats*. New York: The Noonday Press, 1959, 第 289 页。
③ 托马斯·曼后来放弃了这部思考录中的许多极端观点，但是除了他对民主政治的距离感之外，这本书也谈到较模糊的精神层面的问题，比如，他认同创造性的"非理性"而蔑视冷漠的"唯理性"思维，崇尚宽阔的精神空间而对狭隘的道德理念持不屑的态度，这些与叶芝后来的立场也有相似之处。

说道,有些诗人

> 为了国事
> 竟然让他们的爱人等待,
> 让他们的爱人等待。

政治与爱情之间又发生对立。不过,先不管当权者的善恶,倘若都如过去的皇帝那样握有实权,那么,赞美他们的诗人总算没有白白地做出牺牲,而"现代王权"都有名无实,为了这些傀儡,何种"正人君子……愿意让他的爱人等待?"艺术家身上一旦发生了这种舍此求彼的行为,"诗神"(The Muse)就会彻底沉默,不仅爱人,连诗歌本身也不复存在。① 叶芝当时处在晚年之末,对自我生命状况有较强意识,可能会使他对以上所谓"其他的空间、其他的智慧"的体味变得近切而具体。大致同时代的英国评论家利维斯(F. R. Leavis,1895—1978)曾抱怨叶芝这个时期所发表的作品中流露出"松弛倦怠"的样子,似乎印证一位 70 多岁的老人"对于受挫的性无能的痛苦感觉"。② 这一层意思只能强化叶芝诗文中所含有的对生命能量竟有不同投入点的感叹。

如果我们纵观西方文学遗产的某些脉络,再考虑当时的文化语境,就会发现叶芝的有关思想并非琐碎,也不孤立;以上所谓"文思俗套"也会因为背后有更大思想传统的支撑而显出其存在的理由。远的不说,维多利亚时代文人勃朗宁和阿诺德等人就在一些具体思路上影响了叶芝的创作。这两位作家都崇尚自发、开放的思想意识,重视爱情等人类情感在世间无序状态中所体现的恒久价值和精神作用,也都因此而强调那种反映人类个体感情经历的文学和艺术的重要性。阿诺德认为文学、艺术可以为人类社会维系内在的秩序,此外,他也像叶芝后来那样,面对人类政治生活和经济生活中的单线条奔突行为而着眼于人类历史长河中慢慢沉淀下来的精神传统;这个精神传统也可以存在于教堂之外,不仅包括文学、艺术,也涉及那些以舒缓的、端庄的方式点缀着人类生活的文化精粹或那些纯真而美好的礼俗。③

---

① 《叶慈诗选》,第 367—369 页。
② 转引自 Jon Stallworthy, *Vision and Revision in Yeats's Last Poems*. Oxford:Oxford University Press, 1969,第 73 页。
③ 阿诺德的有关论述可参见韩敏中教授译《文化与无政府状态》,北京:三联书店,2002 年。有关纯真的礼俗的概念请参见叶芝《再度降临》(The Second Coming)和《为我女儿的祈祷》(A Prayer for my Daughter)两诗,《叶慈诗选》,第 217 页、225 页。

叶芝的诗性思维更折射勃朗宁的影子,并穿过勃朗宁而折射济慈的影子。这两位前辈诗人的敏感性和思路在叶芝笔下得到传承和演化,比如济慈和勃朗宁所共有的对于艺术造诣的仰视和对于文人一方所妄称的现实责任和公众意识的轻视。换一个角度看,论者对济慈的批评、勃朗宁夫人对丈夫等人热衷于古旧题材的不满以及叶芝所长期心仪的女性友人茉德·冈(Maud Gonne,1866—1953)对他的责备,这三者之间竟有一定的可比性。勃朗宁注重艺术本身的规律,意识到艺术家追求真理的方式有别于其他人类的追求。有时,叶芝诗中语者之所言,能让人联想到勃朗宁的构思和语气。比如我们在前面谈论《政治》那首小诗时暗示,叶芝的有些思想仿佛直接从勃朗宁戏剧独白诗《利波·利皮兄弟》中衍生出来。画家利波修士所面对的那位"饱学的修道院长"不满意其艺术倾向,要求他关注高尚而重大的题材,而利波兄弟一边听着院长的训导,一边想着"那个最漂亮的脸蛋——院长的侄女",认为这个美而真的女孩才体现艺术家所追求的价值,才是他们的"守护神"。①我们竟可以在《政治》和《利波·利皮兄弟》之间发现如此意想不到的联系。在《废墟中的爱》(Love Among the Ruins)中,勃朗宁也曾以近乎突兀的手法让过去的战乱场景和今人的恋爱行为之间形成反差,并在每一诗节中重复它们的对立,将一种貌似不对称的经历重叠于另一种经历之上,似乎是在暗示,年轻人的恋爱行为就像是在象征着人类对权与利追求的无垠废墟中寻求一种不同层面的生活:废墟就是

> 大地的回报,
> 还给绵绵数百年的愚蠢、喧嚣和罪孽!
> 掩埋好这些,
> 还有它们战果、它们的辉煌、它们其他的功劳!
> 爱情才最好。②

字里行间所崇尚的更本质的生命因素代表了勃朗宁和济慈等英国19世纪诗人所依赖的一大思想支点,与另一大支点(艺术)形成有机关联。说得稍远一点,勃朗宁和叶芝等人这种貌似琐碎的关注实际上体现了他们用现代人的修辞手段呼应不少先辈哲人有关真理需要以美和情感为媒介的思想,比

---

① Robert Browning, *Robert Browning's Poetry*. 2nd ed., Eds. James F. Loucks & Andrew M. Strauffer. New York; London: W. W. Norton & Co., 2007. 见第152—153页第175—194行,第153页第198—226行。

② 同上书,第139页,第80—84行。

如但丁在《神曲》中所展示的有关比阿特丽斯式的美将人引向终极真理的创造性构思。

不同的生活能量、不同的思维方式、人类历史的不同画面——叶芝的创作生涯让我们不断产生印象,似乎他一直在逆向表达自己与众不同的视点。多年前的一首同样像打油诗的小诗《祝酒歌》(A Drinking Song,写于1910年以前)更表现他如何用一种智慧抗衡另一种智慧:

> 美酒口中饮,
> 爱情眼角传;
> 我们所知唯此真,
> 在老死之前。
> 举杯至双唇,
> 眼望你,我轻叹。①

当然,"抗衡"之说并非没有疑点。我们不能忽略现当代批评家有关一些诗人用艺术手段对现实历史中发生的政治事件进行遮盖或转化的评论;作品中写的是超脱,而实际上诗人们都获利于历史事件给他们提供的写作契机。此类认识是对我们非常有益的提示,因为政治风云与个人经历之间的张力关系的确可以成为伟大作品得以产生的温床。叶芝虽在生前经常被视为缺乏爱尔兰本土气质的诗人,但他实际上见证了一系列历史大事件的发生,对现代爱尔兰民族主义运动的关注程度也并非浅表。比如1891年爱尔兰"地方自治运动"(Home Rule Movement)的领袖人物帕内尔(Charles Stuart Parnell,1846—1891)之死、② 1916年针对英国的复活节起义、1921年爱尔兰"自由邦"(Free State)的诞生等等,都以不同的形式影响了叶芝的诗歌创作,为叶芝评论家熟知,尤其是1910年代开始后,欧洲范围内的各种政治冲突让他有了更深的感触,他也在《再度降临》(The Second Coming)那样的诗作中对历史现实做出了较为直接的评判。然而,对于读者而言,历史的张力虽至关重要,但某些历史信息未必一定会掏空诗语之内涵。诗人在历史张力中以"逃避"的方式寻找文思支点的过程也可以使他收获其含义不易简单

---

① 《叶慈诗选》,第133页。
② 叶芝在同一年与友人一同于伦敦创立"爱尔兰文学协会"(Irish Literary Society),又于翌年(1892)与人共创"民族文学协会"(National Literary Society)。两个协会都以挖掘民族文学资源为宗旨。参见 Richard Ellmann, Yeats: The Man and the Masks. London: Faber and Faber, 1961,第107页。

确定的重要作品,帮他展示其本人所独见的生活画面,甚至借以表达某种富有智慧的教诲,因此,我们似乎不能仅凭政治观点而暗示作品小而历史大、作品假而历史真。因此,所谓"获利"、"遮盖"等说法只涉及问题的一半,若进一步将诗语还原为政治散文,就可能违背一些历史主义者希望我们看到立体文化空间的初衷。

1914年,叶芝发表诗集《责任》(*Responsibilities*),评论界有人认为该诗集较早地预示了《最后的诗》中对不同空间的追求和对现代人的责备,两部诗集有前后呼应的效果。① 在《责任》中,叶芝直接以书前题句的形式表达了自己的文化立场:"责任始于梦中"(In dreams begins responsibility.)。② 这是个引语,其所言几乎可以涵盖叶芝的艺术追求,也直接解释其背后人们对他的埋怨。根据叶芝不同时期的诗作所示,诗人一生主要对两类事情持不认同或忧虑的态度:一是逐渐形成的城市中产阶级市侩价值观,一是他所认为的有些过激的革命理念。对前者的不满多见于较早期的作品中,50岁之后的作品则不断出现与各种革命分子潜在而不安的对话。受到这两种观念影响的人类追求虽表面上互不相干,却都含有机械、冲动、可量化等特点,与之相对的则是一整套为叶芝所珍重的东西,包括文学艺术所代表的复杂而开放的空间;爱尔兰古代神话与传奇中留传下来的富含浪漫、高贵和英雄气质的精神遗产;各种类型的体现物我合一、身心合一的匠艺;温文尔雅的文化礼俗,以及散落于平常生活中的那些恬然而不躁又斑驳而多彩的喜剧情节等。埋怨叶芝的人们主要觉得他找错了批评的对象,认同感不清,责任感不明;英帝国的压迫者当然是最明显的标靶,怎可以不识民族大义而心有旁骛?因此,"责任"概念成了叶芝需要面对的挑战。

再看"责任始于梦中"这句引语,它犹如一句不能让人立即读懂的悖论,似乎含有刻意的争议性。其丰富寓意亦引起后辈文人的兴趣,如美国诗人德尔默·施华兹(Delmore Schwartz,1913—1968)就用相近的句子(In Dreams Begin Responsibilities)作为其首部诗歌与短篇小说作品集的题目,

---

① 参见 Thomas Parkson, *W. B. Yeats: The Later Poetry*. Berkeley and Los Angeles: University of California Press, 1966, 178—179 页;Jon Stallworthy, *Vision and Revision in Yeats's Last Poems*. Oxford: Oxford University Press, 1969, 第 73 页。

② 汉语为笔者自译。见 Yeats, *W. B. Yeats: The Poems*. A New Edition. Ed. Richard J. Finneran. New York: Macmillan Publishing Company, 1983, 第 100 页。这句引语的出处未被确认,后来的文人多按照叶芝本人的说法("引自旧时戏剧")称其出自爱尔兰的一出老剧或引自爱尔兰旧时天主教戏文等。

尽管其用意不尽相同。按常理,责任感应该产生于对现实的关注和理性的判断,与梦幻不搭界。然而,内在的目光或想象力具有洞察或认知的功能,这也是欧洲浪漫主义思想传统中的常识概念,叶芝的梦幻说应该在大的方面与此类传统有关联。叶芝本人的侧重点还包括丁尼生笔下尤利西斯式的蔑视世间俗务、欲到海上追求宏大境域的浪漫姿态,更具体涉及一位艺术家欲在主观世界中与古人及其所代表的精神传统对话的愿望。《责任》这个集子还有第二个题句,也是引语,应该是我国哲人孔子说过的话,从略有疑问的英译文看,原文应出自《论语·述而》:"甚矣,吾衰也!久矣,吾不复梦见周公。"孔子不梦周公,这是儒学中较著名的话题,叶芝把这句话拿来,也是用其自责的一面,或用作一位文人对自己的提示:有必要经常来到梦的境域,加入到一个超越了时空的更大的人类社群中,时时求教于自己所敬重的那些杰出的人们;如此之梦遇,于己于国都有好处。

由于以上这些因素,叶芝以为,梦者也是在为国家负责任,文化领域也不能缺少这种不同的责任感。实际上,评论家约翰·安特莱克(John Unterecker)在他的《叶芝导读》中给该诗集所含的责任感类型加上更富悖论意味的"标签"。他将《责任》中的作品划分在五种责任类型之下:"超自然的责任"(Supernatural responsibilities)、"社会责任"、"不负责任行为的作用"(The function of irresponsibility)、"个人的责任"、"美学责任"。[1] 其中,涉及艺术作品之作用的"美学责任"和表示个人爱慕倾向的"个人的责任"概念相对较好理解,"社会责任"实际上是指对社会的批判,具体表现诗人不满于现代人在面对一些热点问题时所表现出的平庸和黯淡。"超自然的责任"则指与前辈亡灵对话的必要性,为的是让爱尔兰人意识到,他们正在失去前人曾经拥有的气度和品德。根据安特莱克的解读,还有一种责任也为叶芝所看重,即他认为有必要"精心培育都柏林中下层阶级可能会说到的那种'无责任心',那种乞丐所持有的价值观。对于诗人来讲,在世间不成功比成功更加重要。"安特莱克继续替叶芝说道:"由于他们不受制于中产阶级的禁锢,由于他们拒斥社会秩序,(乞丐们)可以提供无拘无束的语言和欢愉不羁的行为,而艺术家为使艺术扎根坚实的土壤,恰好需要这些。"[2]这种"不负责任的"责任心与刚提到的丁尼生笔下尤利西斯式的态度有一定相似性。

在技术上,"In dreams begins responsibility"这句英文原文是近乎完美

---

[1] John Unterecker, *A Reader's Guide to William Butler Yeats*, pp.113—114.
[2] 同上书,第121页、第122页。

的抑扬格五音步诗行,其悠闲的乐感应该可以让批评者恼火,似乎艺术的表面本身已经在对抗着世人的忙乱。至于以上讲到的一些其他层面,具体讲,在该诗集的序诗(Pardon, old fathers)中,诗人请出过去那些与自己家族沾亲带故的人们,认为他们都富有情趣,洒脱而豪爽,代表特有的英雄主义,值得自己对他们表达歉意,因为他们的亡灵仍在不远处游荡,尚有机会听到一段浪漫故事在现今社会中的"终结",而自己无力使那个高贵的传统延续。在说到他自己的祖父时,诗人想到自己曾经有感而发的一句话:

> "只有不实际的德行才能赢得荣耀";
> 原谅我,虽说我已差不多四十有九,
> 但为了那无果的热情,我还无后代,
> 除了一本书,我一无所有,
> 只有它能证明你们和我共有的血缘。①

"无果的热情"(a barren passion)代表叶芝通常所指的诗歌创作,与功利性的人生投入相对,与生命无后的概念并行,也呼应前面所说的"不实际的德行"(wasteful virtues),即那些目的性不强、不含因果逻辑、无实际用处的品德,诗人自己的写书行为也当列入其内。在下一部诗集《库勒的野天鹅》(The Wild Swans at Coole, 1919)中,诗人通过一位虚构人物之口说道:

> '尽管城里边都是强词夺理的人(logic-choppers)当道,
> 尽管每个人、每个姑娘、每个小伙
> 都标刻清楚远处自己的目标,
> 但是无目的的欢乐才是真纯的欢乐(An aimless joy is a pure joy)。'②

《责任》集内的《1913年9月》(September 1913)更直接对现代爱尔兰人功利的一面表达不满,认为他们除了翻腾钱盒子和祷告以外,什么也不关心,革命者为这种人流血,枉费了一腔热忱,于是诗人觉得:"浪漫的爱尔兰已经死去,/它和欧李尔瑞一起埋入坟中。"③使用"坟墓"意象的诗中,《致一个幽

---

① Yeats, W. B. Yeats: The Poems,第101页,第18—22行。汉译文为笔者自译。
② 同上,第1—4行。汉译文为笔者自译。
③ 同上,第108页,见每一节的最后两行。汉译文为笔者自译。欧李尔瑞(John O'Leary, 1830—1907),爱尔兰爱国者,叶芝曾受其影响,主要因为这位前辈投身政治革命,也同时看重文化方面的革命。

魂》(To a Shade)与这首诗的映照关系较突出,而这次与诗人灵交的"幽魂"即是前面提到的爱尔兰民族运动领导人帕内尔。诗人劝说帕内尔不必对现今的人们心存眷恋,如想"重游故城",最多看一眼自己的纪念碑,或"来啜饮那来自海上的咸腥的气息",而社会现实则乏善可陈,人们的本性和关注都一如既往,并没有因为革命者的努力而发生变化,因此,

> 去吧,不安的游魂,……
> 你生前已有过足够的忧伤悲苦——
> 去吧,去吧!你在墓中更安全些。①

这种欲离开一切的意念在集内的乞丐主题作品中也有相似的表述,如《乞丐对着乞丐喊》(Beggar to Beggar cried)一诗就说道:

> 现在该脱离人世去某个地方
> 在海风里重新寻找我的健康……
> 把灵魂造就趁脑袋尚未秃光。②

由于这首"乞丐"诗里面的一些思想成分(海边的房宅、女该不必太漂亮或太富有等)以稍加变化的形式再现于日后的《为我女儿的祈祷》(A Prayer for my Daughter,1919)中,成了诗人寄语幼女的内容,因此,说叶芝在这首《乞丐对着乞丐喊》中与恋海的乞丐认同,也不为过。

叶芝以其本人的"责任心"所抗衡的,当然不只是其眼中一般的市井民众所代表的功利心,也包括其他文人和一些革命的实践者所"强加"给他的"责任"概念。多年后,在《徘徊》(Vacillation,1932)一诗中,叶芝回顾自己生命中的不同阶段,说到自己进入中老年时,曾不敢直接面对景物的变化和季节的轮替,因为:"责任感压得我直不起腰来":

> 多年前说过的或做过的事情,
> 或我以为会说、会做
> 但并没有做也没有说的事情
> 压得我直不起腰来,让我
> 每天都能记起某件不了的往事,

---

① 《叶慈诗选》,第145—147页。
② 《叶慈诗选》,第149页1—4行。

每日都来惊扰我的虚荣和良知。①

　　这里,做某事或想做某事的责任感至少体现对另外两类事情的逆反心理,一是曾吸引青年叶芝的伦敦"诗人俱乐部"(The Rhymer's Club)所崇尚的作诗理念,二是一些政治活动家所坚持的民族责任理念。前者试图将叶芝引向为艺术而艺术的方向。根据爱尔兰文学研究领域著名学者理查德·艾尔曼(Richard Ellmann, 1918—1987)的叙述,以象征派诗人为主的诗人俱乐部代表了目的单一、趣味高雅的文字匠人,他们只热衷于情味忧郁、意象清晰的抒情小诗:"诗歌自有其本身的目的(autotelic),它只关乎诗语的节拍和美妙。"②叶芝虽然一度也望企及这种境界,但他慢慢觉得诗歌的世界不应该只是这么简单,同时他也意识到"人性"、"高贵的情感"、"气度"(scope)和"信念"等因素的存在,③这些较为浑厚的因素所代表的诗艺也应该是诗人所追求的目标。艾尔曼另外提醒我们,不能把叶芝对神秘和厚重因素的诉求与他提倡回到爱尔兰农民文化土壤的口号等同起来,因为叶芝也有意创作"少数人的文学",力图涉足"'那种贵族气质的、奥秘的爱尔兰文学(that aristocratic esoteric Irish literature)'"。④

　　沉重的责任感也与政治活动家对他的批评形成反差。叶芝研究者多知道诗人发表于1893年的诗集《玫瑰》(The Rose)最后一首诗《致未来的爱尔兰》(To Ireland in the Coming Times)的创作因由,比如加拿大评论家休·肯纳(Hugh Kenner, 1923—2003)这样概括道:"由于不认同欧李尔瑞责令大家为爱尔兰尽义务的做法,由于不认同莱德·冈无止无休地督促人们以某种强烈的方式表白自己的爱尔兰民族责任感,叶芝早在1892年就明确地表达了个人的折衷立场:拥有爱尔兰情怀,没错,但并非以爱国者所期待的方式。"⑤这首诗于是成为一位诗人就他所认同的"责任感"概念所作的表白,并因此而具有重要意义。叶芝首先请朋友们明白,他本人也是爱尔兰爱国诗人中的一员,绝对可以与19世纪爱尔兰著名诗人戴维斯(Thomas O. Davis, 1815?—1845)、曼根(James C. Mangan, 1803—1849)和弗格森(Sir Samuel Ferguson, 1810—1886)为伍,而且在爱国方面不比他们中任何人

---

① Yeats, *W. B. Yeats: The Poems*, p. 251, Vacillation, V. 汉译文为笔者自译。
② Richard Ellmann, *Yeats: The Man and the Masks*, p. 144.
③ 同上书,第144—145页。
④ 同上书,第151页。
⑤ Hugh Kenner, *A Colder Eye: The Modern Irish Writers*. Penguin Books, 1984, p. 206.

差,"因为那贵妇人拖着她那红玫瑰圈边的裙摆……在我的诗页上四处游还"。贵妇人指爱尔兰,"她的历史早在上帝创造了天使一族之前就已经开始。"①红玫瑰长裙成了叶芝的素材,也把我们带入基督教之前的神秘时代,因为红色玫瑰的意象正是代表了一种与某种激情有关的神秘的美,或一种人们不易发现的精神遗产。这种神秘的美不同于外在的景物描写所展现的美,也不同于政治呐喊的激壮,它是爱尔兰式情感活动的渊源,为神话和传说所体现,构成民族历史的动因,因此叶芝认为它更有机地融于诗歌韵律之内,或随着拍节的响起而浮现出来,并让"爱尔兰的心脏开始随之脉动",于是历史成为诗歌,或者诗歌才体现了民族历史最内在的舞韵。叶芝说:"但愿有关爱尔兰的思绪都能／缓缓生成于有序的韵律所织出的宁静。"②这与爱国者的心态相差远矣。现代批评家是否会严肃对待这样的愿望,取决于我们是否认同韵律中的诗性洞思亦代表文化生活一个重要方面这样一种可能。

叶芝所言与我们所谓另一种历史画面有关,它有些模糊,却更加本质。叶芝接下来具体说道:

> 我的诗韵比他们的韵律更能
> 讲述在幽深的地方发现的事情,
> 在那里除了肉体,一切都活跃而警醒,
> 因为自然元素般的精灵在我书案旁
> 一个个来来回回地游动而徜徉……③

这些精灵可以是一些仙女,活跃在古代凯尔特人的土地上,于月下起舞。叶芝说,写诗的人可以用韵律将她们从"洪水和风"中捕捉下来,并与她们一同追寻那红玫瑰圈边的裙摆。④由于生命无常,才华有限,他认为应该尽可能为了将来的爱尔兰人写下个人的所爱、所梦,否则那些黑暗中的模糊精灵等等都会消失在"无爱无梦的地方"。显然,这也是一种民族文化使命感,虽不实用,但也不应成为务实者嘲笑的目标。他最后说,"我将我的心脏投入到我

---

① Yeats, *W. B. Yeats*: *The Poems*, p. 50. 见"To Ireland in the Coming Times",第6—9行。这首诗的汉语译文均为笔者自译。
② Yeats, *W. B. Yeats*: *The Poems*, p. 50. 见"To Ireland in the Coming Times",这部分的内容见第10—16行。
③ Yeats, *W. B. Yeats*: *The Poems*,第20—24行。
④ 同上书,见第25—32行。

的诗韵中,"以便让后来的人知道它如何曾追求过那玫瑰长裙。①

在此我么不妨插入一例辅助材料。现代英国诗人兼评论家乔恩·斯特尔华绥(Jon Stallworthy, 1935—   )对叶芝思想颇有心得,其一些诗作在构思、意象和措词等方面都有叶芝的痕迹。与叶芝一样,他说他也曾受到友人的责备,指责他未能直接面对社会现实问题和政治事件;而且,他说他自己也并非不知,拜伦、奥登(W. H. Auden, 1907—1973)和但恩(John Donne, 1572—1631)等前辈诗人虽为文坛巨擘,却也都曾在希腊、西班牙或英国本土投身正义战争或拥有社会现实生活体验。②但另一方面,斯特尔华绥沿用叶芝的思路,称他也同时意识到诗人追求真理的方式可以有所不同。在《真实的自白》(A True Confession, 1969)这首诗中,他说真相(或真理)经常被掩盖,白天会变成黑夜,黑色的秩序会主导生活,而诗人的职责就是冲破谎言,像持剑的勇士一般于黎明时分走出来:

> 在此我拔笔出鞘,
> 倘若真理错过我的笔尖,
> 我也立志重新将它寻找,
> 即使在这里面使用谎言。③

用谎言揭穿谎言,而且还借此走向光明,这是一个悖谬。诗人自己所依赖的"谎言"概念当然有别于社会上的谎言,却与菲利普·锡德尼、华兹华斯和雪莱等人的经典说法基本相当,都强调诗人一方不受时空制约的主观想象。斯特尔华绥更直接呼应这些前辈的话语方式,接着说:

> 因为诗人们本就是骗子。
> 他们的生活常不合格律,
> 不如他们那流畅的自白。但时不时
> 我们的谎言反倒将我们引向真理。④

在较早时写的《致信友人》(Letter to a Friend, 1961)这首诗中,斯特尔华绥

---

① Yeats, *W. B. Yeats: The Poems*, p. 50. 见"To Ireland in the Coming Times",末节。
② 见"A Poem About Poems About Vietnam"。Richard Ellmann and Robert O'Clair eds., *The Norton Anthology of Modern Poetry*. New York: W. W. Norton & Co., 1973, p. 1333. 斯特尔华绥也是诺顿公司所出版的几部常用文学作品选集的编者之一。
③ 出处同上,第1332—1333页。
④ 同上,第1333页。

面对争议的方式更率直一些。他说有一位友人责备他,说他"不用现时流行的语调写作"。但在诗人看来,所谓流行语(accents of the age),不过是"学者式的不男不女的语气"或叼着烟卷的"改革政治家的怒气"。诗人说他对这些无兴趣:

> 我回答说,我的诗篇都是用
> 情感的针头线脑编织成文,
> 为了我自己,为了我的朋友们。①

不过是为了自己和朋友,不过是编织,不过是衍生于一些舒缓而自发的生活情感——这又是叶芝式的姿态。当然,这个姿态虽然很低,但在一定程度上,诗人所声称的一己之乐具有刻意的逆说意味,甚至会误导人们以为叶芝式的诗人真的胸无大志,或对社会现实不感兴趣,而实际上他们的责任意识和政治敏感性不大会低于我们的水平;"姿态"并不等于行为。但另一方面,姿态也不仅仅是姿态,而很可能体现诗人们所洞见到的为我们所不熟悉的生存方式和思想角度。评论家们动辄批判这种姿态或立场,或揭穿其不实。这并非难事,难的是想明白其所内含的道理。

斯特尔华绥预感到,未来巨大的政治漩涡会把包括诗人在内的每一个人"都吸进去",到那时大家都可能拾起所谓必然的主题,去反映社会现实,直面贫穷、犯罪、失业、战争等占据报纸头条位置的内容。但是眼下尚有时间"避开这惨烈的闹剧"(the bitter farce):

> 或者,你如今是否已经忘记,
> 云朵、星星、叶子和水波的起舞
> 也是生活的事实,也值得你注目?

诗人最后说道:

> 二十年来在一处象牙塔上旁观,
> 在这个高于你那矗立的烟囱的地方,
> 我在烟尘之外看见了远处的原野;
> 于是我觉得我最好在这面墙上,

---

① Richard Ellmann and Robert O'Clair eds., *The Norton Anthology of Modern Poetry*, 第 1331 页。本诗其他引文亦出自此页。"情感的针头线脑"原文是 love's loose ends,指松散而随机的温暖情绪。

> 这个人们所经过的写满标语口号的墙面,
> 开一面窗户——而不是将镜子挂在上边。

不是去反映标语下面来往的行人,而是凿洞开窗,以望见烟霾以外的境域,斯特尔华绥的这个诗性表述或许与本书第一章所引布莱克"我穿过窗户观看,而不是用窗户看"之说有异曲同工的意味。此处还赫然用上"象牙塔"概念,却基本不含通常的贬讽成分,甚至"旁观"(watching)和"看见"(have seen)之间还产生因果关联:因"旁观"而"看见"。这些都是试图在现代政治文化和工商理念的简单线条之外确立一个与之抗衡的思想空间,也是在变相维护诗人的精神生态和思想权利。

回到叶芝。1919 年初,诗人在创作了对当代政治和社会乱象表示忧虑的《再度降临》(The Second Coming)后,很快又写出《为我女儿的祈祷》一诗,更加清晰地勾勒自己有关精神传统和文化使命的思想,侧重点也有所变化,埃德蒙·伯克式的礼俗观、阿诺德式的秩序观、柏拉图式的等级观、甚至类似佛教的某种智慧都融在其中,增加了哲思意味。从外在角度看其诗性构思,《为我女儿的祈祷》中的摇篮意象与《再度降临》中那个等待恶兽投生的摇篮相互呼应并形成反差,虽然都承载着无理性因素,但女婴的纯真与恶兽的冲动截然有别。再看《为我女儿的祈祷》的作品内部,也有一系列相互对比的成分使诗意建构手法结实有序。比如尾节中代表立体空间的房宅意象就与体现直线状态的大路意象形成对照,而且,该诗节还以归总的手法使先前诗节中的各类事物有了明确的归属:大路上兜售的货物包括前面提到的傲慢、仇恨、政见等情绪,与之相关的是反复出现的风、风箱、嚎叫等意象;而房宅则与第一节中的塔堡(tower)和第六节中的家园(place)等相关,也因此与文明的礼俗和仪典(ceremony)发生关联。仪典和礼俗又分别是第四、八节中的"丰饶角"[①]和第六节中的"月桂树"(laurel)的"别名",月桂树因"根植在一个可爱的永恒之处(one dear perpetual place)而与第九节中灵魂所应恢复的"根本的天真"概念相关,这是因为英文原文 radical innocence 中的 radical 一词既作"极端的"讲,也含"扎根的"或"根生的"意思。于是月桂树可以象征真纯、繁茂、典雅和活力。这样一来,尾节中的问题——"若非自风俗和礼仪之中,/ 纯真和美又如何诞生?"——完全可以用另一种相对的方式提出:众人奔突的大路上怎可能有纯真和美?

[①] "丰饶角",Horn of Plenty,希腊神话中宙斯送给女神们的母山羊角,象征丰饶而美好的事物,如典雅、高贵、礼仪、礼貌等。

诗内另一个对比发生在摇篮中睡婴的天真与"大海的凶残的天真"(the murderous innocence of the sea)之间：

> 风暴又一次咆哮；半掩
> 在这摇篮的篷罩和被巾下面，
> 我的孩子依然安睡。除去
> 葛列格里的树林和一座秃丘，
> 再没有任何屏障足以阻挡
> 那起自大西洋上的掀屋大风；
> 我踱步祈祷已经一个时辰，
> 因为那巨大阴影笼罩在我心上。

> 为这幼女我踱步祈祷了一个时辰，
> 耳听着海风呼啸在高塔顶，
> 在桥拱下，在泛滥的溪水上，
> 在溪边的榆树林中回荡，
> 在兴奋的幻想中自认
> 未来的岁月已经来到；
> 踏着狂乱的鼓点舞蹈，
> 来自大海的凶残的天真。①

这是一上来的两个诗节。心情沉郁的诗人在塔堡内踱步，其意识中产生两种状况的对比，渐渐鲜明起来，也帮助他梳理着一系列复杂的思路。在这种对比中，睡婴所代表的天真显然弱不禁风，而且其生存环境必然要暴露在无以阻挡的宏大势力中。这是一位父亲心头的"阴影"。然而在文思层面，这"安睡"的天真虽弱小，却与屋宅、"高塔"、"桥拱"及与之相关的各种有形有序的文明生活礼俗结合在一起，至少在诗性表述上与另一种天真——"大海的凶残的天真"——形成张力，似可与之抗衡。将最柔弱者与最狂暴者并置，如此画面根本不成比例，但在叶芝的诗性意识中，当政治狂潮和文化乱象来临时，天真的婴儿不只是该由我们守护的对象，其所象征的因素或许也反过来成为我们自己最后的守护神。一点点天真而安然的仪典竟仿佛让诗人找到思想的立足点，于是大海之天真所代表的混沌势力似可被面对、被把

---

① 《叶慈诗选》，第219页。

握,或被征服,而若试图直接抗击它,甚至仿效其"狂乱",因海风之呼啸而呼啸,因海浪之"狂舞"而狂舞,那反倒不得要领,最终在宏大气象中迷失。在这首诗的尾节,叶芝看着襁褓中的女儿,继续为她祝福,企望其未来的郎君将她带入一座宅第,里面的一切最好都要端庄而有序、舒缓而平常,似乎只有这样才能使他们最大限度地处理或驾驭生活中的模糊因素,最有效地表达激情,就像是以建筑拥有海魂,用文字捉住诗意。当然,这里面所说的有序,由于与舒缓、天真的状态有关,并不等于那种机械的、可量化的、目的性的生活追求。

在第六节中,还有这样具体的祈祷内容

> 愿她长成一株繁茂而隐蔽的树,
> 她全部的思绪就可以像红雀鸟族,
> 没有劳形的事务,只是
> 四处传播着它们宏亮的鸣啼,
> 只是在欢乐中相互嬉逐,
> 只是在欢乐中你吵我争。

"欢乐"成了鸟雀们唯一的"事务"(business),别无他求,若不为欢乐之缘故,就不必追逐,也不必吵闹,然而这种欢乐的歌唱又不是人们通常所谈论的"目标"。叶芝所鄙弃的是一些人竟然有其他的事务、其他的追逐与吵闹,而在这些其他的尽责行为中,为某种仇恨所驱使者,"定然是最可怕的厄运";若这种仇恨缘起于抽象的理念,则有了恶中之恶:

> 理智的仇恨(intellectual hatred)为害最甚,
> 那就教她把意见(opinions)视为可憎。
> 难道我不曾目睹那诞生
> 自丰饶角之口的绝色美人,
> 只因她固执己见的心肠,
> 便用那只羊角和为温和的
> 天性所了解的每一种美德
> 换取了一只充满怒气的旧风箱?

发生在智性层面的情绪竟与街上的舆论共属一类,这是对"理智"的讽刺。"绝色美人"指茉德·冈,她本拥有代表高贵和优雅的"羊角"(即"丰饶角"),容貌之美更是有目共睹,却用一身的资质和背景换来一只象征极端政治理念和偏见的"旧风箱"。①这是最让叶芝意难平的事情之一。如此贵贱不分而"固执"的人们让世界变得局促而喧躁,按叶芝的"责任"概念讲,这反而是不负责任的做法。在第九节中,诗人希望人们从仇恨状态中松弛下来,使灵魂回到"自娱自乐,/自慰自安,自惊自吓"的状态,情感或情绪的外在因由都被"驱逐散尽",于是灵魂找回自己的"美好愿望",与"天意"吻合。

　　本章"责任"话题所依赖文本中最突出者,应该是叶芝 1916 年 5 月至 9 月间所作的《1916 年复活节》(Easter 1916)这首诗。该诗与《为我女儿的祈祷》一样,也含有一些"天真的",甚至在政治层面上显得幼稚的、不现实的思想。另一方面,由于诗中一些貌似激壮而正面的诗语,也因为同一部诗集其他作品中亦出现意向相仿的表述,这首诗也被人赋予了不少积极意义,甚至在其自身文本脉络中并非明确存在的政治意义。由于其自含的或被强加的争议性,有关这首诗的评论观点本身也可以成为审视的对象。笼统地看,至少在一定意义上,西方评论界长期以来对这首诗的解读是使其明显含义边缘化、潜在含义复杂化的过程,其中一种立场就是认为诗中的那个著名的迭句"一个可怕的美已经诞生了"(a terrible beauty is born)使该诗具有了类似爱尔兰国歌的气质;一些其他的诗性成分也被认为体现叶芝对那些在 1916 年复活节起义中被英军处决的革命者的祭奠,并表达了通过牺牲而达到再生的思想。②近些年,这样的观点受到挑战。1997 年和 2003 年,牛津大学出版社分上下卷出版牛津大学爱尔兰历史教授罗伊·福斯特的《叶芝传》,③被评论界看作当代叶芝研究的大事件。这部传记给人可靠的感觉,主要是它凭借丰富的历史史料和敏感的文本解读力,澄清许多问题,并力图校正以往的认识,其中对《1916 年复活节》的解读是引起评论界注意的焦点之一。其实,早在涉及 1914 年以后阶段的《叶芝传》第二卷出版之前,福斯特就这首诗表达过类似观点,无实质差别。他在一次学术研讨会上曾告诉听众,该诗刚发表时,任何读到它的爱尔兰人都会认为"它毫无疑问是对共和思想的支持",但福斯特本人不这样看:

　　　　(它)不仅凸显出起义者的迷茫与幻惑状态,更重要的是它进一步

---

① 《叶慈诗选》,第 223 页。这部分内容见第七、八节。
② 比如艾尔曼的著名传记中就明显含有此类典型认识,出处见第 430 页注②,第 220—221 页。
③ Roy F. Foster, *W. B. Yeats*, *A Life I: The Apprentice Mage* 1865—1914; *W. B. Yeats: A Life*, *II: The Arch-Poet*. Oxford UP, 1997, 2003. 福斯特是 The Carroll Professor of Irish History at Oxford University。

表达对"多姿多变的普通生活乐趣"(叶芝语)的诉求,而并非赏识那个在污浊的溪水中一动不动的、代表狂热理念的顽石。①

多年来,在一些读者的"国歌"和福斯特的"顽石"之间,评论观点不一而足,但如福氏为该诗做明确定位者,并不多见。

福斯特在传记中谈到,叶芝写作这首诗的灵感与茉德·冈对复活节起义的反应有关。起义失败后,茉德·冈一直处在壮怀激烈的情绪中,认为"起义者'又一次使爱尔兰的事业拥有了悲剧式的尊严'"。②友人的悲情和社会的氛围让叶芝产生写作的冲动,用福斯特的历史主义语言讲,"起义和处决发生后的那个夏天充满了政治张力,而这种张力几乎被立刻转化为创作的能量。"③但叶芝用"可怕的美"之说接过茉德·冈的"悲剧式的尊严"概念,同时又利用这个历史契机,对那个泛政治化的夏天提出许多疑问,在诗中掺入许多其他的成分。对于福斯特来讲,诗中的第三、四段的重要性不次于前两个段落。第三段一上来就展现思想的环游,视野骤然扩展,从历史事件转移到瞬息万变、目标不清的自然生活场景,由奔马、飞鸟、雌雄长腿鸡等所代表的生命能量使普通的生活犹如流水和游云,"一分钟一分钟它们生活:/那顽石在这一切中间。""顽石"无疑是在暗指信守单一理念而义无反顾的革命中坚分子,他们像是生命溪流中的异物:

> 众多的心中只有一个目的,
> 经过盛夏和严冬似乎
> 中了魔法被变成了顽石,
> 要把活泼的溪流拦阻。④

福斯特告诉我们,叶芝以前曾对茉德·冈表示过对"都柏林高谈阔论者"(Dublin talkers)的怀疑,认为"献身于某种抽象的民族理念会导致精神的贫困,"最终,那种受"'固定的思想(fixed idea)所驱使的心智……会排斥掉自

---

① 福斯特于 2001 年 4 月 6 日在美国斯坦福大学"太平洋沿岸不列颠研究研讨会"上以 The Politics of Poetry: W. B. Yeats and the Irish Revolution 1912—1922 为题目发言,转引自约翰·森福德(John Sanford)在 2001 年 4 月 12 日《斯坦福报告》(*Stanford Report*)中所撰会议纪要。引语中"污浊的"一词的原文是 effluvial,也有恶臭的意思,与前面多彩的生活乐趣概念有些矛盾,也与诗中 living stream 的说法有出入,不知是否福斯特原意。
② Roy F. Foster, *W. B. Yeats, A Life II: The Arch-Poet*, Oxford UP, 2003, p. 51.
③ 同上书,第 52 页。
④ 译文仍见《叶慈诗选》,第 211 页。

然的冲动(natural impulse)'"。福斯特接着说,在《1916年复活节》这首诗的游云与顽石的张力背后,隐含着叶芝的一贯的着眼点:

> 那种智性的天真(intellectual innocence),那种乐于面对事先未预见之物的、乐于面对人间普通光景的轻松心态,那种甘于任心灵随意飘游的境界,而一切真正的思想和感情都必须以这种智性的天真为先导。①

福斯特指出,这种认识演化为《1916年复活节》中的溪水和云影,其所掩盖的诗人本意自然也能被茉德·冈所读懂。能读懂,但她并不认同,尤其不喜欢最后一段:

> 一场牺牲奉献太长太久
> 能够把心灵变成顽石。
> 呵,什么时候才算个够?
> 那是天命;我们的事
> 是低唤一个又一个的名姓,
> 像母亲呼唤她的孩子,
> 当昏沉的睡意终于降临
> 在野跑的肢体之上时。

她认为这类的说法证明诗人"'不够真诚'":

> 毕竟你研究过哲学,也懂得一些历史,因此你理当明白,牺牲精神从来未将哪颗心变成石头,它只是能让很多人变得不朽,而且唯有通过牺牲,人类才能上升而接近上帝。②

同时她也指出,由于夹杂着个人情绪,这首诗会让许多人看不懂。后一种评价虽然是负面的,但它确实具有预见性。福斯特了引用叶芝大约撰写于同期的《回忆录》(Memoirs)中的一句话:"'或许在未来的年月中,年轻人会为他们的民族情感找到一种非政治的形式。'"③叶芝本人当时就在寻找其他的视角,增加着其诗语的难解度。研究叶芝的学者都知道,外界的政治气氛最浓烈时,也正是他的玄思默想最执著时,像是与历史事件构成哲学加艺术的

---

① Roy F. Foster, *W. B. Yeats, A Life II: The Arch-Poet*, p. 61.
② 同上书,第63页。
③ 同上书,第67页。

多语对位。他尝试陌生的表意手段,挖掘具有象征意义的艺术形式,探寻人类精神传统中的各种积淀,甚至涉足神秘主义领域,在他看来都是要触及更加根本的存在层面,挖掘更加实质的生活冲突,进而享有更加宏大而自由的境域,而无论"避重就轻"或"怪诞难懂"之评,都不能客观描述叶芝的姿态和实践。

的确,即使茉德·冈的友人身份和福斯特的历史学识,也尚不能确保关键内涵的解读。那么多漾动的诗意,有时也需要我们有一些诗性想象。将革命者比作跑野了的小孩子,将"我们"等同为宽厚的慈母,这里面也隐含着为哲人所拥有的、涉及人类历史的宏大画面,尽管此中诗人之姿态令人不大舒服。此外,尾段中一系列设问句呼应了第一段内叶芝的一个认识:"我确信他们和我 / 不过像丑角一样生活。"所谓"丑角",究其原意,主要是指我们大家本来都穿着色彩斑杂的丑角衣装(motley),如同无意识地实践着一出弛缓的喜剧情节。但是,第二段写到,革命者不甘心于原本的喜剧角色,纷纷"辞去了在那即兴 / 喜剧中他所扮演的角色"。"即兴喜剧"指的也是人间普通生活本身,原文 casual comedy 揭示了它的漫不经心、轻松随意的性质。这里面显然也有宏大的自然生活画面,而是否有必要卸掉我们的喜剧角色而执意蜕变为悲剧英雄,这正是叶芝和他的读者都要面对的、并非仅仅涉及某个具体政治层面的疑问。

起义领导者不甘于杂色衣着,原因之一就是不满足于像众多无足轻重的人物一样,平日里只说那些"礼貌而无意义的闲话"(polite meaningless words)。这个概念叶芝在该诗第一段中重复使用了两次,应属重要的诗意成分,但即便这样,仍可能得不到人们的严肃对待。然而,"礼貌而无意义的闲话"何尝不重要,它与 motley 和 casual comedy 同属一组概念,对日常生活做了一个定义,都反映一种不容人们以"事业"的名义而有意无意将其颠覆的文明状态。颠覆了文明的"无意义",在漫然随意中挤出如是而已的 meaning(意义),可能会导致意想不到的问题,比如毁掉了剧烈的多重意义。叶芝并非怀疑"意义"的存在或成功表意的可能,而是在一定程度上分享莎士比亚和济慈等人的戏剧情怀,兼而潜入 18 世纪爱尔兰本土先哲伯克式的文化守成视角,在此(以及在其他许多诗作中)暗示:倘若对于生活作为"礼貌而无意义的闲话"的状态,人们能产生文化人的认知,并暂且止步于此,那么他们的坦然心态就不仅仅坦然而已,而也是对可能的终极意义表达某种敬意,或在消极中对其复杂性表示积极的敬畏,毕竟任何人都不能轻易妄称已经找到毋庸置疑的真理。从这个角度讲，发生在茉德·冈的上帝概念和叶芝的"天命"之间的一个讽刺也凸现出来，也证明前者并不能完全"读懂"叶芝的文字。"天命"部分的原文是 O when may it suffice? / That is Heaven's part....。茉德·冈信奉"接近上帝"的概念，但叶芝暗示，上天可能知道我们的所为，甚至知道"接近"的困难。至少，回答那个问题是属于上帝分内的事情，非凡人所能。什么问题呢？"算个够"指什么？我们可以说它指"牺牲奉献太长太久"，不知何时才算到头；我们也可以更直接一些，根据诗歌语言的合理模糊性概念所给与我们的特许，认为提问中的代词 it 也可以指上一行中"心灵变成顽石"的过程：有着七情六欲的人心什么时候才能真正变成石头呢？若是这样，那么这一行半的诗文中所隐含的疑问就真的有些"可怕"了：石头固然顽梗，但可能还算不上最坏状态，最坏的是由于杂念和私欲而变不成顽石，人间不存在石头的境界。我们不能断然排除可能存在的丰富诗意，这样才能更好地理解为什么叶芝点到为止，全身而退，依赖"天知道"这类的方便借口，卸掉这个可怕的、不利于起义者的、也涉嫌为旁观者开脱的疑问。茉德·冈读诗后仍然说可以"接近上帝"，可见不同视角给解读带来的困难，而作为历史学者的福斯特似乎也不想进一步享受合理的诗性许可。

与《1916年复活节》同期的其他作品也从相关的角度探索了"可怕的美"如何诞生的问题。《人群的领袖们》(Leaders of the Crowd)对政治人物的评价具有更直接的负面性，认为"他们为了确保自己的坚定不移，必须 / 责备所有与其不同的事物情趣低俗"。① 他们推翻"成规的礼法"(established honour)，将舆论视作真理，将熙攘的街宇当成赫利孔山(Helicon, 希腊神话所谓诗性灵感的来源)，却由于耐不住寂寞、由于只知向前看，而竟然不知历史那长寂的黑墓中也有光源，而借此种光源研读的学者才可能拥有真理。另一首短诗《关于一名政治犯》(On a Political Prisoner)折射《为我女儿的祈祷》中的思路。"政治犯"在《1916年复活节》第二段一开始出现过，是一位在复活节起义中被英军逮捕的贵族女士，叶芝对她感兴趣，也是因为他对高贵而美貌的女性竟热衷政治事务这一难解之谜一向报有好奇之心，如我们前面谈及茉德·冈时所示。在《关于一名政治犯》这首诗中，叶芝他看到一种讽刺：这位女士在生活中所抽取的"意义"竟与她的"盲目"有关，因为她受

---

① 汉译文为笔者自译。

"仇恨"(enmity)驱使,还成为"群盲的领导者",并因此而"躺在臭水沟(监狱)里"。她是否在反思自己何时让心灵"变得苦涩抽象"(a bitter, an abstract thing)? 是否能回忆起所失去的东西?

数年前,叶芝曾在《是国王,又不是国王》(King and no King)这首诗中对茉德·冈这位美妙的女性谈到,信念可能使一个人失去"那么好的东西",它包括"随时随地的温慈、时下里共有的平常话语",以及"相互间习惯性的满意。"①《关于一名政治犯》中的这位高贵的政治犯失去了这些"无意义"中的意义,也失去一个丰饶而宏大的空间。这首诗的主导意象是海鸟,诗人竭力挖掘这个意象的内涵,主要是将"多年前"在山野间驰骋的"美人儿"比作"山育海生的鸥鸟",他的视角也快速地从铁窗里的"灰鸥"转移到那个俯瞰着海面、在"空中保持平衡的"(balanced on the air)海鸥,诗语也变得极为抒情:

> 出自波涛,翱翔空际,
> 第一次它从高高山岩
> 某处的窠巢飞跃出来,
> 凝望浓云密布的天幕,
> 风暴击打的胸膛下面
> 是大海的波谷在呼号。②

她能够凝望云天(cloudy canopy),也能像圣灵一般以胸脯孵拥浩瀚的涛声,似乎这"第一次"的天真而平衡的状态中已经拥有了意义和无极。叶芝又一次注目于海面,在这之上,作为诗人的他也能在空无中保持平衡,而空中的平衡——这是何等重要的悖论! 再加上"翱翔"和"浓云"等意象,或许能让我们再次回眸华兹华斯、柯尔律治、雪莱、丁尼生和勃朗宁等人各具特点又相互映照的表述;而我们探讨叶芝的"责任"观,也可以借助这类文学意象,间或将我们自己的学术眼光从惯常的责任中的自由空间概念转向自由空间中可能存在的责任感。

---

① 汉译文为笔者自译。
② 见《叶慈诗选》第215页。

人名索引

A

Abrams, M. H. （M. H. 艾布拉姆斯）
67, 75, 143, 173, 175-179

Altick, Richard D.（理查德·D·阿尔迪克）375-376

Aristotle（亚里士多德） 135

Arnold, Matthew（马修·阿诺德） 12-14, 69, 90, 93, 119, 122, 125-126, 166-168, 196-197, 198, 206-207, 235, 245, 246, 247, 258, 296, 313-314, 346, 361, 375, 384, 428, 439

Auden, W. H.（W. H. 奥登） 437

Avison, Charles（查尔斯·艾维森） 378, 389, 406

B

Babbitt, Irving（欧文·白璧德） 18, 196, 198

Bach, Johann Sebastian（约翰·塞巴斯蒂安·巴赫） 375-377, 379-381, 383

Bacon, Francis（弗兰西斯·培根） 37-39, 44-45, 361

Baker, John Haydn（约翰·H·贝克） 388

Bakhtin, Mikhail M.（米哈伊尔·M·巴赫金） 393-395

Balfour, Frederic Henry（弗雷德里克·H·巴尔福） 333

Barfield, Owen（欧文·巴菲尔德） 179-180

Bate, Walter Jackson（沃尔特·J·贝特） 220

Baudelaire, Charles Pierre（夏尔·皮·波德莱尔） 17

Beethoven, Ludwig van（路德维希·凡·贝多芬） 379-380, 398

Bellini, Vincenzo（文森佐·贝利尼） 379

Bentham, Jeremy（杰里米·边沁） 24, 147

Berlioz, Hector（埃克多·贝辽兹） 380

Blake, William（威廉·布莱克） 15, 16, 24, 25, 30-46, 47, 58, 71, 96, 104, 108, 111-112, 118, 123, 133, 173, 186, 188, 258, 265, 268-271, 286-288, 302, 307, 319, 333, 335, 340, 372, 384, 386, 401, 439

Bloom, Harold（哈罗德·布鲁姆） 35, 144, 247, 294-296, 388

Brahms, Johannes（约翰奈斯·勃拉姆斯） 380, 381

Browning, Elizabeth Barrett（伊丽莎白·B·勃朗宁） 248, 304, 358, 363-364, 429

Browning, Robert（罗伯特·勃朗宁） 1, 2, 15, 18, 73, 90, 108, 122, 188, 200, 235, 238, 247, 258, 268, 291, 304, 340, 343-404, 405-414, 416-425, 426, 428-429, 447

Bruckner, Anton（安东·布鲁克纳） 381

Brummell, George B.（乔治·B·布拉莫尔） 198

Buckley, Jerome H.（杰罗姆·J·巴克利） 307, 323, 326, 340

Bump, Jerome（杰罗姆·邦普） 304

Burke, Edmund（埃德蒙·伯克） 19-20,

22,200,201,204,327,439,445
Burns, Robert（罗伯特·彭斯） 125-126
Butler, Marilyn（玛里琳·巴特勒） 208
Byatt, A. S.（A. S.拜厄特） 80
Byron,George Gordon（乔治·戈登·拜伦） 15,17,102,108,109-110,186,188,190,192-193,194,197,198,199,200-207,349,362,377

C

Calvin, John（约翰·卡尔文） 306
Campbell, Matthew（马修·坎贝尔） 232-233
Carlyle, Thomas（托马斯·卡莱尔） 11-12,102,151-152,190,197-198,199,205,228,233,235,246,251-258,260,294,296,309,341-342,361,384,387
Cervantes（Miguel de Cervantes Saavedra）（塞万提斯） 97
Chalmers, John（约翰·查尔莫斯） 333
Chambers, Robert（罗伯特·钱伯斯） 309,315
Chandler, James（詹姆斯·钱德勒） 75-76,78
Chapman, George（乔治·查普曼） 220
Chateaubriand, François Auguste René, Vicomte de（弗朗索瓦-勒内·夏多布里昂） 155
Christ, Carol T.（卡萝尔·T·克里斯特） 234-235
Coburn, Kathleen（凯丝琳·科伯恩） 164
Coleridge, Samuel Taylor（塞缪尔·泰勒·柯尔律治） 2-4,14,15,18-19,20,34,50,60,71,76,79-80,102,105,106,108,114-119,121,127,131,133,135-137,139-162,163-187,188,194-195,196,204,247,261,276,287,291,292,

302,321-322,328,329,340,361,388,398-399,400-401,447
Condillac, E. B. de（E. B.德·孔狄亚克） 182
Cousin, Victor（维克多·库桑） 12

D

Dante, Alighieri（但丁） 35,178,217,277,292-293,307,325,336,340,358-360,390,430
Darwin, Charles R.（查尔斯·R·达尔文） 239,252,265,309-310,313,315-323,329-332
da Vinci, Leonardo（列奥纳多·达芬奇） 386
Davis, Thomas O.（托马斯·O·戴维斯） 435
De Quincey, Thomas（托马斯·德昆西） 102,109,135,328
del Sarto, Andrea（安德烈·狄萨托） 384-385
Descartes, René（勒内·笛卡儿） 24,25,102,154,196
DeVane, William（威廉·德威恩） 363,378,379,381,385,387,389,398,405,424
Dickens, Charles（查尔斯·狄更斯） 4-6,8-9,10-12,14,16,18,24,235,246,247-251,258,289,312
Donne, John（约翰·但恩） 388,437
Dryden, John（约翰·德莱顿） 96,390-391
Dvořák, Antonín Leopold（安东·L·德沃夏克） 380

E

Eagleton, Terry（特里·伊格尔顿） 27
Eco, Umberto（翁贝托·埃科） 20-24
Eliot, George（乔治·爱略特） 110,296,361,368-369

Eliot, Thomas S. (托马斯·S·艾略特) 18, 193, 196, 199, 228, 234, 247, 252, 296, 315, 325, 374

Ellmann, Richard (理查德·艾尔曼) 430, 435, 442

Emerson, Ralph Waldo (拉尔夫·W·爱默生) 69

Engel, Monroe (门罗·安格尔) 24-25

Erdman, David V. (大卫·厄尔德曼) 41-42

F

Ferguson, Samuel (塞缪尔·弗格森) 435

Fichte, Johann Gottlieb (约翰·戈特利布·费希特) 19, 133

Fish, Stanley (斯坦利·费什) 26-27

Fitzgerald, Edward (爱德华·菲兹杰拉德) 260-261, 264

Flaubert, Gustav (居斯塔夫·福楼拜) 394-395

Fogle, Richard Harter (理查德·H·福格尔) 193, 196, 199

Foster, Roy F. (罗伊·F·福斯特) 442-445

Freud, Sigmund (西格蒙德·弗洛伊德) 83, 88

Fricker, Sara (萨拉·弗里克) 143-146, 162, 166, 171, 172, 177

Frost, Robert (罗伯特·弗罗斯特) 219

Frye, Northrop (诺思洛普·弗莱) 119-120, 266-267, 304

Fulweiler, Howard W. (霍华德·弗尔威勒) 340

G

Galuppi, Baldassare (巴尔达塞罗·格鲁比) 347

Gemignani, Francesco (弗兰切斯科·吉米尼亚尼) 378

Godwin, William (威廉·葛德汶) 53-54, 56, 76, 104

Goethe, Johann Wolfgang von (约翰·沃尔夫冈·冯·歌德) 18, 19, 107-108, 134, 155, 170, 197, 198, 204, 262-265, 340

Gonne, Maud (茉德·冈) 429, 435, 443-445, 446, 447

Greene, Herbert Eveleth (赫伯特·H·格林) 376-377, 379

H

Hair, Donald S. (唐纳德·S·海尔) 348, 394

Hallam, Arthur (亚瑟·哈勒姆) 228, 260, 291-292, 326, 328, 329, 330, 338

Hallam, Henry (亨利·哈勒姆) 228-229

Handel, George Friderich (乔治·弗里德里希·亨德尔) 378, 380-381

Hardy, Thomas (托马斯·哈代) 110, 122, 287, 291, 293

Harper, G. M. (G. M. 哈帕) 136, 144-145

Hartley, David (大卫·哈特雷) 60, 179

Hartman, Geoffrey (杰弗里·哈特曼) 67, 101, 132-133

Hawlin, Stefan (斯蒂芬·霍林) 349-353

Haydn, Franz Joseph (F.约瑟夫·海顿) 380

Hazlitt, William (威廉·哈兹利特) 76, 78, 137-138, 157, 328, 361

Heaney, Seamus (谢莫斯·希内) 110, 288, 373

Hecht, Anthony (安东尼·海克特) 324

Hedley, Douglas (道格拉斯·海德里) 149-151, 153-155, 165-166

Hegel, Georg Wilhelm Friedrich (格奥尔格·威廉·弗里德里希·黑格尔) 20,

132-134,150,178,281,357,389
Heidegger, Martin（马丁·海德格尔） 20
Hill, John Spencer（约翰·S·希尔） 143-144,171
Hill, Robert W.（罗伯特·W·希尔） 310-315,317,320-322,326
Himmelfarb, Gertrude（格特鲁德·西默尔法布） 315-318,320,322-323
Hollander, John（约翰·霍兰德） 96-99,101,392,396-397
Homer（荷马） 9,40,93,220,221,277,360
Hopkins, Gerard Manley（杰拉德·M·霍普金斯） 168,296,302,303-305,327,344,373
Horace（Quintus Horatius Flaccus）（贺拉斯） 378,382
House, Humphry（汉弗莱·豪斯） 139-142,143,160
Hugo, Victor（维克多·雨果） 194
Hulme, Thomas E.（托马斯·E·哈尔姆） 18,193-196,198,199,205
Hume, David（大卫·休谟） 76,106,138,146,152,179,182,191
Hunt, Leigh（利·亨特） 219
Hutchinson, Sara（萨拉·哈钦森） 162

J

江枫 129
Johnson, E. D.（E. D. 约翰逊） 231,263,309
Johnson, Samuel（塞缪尔·约翰逊） 190
Johnson, Wendell Stay（温德尔·S·约翰逊） 347-348
Jones, William（威廉·琼斯） 169
Joseph, Gerard（杰拉德·约瑟夫） 339
Joyce, James（詹姆斯·乔伊斯） 21,287,291,340,387,394-395,403-404,426

K

Kafka, Franz（弗兰兹·卡夫卡） 21
Kant, Immanuel（伊曼努尔·康德） 51,145,150,323
Keats, John（约翰·济慈） 15,18,47,96,104,108,120,178,188,194,195,208-227,251,274,276,278,282,291-293,294,297,349-350,355,356,360,365-366,367,386,388,389,423,429,445
Keble, John（约翰·歧布勒） 148
Kenner, Hugh（休·肯纳） 435
Kierkegaard, Søren Aabye（索伦·A·克尔恺郭尔） 323
孔子 432

L

老子 333
Lamb, Charles（查尔斯·兰姆） 110-111
Landor, Walter Savage（沃尔特·S·兰德） 99
Lawrence, D. H.（D. H. 劳伦斯） 258,291
Lawson, E. LeRoy（E. 拉罗伊·罗森） 424-425
Leask, Nigel（尼格尔·里斯克） 152-153,154,155
Leavis, F. R.（F. R. 利维斯） 248,428
Legge, James（理雅各） 333
Lessing, Gotthold Ephraim（高特荷德·E·莱辛） 150
Levinson, Marjorie（玛杰莉·列文森） 49,101
Linnaeus, Carolus（Carl von Linne）（卡尔·冯·林奈） 98
Lippi, Filippo（菲利波·利皮） 369
Litolff, Henry Charles（亨利·H·利托尔夫） 378
Liszt, Franz（弗朗茨·李斯特） 380

Locke, John（约翰·洛克） 24,37-39,42,
　　45,59-60,111,154,182
Lowell, Amy（艾米·洛维尔） 293
Lowes, John Livingston（约翰·J·洛维斯） 184-185
Lucretius（Titus Lucretius Carus）（卢克莱修） 330-331
Luther, Martin（马丁·路德） 375
Lyell, Charles（查尔斯·赖尔） 309,315,327

M

McGann, Jerome J.（杰罗姆·J·麦克甘） 290
Mahler, Gustav（古斯塔夫·马勒） 381
Malory, Thomas（托马斯·马洛里） 243
Mangan, James C.（詹姆斯·C·曼根） 435
Mann, Thomas（托马斯·曼） 427
Marsh, James（詹姆斯·马什） 321-322
Martineau, Harriet（哈莉耶特·马蒂诺） 229
Merleau-Ponty, Maurice（莫里斯·梅洛-庞蒂） 23-24
Michelangelo di Lodovico Buonarroti Simoni（米开朗基罗） 30,31
Mill, John Stuart（约翰·斯图亚特·穆勒） 147,164,205-206,230
Miller, J. Hillis（J.希利斯·米勒） 26
Milton, John（约翰·弥尔顿） 9,40,92,96,145,171,194,204,219,220,269,277,278,289-291,325,340,377,414-416,417-419
Molière（Jean-Baptiste Poquelin）（莫里哀） 262
More, Thomas（托马斯·莫尔） 306
Morris, William（威廉·莫里斯） 258
Mozart, Wolfgang Amadeus（沃尔夫冈·A·莫扎特） 379-380,398,413

N

Newman, John Henry（约翰·亨利·纽曼） 106-107,146-151,153-154,155,166,265,287,340,343
Newton, Isaac（牛顿） 24,37-38,45,154,176
Nichols, Ashton（阿什顿·尼克尔斯） 340
Nietzsche, Friedrich Wilhelm（弗里德里希·尼采） 17,20,178,258
Novalis（诺瓦利斯） 19,20,23

O

O'Leary, John（约翰·欧李尔瑞） 433,435

P

Palestrina, Giovanni Pierluigi da（乔万尼·P·达·帕莱斯特里纳） 377,378
Paracelsus（Philippus Aureolus von Hohenstein）（帕拉切尔苏斯） 390
Parkson, Thomas（托马斯·帕克森） 431
Parnell, Charles Stuart（查尔斯·S·帕内尔） 430
Pater, Walter（沃尔特·佩特） 152,155-156,258,291,292,384,423-424
Peacock, Thomas Love（托马斯·L·皮考克） 108-110,112
Peel, Robert（罗伯特·皮尔） 229
Petrarch（Francesco Petrarca）（弗朗西斯克·彼特拉克） 219
Plamondon, Marc R.（马克·R·普拉门顿） 348-349,376
Plato（柏拉图）（及柏拉图主义）51,59,66,75,77,82,89,100,120,122,130,158,163,180,182,221,277,355,439
Pope, Alexander（亚历山大·蒲柏） 27-

28,137,192,194,202,313,360

Pound, Ezra（埃兹拉·庞德） 234

Ptolemy, Claudius（克罗狄斯·托勒密） 422

Pusey, Edward Bouverie（埃德华·B·溥西） 148

Pythagoras（毕达哥拉斯） 180

R

Raphael Sanzio（拉斐尔） 31,358-360,385

Relfe, John（约翰·莱尔夫） 377-379,381

Reynolds, John H.（约翰·H·雷诺兹） 209,278

Richards, I. A.（I. A. 瑞恰慈） 141,155

Richardson, Malcolm（马尔考姆·理查森） 379-380,394

Ricks, Christopher（克里斯托弗·里克斯） 296-297

Ridenour, George M.（乔治·M·莱顿诺） 400-402

Robespierre, Maximilien（马克西米连·罗伯斯庇尔） 55-56,91

Robinson, Henry Crabb（亨利·C·罗宾逊） 230,262

Rossetti, Dante Gabriel（但丁·G·罗赛蒂） 231,293,363,374

Rousseau,Jean-Jacques（让-雅克·卢梭） 193,196

Royer-Collard, Pierre-Paul（霍耶-柯拉尔） 12

Ruskin, John（约翰·罗斯金） 10,258,287,292,296,304,374,384,386

S

Sagan, Carl E.（卡尔·E·塞根） 311-312

Schelling, Friedrich Wilhelm J. von（弗里德里希·威廉·J·冯·谢林） 133,150

Scherer, Edmond（埃德蒙·谢勒） 197

Schiller, Johann Christoph Friedrich von（约翰·克里斯托弗·F·冯·席勒） 132

Schlegel（施莱格尔兄弟）（奥古斯特·威廉·冯·施莱格尔与弗里德里希·冯·施莱格尔） 19

Schmitt, Carl（卡尔·施米特） 17,19-20

Schneider, Elisabeth（伊丽莎白·施耐德） 184-185

Schumann, Robert（罗伯特·舒曼） 379,392-396

Schwartz, Delmore（德尔默·施华兹） 431

Scott, Walter（沃尔特·司各特） 150

Selincourt, Ernest de（厄内斯特·德赛郎库） 79-80

Sellwood, Emily（艾米莉·塞尔伍德） 324-325

Shakespeare, William（威廉·莎士比亚） 9,35,101,188,223,248,277,445

Shaw, Bernard（肖伯纳） 122

Shelley, Percy Bysshe（珀西·比希·雪莱） 1,15,34,47,63-67,75-76,77-78,81,96,102,104,105,108-109,119-130,133,134,135,170,174-175,178,186,188,193,194,196,197,198,199,204,206,211,215-217,218,221,291-292,297,301-302,319,332,334,355,366,388,389,400,423,437,447

Shelley, Mary（玛丽·雪莱） 64,186

Sidney, Philip（菲利普·锡德尼） 135,217,219,437

Smith, Adam（亚当·斯密） 76,138,191

Southey, Robert（罗伯特·骚塞） 185

Spedding, James（詹姆斯·斯柏丁） 262

Spenser, Edmund（埃德蒙·斯宾塞） 201,209,219

Stallworthy, Jon（乔恩·斯特尔华绥） 428,431,437-439
Stevens, Wallace（华莱士·斯蒂文斯） 344
Stewart, Dugald（杜格尔·斯图亚特） 12
Stone, Donald（唐纳德·斯通） 247
Stuart, Allen（艾伦·斯图亚特） 101
Stylites, Saint Simeon（圣西面） 274-276
Swedenborg, Emanuel（伊曼纽尔·斯维登堡） 35
Swinburne, Algernon Charles（阿尔杰农·C. 斯温朋） 231,291,292,296,305-306,340,346

T

Taylor, Charles（查尔斯·泰勒） 133-134
Taylor, Thomas（托马斯·泰勒） 165
Tennyson, Alfred（阿尔弗雷德·丁尼生） 1, 15-16, 90, 93, 99, 108, 188, 211-212, 228-247, 248, 251-253, 255, 256, 258, 259-288, 290, 291-293, 294-342, 343, 344, 356, 357, 362, 366, 379, 394, 403, 404, 423, 425, 432, 447
Tennyson, Hallam（哈勒姆·丁尼生） 299,302-302,333
Timko, Michael（迈克尔·迪姆柯） 251-252
Trilling, Lionel（莱昂奈尔·特里林） 68-73,78-87,88,93

U

Unterecker, John（约翰·安特莱克） 427,432

V

Vendler, Helen（海伦·范德勒） 27-28, 68-75,79,80-81,83-87
Verdi, Giuseppe（朱塞佩·威尔第） 379
Virgil（Publius Vergilius Maro）（维吉尔） 40,217,231
Viscomi, Joseph（约瑟夫·维克米） 41
Vlock-Keyes, Debora（黛博拉·弗洛克-凯耶斯） 393-395
Vogler, George Joseph（乔治·约瑟夫·福格勒） 398
Voltaire, François-Marie Arouet de（弗朗索瓦-马利·阿鲁埃·伏尔泰） 53, 111,152

W

Wagner, Wilhelm Richard（W. 理查德·瓦格纳） 380
Whitman, Walt（沃尔特·惠特曼） 30
Wilde, Oscar（奥斯卡·王尔德） 122, 291,311-312,370,389
Wordsworth, William（威廉·华兹华斯） 1, 6-10, 14, 15, 18-19, 20, 22, 33, 34, 37, 38-39, 47-87, 88-104, 105, 106, 108, 109, 110-114, 115, 117, 118, 127, 130-134, 137, 138, 139, 153, 157, 159-162, 170, 174, 186, 188-192, 194, 195-196, 204, 218, 223, 225, 229, 238, 241, 247, 278, 288-289, 290-291, 294, 309, 312, 315, 319, 327, 328, 332, 333, 340, 346, 361, 368, 388, 396, 400, 416-419, 422-423, 437,447

吴承恩 340

Y

Yeats, William Butler（威廉·巴特勒·叶芝） 1, 15, 16, 30, 110, 122, 188, 234, 274, 284, 291, 318, 319, 361, 389, 426-437,438,439-447

Z

朱维之 289-290,415-416
庄子 333,340